新潮文庫

レベル 7 ^{セブン}

宮部みゆき著

新潮社版

5137

目次

レベル

ベ

ル

7
セブン

でもねえ、あなた、これはみんな夢にみたこと、夢のお話。

グリム　「盗賊の花むこ」

プロローグ

陽は翳り始めていた。

男はワイシャツの袖をずらし、腕時計を見た。それとほとんど同時に、背後にある小さな時計塔の鐘が鳴り始めた。庭園とは名ばかりのしょぼしょぼした植込みに囲まれた、二メートルほどの高さの時計である。

七月の太陽は、ステンレスの光沢のあるビルの谷間に、燃え立つようなオレンジ色の照り返しを投げかけながら、今日一日の軌道を描き終えて沈んでいく。周囲の雲は朱色に染まり、そこには天の溶鉱炉があるように見えた。

夏の永い一日が、ようやく暮れていく。

男は煙草に火をつけて、眼下の景色から目を離さずに、ゆっくりとふかした。煙草はそれが最後の一本だった。

ここからでは、街に満ちているはずの人間の姿が見えない。あまりにちっぽけな形をして

いるから、無数の建物、無数の道路、無数の窓のなかにまぎれこんでわからなくなってしまうのだ。

都市工学とかいうやつを研究する学者は、きっと人間嫌いであるに違いない。街を見ていれば人を見ないで済むからな——と、男は思った。

左手に遠く見える首都高速道の上を、車が列をなして走り抜けていく。どの車体も防護壁の上に出ている部分しか見えないので、まるでせっかちな射的場の標的のようだった。地上数十メートルの高さにある屋上庭園の片隅で、男はじっとそれを見つめた。

さあ、射ち落としてごらん。当たればでっかい景品があんたのものだよ。

指を焦がしそうなほど短くなった吸い殻を足元に捨て、かかとで踏みにじる。さあ、帰ろうと思った。

自分でも、なぜこんなに長いあいだ街を見おろしていたのか、わからなかった。覚悟を決めるためか。気持ちを落ち着けるためか。それとも、単なる習慣か。

彼は高いところを好んだ。そこから見おろす東京には、いつもなんの憂いもない。

そして、こうして風に吹かれ、青空を仰いでいるときだけは、もう二十年近く昔の暗い思い出が、わずかではあるが後退するのを感じる。閉じこめられ、逃げ場がなく、煙と炎に追われながら逃げた、あのときのことが。

落ちていく。一瞬だったはずなのに、記憶のなかではそれが何倍にも引き伸ばされて、延延と落ち続けている感じがする。そんな「発作」が起きると、男はいつもここのような高い

場所に立ち、もう落ちることはない、もう大丈夫だと、子供のまじないのように心に言い聞かせるのだった。

そうすると、心のうずきが止まる。足の古傷の痛みだけは消えないが、それはもうとっくに諦めていた。

顎をあげ、それから前に倒し、首の凝りをほぐす。リラックスしたほうがいいからな、と自分に言い聞かせる。なぜなら——

狩猟が始まる。

突然、その言葉が、心臓の辺りから響いてきた。彼は両足を肩幅に開いて立ったまま、夕暮れの生ぬるい風に吹かれて佇んでいた。

背後のすぐ近くで、声が聞こえた。

「しんちゃん、そろそろ帰るわよ」

庭園の出入口の方から、ぽっちゃりとした中年の女性が近づいてくる。男のうしろを通りすぎて、時計塔の下へ歩いていく。そこのベンチに、小学校の高学年ぐらいの男の子が二人、座り込んで話に熱中していた。

「早くしないとパパ帰ってきちゃう。ほら、みっちゃんも。忘れ物しないでね」

二人の男の子は、おしゃべりをやめないまま、のろのろと立ち上がった。どちらかの母親なのであろう女性の方を、ちらりと見ることもしない。

重そうにふくらんだデパートの袋をさげた女性を先頭に、三人は男の立っている方へと戻

ってくる。疲れているのはおふくろさんだけだな、と男は思った。

女性がそばを通ったとき、ツンと汗の匂いがした。そして、盛んに身振りをまじえながら

「しんちゃん」が「みっちゃん」に話しているのが聞こえた。

「それでさ、ここがコツなんだ。レベル7まで行ったら——」

どきりとした。ひょっとしたらびくんと飛び上がってしまったのかもしれない。通り過ぎ

ようとしていた三人が振り返った。

女性と目があった。怪しんでいるというより、もう怯えている目付きだった。見てしまっ

たことを後悔していた。いつどこでどんな災難に遭うかわからない都会では、デパートの屋

上で一人ぶらぶらしている中年男などと、視線をあわせてはいけないのだ。

「失礼」と、男は言った。そしてフェンスの方へと顔を向けた。

動悸はおさまってきた。そのあと聞こえた会話の切れ端から察するに、「しんちゃん」と

「みっちゃん」は、ロールプレイング・ゲームの話をしていたらしいとわかったからである。

男はため息をもらすと、フェンスから離れ、出入口の方へと向かった。あの三人も、もう

エレベーターで降りてしまったことだろう。

彼が歩き始めると、入れ違いにフェンスの方へ行こうとしていた若い女性が、ちらちらと

こちらを見た。彼をではなく、かすかにひきずるような動き方をする彼の右足を、である。

そういうことには慣れていた。その女性もすぐに彼から目をそらした。背伸びするように

両手を上げながらフェンスに近づき、小さく歓声をあげる。

「わあ、きれい」

その声があまりにあけっぴろげで楽しそうな響きを帯びていたので、彼は思わず振り向いた。すると、彼女もこちらを見た。というように、素早くほほえむ。まるで、今の歓声は、わざと彼に聞かせるためのものだった、というように。

「東京タワーのライティング、変わったのね」と、彼女は話しかけてきた。美人だった。軽い小麦色に焼けた肌に、濃い口紅がよく映っている。こちらを向いたとき、耳元で金色のピアスが、夕陽をはじいてきらりと光った。

しかし、彼から見れば、子供と言ってもいい年ごろの娘だ。彼は黙って背を向け、わざとらしくない程度に足を速めながら、その場を離れた。せっかくモーションをかけてあげたのに、話しかけてきた娘は、彼を追ってはこなかった。ちょっと首をかしげているだけだ。

おじさん——というような顔で。エレベーター・ホールの吹き抜けから風が吹きつけてきて、彼のネクタイをはためかせる。それでやっと、ピンが失くなっていることに気がついた。ワイシャツの胸もとをなでてみる。ない。どこかで落としてしまったのだろう。もらいものだが、心のこもったプレゼントではない。彼は惜しいものではなかった。

男は重いガラスのドアを押した。エレベーターのボタンを押し、箱が来ると乗りこんだ。独りきりだった。

さして、頭の中で、ひと続きの言葉が回っていた。ぐるぐる、ぐるぐる。それは「しんちゃう、頭の中で、ひと続きの言葉が回っていた。ぐるぐる、ぐるぐる。それは「しんちゃ地上に降り、デパートを出て街を歩く。駅の階段をあがり電車に揺られる。そのあいだはエレベーターのボタンを押し、箱が来ると乗りこんだ。独りきりだった。

ん」の声であり、また彼自身の声にもなった。
レベル7まで行ったら、もう戻ってこなくてもいいんだよ——

　男がやってきたとき、その青年は、窓際の席に座って薄いトマトジュースを飲んでいた。
喫茶店は苦手だと、高校生のころには思っていた。時々、不躾にじろじろ顔を見る者にでく
わすからだ。

　今だって、高校生に毛がはえた程度の年齢だが、気持ちはだいぶ違っていた。興味の持て
る、熱中できるものが見つかったし、自分のなかに、その分野においての才能があるらしい
と思えてきたからだ。このふたつが重なりあうことは、きわめて稀な幸運である。

　青年は、軽く右足を引きずりながら歩いてくる男に、目で会釈した。尾けられたりするほ
ど抜けた人ではないと思ってはいるが、あまりあけっぴろげにするのはやめた方がいい。男
が向かいの席に腰をおろしたときも、声を落として話しかけた。

「尾行は大丈夫ですか？」

「たぶん」と、相手は答えた。「若い女の子にモーションをかけられた——らしいような気
はするが」

「そりゃすごい」

「それが尾行者だったらもっと驚きだ」

「まさかね」

男はコーヒーを注文した。ウエイトレスが来て、去る。美人だけど、愛想が良くないなと、青年は考えていた。

「本当にいいのか?」

コーヒーをかきまぜながら、男は訊いた。

「何がです?」

黙っている。

青年は笑った。「すみません。ふざけているわけじゃない。本気ですよ」

「降りるなら今のうちだ」

男は顔をあげた。真剣な表情だった。目が充血している。あんまりよく眠れないんだろうな、と、青年は察した。

「僕は降りません。自分の意志で始めたことだ」

「誘ったのは俺だ」

「受けたのは僕です」

男はカップをソーサーに戻し、手で額をなでた。

「成功しても失敗しても、面倒なことになるぞ」

「わかってます」

「半端じゃない。警察沙汰だ」

「わかってますって」

ら、できるだけ重々しく言おうとした。

陽気な口調のせいで、自分の言葉はどうも軽薄に聞こえるらしいと、青年は思った。だか

「僕だって、今まで、このためにさんざん嫌な思いをしてきたんです」

青年は、自分の顔を指差した。皮膚を移植した痕跡が、はっきりと残っている。大人になっ

無数の傷跡と、縫合のあと。

てからでないとできない手術を、何度となく繰り返したために刻まれた、辛い歴史だった。

「この責任をとらせてやりたいものね」

男は太い息を吐くと、「わかった」と言った。

青年は一冊の本を取り出すと、テーブルの上に載せた。映画の一場面のスチールがカバー

に使われている。

「表紙は派手ですけど、中身はごく地味でわかりやすい入門書です。必要なところに付箋を

つけておきました。それだけ読んでおいてもらえれば、心配ありません。あとは僕がやります

から」

男は本を受け取り、もう一度「わかったよ」と答えた。

男とは、三十分ぐらい話しただけで別れた。あとはもう、スタートするだけだ。

その夜、青年はガールフレンドを一人呼び出して、楽しくすごした。心にかかるものも、

不安を感じることも、何一つなかった。

ガールフレンドは、酔うと決まって、彼を「あたしのフランケンシュタインちゃん」と呼

んだ。彼女に言われるならばそれも面白いし、嫌な感じではなかった。
全然、嫌な感じじゃない。人生は楽しい。
これからやろうとしていることが成功すれば、もっと楽しくなるはずだ。青年はそれを信じていた。

第一日（八月十二日　日曜日）

1

繰り返されるのは、幻影。

眠りは深くなったり浅くなったりした。それにつれて、気まぐれに模様を変化させる万華鏡のように、夢もまた姿を変えた。

そのいちばん深いところでは、彼は夢のなかに入りこんでいた。そこでは、彼は誰かと手をつなぎ、波でえぐりとられたような断崖の端に立って、凪いだ海を見おろしていた。潮風が静かに頬に触れ、時折くちびるをなめると、夢の中でさえ、塩辛い磯の味をはっきりと感じることができる。

（これが海だね？）

見上げると、並んで立っている男がうなずいた。その褐色の手は大きく、がっちりとして

いて、彼の手をすっぽりと包み込み、その身体からはかぐわしい夏草の香りがする。

（そう、これが海だよ）

男は答える。彼は男の手を強く握りしめ、その薄いズボンの腿の辺りに肩をくっつけて、小さくつぶやく。

（ちょっと怖いよ）

そしてそのあとに、言葉が続く。つかもうとしてつかみきれない言葉が。手をのばすと消えていく逃げ水のように、たぐろうとするとひらりと失せていく言葉が。

ちょっと怖いよ……ねえ、海はいつもあんなふうにじっとしてるの……ぼくをつかまえにはこないの……

男は笑い、その真っ白な歯の隙間から煙草の煙が流れる。そして言う。

（海は陸にはあがってこられないよ……が空を飛ぶことができないのと同じだよ）

彼は男のシャツの生地の感触を頰に感じる。笑いがこぼれる。

そんなこと知ってるよ人が空を飛べないなんてぼくだって――ぼくだって――

深い夢はそこでゆらめく。そして消えてゆく。お父さん。ようやく見つけだしたその失われた言葉だけがかすかな余韻を残し、海は薄紙に描かれたデッサンのようにめくりとられ

お父さん。

――

混沌が戻ってくる。眠りが濃い闇になって流れてくる。重い空白がやってくる。そしてし

ばらくたつと、彼は眠りという波のすぐ下にまで浮かび上がっている。顔の上に薄い毛布を一枚かけているだけのような、浅い眠り。

そこでは彼は夢を外側から見おろしている。俯瞰している。夢のなかで行動している彼自身は、今一枚のドアの前に立っている。どっしりとした木目のドアで、ノブは大きく、握りしめるとひんやりとしている。夢の外にいるはずの彼の手のひらに感じられるその感触。ノブはなめらかに回り、錠がはずれてドアが開きかける。

（きっとびっくりするでしょうね）

と、誰かが言う。天の高みから見おろしていたはずの彼の目は、突然、夢のなかの彼自身のすぐ隣にまで降りていて、話しかけてきた誰かを振り返る。

だがその顔は見えない。ここで夢が切れ切れになり始めるから。充電が切れてきたヘッドホン・ステレオのように。再生。停止。再生。停止。間延びして消えかかる夢の光景のなかには、ただ声が聞こえるだけ。

（しいー、静かに）

彼は寝返りを打ち──

（足音をたてないように）

むきだしの足をのばし、片寄ってしまった毛布をかけなおし──

（驚かすのも悪くないきっと怒りやしないだって今日は）

夢から脱け出しかかり──

（だって今日はクリスマス・イブだから）

そして悲鳴を聞く。軽い足音と、ごつんというくぐもった音とそして何か
ら砕けていく鐘のように、軽い足音と、ごつんというくぐもった音とそして悲鳴。鳴り続けなが
最後の断片にかぶさるように何かが床に落ちて割れる音が聞こえ——
がしゃん。

そこで目が覚めた。

2

頭はきちんと枕の上に載っていた。

彼は左を下にして横向きになり、白い壁に向きあっていた。両手を縮め、両足も軽く曲げ
て、肩は毛布からはみ出している。

枕に押しつけた耳にも、身体全体にも、自分の心臓の速い鼓動が聞こえてくる。どきん、
どきん、どきん。走って家に帰ってきた子供のようだ。

寒い、と思った。

目を開いたままじっとしていると、額から後頭部にかけて、糸を引いたような痛みが走っ
ていく。たった今まで頭のなかを駆けめぐっていた夢が、大急ぎで退却しながら残していく
轍の跡。その筋を指でたどることができるようにさえ思えた。

ほんの一秒で、痛みは去った。彼はまばたきし、視線をあげてみた。真っ白な壁は天井まで続いていた。しみひとつない。目をこらすと、表面が真っ平らではなくて、ざらざらしているのがわかった。ちょうど——

ちょうど——なんだ？

頭をやわらかな枕にあずけ、彼は考えた。ちょうど何のようだと思ったのだろう？この壁。この色。毛布から手を出して触れてみると、その感触は粗い。何のようだと思ったんだ？　それにこの色。この色もなんて言ったっけ。横たわったまま、彼はじっと壁を見つめた。馬鹿らしい、どうして思い出せないんだろう。それにどうして、思い出すことがひどく大事なことのように思えるのだろう。

ひととき息を殺して、彼は考えた。

ちょうど——なんだ？

ジーンズだ。

ジーンズ。言葉はひらめくように浮かんできた。見えないドアが開いて、見えない誰かが回答を投げかけてくれたかのように。この壁紙の感じはジーンズに似てる。でも色が違うな。こんな色のジーンズは趣味じゃない。この色は——この色は——オフホワイト。

彼はためていた息を吐き出した。なんともまどろっこしい目覚め方じゃないか。毎朝起きるたびに壁紙の色を思い出すまでじっとしてなきゃならないなんて。

彼は毛布をはねのけて半身を起こした。それで初めて、自分がベッドに寝ていたということを発見し、同時に動けなくなってしまった。

隣にもう一人、誰か寝ている。

彼が勢いよく毛布をめくったために、彼女は上半身になにもかけていない状態になっていた。清潔な、彼のものと同じくらい白いパジャマ一枚を着ているだけだ。

彼女。

そう、女性だった。髪が長く、身体つきは華奢で、背中がとても細く見える。

「うーん」とうなると、彼女は目を閉じたまま、身体にかかっていない毛布を手探りした。寒いのだろう。部屋のなかは冷え切っているのだ。

彼はあわてて毛布の端をつかむと、彼女の肩のあたりまで引っ張りあげてやった。それで彼女は手探りをやめた。満足そうに深く息をつくと、ほとんどうつぶせになるほどすっぽりと、枕に頭をうずめてしまう。

彼女が規則正しい寝息をたて始めるまで、彼はじっと息を殺していた。今彼女に目を覚まされては困る、という気がしたのだ。もうちょっと、状況を把握しきれるまで。

彼女、誰だろう――と思っていた。名前が思い出せないのだ。

さて、何があったのだろう。

昨夜だろう。昨夜、たぶん、十中八、九は確実に、自分はこの女性と一緒に寝たのだ。そのうに違いない。つまりその、寝たというのはただ眠ったわけではなくて、いわゆる「寝た」

のだろう。女性と一緒に夜をすごして、一晩中二人でベッドに腰かけてトランプをやってい

ようはずもな——

そこで思考がとまった。なんのことだ、トランプって？

だが、今度はそう長く考えずにすんだ。イメージはすぐにやってきた。カラフルなカード、

シャッフルする手の動き。ババヌキとか、ナポレオンとか、セブンブリッジとか、ゲームの

名前も出てくる。そういえば、久しくやっていなかったような気がする。

混乱だな、と、彼は思った。ちょっとばかり頭のなかが乱れているのだ。あまりに長時間

眠ってしまうと、こんなことが起こるのかもしれない。

彼は口元に手のひらをあてて、呼気の匂いをかいでみた。アルコールが残っているに違い

ないと思ったからだ。飲んで、飲みすぎて、何軒目かの店で隣に座った女の子と意気投合し

た——おおかたそんなところだろう。ひょっとすると、相手の名前さえ聞いていないのかも

しれない。だから思い出せないのだ。

だが、アルコールは気もなかった。ほんの少し、薬臭いような匂いがするだけ。

二日酔いじゃないんだな、と思ったとき、頭の奥がツンと痛んだ。一瞬だが、思わず顔を

しかめるほど強い痛みだった。こめかみのあたりを押さえてみる。そのまま、そっと頭を動かしてみる。痛

手をあげて、こめかみのあたりを押さえてみる。そのまま、そっと頭を動かしてみる。痛

みはない。顔をあげたりさげたりしても、どこもなんともない。

やれやれ。

ほっとするのと同時に、いつまでもこうしているのも変に思えてきた。とにかく、顔ぐらい洗おう。

彼は幅広のベッドの上に座っているのだった。ダブルの、黒いパイプベッドだ。それはスムーズに頭に浮かんできた。座りなおして重心を変えると、みしっというような音がした。

彼女を起こしてしまったかなと、ちょっとひやりとしたが、毛布にくるまれた肩はぴくりとも動かない。

座りの悪いベッドだ。頭の側の手すりごしに、下をのぞいてみる。四本のベッドの脚には、全部丸いものがついている。

——車？　　いや、車じゃない。そういう言葉じゃなかった。

キャスターだ。キャスター、キャスター。単語と同時に、脚にそれのついたベッドを、床の上であちこち移動させる場面が浮かんできた。ストッパーつきで安心。でもお掃除はラクラクです。

おかしいな……なんでそんなことが浮かんでくるんだろう？

ベッドは壁際に寄せてあり、彼はその壁際にいる。部屋の方に向いている右手の側には眠り姫のような女性がいて、彼女を起こしたくないとなると、足元の方から、手すりをまたいで降りるほかはあるまい。

彼はそうした。そろそろと動き、そうっと冷たい床に足をおろす。

背中をのばしてしゃんと立つと、素朴な疑問が頭をもたげてきた。ここはどこだろう？

彼は室内を見回した。

オフホワイトの壁と天井。床板は木目。だが生木の色じゃない。ニ——ニスを塗ったよう

な色。目の前にドアがある。壁と同じ色の枠のなかに同じ色の格子(こうし)が仕切られていて、その一つ一つにガラスがはめこまれている。だからあれは外へ直接通じるドアじゃない。向こう側にまた別の部屋があるはずで、はめこまれたガラスは――ガラスは――面取りガラス。そう、喫茶店のドアによくあるようなやつだ。

そう思ったとき、さっと割り込むように、ひとつの場面が浮かんできた。大きなテーブルが、あれと同じようなドアにぶつかって割れる光景。すみません通り抜けられると思ったんですがでもこれ強化ガラスじゃないんですね――

彼は頭を振って、思考をもとに戻した。だが、一瞬ひらめいて浮かんだガラスの割れる光景が、目の前の現実のものとも結びついて、彼の視線をそこに釘づけにした。

右手の側に窓がある。肘掛(ひじか)け窓だ、と、彼はわざわざ名詞を確認した。窓の下に低いテーブルがあり、その上に花瓶(びん)が載っている。いや、載っていた、のだ。

今は、それは床に落ちて、大きなふたつの破片と、無数のきらきら光る小片とになり、床に散らばっていた。破片が光っているのは、一緒に水もこぼれているからだ。そして、細く開けられたカーテンから、太陽の光が射し込んでいるからだ。

床には花も散らばっている。一本、二本――全部で五本。赤い花だ。だが、名前がわからない。

これが割れる音で目が覚めたんだ。でも、どうしてテーブルから落ちたんだろう。

彼は窓際に近づいた。糊(のり)のきいたパジャマが――パジャマだよな？　うん、そうだ――か

すれるような音をたてる。床板はひやりと冷たく、心地よい。割れた花瓶を踏まないように注意して窓に近づくと、彼が手を触れる前に、カーテンがふわりとふくらんだ。

窓が開いているのだ。

それでカーテンが風にふくらみ、花瓶をひっかけて床に落とした。彼はカーテンの端をもちあげて、頭をくぐらせた。

瞬間、目が痛んだ。陽の光は強烈だった。彼は目を細め、片手を額にかざした。

まぶしさに慣れると、窓はほんの十センチほどしか開いていないのに気づいた。十センチ。それもスムーズに出てきた。センチの上の単位はメートル。メートルの上はキロメートル。ちゃんとわかっている。やれやれ、ペダルの重い自転車みたいなものだ。踏みだしはのろのろしているが、加速がつき始めれば正常に走る。べつに故障しているわけじゃない。

それにしても、ここはどこだろう？

隣に寝ていた女の子の部屋かな、と思った。それがいちばん妥当な解釈のようにも思える。だが女性の部屋にしては、ずいぶん殺風景のような気もする。

肘掛窓から外を見てみる。

全身の、ぼんやりとした体感というものは、案外正確なものだ。ベッドを降りたときから、彼はこの部屋が、なんとなく地上よりはかなり高いところに位置しているように感じていた。

それは当たっていた。

目の前に広がっているのは、たくさんの本を乱雑に伏せたような屋根の連なり。その中に

点々と混じる、マンション、ビル、そして煙突。右手のかなり遠くの方には学校の校舎も見える。桜の花をかたどったなかに「二中」という文字の入った校章が、校舎の正面について いた。

窓枠にかけた両手を、陽射しがじりじりと照らす。外は暑そうだな、と思った。そりゃ当然だ、だって今日は――今日は――

何月何日だっけ？

思い出せない。

その時初めて、パニックの最初のさざなみが寄せてきた。なんてこった、と思った。冗談じゃない、今日の日付も思い出せないなんて、俺はいったいどうしたんだろう？

カレンダーはないだろうか。そう思って部屋の中を振り返ると、ベッドの足のところに、据え置き型の大きなエアコンがあるのを見つけた。その上にも窓があり、この窓も同じ柄のカーテンがかかっている。

身体は冷え切っている。ぶるっと身震いも出た。

彼はエアコンに近づき、吹き出し口に手をあてた。冷風が勢いよく流れだしている。パネルの蓋を開けてスイッチを切ると、こちら側もカーテンだけをそのままに、窓を全開にした。

少し空気を入れ替えよう。

カーテンのうしろに入りこむと、素通しのガラスから、太陽は容赦なく照りつけてきた。

光のシャワーが肌に心地よく降り注いでくる。

この窓からの眺めも、あちらと似たようなものだ。外壁も白いマンションだった。タイル張りで、真新しい。雨水のあとさえついていないようだ。真下には二車線の道路が走り、そこに茶色いヴァンが一台停まっている。すぐ下に、階下の部屋の窓から干されている二枚の布団が見える。照りつける太陽に向かって、あかんべいをする舌のように垂れ下がった、二枚の布団。

部屋のなかに視線を戻す。ベッドの反対側の壁には、さしわたし一間のクロゼット。壁際には、これもキャスターのついた台に載せられた小さなテレビ。

窓から離れ、また花瓶の破片を慎重に迂回して、ドアにたどりついた。肩ごしに様子をみてみると、ベッドの上の彼女はまだすやすやと眠っている。

小綺麗な作りのドアを、かちゃりという音をたてて開ける。

隣はダイニングキッチンだった。白い丸テーブルと、椅子が二脚。食器棚。冷蔵庫。電子レンジ。ポット。

正面がキッチンで、その左手にドア。このドアは外に通じているものだろう。

誰の家だろう、と思った。やっぱりあの女性のかな……。自分のうちでないことは確かだ。ここに住んでいたという記憶がないのだから。何から何まで、シンクのふちにかけられている布巾ひとつでさえ、見覚えのないものなのだから。

泊めてもらったんだろうな……きっとそうだ。それさえ覚えていないなんて、いったいどうしたんだろう。

「すみません」

キッチンを見回して、彼は呼びかけた。

「誰かいませんか?」

返事はない。それも当然だよなと、苦笑した。ひとつベッドに女性と寝ていたのだ。ほか
に誰がいるはずがある? 彼女の親父さんか?

そのとき、ドアのポケットから新聞の端のぞいているのを見つけた。ひっぱりだして、
広げる。間にはさまれていた広告がどさりと落ちる。朝日新聞だ。

欄外の日付は、八月十二日、日曜日。

ひとまず、落ち着いた。そうだよ、八月のまっただなかじゃないか、と思った。そして、
新聞が配達されているということが、この部屋に定住している誰かがいることを証明してい
る。

ちょっと考えてから、彼はドアを開けてみることにした。表札を見てみよう。ドアは
内側から鍵がかかっている。つまみを回すと、油のきいたなめらかな音がして錠ははずれ
た。そうっと扉を押し、首を出す。

表札は、ドアの左側の壁についていた。七〇六号室だ。ここは七階だったのか。

部屋番号の下に、漢字が二つ。「三枝」とある。三枝、か。そんな知り合い、いたかな……

首を引っ込めてドアを閉め、彼は考えた。知り合いのどんな名前も、名字も、ひとつとして思い浮かべることが

そして、気づいた。

できないということを。

そんな馬鹿な。

キッチンで棒立ちになったまま、彼は頭に両手をあてて、軽くゆさぶった。叩いてみた。

髪をかきむしってみた。

あるのは空白だけ。ぽっかりと中身のない、真空のような闇だけ。

あわてるな、と、心の一部がささやく。まずは自分だ。自分の名前を思い出してみよう。

それが最初、確実だ。だって、大の大人が自分の名前もわからないなんてことはあるわけが

な──

あるわけがない。だが、あった。

思い出せなかった。自分の名前が。姓が。かけらさえ。

今度やってきたのは、本物のパニックの大波だった。膝が震えた。背骨が一瞬にして軟ら

かい粘土のようなものになってしまい、身体をささえていることができなくなったように、

よろめいてテーブルに手をついた。

鏡。鏡はどこだ？　顔を見なきゃ。

洗面所に通じるドアは、冷蔵庫の脇にあった。彼はやみくもに扉にぶつかり、ノブをがち

ゃがちゃやってから、やっとドアを引いて開け、中に飛び込んだ。

清潔で、かすかに薬品の匂いのする洗面所にも、やはり人の姿はなかった。曇りガラスの

ドアが正面に、左手にはタオルハンガー、右手には便器と、小さな洗面ボウル。その上の壁

に、一枚鏡がある。

鏡は彼の上半身を映した。乱れた髪の、若い男。日焼けした顔に、眉が濃い。太い首にが
っちりした肩。だが太っている方ではない。パジャマの衿元から、くっきり浮き上がった鎖
骨がのぞいている。

もう一度手をあげて、彼は髪をかき乱した。鏡の中の青ざめた男も同じ動作をする。

そして、鏡の中の男のずれてめくれあがったパジャマの袖から、その二の腕が見えた。そ
こに何かがあるのが見えた。

彼は両手を宙ぶらりんに上げたまま、左の二の腕に目をやった。

筋肉質の腕の、肘のすぐ内側に、数字と記号が並んでいる。

「Level7　M—175—a」

そっと指先で触れてみる。こすってみる。つまんでみる。だが数字は消えないし、記号は
ぼやけもしない。皮膚にぴったりとはりついている。書き込まれている。

両腕を下げて、彼は鏡に向きあった。そこには、彼と同じように途方にくれた若い男が、
なかば口を開き、凍りついた表情を浮かべ、ただ立ちすくんでいる。もしも、そのとき背後
で叫び声が聞こえなかったなら、そのまま永遠にそうやっていたかもしれない。

叫び声はキッチンの方から聞こえてきた。振り向くと、開いたままの洗面所のドアの向こ
うに、さっきまで眠っていたあの彼女が立っていた。

そのときの二人は、鏡に映したように同じ姿勢で、同じ顔色で向きあっていた。彼女もま

た口を開けて、パジャマ姿で、裸足で床に立っている。

とりあえず、彼は言った。

「おはよう」

彼女はぽかんとしたまま、じっと見つめるだけ。

「おはようって言っても、なんか、もう昼近くみたいだけど──」

彼女は黙っている。彼は、演奏中に突然オーケストラに反乱を起こされた指揮者のように、意味もなく腕を動かして、言った。

「その──ごめんよ、俺ちょっと混乱してるらしいんだけど、昨夜ここに泊めてもらったのかな？ ここ、キミの部屋？」

言葉が通じないのかな、と思うほど、彼女には反応がなかった。仕方なしに、彼は彼女を見つめていた。

やがて、彼女は言った。　聞き取りにくいほど小さな声で。

「夢をみたの」

「え？」

「それで目が覚めたの。そしたらあなたがいて……」

ゆるゆると、両手を頬のあたりにあげる。視線が彼からそれ、頭のなかでなにかを思い巡らせているかのように、忙しくまばたきをする。

再び目をあげて彼を見たとき、彼女は明らかに動転していた。

「あなた誰?」

そう、つぶやいた。

「どうしてここにいるの?」

彼には、その問いかけの意味がつかめなかった。こっちこそそれを言いたい。そして、キミの方こそその答えを知ってるんじゃないのか?

「どうしてここにいるのか、自分でもよくわからないんだ。キミは? ここはキミの部屋なんだろ? そうだね?」

彼女は頬を押さえたまま、首を横に振った。

NO。いいえ。どう考えても、それは否定のしるしだった。

なんてことだ。ようやく回答を見つけたと思ったら、それもまた別の設問でした。混乱の二乗だ。

口を開くには、ありったけの勇気をふりしぼらなければならなかった。

「違うの?」

今度はこっくりする。

「覚えがないんだもの。でも……わからないわ。たぶん、わたしの部屋じゃないと思うけど……わからないわ。だって——」

「記憶がないんだね?」

彼女は両手をだらりとおろし、うなずいた。何度もうなずく。そして、いきなりぱっと手

をあげて胸を抱き、一歩あとずさった。とっさには、彼にはその意味がわからなかったが、彼女の警戒するような視線で、悟った。パジャマのしたに下着をつけていないことに、今気がついたのだ。

「キミもなんにも覚えてないんだね？」

その質問に、彼女も質問で答えた。

「ここはどこ？　わたし、どうしてこんなところにいるの？　ここ、あなたの部屋じゃないの？」

彼はかぶりを振りながら答えた。「僕にもわからない。記憶がないんだ」

「記憶がない……」

彼女は答えなかったが、顔色がさらに白くなった。

「キミ、自分の名前、思い出せる？」

「やっぱりそうか……僕もだよ」

彼女は左手で胸を抱き締めたまま、右手をあげて髪をかきあげ、部屋の中を見回した。指からさらさらとこぼれ落ちる、きれいな髪だ。こめかみから流れた数本が、くちびるの端にくっつく。それを見ている彼の頭に、（狂女）という言葉が浮かんで消えた。どこかで同じような姿の女性を見たことがあるような気がした。

パジャマの袖口がずれ、まぶしいほど白い二の腕が見える。そこに細い線のようなものを見つけて、彼は思わず近寄った。彼女は飛び下がった。

「ごめん、脅かすつもりはないんだ。キミの腕」

彼はうしろに下がって、彼女の腕を指差した。

「見てごらん。なにかない？」

彼女は右の二の腕を見た。彼の言う意味がわかると、その両目がパッと見開かれる。その

まま、くいつくような表情で彼を見返す。

「これ、いったい何？」

彼は近寄って、それを見た。思ったとおり、そこにはあの不可解な記号と文字とが並んで

いる。

「Ｌｅｖｅｌ７　Ｆ―１１２―ａ」

彼は自分の左腕を見せた。「僕にもあるんだ」

彼女はまばたきもせず、ふたつの文字を見比べている。くちびるが震え始める。

「これ、刺青？」と、文字を見つめたまま言う。「触っても消えない？　触っちゃ駄目な

の？」

「わからないよ」

「どうしてよ」

彼女の声はうわずり始めていた。なだめてやらなければならないと思いながらも、彼にも

その方法が見つけられなかった。わからない、わからない、わからないの連続だった。

ようやく、彼はきいた。「今、刺青って言葉、すぐに出てきた？」

彼女はまた口を半開きにして彼を見上げた。「どうして？」

「目が覚めたとき、なんていうかこう——言葉がすぐに思い浮かばないような感じがしたんだ。ちょうどほら、蛍光灯みたいに。スイッチを押しても、すぐにはつかないだろ？　あんなふうに」

「わからないわ」彼女は右手で額を押さえ、子供のように首を振り始めた。「なにもわからない。なんにも覚えてないの。それに頭が痛い。すごく痛いわ」

出し抜けにぽろぽろと涙があふれて、頬のうえをすべっていく。

「わたし、気が狂ったの？　どうかしちゃったの？　なんでこんなことになったの？」

彼女がしゃくりあげながら口にした言葉は、これから先、彼ら二人が何度となく繰り返し自問する言葉だった。

今は二人きり、冷たい床に向かいあって立ち、なすすべもなく途方に暮れて、彼女は泣き、彼はその泣き顔を見つめて考えている。この状況で、抱きかかえて慰めてやってもいい程度には、俺とこの彼女、親しかったんだろうか……

その答えも、やはり出てこなかった。記憶はない。

だが、感情はある。彼はそれを優先することにして、彼女の肩に手をまわし、抱き寄せた。

彼女は一瞬、感情はある。彼はそれを優先することにして、彼女の肩に手をまわし、抱き寄せた。痛いほど

彼女は一瞬、身体を棒のようにこわばらせたが、すぐに必死でしがみついてきた。痛いほどだった。

彼女のパニック状態がおさまり、涙がとまっても、頭痛だけは消えなかった。

「いつから痛むの？　目が覚めたときからかい？」

彼の問いに、彼女は両手で頭を押さえ、首を縮めたまま答えた。

「起きたときは、なんとなくぼうっとしてただけよ。さっき、あなたと話しているときに、だんだん痛くなってきたの」

頭を動かさないようにして話す。まるで、爆弾でも抱えているかのようだった。

「とにかく、また横になっていた方がよさそうだな。なにか薬でもないかどうか、探してみるから」

彼女の腕をそっととって、ベッドのある部屋の方へと移動させた。

「大丈夫。歩けるから」と言われたので、その手を離し、彼はキッチンへとって返した。つくりつけの棚の上や、流し台の引き出しなど、思いつくところはすべて、くまなく探してみる。

3

ありふれた台所用品——洗剤、スポンジ、配管用洗浄剤、柄つきブラシ、クレンザー、ゴミ袋。大きな引き出しのなかに、それらが雑然と放りこまれている。棚の上には片手鍋と両手鍋がそれぞれひとつずつ。

引き出しや開きの扉を開け閉てしているうちに、彼は、自分の頭がスムーズに回転し始めていることに気がついた。もう、いちいち立ち止まるようにして、ものの名前を確認する必要はなくなっている。なにかを目にすれば、それと同時にその名詞が浮かんでくるようになっていた。

ひょっとしたら、記憶も? と思った。が、こちらはまだ空白だった。さっきと同じ状態だ。名前も出てこない。ここがどこなのか、あの女性が誰なのか、なんでこんなことになったのか、わからないままだ。

思い出すときはどんなふうになるんだろう、と思った。ちびちびとひとつひとつ思い出していくのだろうか。それとも、一度にすべての記憶が出揃うのだろうか。

コンパクトにまとめられている、使いよさそうなシステムキッチンではあったが、収納場所は大してなかった。薬らしいものは何もみつからない。最後に残った、流し台の下の幅の狭い開きを開けてみると、そこもからっぽだった。排水パイプが、歪んだUの形を描いて床の方へ伸びているだけだ。

扉を閉めようとして、彼は、扉の内側になにかあることに気がついた。

べつに、特別なものではない。小さなラックだ。プラスチック製で、つくりつけで、そこに立てられるように。危なくないように。取り出しやすいように。

ラックだ。それはわかった。だが、何を入れておくラックだ?

その「何か」は、現実に彼の目の前にあった。そのラックに立てられている。木製の柄が

こちらを向いている。手に取りやすいように。

手をのばして、それを取ってみようとした。本当にそうしてみようとして――

できない。

この物の名前も思い出せない。

これはなんだっけ？　わかりそうな気がする。すぐにも思いだせそうな。

（鋭い。とても鋭くて刃がこちらを向いている。あたりには血が血だまりができていて）

なにかひっかかっていて、思い出すとそれが非常に苦痛になるような予感がした。たとえ

ば――そう、突きささった矢を引き抜くような。そのままにしておいた方が傷が小さくてす

む。

（手を触れちゃ駄目だそのままにして警察が指紋をとるから）

はっとして、彼は我に返った。開きの扉に手をかけたまま、二、三秒放心していたらしい。

トーテム。

唐突に、その言葉が浮かんできた。トーテム？　このラックに立てられているものの、そ

れが名前だろうか。

なおもしばらくじっと見つめてから、彼は開きの扉を閉めた。探しているのは、薬だ。

彼は、反対側の壁際に据えられている食器棚にとりかかった。上下に分かれている背の高

い食器棚で、色は白。上段はガラス戸に、下段は引き出しと引き戸になっている。

ガラス戸の部分は、内側がさらにいくつかの棚に仕切られており、食器が並んでいる。大

した数ではない。皿が五、六枚と、コーヒーカップが二脚。グラスが半ダース。戸を開けると、薬品の匂いがぷんと鼻をついた。新品なのだ。

下段の引き出しや引き戸の中にも、薬らしいものは見当たらない。缶詰、瓶詰、袋入りの乾物、インスタント食品がいくつか。それだけだ。

「駄目だ、痛みどめみたいなものは見つからないよ」

仕切りのドアから首だけだして、彼はベッドの彼女に呼びかけた。彼女はきちんと仰向けに寝て、子供のように両手で毛布の端をつかんでいる。

「まだ痛む?」

彼女はほんのちょっと顎を動かしてうなずいた。「じっとしてると、少しは楽だけど」

カーテンはまだ閉めたままだが、窓を開けてあるせいで、部屋の温度はだいぶ上がってきたようだった。蒸し暑い感じさえしてきた。

「暑くない?」ときくと、彼女は枕の上でかすかに頭を横に動かした。

「寒い」と答える。「寒気がする」

ドアのところから見ても、彼女の顔色が一段と悪くなっていることがわかった。それが痛みのせいなのか、痛みを起こしている大本の原因によるものなのかはわからないが、のんびりと薬を探していてすむような状態ではなさそうだと、彼は思った。

「医者を頼もう。ね?」

ところが、彼女は素早く言った。「いやよ」

「どうして？」

「みっともない」

彼はびっくりした。「みっともない？」

「ええ。酔っ払って、知らない人と知らないところで泊まって、朝起きたら何も覚えてなかったんです、なんて、人に言えない。笑われるに決まってるわ」

彼は深呼吸をひとつして、気を落ち着けた。「キミには、酔っ払ってたという記憶があるの？」

もしそうだとすれば、今のこの不可解な状況から抜ける窓がひとつ開けたことになる。彼女に、したたか酔った記憶があるとでもいうのなら、今の状態を笑い話にしてしまえる可能性が残っているということになる。

だが、彼女は言った。「なんにも覚えてないわ」

「じゃ、どうして酔っ払ったなんて言うの？」

「こんなふうになるなんて、酔っ払ってでもいないかぎり、あるわけないもの」

それから、また泣きだしそうな声で付け加えた。「恥ずかしい……」

開けたドアにもたれて、彼は窓の方に目をやった。

恥ずかしい、か。なるほど。なんとまあ常識にしばられた感想だろう。少しばかり腹立たしくさえある。朝起きて、知らない男とひとつのベッドで寝ていて、二人とも揃って自分の名前さえ思い出せなくなっていて、腕には妙な番号みたいなものが書き込まれていて、なお

かつ一人は死にそうに頭が痛んでいるというのに、それを彼女は「恥ずかしい」ときたもんだ。

彼女に視線を戻して、彼はできるだけ穏やかに言った。

「あのね、僕らは記憶喪失になってるんだよ」

「記憶喪失?」

「そう。これは二日酔いの後遺症なんかじゃない。おまけに腕にヘンな番号みたいなものがあったじゃないか。あれはなんだと思う? そう簡単な、恥ずかしがってどこにも助けを求めないでいられるような状態じゃないよ、今は」

そう言いながら、彼自身、もうちょっと様子をみてみれば全部思い出すんじゃないか──という楽観論にしがみついている自分を意識していた。だから、叫びもせず、表に飛び出すこともせずに、痛みどめを探したりしていられたのだ。

そしてそれには、(動転して、うかつに助けを呼んだりして、非常にみっともないことになるのは嫌だ)という意識が隠されていた。つまり、彼女と同じだ。彼女が言葉にしてくれたことで、それとわかった。

「ごめんよ」と、彼は言った。「僕もきまり悪いよ。同じだ。でも、キミは本当に具合が悪そうだし、ほっておいたらもっと悪くなるかもしれない。この際、多少の面倒は我慢して、助けを呼ぼう。救急車を呼んだっていい」

あてもなく医者を探し回るより、その方が早い。

テレビ台の置かれている側の壁に、電話がとりつけられている。彼がそちらに歩み寄ろうとすると、彼女が小さく言った。

「ここの住所、わかるの？　わからないと、救急車も来てくれないわ」

彼はぴしゃりと額に手を当てた。「ホントだ」

「それに、その電話、使えないわ」

ぽつりとつぶやくように、そう言う。彼はベッドの上の彼女をまじまじと見つめた。

「試してみたのかい？」

かぶりを振り、針で突かれたかのように顔をしかめる。

「じゃ、どうして使えないってわかる？」

「なんとなく……」

彼は受話器をはずして耳に当ててみた。発信音が聞こえる。

「ちゃんと——」

通じてるよ、と言いかけたとき、ふらりとめまいがするような感覚とともに、またひとつの光景が割り込んできた。受話器が床に落ちている。それを誰かが拾いあげ、そして言う。

（電話線が切られている）

「電話、切られてるのよ」

彼女が言っている。その目は彼の方に向けられているが、焦点があっていない。

彼は受話器をフックに戻した。「大丈夫か？」

彼女はまだぼうっとこちらを見ている。　彼は近寄って、毛布の端に手を置いてのぞきこんだ。

「大丈夫？」

呼びかけると、彼女の目が晴れた。びくりとして身を引こうとして、痛そうに顔を歪めた。

「今、なんて言ったか覚えてる？」

「わたし？　なにか言った？」

すぐそばで見ても、きれいな目だった。曇っているわけでもない。ぱっちりと見開いて、しっかり彼を見返している。

「どうもおかしいね。おかしいことばっかりだ。やっぱり医者が要るよ」

彼がベッドから離れると、彼女は言った。「わたし、五分も辛抱できないほど具合が悪いわけじゃないから」

「だから？」

「まず、あなたが踏んづけて大怪我をしないうちに、あの花瓶を片付けた方がいいと思うの」

肩ごしに破片をちらりと見て、彼はうなずいた。

「わかった。洗面所に雑巾があったようだから、ついでに床もふくよ。それだけ？」

「人を呼びに外に出るなら、着替えてからにして」

彼は自分がまだパジャマ姿だったことを思い出した。

「了解」

女ってのは、まったく頭にくるほど良識豊かだ——と思いながら、彼は花瓶の破片を拾い集め始めた。

4

十分後、彼はTシャツとコットンパンツに着替えて、外に出るための靴を探していた。

衣服はクロゼットのなかにあった。数は多くないし、ズボンとシャツという組合せだけで、スーツのようなものは見当たらない。そして、向かって左側には男物、右側には女物がきちんと分けて下げられていた。女物の方もちょっと調べてみたが、やはりシャツとスカートしかない。ただ、クロゼットの床に薄い防虫ボックスがふたつ並べて置かれており、開けてみると、なかには下着と靴下が入っていた。

ひとつだけ、特徴がある。そこにある衣類が、全部新品だということだ。

今は何も考えずにおこう、と決めて、彼は適当な衣服を選び、彼女の目の届かないところで着替えた。脱いだパジャマはたたんでクロゼットのなかに入れた。

下駄箱は玄関につくりつけの小型のもので、扉を開けると、やはり新品のスニーカーが一足と、やわらかそうな革の白いローヒールが一足並べられていた。彼はスニーカーを玄関におろした。真新しいゴムの匂いを感じた。

もう一度部屋に戻ると、彼女は毛布の下で身体を縮めている。

「まだ寒い？」

「すごく」

彼の方は汗をかき始めているのに、彼女はぶるぶる震えていた。

「ほかに掛けるものがないかな」

見回すと、クロゼットの上に別の開きがある。物入れだろう。背伸びすれば届く高さだった。

細長い扉を開けると、すぐ左側に、まだビニール袋に入ったままの毛布が入っていた。今彼女が掛けているのと色違いだ。

そして右側には、ブルーのスーツケースがあった。平たく寝かせてあり、把手がこちらを向いている。

彼はまず毛布を引っ張りだして、袋を破った。ベッドのうえに広げて掛けると、彼女は

「ありがとう」とつぶやいた。

「悪寒には効き目ないかもしれないけど、少しの辛抱だから」

ビニール袋を丸め、ベッドの足元に捨てる。目をあげて、もう一度物入れを見る。

あのスーツケース。

なんだろう。

「ちょっといいかな。すごく辛い？」

彼女は毛布の陰から答える。「少しあったかくなったわ」

「キミ、ブルーのスーツケースを持ってた記憶、あるかい？」

「どんなの？」

「今見せてあげるよ」

把手をつかみ、手前に引く。意外に重い。おや、と思って用心したのだが、結局は半分落とすような感じで、彼はそれを足元に置いた。

「やけに重いな。なんだろう？」

横になっている彼女にも見えるようなところまで、持ちあげて運ぶ。

これという特徴のない、つるりとしたスーツケースだった。ステッカーも貼ってないし、荷札もついていない。わずかに、「サムソナイト」というメーカー名が読めるだけだ。

「覚え、ある？」

彼女は黙って彼を見上げた。（ないわ）という顔だった。

「開けてみようか」

「開くかしら」

鍵は掛かってなかった。把手の両脇にある金具をいじると、ばちんという音がして蓋が浮いた。

開けた瞬間、彼は目を疑った。

「なあに？　何が入ってるの？」

彼女が身を起こそうとし、「痛い！」と叫んでぎゅっと目を閉じた。そのまま動くことができないでいる。そばで見ているだけの彼にも、彼女の苦痛が相当ひどいものであることがわかった。まるで、鉄片を詰めた靴下で一撃されたかのようだ。彼は彼女の肩を支えてやった。

「動かないほうがいいよ」

彼女はそろそろと目を開いた。「いいの。動くときが痛いみたい。起きちゃえば大丈夫、もう平気」

そして、彼女もスーツケースの中身を見た。

二人とも声が出せなかった。

「これ——なあに」

ようやくそう言ったとき、彼女の声は裏返っていた。

「名前を忘れた？」

「冗談を言わないで。そういう意味じゃないわ」

「わかってるよ」

彼も、ジョークを飛ばせるような気持ちではなかった。スーツケースいっぱいに詰め込まれているのは、現金だったのだ。

「これ、どういうこと？」

彼女はスーツケースに目を据えたまま、手探りで彼の腕を探し、つかんだ。爪が食い込む

ほど強く。だが、茫然（ぼうぜん）としている彼は何も感じなかった。

「わからないよ」

答えてから、さっきから何度もこればっかり言ってるな、と思った。

並んでいるのはすべて一万円札だった。縦に三列。横に五列。束になっているが、帯封は

なく、輪ゴムでくくってある。

「いくらあるの？」

「うん」

「興味……なんかじゃないわ」

「数えてみるかい？」彼は彼女を見やった。「興味ある？」

「どうするの？」

スーツケースの蓋を閉めると、彼は立ち上がった。把手をつかんで持ちあげる。

「どこにも持っていきやしないよ。クロゼットのなかに入れておくだけさ」

言葉どおりにして、彼は扉をきっちりと閉めた。

「とにかく、病院だ。僕たち二人とも、少しでも早く診てもらったほうがいいよ」

彼女は毛布の端を握り締めて彼を見つめている。

「危ないことにならないかしら」

「危ないって？」

「あのお金……」

下くちびるを嚙んで、彼は少し考えた。それから彼女のそばに戻ると、しゃがんで目と目を合せた。

「キミが言うのは、つまり、あの金に犯罪がからんでるんじゃないかってことだね？　強盗とか、誘拐とか」

彼女は答えなかったが、目をそらした。

「外に出て、まして病院みたいなところに行ったら、捕まるかもしれないって思う？」

彼女は自信なさそうに彼を見上げた。

「そんな気持ち、しない？」

さっきまではごく一般的な世間体にとらわれていたのに、今度は自分が犯罪者であるかもしれないと怯えている。右から左だな、と思って、彼は苦笑した。

「おいおい、スーツケースに入った金を見ただけで、そう先走るなよ」

「だけど、まともな人間があんなふうにしてお金を持っているはずがないわ。銀行に入れるわよ」

なるほど。してみると、これも良識から生まれている発想なのだ。まともな人間なら、現金を部屋に隠しておいたりしない、か。

「宝くじにあたっただけかもしれないじゃないか」彼は笑ってみせた。「で、祝杯をあげてちょっとばかり飲みすぎたんだ。可能性としてはあり得るよ」

それは、さっき自分で言ったことと矛盾している説だと、彼にもわかっていた。それで彼

女を説得しきれるとも思わない。だが、ここでぐずぐずしていてもなんにもならないし、彼女は医者を必要としている。いや、彼自身にも必要になってくるかもしれないのだ。

黙り込んでいる彼女の肩を、毛布の上からぽんぽんと叩いて、彼は腰を上げた。

「横になって、安静にしてればいいよ。何も心配いらないから。すぐ戻るからね」

彼女はそうっと首をあげた。

「ね、わたし、怖いな」

「怖い？」

「あのお金とわたしだけで、ここに残るの？」

そういう意味かと、彼は納得した。

「鍵を掛けていったほうがいい？」

「その方がよく眠れると思うわ」

彼はまた毛布をぽんと叩いた。「いいよ。どこかにキーがあるだろうから、探してみよう」

探すといっても、場所は限られていた。キッチンはさっきくまなく見たところだし、キーのようなものを浴室やトイレにおくはずもないから、あるとすればこの部屋の中だ。テーブルの上には花瓶しか載っていなかったのだし、ほかに目に付く収納場所といったら、テレビ台の下についている小引き出しだけだった。

彼女も俺も、どうやら、手荷物のたぐいはいっさい持っていないようだな、と。気がついた。そこで、ハンドバッグのようなものがあれば、すぐにそれとわかっていたはずだ。

テレビ台は安っぽいつくりのものだが、ちゃんとビデオデッキ用の棚があり、テープも収納できるようになっている。が、そこはからっぽで、細かい木っ端が落ちていた。

彼はしゃがんで、小引き出しを開けた。

そこには三つのものが入っていた。どれを最初に認識したのか、認識に順番があったのかどうかさえ、わからない。ただ、見たものに間違いはなかった。

彼はぴしゃりと引き出しを閉めた。はずみでテレビ台が少し動いた。

そっとうしろをうかがう。彼女は気付いていない。声もかけてこない。

彼は床に腰をぬぐい、大きく呼吸をしてから、もう一度引き出しを開ける。スペースて、手の甲で額をぬぐい、大きく呼吸をしてから、もう一度引き出しを開ける。スペース

いちばん手前に、キーが入っていた。ごく小さいものだから、場所はとらない。まばたきをくっているのは、別のものだった。

拳銃だ。

黒い、金属的な輝きのある銃が、やや斜めに傾けて、逆くの字を描くようにして置かれている。

モデルガンかな、という気もした。モデルガンなら、銃口がふさがっているんじゃないのかな、とも思った。どうしてこんなことを知ってるんだろう、俺にはそういう趣味があったのかなとも思った。

銃を取り上げる気にはなれなかった。

指先で引き金のところをひっかけようとして、そん

なことをすると暴発するかもしれないと思った。安全──そう、安全装置がかかっていれば大丈夫かもしれないが、銃のどこに安全装置があるのかも、どれがそうなのかも、どうなっていればかかっていることになるのかも、まるでわからないのだ。

引き出しをすっかり引き抜いて膝の上に置く。頭の方を動かして、銃口をのぞいてみた。

ふさがっていなかった。

本物だということか。

心臓が耳のすぐ内側で轟いている。部屋の暑さが堪え難いものになり、息苦しくなった。そのくせ、背中がぞくぞくした。背骨の下に、氷のように冷たい手が押しつけられている。その手はどんどん大きくなり、体温を奪っていく。

キーと、拳銃。

そして三つ目は、一枚の薄いタオルだった。前のふたつの下に布かれている。ただそれだけのものにも思える。

だが、目の迷いでないならば、それには汚れが付いている。ごくかすかではあるが、なにかをぬぐったような、こすったような褐色のしみが。

汚いしみだ。まるで、乾いた血液のような。

彼は右手をコットンパンツの腿にこすりつけて、汗をふきとった。手が滑ったらおしまいだ、と思える。何度汗を拭いても、拭いても、まだ充分ではないような気がした。

銃に触れると、冷たい感触がした。口のなかに油の匂いが広がるような気がした。

何があっても引き金に触れないようにするには、むしろ直接銃身を持ってしまった方がいいと思った。慎重に、銃口を、自分の方にもベッドの方にも向けないようにして、ちょっとしたアクロバットなみに肘を曲げ、ようやく引き出しから取り出す。床に置くまで、無意識のうちに呼吸を止めていた。

それまでの反動のように、タオルをひっつかんだ。

広げてみる。絵の具を惜しんだ抽象画のように、ところどころに、形の定まらないしみがある。タオルを顔に近付けると、嫌な臭いがした。

「それ、血だわ。そうでしょ？」

彼は文字どおり飛び上がった。彼女がベッドの上に身を起こして、蒼白な顔でこちらを見ている。

ほとんど本能的に、彼は膝を動かして床の上の拳銃を隠した。だが彼女はタオルに目を据えていて、ほかのものには気持ちがいってないようだった。

「その引き出しに入ってたの？」

彼はうなずいた。彼女は顔をしかめて頭を押さえながら、もう少し乗り出した。

「見せて」

タオルを渡すと、彼女はしげしげと観察した。ちょっと鼻を寄せてみて、顔をしかめる。

「この臭い、やっぱり血ね」

「わかるのかい？」

「女なら、誰でもみんなわかると思うわ」

彼女は彼にタオルを返し、非常な苦労をして座りなおした。動くと頭に響くという状態は、ひどい偏頭痛のときのそれとよく似ている。

「これでも、わたしたち、危ないことになってないと思う？」

彼女は辛そうな顔で言った。目が充血し始めているし、うっすら涙が浮いていた。

彼は黙っていた。手札を全部見せたほうがいいかどうか、迷っていたからだ。

「病院には行かないで。わたし、大丈夫だから」

「とてもそうは見えないよ」

「じゃ、今は行かないで。もう少し落ち着くまで。夕方まで。なにか思い出せるかもしれないもの。ね？」

彼はベッドの手摺りに腕を載せ、彼女の顔を見つめた。むしろ今は、一人で残して行かないほうがいいかもしれない、と思った。俺は外に出るのが怖いのだ。何が待っているかわからないから。

「そうするよ」と、彼は言った。

彼女が横になったのを確かめてから、床から拳銃を拾いあげた。タオルでくるみ、ちょっと考えてから、ベッドのスプリングと布団の間に押し込んだ。あの引き出しに入れたままでは、誰かの目に触れないとも限らない。

キーはコットンパンツのポケットに入れた。

キッチンへ行くと、まずドアに鍵がかかっていることを確かめた。洗面所に入ると、蛇口の下に頭をもっていって、冷たい水をぶちまけた。Tシャツの背中の方まで濡れてしまったが、頭はすっきりした。

タオルで顔をふいているとき、もう一度、二の腕にあるあの不可解な文字が目に入った。

水に濡れても、ぼやけもしない。

落ち着け、落ち着け——自分に言い聞かせる。彼女の言うとおり、少し様子を見れば、時間がたてば、すべて解決するかもしれない。

タオルをハンガーに戻して鏡を見た。鏡のなかの男は、彼のそんな希望的観測など、頭から信じていないという顔をしていた。

わかったことは、どうやら病院にも警察にも行けそうにない、ということだけ。

時刻は午後二時二十七分。すべてはまだ始まったばかりだった。

5

来客は、約束の三時ちょうどにやってきた。

ドアチャイムが二回鳴ったところで、真行寺悦子はキッチンの椅子から立ち上がった。隣の椅子の上で正座していたゆかりが、色鉛筆を手に、不満そうに頬をふくらませる。

「お客さま?」

「そうみたいね」

「つまんないの」

子供の特権だというように一応むくれてはみせるが、ゆかりはてきぱきと色鉛筆をケースにしまい、ぬり絵ブックを閉じて椅子から降りた。悦子はその頭に軽く手をおいた。

「ごめんね。せっかくの日曜日なのに。長くはかからないと思うんだけど」

「お夕飯の約束は?」

悦子はにっこり笑った。「大丈夫。ばっちりよ。何を食べるか考えておいて」

「やった!」

ゆかりは弾むような足取りで階段を上がってゆく。悦子は呼びかけた。

「もしなんなら、先におじいちゃんのところに行ってってもいいわよ。一緒にぬり絵を完成させたら?」

ゆかりは踊り場で振り返った。「それもいいけど……でも、おじいちゃん、ウエディングドレスをうぐいす色に塗ったりするんだもん」

「渋い色が好きなのよ」

ゆかりが自分の部屋のドアを閉める音を確認してから、悦子は玄関のドアを開けにいった。貝原好子は、いらだちを隠そうともしないで立っていた。黒と白のコンビのハイヒールに包まれた爪先を、わざとらしくコツコツと鳴らしている。

「ずいぶん待たせるんですね」と言って、濃い口紅を引いたくちびるをぐいと結んだ。悦子

は気にしないことにした。

「子供がおりますもので。どうぞおあがりください」

スリッパを勧め、先にたってリビングに戻る。好子はドアを乱暴に閉めて、あとについてきた。

リビングに入ると、好子はあたりをじろじろとながめまわした。お姑さんみたいだわ、と悦子は思い、少しおかしくなった。今朝掃除をするとき、好子が訪ねてくる、ということを意識して、いつもより念入りにやったことを思い出したのだ。

貝原好子には、女性全体に対して、意地の悪い姑（しゅうとめ）のようにふるまうところがあった。そ
れが無意識のうちになされていることだとしても、周囲の人間にとっては気骨の折れること
である。

「みさおは、本当にお宅におじゃましてはいないんでしょうね？」

つっ立ったまま、好子は言う。今回の件で、彼女から最初に電話をもらったのは三日前の
ことだが、その時から数えると、もう十数回、同じ質問をされてきた。

そして、悦子の返事もいつも同じだった。

「みさおさんは、一度もここにはいらしていません。ほかの場所でも、わたしはお会いして
ないんです。おかけになりませんか」

夏向きの麻のカバーをかけたソファをじろりと見てから、好子は腰をおろした。黒いワニ
革のキャリーバッグを──おそらく、型押しではない本物だろう。みさおはいつも、うちの

オフクロは、身につけるものにはお金を惜しまないから、と言っていた——すぐそばに置き、

そのなかから、銀色のシガレットケースと、揃いのライターを取り出した。

悦子は、来客用の丈の高いグラスに冷えた麦茶を注ぎ、盆に載せ、リビングに運んで、好

子の斜向かいに座った。そのたびに、煙草を一口吸っては、テーブルクロスのうえのガラスの灰皿の縁

でぽんぽんとたたく。好子は、煙草を膝のうえにまで、細かい灰を散らしている。

灰皿をきれいに使わない煙草のみが、悦子は大嫌いだった。

麦茶のグラスをテーブルに載せ、悦子が膝のうえに両手をそろえても、好子は煙草をふか

しているだけで黙っている。話を切りだすのはあんたの役目だ、という態度だった。

「お電話では何度かお話をする機会がございましたが、こうしてお目にかかるのは初めての

ことですね。わたくしが真行寺悦子です」と、悦子は挨拶をした。「みさおさんとは——」

好子がぴしゃりとさえぎる。

「あなたとみさおがどういうお知り合いなのかは、あの子から聞かされてよく知っています。

今は、そんなことはどうでもいいんですよ。わたしはみさおの居場所を知りたいんです」

悦子は静かに、わたしにも今現在彼女がどこにいるのか、まったく見当がつかない、とい

うことを繰り返した。

「みさおさんからは、おうちの方に、まったくなんの連絡もないんですか?」

好子はキッとにらみ返してきた。

「あったら、わたしはこんなところに来ていませんよ」

こんなところとはご挨拶だが、（オフクロと話すときは、いちいち腹を立ててちゃダメなの。そうでないと、ほかのおが、（オフクロと話すときは、いちいち腹を立ててちゃダメなの。そうでないと、ほかのことをする時間がなくなっちゃうから）と言っていたことを思い出した。

「みさおさんがいなくなったというお電話をいただいたのは、九日の木曜日の夜でしたよね。

今日で、まる三日ですね」

悦子は壁のカレンダーを見上げた。高山植物の写真集をアレンジしたもので、敏之が好んでいたものだ。彼が亡くなってからも、悦子はほかのカレンダーをかける気にはなれず、わざわざ都心の文具屋まで出掛けて、手に入れてきた。

「こんなに長く、しかも電話一本かけてこないで家をあけることは、今までにはありませんでしたよね？」

好子は煙草をぐいぐいもみ消すと、せっかちに次の一本に火をつけた。

「ありません。外泊したって、いつも一晩で帰ってきてたんです」

好子の言うところの「外泊」を、みさおは「ガス抜き」と称していた。

（たまにガス抜きしないと、あたしホンモノの噴火をしちゃうもの）

「書き置きはありましたか？」

「そんなものありませんよ」

「みさおさんは家を出るとき、手荷物を持っていたようですか？　旅行カバンみたいなもの

でも」

好子は目をそらすと、いまいましそうに鼻から息を吐いた。

「わたしは会ってないんですよ、あの子に」と言って、喧嘩を売ってでもいるかのような目付きで、悦子をにらむ。「あの子はうちにいたって、わたしとはロクに口もきいてくれないんです。家にいるのかいないのかも、食事どきに階下へ降りてくるかこないかで見分けてるくらいなんですから。ふっと外へ出ていかれたって、わかりません」

ことさらに口調がきついのは、その底に弁解が混じっているからだった。

「そうすると、九日ではなくて、もっと以前から姿が見えなくなっているんですね？」

「最後に顔を見たのは、八日の夕食のときでした。そのあと、わたしとはロクに口もきいてくれない（ふろ）風呂に入るように声をかけても返事がないので部屋をのぞいてみたら、いなかったんです」

今までの「実績」から考えれば、八日の夜外泊したなら、九日には帰ってくるということになる。好子もそう考えて、そのときは放っておいたのだろう。

ところが、九日の夜になっても、みさおは帰ってこない。それで、好子は悦子に電話をかけてきた。零時近くのことで、悦子はその電話に叩き起こされたのだった。

（みさおを出してください！）と、最初からヒステリーを起こしていた。

「そうすると、今日で四日なんですね。どこにいってるのかしら……」

悦子は、貝原みさおの整った顔立ちを思い浮かべた。一ヵ月ほど前、初めて本人に会ったとき、電話の声から想像していたよりもっときれいな娘だわ、と思ったものだ。みさおは十七歳という若さで、すでに（大人になったら美人になりそうだ）という段階を越えてしまっ

ていた。もう完成品だった。

「心当たりの場所にはきいてみましたか？　うち以外の、同級生やボーイフレンドのところです」

「あの子には同級生なんかいやしません。学校なんか、ほとんど行ってないんですから」

「ボーイフレンドは？」

「どうせ不良ばっかりですよ」

答えにならない答えを吐き捨てて、好子はまた煙草に手をのばした。

「申し上げにくいことですが、警察には？」

くちびるの間に煙草をはさみ、ライターを手に、好子は目をむいた。

「どうして警察なんかに？」

「捜索願いを出されたかと思いまして」

「なんで捜索願いなんか出す必要があるんです？　みさおは帰ってきますよ」

警察に話したりしたら、あの子が帰ってきたときみっともないじゃないですか、と言わんばかりの口調だった。

悦子は理解した。

呆れ返りながら、

この人は、本当に娘の身の上に何か変事が起こっているのではないかと案じているわけではないのだ。みさおが勝手に家を出て、母親の知らないところで生活をしていることに、我慢がならないだけなのだ。一晩ならまだ目をつぶるが、それが数日に及んだので、怒ってい

るのである。

　おそらく、貝原好子は独占欲と愛情とを取り違えているのだろう。みさおがどこかに、母親よりも打ち解けて話のできる友人を持っているということが許せないのだ。腹立たしいのだ。そして、真っ先にその腹立ちの標的として選ばれたのが真行寺悦子だった、というわけなのである。

「失礼ですが、どうして、みさおさんがわたしのところにいると思われたんでしょうか」

　好子はむっつりと黙っている。

「みさおさん、お宅でよくわたしのことを話されます?」

　面白くなさそうに、「しますよ。『ネバーランド』の真行寺さんなら、あんたよりずっとあたしのことをよくわかってくれる、なんて言うんです。母親のあたしを、あんた呼ばわりですよ」

「だから、うちに来ていると思われたんですね?」

　好子は返事をしなかったが、それが答えになっていた。悦子はため息をもらした。

「わたしだって、みさおさんにとってはちょっとした友達にすぎないんです」

　好子は、そのとおりだ、という顔をした。そして鋭く言った。「だけど、あなた、みさおはここに来たことがあるんでしょう?」

　悦子はうなずいた。「一度きりです」

「みさおはあなたのことをえらく信用していたようですけどね」

「それでもやっぱり、他人は他人」と、悦子ははっきり言った。「みさおさんには、わたしは踏み込めない部分があります。わたしだけじゃない、誰にも踏み込めないところです。普通の人間なら、誰でもそういう部分を持ってるんじゃないでしょうか。そこまで土足で踏み込むことが、親しさの表し方だとは、わたしは思いません」

好子は鼻白んだ。「あなたね、何を言いたいんです？」

「わたしが申し上げたいのは、みさおさんにはみさおさんの意志と判断でやっていることがあるということです。彼女には彼女の世界があるということですね」

「子供のくせに」

「子供でも、です」悦子は乗り出した。「肝腎（かんじん）なのは、お互いの世界の風通しをよくしておく、ということじゃありませんか。それさえできていれば、みさおさんは賢い人ですから、心配はないと思うんです」

「現実に、三日も四日も家に帰っていないのに？　あなたね、他人の子供のことだからそんな無責任なことが言えるんじゃありませんか」

「ですから」悦子は辛抱強く言った。「今、心配しなければならないのは、みさおさんの態度がどうの考え方がどうのということではない、と申し上げてるんです。現実に、今までにないほど長く家をあけているんでしょう？　何かトラブルに巻き込まれているのかもしれません。貝原さん、警察にいらっしゃるべきです。そして、わたしではなくて、というのは、わたしのところにはいない、ということがはっきりしたのですから、わたし以外の、みさおさ

んの友人知人のところもお探しになってみるべきです。その結果、見つかったみさおさんを叱（しか）るようになったとしても、全然探さないよりもはるかにましじゃありませんか」

実際、悦子には、好子が今まで警察に足を運んでいない、そんなことを考えもしていないということが、驚異に思えていたのだ。

だが好子は、異国の言葉で話しかけられているかのような顔をしていた。彼女には、みさお自身は何もしなくても、外側から災難や事件が降りかかっているのかもしれない、という可能性には、思いが及ばないようだった。

ややあって、好子は唐突にハンドバッグを開けると、そこから大型の手帳のようなものを一冊取り出した。テーブルのうえに、ぽんと投げ出すように置く。

「あの子の日記です」

悦子は眉（まゆ）をひそめた。「お部屋にあったんですか？」

「行き先がわからないかと思って、アドレス帳のたぐいを探したときに、みつけたんですよ」

なるほど、そうしなければ悦子の自宅に電話をかけることもできなかったわけだが、そのことについて、ちらりとも申し訳のなさそうな表情を見せない好子に、悦子はげんなりした。

「なんだかわけのわからないことが書いてあるんですよ」

「ごらんになったんですね？」

みさおの日記帳は、玩具（おもちゃ）のような鍵（かぎ）のかかるタイプのものだった。表紙は花柄（はながら）で、金色の

「ダイアリー」という文字がついている。今、その鍵は壊れていた。

「ドライバーであけたんです」好子はあっさり言った。「見てみてください。あなたなら、何かわかるかもしれないから」

悦子は、すぐには手を出すことができなかった。勝手に中身を読むことは、みさおの信頼を裏切ることになると思った。

「読んでくださいよ」と、好子はせっついた。「母親のわたしが許可します。火急の場合かもしれないんだから。そう言ったのは、あなたでしょ」

好子に「許可される」のは願い下げだ。みさおに会ったとき謝ることにしようと心に決めて、悦子は日記帳を開いた。

みさおの手書き文字を見るのは、これが初めてのことだった。流行の丸文字ではなく、ちょっと右下がりだが、しっかりとしたいい字体だった。

形としては一ページに一日分ずつ記入できるようになっているが、空白が多い。みさおは、日記というより覚え書きとして使っていたようで、「P.M.8　ロフト」とか、「マイシティで買物」などの、メモ書きのような記述が大半を占めている。

ページをめくってみると、八月七日のところまで書き込みがあり、あとは空白が続いている。

七日の記述は、たった一行。

「明日　レベル7まで行ってみる　戻れない？」

（戻れない？）という文字を、悦子は何度か繰り返し黙読した。現実にみさおは戻っておら

ず、日記はここで切れている。

ということは、みさおは、家に帰らないということを、ある程度予期して出ていったのだ

ろうか？

悦子は目をあげて好子を見た。煙草を吸いながら、じっとこちらを見つめている。

「七日のこれ、なんでしょう？」

「わかりませんよ、わたしには」

前のページに戻ってみる。七月二十日の欄にも、「レベル」という文字があった。

「レベル3　　途中で断念　くやしい」

さらに戻る。注意して拾ってみたが、どうやら、「レベル」という言葉が初めて登場する

のは、七月十四日のようだった。

「初めてレベル1を見た　真行寺さん♡」

悦子はその文を、二度繰り返して読んだ。

「レベル」という言葉も不思議なら、そのあとの「真行寺さん♡」というのも、もっとわ

からない。

「ちょっと失礼します」と、好子に断って、悦子は席を離れ、キッチンの引き出しに入れて

ある家計簿を取りにいった。ノート形式の簡単なものだが、家計簿と同時に、日記がわりに

も使って重宝しているものだ。

それをめくってみると、悦子が初めてみさおに会い、彼女をこの家に招いたのは、七月十日のことだった。

また、みさおの日記に戻る。彼女も七月十日の欄に、「真行寺さんと対面！」と書いている。

もう一度八月七日のところを見てから、悦子はみさおの日記を閉じた。

「家を出る直前の、この『レベル7』というのが気になりますね。なんのことかしら」

好子はそっけなく肩をすくめた。「あなたにわからないものが、わたしにわかるわけないでしょう」

悦子は腹立ちを抑え切れなくなってきた。「貝原さん、お嬢さんのことで、赤の他人のわたしと張り合っても意味がありませんよ。みさおさんのお母さまは、貝原さん一人だけなんですから」

そんなふうに、常にみさおの周囲に目を光らせて、彼女のすべてをコントロールしたい、そうしなければ気が済まない、そうすることが母親の権利だ、という強圧的な態度をとり続けていることが、母娘の衝突のいちばん大きな原因なのだ。

日記を好子に返し、悦子はきっぱりと言った。「これを持って、まず警察にいらっしゃることです。若い娘さんの四日間の不在は、けっして穏やかな話じゃありませんから、きっと親身になってくれると思います。それから、お友達関係をひとつひとつ調べてみてはいかがですか」

好子は不満そうな様子だった。悦子の勧めに従いたくない、というのではなく、ただ他人に指図されるのが嫌いなのだろう。

「わたしも、できるだけ気をつけて、わかる範囲内で探してみることにします。友人として、心配ですから」

悦子はそう言って、話が終わったことを示すために、席を立った。

6

貝原好子が帰ると、悦子はぐったりと疲れていた。自分のために濃いコーヒーを入れて、キッチンの椅子に腰を降ろした。

「ネバーランド」での仕事について、そろそろ半年になる。だが、こんなたぐいのトラブルは初めてだ。どうすることがいちばん適切なのだろうと考えながら、ひどく心細くなっていた。

もともと、今の仕事は、自分で希望して始めたものではない。夫の敏之が急死したあと、毎日毎日ほとんど死人のようになって暮らしていた悦子を立ち直らせるために、昔の同僚が持ってきてくれたものだったのだ。

井出敏之と知り合った頃、真行寺悦子は中学校の英語の教師をしていた。彼と結婚して井出悦子となり、ゆかりが生まれても、しばらくは教職を続けていたのだが、乳児期のゆかり

が立て続けに病気をしたことと、日曜祭日も休めないほど激務に追われる敏之の生活を支えるためには、自分は家にいた方がいいのではないかと考えたこともあって、結婚二年目から完全な専業主婦になっていた。

その敏之が亡くなったのは、昨年八月十日の未明のことだった。まだ一周忌が済んだばかりだ。悦子は彼の死に目に会っていない。敏之は会社のオフィスで倒れ、病院に担ぎこまれてすぐに死亡したからだ。死因は急性心不全――三十七歳の若さだった。

会社の組合で出している社内報は、敏之の死を「典型的な過労死である」として、経営陣を厳しく糾弾する記事を書いてくれた。その効果があったのか、悦子に裁判でも起こされてはたまらないと思ったからか、敏之の退職金も弔慰金も、かなり大きな額になった。買って一年のこの家のローンは、保険をかけてあったおかげで、きれいになった。会社の厚生基金からは遺族年金が支給される。さしあたっては、日々の暮らしの心配はないし、貯えの方は、敏之が元気で働いていたころに比べて、問題にならないほど増えたことになる。

だからこそ、すべてが空しくてしかたなかった。

敏之はなんのために働いていたのだろう。考えてみれば、家族三人で旅行をしたことも、一度しかない。ゆかりを連れて気軽に動物園や遊園地に遊びにいったことも、数えるほどだ。残業は連日、徹夜仕事もけっしてめずらしくない。それほどまでにして働いていたのに、経済的には、早く死んだ方が得だったというのだ。

（これほどの建築ブームがこなけりゃ、ご主人だってあんなに無理をせずに済んだんです

よ）と言われた。（会社がねえ、なまじ東京再開発のプロジェクトなんかに手を出さなければよかったのにね）とも言われた。（兵隊さんは可哀相ですよ。使い捨てだから）と言う人もいた。

すべて、どうでもよかった。悦子が聞きたいのはそんな言葉ではなかったのだ。説明が欲しかった。答えが欲しかった。

敏之は、正確には「倒れた」のではなかった。仕事の途中、ドラフターの前から立ち上がろうとして、立ち上がれずに座り込んでしまい、そのまま起き上がることができなかったのだ。

悦子は思う。いったい、一人の人間が、立ち上がることができなくなるまで疲れ果てるほど働かねばならない仕事など、この世に存在しているのだろうか。そこまで一人の人間を働かすことのできる権利を、誰が持っているというのだろう。

亡くなった夜、敏之が徹夜で仕事を片付けていたのは、翌々日の十二日から、会社全体が十日間の夏季休暇に入るからだった。休暇はとらねばならない。それは規則だ。だが、その間にとどこおってしまう仕事は誰かが肩代わりしてくれるわけではない。ありていに言えば、敏之は夏季休暇をとらざるをえなかったから死んだのだ。

こんな理不尽なことがあるものか──そう思いながら、そんな状況に置かれている敏之に、はたして自分は何をしてあげただろうと考えると、悦子は真っ黒な壁に頭を打ちつけているような気がした。

（あなたと結婚さえしなければ、敏之は死なずにすんだのに。あなたがあの子を死ぬほど働かせたんでしょう）

姑のそんな言葉に、反論することはできなかった。事実としては、それは違う。だが、原因としては同じことだと、悦子は思っていたから。

（顔色がよくないし、このごろ食事も進まないでしょう。一度ゆっくり休暇をとって休んだら？）などと言っていただけで、実際には何もしなかった。いつも敏之に笑われて、（サラリーマンなんて、みんなこんなもんだよ。もっとハードな職場の人間だっているよ）と言われると、（そんなものかな）と納得していた。

その納得が、まわりまわって夫を殺したのだ。

ほかの誰よりも、責任は自分にある。

遺産からかなりの額を渡した。籍を抜いてくれと言われれば、そのとおりにした。もともと反対されていた結婚だったし（敏之の母は、彼が誰と結婚すると言っても反対したに違いないのだが）、自分は井出敏之の姓に戻ることにした。悦子は思い詰めた。要求されるままに、夫の身内に、井出敏之の姓に戻ることにしたのであって、彼が誰と結婚するわけではないのだから、ゆかりと、敏之の思い出と、それがいっぱいにつまっているこの家さえあれば、生きてゆけると思っていた。

それでも、敏之のいない生活は、すべての色彩を欠いてしまったかのように味気なかった。

あのころの悦子は、人間の脱け殻だったのだ。

そんな彼女を、（なんとかしなきゃ悦子も死んじゃうよ。そうしたら、ゆかりちゃんは

（世間）を見て。ちょっとでもいいからさ。気分転換でいいからさ。ゆかりちゃんのためだと思って）

ゆかりのため、という一言は、効いた。

最初は、教職に戻ろうかと考えた。それがいちばん自然だし、好きな仕事でもあったからだ。だが、いざ職場を探し始めてみると、とても教壇に立つことなどできそうにない、ということに気づいた。

子供たち。毎日大量のカリキュラムをこなさねばならない生徒たち。なんのためにそんなに勉強しなければならないのかと言えば、いい高校へ、いい大学へ、いい企業へ進むためだ。そしてどうなる？　働いて、働いて、働き続けて、結局は敏之のように死んでいくのか。彼らがそこへ進んでいく手伝いをすることは、もう悦子にはできそうになかった。

そんなとき、「ネバーランド」の話がきたのだ。

話を持ち込んできた昔の同僚は、「ちょっとしたカウンセラーみたいな仕事よ」と言っていた。面接を受けにいったとき会った責任者の一色松次郎は、「一種のテレホンクラブです」と笑って、悦子を驚かせた。

実際に、タウンページなどで「ネバーランド」の電話番号を探そうとするならば、生命保険会社の項をひかなければならない。「ネバーランド」とは、ある大手の生命保険会社本社のなかにある一部署の、愛称なのだった。丸の内の一等地にある二十三階建てのビルの十七

階に、こぢんまりとしたオフィスをかまえている。

専従スタッフは六人。男女半々で、下は二十代前半から、上は六十歳すぎまでと、年齢層も厚い。この六人が、交替で早番、中番、遅番、当直もつとめ、二十四時間態勢でつめている。

仕事は、かかってくる電話に応対することである。

「ちょっぴり寂しいとき　話し相手のほしいとき　何か困ったことがあるとき　ネバーランドにお電話ください　いつでもスタッフがあなたのお相手をいたします」

宣伝用のパンフレットには、そう紹介されている。

「ネバーランド」は、一種の「電話駆け込み寺」なのである。ただし、駆け込んでくる理由は何でもいい。ただ寂しいから、誰かに話を聞いてもらいたいから電話する、というのでもかまわない。というより、実際にはそういう「なんとなく」電話の方が圧倒的に多いのだった。たまに、深刻な人生相談めいたものや、法律、福祉関係にかかわる相談ごとも寄せられることがあるが、その場合には、もっと専門的な相談所を紹介する。

「つまり、『いのちの電話』みたいなものですか?」

悦子が問うと、一色は「いやいや」と笑ったものだった。

「あれほど本格的なものではありません。もっと軽いのです。特に悩みがあるわけじゃないけれど、つまんない、誰かと話したい、という人に、気軽に電話をかけてもらえればいいのです」

「でも、その程度のことなら、友達に電話すればいいわけでしょう?」

「その　"友達"　のいない人が、この東京にはたくさんいるのですな」

勤めるかどうか決める前に、何日かモニターをやってみませんか、と誘われて、仕事その

ものにはあまり乗り気ではなかったけれど、保険会社がどうしてわざわざ予算を組んでこん

な部署を設けているのかに興味をひかれて、悦子は承知した。そして、かかってくる電話の

量に、初日から驚かされたのだった。

かけてくる相手は、ティーンエイジャーもいれば、独居老人もいる。夫が単身赴任してい

る主婦もいる。親元を離れ独りで上京している学生もいれば、共働きの両親をもつ鍵っ子の

一人っ子もいる。

今日学校でこんなことがあってね、と、楽しそうに話す子供がいる。恋人ができそうだと

はしゃいでいる独り暮らしのOLがいる。明日から人間ドックに入るんですが、不安でしょ

うがなくて、と訴える中年のサラリーマンがいる。職場でのぐちを延々とこぼす管理職がい

る。資金繰りの不安を話す経営者がいる。

「いかがです？　我々は電話の向こう側にしか存在しない擬似友人なんですが、それでもい

ないよりはいたほうがいいんですよ」

一色は言って、真顔になった。

「商売柄、私はこの歳（とし）まで、かなり大勢の人間をみてきました。それで思うんですが、真行

寺さん、あなたのように若いうちに辛い体験をした方は、みんな例外なく聞き上手になるも

のなんです。どうです。私たちに手を貸してはいただけませんか」

その時点で、心が動くのは感じた。保険業界に身をおいて、そのまままっすぐ進めば幹部になれるはずのところを、あえて「ネバーランド」の企画を提案し、打ち込んでいる一色の人柄にも惹かれるものがあった。

ただ、問題はある。ゆかりのことだ。

「わたしがここで、どこかの鍵っ子の相手をしているために、ゆかりが家で独りきりの夕食を食べているのでは、意味がありませんもの」

一色は、それはほかのスタッフと相談して勤務形態を調整すればいいことだ、と言った。

造作ない、と。

それでも、悦子の迷いは残った。

ところが、その迷いの糸を切ってくれたのが、当のゆかりだった。彼女は十歳だが、一人っ子のせいか、早いうちから理詰めでものを教えるようにしていた敏之の影響か、聡い子供に育っていた。悦子が事情を話して相談すると、

「ママ、いいじゃない、やれば？」と言った。

「ママがお仕事にいってもいいの？」

「うん。だって、日曜日がないわけじゃないでしょう？　授業参観日や運動会にもこられないわけじゃないでしょう？」

「もちろんよ」

「じゃ、いいじゃない。あたし、ママがおしゃれして会社にいくの、いいと思うよ」

それを言われて初めて、敏之の死後、外に出なければ一日髪もとかさないでいるほど、身の回りにかまわなくなっていた自分に、悦子は赤面した。

それに──と、考えた。うちでも、ゆかりもしょっちゅう長電話をしている。子供にとってさえ、あれは非常に楽しいコミュニケーションのとり方なのだろう。それを求めている人たちに、まやかしにしろ、一時的にしろ、楽しいおしゃべりの時間を与えてあげられるのは、なかなかいい仕事かもしれない、と。

こうして、悦子は「ネバーランド」で得た、たった一人の「昇格友人」だった。「擬似」から始まって、「本物」にかわったのである。

みさおが「ネバーランド」に初めて電話をかけてきたのは、今年の春先のことだった。学校をやめて働きたい、という内容の話で、その季節の、その年ごろの子供には、めずらしいことではない。

その時、悦子は、みさおの気のすむまでしゃべらせておいてから、言った。

「学校やめて就職するなら、それもいいんじゃない？　でも、もったいないなあ。だって、働くのは一生よ」

みさおは、その返事が気に入った、と言った。

そのあと、五月の連休明けにまたかけてきて、学校をやめることをやめた、と報告してきた。そして、時おり電話をくれるようになったのだ。

みさおの話は、「ネバーランド」に電話をかけてくる相談者の大半がそうであるように、他愛ない無駄話であることが多かった。学校や家庭に対する不満を口にすることもあったが、それよりは、将来はああしたい、こうしたい、という夢を語ることの方がまだ多かったような気がする。

みさおが、「一度真行寺さんに会ってみたい」と言い出したとき、悦子は、さほど意外なこととは思わなかった。

（どんな人なのか、あたしの目で見てみたいの。想像どおりの人かどうか、確かめたいの。いけない？）

だが、相談者がこういう申し出をしてくることは、あまりない。悦子は迷った末、一色の許可をもらって、「ネバーランド」のあるビルの喫茶室で、みさおと会った。（ねえねえ、ホントに三十四歳なの？　ウソみたい）

（思ったより、ずっと美人だった！）と、みさおは言った。

みさおは、活発で、聡明で、エネルギーにあふれた十七歳の美少女だった。「ネバーランド」を必要とするような人間には見えなかった。そのギャップに、悦子は興味をそそられたし、年若い妹を得たような楽しさもあった。ただ、ときどき妙にそわそわ喫茶室で話をしているあいだ、みさおは実に明るかった。

悦子が、お冷やのおかわりをもらおうと、手をあげて店員に合図したときには、傍目にもそれとわかるほどにびくりとした。

（どうかしたの？）と尋ねると、しばらくためらってから、彼女は小さく言った。

（あんまり長くは話ができないんでしょ？ もう帰る？）

みさおはずっと、悦子がもう（それじゃ、これで）と言うのではないかと、ハラハラしていたらしかった。

（あたし、あんまり人に好かれるタイプじゃないの。特に女の人には）

みさおは目を伏せて、そう言った。

（真行寺さんに会いたいって言ってからも、会っちゃったら嫌われるんじゃないかと思って、すごく怖かったの。一度会っちゃったら、もう二度と会えなくなるんじゃないかって。あたし、すごく下手なの）

（何が？）

（友達……つくること）

その言葉は、悦子の心に、素朴な楽器の音色のように響いた。気がつくと、こう言っていた。

（ね、よかったら、今晩うちにご飯を食べにこない？ おうちの方にはちゃんと連絡して、帰りはわたしが送っていくから）

（ホント？）と、みさおは顔を輝かせた。（ホントにいいの？ うれしい！ うちのことなら心配ないんだ。どうせ誰もいやしないんだもん）

「ネバーランド」のスタッフの一員としては、そこまですることは行きすぎだったかもしれ

ない。だが、悦子は後悔していない。あの夜、みさおは本当に楽しそうだった。一緒に食事をし、ゆかりも混ぜてゲームをし、音楽を聴き——

そういえば、まだカメラに数枚残っていたので、スナップを撮ったのだ。その前の週末にゆかりとディズニーランドへ行ったときのフィルムが、まだカメラに数枚残っていたので、スナップを撮ったのだ。そこに、さまざまなスナップが、写真立てに収めて並べてあるのだ。

悦子は立ち上がり、リビングの窓際に据えてある飾り棚の方へ歩み寄った。そこに、さまざまなスナップが、写真立てに収めて並べてあるのだ。

その中の一枚に、みさおがゆかりを抱きかかえて笑っている写真があった。あの夜撮ったものだ。

あの当時、みさおは髪をカットしたばかりだったという。（真行寺さんに会うんで、美容院に行ったの）と、照れくさそうに言っていた。そうすると、今はもうちょっとロングヘアになっているかもしれない。

ショッキング・ピンクのTシャツに、脚の線がくっきりと出るストーンウォッシュのジーンズ。左手首に男物の腕時計をはめ、耳にはピアスが光っている。

あの夜は、九時半ごろにここを出て、車でみさおを送っていった。彼女の自宅は東中野の住宅地で、ここ吉祥寺からそれほど遠くはなかったし、道もわかりやすかった。

みさおの家は真っ暗で、門灯さえついていなかった。

（ほらね。親父もオフクロもおでかけなのよ）と、そっけなく言って、みさおは車を降りた。玄関の前に立ち、悦子の車がバックして方向を変え、もと来た道を走り始めるまで、ずっと

見送っていた。

あとにも先にも、みさおと顔を合せたのは、そのとき一度きりだった。そして今、彼女は自宅からも姿を消してしまっている、という。

（どこに行っちゃったの？）

写真立てのなかの笑顔に、悦子はきいてみた。

このところ、しばらく電話もかかってきていなかった。「ネバーランド」にはもちろん、この悦子の自宅にも。一週間ぐらいになるだろうか。いや、もっとたっているかもしれない。この前電話で話をしたのは、七月の末ごろだったような気がする。アルバイト先の給料日だから、これから仲間と飲みにいく、と言っていたのだ。

その時のみさおの声を、思い出してみた。明るかった。

（レベル7まで行ってみる　戻れない？）

あの日記の文字が、気になった。みさおは、どこから戻れないと書いたつもりだったのだろう。

その必要があるわけではなかったが、不意に自分の居場所を確かめたいような気がしてきて、悦子は時計を見た。午後四時三十五分だった。

7

キッチンには、氷枕や氷嚢のようなものは見当たらなかった。
頭痛がどういう種類のものであるにせよ、冷やしていけないということはあるまい。彼は
最初、浴室にあったタオルを濡らして彼女の頭に載せてやっていたが、水が生ぬるいので、
それではあまり用をなさないと気がついた。ただ枕が湿っぽくなるだけのようだ。
冷蔵庫はスリードアで、一番上が冷凍庫になっている。ドアを開けてのぞいて見ると、製
氷器のなかに、白く濁ったような氷があった。それを取り出して、ドアを開けてのぞいて見付
けたビニール袋に入れ、即席の氷嚢をつくった。浴室から乾いたタオルを取ってきて、それ
を彼女の額に載せ、さらにそのうえに氷嚢を置く。今度は具合がいいようだった。
「すごくいい気持ち」と、彼女はため息をついた。「ありがとう」
そのまま、眠り込んでしまった。彼はベッドルームのドアを閉め、キッチンに戻って椅子
に腰かけた。

とりあえず、するべきことはなんだろう？
彼女の言ったような、じっとしていれば何か思い出すということは、どうも望み薄に思え
た。自分はごく普通に動作をしている。目を覚ましたばかりのときのような、ものと言葉が
結びつかないということもなくなってきた。全体として、気分は落ち着いている。
だが、記憶はがんとして戻ってこない。昨夜なにがあったか思い出そうとしても、どこに
住んでいるか思い出そうとしても、空っぽの箱のなかをのぞきこんでいるかのように、なに
も見えてこないのだ。

見えない。そう、この場合の記憶とは頭のなかに浮かぶ映像なのだと、ふと思った。音も、匂いも、感触さえもある映像。

じゃ、数字はどうだろう？

たとえば——歴史的事実は？

そう考えたとき、ほとんど同時に、（テッポウデンライ）という言葉が浮かんだ。（イゴヨサンフエルテッポウデンライ）——

1543年、鉄砲伝来。

馬鹿ばかしいと、我ながら呆れた。何の役にも立たないじゃないか。

だが、同じようなごろ合せをいくつか思い出すことはできる。イイクニツクロウカマクラバクフ。ムジコノヒナシタイカノカイシン——

どう考えても、体格からして、自分はこんな年号のごろ合せを必要とするような子供とは思えない。これは昔貯えられた知識の断片だろう。

ただ、教師だったとしたら、どうかな？　それとも塾の講師とか、家庭教師で子供を教えていたのかもしれない。

そういう自分を思い浮かべてみようとしたが、どれもみな、実感がわいてこなかった。

英単語のスペルはどうだろう？　九九は暗唱できるか？　円周率は覚えてるかな？　だがそれは、記憶にないというのではなく英単語については、どうも怪しい感じがした。だがそれは、記憶にないというのではなくて、記憶を失う以前の自分が、知識としてそれを必要とはしていなかったので、しっかりと

は身についていなかったというように思える。九九は言えたし、円周率は3・14だ。そば
にあった新聞からでたらめに数字を抜き出して加減乗除の計算をしてみたが、スムーズにこ
なせるようだった。

つまり、この種の知識は抜け落ちていないのだ。ひとまず、安心していいようだった。
だが、この程度のことが確認できたからと言って、手放しで喜んではいられなかった。今
の自分は土台しかない家と同じだ。屋根も壁もどこかに吹き飛ばされてしまったらしい。
そして、あの拳銃と、スーツケース詰めの現金。

ため息が出た。なんとなくあたりを見回した。しばらくうろうろと視線を泳がせているう
ちに、これは何か探しているのだ、と気がついた。

何を？　テーブルや棚の上をながめて何を探して――

煙草だ。

思わず、自分の額に手を当てた。そうか。俺（おれ）は煙草のみだったんだな。銘柄は？　何を吸
っていたんだろう。

煙草の名前は、すらすらとあげることができた。マイルドセブン、キャスター、ケント、
ラーク、キャビン――だが、そのどれが自分の好みだったのかは、思い出すことができない。
懸命に考えても、浮かんでこない。ただ、煙草がほしいという要求だけは切実なほど強くな
ってきた。そして、この部屋には煙草はない、ということはわかっている。

となると、外に出なければならない。

いつかはくることだ。

自分にそう言い聞かせながら、十五分ほどキッチンのなかをいったりきたりした。どのみち、永遠にこの部屋にこもっているわけにはいかない。食べ物も必要だし、彼女のあの様子からすると、薬も要りそうだ。遅かれ早かれ、必ず外には出なければならないのだ。

出た途端に、捕まる——

目を閉じて、そういう事態を想定してみた。捕まる、という単語に、自分の心はどういう反応を示すだろうか。記憶を失う前に、そういうことを激しく恐れなければならないようなことをやっていたのだとしたら、今の状態でも、心のどこかが警告を発してくれるのではないかと思った。

警察。

その単語には、これという映像はついていなかった。ただ、頭の奥のスクリーンに、ほんの一瞬ひらめくように、回転する赤色灯が映った。大勢の人間の入り乱れる足音を聞いたような気がした。映画やドラマでしょっちゅう見かけるような光景だ。あまりあてにできるものではない、と思った。こんなところでのんびり寝ていたはずもない。自分はそれほど間抜けな人間ではなかったはずだと思いたい。

追われているなら、

よし、とうなずいて、テーブルのそばを離れる。その拍子に、端に置いてあった新聞がば

さりと床に落ちた。一呼吸おいて、彼はあわててそれを拾いあげた。

もし何か事件が起こっているのなら、当然新聞に出ているはずだ。さっき彼女が、スーツケース詰めの金を見てすぐに言ったような、強盗とか、誘拐とか、大金が絡んだ凶悪な事件が起こっているのなら。

社会面を広げる。どこかの海水浴場で、子供が溺死したのだ。すぐに目に入った大きな見出しは、「水の事故あいつぐ　小学生二人死亡」というものだった。

次。「遺産相続の争いから長男が家に放火」

次。「杉並の変死は自殺と判明」

次。「夏休み登山の学生　一人転落死」

くまなく見てみたが、強盗も誘拐もなかった。若い男女を容疑者として追っている旨の記事もなかった。

ほっとするのと同時に、だが新聞だけじゃないぞ、と思った。もっと早くそうしてみるべきだった。テレビ。テレビも観てみよう。キッチンの壁にかかっている時計を見上げると、ちょうど四時になるところだった。NHKなら、ニュースをやっている時刻だ。

ベッドのある部屋に戻り、テレビのスイッチを入れた。パッと画面がつき、驚くほど大きな音量で音楽が流れだした。水着姿のアイドル歌手がプールサイドで歌っている。

チャンネルをかえようとしたが、テレビの表面はのっぺりとしていて、つまみもスイッチも見当たらない。やっと、本体の下にリモコンが内蔵されているのだと気がついたときには、

彼女が目を覚ましてしまった。

「なにしてるの？」と、だるそうな声で言う。

「ごめんよ」彼はテレビの方にかがみこんだまま言った。「ニュースを観てみるんだ。何か
わかるかもしれない」

音量をしぼり、チャンネルをNHKにあわせると、いいタイミングでニュースが始まった。
彼はテレビの脇にどいて、ベッドの彼女からも画面が見えるようにしてやった。

眼鏡をかけたアナウンサーは、帰省ラッシュのピークはまだきていないようだ、という話
題から始めた。続いて、新聞にも出ていた小学生の事故について話し、三つめに、現在九州
地方を激しい雷雨が襲っており、落雷事故で死者が一人出ている旨を読み上げた。

「ニュースをお伝えしました」

と、頭を軽く下げて消えてゆく。二分間の、短い定時ニュースだ。何も大きな事件が起こ
ってはいないという証拠だ。彼はスイッチを切った。

「どう？」と、彼女を振り向く。「強盗も誘拐もなしだよ」

彼女はしばらくテレビの方を見ていたが、やがて言った。「バレていないだけかもしれな
いわ」

「どこまでも、僕らを犯罪者にしたいみたいだね」彼はむっとした。「少しは元気の出るよ
うなことを言ってくれてもいいんじゃないか？　こっちはこれから外に出ようとしてるんだ
から」

彼女は肘をついて身を起こした。「外に出るの？」

「そうだよ。ずっとここにこもっているわけにはいかない」

「外に出てどうするの？」

「とりあえず、必要なものを買い込んでくる」

彼女は、スーツケースをしまってあるクロゼットの方に目を向けた。

「あのお金で？」

彼はうなずいた。「ほかにどうしようもないだろ？　それともキミ、札入れでも持ってる

かい？　持ってるんなら出してくれよ。こっちだって良心がとがめずに済む。万々歳だよ」

彼女は黙ってまた横になった。彼はベッドの頭の方へまわりこんだ。

「ごめん」と、小さく言った。「意地の悪い言い方だったな、今のは」

思いがけず、彼女はほほえんだ。「いいのよ。わたしの方が悪かったわ」

「気分は？」

「あんまりよくないけど——さっきよりは少し楽みたい」

「痛みがおさまってきた？」

「ええ。でも——」彼女は心許（こころもと）なさそうにまばたきをした。「目がちかちかするわ」

「ものが見えにくいの？」

「ううん、そうじゃなくて、目を閉じたときに、まぶたの裏で何か光ってるみたいに見える

の。それに、なんだかふらふらして」

「寝てたほうがいいよ」

それしか言えないのが、なんとも情けなかった。

「鍵はかけていくから、心配しないでいいよ。すぐ戻る」

そう言い置いていくからとドアの方に歩きかけると、彼女が毛布の下から手を出して、彼の腕を軽くつかまえた。

「ごめんなさい、しつこいとは思うんだけど」

「うん？」

「念のために、出る前に冷蔵庫の中を確かめてみて。もし、不自然なくらいびっしり食べ物が詰まっているとしたら、わたしたちが、こんなふうになる前には、しばらくのあいだ外に出なくてもすむように用意してたってことになるでしょう？」

彼は彼女の手を軽く叩いた。「わかった」

冷蔵庫の中は、空っぽに近い状態だった。真ん中のいちばん大きなドアの内側には、ミネラルウォーターのペットボトルがぽつりと入れられているだけ。その下の引き出し式になっているところは野菜収納庫であるらしいが、ここにも林檎が二個ころがっているだけだった。薄いピンク色の皮はぱんぱんに張っており、新鮮そうで、彼はその林檎を手に取ってみた。

甘い香りがする。

そのとき──

不意に、記憶が見えた。林檎と、もっとほかにもある。いく種類かの果物が、どこか上の

方から雨のように降ってくる。子供のお伽話にでも出てきそうな夢の雨。

そのイメージは、すぐに消えた。どちらにしろ、役に立ちそうなものではないと思った。

彼はちょっと頭を振ってから、林檎をもとの場所に戻し、収納庫を足で押して閉めた。なかでごろごろと音がした。

仕切りのドアを開けて、彼女に報告した。

「僕らは籠城を決め込んでたわけじゃなさそうだよ」

「よかったわ。そう思っていいのよね?」

「そう思う」心底から。

クロゼットを開け、他人のものに手を付けているかのような罪悪感をこらえながら、スーツケースから一万円札を二枚取り出した。ズボンの尻ポケットに押し込む。

「じゃ、行ってくるから」

一瞬まをおいて、彼女は言った。「絶対に帰ってきてね」

帰らないということなど、今の今まで考えてもみなかった。言われてみて初めて、彼女をここへ置き去りにすることもできるのだ、と気がついた。

氷嚢を頭からはずし、彼女は起き上がってこちらを見ている。さっきキッチンでしがみついてきたときと同じ表情を浮かべていた。

「ちゃんと戻ってくる。どこにも消えたりしないよ」

彼女の白い頬が安堵でゆるむんだ。

「ここを出たら、建物の名前を確かめてね。戻ってきたくても戻ってこられなくなるといけないから」

「そういう心配はなさそうだけど。記憶が消えちまったってこと以外は、頭にくるほど正常だよ、僕は」

口ではそう言ったが、内心、彼女の勧めには従おう、と決めた。自分というものがきわめてあやふやである以上、方向感覚もあてにならないかもしれない。何事も慎重に運んだ方がいい。

「ひとつ、頼みがあるんだけど」

「なあに?」

「どうやら、キミの方が僕よりいろいろ細かいことに気がつくみたいだ。きっと頭がいいんだろうな。だから、何か思いついたら、なんでも言ってくれないか? これから行動することについて」

彼女はちょっと微笑した。「うん。約束する」

玄関でスニーカーを履いていると、気をつけてね、という声が聞こえてきた。返事の代わりに一度だけちらりと振り向いてから、彼はドアを開けた。

8

外だ。

しばらく、呆けたようにそれしか考えられなかった。ドアに背中をつけて、正面から照らしてくる太陽の光を浴びた。目を閉じた闇の内側まで、陽光が明るく照らしてくれる。

ドアを開けて踏みだしたところは、うちっぱなしのコンクリートでできた、長い廊下だった。

廊下は一メートルほどの幅で、その先には彼の胸の下まで届く高さの塀がある。これもコンクリート製で、愛想のない色をしている。

その塀に両肘を乗せ、彼は眼下の景色を見おろした。

部屋の窓からのながめと、さほど変わったところはない。延々と続く家並みのあいだに、細い路地のようなものが見える。右手の方向に、ここより背の低いマンションが一棟あって、窓という窓に洗濯物（せんたくもの）がひしめいている。

視線を遠くに移したとき、遥か彼方（かなた）に、鉄塔のようなものがぼんやりとかすんでいるのを見つけた。

あれは、東京タワーだ。

間違いない。あ、あれは知ってるぞという手応（てごた）えがあった。そして、空は真っ青なのに、ぐるりと目に入る範囲内の地平線は、灰色の薄い雲のようなものに覆われている。スモッグと縁の切れない街。

ここは東京だ。

風が吹き抜けるように、認識が身体（からだ）全体を走り抜けた。東京だ。知ってる。わかる。わか

るぞ。

こうして身を乗り出していると、目が痛いほどにまぶしい。太陽に向きあっているからだ。太陽に向かって

午後四時をすぎて、太陽がこちら側にまわっている

ということは、この廊下――つまり、自分たちのいるこの建物は、ドアを西に、窓を東に

向けて立っているということになる。そして、東京タワーが西に見えるということは、この

町は東京の東部に位置しているのだ。昼間でも肉眼で東京タワーを見ることができるのだか

ら、都心からそれほど遠く離れてはいないのだろう。

頭のなかに、地図があった。そこに、ようやくコンパスの片足をおろすことができたのだ。

しかも、その地図はまったく未知のものではない。俺は――東京を知ってる。見も知らぬ土

地にいるわけじゃないんだ。彼は大きく吐息をはいて、塀から身体を離した。

さっきドアを開けてみたときは気がつかなかったが、ここは角部屋だった。北の角という

ことになる。首をのばしてみると、左手の方向にのびている廊下に沿って、ドアが五つ並ん

でいる。今出てきたドアを入れて六つ。ちょうどその中間に、廊下から少し引っ込んだ部分

が見える。エレベーターのある場所だろう。廊下の反対側のつきあたり、つまり南の角には、

非常用の外階段があった。

歩きだそうとする前に、彼はもう一度、今出てきた部屋のドアを振り返った。ドアの向か

って右側についているプレートを見上げ、そして――

「706　三枝」

棒立ちになった。

そうなのだ。混乱のあまりに忘れていたが、目を覚ましてすぐに、この表札を見ている。

消えている記憶をたどるための大きな手がかりが、ちゃんとここにあるじゃないか。

彼は早足にエレベーターの方へ歩き、ボタンを押した。箱は一階に停まっていた。七階ま

であがってくるまでにひどく暇がかかるような気がして、じりじりした。

管理人室だ。まず、そこできいてみよう。口実はなんとでもつけられる。七〇六号の三枝

さんを訪ねてきた者なんですが、お留守のようで──どこにいらしているかわかりますか？

一階に降りると、のろのろと開くエレベーターの扉の間をすりぬけるようにしてホールへ

出た。そこはごくこぢんまりしたフロアで、右手は壁、左手の方に通路がのびており、そこ

を歩いて角を折れると、正面玄関が開けていた。

エントランスは大きな両開きのガラス戸で、その右側に申し訳程度のロビーが設けてある。

テーブルと、椅子が二脚。脚の高い灰皿。さらにその手前に、鍵のかかる郵便受けが並んで

いた。

ガラス戸を通して、表を車が走り抜けていくのが見える。公道なのだろう。左側の方にドアがあり、横手の壁に小窓があいている。配

管理人室は、すぐにわかった。左側の方にドアがあり、横手の壁に小窓があいている。配

置としては、エレベーターの裏手にあたるのだろう。彼はそのドアに近づいた。

「管理人室　立入禁止」

ノックする前に、身をかがめて小窓からのぞきこんでみた。すぐ向こう側にカウンターの

ようなものがあり、電話機がおいてある。それに並べて、立て札がひとつ。

「当マンションは巡回管理体制をとっております。巡回日は月曜、水曜、金曜日ですが、管理人が不在のとき、緊急に御用のある方は、下記にご連絡ください」

03で始まる電話番号が書いてある。管理会社の名前は「東和不動産管理センター」。

そして、小窓の向こうには人の気配もない。ドアには鍵がかかっている。

拍子抜けした。

仕方がない。あとでこの管理センターへ直接電話をかけてみたっていいことだ。不動産会社なら、日曜日でも営業しているはずだから。

両開きのドアは重かった。押して外に出ると、半円形の低いステップを二段降りただけで、彼は歩道に立っていた。ステップの両側には、尖った葉がびっしり生えている灌木で、さえない植込みがこしらえてあった。

ちょうど自転車が一台通りかかり、彼を迂回して走りすぎてゆく。若い女性で、荷台に小さな子供を乗せている。ほんの一瞬、その子の眠そうな目と目があった。

二車線の道路が、左右にまっすぐにのびている。つっ立って見守っていると、緑の濃い立ち木の間から、真っ赤なビーチボールがぽんと空にあがり、それが弧を描いて落ちてゆくと同時に歓声が聞こえた。子供たちが遊んでいるらしい。

先には公園。

これといって、新しい発見を呼ぶ眺めではなかった。記憶を刺激されることもない。あり

ふれた住宅地の、くたびれかけた真夏の午後。影は濃く、空気はむっとするほどに蒸し暑い。人影も見えない。

だが、鼻歌が聞こえる。

右手の方からだ。目をやると、このマンションと並んで白壁のしゃれた家が一軒あり、その家との間に、細い路地がある。どうやら、調子っぱずれの歌声は、その路地の方から聞こえてくるようだった。

近付いていくと、水の流れる涼しげな音もする。路地の外れに立つと、足元を細い水の流れが走ってゆき、下水口へと流れこんでいくのが見えた。

男が一人、路上駐車した車を洗っている。さほど新しい車種じゃないな、と思う。全体にずんぐりした形で、バンパーに小さなへこみがある。

白い乗用車だった。

青いビニールホースを手に、鼻歌をうたいながら洗車に余念のない男は、彼に背を向けて、今トランクの方を流しにかかっている。長身で、細身で、脚が長い。洗いざらしのズボンの裾をまくりあげているので、あまりきれいではない脛が見える。ぺったんこのサンダルをひっかけているが、それもびしょ濡れだった。

よいしょ、と言いながら、その男は振り向いた。くわえ煙草で、目を細めている。おかしな対面だった。彼の方は両腕を脇にたらし、所在ない顔をしている。洗車の男の方は、雑巾のよ

二メートルほどの距離を隔てて、二人はまともに顔をあわせることになった。

うに汚れたタオルを首にかけ、左手に水が勢いよく噴きだしているホースを持ち、右手には大きなピンク色のスポンジを握っている。そこから水がぽたぽた滴っている。

ややあって、男は言った。

「よう」

それを聞いたとき、思い出したように心臓が激しく動悸を打ち始めた。乱暴ではあるが、挨拶の言葉だ。知り合いか？　知っている人間だろうか。

（やっとお目覚めかい？）とか、（まだ眠そうだな）とか、そんな言葉が続いてくれないか、と思った。希望でカッと頭が熱くなったほどだった。

が、相手はこう言った。

「ここの駐車場には、車は停められないよ」

彼は返事ができなかった。男はスポンジから泡の混じった水を盛大にしぼりだして、続けた。

「その辺の道端に停めといても大丈夫だぜ。路上駐車が多すぎて、ミニパトもいちいち捕まえちゃいられないからな。よその家の出入口をふさがないようにだけ気をつけとけば、平気だよ」

この男は、彼を、車を停める場所を探しているドライバーだと思っているらしい。さっきの「よう」というのに、意味などなかったわけだ。

これで何度目の肩透かしかな、と思いながら、彼は相手の言葉の意味がわかったというこ

とを示すために、軽くうなずいてみせた。

「この駐車場っていうのは?」

「ここさ」と、男はおおざっぱに路地の奥の方を示した。彼は一歩脇に動いて、のぞきこんでみた。

ちょうど、今出てきたマンションの裏手にあたる場所なのだ。低い金網のフェンスに囲われた狭いスペースで、「パレス新開橋専用駐車場」という看板が出ている。

「パレス新開橋」。彼はマンションの正面玄関の方へ戻ってみた。ガラスドアの脇に、ローマ字で同じ名前をしるしたプレートが掲げてある。

すると、あの男はこのマンションの住人であるらしい。急いで車のところに戻ってみると、男は車体のうしろにまわりこんでいた。道に放り出してあるホースからきれいな水が流れ出ていたが、すぐに止まった。そして、男が雑巾のようなタオルで手をふきながら立ち上がってきた。くわえ煙草もなくなっている。

また目があうと、さすがに不審そうな顔をされた。彼はあわてて言った。

「あの、ここにお住まいですか」

「そうだよ」

「七〇六号室の三枝という人を知ってますか?」

男はまじまじと彼を見返してきた。

歳は──四十代半ばというところだろうか。外見だけで年齢の見当がつく、というタイプ

の男ではなかった。三十五と言われても不思議ではないし、来年五十になると聞いてもさし

て驚きはしない。だが、どっちも嘘に聞こえる。そんな顔だ。

「三枝なら、俺だけど」と、男は言った。「あんたが言ってるのが三枝隆男ならな。七〇六

号に住んでるよ」

彼は目を見開いた。「本当ですか？」

「ホントさ」

男は眉を寄せた。そうすると、ひどく気難しい顔つきになった。

「あんた、誰？」

「いろいろ考えるゆとりもなく、彼は言った。「今、その七〇六号室から出てきたんですよ。

あなたの部屋なんですか？」

男はまたタオルを肩にかけ、その両端を手でつかんでいる。マンションの方を顎でさして、

きいた。

「ここの？」

「ええ、そうです。パレス新開橋ですよね？」

相手はうなずいた。「どこがパレスなんだか怪しいもんだが、名前だけはな」

彼もまたパレス新開橋を見上げた。白いタイルの外壁が光っている。

「七〇六たって、俺はあんたなんか泊めた覚えはないぜ」

そう言いながら、男はちょっと笑った。彼もあっけにとられるだけで、ものが言えない。

コットンパンツのポケットに両手をひっかけて、肩をすくめてみせた。

「でも――」

と、「ああ、ああ、そうか」と声をあげて、男が大きくうなずく。顔がほころんで、意外なほど白い歯がのぞいた。今度は、本当におかしくて笑っている顔だった。

「おたくが言ってるのは、　角部屋だろ？　北側の」

「ええ、そうです」

「あれは七〇七号だよ」

「え？」

「七〇七。おたく、ドアの向かって右にある表札を見たんだろ？　違う？」

「そうそう。だから、それが俺の部屋の表札なんだ。おたくの言ってる七〇七の表札は、そのドアの向かって左側についてるんだよ」

頭のなかで、あのドアを思い浮かべてみた。そういえば、左側の方は全然見てみなかった。

というのは、表札というのは普通、その部屋のドアの向かって右側についているものだからだ。

「それだと、おかしくないですか？」

「おかしいさ」と、相手はあっさり言った。「おかしいから、本当ならなおさなきゃいけないんだろうがね。　面倒だから放ってあるんだ。　なんか、電気のメーターボックスをくっつけ

る場所の関係で、何ヵ所かそんなふうに表札がドアの左肩についてる部屋があるんだよ、このマンションには」

「でも、ひとつの階に部屋は六つしかないでしょう？　なんで七号室があるんですか」

「それはさ」と言って、男は左手で首筋をかきながら、右手でシャツやズボンのポケットを叩き始めた。その意味するところは、彼にもわかる。煙草を探しているのだ。

「煙草なら、そこにあるのがそうじゃないですか」と、男のうしろにあるタイヤどめのブロックを指差して教えてやった。その上に、ぺたんこになったマイルドセブンのパッケージと、百円ライターが重ねて置いてある。

「ああ、そうか」

男はかがんで煙草を拾いあげた。中身はもうすかすかで、男が振ってみると、二本しかない。一本をくちびるのあいだにはさむと、彼の方を見て、ちょっとパッケージを傾ける。吸うか？　ときかれているわけだ。

「すみません」と、彼は手をのばした。それを期待して見ていたわけではないのだが、多少きまりの悪い感じがした。

火をつけてもらい、煙を吸いこむと、ちょっと目がまわった。だが、懐かしい感覚だ。けっして初めて吸うというわけではないと、身体でわかる。

気分も落ち着いてきた。有り難かった。

「部屋が六つしかないのに七号室があるのはさ」と、男は口の端から煙草をぶらさげて言っ

た。「四号室がないからなんだ。縁起をかついだつもりなんだろうな。どの階にもない。一

〇四も、三〇四も、五〇四も、全部なし。だいたい、四階がないんだ。三〇一の上は五〇一

ってわけだよ」

「じゃ、七〇〇番台の部屋がある階は──」

「本当は六階なのさ。ご念のいった話だろ？」

男は煙草をくわえたまま、首のタオルをとって、濡れた足をふき始めた。

「そうすると、あなたが三枝さんなわけだ」

「そうだよ。なにか不満かね？」

足をふいたタオルを肩にかけて、観察するように彼を見る。少し、面白がっているような

顔をしている。

「七〇七号には、どんな人がいるんですか？」

その質問に、相手の口の端に浮かんでいた薄い笑みが、消えた。くわえていた煙草を足元

の水溜まりにふっとふいて落とすと、こちらを見る。

「どんなって、あんた、七〇七にいるんだろ？」

「ええ」彼はごくりと唾を飲んだ。

「どんなって、あんた、七〇七にいるんだろ？」

「じゃ知ってるわけだろうが。あん？」

急いで考えた。この三枝という男は、そうやすやすとは言いくるめられない人間のような

気がする。

「実はね」と、両手をちょっと広げてみせた。「わからないんです」

三枝は黙っている。両腕を組み、体重を左足に乗せて。

「昨夜、酔っ払ってここに泊めてもらったようなんですけど、目が覚めてみたら、全然思い出せなくて。ここはどうやら、飲み屋でできた即席の友達の部屋らしいんですよ」

下手な作り話ではあるが、とっさにはこれしか出てこなかった。

「おまけに、その友達——つまりそれが七〇七の住人なんでしょうけど、そいつもいなくなってる。買物にでもいってるのかな。それで僕は途方にくれてるってわけです」

三枝は彼から目をそらし、誰もいない方に向かって顔をしかめた。

「わかりませんか？」

「いや、わかるよ。わかるけど——」

「バカみたいな話なんですけどね」

また心臓がどきどきし始めた。笑い顔をつくってみたが、それが笑顔に見えているかどうか、自信がない。

三枝はこちらに目を向けて、「間の抜けた話だな」と、真顔で言う。上から下まで彼をじっくりとながめまわして、「まったく間の抜けた話だ」と結論を出した。

「しょうがねえな。そのお友達とやらが帰ってくるまで待ってるしか手がないんじゃないか？」

「そうらしいですね。ただその——そいつのこと、何かご存じかと思って」

「俺が？　ああ、隣だからか」

三枝はそっけなく首を振り、ズボンのポケットに手をつっこんだ。鍵が出てきた。

「さあなあ。正直言って、隣に誰か人が住んでるかどうかってことも、知らないくらいだね。こういうマンションだから。単身者が多いんだよ。まだできたばっかりで、空き部屋もあるし」

「そうですか」

彼は水溜まりに吸い殻を捨て、できるだけなんでもないような表情を保った。三枝は車を駐車場のなかに戻すのだろう、ドアを開けて乗りこみ、エンジンをかける。中途半端な感じはしたが、挨拶のしょうのない相手だ。彼は口のなかでもぐもぐっと「じゃあ」というようなことを言って、とにかくこの場を離れようと歩きだした。すると、呼び止められた。

「どこに行くつもりだい？」

「ちょっとその辺に」彼はなんとなく前の方向を示した。「泊めてもらってるし、そいつが帰ってくる前に、缶ビールでも仕入れておこうかなと思って」

三枝は窓から乗り出した。「それなら、商店街は反対方向だ。そっちに行っても学校があるだけだよ」

「ああ、そうか」彼は笑ってみせた。「ありがとう」

ぎこちなく方向転換して、彼は歩きだした。車の窓から肘を突き出して、三枝がじっとこ

ちらを見ているのがわかる。　彼の視界からはずれるまで、　走りだささないように辛抱した。　背中に汗をかいていた。

とにかく、買物だ。

教えられた方向にしばらく進むと、すぐに、左側に、小さな万国旗が無数に飾り付けられた商店街の入口が見えてきた。「車両侵入禁止」の立て札が立っている。ごく細い道で、間口の狭い店舗がぎっちりと建ち並び、ところどころにのぼりが揺れている。「サンデー大売出し」という大きな文字が書かれているが、寂しいほどに人けがない。飾りは派手だが、シャッターを閉めている店が多いのも目についた。

酒屋、乾物屋、八百屋、それに、ここだけは小学生が鈴なりになって漫画を立ち読みしている本屋。その前を歩いて通りすぎながら、どうしようかと迷った。それぞれの店に入って、声をかけ、入り用なものを一つ一つ買い揃えていく、というだけの勇気が、どうしてもわいてこない。だいたい、金の勘定の仕方だって忘れているかもしれない、と思う。いや、さっきまでの経験で、理性では、そんなはずはないとわかっているのだが、もしも万が一と思うと、立ち止まることができなかった。

この商店街の密集している雰囲気の中には、どこか排他的な感じが漂っていた。思いすごしではないと思う。通りすぎたパン屋の店先で、暑苦しそうな顔で立ち話をしていた中年の主婦が二人、彼の方を見て、ちょっと不審そうな目をした。（おや、見かけない顔だね）と

いう囁きさえ聞こえてきそうだ。

そんなふうにして歩いているうちに、商店街のはずれまで来てしまった。万国旗ももう終わりだ。また、「車両侵入禁止」の錆びた立て札にぶつかった。

マンションの前を走っているのと同じぐらいの幅の通りに出る。歩道沿いに、びっしりと車が停められている。通りを隔てた向こう側には、公団か都営か、とにかくたくさんの窓が寄り集まった集合住宅がそびえていた。その向こうには、かんかん照らしている太陽と、真っ白な入道雲。

額の汗をぬぐい、どうしたものかと立ち止まっていると、右手の方からいやに人が大勢やってくる。家族連れや、夫婦二人のカップル。赤ん坊を乗せたバギーを押している男性もいるし、自転車で連れ立って走ってくる母娘らしい二人連れも。荷台に載せてある。五個入りのパッケージになったティッシュの箱をぶらぶらさせている女性もいる。気をつけてみると、道ゆく人が手にしているビニール袋には、みんな同じ店名が入っていた。

どうやら、近くに大型スーパーマーケットがあるらしい。

横文字で、ＲＯＬＥＬ。ローレルだ。

知っている名前だ。確かに記憶がある。ほっとして、歩きだした。

少し先で道は二股に分かれていたが、とにかく大勢の人間がいる方へ向かえばいいのだから、間違えようがなかった。すぐに、大きな四角い建物と、その前にぎっちり停められてい

る無数の自転車が見えてきた。

おかしなもので、ごったがえしている店内に踏み込んでゆくことには、少しの抵抗も感じなかった。ここなら安心して行動できる、という気がした。自分はきっと、こういう場所で買物をしたことがある、という確信があった。

何が必要なのか考えていなかったので、棚にあふれている商品を見ていると、どうしたらいいかわからなくなってきた。彼女の意見をきいてくれればよかった、と思う。せめて、何か食べたいものがあるかどうかだけでも。

人波に押され、バーゲン品を売る店員の声に追いかけられながら、パック詰めのサラダやサンドイッチ、牛乳など、とにかく目に付いた順にカゴのなかに放りこんでゆく。緊張しているせいか、目の前に食べ物が並んでいるのをみても、まるで空腹を感じなかった。ただ無性に喉（のど）が乾く。

日用品のコーナーで、忘れずにボールペンを買った。あの部屋には、筆記用具がなにもなかったからだ。

レジの近くには煙草のカートンも置いてあったので、それも入れた。使い捨てのライターも二、三個放りこみ、戦場のようなレジの列のうしろについて、並んだ。頭ががんがんしてきた。

そうだ、薬。薬を買わなきゃ。

前には五人ほど並んでいる。台にカゴを載せ、店員が商品を取り出して、機械の上を通過

させる。あれはそう、バーコードだ。手前のカゴから後のカゴへ、客の買った商品を移動さ
せ、金額をつげ、金を受け取り、つり銭を渡す。脇目もふらず、停滞もしない。

大丈夫、こういうことは何度もやった記憶がある。子供じゃないんだから、できるはずだ。

そう考えながら、手のひらに浮いてきた汗を握りしめた。

自分の番が来て、店員がカゴのなかに手をつっこむのを、ぼんやりとながめていた。

「一万と二百五十三円です」

きびきびした声がとんできた。びくっとした。あわててポケットから札を出すと、たたんだまま渡した。

店員がこちらを見ている。

「三円ございませんか？」

札を広げ、レジの機械に磁石でとめると、また早口で言う。「あ、いえ」というような声
を出すと、店員はさっさと千円札の束を取り出して、数えて差し出した。

「まず九千円。お確かめください」

確かめている暇もなく、「あと七百四十七円のお返しです。ありがとうございました」と、
小銭を載せた手が突き出される。追いやられるようにして、その場を離れた。

馬鹿みたいだ、と、また思った。それでも、今度は笑えるだけましだった。

一度外に出て、スーパーの専用駐車場の前にいた誘導員に、近くに薬局がないかどうか尋
ねてみた。丁寧に教えてくれたので、迷わずにすんだ。白衣を着た女性の店員が、持ちやすいよ
頭痛薬と、その場で思いついて、氷枕を買った。

うに包んでくれて、彼に手渡しながら、「お大事に」と言った。

その一言が、自分でも思いがけなく身にこたえた。

思わず足をとめて、相手の顔を見つめてしまった。「何か？」と問われて、急いで表に出る。

その一瞬、置き去りにされた子供のような心細さを感じた。

せっかく氷枕を買ったなら、氷もなければ気が利かない。近くに酒屋があったので、そこでロックアイスを二袋。ついでに、山積みになっていたバドワイザーの六本入りパックも頼む。かなりの大荷物になった。自分はどんなふうに見えるかな、と思う。一人暮らしの学生か、新婚の夫か。

だが、周囲にいる大勢の人間は誰一人、彼のことなどなんとも思ってもいない。気に留めもしないだろう。そして、彼が自分に関する一切の記憶を失くしており、同じような状態の、名前も知らない女性が待っている、誰のものともわからない部屋に戻るところだなどと、察してくれる人がいるはずもない。

方向感覚は、彼を見捨てていなかった。帰り道はちゃんとわかる。

歩きながら、空が急に暗くなってきて、湿っぽい風が吹き抜けてゆくのを感じた。夕立だろう。さっきの入道雲だ。

パレス新開橋の前まで戻ってきたとき、そんなことはあるはずもないが、まだ三枝がそこにいるような気がして、裏手の駐車場をのぞいてみた。彼の姿はなく、バンパーのへこんだ車は、奥の壁に寄せてきちんと停められていた。青いホースは巻き取られ、出入口のそばに

ある蛇口にひっかけてある。

六階にあがり、あのドアの前に立って、向かって左側の壁を見てみる。「707」という部屋番号があるだけで、ネームプレートは空白になっていた。

ドアを開けると、奥の部屋から彼女が走りだしてきた。パジャマのうえにもう一枚、大きめのシャツを羽織るようにして着ていた。

「遅かったのね」と、飛びつくように言う。非難しているのではなく、半分泣いていた。

彼は背中をドアにつけて、大きく息を吐いた。ただいま、と言ったとき、窓の外がぴかっと光り、重いものを床に転がすような音が低く聞こえてきた。

「ひと雨きそうだよ」と言って、彼女の手をとった。小さな、冷たい手だった。

9

一人で留守番をしている間に、彼女はひとつ、発見をしていた。地図を見つけたのだ。

「どこにあった？」

「クロゼットのなかの、ジャケットのポケットに折りたたんで入ってたの。羽織るものを探そうと思ってなかを調べてたとき、見つけたのよ」

キッチンのテーブルの上に広げてみせる。Ａ4のサイズで、きちんと隅々をあわ地図といっても、それは一枚きりのコピーだった。

せ、几帳面に小さく折ってあったせいで、筋がついている。

道路や駅の名前だけでなく、個人の住宅の持ち主や、マンションの名前まで入っている。

「この町のだよ」

「わかるの?」

「パレス新開橋」の名前は、コピーの左下にあった。彼が通り抜けた商店街も、買物をしたスーパー、ローレルも。これによると、前の道路は「新開橋通り」で、南の方で新大橋通りと交差している。その交差点の東側に、都営地下鉄線の「新開橋駅」がある。北上すれば京葉道路にぶつかり、首都高速の小松川ランプがすぐそばだ。

ここは東京の東部だ、という判断に間違いはなかった。ほとんど東京の極東だ。橋ひとつ渡れば千葉県市川市になる。

「どう?　何か思い出す?」

きいてみると、彼女はゆっくりかぶりを振った。

「駅も、道路も、全然記憶にないわ。でも、どうなのかな。記憶喪失って、何から何までれいさっぱり忘れてしまって、自分に関係のあるものを見ても、あ、これは知ってるなってひっかかることさえないのかしら。うん、それだけじゃない、もっとひどくて、生まれたての赤ちゃんみたいに、頭のなかが白紙になっちゃってることとは——」

彼は天井を見上げた。「どうかな……さっき試してみたんだけどね。僕は数は数えられるし、買物もできたし、人に道をきくこともできた。教えられた道を

物の名前も思い出せる。

「たどることもできた」

「ここにも戻ってこられたし」

「そう。それに、キミだってたった今、たとえ言葉を使ったじゃないか」

「たとえ言葉？」

「うん。『生まれたての赤ちゃんみたいに』って。本当に生まれたての赤ん坊は、たとえ言葉をしゃべることができたとしても、そういう表現はできないよ。本当に何も知らないんだから」

「あ、そうか……」

「そうさ。だから、まるで知能や知識がなくなったわけじゃないんだ。ただ、自分に密接に関係のあること——記憶と一緒に、すごく個人的な映像がくっついているようなことになると、空白になっちゃう。だから、何かちょっとしたきっかけさえあれば、すぐ思い出せるような気もするんだよね……」

彼女は口元に両手を当てて、自分の内側を覗き込むかのように、じっと目を伏せた。

「どう？」

「わかんない……」

「ここが東京だってことはピンときた？」

「東京」彼女は繰り返した。「東京、ね」

彼は肝腎なことを質問し忘れていた。

「頭が痛いのはよくなってるのかい？」

彼女はこめかみに手を当てて、「まだ痛むわ。でも、うずくような感じ。今までみたいに、割れそうなほどではないの。ヘンね」

「まあ、でもおさまってくれてよかったよ」

だが、まだまだ顔色が悪い。目のまわりは、パンチを食ったように黒ずんでいる。

「東京、東京」と、歌うように繰り返す。「知ってるわ、確かに。でも、日本人で首都を知らない人なんていないよね」

初めて、ちらりと歯並びがのぞくほどに笑った。彼はほっとした。

「東京タワー、わかる？　外の廊下に出ると、よく見えるんだよ」

彼女はじっと彼を見た。「行ったこと、あるわ」

「はっきり思い出せる？」

「ええ。わたし——家族と一緒に来たような気がする。うんと小さいころ。誰かと手をつないで。階段をあがったの。隙間からまっすぐ下を見ることができて、すごく怖かった。覚えてるわ」

家族。子供のころ。考えてみれば、目前のことにかまけていて、その二つを思ってみたことがなかった。二人とも親兄弟がいるはずだし、子供のころの思い出だってあるはずなのだ。

だが——

「おかしいの」

「うん」

「家族の顔、思い出せる?」

彼は首を振った。

「わたしも……それだけじゃない。そういう人たちがいたはずだって気持ちがしないの。そこが空いちゃってるような……なにも見えないの」

彼女も、「見えない」という表現を使った。

「買物、片付けましょう」

「話題を変えるように、彼女は言った。「わたし、もう大丈夫だから、何かつくるわ。おなかすかない?」

彼女がそっと立ち上がったとき、くすぶるように聞こえていた雷鳴が、急に大きくなった。ここ、大丈夫かしら。電気関係の修理とか」

窓ガラスにつぶてを打つような音がして、雨が降り始める。

「やだな……雷、嫌いなの。これで停電にでもなったら、気がヘンになっちゃう。ここ、大丈夫かしら。電気関係の修理とか」

それで思い出した。管理人室だ。

「ちょっと待ってて」と言い置いて、その辺にあった紙袋と、買ってきたばかりのボールペンをつかみ、下へ降りた。「下記にご連絡ください」という電話番号をメモして、走って戻った。

びっくりしている彼女に、手早く説明する。時刻は五時をちょっと過ぎたところだ。

「まだ営業時間だよ。ここの持ち主を教えてもらえるかもしれない」

彼女も電話のそばまでついてきて、両腕で身体を抱き締めるようにして立っていた。もど

かしいような数秒が過ぎ、呼び出し音が鳴り始める。

かちり、と音がして、つながった。「もしもし？」

やわらかなクラシック音楽が流れ、テープ録音をされた声が聞こえてきた。

「どうしたの？」

彼は受話器を彼女の方に差し出した。

「八月十一日から十七日まで、夏季休暇とさせていただきます、だとさ」

彼女はオムレツをつくり、コーヒーをいれ、野菜収納庫のなかにあった林檎をむいた。そ

の慣れた手つきを見ながら、彼はきいてみた。

「それ、何だかわかる？」

彼女は手をとめて首をかしげる。「林檎？」

「いや、そっちじゃなくて、右手に持ってる方」

彼を見つめ、右手に握ったものに視線を移して、「包丁でしょ？」

包丁。そうだ。そうだった。

「思い出せなかったんだ。さっき」

「男の人は、あんまり使わないもの」

彼は苦笑した。「だけど、名前まで忘れるかな。家庭科ではちゃんと使い方を習ったよ。

それに、別の名前が浮かんできたんだ」

「別の名前？　ナイフとか」

「いや。トーテム」

「トーテム？」彼女はふき出した。「インディアンみたいね」

そうだ。まったく妙じゃないか。包丁がなんでトーテムなんだ？

二人とも、あまり食欲がなかった。彼の方は、燃料だと思って詰め込んだが、彼女はおし

る程度に箸をつけただけで、コーヒーばかり飲んでいる。

食べながら、外に出たときの顚末を話して聞かせた。

「じゃ、その三枝って男の人が隣に住んでるのね」

「うん。この部屋の住人のことは何も知らないって言ってたな。人が住んでるのかどうかさ

えわからないって」

「手がかり、なにもないのね」

彼女の肩が、またしぼんだような気がする。話さないほうがよかったかなと、ちらりと後

悔した。

「あとは片付けておくから、寝た方がいいよ。ノックアウトされたのかもしれない」

彼女はぽつりと言った。「本当にノックアウトされたような顔だ」

「何に？」

「すごく気障な言い方をすれば」と、微笑を浮かべる。「過去に」

彼女を横にならせて、彼は食器を洗い、片付け、ちょっと考えてから、シャワーを浴びることにした。浴室の戸棚のなかに、新品のバスタオルが二枚と、ピンクとブルーのバスローブがたたんでしまってある。用意のいいことだ。用意したのが誰であるかわからないにしても。

キッチンに給湯器のスイッチパネルがある。さっと見ただけで、操作の仕方はわかった。小学生でも使えそうなものなのだから当然だが、ひとつひとつ確認しなければならないのがもどかしい。

生き返ったような気分で、バスローブをひっかけ、タオルをかぶってキッチンに出てくると、彼女が声をかけてきた。

「シャワー?」

「そうだよ」

「使える?」

「もちろん」

彼女はベッドから降りた。「わたしも」

「じゃ、ちょっと待って。着替えて、しばらく外に出てるから」

「外?」

「廊下だよ。雨もやんだようだし。内側から鍵をかけてくれ。済んだら声をかけてくれれば
いいよ」

そこまで気をつかうこともないのかもしれないが、こんな状態のなかでは、二人で助け合
わねばできないということをするとき以外には、けじめを付けておいたほうがいいと思った。

極端な話、記憶が戻ってみたら、彼は強盗殺人の凶悪犯で、彼女を人質にとって逃亡中だっ
た、というようなことだってないとは限らないのだから。

腕に書きこまれているあの不可解な番号と記号は、シャワーを浴びたぐらいでは消えなか
った。ひどく気味が悪かったが、どうしようもない。彼は着替えをすませ、廊下に出た。

夜は、町の景観を一変させていた。

味気ないコンクリートの塀も気にならない。夕立は空気を洗って通りすぎ、涼しい風をあ
とに残していた。彼は塀の上に両肘を乗せ、煙草をくゆらせながら、しばらくのあいだ夜景
に見惚れた。

どうしてこんなにたくさんの明かりがあるのだろう。おそらく、その一つ一つは、電気店
やデパートの家庭電化製品売場で買い求められた、さして美しいものでもないのだろう。

ほこりをかぶり、内側に死んだ羽虫を閉じこめた、ペンキのはげかけた街灯にすぎないのだ
ろうに。

遠く、ひときわ明るく、東京タワーが見える。赤とオレンジのライトをいっぱいに身にま
とい、非現実的なほどに美しい。手をのばせばつかめそうなほど近くに見えるのも、そのラ

イティングのせいだろう。

地上の明かりとは違い、周囲に建ち並んでいるマンションの窓明かりは、少しずつ色合い
が異なっていた。カーテンのせいだ。たくさんの家庭に、たくさんのカーテン。その内側に、
たくさんの人間たちがいる。

自分にも彼女にも、帰るべきカーテンの内側があるはずだった。それがどこであるのか、
そして、果たして自分たちがそこに帰りたがっているのかどうかさえ、今はわからない。知
りようもない、と思った。

廊下には人影もなく、エレベーターが昇降する音さえ聞こえない。並んでいるドアも、み
んな沈黙している。七〇六号室を振り返ってみたが、三枝という男の気配さえ感じられなか
った。

〈隣に人が住んでるかどうかさえ、知らないね〉という言葉が、実感として理解できた。

背後でかたりと音がして、七〇七号のドアが開いた。彼女が出てきて、「わあ、いい気持
ち」と声を上げた。

汗とほこりでできた薄い皮膚を一枚脱ぎ捨てたかのように、こざっぱりとした顔をしてい
る。頰にも少し生気が戻ったようだ。またきちんとパジャマを着て、シャツを羽織り、バス
タオルを肩からかけている。濡れたままの髪をきれいにとき流してあるので、廊下の明かり
に鏡のように輝いて見えた。

「いい眺めね」

彼の隣に並んで立つと、シャンプーの甘い香りが漂った。

「ビール、飲む？」

「うん」

「じゃん！」と、笑いながら、背中に隠していたバドワイザーを二缶、彼の鼻先につきつけた。

「よく冷えてるわ」

彼は缶を受け取り、こめかみを指で軽く叩く仕草をした。

「平気かい？」

「どうして？」

「風呂に入ったり、ビール飲んだりして」

「平気よ」彼女はプルトップを引いた。「平気だって思いたい。それに、これ以上悪くなりようがあるのかな」

彼は黙ってビールを飲んだ。熱いシャワーは彼女を元気づけた代わりに、開き直りを植え付けていったようだった。

「ビールはビール。ね？ そういうことはわかるんだ。自分の名前は思い出せないけど」

彼女は言って、冷たい缶を頬に押しつけた。

「東京って、きれいな街ね」

「夜だけだよ」

「こういう夜景、記憶にある？」

確かなことは言えないと思った。だが、見慣れた光景であるような気もする。

「あるような、ないような」

「わたしもよ」

どこかで赤ん坊が泣き始めた。ごく小さく聞こえる。眼下に広がっている町並みの、どこかの屋根の下だろう。

「さっき気がついたんだけど、この部屋、ベランダがないの」

「そうだね」

「隣にはあるのよ。その隣にも。ここは角部屋だからかな？」

間取りが違うのかもしれない。

「その代わり、洗濯物を乾かせるように、浴室がそのまま乾燥室になるような設備がついてるのよ。気がついた？」

「いや。そんな器用なことができるのかな」

「できるの。でも、すごく値段の張る設備だと思うわ」

彼女は額にかかる髪をかきあげた。

「それでね、洗濯用洗剤も、柔軟剤もあるわ。お風呂用のクリーナーも、パイプ洗浄剤も全部揃ってる。でも――」

彼は先回りをした。「それがみんな新品なんだ」

「ええ、そう。封も切ってない。シャンプーなんかも、わたしたちが使うまではそうだった。さっき台所でも思ったの。食器洗いのスポンジは、まだパッケージに入ったまま引き出しに入れてあったでしょう？　包丁も、怖いくらいよく切れたわ。ピッと刃がたってて。あれも全部買ったばっかりのものよ？」

「と、なると、どういうことだ？」

彼はビールの缶を脇に置いて、彼女の方に向きなおった。彼女は額にしわを寄せ、しかめっ面をつくった。機嫌を損ねた小学生のように見えた。

「この部屋が、わたしたちの──わたしたちかあなたかどちらか一人、という意味も含めてのわたしたち、ね──ものだとしても、誰か他人のものだとしても、住みついてから、そう何日もたってないはずだわ。せいぜい一日か二日よ」

「うん。それは最初から感じてた」

「ね？　それにね、わたし、これは賭けてもいいわ。わたしたちが住みつく以前は、ここ、ずっと空き部屋になってたのよ」

「新築だから？」

「うん。水道の水がまずかったからよ」

彼は、三枝が〈ここにはまだ空き部屋もある〉と言っていたことを思い出した。

彼女も彼を見つめた。「さっき、薬を飲んだときわかったの。金気臭くて、すごくまずかったの。ずっとパイプのなかに溜まっていたんだと思う。ちょっとやそっとじゃ、あんなふ

うにはならないもの」

彼はゆっくりうなずいた。

「でも、電話もガスも通じてた。水道も元栓が開いていた──」

閉じこめられていた部屋の窓が開いたような気がした。

「そうだ。馬鹿だな、もっと早く気がつけばよかった」

「何に?」

「電気はともかく、電話やガスは勝手には使えないだろ? ちゃんと営業所とかに連絡して、係員に来てもらわなきゃ。その場合、向こうには料金を請求する都合があるんだから、『パレス新開橋七〇七号室』だけじゃ、受け付けてくれないよ」

この部屋の持ち主を探すために、不動産会社だけしかあてにできないわけではない。

「明日、さっそく電話してみよう。そういうところなら、必ず、ここの住人の名前を聞いてあるはずだ」

部屋に戻ると、ビールの空缶を手に、彼女はうろうろと探し物を始めた。

「どうした?」

「ごみ箱がないの」

彼女は両手を腰に当て、憤慨したように言った。

「たとえこの部屋がわたしの部屋であるにしても、家具や日用品を揃えたのはわたしじゃな

いわ。わたし、ごみ箱を忘れるようなことはしないもの」

その夜は、彼女がベッドを使い、彼は毛布一枚と枕を持って床に寝た。「ごめんね」と言われたが、ほかに方法はないし、真夏のことなので、苦にもならなかった。

横たわると、急に疲労を感じた。特に運動をしたわけでもないのに、関節が痛む。熟睡したかったし、そうできそうだと思った。すべては明日のことだ。

だが、この不可解な一日には、そう簡単に彼を解放するつもりはなさそうだった。

10

雷を伴った雨雲は、東京を東から西へとゆっくりと横切った。真行寺悦子の頭上には、夜になってから雨が訪れた。

吉祥寺駅近くのレストラン「ボレロ」の、一枚ガラスの窓越しに空を見上げて、父の義夫が言った。

「降ってきたねぇ」

「地雨になるかしら」

「いや、通り雨だろう。帰る頃にはやんどるかもしれないよ」

低い雷鳴を耳にして、悦子はうなずいた。

悦子とゆかり、義夫の三人は、月に一度は夕食をともにすることに決めていた。悦子が手

料理をつくることもあれば、こうして外食にすることもある。ゆかりは、どちらかといえば、レストランでの食事を喜んでいるようで、今日もはしゃいでいた。

「ボレロ」の自慢は、オーストラリアの直営牧場からとりよせた牛肉のステーキで、メニューにはそれほどバリエーションがない。和食党の義夫には少し重すぎる料理なのだが、ゆかりがここの豪華なアイスクリーム・ケーキが好きで、デザート食べたさに外食というと「ボレロ！」と叫ぶのだ。

ディナー・コースがすむと、コーヒーとデザートはラウンジの方でふるまわれる。料理を食べたのとは別の、しかもダウンライトとエレガントなインテリアに彩られた場所でアイスクリームが食べられるということも、ゆかりがこの店をひいきにする理由だった。彼女は今、広いテーブルの向こう側で、チョコレートでできた小さなマッターホルンのような山を崩そうと、夢中になっている。

熱いコーヒーにミルクを入れ、それが円を描きながら溶けていくのを眺めながら、悦子は切りだした。

「お父さん、わたし、どうしたらいいかちょっと困っていることがあって」

義夫はコーヒーをかきまぜていたスプーンを置き、目をあげた。

悦子は、できるかぎりきちんと順序立てて、貝原みさおの失踪と、彼女の母親とのやりとりについて語った。義夫は静かにコーヒーをすすりながら耳を傾けていた。

悦子にとって、父親は、ある意味で「オールマイティ」な存在だった。悩んだとき、困っ

たとき、悲しいとき、いつも父に話してきたという気がする。

もちろん、娘としての隠し事は、いくつもした。初めて口を開いてキスした相手のこと。初めての時期。

そして、初めて口を開いてキスした相手のことも。それらの秘密を抱くことは、むしろ礼儀のようなものだとも思える。

だが、何も言わなくても、義夫はいつも察していたようにも思えた。

学生時代、よく友達に言われた。

（悦子はファザコンだから、きっと、二十歳になったかならないかのうちに、年の離れた男の人と結婚するよ）

自分でも、かなり本気でそのつもりだった。父のような人でないとものたらない、と。だが実際には、いわゆる世間的な「適齢期」の二十三歳の時、四歳違いの敏之と結婚したのだから、縁とは不思議なものだ。

ただ、敏之と悦子の関係には、夫婦というより、どこか仲の良い兄妹のそれに似たものがあった。きわめて円満で、どこに行くにも二人で出かけるから、「ふたこぶラクダ」などと言われたこともあったほどだが、悦子には、彼に「執着」した覚えがない。恋愛時代も、敏之が多忙だったということを差し引いて考えても、熱烈と表現できる関係だったことはない。友達の延長で淡々と結婚した、という感じだ。新婚のときでさえ、ちょうどガラスを隔てて向き合うように、彼には、見えてはいるけれど手の届かない部分があったし、悦子は強いてそれに手を伸ばそうとも思わなかった。

彼を亡くして初めて、そういう愛情の抱き方は、兄に対するものと似ていたな、と思った。悦子には実の兄はいないので、そういう愛情の抱き方は、想像することしかできないが、彼とは実にうまく共鳴していたと思った。そういう共鳴は、一般には、血の濃い、気の合った兄妹のあいだにだけ存在するものではないか、と。

それを思うと、余計に、敏之の早逝が辛くなった。自分の一部が一緒に死んだ、血が断たれた、という気がしたから。

（悦子、敏之君と本当に恋愛する前に、逝かれちまったなあ）と、義夫は言ったことがある。

その時も悦子は、あ、やっぱりお父さんはわかってたんだわ、と思った。

義夫は、今年の四月まで、東京日報という大手の新聞社で、自動車部員として働いていた。事件が発生したとき、記者たちを乗せ、現場まですっとんでいくのが仕事だったのだ。自然、時間も不規則なハードな仕事になるわけで、子供の頃の悦子には、父にどこかに連れていってもらった、という思い出が少ない。お父さん子だった割りには、連休だ、夏休みだといっても、母親と留守番をしていた記憶ばかりが残っている。

そして、この母が手放しで夫を愛し、それを気軽に口にだしていた女性だったことが、悦子に影響を与えた。

母の織江は、よく言っていたものだ。

（えっちゃん、えっちゃんのお父さんは、立派な人なんだから。お母さん、お父さんのお嫁さんになれて本当に良かったと思ってるんだよ）

　その織江は、今年の冬、子宮癌で亡くなった。敏之の死と、数ヵ月の差しかなかった。発見が遅れて手の施しようがなかったのだが、幸いなことに、痛みはあまりなかったようだ。眠るように安らかな最期だった。

　むしろ、悦子の方が死にたいほどに辛い思いをした。夫に先立たれ、その傷も癒えないうちに母をもっていかれる。神様というものはずいぶんと残酷なことをするものだと、恨んでも恨みきれない思いだった。

　織江も、そのことだけは気に病んでいた。

　聡明な人だったから、自分の死期を悟っていた。つきそっている悦子の手を握って、何度か言ったことがある。

　（えっちゃん、ごめんね。あんたがいちばん辛いときに、母さん、いなくなっちまうことになりそうだよ）

　織江は、悦子が成人し、結婚し、ゆかりを産んでからも、「えっちゃん」と呼び続けていた。

　（そんなことないわよ。じきによくなるわ）

　織江はきっぱりと首を振る。

　（どうもそうはいかなそうだもの。だけど、母さん、約束するからね。あっちへ行ったら、敏之さんを探して、できるだけ早くこっちへ帰ってくるように言ってあげるから）

　（敏之さん、帰ってこられるかしら）

（まあ、戻ってきてまたあんたと結婚するわけにはいかないだろうけど――男の子に生まれてさ、大きくなったらゆかりをもらってもらいたらいいよ。あの人なら、生まれ変わったってまた男前だろうし、頭も悪くないだろうから、いいじゃないか）

悦子は笑って同意したものだ。（そうね、それで手を打つわ。でも、お母さんはどうするの？）

（あたしは、あっちでのんびり、お父さんが来るのを待ってるよ）

亡くなる直前、意識のある時、織江が最期に残した言葉は、

「お父さん、悦子をお願いします」ということだった。娘に、還暦を迎えようとする夫を頼んでいくのではなく、夫に娘を頼んでいったのだ。

今でも、悦子には、両親が見合いで、それも、ほとんど写真による見合いだけで結婚を決めた夫婦だとは信じられない。それほどに、織江は夫を愛していたと思う。二人の世代を考えれば、驚異に近いことだとも思う。

その義夫は、髪もかなり薄くなっているし、職業病の腰痛を抱え、近ごろはすっかり猫背になってきた。現役で働いているときは、両の目に独特の鋭い光があったが、引退してからはそれも影をひそめた。孫娘と一緒にホットケーキを焼いたり、釣り堀で鮒を釣ったりしている、年金暮らしの穏やかな初老の男である。

悦子が語り終えると、義夫はしばらく考えてから、薄い頭に手をやった。

「どうも、父さんのここが考えるかぎりでは」と、軽く額をたたいて、「その件については、

おまえのできることはあまりないように思うがね」

「やっぱりそう思う？　わたしもそう考えてはいるんだけど……」

悦子は言葉を濁したが、義夫はその意味をちゃんとくみとっていた。

「おまえ、『ネバーランド』として、こういうことにどこまで首をつっこんでいいか、それを迷ってるんじゃないのかね？」

悦子はうなずいた。「今度だけじゃなくて、これからもこういうことがあるかもしれないでしょ？　そんなとき、どういうスタンスで対処すればいいのか、わからないの」

「一色さんはどう言うだろうね」

「明日相談してみるわ。でも、以前に、みさおさんがわたしに会いたいって言い出したときには、相談者と顔を合せたら、それから先はもう個人の領分になる、っておっしゃってた」

「となると」と、義夫はごつい両手をテーブルの上に揃えて載せた。「あとは、おまえが貝原さんのお嬢さんの友達としてどう行動するか、ということだけ考えればいいんじゃないか？　そういうことなら、父さんもできる範囲内で協力するよ。心配なことだからね」

「ありがとう」

悦子はほほえんだ。父に話した、というだけで、気分がだいぶ軽くなった。

「お父さん、『レベル7』っていう言葉、知ってる？」

以前の仕事柄、義夫は見聞が広いし、記憶力もいい。引退してからもそれは衰えておらず、悦子が何か尋ねると、たいてい何かしら手応えがあった。

「みさおさんの日記に書いてあった文字だね？」

義夫は首をひねった。

「図書館で──」と、思い出すときの癖で、四角い顎に手をやる。「似たような字面を見か

けたことがあるねえ」

「それ、『レベル3』じゃない？」悦子は笑った。「わたしもそれは考えたの。ジャック・フ

ィニイという人の書いた小説よ」

「図書館で見たんだから、そうだろうね。それとは違うのかい？」

悦子は、みさおの日記に「レベル3　　途中で断念　くやしい」という記述があったことを

話した。

「でもね、わたしの知っているかぎり、みさおさんはあまり読書家じゃなかったわ。まして、

翻訳物の小説に手をのばすとは思えないし……もしちょっと興味をもって手にとったとして

も、いきなりジャック・フィニイに行くかな。町の本屋さんで手に入る本じゃないもの。シ

ドニー・シェルダンとか、ハーレクイン・ロマンスあたりならまだわかるけど」

「どっちも知らんねえ」

「だから、本の題名ではないと思うの。『レベル7まで行ってみる』とも書いてあったから、

わたしはお店じゃないかと思うんだけど。そういうような名前、聞いたことない？」

義夫はかぶりを振った。「おまえの話だと、その『レベル』のあとに続く数字は変わるこ

とがあるようだね」

「ええ、そう」

「だとすると、店の名前ではないんじゃないか?」

「チェーン店じゃどうかしら。一号店、二号店みたいな感じで」

義夫は釈然としない顔つきだった。

「そんな凝った名前の店があったかなあ……それに悦子、問題は、みさおさんがそこから

『戻れない?』と書いてることじゃないかね? どんな店にしろ、入ったきり戻ってこられ

ないようなところはないと思うよ」

「そうね……」

悦子は考え込んだ。貝原好子から日記を見せられて以来、ずっとこの同じところで思考が

停滞している。

と、アイスクリームの器から顔をあげて、ゆかりが言った。

「ファミコン・ゲームじゃない?」

その拍子に彼女は大きなげっぷをし、あわてて手で口元を押さえた。悦子は言った。

「そういうゲームがあるの?」

「わかんない。あるかもしれないけど、あたしはやったことないなあ。でも、レベルなんと

かって、ファミコン・ゲームっぽい名前だよ」

「始めたら戻ってこられないようなゲームがあるのかね?」

ゆかりは笑った。「そんなのコワイじゃん。ゲームやってる人がゲームのなかに閉じこめ

「違うんでしょ？」

「うん。ただ、ゲームをちゃんと終了しないと、キャラクターがある場面から出てこられなくなる、っていうのならあると思うよ。途中で死んじゃったりもするし」

悦子は父親と顔を見合せた。

「それかしら」

「みさおさんは、そのファミコン・ゲームとやらを好きでやってたのかね？」

「聞いたことはないわ」

彼女がそういうものに凝り始めていたのなら、ネバーランドに電話をくれたとき、会話の端にでもそれが出てきそうなものだ。パーマをかけたとか、新しい靴を買ったとか、細かいことまでおしゃべりをするタイプだったから。

「どちらにしろ、とにかく、貝原さんのお母さんが警察に届けて、少し調べてもらってからでないと、埒があかんだろう」

義夫が言って、伝票に手をのばした。「ゆかり、もうその辺でアイスクリームはよしときなさい。腹をこわすと、プール教室を休まなきゃならなくなるぞ」

「もう、お腹がかちんかちんに凍っちゃった」と、ゆかりはスプーンを置いた。「あたしの胃で釘が打てるよ、ママ」

「お馬鹿さんね」

義夫に車で家まで送り届けてもらい、時計を見ると、九時を過ぎていた。ゆかりをせきたてて風呂に入れる。

「おじいちゃんもこっちでお風呂入っていけばよかったのに」

「銭湯に行って、あんなさんにかかるんだってよ」

「あの十円入れるヤツ?」

義夫は妻を亡くして独り住まい、悦子とゆかりも大黒柱を欠いた母子だけの暮らしである。

「同居すればいいのに」という人は多いし、悦子もそれは考えた。

が、義夫は反対だった。

「幸い、うちとおまえのところは近いんだし、会おうと思えばいつでも会えるだろう。おまえだって、敏之君との思い出が醒めないうちに、別の生活をつくるのはしんどいだろうと思うよ。しばらくはこのまま別々に住んだほうがいい。なに、父さんも寂しくはないんだ。母さんがまだいるような感じがするから」

それは、いかにも義夫らしい提案であり、思いやりの表し方だった。実際、このうちに義夫を呼ぶにしても、ゆかりと二人で実家に帰るにしても、悦子はなにかしら、敗北感のようなものを感じていただろうと思う。敏之を失った悲しみに加えて、「負けた」という感情を背負うのは、悦子には荷が重いことだった。

大急ぎでゆかりの髪を乾かし、寝かしつけたあと、雑用をいくつか片付けて、悦子はゆっ

たりと風呂につかった。明日から始まる新しい週には、ネバーランドのスタッフも、交替で夏休みをとることになっている。その段取りなどを考え、ゆかりとどこに遊びにいこうか、と計画を練っていると、気分がよくなってきた。

電話のベルが鳴ったのは、まだバスローブを着たまま、キッチンでオレンジジュースを飲んでいるときだった。電話機についている液晶の表示板が、午後十一時五十五分を示している。

悦子はすぐに受話器をとった。ゆかりは眠りが浅く、小さな物音ですぐに目を覚ましてしまうからだ。

「もしもし?」

女ばかりの家なので、名前は名乗らないことにしている。夜の電話には、相手が誰だかわかるまでは、声もぐっと低くして応対する。

遠く、混線しているように、かすかな雑音が聞こえてくる。

「もしもし?」

もう一度、今度はもっと声をひそめて言ってみた。

パチパチ……パチパチ……野火が燃え広がるかのように、耳障りな音が聞こえる。

やがて、その雑音に埋もれてしまうような小さな声が、こう言った。

「──真行寺──さん」

受話器を手に、悦子は息を呑んだ。耳をぐっとくっつける。

「もしもし？　真行寺ですが？」

さっきよりなお小さな声が——

「真行寺さん」

みさおだ。すぐわかった。電話の向こうに彼女がいる。

「みさおさん？　みさおさんでしょ？　悦子です。どこからかけてるの？　どこにいるの？」

受話器のなかを、また雑音が満たす。

「あたし——」と、かすかに聞こえる。「真行寺さん、あたし——」

「みさおさん？　もうちょっと大きな声でしゃべって。すごく遠いのよ」

あの娘、酔ってるのかもしれない、と思った。声に芯が通っていない。まるで、寝呆けているときのゆかりのようだ。

「真行寺さん」

呪文のように悦子を呼んで、電話の声は言った。

「——たす」

そこで切れた。

「もしもし？　みさおさん？　もしもし？」

線が切れてしまえば、ただの冷淡な機械にすぎない。プー、プーというリングバック・トーンが、悦子をからかっているかのように思え

悦子は受話器を握り締め、じっと見つめた。

た。

受話器を置いて、そばの椅子に座った。

あれはみさおだ。みさおの声に間違いない。何度も聞いているのだ。

（真行寺さん）

あのぼんやりとした声は、どうしたのだろう。みさおはどこにいるのだ？　何を話したく

て電話してきたのだろう。

寒気を覚えて、悦子は両肘を抱いた。

（――たす）

通話はそこで切れた。言いかけた言葉が途中で断ち切られたのだ。

あの声はみさおの声だ。確かに。そして、それと同じくらい強く、悦子は確信した。

（真行寺さん――たす）

真行寺さん、助けて。

みさおはそう言おうとしていたのだ。

11

悲鳴を聞いたとき、また夢を見ているのかと思った。

繰り返し繰り返し、遠くなったり近くなったりしながら聞こえてくる。まだ夢現つの状態

でいた彼は、どすん、と何かが床に落ちた音と、伝わってきた振動に叩き起こされた。

起き直ると、一瞬方向感覚が失くなって、どこにいるのかわからないような気がした。と、悲鳴がもう一度キッチンの方から聞こえてくる。言葉になっていない。部屋のなかは真っ暗だったが、ベッドの上から彼女の姿が消えていることは、すぐにわかった。毛布がめくれあがり、半分は床に落ちている。ベッド自体が、大きくこちら側に移動していた。

仕切りのドアは開いていた。彼は手探りでキッチンの明かりを点けた。

彼女が床にぺたりと座り込んでいる。すぐ傍らに、ポットが落ちて横倒しになっている。シンクの下の物入れの扉が半開きになっており、彼女はその把手につかまるように右手を掛けていた。

「何をやってるんだ？」

とっさには、それしか言葉が出なかった。

彼女は彼を探すように、激しく首を振ってあたりを見回した。その視線は、ドアのそばに立っている彼を素通りし、テーブルの足の辺りで止まった。

「どこ？」と、彼女は言った。

「言われたことの意味をつかむのに、数秒かかった。

「見えないの？」

彼女はゆるゆると首を動かした。だが、その動きには意図が欠けていた。自分でも、何をどうキャッチしたらいいかわからないのだ。

すぐにはそばに近寄れなかった。車に轢かれて死にかけている野良犬（のらいぬ）を見ているような気がした。もうたくさんだ、早く通りすぎよう、と、自分の内側のいちばん冷酷で利己的な部分が囁（ささや）いている。

唾（つば）を呑んで、彼はもう一度訊（き）いた。

「本当に見えないのかい？」

彼女は半分放心していて、がっくりと肩が落ちている。下顎（したあご）がくがく震え、しゃべろうとしても言葉にならないようだった。

ようやく、彼は彼女のそばにしゃがみこんで、その肩に手を置いた。

「全然見えない？」

彼の正体を確かめようとするかのように、彼女は手のひらで、まず彼の手に触り、腕をずっと上にたどっていって、肩に、そして顔にたどりついた。その仕草は、まさに視覚を失った人のそれだった。ぱっちりと開いた目は、ずっと、彼の肩ごしにあさっての方向を眺めている。澄んだ目だ。眠りに就く前と、外見上は何の違いもない。

「また、頭が痛くなってきて──」

彼女が言いかけたとき、外に通じるドアが突然、どんどん、と鳴った。彼女がぎくっとして彼に身を寄せた。

外から、誰かがドアを叩いているのだ。

「こんばんは、こんばんは」と、声がする。

彼は彼女の顔を見た。視覚を失った衝撃で、表情も消えている。その代わり、華奢な両手が彼のシャツの袖をぎゅっとつかんだ。

「隣の三枝というもんだけど」外からの声は言って、またドアを叩く。「ちょっと、どうかしたんですか？」

「開けないで」

彼女が早口に囁いて、しがみついてきた。

「もしもし？　なんかあったんですか？　一一〇番しようか？」

ふたつの判断の間でひっぱられて、彼は躊躇した。またドアが叩かれる。だんだん強くなる。それでふっきれた。

「いえ、なんでもないんです。すみません」

その場から動かずに、声だけ張り上げる。

ドアの向こうは、ちょっと沈黙した。彼は心臓が耳元で鳴っているのを聞いた。彼女が震えているのと、首筋に鳥肌がたっていることに気がついた。

「あんた、昼間の人だね？」

ドアの向こうで、三枝が言う。心なしか、警戒しているような口調になっている。

「どうも妙な感じだな……そこで何やってんだ？」

どう答えようか。必死で考えているうちに、三枝はまた言った。

「おい、返事をしろよ。あんた、本当にここの住人なのか？」

それは、こっちだって知りたいことなんだ。

「ちょっと開けてくれないか。気味が悪いんだよ」

彼女がぴったり身を寄せる。

「開けないと、警察を呼ぶぞ。どうしよう……」

三枝の声は、妥協を許さない調子を帯びていた。女の子の悲鳴が聞こえたんだよ。何やってんだ？

ことに気を配るタイプには見えなかったのに。彼の頭に、昼間出会ったときの印象では、隣近所の

っていたときの、あの訝しげな顔が浮かんだ。

「ちょっと待ってください。今、開けますから」

大声で返事をすると、彼女がぱっと目を見開いた。

「駄目よ！」

彼はくちびるに指をあて、「しっ」と制した。「仕方ないよ。いいから、言うとおりにして

くれ。立てるか？」

抱きかかえるようにして立ち上がらせると、彼女をキッチンの椅子に座らせた。手を離そ

うとすると、彼女の手が追いかけてきた。

「大丈夫だよ、ここに座ってればいいから」

彼女はあきらめたように手をひっこめ、膝の上に置いた。彼はドアの前に行きかけ、思い

なおしてベッドの方へ引き返すと、毛布を拾いあげて丸め、キッチンに持ってきた。彼女の

肩から、身体を包むようにすっぽりと掛けてやり、それからドアを開けにいった。

かちん、と音を立てて錠がはずれたとき、背中を汗が一筋伝い落ちるのを感じた。

ドアをゆっくりと押し開けると、廊下の蛍光灯の明かりに照らされた、三枝の顔が見えた。

昼間の男に間違いない。だが今は、あの気さくそうな感じが消えている。眉間には深いしわ

が寄り、歯痛に襲われたかのように顔を歪めていた。

彼が一歩うしろに下がると、三枝は首をかしげるようにして部屋の奥に目をやった。キッ

チンにいる彼女の姿が見えたはずだった。

三枝は彼に視線を戻し、もう一度彼女をながめ、それから言った。

「お嬢さん」

彼女がびくっとして毛布をかきあわせる。

「大丈夫かね?」

答える前に、彼の顔を見たいのだろう。彼女は助けを求めるように顔を上げ、目を泳がせ

た。怯えきっていて、すがるように毛布をつかんでいる。さらわれてきた子供のようだ。考

えるより先に、彼は言っていた。

「怖がらなくていいよ。僕はここにいるから」

その声で、彼のいる場所の見当がついたのだろう。彼女は、彼の立っている位置よりも十

センチほど右の場所に目を据えて、何度もうなずいた。

三枝が壁に手を掛けて、乗り出した。

「目が見えないのか?」

彼はうなずいた。

「さっきの悲鳴は?」

「彼女が転んだんです」

三枝は台所のなかをひとわたり見回して、床に転がっているポットに目をとめた。

「怪我はなかったかい?」と、彼女に訊く。

「大丈夫です」彼女は抑揚のない声で答え、自分たちが危険な人間ではないことをわかってもらおうとしてか、小さく付け加えた。「ありがとう」

三枝は壁に寄りかかり、二人を見比べたり、奥の暗いベッドルームに目をやったりしていたが、やがてフンと鼻を鳴らすと、彼を見上げた。

「どうも気にくわんな」

「何がですか?」

彼は努めて冷静に言った。三枝とまともに目があう。そらさないでいるのには、大変な努力を要した。

「あんたら、名前は?」

いきなり核心をつかれて、嘘をつく余裕もない。彼がひるんだことを、三枝は、名前を名乗ってはまずいと思っていると受け取ったようだった。

「昼間、下の階に住んでる奥さんとちらっと話したんだが」と、三枝は続けた。「その奥さんは、一度、この部屋に出入りする人間を見かけたことがあるんだそうだ。俺より年配の、

小柄（こがら）な男だったそうだけど、その男が、昼間あんたの言ってた、酒場でできた即席のお友達かね？」

その言葉の皮肉な口調よりも、「年配の小柄な男」という事実の方に気をとられて、彼は一瞬集中力を失くした。この部屋に、出入りしている人間がいたということは――

「返事がないな」

はっとして三枝を見ると、眉間のしわが深くなっている。

「まさか、奥の部屋にそのおっさんの死体が転がってるなんて芝居じみたことじゃないんだろうな？」

口元にかすかに笑みが浮かんでいるが、それは一種のバリアのようなものだった。三枝の視線は真剣で、激しい緊張をはらんでいた。

「そんな馬鹿なこと、あるわけないですよ」

「そんな馬鹿な、って言われるようなことは、たいてい現実に起こるもんなんだな、これが」

軽い口調で言いながら、三枝はわずかに肩を引いた。身構えたのだ。

こうなると、退路は一つしかない。彼は言った。

「確かめてみますか？」

三枝は器用に眉（まゆ）をあげ、壁から離れた。昼間見かけたときと同じいでたちで、同じサンダルを履いている。それを脱いで、あがってきた。

「一つ言っとくが、ヘンな気は起こさないでくれよ」

「そんな必要はありませんよ」

　彼は本当にそう思っていた。部屋のなかを見られたところで、まずいことなど何もない。

それより、ここでこの男の疑いを深くして、自分の部屋に戻ってから一一〇番されるような

事態を招かない方が得策だ。少しでも時間を稼げれば、こいつがいなくなってから、彼女を

連れてここを出ることだってできる。

追われさえしなければ。

　三枝はゆっくりとキッチンを横切った。その時初めて、彼は、三枝がごくわずかではある

が右足を引いていることに気がついた。軽い捻挫でもしているかのようだ。

　用心深くあたりを観察し、彼女のそばで足をとめ、しげしげと見つめる。彼はまず、彼女

に毛布を掛けておいてやって良かったと思った。三枝が何か卑猥なことでも言うのではない

かとも考えた。

　が、この隣人はこう言った。

「お嬢さん、具合は悪くないのかい?」

　彼女は何度かまばたきをしてから、のぞきこんでいる三枝の顔の方向へ目を上げた。

「はい……大丈夫です」

「目は昔からいけないの?」

　彼女はためらって、素早くくちびるを湿した。三枝はすまなさそうに言った。

「いや、悪いこと訊いたな」

横顔をうかがう限り、それは本心から出た言葉のようだった。

彼女は目を伏せた。頬の辺りに、かすかに動揺が走った。彼は、昼間薬局で「お大事に」と言われたときの気分を思い出した。あの時の自分も、今の彼女のような顔をしていただろうと思った。

三枝は彼女のそばを離れ、ベッドルームへの仕切りのドアに手をかけた。ちょっとのぞきこみ、壁を探って明かりを点ける。

彼は彼女のそばに移動し、肩に手を乗せた。彼女がその手を握り返してきた。

三枝はベッドルームのなかを見ている。

半歩、踏み込む。

彼は待っていた。三枝が引き返してくるのを。この状況に、不利な点など何もない。死体などないし、その「小柄な男」を縛って転がしてあるわけでもない。

三枝の痩せた肩がぐいとあがった。姿がドアの枠からはずれて見えなくなる。何も興味を惹くものなどないはずなのに——

かがみこむ。

ベッドの足元の方へかがんでいる。

彼女は目を覚まして、目が見えなくなっていた。パニックを起こして、あちこちにぶつかりながら歩いた。だからベッドが動いて——ベッドが——

彼が彼女の手を離して一歩踏みだしたのと、三枝がドアのそばに現れたのと、ほとんど同時だった。彼は一瞬遅かったのだ。

三枝の手には、彼がベッドのスプリングと布団の間に押し込んで隠した拳銃が握られていた。

「拳銃だ」と、三枝は言った。

「チャカ？」

「こいつのことさ」と、銃口を彼の額に向けて——

「どういうことかな、これは？」

彼の目に、三枝は銃を扱い慣れているように見えた。少なくとも、どれが安全装置かという ことは知っているように思える。

右手で銃を握り、人差し指を引き金にかけて、三枝は銃身でキッチンの椅子を指した。

「あんたもその娘と並んでそこに座ってくれ。いいな？」

そこまで指図されたわけではないが、彼は両手を肩の高さに上げ、言われたとおりに腰を降ろした。

「拳銃って、なに？」

彼女が彼を探しながら問いかけた。目が充血している。

「拳銃？　どうして？　そんなものがここにあるの？」

三枝の不審そうな顔を無視して、彼は彼女に説明した。

「ごめんよ。さっきは話せなかったんだ」

「拳銃……」彼女が茫然としてつぶやく。「やっぱり……あのお金……」

「金？」三枝が聞き咎めた。実に素早い。彼が思わず立ち上がりかけると、銃口がさっとこ
ちらを向いた。

三枝は視線も銃口も二人から離さず、ゆっくりと移動して、玄関のドアに鍵をかけた。そ
してベッドルームに引き返す。

ここまでくれば、スーツケースが見つかるのは時間の問題だ。彼は目を閉じた。彼女の不
規則な呼吸がはっきり聞こえる。

クロゼットが開け閉てされる音がする。

三枝は時間さえたいして必要としなかった。キッチンに戻ってくると、平たい声で言った。

「ざっと見ただけでも、五、六千万円ありそうだな」

一つため息をもらして、彼は言った。

「数えてないんだ」

「なるほど。それと、血のついたタオルときた。どういう判じものだね、こりゃ？」

小さなしゃっくりのような声をたてて、彼女が泣きだした。彼は黙ってその肩を抱き、よ
く泣く娘だ、と思った。泣きたいのはこっちだって同じだが。

「どうだ、事情を話してみないか？」

仕切りのドアにもたれ、ぬかりなく拳銃をこちらに向けて、三枝が言った。

「場合によっちゃ、俺が力になれるかもしれないぜ」

かすかに笑いを含んで、三枝は続けた。そのせいで声が濁っている。彼は泥水をかけられたような気がしてきた。

「それとも、ちょっと電話して、出るとこに出るか?」

黙って見返すと、三枝は〈まさかそんなことはできないよなあ?〉というように、軽く首を振っていた。

救援隊か。彼は皮肉な気分で考えた。現金と拳銃のおかげだ。だが、やっと助けがきたと思ったら、海賊船だったというわけだ。

「嘘だろうとか、信じられないとか、そういう面倒臭い合いの手をはさまないで聞くと約束できるなら」と、彼は言った。

三枝は約束した。だから、彼は話した。ほかに選択の余地のないときは、とりあえず、差し出された手にはつかまってみるものだ、と自分に言い聞かせながら。

12

「あんたの方は、その——記憶が消えているという以外には異常はないのか?」

話を聞き終えると、三枝はそう質問した。

彼はちょっと意外な気がした。体調について気にしてもらえるような立場にはないと思っていたから。

「どうなんだ？」三枝は真面目だった。

「特に異常はないみたいですよ。少し、物の名前が思い出しにくいようなことはあったけど」

「頭痛は？」

「ありませんね。僕は」

三枝は素早く彼女を見た。

「こっちのお嬢さんは、頭痛がひどかった？」

彼女は黙っている。彼が代わりに答えた。

「相当辛そうでした」

三枝は仕切りのドアにもたれて腕を組んだ。

彼が語っているあいだ、三枝は約束どおり、「信じられない」というようなことは言わなかった。その代わり、時おり質問をはさんだ。目を覚ましたとき、彼がベッドのどっち側にいて、彼女がどっちを向いていたか、とか、物の名前が思い出せない状態はどのくらい続いたか、とか、細かいところまでつっこんでくる。

これは、俺たち二人が本当に記憶喪失になっているかどうか試してるんだな、と彼は考えた。だから、可能な限り詳しく説明した。

三枝は彼女に訊いた。「今はどうだい?　頭、痛むか?」

彼女はかぶりを振った。

彼は切り返した。「どうして、頭痛のことなんか訊くんです?」

三枝のはっきりした眉がちょっと動いた。この男の顔のなかで、いちばん正直に感情を表

す部位は、この眉毛であるらしかった。

「なんでそんなことを訊くんだ?」

「あなたがすぐ『頭痛』と言ったから」

「記憶喪失になると、たいてい頭痛がするもんらしいからさ」三枝は言って、なんとなく頭

のうしろをなでた。「まあ、俺も映画や小説でしか、記憶喪失者なんかにはお目にかかった

ことがないがな」

映画。小説。その概念は、彼の頭にはっきりと残っている。そういう知識に関する記憶は

消えていないのだ。そして、この三枝という男はどんな小説を読み、映画を観るのだろう、

と思った。初めて、自分たち二人以外の人間にかかわることに、生き生きとした興味を覚え

た。

「それで、このお嬢さんの目が見えなくなったのは──」

「ほんの今さっきです」と、彼女が小さく答えた。「喉(のど)が渇いて目が覚めて──起き上がっ

たら真っ暗で。最初は、よく知らない場所にいて、目が暗さに慣れていないからだろうと思

ってたんですけど」

「全然見えないのか？　ものが動いているのがぼんやりわかるってことは？」

　彼女はうなだれて首を振った。

　軽く膝をかがめて、三枝は彼女の顔をのぞきこんだ。彼女の目は放心したように宙に向けられている。三枝はその姿勢のままで彼の方を見た。どういう意図で見つめられたのかわからないので、彼もじっと視線を合せた。すると、三枝はシャツの胸ポケットに手を入れ、煙草（たばこ）とライターを取り出した。

　あの百円ライターだ。だが、煙草はショートホープだった。見守っていると、三枝は煙草をぽんとテーブルに放り出し、ライターを擦る。火をつける。そして、その炎をさっと彼女の顔に近付けた。

　彼が腰を浮かし、何するんです！　と声を上げる前に、炎は彼女の顔をかすめるようにして通りすぎ、三枝はライターを消した。彼女の視線はゆらぎもせず、まばたきもしなかった。

　三枝はぽそりと言った。「本当に見えないんだな」

「危ないことをするんだな」彼はほうっとため息をついた。遅ればせに、彼女が見えない目で彼を見上げる。彼は彼女の手を軽く叩（たた）いた。

「それで？　これからどうする？」

　三枝が気楽そうな口調で訊いた。

　彼は苦笑しそうになった。その質問に答えるのは、捕らえられた泥棒が、警官に今後の予定を説明するようなものだ。

「どうするつもりだ？」と、三枝は重ねて訊く。

彼はぶっきらぼうに答えた。「あなたはどういうつもりでいるんです？」

口を開く前に、三枝はキッチンのなかを見回した。視線は、電子レンジの表示パネルについている時計二時二十分すぎかのところで止まった。

「午前一時二十分すぎか」

ちらりと歯をのぞかせて、「俺はカフェイン中毒でね。夜中にコーヒーを飲んでも平気で寝られる。あんたたちはどうかな」

「え？」と、彼女が首をかしげる。

「どうかわからないけど、僕はコーヒーが欲しい気分ですよ」

「有り難い」と言って、三枝は煙草に火をつけた。彼は灰皿代わりに、ビールの空缶をテーブルに置いた。

彼は立ち上がった。

ヤカンに水を満たし、レンジに掛ける。こういうこともやったことがある、という気がした。カップを揃え、インスタントコーヒーを取り出し、砂糖入れを出す——そのあいだ、キッチンは沈黙していた。

不意に、彼女がつぶやいた。「ショートホープだわ」

彼は振り向いて、彼女を見た。三枝も、長い灰になった煙草を持った手を宙に浮かせたまま、彼女の顔を見ている。

「煙草、ショートホープですね？」彼女がもう一度言った。

「わかるのかい?」

　彼が訊くと、うなずいた。三枝は言った。

「お嬢さんの過去のなかでは、ショートホープを吸う人間がそばにいたらしいな」

　彼は半信半疑だった。「でも、なんでわかったんだい?・」

「香りで。それで、すぐに銘柄も浮かんできたの」

「ピースとかショートホープは、今流行のライトでマイルドなやつとは違う香りがするからな。俺だって、飲み屋で近くに座った人間がピースを吸ってたら、なんとなくわかりそうな気がする」

「昼間はマイルドセブンを吸ってましたよね?」

「自動販売機でショッポが切れてたんだ」

　ふたりに背を向けてコーヒーをいれていると、三枝が訊いた。

「あんた、煙草は?　昼間は吸ってたよな?」

「スモーカーだったらしいですよ」

「銘柄は?」

「昼間買いにいったときは、特に何も考えないで、自然にマイルドセブンを選んでましたね」

　好んで吸っていた銘柄は、どうもそれであったらしいという気もする。スーパーには、パック詰めにされた何種類かの煙草が置かれていたが、ピンとくるものはなかった。あれこれ

考えずに、自然にマイルドセブンに手が伸びていたのだ。

「確率としちゃ、マイルドがいちばん高いしな。一般的だから」と、三枝が言う。

だが、彼女のそばに――彼女がそいつの好む煙草の香りを嗅ぎ分けられるほど近くに――いた人間は、ショートホープの愛好者だった。してみると、それは自分ではないわけだ。そう考えて、おかしなことに、彼はちらりと嫉妬を感じた。

コーヒーカップをテーブルに載せる。彼女は両手を膝の上に置いている。彼が言うより先に、三枝が声をかけた。

「お嬢さん、砂糖とミルクは?」

ちょっと考えてから、彼女は「要りません」と答えた。

「ブラックか。ダイエットしてたのかな。その必要はなさそうだが」

彼は彼女の右手をとって、カップの位置を教えてやった。三枝が言葉を添える。

「気をつけてな。火傷しないように」

黙ってコーヒーを飲んでいるあいだ、彼は三枝という人間について、少しばかり吟味した。彼女に示す思いやりに嘘はないようだが、それ以外には、何を考えているのかさっぱりわからない。表情や、ここに踏み込んできたときの態度からは、ごく当たり前の常識を備えた普通の男に思える。だが、拳銃の扱いに慣れていたこと、それを手にしたときの行動を考える

と、危険な――少なくとも危険を冒すことを罪悪と考えてはいないタイプの人種だという気がする。

「あんたらが打ち明けてくれたわけだから、俺も率直にいこう」

三枝はカップを置いて、新しい煙草に火をつけた。

「俺には前科がある」

いきなり言われても、ちょっと返事のしようがない。彼は静止して相手を見つめ、彼女は

ほんの少し、三枝の声の聞こえる方向から遠ざかるように肩を引いた。

「傷害でね。酒場の喧嘩に巻き込まれたんだ。言い訳はしないよ。だが、そっちの方の清算

はちゃんと済んでる。何年も前の話だ。俺は危険な人間じゃないよ」

彼は言うべき言葉を考えたが、結局こう言うしかなかった。

「それで?」

「それで、だ」と、三枝は軽く笑った。「俺としては、あんたたち二人が、拳銃と、血のつ

いたタオルと、スーツケース詰めの現金を持った怪しげな人間でございます、と、警察にご

注進するつもりはないんだよ」

彼は気を緩めなかった。「なぜです?」

「なぜかというとだな、そんなことをすれば、警察は必ず、俺もあんたたちの仲間で、ヤバ

イことに一枚噛んでいたに違いない、と思い込んでかかってくるからだ。いや、むしろ、俺

の方が主犯格だと決め付けられるに決まってる」

「主犯格……」

「いや、失礼。これはあくまで、あんたたちが記憶を失くす前に、何かやばいことをやって

いた場合に限って、の話だよ」

彼女がため息をもらし、カップを置いた。三枝は続けた。

「で、どうして警察がそういう態度をとるかっていうと、俺が前科者だからだ。何を言って
も信用されないだろうな。あんたたちにしたって、さっき俺が前科があるって言ったら、ま
るでダイナマイトを抱えた男を見るような顔をしたぜ。否定しなさんなよ。俺も気を悪くし
たわけじゃない。慣れてるからな」

安堵感と不信感が、ないまぜになって押し寄せてくる。まったく、この三枝という男は食
えない男だった。食ったとしたら、恐ろしく苦いだろう。

「それで、だ」と、三枝は念を押すように繰り返した。「一つ提案がある」

「提案?」

うなずいて、三枝は唐突に訊いた。「あんた、右利きだな?」

反射的に、彼は右手を見た。「そのようですね」

「さっきからずっと、何をするにも右手でやってるからな。記憶が失くなったって、利き腕
がどっちだかわからなくなるわけがない。そうすると、一つ確かなことが出てくる。あんた
ら、自分たちの意志であのベッドに寝かされたんじゃなさそうだよ」

彼女は三枝の方に顔を向けた。声の聞こえてくる方向を判断することで、彼女はもう、話
し手に注目するコツをつかんだようだった。

「なぜわかります?」

　三枝はベッドの方へ手を振った。

「あんたは、彼女の左側に触れるような位置関係にいたわけだ。つまり、仰向けの状態でいるとき、あんたの利き腕が、彼女の左腕に触れるような位置関係にいたわけだ。な？」

　目が覚めた時の様子を思い出してみると、確かにそういうことになる。

「右利きの男が女と寝ようというときに、女を自分の右側に寝かせるはずがないよ。こりゃ、確かだ。だからあんたたちは、気をそろえてベッドインしたわけじゃない。そんなことなんか考えられない状態で――眠ってたか、気絶してたか――そこまで細かいことに頓着しないうっかり者の手で、並んで寝かされただけだろう」

　ややあって、彼女が深々と吐息をもらした。どういう意味合いの吐息かな、と彼は考えた。

　三枝はにやりと笑って付け加えた。「まあ、絶対一〇〇パーセントそうだ、と断言はできないがな。あんたら、二人でよっぽど奇抜なことでもやってたのかもしれんし」

　彼は鼻白んだ。彼女は赤くなった。

「ま、冗談はさておき」三枝は真顔に戻った。「俺の頭の働きをちょっとばかり披露したところで、提案だ。どうだい、あんたたち、俺を雇わないか？」

　意表を突かれるとは、このことだった。

「雇う？」

「そうだ。あんたたちがどうしてこんな羽目に陥ったのか。そも、あんたらは何者か？　申し遅れれを調べるために、俺と契約しないかという意味さ。悪い取引じゃないと思うぜ。

たが、これでも俺はジャーナリストの端くれだ。端くれのジャーナリストと言った方が正解かもしれんが」

彼は初めて、値踏みするように相手をながめまわした。

ジャーナリストという職業は、名刺に手早く刷りこむだけで簡単に自称することのできる職業の代表選手のように思えた。元手も要らない。どんな職業でも、それに携わる人間にはピンからキリまであるが、元手の要らない職業は、そのピンからキリまでの幅が恐ろしく広い。

そして、ピンとキリとでは、しばしば仕事の目的が違うのだ。

だが、この際、三枝が何者であるかということに、こだわっている余地はないと思った。どうでもいい。この提案は言葉だけのもので、選択の余地など最初からないのだ。

彼は現実的な問題に頭を切り替えた。

「報酬はどうするんです？」

「あのスーツケースの金が担保だ」と、三枝は素早く言った。「万事解決して、あんたらがこのドツボから抜け出したとき、あれがあんたらのものになっていたら、半分を俺に払う。あれがあんたらのものでなくなっていたら――」

三枝は言って、軽く両手を広げた。「分割でもいいぜ、と言いたいところだが、あんたら

だって、預金ぐらいあるんじゃないか？」

彼女は口元に手をもっていって、小指の爪の爪を噛み始めた。記憶は消えても、癖は消えないものなのだとしたら、これから先、彼女が考え込むときには、いつもこのスタイルを見せら

れることになりそうだった。

「ただ、問題はこのお嬢さんの目だ。病院はどうするね?」

その問いに、彼には答える資格がない。口をつぐんでいるしかなかった。

彼女は爪を嚙むのをやめて、顔を上げた。三枝のいる方に向かって、小さく、だがきっぱりと言った。

「わたしが一日でも早く堂々と病院に行けるように、あなたが努力してください」

これで決まりだった。

彼女は手探りで彼の手を探し、握り締めた。

「いいでしょう。あなたと契約しますよ」と、彼は答えた。

「よし」三枝は言い、それまで膝のうえに載せていた拳銃をすっと取り上げると、「このぶっそうなものは、俺があずかる。どのみち、今のあんたたちじゃ、こんなものを使おうとしたって、自分の指をふっ飛ばすのがオチだからな」

「かまいません。どうぞ。ただし──」

「ただし?」

「弾は抜いて、僕に下さい」

三枝は笑った。「抜け目ないな」

彼は答えた。「当然です」

そして彼は考えていた。担保に取られたのはスーツケースの金じゃない、俺たち自身だ、

と。

「さっそく頼みがあるんですけど」

「なんだい？」

「僕をあなたの部屋に泊めてほしいんです」

三枝はちらりと彼女を見た。「お嬢さん、ひとりで平気かい？」

彼女は気丈にうなずいた。

「ベッドを三枝さんの部屋との境の壁にくっつけておくから、何かあったら壁を叩けばいい。朝は起こしにいくから、ひとりで動き回っちゃ駄目だよ。いいかい？」

「わかったわ」

三枝はにやにやした。「ご清廉なことで」

三枝を先に自分の部屋に帰し、彼女をベッドまで連れていくとき、彼は小声で謝った。

「心細いと思うけど、がまんしてくれ」

彼女は微笑した。「いいのよ。わかってる。あの人からは、できるだけ目を離さない方がいいわ」

初めて彼女の頬に軽く触れて、彼は言った。「キミは、ホントにいい勘してるよ」

「気をつけてね」

第二日（八月十三日　月曜日）

13

みさおからの電話が切れたあと、悦子はすぐに貝原家に電話をかけた。だが、呼び出し音は鳴っているのに、誰も出ない。リダイアルで何度もかけなおしながら、悦子はいらいらと足踏みをした。

留守なんだろうか。こんな時刻に。

夜明けまで辛抱強くかけ続けても、結果は同じだった。もう、埒があかない。午前五時半をすぎるころ、悦子は直接訪ねてみようと腰をあげた。

支度を始めたとき、ゆかりが起きてきた。

「ママ、おはよう。どうかしたの？」

ぬいぐるみの熊を小脇に抱え、目をこすっている小さな娘を、悦子はあわただしくせきたてた。

「いい子だから、早く着替えなさい。おじいちゃんのとこに連れてってあげる」

「どして？　まだ早いよ」

今は夏休み中だから、ゆかりは、悦子のいない日中、義夫（よしお）の家ですごすことにしている。

毎朝、悦子が出勤する七時半に、一緒に家を出るようにしていた。

「ちょっと用ができて、ママすぐ出かけるの。だから、ね？」

「ラジオ体操は？」

「今日は休みなさい」

「ちゃんと毎日行かないと、ごほうびのお菓子、もらえなくなっちゃう」

「大丈夫よ。ママがちゃんともらってあげる」

眠気もとれてきて、母親のただごとではない様子を悟ったのか、ゆかりはパタパタと洗面所へかけていった。

ゆかりの支度が済むまでのあいだにも、悦子は何度か貝原家の電話番号を呼び出した。依然として、応答はない。

そのとき、ふと気がついた。ここにかかってきたと同じようなSOSが、彼女の両親にも伝わっていて、それで二人とも家を空けているのかもしれない。その場合、好子（よしこ）のあの様子からして、親切に悦子に一報を入れてくれるはずはないだろう。

それでも、彼女が保護されているのなら、見つからないままでいるよりはずっといい。不安そうな顔をしているゆかりを助手席に乗せ、悦子は祈るような気持ちで車を出した。

「ママ？」

「うん？　なあに」

「パパが死んじゃったときみたいな顔してる」

悦子はギアに手をかけたまま、小さな顔を見おろした。ゆかりは、夏休みの宿題帳の入っ
たバッグを膝に、ちょっと口をすぼめている。

悦子は肩の力を抜いた。

「ごめんね。ママ、少し心配事があるの。ドキドキしているママのお友達のことで」

「みさおさん？」

特に話してはいなかったのだが、ゆかりは薄々気づいていたらしい。

「そうなの。みさおさん、おうちからいなくなっちゃってるのよ。早く見つけなきゃ」

「それで、ママは行くの？　だったら、ゆかりもついてってちゃダメ？」

悦子は首を振った。ゆかりは一生懸命だった。

「邪魔しないよ。おとなしくしてる。ゆかり、みさおさん好きなの」

手をのばして娘の髪をくしゃくしゃにすると、悦子はほほえんだ。

「ママもよ。だけど、今日は、ゆかりはお留守番。何かわかったら、きっと教えてあげるか
ら。ね？」

ゆかりは納得した。義夫の家につき、事情はあとで説明すると話してゆかりを預けると、

悦子はすぐ出発した。

「ママ、がんばってね！」と、ゆかりが手を振った。

道順は記憶していたので、貝原家には迷わずにたどりつくことができた。だが、玄関のインタホンを押しても、返事がない。

やっぱり外出してるんだろうか——と、悦子は家のまわりを眺めてみた。T字型のカーポートには、右側にグレイのセダンが、左側には真っ赤な軽乗用車が停まっている。みさおの話と、悦子の記憶に間違いがなければ、どちらもみさおの両親の車であるはずだった。

ということは、家にいるんだろうか。何度も押した。最後の方は、拳骨でボタンを叩いた。

と、ガサガサと雑音が聞こえ、なんとも間延びのした「はーい」という返事が返ってきた。悦子は玄関に戻ってまたインタホンを押した。

インタホンは沈黙した。ややあって、

「もしもし？　貝原さんですか？　わたしです！　真行寺です！」

「なんの御用ですか？」

たしかに、好子の声だ。どうも、たった今起きてきたようだ。

「昨日、真夜中に、みさおさんから電話があったんです。それでこちらにも電話したんですが、いらっしゃらなかったみたいで」

「あら」

悦子は焦れた。「とにかく、開けていただけませんか」

待たされたのは、一分かそこらのことだろう。だが悦子には一時間にも感じられた。ようやくドアが開き、その内側に、ネグリジェの上に薄いガウンを羽織った好子が立っているのを見ると、その寝乱れた髪を見ると、むっと怒りがこみあげてきた。

「朝早くから騒がないでくださいよ。ご近所にみっともないじゃありませんか」

好子は露骨に迷惑そうな顔をしている。「常識のない人ね」と、酔っ払いでも見るような目で悦子を見おろした。

だが今は、彼女と言い合いしている場合ではない。悦子は腹立ちを押し殺して、手早くことの次第を説明した。玄関先で、立ったままである。

しかし、話を聞き終えた好子は、あっさりと言った。

「悪戯電話だったんじゃないですか?」

悦子は耳を疑った。

「たしかにみさおさんの声でした! わたしを呼んだんです」

「悪戯だってそういうことはあるでしょうよ。知ってる人がかけてくることだってあるでしょうし」好子は横目で悦子を見た。「おたくは若後家さんだしねえ」

耳たぶが熱くなるのを感じながら、悦子は声もなくつっ立っていた。相手が同じ人間とは、同じ母親であるとは信じられない。

ようやく、声を絞りだした。「わたしのことなんかどうでもいいんです。みさおさんが心

配じゃないんですか？　『助けて』って言ってたんですよ！」

「そうかしら。『たす』って言っただけで切れたんでしょう？　あなたが勝手に想像してる

だけじゃないの」

「だけど……」

事実としては好子の言うとおりだが、人間の肉声、口からもれる言葉は、そんなに額面ど

おりのものではない。みさおは「助けて」と言ったのだ。間違いない。言いかけて、電話が

切れたか、誰かに切られたかしたのだ。

悦子は矛先をかえた。

「貝原さん、昨日警察にはいらしたんですか？」

「行きませんよ。行かなくてよかったわ」

「どうして？　どういうことです」

好子はドアに手をかけ、閉める仕草をした。「お引き取りくださいな。わたし、まだこん

な格好ですからね」

「貝原さん！」

「うるさい人ね」

「どうして電話に出なかったんです？　どこにいらしてたんですか。みさおさんが心配じゃ

ないんですか？」

好子はキッと眉をあげた。「いつ心配じゃないなんて言いました？」

「だって……」

「電話はね、うちでは、夜中になると切ってしまうんです。ジャックを抜いてね。悪戯電話が多いもんですから」

悦子は息を呑んだ。「みさおさんからかかってくるかもしれなかったのに？　よくそんなことができますね？」

好子はスリッパを履いたまま、玄関の三和土(たたき)に一歩降りてきた。身を乗り出して、悦子をにらみつける。

「いつもそうしていたけど、みさおが家出してからは、夜中も通じるようにしてありました。あの子がかけてくるかもしれないと、わたしも思いましたからね。でも、昨夜でもうその必要もなくなったから、だから、また元の習慣どおりにしたんです。なんて失礼な人なの、あなたは」

昨夜でもうその必要がなくなった？　悦子は、その言葉に、また声を失くした。

勝ち誇ったような笑みを浮かべて、好子は言う。「あの子がね、みさおが、昨夜電話をかけてきたんです。十時ごろでした。「横浜に住んでいる友達のところに泊まってるってね。二人で一緒にアルバイトをしてるんだそうですよ。夏休みが終わるまではそこにいる、元気で働いている、そう言ってました。今からお金を貯めて、冬休みに、その友達と一緒に海外旅行をしたいんですとさ。自分のお金で行きたいんだって。黙って出てきたのは悪かったけれど、お母さんに話せばきっと反対されると思ったから、って」

「そのお友達の名前、訊いたんですか？」

「訊いても、お母さんは知らない人だって言いましたよ」

　思わず、悦子はつぶやいていた。「嘘だわ……」

　好子は嚙みついてきた。「なんであの子がそんな嘘をつかなきゃならないんです？　みさ

おはそんなに手のこんだことのできる子じゃありませんよ」

「だって、わたしははっきり彼女の声を聞いたんです！」

「だから、そっちは悪戯電話だったんですよ。あなたが勝手にみさおからの電話だと思い込

んでるだけ。第一、母親のあたしが、みさおの声を聞き間違えるわけがないじゃないですか。

わからない人ね！」

　好子は、悦子の目に唾を吐きかけかねない勢いだった。

「それに、わたしはその友達の家の人とも話をしたんです。ごく普通の人でした。感じがよかったわ、あなたより、ずっと。み

たしに挨拶したんです。『ちゃんとおあずかりしますからご心配なく』と笑ってました。

さおをよろしくと言ったら、『ちゃんとおあずかりしますからご心配なく』と笑ってました。

『こっちでは、みさおちゃんがお母さんに黙って来てるなんて思ってもみなかったもので、

ご連絡が遅くなって申し訳ありませんでした』って、恐縮してました。二人して、馬車道に

あるレストランで働いてるんだそうです。そこは素敵なお店だし、こうして友達と暮らして

いると姉妹になったみたいだって、みさおは喜んでました」

　好子の声を聞きながら、無意識のうちに、悦子は首を振っていた。

違う。違う。そんなことがあるはずがない。海外旅行？　レストランでアルバイト？　友達と姉妹のように暮らしてる？　違う。本当にそんな計画を立てていたならば、みさおはきっと自分に話してくれていたはずだ。

「貝原さん——」

「いい加減にしてくださいよ！」

好子の怒声に、家の外回りをほうきで掃いていた隣家の主婦が、弾かれたようにこちらを見た。目をむいている。

悦子は強いて気を鎮め、声を落とした。

「その電話の声、本当にみさおさんの声に間違いなかったんですね」

好子は口を結んだままむずいた。

「電話があったのは十時ごろですね？」

「さっきそう言ったでしょう？　あなた、日本語が通じないの？」

「十時ごろですね？」

好子は鼻からフンと息を吐いた。「そうですよ」

悦子に電話がかかってきたのは、午前零時近いころだった。たった二時間のあいだに、みさおの置かれている状況がそんなに劇的に変化してしまうことなど考えられない。

（真行寺さん——）

あの、うつろな声。空っぽの喉（のど）から響いてきたような声。

たす

「貝原さん」

悦子は首をあげて鋭く好子を見あげた。もう、この人では駄目だと思っていた。

「ご主人はどちらにいらっしゃいます？」

好子は顔をしかめた。「なんでそんなことを？」

「ご主人は、みさおさんの家出のことをご存じなんですか？」

好子の、怒りで紅潮している頬に、苦いものが走った。ややあって返事をしたとき、その声の調子も落ちていた。

「主人なら、今は海外にいます。ずっと出張で、当分戻りません。忙しいんですよ」

悦子は力が抜けてきた。　母親が駄目なら、父親に会って直談判しようと思っていたのに

──

「連絡はとれませんか？」

「あなたに教える筋合いはありませんね」

好子はぴしゃりと言って、今度こそドアを閉めるぞという動作をした。

「あなたはみさおの友達かもしれないけれど、だからといってうちのなかのことまで首を突っ込む権利はないでしょう？　もう二度と、このことで煩わせないでください」

興奮で、まくしたてながらどんどん早口になってゆく。

「おかげさまでみさおは見つかりました。無事で、ピンピンしています。あの勝手な娘のことは、母親のわたしが面倒をみます。お帰りください。今度押しかけてきたら、警察を呼ん

でやるから！　うちの親戚筋（しんせき）には、警察庁の人間がいるんですからね！」

悦子の鼻先で、ドアが勢いよく閉められた。

14

とりあえずは、「ネバーランド」へ出勤するしかなかった。十五分の遅刻だった。悦子はそれに応える気力もなく、自分のデスクに座りこんだ。

一色（いっしき）が、チーフの席を離れて近寄ってきた。悦子の遅刻はきわめてめずらしいことだし、なによりも、顔色を読んだのだろう。

「どうかしましたか？」

「ちょっとご相談があるんです」

「いいですよ。会議室を使いましょう」

一色は先に立って廊下へ出ていく。悦子はぐったりと立ち上がり、スタッフたちに、遅刻と、しばらく席を離れることへの詫（わ）びを言ってから、あとに続いた。

「元気がありませんね。真行寺さん、お父さんかゆかりちゃんに何かあったのですか？」

一色が訊く。悦子は首を振った。

「それなら良かった。仕事のことなのですね」

一色のことを、スタッフのひとりの若い女性は、「歩く丁寧語」と呼んでいる。彼は常に、部下の誰に対しても、保険の顧客に対するときのような言葉で話すのだ。貝原好子との喧嘩に近いやりとりのあとでは、悦子の耳に、その声は慈悲のように響いた。

「私が力になれますかな?」

悦子は説明した。一色は、ときどき相づちをはさみながら聞いていた。

「困ったことになりましたね」

聞き終えると、ちっとも困ってないような穏やかな顔で、そう言った。

「わたしが考えすぎていると思われますか?」

悦子の質問に、しばらく首をかしげて考えてから、一色は答えた。

「そうは思いません。おっしゃるとおり、人間の言葉には『言外の意味』というものがありますからね。雰囲気もあります。口調の微妙な差も、話の内容を左右するものです。『たす』という言葉を、真行寺さんが『助けて』と聞き取ったのなら、きっとそうだったのでしょう」

一色の分析を聞いていると、悦子の心から切迫感が消えてきた。焦ってはいけない、と思える状態が戻ってきた。

「それで、真行寺さんはこれからどうなさるおつもりです?」

「どうって……」

「最初に確認をしておきますが、私が今質問したのは、『ネバーランド』のスタッフとして

どうするか、という意味ですよ。個人としてではなく」

悦子は目を見開いて一色の顔を見つめた。

「ということは、チーフは、『ネバーランド』としては、この件にこれ以上関わるべきではないとおっしゃるんですか？」

一色はうなずいた。女性のようにきれいな手をそろえてテーブルに置き、かすかに乗り出す。

「いいですか、真行寺さん。『ネバーランド』にいる我々は、あくまでも擬似友人なのです。ここへ電話してくる人たちというのは、非常に寂しがり屋ではあるが、反面、非常にガードも固い人たちなのです。寂しいけれど、友達をつくることによって起こってくる面倒は引き受けたくないから、他人とじかに接触することによって起こるトラブルが嫌だから、電話で声しか聞くことのできない我々を求めてくるのです。『電話で声しか聞くことができない』というのは、逆に言えば、『電話だけのつきあいで済む』ということでもあるのです。わかりますね？」

悦子はうなずいた。

「声だけの友人というのは、実に便利なものです。欲しいときだけ、電話をすれば出てくる。魔法のランプのようなものだ。必要のないときは呼び出さないで放っておいていい。何も文句は言ってこない。そこでは常に、電話をかける方の側が主人なのです。我々は受け身なのです。『ネバーランド』のような形の電話駆け込み寺が存在していく上で、絶対の条件は、

『こちらからは決して踏み込まない』ということです」

一色はにっこりと笑った。

「ですから、『ネバーランド』の常連客というのは、孤独で引っ込み思案であると同時に、とても身勝手な人たちであると考えてさしつかえありません。もちろん、全員がそうだというわけではありませんよ。一人暮らしのお年寄りのような場合は、まったく違います。しかし、そうでない場合、とりわけ若い人の場合には、そういうことが多い、というだけです。

しかし、事実です」

「チーフ……」

「私が以前、その貝原みさおという女性があなたに会いたがっているということを聞いたとき、会うことを許可したのは、いずれはこういうことになるだろうし、一度はこういう経験をしてみないと、真行寺さんにも本当の底の底のところで『ネバーランド』の意味がわからないだろうと思ったからなのです。だから申し上げましたね？　『ネバーランド』としては、電話をかけてくる人と顔をあわせたら、そこで即、存在意義がなくなるのです。会いにいくことで、相手に踏み込むことになりますからね」

悦子は黙って下を向いた。

「そして、さっきも申し上げたように、寂しいときだけここを頼ってくる人たちは、踏み込まれることを嫌います。それはもう本当に、そうです。だから、こちらから踏み込んでいく

と、その瞬間に、我々は先方にとって必要のない存在になってしまうのです。時間差はあれ、遅かれ早かれ、相手は我々をうとましく思い始めるでしょう。だって、そうじゃないですか？

生身のコミュニケーションをしなければならない相手だったら、なにも我々を呼び出さなくても、周囲にいくらでもいるのですから。そして彼らは、そういう相手を──常に何かをしてもらうだけでなく、してあげることもしなければ保たない関係を──持つのが面倒臭いから、我々擬似友人を選んでいる人たちなんですよ」

「おっしゃりたいことが、よくわかりません……」

「いいですね、真行寺さん。ですから私は、『ネバーランド』を好むような人たちには、踏み込んだら駄目だ、駄目であると同時に、傷つくのはあなたの方だ、と申し上げているのです。彼らは冷酷で、自分勝手です。あなたという存在が要らなくなったり、興味がほかへ移ったりしたら、ごく簡単にあなたを捨ててしまいますよ。そもそも、電話という機械は身勝手の象徴なのです。こちらの都合で、相手の生活に割り込んでいくのですから」

「わたしはそうは思いません」

「いや、私ももちろん、全面的にそうであるとは申していません。ごく普通に、生身のコミュニケーションもとれている相手との電話は別物です。それは、一分でも一秒でも離れていたくないという想いを代理する行為です。そして、それこそが正常な形な

い、あるいは一緒にいたいという想いを代理する行為です。そして、それこそが正常な形な仲の良い友人同士や、恋人同士の電話は違います。ごく普通に、生身のコミュニケーションもとれている相手との電話は別物です。それは、一分でも一秒でも離れていたくないという想いを代理する行為です。誤解なさらないでくださ

のだと、私は考えています。私が『身勝手』と表現しているのは、ここのような場所に気の向いたときだけにこられる、一方通行の電話のことなのです」

悦子は口元に手をあてた。指先が震えているのがわかる。まさか、一色からこんな話を聞かされるとは思ってもいなかったのだ。

「前置きが長くなりましたが、私の申し上げたいことは察していただけたでしょう？　真行寺さん、結論から言えば、私はあなたがこれ以上貝原みさおさんに深入りすることに反対です。彼女は友達のところにいるのでしょう。アルバイトしているのかもしれません。それをあなたに報せてこなかったのは、単に忘れていただけのことだと思います」

「でも、わたしたちは擬似友人じゃありませんでした。本当に友達になったんです」

「一度自宅へ招いたくらいで、そう断言できますか？　あなたはそう思っていても、みさおさんはどうだったかわからない。あなたに誘われて、そのときはその気になって遊びにいったけど、やっぱりそういう友達関係を維持していくのは面倒だな──と思っていたかもしれません」

でも、みさおさんは本当に楽しそうだった、と、悦子は心のなかで反論した。

「面倒だと思えば、ばっさり切るだけです。みさおさんは、あなたが今ここでこうしてやきもきしているなんて、想像さえしていないことでしょう。そういうものなのですよ。声だけの、魔法のランプのような擬似友人は、忘れ去られるのも早いのです」

話し続ける一色の表情の奥に、悦子は今まで気づかなかったものを見た。

それをどう表現すればいいだろう。　割り切り？　あきらめ？
いや、それではない。　計算だ。

保険会社がなぜ「ネバーランド」のようなことをやっているのか、初めて理解できたよう
な気がした。これは一種の市場調査なのだ。大勢の、そして多くは孤独な人の生の声を集める
言ってみれば、一種の市場調査なのだ。大勢の、そして多くは孤独な人の生の声を集める
こと。このビルのなかのどこかで、誰かが、「ネバーランド」に電話してきた人たちの声を
集め、統計をとり、資料としてまとめているのかもしれない。

保険は生命保険ばかりではない。入院給付金や所得保障、介護費用負担や個人年金など、
豊富な種類がある。そして、いざというとき頼る相手のいない孤独な人たちに、これほどふ
さわしいものがあるだろうか。

もちろん、「ネバーランド」では露骨に宣伝などしない。だが、それがそこにあるという
だけで宣伝になるのだ。いかにもさりげなく、ちょうど、プロ野球中継を観ているあいだじ
ゅう自然に目に入る、野球場のバックネットの真下に描かれた広告のように。

「チーフは、みさおさんがわたしに飽きて、気にかけていないだけだとおっしゃるんです
ね？」

一色はちょっと笑った。「あるいは、失念しているだけかもしれません。要するに、あな
たが彼女を、仕事以外のプライベートな生活のなかで得たほかの友人たちと同じだと思って
いると、ひどく失望させられますよ、ということです」

「じゃ、わたしのところにかかってきた電話のことは？　あれはどうです？」

「やはり、悪戯電話のたぐいではないかと思います。それがみさおさんからの電話だとした

ら、少しできすぎていますよ、真行寺さん」

そして、一色の目を真っすぐに見つめ、言った。

しばしうつむいて、目を閉じて、悦子は心を鎮めた。

「休暇をいただけますか？　夏休みです。予定では、今週の水曜日からのはずでしたけれど、

繰り上げていただけませんか？」

一色は目をそらし、なんということもなくエアコンの方を見上げた。

「お願いします」と、悦子は重ねて言った。

ため息をひとつもらして、一色は悦子に向き直った。「個人として彼女を探そうというの

ですか？」

「はい」

「大変ですよ。まず、どうなさいます」

「警察へ言って事情を話してみます。先のことは、それから考えます」

一色は苦笑した。「頑固な人だ。いいでしょう。休暇を認めます。あとのことは、残りの

スタッフと相談しますから、気にしないでよろしいですよ」

「ありがとうございます！」

悦子は勢いよく椅子から立ち上がった。が、一色は人差し指を立て、「ちょっと」と呼び

止める。

「真行寺さん、私はあなたの上司ですが、友人でもある。そうじゃないですか？」

悦子はあいまいにうなずいた。

「では、友達甲斐に、してあげられることがあります。十分待ってください。私には、ほうに知人がいます。そのなかに、都下の警察署で少年課の課長をしている人間がいるんですよ」

一色は、会議室からその知人に電話をかけた。そして手早く事情を説明し、一般論として、こういうケースで、果たして警察が家出人の捜索に動いてくれるかどうかを尋ねたのだった。

まず無理だろう、というのが先方の返事だった。

「本人からの電話を、母親が確認しているんでしょう？　捜索する必要がありませんね」

その知人は親切にも、「ふりのあなたがいきなり尋ねるより、ましな応対をしてくれるだろうから」と、貝原みさおの住所地を管轄している警察署へも、問い合せてくれた。すると、家出人捜索の担当者が出て、同じような内容の返事を寄越した、という。

電話が終わったあと、一色は少し困ったような表情を浮かべていた。

「私を意地悪だと思わないでくださいよ」

「とんでもない。警察へ、無駄足（むだあし）を踏まないで済みました。ありがとうございました」

本当にその気持ちだった。一色を、「ネバーランド」を、評価しなおしたという気がする。「ネバーランド」の方はかなり株が下がったが、一色という株式は、いったん売って、また

同じ値段で買い戻した。前とあとで、分類の仕方が違っただけだ。

しかし、これで、悦子はまったくの孤立無援でみさおを探さなければならないということが、はっきりした。

それでもいい。一人でやり抜くのだ。

貝原好子は、電話一本で、みさおが身勝手な家出をする娘だと思い込んでいる。一色は、「ネバーランド」に電話をかけてくる人間は気まぐれでわがままだと信じている。みんな納得してしまっている。

だが、悦子は違う。わかりもしないことをわかったような顔で納得して、そのために大事な人を失うのは、一度でたくさんだ。悦子は決して納得しない。

（ゆかり、みさおさん好きなの。ママ、がんばってね！）

頼れるのは、ゆかりの励ましだけだ──と、思った。

15

「あんたたちに、名前をつけなきゃならんな」

寝起きのコーヒーを沸かしながら、三枝が言った。

「名前？」

彼はぼんやりとおうむ返しに言って、まだ目覚めきっていない頭の芯に、軽い頭痛が走る

のを感じた。

朝はやってきたが、状況は何一つ好転していない。記憶は空白のまま、疲労感だけが加わった。眠りも、目覚めも、最悪で、まるで一度真っ黒な縦穴の底に突き落とされ、そこから這いあがってきたような気分だった。

「ずっと名無しの権兵衛じゃ、不便だろ？　俺もやりにくいし」

「でも——」

彼が言いよどむと、三枝は身をかがめ、コーヒーポットを載せたガスこんろの火を豆粒ほどに小さくしてから、ひょいと振り向いた。

「名前、要らないか？」

彼はためらいを感じながらも、首を縦に振った。

「どうして？」

「本当の名前が見つかったとき、臨時につけた名前に申し訳ないような気分になるんじゃないかと思うんですよ」

「なんだ、そりゃ」

「つまり、元の僕たちも、今の僕たちも、同じ人間であることに変わりはないわけなんですから、名前はひとつでいいんです。新しい名前をつけたら——たとえそれが間にあわせのものでも——その瞬間に別の人間が誕生したことになる。そして、僕らが元の名前に戻ったときには、臨時の名前がついている存在は死ななきゃならなくなる。それが嫌なんで

す」

わかってもらえたかどうか心許なくて、彼は三枝を見つめた。起き抜けの三枝の頰と顎は、思いのほか濃い髭に覆われている。

「えらく小難しいことを言うんだな」

三枝は不満そうな顔をしたが、目は笑っているように見えた。

「まあ、いいだろう。お望みどおりするさ。なんてったって、こっちはあんたらに雇われた男だからな」

「そうしてください。ところで、どうしてさっきからそんなに、コーヒーの火加減に気をつかってるんですか？」

「俺のコーヒーは特製だからだよ。絶対に煮立てちゃいけないんだ」

三枝は言って、すかさずガスの火をとめた。

「飲むときは、流し台の脇に立って飲む」

「どうして？」

「フィルターを使わない直沸かしだからだよ。挽いた豆を直接水のなかに入れるってわけだ。だから、飲みながら、ときどきカスを吐き出さなきゃならない」

彼はげんなりした。「彼女を起こしてきます」

七〇七号室に行ってみると、彼女は起きてベッドから降りていた。それどころか、窓際に

裸足（はだし）で立っている。くるぶしの細さと白さが、ぱっと彼の目を惹（ひ）いた。

彼女は彼の足音を聞きつけたのか、さっと振り向くと、ほほえんだ。

「おはよう」

「おはよう……どうやってそこまで行ったの？」

「歩いたのよ。大丈夫、手探りで慎重にすれば、ちゃんと動けるわ」

カーテンを手で押しやりながら、窓の方へ顔を向ける。

「今日もいいお天気みたいね」

彼はおそるおそる彼女に近づいて、並んでみた。彼女の言うとおり、今日も陽射（ひざ）しは強く、青い空は、むらなく染め上げられた一枚布のように、すっぽりと頭上を覆っていた。

「光を感じるのかい？」

彼女は太陽に顔を向けたままうなずいた。頬の産毛（うぶげ）が金色に光って見える。

「さっき、部屋に入ってきたのが僕だって、どうしてわかった？」

「寝る前に、朝起こしに来てくれるって言ってたじゃない」

「そりゃそうだけど」

いたずらっぽくほほえみ、すっきりと澄んだ目を彼に向けて——この目が視力を失（な）くしてるなんて、とうてい信じられないと、彼は思った——彼女は小さな声を出した。

「あの三枝さんて人、少し、足が悪くない？」

彼は驚いた。「キミ、本当に目が見えないのか？」

「こんなことで嘘をつくわけないじゃない」

「じゃ、どうして、あの男の足が悪いってわかる?」

彼女はなんとなく彼の足のある方向に目をやった。

「足音でわかるの。歩き方がほんのちょっと不規則だから。不自由なのがどっちの足なのか

までは、わからないけど」

しばし彼女の顔を見守ってから、彼は言った。「右足が悪いんだよ。ちょっとだけどね。

捻挫してるみたいな感じだ。見た目にはわからない。本人も、ほとんどそんなことを意識し

てないんじゃないかな」

彼女は首を振った。「そんなことはないと思うけど」

彼は黙っていた。そして、彼女の耳と勘の良さに感心していた。

「一晩眠ってみて、何か思い出した?」

彼女の質問に、彼はため息で答えた。

「何もないのね。わたしも」

「三枝が——三枝さんだな、一応」

「うん」

「あの人が、僕らに名前をつけてくれると言った。断ったよ」

彼女は両手の指で髪をかきあげ、両耳を出し、そのまま手を動かして、襟首から背中へと、

長い髪をさらさら流した。

「ありがとう。わたし、臨時雇いの名前なんか欲しくない」

「同じ意見で、ほっとしたよ」

彼女はちらりと歯をのぞかせ、陽射しに向けた目を細めた。まぶしさを感じているように見える。

「さて、わたし、着替えようかな。昨日、まだ目が大丈夫なうちに見た限りでは、クロゼットには女物の服もあったわよね？」

彼は彼女の手をとってクロゼットのそばまで連れてゆき、カーキ色のスカートと、同系色のシャツを選んでやった。下着を選んでやるのは気が引けたので、収納ボックスの位置を教えた。

「大丈夫、ひとりで着替えられるわ」

「じゃ、済んだら呼んでくれ。ドアの外にいるから」

「お手数ですけど、洗面所までのあいだに、つまずきそうなものがあったらよけておいてくれる？　そうしておいてくれれば、壁を伝って顔を洗いにいけるわ」

「平気かい？」

「ええ、できると思う」

全体として、彼女はきわめて冷静で能率的にふるまっていた。昨夜にわかに視力を失った人間にしては、驚異的でさえある。彼はふと、彼女が以前にも——つまり、消えてしまった過去のどこかで、「目が見えない」という状態を経験したことがあったのではないか、と思

った。

彼女はシャツを左手にかけ、右手でボタンの位置をさぐっている。じっと見つめていると、その手がとまり、首が動いて、正確に彼の立っている位置へ顔を向けると、ちょっとくちびるをとがらせた。

「あっち行ってて」

彼は笑った。「バレたか」

「匂うの？」

「そばにいれば、ちゃんと気配でわかるんだから」

彼女は彼に向け、華奢な拳骨を振って、笑った。「ヘンな人！」

それで、彼の気分も大分ましになってきた。少なくとも、コーナーから立ち上がってリングの中央に出ていける程度には。フットワークが軽いか、パンチを打つことができるかどうかは、また別の問題だ。

三枝はまず、徹底的に部屋のなかを捜索することを提案した。

「あんたらは、地図のコピーを見つけた。まだほかにも何かあるかもしれない。特に、第三者の新鮮な目で見てみれば、な」

三枝がそれに没頭しているあいだ、彼は七〇七号室の電話で、ガス会社とNTTに連絡してみた。

彼女も彼のそばにいて、耳をそばだてている。

ガス会社では、「お客さま番号」というのがわからないか、と訊かれた。若い女性らしい明るい声で、きびきびしている。彼は、「わからないんですが」と答えるとき、ひどく恥ずかしい気がした。

「では、ご住所は？」

彼は住所を告げた。二分ほど待っただけで、電話の向こうに明るい声が戻ってきた。

「お待たせいたしました。パレス新開橋七〇七号室でございますね。ご名義は、『佐藤一郎』様となっておりますが」

サトウイチロウ。彼は思わず訊いた。「それ、本名ですか？」

「は？」

「いえ、本名でしょうか」

電話嬢は少し沈黙し、やがて言った。「お客さまがそう名乗られれば、そのお名前なのだと思います」

「そちらでは、お客の名乗った名前をそのまま登録するわけですか？」

「はい、さようでございます」

「じゃ、偽名を使うこともできるわけですよね？」

「まあ……そうなりますね」

彼は素早く考えた。部屋を借りる。あるいは家を買う。引っ越して最初にガスや電話を使

うとき、どういう手順を踏んだっけ──

「料金の支払いはどうなってますか?」

「こちらから払い込み用紙をお送りすることになっております」

「支払いは?　してますか?」

「いえ、開栓したのが八月十日のことですから、まだですね」

八月十日?　じゃ、たった三日前のことじゃないか。

受話器を握ったまま、彼がほかに訊くべきことを探していると、彼女が素早くささやいた。

「立会人。立会人は誰だったか訊いて」

「え?」

「ガスを開けてもらうときは立ち会わないといけないって言ってたでしょ。ちょっと貸して」

焦れたのか、彼女は彼の手から受話器を取り上げた。

「もしもし?　申し訳ないんですが、もうひとつ教えてください。ガスを開けてもらったとき、誰が立ち会ったかわかりますか?　本人?　本人ということは、その『佐藤一郎』って人なわけですよね?　その人がどんな人だったか、どなたか覚えていませんか?　お願いします。ちょっと事情がありまして、どうしても知りたいんです」

彼女は両手で受話器を支え、返事を待っている。やがて、飛び付くように言った。

「わかる?　わかるんですか?　ああ、担当の人が?　そうですか。お昼には戻るんですね。

「お願いします。電話していただけれ ば——」

彼は彼女をつっついた。それで彼女はあわてて言いなおした。

「こちらから電話します。お願いします。ありがとう」

電話を切ると、苦笑する。お昼に。はい、お願いします。

「先に電話局にかければよかったかな。今の話、どうなったんだ?」

「ここのガスを開けた作業員の人なら、立ち会った『本人』の顔を覚えてるかもしれないっ
て。お昼には営業所に戻ってくるっていうから、教えてもらえるわ」

その時、台所の方を探っていた三枝が戻ってきた。

「きれいさっぱり、手がかりになるようなもんは何もないな。家具にはたいてい、売った家
具屋のマークやシールが残ってるもんなんだが、それさえない」

「でしょう?　念がいってるんです」

「ガス会社はどうだった?」

「名義は『佐藤一郎』だそうです」

三枝は顔をしかめた。「それじゃ、『日本太郎』みたいなもんだ」

そして、NTTの営業所の料金係も、その同じ名前を口にした。開通の工事をしたのも、
八月十日の午後だという。こちらも立会人抜きではできないことなので、どういう人間がい
たかを訊いてみたが、「ちょっとわからないですね」という返事だった。

「工事を受け持った人を探していただけませんか?　記録があるでしょう?」

しぶしぶ、「やってみましょう」という返事を聞いて、彼は電話を切った。ここでのいちばん大きな収穫は、今使っているこの電話の番号がわかったということだけである。

三枝は、床を這ったり物入れに顔を突っ込んだりしながら、午前中をすごした。彼は手を貸そうかと申し出たが、「じっとしてろ」と断られてしまった。

手持ち無沙汰に午前中をすごし、十二時になるのを待って、彼はガス会社に電話をかけた。

さっきの女性に取り次いでもらう。また明るい声が聞こえた。

「今帰ってきましたので、代わります」

そして、「田中さーん！　さっき話したお客さまよ！　電話です！」と、呼ぶ声がする。

目的の作業員は、電話から離れた場所にいるのだろう。

雑音と話し声があふれてくる受話器を手に、彼は急に、胸が痛むのを感じた。

昼休み、食事に向かう同僚を、女子社員が呼び止める。どこにでもある光景だろう。

「たなかさーん！」という楽しそうな声が、耳の奥で反響した。自分もきっと、どこかしかるべき自分のおさまる場所へ行けば、「○○さん！」と呼び止めてくれる同僚がいるはずなのだ。その同僚は、今どうしているだろう。どこにいるのだろう。彼を案じてくれている同僚がいるはずだろうか。電話の向こうとこちら側とで、はっきりと世界が切り離されていることを、改めて見せられたような気がした。

「もしもし！　電話代わりました！」

元気のいい声が聞こえてきて、彼はびっくりして受話器を遠ざけてしまった。

「もしもーし！」

陽気な呼びかけが聞こえる。漠然と年配の作業員を想像していた彼には、意外だった。せいぜい二十歳ぐらいじゃないかと思える、若々しい声である。

その作業員は、開栓の時に立ち会ったのは、四十くらいの中年の男だったと言った。彼はどきりとした。「小柄な感じかい？」

「いえ、そんなことないですよ。スマートな人でした」

となると、三枝の言っていた、「階下の奥さんがこの部屋に出入りするのを見た」という男とは別人だ。

「どんな顔してたかな」

「さあ……すいません、よく覚えてないんですよ」

「なんか特徴なかった？」

相手は考えているのか、黙ってしまった。背後に小さく、笑い声が聞こえる。

「特徴って言っても、ね。ただ、開栓に行ったのは、夜七時ごろのことだったんです。昼間は勤めててどうしても立ち会えないから、夜にしてくれないかって。管理人さんの立ち会いでもいいですよって言ったんですが、自分でしたいからって。そういう点では、面白い人でしたね。そこ、パレス新開橋ですよね？」

「うん」

「ほかの部屋は、管理人さんの立ち会いで開けたこともあるんですよ。アウトメーターだし

ね。お客さん、すみません、うちで何か手違いでもしましたか？」

「いや、そうじゃないんだ。純粋にこっちの方の都合で。何もトラブルはないんだけど」

若い声は安心したように笑った。

「そうですか。でも、おかしいな。うちで渡した伝票の控えとか、ありませんか？　そこに

使用者の名前とか、書いてもらってるんですけどね」

そういう類の書類は、一切見当たらなかった。あったのは地図のコピーだけなのだ。他の

ものは、ここの持ち主──少なくともガスや電話の手配をした「佐藤一郎」──が、持ち去

ったのだろう。

足がつくのを恐れて──か？

「失くしちゃったらしいんだ。引っ越しにまぎれて」

「そうですか。よくあることだけど──うーん、パレス新開橋の七〇七ねえ」

ぶつぶつつぶやいている。彼は耳を澄ました。

「そうそう……ちゃんとした感じの人ではありましたね。高価そうなスーツを着てたけど、ス

マートで、よく似合ってた。そんなところかなあ。あまり良く覚えてなくて、スミマセ

ン」

礼を言って電話を切ったあと、彼は彼女に言った。

「佐藤一郎氏は、とりあえず、なかなか感じのいい男であるようだよ」

一通り報告をすると、部屋のなかの捜索を終え、額に汗を浮かべている三枝が、苦笑しな

がら言った。

「スマートな中年の男、か。大した収穫だよ」

「そっちはどうです？」

「食器棚のうしろから、レシートを一枚見つけた」

彼と彼女が身を乗り出すと、三枝は手を振った。

「期待しないでくれ。『ローレル』のだよ。台所用品を買ったときのものらしい。日付は八月十一日だ」

「わたしたちがここで目を覚ます前の日だわ」

彼はうなずいた。買物は十一日。電話やガスは十日。どうやら、この部屋は彼らが運びこまれるまで空き部屋だったんじゃないか——という彼女の推測は当たっていたようだ。

「あとは？」

「それだけだ」と、三枝は軽く手を広げた。「となると、残るはひとつ」

「何ですか？」

にやりと笑うと、音をたてて指を鳴らし、三枝はクロゼットを指差した。

「スーツケースだよ」

16

総額五千万円。但し、昨日彼が買物に使った二万円も入れて。それがスーツケースの中身だった。

新札、使い古された札、汚れた札、セロテープで補修してある札。とりどりだが、すべて一万円札で、すべて百万円ずつ束にして輪ゴムでくくってあった。

数えるのは大仕事だった。少なくとも、三枝にとっては。

三枝は言った。「どうやら、あんたは金勘定が仕事だったらしい」

そのとおり。彼には易しい仕事だったのだ。

札を数えるという動作を、手が覚えていた。百万円の束を手にしたとたん、指がスムーズに動きだした。一センチ以上の厚みのある束を縦に持ち、二、三回あおるだけで、きれいな扇形に開くことができる。

「そんな気がする」と、彼は同意した。「何度もやったことがあるような感じだ。わかるんです」

手伝うことのできない彼女は、二人のうしろに静かに座っていたが、ぽつりと言った。

「それ、本物のお札かしら」

彼と三枝は、はじかれたように彼女を振り向いてから、顔を見合せた。

透かしを確かめたり、手触りを試してみたり、番号を見てみたりする。彼と三枝の知識の範囲内では、本物であることを疑うに足る材料は発見できなかった。

「まあ、たぶん本物だろうと思うぜ」と、三枝は彼女に言った。「よくまあ、そんな方に頭が回るな」

「思いつきで言ってみただけです。ごめんなさい」

「謝ることないよ」と、彼は言った。「どんなことだって有り得るんだ」

札束を床のうえに並べて、空になったスーツケースも調べてみたが、そこにも収穫はなかった。名前も、記号も、傷も何一つない。このスーツケースだけは新品ではなさそうだ、ということ以外、発見はない。

だが、彼自身にとっては、ひとつわかったことがある。どうやら、金融関係の仕事をしていたらしい、ということだ。その事実は、岩場に打ち込まれた最初のハーケンのように頼もしく思えた。

三枝と二人、札を元どおりに詰め終えた。彼は両手をあげ、背伸びしたあと、何気なく頭を叩いた。三枝が鋭く訊いた。

「どうした？　頭痛がするか？」

彼は目を見張った。「え？」

「頭だよ。痛むのか？」

彼は戸惑いながら手をおろした。そのときまた、あのわけのわからない数字と記号が目に

入った。

「なんともありませんよ」

「おどかすなよ。おまえさんも彼女みたいな状態になるんじゃないかと思って、ヒヤッとしたぜ」

彼は彼女の顔を見た。彼女はスーツケースの方に顔を向けていたが、見つめられていることがわかるのか、目を上げた。

「三枝さん」と、小さく訊いた。「わたしの目と、記憶喪失と、あの頭痛。何か関係があると思いますか?」

三枝は肩をすくめたが、それでは彼女に通じないことを思い出したのか、答えた。

「わからないよ。だが、ありそうな感じはする。それに、俺としては、できるだけあんたたちに健康な状態でいてほしいからな」

「ありがとう」

「どういたしまして」

三枝は笑い、慇懃(いんぎん)に頭をさげた。顔をあげたときには、真面目(まじめ)な表情に戻っていた。

「なあ、お嬢さん、あんた、本当に病院には行かなくていいのか?」

彼女は口をつぐんでいる。三枝は重ねて言った。

「方法はないわけじゃないぜ。俺がそらっとぼけて、道端に倒れていたあんたを見つけたとでも言って、連れていけばいいんだ。金ならあるし。どうだ?」

彼女は黙っている。彼は彼女の肩を軽く叩いた。

「僕もその方がいいと思うな。ことが解決したら、必ず迎えにいくから」

ややあって、彼女はきっぱりと首を横に振った。

「わたしなら、大丈夫だから」と、目で三枝を探しながら言った。「昨夜の約束を果たしてください。わたしが堂々と病院に行けるように、早くわたしたち二人を探してください。その方が――」

言いかけて、はっと声を呑む。彼と三枝はちらりと視線をあわせ、彼女を見守った。

「あの……わたしがいると、足でまといになる？」

彼はまた三枝を見た。そして、そこに不思議なものを見つけた。

三枝の目元がゆるんでいるのだ。笑っているような、泣いているような――とにかく、何か正直な感情が外に出るのを押さえているのが、よくわかった。

「気丈なお嬢さんだな」と、三枝は言った。「じゃ、最初の契約どおりにしよう。さて、どうするね？」

「次ですか？」

「いや、それは休憩のあとに考えよう。とりあえず、昼飯だよ。出前でもとろう。俺の部屋にメニューが山ほどあるんだ。引っ越してきたとき郵便受けに入っててね。一人暮らしだと出前なんかとらないんだが、種類だけは揃ってるぜ。和洋中華、なんでもございだ」

　彼女がくすくす笑った。「お任せします」

　三枝は、言葉どおり、二十枚ぐらいのメニューを持ってきた。それをトランプのように並べ、彼女に一枚ひかせた。日本蕎麦屋だった。

「ちょうどいい。あんたらの引っ越し蕎麦だ」

　笑う三枝に、彼は言った。

「この件が解決して、ここを引っ越して出ていけるときに、また食えるといいけど」

「そうだな」と、三枝はうなずいた。「努力しよう」

　三枝がその店に電話した。やりとりを聞いていると、どうやら先方も開店したばかりらしく、地理に不案内であるようだ。三枝は「しょうがねえなあ」と言いながら、道順を説明している。

「えーと、お宅の店はどこなの？　新大橋通りに面してるのか。そうするとだな、うちは北側なんだよ。町名は——」

「通り？　ちょっと待ってくれよ」

　三枝は彼に言った。「おい、あんたらが見つけた地図のコピー、見せてくれないか？　俺もまだ、この辺のことはよくわからないんだ」

　地図はキッチンのテーブルのうえにあった。彼はそれを取ってきて、三枝に渡した。

「通りの名前は新開橋通りだ。斜向かいが公園だよ。そうそう——」

　番地を言ってもピンとこないらしい。

ようやく説明を終え、受話器を置く。

「やれやれ、こいつがあって助かった——」

そこで、三枝の顔から笑みが消えた。コピーを手にしたまま、静止している。

「どうしました？」

彼の質問に、三枝は口を半開きにして顔を上げた。そしてコピーを指さした。

「それが何か？」

「気がつかなかったか？」

「何に？」

「俺は気がつかなかった。たった今まで」

三枝の声の調子に、彼は真顔になった。彼女のそばから離れ、三枝に近寄った。

「こいつはコピーだ」

「ええ、そうですよ」

「だが、何から撮ったコピーかな」

「住居地図でしょう？」

「そうだ。だが、直接地図を写したんじゃないよ」

「どういうことです？」

三枝は、コピーをぐっと彼の顔に近づけた。

「よく見てくれ。コピーされた地図のいちばん下の方に、数字が薄く写ってる」

言われたとおりにしてみて——彼は見つけた。こみいった地図のなかの町並みにまぎれてしまいそうな小さな数字だ。全部で——五つ。

366—12

12のところでちょうどコピー画面が切れている。そして、よく見ると、コピーの左下の方にも、かすかに、「ＡＭ９」という文字が写っている。

「ファクシミリだよ」と、三枝が言った。「これは、誰かがファクシミリで送信した地図を、コピーにとったものなんだ。だから、通信記録が一緒にプリントアウトされてて、コピーにも写っちまった。おい、大丈夫か？　わかるか？　ファクシミリだよ」

「わかる……と思います」

三枝は、コピーをぱちんと指で弾いた。

「これはファクシミリ番号だ。たぶん、発信した側の」

17

「ネバーランド」では、かかってくる電話すべてについて、通信記録をつけている。通話時間と、かけてきた相手についての簡単な情報——年齢、職業、相手がもし名乗れば、名前も——には、所定の記入欄があり、あとは、各相談員が必要に応じて書き留めておく、というものだ。悦子はそれを引っ繰り返し、六、七、八月分のなかから、みさおの記録だけを取り

出してコピーをとり、「ネバーランド」を出た。八月の強い陽射しに、街は洗い晒しのシーツのように白っちゃけて見える。

悦子はまず、近くの喫茶店から、義夫に電話をかけた。事情を説明すると、父親はすぐに言った。

「おまえだけで大丈夫かね？　手を貸そうか？」

それは魅力的な申し出ではあったが、悦子は「いいの、わたし一人でやってみる」と答えた。義夫を駆りだしてしまっては、ゆかりを見てくれる人がいなくなってしまう。

「それより、ゆかりをお願いします。一緒に旅行でもするつもりだったんだけど、しばらく我慢してもらわなくちゃならない」

「おじいちゃんと遊んでるからいいさ。な？」

「ゆかり、そばにいるの？」

「いるよ。話を聞いている。代わるかね？」

電話に出たゆかりは、むくれていた。

「ママ、あたしも一緒に行く」

「ダメよ。いい子だからお留守番してて」

「あたしを置いてかないとならないようなアブナイことするの？」

「しないわよ。安心して」

「ねえママ、今ね、お話を聞いてて思ったんだけど」

「何を?」

「みさおさんのお母さんに、あの日記を返しちゃったのは失敗だったよね」

悦子は呆れた。「あなた、立ち聞きしてたの?」

「うん。階段の途中に座って聞いてた」

「お馬鹿さん。ママ、怒るわよ」

「あたしだって、ママがアブナイことしたら怒るんだから」

「しないわ。約束する。ママが一人でアブナイことを探すだけなんだから。困ったときにはおじいちゃんとゆかりに相談する。ママはみさおさんを探すだけなんだから。そんなに大変なことじゃないのよ。わかった?」

ゆかりは「ふーん」と答えた。

「ママがお勤めに行ってるときと同じよ。夕方にはおうちに帰るから。心配することないわよ」

「わかった、と、ぽつりと言って、ゆかりはぐっと真面目な声を出した。

「ママ、よく聞いて」

「なあに?」

「用があったら、口笛を吹くのよ。どこにいたって、飛んでいったげる」

悦子は笑いながら電話を切った。心のうちで、少しだけほろりとした。

「用があったら口笛を吹け」というのは、敏之の口癖だった。古い映画の台詞のもじりであるらしい。たまの——本当にたまの休みの時に、好みの本を持って、誰にも邪魔されない静

かな部屋に引っ込んでしまう前に、悦子とゆかりに言っていた台詞だったのだ。

次の電話は、まず一〇四で番号を教えてもらってからかけなければならなかった。みさおの通っていた私立高校である。山手線田端駅に近いところにある、比較的歴史の新しい女子校だった。

（つまんないの。はきだまりみたいなところよ）と、みさおは言っていた。「掃き溜め」と「吹き溜まり」をつきまぜたようなその言葉に、笑ってはいけないと感じるほど、暗い色のこもった口調だった。

誘拐事件などを経験している義夫は、「学校ほど守りの固いところはない」と、言う。悦子も、十歳の女の子の母親としては、どれほど固く守ってくれても足らないほどだと思う。

だが、今回は別だった。もう少し、融通が利いてもよさそうなものだと思ってしまった。

電話に出た事務局の女性は、最初からつっけんどんで、頭からこちらを疑ってかかっていた。どれほど低姿勢に出ても、穏やかな声を出しても、岩のように動じない。こちらの名前を名乗り、みさおとの関係を説明し、担任の先生とお話をしたい、できればお会いしたい──という用件を話し終えるまでに、二度も切られそうになった。

担任の先生と、みさおのクラスメートたちについて、何か知っているかもしれない。悦子はそれだけを頼みに、頑張って食い下がった。が、相手はどこまでもそっけない。

「どっちにしろ、夏休みですからね。先生方も休暇中で、来たって会えやしませんよ。いないんですから」

そうなのだ。悦子は自分の頭を蹴飛ばしてやりたくなった。みさおの同級生たちも、今は夏休みだ。クラブ活動や補習などで登校している生徒がいるとしても、そのなかにみさおの友達が見つかるかどうか、当てになるものではない。

どちらにしろ、みさおの学校友達から大きな収穫を得ることのできる可能性は少ない。あの娘は学校嫌いだったのだ──そう考えて、悦子は自分を慰めながら、この線は放棄することにした。電話を切り席に戻ると、コーヒーを飲む。

さて、次は何からとりかかればいいだろう。

ゆかりが言っていたとおり、みさおの日記が手元にないことは、痛かった。手がかりらしい手がかりといったら、あれしかないのだ。あとは、悦子がこれまでにみさおと交わした会話の内容に頼るしかない。

だが、みさおは、「ネバーランド」では大した話をしていない。いや、プライベートなことも話してはいるのだが、具体的な地名や人名が出てきていないので、つかみどころがないのだ。

彼女はいつも、「友達と海の方へドライブに行ったときにさ」とか、「悦子とじかに会った時でも同じだった。

「ちょっとした知り合いの子がね」という前置きで、身の回りのことを話していた。それは、悦子とじかに会った時でも同じだった。個人名を出さない、ということで、みさおはみさおなりに、悦子に対し

てガードを固めていたのかもしれない。一色が話してくれたように、あの娘にもあの娘なりのガードがちゃんとあったのだ。

記録を読み返しながら、悦子は頭を抱えたくなった。今ごろこんな大事なことに気がつくなんて、間抜けな話だ。

とても親しくなったようなつもりでいたけれど、わたしはあの娘の友達の名前さえ知らない。一度だって、あの娘が「昨日京子と買物に行ってさ」とか、「明と映画を観に行ったの、そしたらね」とか言うのを聞いたことがなかったのだ。あの娘が口にする「人の名前」といったら、芸能人やスポーツ選手のものばっかりだったじゃないか。

そして、ふと思った。

ひょっとしたら、みさおには、具体的な名前をあげることのできる友達がいなかったのではないか？　電話で話しているとき、悦子が「そのお友達、名前はなんていうの？」と訊いていたら、答えられなかったのかもしれない。

悦子は胸の奥に重りが下がっているような気がしてきた。出だしからこんなことで、どうやってあの娘を探すことができるというのだろう。

かと言って、今さら好子に頼んでみても、日記を貸してくれるはずもない。どんな種類の協力も望めまい。下手をすれば、「ネバーランド」に迷惑がかかるようなことにもなりかねない。

悦子はバッグから手帳を取り出し、みさおの日記に書かれていたことを、思い出しては書

き付けてみた。

はっきりしているのは、八月七日に「レベル7まで行ってみる　戻れない？」とあったこと。そして、初めて「レベル」という言葉が出てきたのは、七月十四日。「レベル1を見た」とかなんとか書いてあったっけ……

そう、それと同じ十四日に、「真行寺さん♡」ともあった。あれも意味不明だ。みさおと初めて会ったのは、七月十日。手帳で確認してみると、火曜日だった。というこ

とは、十四日は土曜日。

その日には、みさおと会う約束などなかった。記録を見てみると、「ネバーランド」に電話はかかっていない。みさおから自宅の方に連絡があったという記憶もない。

それなのに、この日に、みさおは悦子の名前を書いている。しかも、ハートのマークつきだ。どういうことだろう？　そして、このことと、「レベル1を見た」ということに、何か関係があるのだろうか。

店員に声をかけてから、店内の電話ボックスのなかに備え付けてある二十三区内の五十音別企業名電話帳を取ってきて、とりあえず、「レベル」という名前の店舗や会社があるかどうか、探してみた。

ずばり、「レベル」という店名は、二つ見つかった。電話をかけてみると、一軒は北新宿のコーヒーショップで、もう一軒は高輪台にあるレンタルビデオ屋だった。ビデオだけでなく、ファミコンのゲームソフトも揃えてある、という。どちらの店も、「レベル」の下に番

号を振るようなことはないし、支店も姉妹店もない、という。

「レベル7」「レベル3」「レベル1」という名前には、まったく該当するものがなかった。

冷房のせいで寒くなってきたので、悦子はコーヒーのおかわりを注文した。

「レベル」というのは、場所の名称ではないのだろうか。でも、みさおははっきりと、「行ってみる」と書いている——

好子にかかってきた電話のなかでは、みさおは、「馬車道のレストランでアルバイトしている」と言っていたという。横浜の友達の家にいる、と。

同じことの繰り返しだ。もう一度番号案内で、今度は横浜市内に「レベル」という店がないかどうか聞いてみる。

が、今度はまったくの空振りだった。「レベル」も、それに近い名前も、一軒も登録されていない。

思いなおして、今度はハローダイヤルにかける。馬車道の周辺で登録されているレストランを残らず教えてくれと頼むと、

「たくさんございますよ」

「いいんです。全部の店名と電話番号を教えてください」

メモを取り終えて受話器をおろすと、店の奥から店員が声をかけてきた。

「お客さん、すいませんが長電話はご遠慮ください」

「あら、ごめんなさい」

レストランのリストには、二十数件の名前があがっている。一軒ずつ電話をかけて、貝原みさおらしい若い娘がいるかどうか確認する作業は、午後からにしよう。今はやっと午前十一時になるところだ。レストランのなかには、まだ開いてない店もあるだろうし。

席に戻ると、悦子は、冷え切ってしまった二杯目のコーヒーに、山盛り二杯の砂糖を入れた。思いついて、ウエイトレスを呼び、クラブハウスサンドイッチを頼んだ。空腹ではないが、今朝は何も食べてなかったし、電話を占領していた迷惑料にもなる。そうしているうちに、ひとつ発見があった。

また通信記録をめくり、手帳の日付と照らしあわせ、記憶をたどる。

みさおが、「ネバーランド」に電話をかけてくるようになったのは、春先からこっちのことである。かけかたは非常に気まぐれで、三日も続いたかと思うと、十日も音沙汰がないこともある。これには悦子も慣れていた。だから今回も、七月の末を最後にしばらく連絡がなくても、さほど気にしていなかったのだ。

だが、いったんかけてくれば、いつも、最低でも一時間はしゃべっていた。平日の昼間にかかってきたときなど、悦子の方が「学校はいいの？」と気にするくらいだった。

しかし、七月十六日の月曜日の電話から、通話時間が急に短くなっている。

十六日、二十五分。二十日、十五分。それまでの半分以下だ。

そして最後が七月三十日、午後七時。「これから、アルバイト先の仲間と飲みにいく」と言っていたことも、悦子の記憶に間違いはなかった。記録にもちゃんと書いてある。それだ

からかもしれないが、このときの通話時間はたったの五分だ。

みさおに、何か心境の変化でもあったのだろうか。

七月十日には、悦子とじかに顔をあわせている。だから、もう今までのように電話で長々としゃべらなくても気が済んだ、ということなのかもしれない。

でも、そんなものだろうか？　親しくなったらなったで、話題は増えそうなものだ。少なくとも、わたしはそうなる、と悦子は思った。新しい友人ができたなら。

悦子はもう一度記憶を確認した。

初めて日記に「レベル」という言葉が登場したのは七月十四日。そして二日後の十六日から、みさおの電話は急に短くなり始める――

十四日の欄には、「レベル1を見た」と、たしかにそう書いてあった。そのうえに、「真行寺さん♡」という、あの判じものような一文もついていたのだ。

七月十四日に、みさおは何かを見たのだ。それは、ひょっとすると悦子にも関わりのあることなのだ。そしてそれ以来、みさおは何かに気をとられて、あるいは時間をとられて、「ネバーランド」に長電話していることができなくなった――？

思い過ごしだろうか。

悦子は手帳を脇に置き、通話記録のコピーを引き寄せた。七月十四日以前とそれ以降とで、みさおとの話の内容に変化は起こっていないだろうか。

コピーはせいぜい十五、六枚ぐらいしかない。悦子は何度も読みなおした。そのあいだに

サンドイッチが運ばれてきたが、その皿もテーブルの端に押しやって、ひたすら集中した。

みさおが「両親とうまくいかない」とか、「学校が面白くない」とか言い出し、それについて二人で話し合ったことなどについては、報告文調にたくさん書いてある。そういうことが重要だと、その時は思っていたのだ。だが、みさおが日常の行動についてしゃべったことは、ほとんど書かなかった。雑談だから書く必要もないと思い込んでいたのだ。

だいたい、彼女のアルバイト先の名前さえ聞いていない。

（へえ、どんな仕事してるの？）

（簡単なの。　売り子みたいなものよ）

（楽しい？）

（うん。でも、校則じゃバイトは禁止なの。だからうちにも内緒だから、けっこう苦労してんのよね）

それだけだった。　まったく、どうしてもっと突っ込んで尋ねてみなかったんだろう。腹立ちまぎれに、パサパサになってしまったサンドイッチを嚙んでいると、ため息が出た。

狭い通路を隔てた隣の席に、若い女性の二人連れが、にぎやかにしゃべりながら腰をおろした。会話の切れ端が、悦子の耳に入った。

「いやんなっちゃうわよね。なかなか気に入った美容院て見つからないでしょ？　やっと相性のいいお店があったと思ったのに、つぶれちゃうなんて」

「でも、恥ずかしくない？　つぶれちゃうような腕の悪い美容院で髪をやらせてたなんてさあ」

そのひとことが、悦子の心にひっかかった。美容院。

みさおは、ヘアスタイルにはかなりうるさい方だった。本来なら、「異常に細かく決められてるんだけど、誰も守ってないのよ」という校則で、パーマは厳禁のはずだが、まったく頓着する様子もなく、悦子の知っている範囲内でも、二度はパーマをかけている。

お店の名前、なんだっけ。美容院のことでは、みさおと話した記憶がある……

（あたしの髪ね、田中美奈子がひいきにしてるって噂の美容院でやってもらったの。雑誌で見つけて、わざわざ行ったんだ。あたし、あの人と似てるって言われたことがあって）

悦子は立ち上がり、その勢いで曲げ木の椅子が倒れた。あたし、あの人と似てるって言われたことがあって）

電話をかける。新聞社にでも雑誌社にでもなく、ゆかりにである。

「ママ？　どしたの？」

「ね、ゆかりの友達で、田中美奈子の大ファンだっていうお兄ちゃんがいた子、誰だっけ？」

「亜紀ちゃんよ。いちばん上のお兄ちゃんが追っかけやってるの」

「その子に聞けば、田中美奈子のひいきの美容院って、わかる？」

ゆかりはちょっと考えてから、勢いよく言った。

「ママ、そこの電話番号を教えて。訊いてみてかけなおしたげる」

五分後、ママ、呼び出された。悦子は電話に飛びついた。

「あのね、ママ、二軒あるの。別々の雑誌に、一軒ずつ紹介されてるの」

ゆかりは両方の店の場所と名前を読み上げ、悦子はメモをとった。

「ゆかり、ありがとう。お昼は食べた?」

「おじいちゃんとホットケーキ焼いてるとこ」

「たくさん食べてね」

喫茶店を飛び出すと、悦子は東京駅へ向かった。二軒の店は、ひとつは原宿、ひとつは渋谷である。いったん家に戻り、みさおの写真を持ってから、行こう。

18

「ここのお客さまで、貝原みさおさんという方の紹介で来てみたんですけど」

午後二時半を少し過ぎたころ、悦子は渋谷にある美容院「ローズサロン」の磨きこまれた床の上に立って、そう言っていた。ここで手応(てごた)えがなければ、美容師の線も手がかりにはならないということになる。できるだけなんでもないような顔をつくりながら、悦子は胸をどきどきさせていた。

原宿の方の店は、空振りだった。

受付の女性は、その上に誰かが飛び降りても崩れそうにないほどがっちりとローションで固めた髪に、パウダーのようなものを振っている。カルテを調べようと下を向くと、それがラメのように光った。

「貝原みさおさま――ああ、はい、何度かいらしてますね。高校生のお嬢さんでしょ？」

受付嬢はほほ笑みながら答えた。一瞬、悦子には、彼女の頭のパウダーの輝きが、後光のように見えた。

「彼女を担当した美容師さん、どなたかわかります？」

その美容師の名前は網野桐子。一見したところ、非常に若い。二十歳そこそこに見える。だが、これだけの美容院でちゃんと指名客を引き受けているのだから、もう少し年長なのかもしれない。

「ご指名いただきまして、ありがとうございます」と、きちんと頭をさげる。つやのある黒い髪を短くカットして、形のいい耳を出している。白いシャツに黒のベスト、黒のパンツ。ベストの胸に、銀色のピンのようなものをとめて、アクセントをつけてある。少年のように細い体形で、はつらつとして見えた。

「貝原みさおさんから聞いてきたんですけど」

すると、桐子の顔がパッとほころんだ。「みさおちゃんですか？　それはうれしいですね。ついこのあいだ来ていただいたところですよ」

悦子は思わず飛び跳ねたくなった。この人はみさおを知っているだけでなく、「みさおち

ゃん」と呼んだ！

悦子はシャンプーとブローを頼んだ。すると、シャンプーには専門の美容師がいるのだそ

うで、桐子はほかの客の方へ行ってしまう。悦子は仕方なく、若い男の美容師に頭を洗って

もらいながら、どう切りだそうかと考えた。

店内に流れているクラシック音楽に乗って、美容師たちと客との会話が聞こえてくる。桐

子の声もよく聞こえる。時には客と声をあわせて笑う。如才ない人だ、と悦子は思った。桐

頭をタオルで包んでもらい、決まり悪くなるほど大きな一枚鏡の前に座らされて、悦子は

しばらく待たされた。雑誌をぱらぱらめくりながらも、神経は桐子の方へ行っていた。

「お待たせしました」

軽快に悦子のうしろへやってくると、さっとタオルをとりのけて、桐子は言った。肩にか

かるくらいの長さの悦子の髪をざっと検分して、

「カットはなさいません？　ブローセットするなら、少し揃えてからの方がきれいになりま

すよ」

悦子はちょっと口ごもった。映画やテレビで観ていると、刑事や探偵は――素人の女子大

生が探偵ごっこをしているのであってさえ――スムーズに聞き込みをしている。本題にとり

かかる前に、「カットします？」などという質問に答えている場面は観たことがない。やっ

てみると、なんでも難しいものなのだ。

「あの……そうね、お願いしようかな」

悦子はあいまいに笑った。桐子は笑顔で鏡のなかの悦子の顔をのぞきこんでいる。

「──みさおさんは、どういうふうにしたのかしら」

「彼女はね、この前はストレートパーマをかけたんです。天然パーマなんで。近ごろは会ってらっしゃらないんですか?」

悦子は思い切って言った。「みさおさん、家出しているの」

悦子の髪を撫で付けていた桐子の手がとまった。そのまま、鏡に写った悦子を見つめている。問いかけるような表情だ。その顔に、悦子はうなずいてみせた。

小さな舌でさっとくちびるをなめ、桐子は訊いた。「本当ですか? いつです?」

「姿を消して、今日で五日目なの。八月八日の夜に家を出たきりなんです」

「あらま」と、桐子は指先で自分の前髪をかきあげた。「ホントにやっちゃったんだ」

「みさおさん、家出を匂わすようなことを言ってたことがあるのかしら」

「ええ……何度かね。家にいてもつまんないからって……」

「みさおさんの行き先に心当たりはありませんか。探しだしたいの」

桐子は悦子の両肩に手を置くと、声をひそめた。「お客さま──真行寺さんでしたっけ? そのことでいらしたんですか? あたしに会いに」

悦子はうなずいた。

桐子はベストの胸ポケットに手を入れると、そこから時計をひっぱりだした。さっきピン

のように見えた銀色のものは、時計の一部だったのだ。

「真行寺さん、まずブローをすませましょ。カットは抜き。いいですか?」

「ええ。でも……」

「あと十分で、あたし休憩時間になるんです。そしたらゆっくり話せます」

桐子が案内してくれたのは、「ローズサロン」のすぐ裏手にあるケーキショップだった。店内にヴァニラの甘い香がたちこめている。

「みさおちゃんとも、ここに来たことがあるんです。やっぱり休憩時間に」

「網野さん、みさおさんと親しかったんですね」

桐子はヴァージニア・スリムに火をつけて、軽く笑った。

「あたし、割りと、お客さまと仲良くなる方なんですよ。一緒に遊びに行ったりもします。店長はいい顔しませんけどね。ゆくゆくは自分のお店を持ちたいんで、今のうちから根回しの練習をしてるってとこかな。独立資金だけ貯めたって、人がついてきてくれなきゃ駄目ですから」

「ごめんなさいね、不躾で。あなた、おいくつ?」

「今年二十四になります」

しっかりしている、と悦子は思った。桐子にブローしてもらった髪は、悦子の顔を華やかにひきたてている。

腕前はかなりのものなのだろう。

「真行寺」という名前にもこれという反応がなかったことから見ると、みさおは桐子に、「ネバーランド」のことは話していないのだろう。話していたとしても、悦子の名前まではあげていないようだ。そこで、悦子は自分のことを、みさおの親類だと説明した。嘘をつくのは気が引けたが、その方が手っ取りばやい。

「五日も帰ってないなんて、おうちのかた、気が気じゃないでしょうね」

みさおが初めて「ローズサロン」にやってきたのは、今年の春ごろだったということ。最初から桐子が担当し、ずっと指名してもらってきたこと。いちばん最近にやってきたのは八月四日のことで、彼女はとても明るくふるまっていたということ——桐子はてきぱきと語った。

「あなたとのあいだで、家出の話が出たのはいつごろでした?」

「最初からですよ。あれぐらいの歳には、誰でも考えることでしょ? あたしもそういう経験がありますから、よくわかります」

注文した紅茶と、レモン・メレンゲ・パイが運ばれてきた。

「みさおちゃん、これが大好物なんです」と、桐子は言った。

「八月四日にきたときは、どんな話が出ました? どうやらみさおさん、アルバイトしてたらしいんだけど」

「ええ、そのことなら聞きましたよ。どこだったかな……新宿だったかしら。アイスクリーム・スタンドで売り子をしてるって言ってました」

「お店の名前、覚えてない？」

桐子はすまなそうに肩をすぼめた。「ごめんなさい」

「いいのよ。一日に何人もの人の話を聞くんですものね」

「みさおちゃん、美人でしょ？　あたしも初めて会ったとき、久しぶりにこんな美少女にお目にかかったなと思ったもの。だから、そのアイスクリーム・スタンドの看板娘になってたみたいですよ」

目に浮かぶ、と悦子は思った。

「彼女、横浜へ行くようなことは言ってませんでした？　馬車道のレストランでアルバイトをしている、という情報があったの」

桐子は目を見張った。「いいえ、初耳です。本当にそうなんですか？」

「まだ確認してないの。海外旅行の資金を貯めるために、友達と一緒にバイトしてるっていうんだけど」

「四日に来たときには、そんなこと言ってませんでしたよ。『アイスクリーム屋さん、どう？』って聞いたら、『すごく忙しいけど、楽しい』って。バイトを変えるようなことは、一言も」桐子は言って、機械的にメレンゲ・パイを口に運んだ。「まあ、家出ですからね。行き先は誰にももらさないのが当然かもしれないけど」

「だけど、『海外旅行に行くつもりだ』ぐらいのことは言いそうなものよね？　あたしに、最初

桐子はうなずく。「ええ。あたしとも、よくそういう話はしましたものの。

に行った外国はどこだって訊いたり。みさおちゃんはスペインに行きたがってましたよ。本
当ならオリンピックの前に行きたいんだけど、高校生だから無理だ、って」

悦子は質問の方向を変えた。「みさおさん、あなたに、友達の話をしたことはありまし
た？　学校友達や、ボーイフレンドのこととか」

悦子は首を振った。「学校のことは、ほとんど言ってません。つまんないんだもん、て言
うだけでしたから。ボーイフレンドのことも──さっき言ったアイスクリーム屋さんにカッ
コいい男の子がいる、という話はしてましたけど、名前までは」

そして、数時間前に悦子が考えていたのと同じことを口にした。

「みさおちゃんの話って、いつも抽象的なんですよ。いえ、話の内容は具体的だけど、なん
ていうのかしら──」

「個人名が出てこない」

「ええ、そう！　彼女がじかに体験したんじゃなくて、テレビやラジオで仕入れた情報をそ
のまましゃべってるようなところがありました。ね。案外、すごく引っ込んだ暮らしをして
んじゃないかな、って感じたこともありますよ。あれだけの美人だから意外な気もするけど、
結構そんなもんなんですよね。うちに来るお客さんを見てても思うんですけど、見かけが派
手できれいだからって、シティガールって感じの暮らしをしてるとは限らないんです」

「まして、みさおさんはまだ高校生だもの」

悦子が言うと、桐子はあははと笑った。「学生か社会人かってこととは関係ないですよ。今

はみんな自由だし、お金を持ってますからね。今は、若い女の子には黄金時代ですよ。なんでもできるし、たいていの望みはかなっちゃう」

そうなのかな——と、悦子は思った。ゆかりもそうなるのだろうか。時代がそういう色を染まってゆくのだろうか。

しているから、染まってゆくのだろうか。

「みさおちゃん、どんな話をしてたかなあ」

思い出そうとしているのか、桐子は頰杖をついた。悦子は言ってみた。

「わたしと話してるとき、将来はスチュワーデスになりたいなんて言ってた」

「みさおちゃん、いろんなものになりたがってましたよ。美容師もいいね、なんて」

そこで、桐子の目が晴れた。

「そうそう、四日に来たとき、この時計を買うって言ってました」

ベストのポケットから、さっきの時計を出して見せる。胸ポケットに取り付けて、短い鎖でさげるようになっており、よく見ると、文字盤が逆さまになっていた。

「面白いでしょ。胸にぶらさげたまま、ちゃんと時間がわかるように、逆さまになってるんです。もともとは看護婦さんが使う時計らしいんですけど、アクセサリーとしても面白いし、逆さまになってるのを気に入って、あたし、お店にいるときはいつもつけてるんです。みさおちゃん、それを気に入って、どこで買ったのかって訊いて。だからお店を教えてあげたんです。アルバイトの給料が入ったばっかりだから、買えるって言ってましたよ」

若い女の子らしいことだ。だが、それだけでは手がかりになるまい。

「ほかに、『ローズサロン』で、みさおさんと親しい人はいるかしら。美容師さんでも、お客さんでも」

桐子は考え込んだ。「どうかなあ……みさおちゃん、おとなしい方だから、気軽に人に話しかけるってこともなかったし。こっちから働きかけないとね」

「それはそうだと思うわ。どこか臆病だった」

「ええ。あたしはこんなふうだから、一度、一緒に遊びに行かないかって誘ったことがあるんですけどね。駄目だったな。結構仲良くなったつもりでいても、なんかこう、壁があるのね」

それは、悦子も、今更のように感じていることだった。

「ただそういう年ごろだから、っていうだけじゃなくて、何か重たい悩みでもあったのかもしれない」

「具体的に、悩んでいることがあるって話したこと、ある?」

桐子は首を振る。「全然」

みさおは、悦子と顔を合せたとき〈友達をつくることがすごく下手なの〉と打ち明けた。あれが唯一、みさおが本音を吐いた時だったのかもしれない。あのまま、うまく信頼関係を築いていけば、みさおはもっと深いところまで打ち明けてくれるようになっていたかもしれない。

だが、現実は逆だった。みさおの「ネバーランド」での通話時間は短くなっていた。そし

てそれは、日記にあの「レベル」という言葉が現れ始めてから……

「網野さん、みさおさんが『レベル』という言葉を口にするのを聞いたことはない？　『レベル』のあとに数字がついたりするの。『レベル7』とか。どうも、場所を指す言葉らしいの」

桐子は、「覚えがない」と答えた。

「ディスコかなんかの名前かしら。みさおちゃんがそういう場所に出入りするって、ちょっとピンときませんけどね」

別れるとき、桐子は自宅の電話番号を教えてくれた。

「お役に立てることがあったら、言ってください。みさおちゃん、早く見つかるといいですね。あたしも心がけておきます」

ありがとう、と、悦子は言った。少し、気持ちが強くなった。

19

残りのふたつの番号は、それぞれ0から9まで十個ずつあてはめることができる。しめて百とおりの組合せだ。

366—12

彼と三枝は、分担を決め、それぞれの部屋の電話を使って、そのひとつひとつにかけてみ

た。

「ファクシミリ用の番号なら、呼び出し音がしてつながったあと、ピーというような音がするんだ。それなら間違いない。チェックしてくれ。つながって誰か人間が出たときも、それがファクスじゃないかどうか、一応訊いてみるんだぞ。めったにあることじゃないが、一本の電話回線で、切り替えて使ってるということもあるから」

根気の要る作業だが、彼には苦にならなかった。具体的にどんなことを言うのかは、念のために、と、三枝が紙に書いてくれたから、心配することはないし、集中しなければならないことができたのは有り難かった。しかも、大きな手がかりになるかもしれないことだ。

電話をかける。相手が出る。話をする。

「すみません、取引先のファクシミリ番号と間違えたようです。この番号はファクスのじゃないんですね？」

その繰り返しだった。彼の分担の五十個を半分以上消化しても、三枝が言った「ピー」という音は聞こえてこない。

彼女は彼のそばにいて、ずっと聞き耳をたてていた。彼が二十七個目の番号をチェックし終えて電話を切ると、小さく言った。

「ホントにファクスかしら」

彼は次の番号のプッシュボタンを押しながら答えた。「やってみる価値はあるよ」

「それはそうだけど……」

電話が通じた。今度は、「この番号は使われておりません」のテープが聞こえてくる。彼はその番号にバツをつけ、次に移った。

「ファクシミリって言葉の意味は、すぐわかったわ。あなたもそうだった？」

「うん。そういうことまで記憶から消えてるわけじゃないんだ。昨夜もその話をしたけど、一般的な知識はちゃんと生き残ってるんだよ」

また、電話が通じる。今度は人の声が出た。これもバツ印だ。

結局、五十ヵ所かけ終えて、彼の分担した番号のなかには、ファクシミリのものはないということがわかった。ずらりと並んだバツ印をながめていると、ドアにノックの音がして、三枝が顔を出した。

「どうだ？」

「こっちのは、全部バツでしたよ」

すると、三枝は平手でぽんとズボンの腿をたたいた。

「俺の方には一個だけあった。それだよ。来てくれ。確かめるぞ」

かすかに右足を引きながらも、三枝は素早く七〇六号室に戻っていく。彼も彼女の手をとって立ち上がった。

「一個だけだったのね」

「そうだよ。だけど見つかったんだ」

勢い込む彼とは対照的に、彼女は軽く首をかしげている。

七〇六号室に入ると、三枝が、壁際に寄せてある机の上から、ほこりよけのカバーを取り除けているところだった。

「なんだかわかるか?」と、彼に訊く。

「わかりますよ」

ワープロと、ファクシミリである。接続コードはごちゃごちゃになっているし、頻繁に使われている様子ではなく、雑然とそこに置かれているだけ、という感じだが、機械そのものは比較的新しいものだ。

「これで、今の番号に送信してみるんだよ」

「何を送るんです?」

「まあ、見てろよ」

三枝は笑ってそう言い、机の引き出しのなかをかきまわしている。やがて、「あった」とつぶやくと、一枚の白いコピーのような紙を取り出し、その上に何か書き付けている。それからファクスの電源を入れて、送信の作業を始めた。そのまま、腕組みをして、小さな音をたてながら機械のなかに吸いこまれていく紙をながめている。

「ちょっと待っててくれよ」と、彼に言った。彼は壁にもたれていた。

ひとつしかないソファに彼女を座らせ、彼は壁にもたれていた。やがて送信が終わり、三枝は紙を回収すると、もう一度、「ちょっと待つんだ。すぐ結果がでる」と言った。煙草に火をつけ、窓際に立ってふかしている。

三枝が何をやったのかわからないので、彼も、言われたとおりにしているしかなかった。

ぼんやりと、部屋のなかを見回していた。

この七〇六号室は、七〇七よりも若干狭くできている。横幅が狭いのだ。間取りは同じで、ダイニングキッチンと、その奥にもう一部屋あり、寝室兼居間として使えるようになっている。ベランダがついているが、窓が正面にしかないから、採光はあまり良くない。朝のうちしか陽が入らないのだ。

昨夜この部屋に泊めてもらったときには、彼はソファベッドで寝た。疲れ切っていたし、朝はぼうっとしていたから、まじまじと部屋の内部を観察するのは、今が初めてのようなものだった。

七〇七に負けないほど、殺風景な部屋だ。キッチンに据えられている電化製品の種類や数も似たようなものだ。奥の部屋には、ベッド、小ぶりの書棚、コンパクトなオーディオ用の収納棚にはポータブルテレビとテープデッキ。部屋の中央にガラステーブルがひとつとソファベッド。あとは今の机だけ。

「三枝さん、いつごろこの部屋に引っ越してきたんですか？」

尋ねると、三枝はこちらに背を向けたまま答えた。「一ヵ月ぐらい前だよ」

それなら、引っ越してまだ間がないので家具が揃っていない、ということではなさそうだ。

単にシンプルな部屋が好きだというだけだろうか。

この部屋のなかにあるもので、「ジャーナリスト」という職業にふさわしい感じがするも

のは、ワープロとファクシミリだけのようだ。書棚のなかもスカスカ。新聞の縮刷版がいく

つかと、辞書と、小説が数冊。ノンフィクションもいくつか並べられている。柳田邦男、沢

木耕太郎、ドゥス昌代——。そういう著者名に見覚えがあることに気づいて、彼は、現実が

一歩ずつ、きわめてゆっくりではあるけれど、自分の方に戻ってきつつあるのを感じた。

　書棚のなかの本は、この部屋の主人の指向や素性について、雄弁に語ってくれるというほ

ど特色のあるものではなかった。一つだけ、ちょっと変わっているのは、大判の写真集のよ

うなもので、「SFX　特殊撮影の技術と実践」という題がついている。表紙には、宇宙空

間に浮かぶ、精巧にできてはいるがいかにも軽そうなロケットの——いや、一種の戦闘機だ

ろうか——写真が使われている。映画だな、とわかった。

　それにしても、三枝隆男という著者名の本は見当たらない。やっぱり「自称」ジャーナリ

ストかな——と思いながら、彼は書棚を離れた。

　エアコンは効いているが、部屋の空気はよどんでいる。三枝もそれを感じたのか、煙草を

手にしたまま窓を開けると、ベランダへと出て行った。アルミサッシの敷居をまたぐとき、

悪い方の足がちょっとひっかかる。

「うひゃあ、今日もカンカン照りだな」

　そう言いながら、三枝がベランダを歩き始めたとき——

「危ない！」

　彼は思わずそう叫んでいた。

三枝がぎょっとして立ち止まり、こちらを振り向く。　彼女が驚いて半ば立ち上がりかける。

「何だ？」

「どうしたの？」

投げ付けるように問い返されても、彼には返事ができなかった。頭のなかを、またあの夢の雨がよぎってゆく。果物が頭上から降ってくるという、幻影のような光景。冷蔵庫のなかに林檎（りんご）を見つけたときに、唐突に訪れたのと同じ景色が、頭の奥で布がひるがえったかのように一瞬だけ見えて、また消えた。

「どうしたんだ？」

三枝は、「危ない！」と言われたときには誰でもそうするように、うかつには動かず、その場に足を踏ん張っている。

「すみません……どうして——自分でもわからないんだ」

ベランダから、三枝はじっと彼を見守っている。彼は額に手を当て、何度もまばたきをしてみた。

三枝は動かずに立っている。ベランダに——いや、ベランダの端に設けられている、小型のテーブルぐらいの大きさの、四角いスペースの上に。

彼はベランダに近寄った。よく見ると、その四角いスペースは、金属製の、厚さ五センチぐらいの蓋のようなもので、その上に活字がたくさん並んでいることがわかった。

「避難はしご」と、大きな活字で。その下に、

「これは緊急避難用のハッチです　火災等の場合ここから下の階に降りることができます　この蓋の上部を強く下に蹴ると蓋が落ち同時にはしごが下降します　非常時以外は使用しないでください　この上にものを載せないでください」と、小さな活字で。「強く蹴る」のところは、赤字で強調してある。

はっきりと懸念を顔に表して、三枝が『どうした？』と、もう一度訊いた。

彼は首を振り、たった今よぎっていった『夢の雨』のことを説明した。三枝は真面目な顔で聞いていたが、「メルヘンだな」と、笑って言った。

そのとき、オーディオ棚の上に乗せてある電話が鳴り始めた。三枝は彼の脇を通り抜けて部屋に戻り、急いで受話器を取った。

「はい、東京通信システムサービスです」と、はきはきした声で言う。どういうことだろう、と、彼は思わず彼女の顔を見た。彼女の視力が健在ならば、二人で不審そうな顔を見合せることができるのだが。

「え？　本当ですか？」と、三枝は驚いたような顔をしている。「それは申し訳ありません。そちらのファクシミリの番号は？　はい──あれ、番号はあってますよ。そちらは三好製作所さんじゃないんですか？　はい──はい。え？　『榊クリニック』さんですか。場所は新宿ですよね、局番からして──ははあ、そうですか、いや、どうもすいません。もう一度よく調べてみます」

電話を切ってこちらを向くと、にやりと笑った。

「わかったぜ。あのコピーのもとになったファクスを送ったのは、『榊クリニック』だとさ」

「病院なんですね？」

「どういう病院なのかしら」

「まあ、ちょっと待てよ。それはこれから調べるんだ。まずは一〇四に電話して、新宿の榊クリニックの番号を訊く。そしてそこに、おまえさんが電話をかける」と、三枝は彼を指差した。

「俺だと声が同じだから、まずい。そちらにうかがいたいんだが、どう行けばいいかって訊くんだぞ。新宿って、わかるか？」

彼はその地名を頭のなかで反芻（はんすう）した。「わかるような気はするんですけど」

三枝は書棚から地図を抜き出し、東京都全域の図面に、電車の路線図が重ねてあるページを広げて見せてくれた。

「どの辺だ？　探して指さしてみろよ」

ほとんどすぐに、彼は山手線の輪の上にあるJR新宿駅の場所をさすことができた。斜めに横たわった魚のような形をしている東京の、ちょうど腹のあたりだった。

「今俺たちがいるのはこっち。山手線の輪の外で、新宿とは反対の側だな」

三枝の手が動き、ひとつひとつ示していく。

「ええ、わかります」

「東京の地理を知っているような気はするか？」

彼はゆっくり考えた。「廊下に出て東京タワーを見たときは、すぐわかったんですよ。で
も——」

そのときふっと、「高田馬場」という言葉が浮かんできた。口に出してみると、三枝が驚
いた。

「高田馬場なら、新宿のすぐ隣だ。行ったことがあるのか?」

「……かもしれない」

ずっと黙っていた彼女が、言葉をはさんだ。

「三枝さん、わたしたち、なんとなくだけど、東京の人間じゃないような気がするんです。
そう思わない?」

最後の問いかけは、彼に向けてのものだった。彼は三枝にうなずいてみせた。

「そうですね。さっきも彼女と話してたんだけど、一般的な知識はちゃんと頭のなかに入っ
てるんですよ。だからガス会社の人とも話せたし、電話もかけられる。ファクシミリがどん
なものであるかも知ってる。それが病院みたいな医療機関である
こともわかる。それなのに、東京の地理についてはぼんやりした知識しかないということは、
記憶を失くす以前も、その程度のことしか知らなかったということじゃないかと思う」

三枝は軽く両手を開いてみせた。「あり得るな。妥当な解釈だという気がする。地方に住
んでたって東京タワーや新宿や原宿のことぐらいは知ってるし。逆に、
あんたたちの頭のなかに鮮明に残っている地名を検討していけば、あんたたちが住んでいた

場所につながる、ということだ」

三枝は満足気に笑った。「だが今は、まず『榊クリニック』に戻ろう。電話をかけられるな?」

「オーケー。でも、教えてください。今どうやって先方から電話をかけさせたんです?」

「これだよ」と、三枝はさっき送信した紙を見せた。大小さまざまの文字や記号、太さや濃度のまちまちなラインが、紙面をびっしりと埋めている。

「このファクスをつけたときに、業者が使ったテストパターンなんだ」

そして欄外には、少し大きめの文字で──

「修理点検後のテスト送信です。受信されましたら、折り返しすぐお電話ください。東京通信システムサービス　リース業務部」

その下に、この部屋の電話の番号が書かれている。

「なるほどね」

「たいていの人間は」と、三枝は笑った。「責任感が強いからな。間違いだとわかったら、ちゃんと教えてくれるもんさ」

一〇四で、「榊クリニック」の電話番号はすぐわかった。代表番号だというから、町医者のような小さなところではないのかもしれない。

今度の電話は、これまでのものとはわけが違う。彼は緊張してしまい、喉がカラカラにな

った。どんな相手が応答し、どんな事実が飛び出してくるのだろう、と考えると、背中が汗でじっとりと湿る。水でも飲めば少しは落ち着くかと思ったが、台所の蛇口でくんだ水は、なまぬるい上にひどく金気臭くて、かえって気分が悪くなりそうだった。

「しっかりしろよ」と、三枝に肩を叩かれた。

「びっくり箱を開けるときみたいな気分ですよ」

かけてみると、呼び出し音が一度鳴り終えないうちに、女性の声が応答した。道順を尋ねると、丁寧に教えてくれる。三枝は、電話機のスピーカーボタンを押して声を外に出し、傍らでメモをとっている。

そこはどういう病院ですか、と訊きたいが、訊いたら変に思われることはわかっている。

礼を言って電話を切ろうとしたとき、相手が質問してきた。

「こちらにおいでになるって言っても、紹介状はあるんですか?」

彼は虚をつかれたような気がした。「は?」

「外来の患者さんは、紹介状がないと診ないことになってるんですよ。おたくの患者さんは、急患? あなたご自身なのかしら?」

「いえ——僕じゃありません。家族です」

彼は答え、三枝の顔をうかがった。そのまま調子をあわせろと、目でうなずいている。

電話の女性は続ける。「ひょっとして、アル中ですか? それなら、うちから別の病院を紹介してあげることもできるけど」

「アル中？」

「あ、はい、すみません」

「聞いてます？」

「あのね、アル中じゃなくて」

どういう患者さんなのかしら」

彼が立ちすくんでいると、三枝が電話を代わろうと、前に出てきた。

を断り、くちびるを湿してから、言った。

「紹介状もないとなると、来てもらっても無駄足になりますよ。彼は首を振ってそれ

「あの——僕たちにもよくわからないんです」

「夜眠れないとか、会社や学校へ行かなくなったとか？」

三枝がうなずく。

「あ、眠れないって言ってます」

相手の言葉に合せながらも、彼はどきどきし始めていた。

「ああ、そう。不眠ね。ほかには？　具体的にどんなこと言ってます？　つじつまの合わな

いことを言ったりします？」

三枝が眉をつり上げ、ゆっくりとくちびるを動かして（毎日不安でしょうがない、ストレ

スからくるノイローゼじゃないかと思う）と言った。彼は三枝にうなずいてみせながら、電

話に向かって繰り返した。

「毎日不安でしょうがないって……ストレスのせいでノイローゼになっているんじゃないか

と思うんです」

　三枝が大きくうなずく。

　ストレス。ノイローゼ。だんだん焦点が合ってくるように、言葉の意味を思い出してきた。その当然の結果として、彼にも、「榊クリニック」がどういう病院であるか、おぼろげに察しがついてきた。喉が干上がった。

　電話の女性は、気の毒そうに言った。「申し訳ないですけど、うちじゃちょっと診てあげられないと思いますよ。病院のあては、全然ないの？」

「はい。おたくがいい病院だって噂を聞いて、かけてみたんです」

「お住まいはどの辺？　都内ですか？」

「そうです。方角的には、新宿とは反対の方なんですけど」

「そう。江東区とか江戸川区だったら、墨東病院がいいですよ。あそこには、精神科の救急外来があるから。問い合せてみたらいかがです？」

　丁寧に礼を述べて受話器を置く。あまりに意外なことだったので、手に汗をかいてしまっていた。

　三枝は顎（あご）をひっぱっている。「精神科か」

「わたしたち、診てもらった方がいいかもしれないわ」と、彼女がつぶやいた。

20

三枝のバンパーのへこんだ愛車に乗りこみ、教えられた道順をたどって「榊クリニック」へ向かう間も、彼は窓から見える景色に注意を払い、記憶を刺激するものがないかどうか気をつけていた。

小松川ランプから首都高速道路に乗り入れ、まっすぐ西へと走る。三枝はバスガイドよろしく、ところどころで注釈を入れた。

「この、悪名も高けりゃ料金も高い首都高については、覚えがないか？」

「あのコピーされた地図を見たときには、すぐ、小松川ランプのことがわかったし、それが首都高の出入口のひとつだってことも、すっと頭に浮かびましたよ」

「あんた、車の運転はどうだろうな。今、俺を見てて、どうだ？　やってた記憶はあるか？」

ハンドル。クラッチ。アクセル。ブレーキ。バックミラーに映る後続の車。追い越し車線。窓の外を飛びすぎていくさまざまな標識。

「運転はできたと思う。ええ、やったことがありますよ。自分の車も持っていたような気がする」

それは確信に近かった。車に乗る、という状況が、この快い振動が、眠っているものを揺

り起こし始めているのだ。

彼は出し抜けに言って、三枝を驚かせた。「ノークラだ」

「あん？」

「僕の車ですよ。ノークラだった。あなたが盛んにクラッチを切り替えてたところを見て、思い出してきたんです」

「オートマか。ありゃ、女の乗り物だ。ついでに車種や車体の色は思い出さないか？ ナンバーならもっといい。それがわかりゃ、すぐにあんたの身元に結びつく」

彼は頭に手を当て、意識を集中した。だが、ひらひらしてつかみどころのないカーテンの海を泳いでいるように、払いのけても、払いのけても、しつこい霧がかかってくる。

思い出そうと意識すると駄目で、勝手に浮かんでくるままに任せておいた方がいいのだろうか。家具のすきまに小さなピンを落としてしまったときのようなものだ。指をつっこんで取ろうとすればするほど、ピンは奥に入っていってしまう。

「川だわ」と、不意に彼女が言った。彼は窓の外に目をやった。

そのとおり、車は今、幅の広い河川を渡っている。がっちりとコンクリートで固められた土手のきわまでビルが建ち並んでおり、水は灰色一色。塗り潰されているかのようだ。

「どうしてわかる？」と、三枝が彼女に訊いた。

「音で。広いところに出たような感じになったし、それに風が湿っぽいもの」

「勘がいいな」

彼はまた、彼女の過去を思った。目が見えないという状態におかれることは、彼女にとって初めての経験ではないのかもしれない。

それとも、単に彼女の順応性が高いというだけのことか？

「今渡ったのは隅田川だよ。覚えがあるか？」

「隅田川」という認識はなかった。だが、これと似た光景は目にしたことがある。しきりと、そんな気がした。

「車以外の乗り物に乗っていても、この川を渡ることはありますよね？」

「もちろんさ。JRの総武線に乗ってても見える。バスも走ってる。橋がたくさんあるからな」

もう少し進むと、道はひどく渋滞してきた。走っては停まり、走っては停まる。

「ほらな、これだから悪名高いというわけだ。ちっとも高速じゃないだろう？　箱崎で下へ降りよう。できるだけいろんな場所を走った方が、刺激になるかもしれないしな」

三枝はそう言って、街中の道を走った。信号のたびに停車するとは言え、こちらの方がまだ快適な感じがした。彼はじっと、通りすぎていく街を眺めた。

「すごく漠然としてるんですけど……」

「うん？」

「もっと緑の多い街にいたような記憶がある」

「田舎か？」

「いえ、都会ですよ。ただ、こんなふうにアスファルトとビルばっかりの景色じゃなくて、緑地や街路樹が多かったんだ。それに——」

頭のなかに映っている色調の淡い光景に、彼は懸命に焦点を合せた。

「それに、なんだ？」

「街の向こう側に、山が見えたような気もするんです」

ハンドルに手をかけたまま、三枝はさっと目をあげて、ルームミラーのなかの彼の顔を見た。

「本当か？」

「ええ。キミはどう？」

彼女はぼんやりと窓の外を眺めていたが、こちらに目を向けて、軽く首を振った。

「よくわからないわ……わたしにも景色を見ることができれば、違うんでしょうけど」

三枝は前に注意を戻し、慎重に言った。「近ごろじゃ、地方、地方と言ったって、大きな都市の町並みは東京と似たようなもんだからな。自然が残ってる分だけ、こっちより住みやすいくらいだ。札幌とか、盛岡、新潟、仙台——」

「仙台！」

「聞き覚えがあるのか？」

三枝が振り返り、車ががくんとぶれ、隣を走っていたトラックと接触しそうになって、あ

わててハンドルを切った。その拍子に、彼女がバランスをくずして彼に飛び付いてくるような格好になった。

「仙台？」と、彼女は半分彼に抱きついたような姿勢で大声を出す。「わたしも覚えてる。わかるわ！」

スピードを落とし、体勢を立てなおしながら、三枝は大きく息を吐いた。

「大ヒットじゃないか。場合によっちゃ明日にでも、あんたたちを新幹線に乗せることになるかもしれないな」

努めて興奮を冷まし、彼は言った。「だけど、ただ『仙台』だけじゃ、『東京』というのと大した差はありませんよ」

前方に、高層ビルがいくつか見えてきた。スモッグに包まれた空に向けて、巨人が肩を寄せあうようにしてつっ立っている。三枝が、片手をそちらの方へ振ってみせた。

「新宿副都心の高層ビルだよ。住友の三角ビルとか、センタービルとか。うしろの方に見えるちょっとずんぐりしたのが、ホテルセンチュリー・ハイアット。どうだ？」

「ピンときませんね。でも、初めて見るわけじゃない。記憶にありますよ」

「まあ、どっちにしろ観光地みたいなもんだからな」

三枝は、ダッシュボードに置いた道路地図に目をやった。

「電話じゃ、小滝橋通りに入れって言ってたな。これも、いつも混んでる道だが、そう時間はかからないよ。もうすぐだ」

「榊クリニック」は、北新宿一丁目、小滝橋通りと大久保通りの交差点の手前を左に折れ、曲がりくねった細い街路を二区画ほど走ったところにあった。

白いタイル張りの、四階建てのビルである。さいころを二つ並べ、その上にもう一つ積んだような形をしている。上のさいころのちょうど真ん中に時計がついていて、そのために、小ぶりの学校のようにも見える。

建物は道路から少し引っ込めて建ててあり、前庭の部分が専用駐車場になっている。

「当院に御用の方以外は車を停めないでください」という大きな但し書きが、道路からよく見えるところにかかげてある。そして今は、その駐車場は満杯だった。診療時間中なのだろう。

周囲は、特にフェンスのようなもので囲まれているわけではない。両隣にあるしもたやの軒先が、クリニックとの境界線ぎりぎりのところまで張りだしていた。

路上で一時駐車していると、すぐに、うしろからけたたましいクラクションが聞こえてきた。狭いうえに路上駐車の車が多く、すぐに詰まってしまうのだろう。

三枝は舌打ちした。「とりあえず、車を停められるところを探そう」

周囲をぐるぐる探し回り、結局近くの民家の脇に、人目をはばかるようにして車を寄せた。エンジンを切ると、三枝は彼女に訊いた。

「どうする？　一緒に来るか？」

彼はさっと彼女の顔を見た。

「一緒に連れていっちゃまずいことでも？」

三枝は顔をしかめた。「病院の前のあの通り、見ただろう？　狭いし、車は飛ばしてるし、自転車もちょこちょこ走ってる。気をつけて歩かないと、事故に遭いかねない。この娘を歩かせるには危険が大きすぎるよ」

彼が口を開く前に、彼女が言った。「わたし、ここで待ってます」

「車のなかで？」

「ええ。二人で行ってきてください」

「きちんとドアをロックして、彼と三枝は車を離れた。

「よく注意してくれよ。それから、口はきくな。何か思い出しても、あのクリニックがあんたのよく知っている場所でも、俺が訊くまではしゃべらないでいるんだ」

「あのクリニックの先生とか看護婦とかが、僕の顔を見て、『おや、めずらしい、よく来たね』なんて言ってもですか？」

三枝は面白くなさそうに鼻を鳴らした。「そんな牧歌的な結末が待っててくれりゃ、最高だがね」

「ちょっと言ってみただけですよ」と、彼は笑った。気楽そうな顔をしていれば、死ぬほどびくびくしていることを悟られずにすむだろうか、と思いながら。

21

「榊クリニック」の前庭は、きれいに舗装されている。車は五台停められており、左ハンドルのものが、そのうち三台もあった。

「金持ち専用のクリニックかね」と、三枝が言う。

正面玄関は片開きの自動ドアで、彼と三枝が近付くと、音もたてずにすっと内側に開いた。入ったところはごく狭いロビーで、シンプルな応接セットがひと組みと、左側に受付の小窓がある。正面にはドアがあり、おそらく、患者はそこを通って中に入るのだろう。

三枝は、ロビーをひと渡り見回してから、受付の小窓をそっとノックした。曇りガラスの向こう側で、白っぽい人影が動いたかと思うと、女性の顔がのぞく。

「どなたさま？」

「すみません、先ほどお電話でこちらへの道順を教えてもらった者で」

三枝が、思いがけないほど丁重な声を出した。こういうときのために、懐のどこか深いところにしまってある声なのかもしれない。

「電話で？」と、受付の女性は首をかしげた。白衣の胸もとに、「安西」という名札が見える。

「はい。親切に教えてもらったんですけどね」

とたんに、「安西」の顔が不機嫌そうに歪んだ。

「あらやだ……つまり、患者さんを連れていらしてるんですね?」

「いえ、病人は今日は置いてきました。ちょっとご相談だけでもできないかと思いまして……」

「安西」は、こめかみの辺りを小指でかきながら、三枝と彼の顔を見上げた。

「うちは原則として、紹介状のない方は診てさしあげられないことになってるんですよ。先生はひとりしかおりませんのでね。大学病院の方からも患者さんが回ってくるし。電話に出た者は、その辺のことは説明しませんでした?」

「ええ、うかがいました」と、彼は口をはさんだ。バカみたいにつっ立っているのも芸がないと思ったのだ。三枝の目にサッと憤慨したような色が走ったが、気にしないことにした。

「でも、来てみればなんとかなるんじゃないかと思って。道順をちゃんと教えてもらえました」

「困ったわねえ」

「安西」はくるりとうしろを振り向く。回転椅子に座っているらしい。

「太田さん、さっき、電話での問い合せを受けたのはあなたかしら」

「え? 電話ですかぁ?」と、ぞんざいな口調の返事が返ってくる。「安西」は椅子から立ち上がって奥へ行き、その分視界が開けた。

受付の窓は、ちょっと小腰をかがめないとのぞきこむことができない高さについている。

三枝も彼も比較的長身の方なので、ほとんどのぞきこむようにして、中の様子をうかがわなければならなかった。

事務室は、外から感じるよりもずっと広く、奥行があるようだった。中央にデスクが四つ。電話が二台。壁際にはキャビネットがずらりと据えてある。部屋の反対側では、赤・青・黄色の三色のファイルが、外からはうかがい知ることのできない整頓方法にのっとって、びっしりと壁を埋め尽くしていた。

そして、そのファイル棚の隣に、オフホワイトのファクシミリ機が据えてある。

どうやら、人は三人いるらしい。「安西」と、スーツ姿の若い男性がひとり。彼はデスクに向かっていて、こちらに背を向けている。それと、今「太田さん」と呼ばれた、やはり白衣を着た女性だ。「安西」の陰に隠れてしまって、顔が見えない。二人でひそひそと、早口のやりとりを交わしている。

と、スーツの男が立ち上がり、ちらりとこちらを気にしてから、白衣の女性たちに言った。

「それじゃ、僕はこれで失礼します。榊先生によろしくお伝えください。入荷したらすぐに、ファンビタンをお持ちします」

「安西」がちょっと肩ごしに振り向いて、若い男にうなずく。「ご苦労さま」

「製薬会社のプロパーだ」と、三枝が声をひそめて言った。

「プロパー？」

「外務員だよ。営業さ」

スーツの男はいったん二人の視界から消え、すぐにロビーのドアから出てきた。大きめのアタッシェケースをさげ、こちらには一瞥もくれずに、自動ドアを通って前庭に出ると、二台の外車にはさまれるようにして停めてあった白い国産車に乗りこんで、一発でエンジンを始動させると、せかせかと走り去る。車体の脇に会社名が書いてあるのが、ちらりと見えた。

「矢部製薬　東京西営業所」

やっと「安西」が戻ってきた。一瞬、彼女のうしろにいた「太田」という女性の顔が見えた。丸顔に眼鏡、だが「安西」よりは若い女性だ。むっと頬(ほお)をふくらませている。

「安西」も、目は怒っているが、顔だけはなんとか笑みを浮かべようと努力していた。

「ごめんなさいね」

「結局、駄目ですか。榊先生には診てもらえないんですかね」

三枝ががっかりした声を出す。ぬかりなく、ちゃんと医師の名前を出している。

「ええ、そうなの。ごめんなさい。先生のことは、どこで?」

「知人が昔、診ていただいたことがあるんですよ」

「ここで?」

「いや、大学病院の方でした」

「そうでしょうね……あなたがたも、そっちへ行ってみた方が早いと思いますよ」

「そうですか。残念ですけど、仕方ないみたいだな」

ごめんなさいね、ともう一度言って、「安西」は受付の窓を閉めた。ぴしゃり、という感

じだった。

二人で前庭に出ると、三枝が、口の片側だけを動かして素早く言った。

「立ち止まって、これからどうしようか思案にくれているような芝居をしてくれ」

彼はうなずいた。「何をしたいんです？」

「ここに停まっている車のナンバーを控えるのさ」

三枝がそれをしているあいだ、彼はクリニックの入口に背を向け、両手をズボンのポケットにつっこんで、肩を落としていた。

「門前払いって感じでしたけど、どこでもこんなもんなのかな」

「とは限らんさ。よし、終わった」

三枝は書き取ったメモをジャケットの胸ポケットにしまうと、いかにも残念だという仕草で、「榊クリニック」の建物を振り返った。

「受付の女性二人は、あんたの知人じゃなさそうだったな」

「僕にも見覚えがありませんよ」

「そう簡単に行くとは思ってなかったがね。ちゃんと方法はあるさ」

「どうするんです」

「まず、陸運局へ行って、しかるべき窓口で詳細登録事項証明書の申請用紙にこの車のナンバーを記入しましてな、一件につき七百円の手数料を払えば、所有者の住所氏名がわかるというわけだ。おっと、陸運局てのはなんだかわかるか？」

「わかります。これから先も、とりたてて僕たちが質問しないかぎりは、わかっていると思ってくれて大丈夫ですよ」

「そりゃ、良かった。この五台のなかには、『榊』って先生本人の車が混じってる可能性も高いし、そうでなくて、クリニックに勤めているほかの人間のでも、患者のでもいい。とにかく、情報になるからな」

彼は、夏の陽射(ひざ)しを照り返している車のボディに目をやった。

「回りくどいような気もするけど」

「ほかにも手はあるさ。近所でもちょっと訊いてみよう。何かわかるかもしれん」

「あの『太田』って女性は？」と、彼はクリニックの建物を振り向いた。「うまくつなぎをとれば、なかのことをいろいろ聞き出せるかもしれな──」

彼が口をつぐんだので、三枝がさっと顔を向けた。

「どうした？」

「四階の窓から、誰かがこっちをのぞいてたんです」

彼はまだ、その窓から目を離せないでいた。四階に四つある窓のうち、いちばん左端のだ。シャッターのように窓にぴっちりとしたブラインドがおろしてある。だがたった今、そのブラインドの真ん中あたりがちょっとくの字に歪んで、そこから人の顔がのぞいていたのだ。

「見間違いじゃないのか？」

「ええ。はっきり見たんです。こっちが気づいたのと同時に、パッといなくなっちまった。

でも、確かに見た」

三枝も窓を見上げ、眩しそうに目を細くする。四階の窓ガラスに、ちょうど陽射しが入っているのだ。

「入院患者かもしれん」

「昼間から、あんなにブラインドを降ろして?」

「日光恐怖症なんじゃないのか?」

「そんな馬鹿な」

「ジョークだよ。もう行くぞ。いつまでもぐずぐずしてちゃヘンに思われる」

三枝に促されて歩きだしながら、彼はもう一度だけ、「榊クリニック」の白い建物を振り仰いだ。

（入院患者かもしれん）

「どうした?」

はっと我に返ると、三枝に見つめられていた。彼は額の汗をぬぐった。

「いえ、なんでもないんです」

22

「そちらは『榊クリニック』ですね? 太田さん、いらっしゃいますか?」

受話器をぎゅっと握り、彼女は少し緊張した口調でしゃべった。見えない目が、プッシュボタンのあたりをながめている。

彼と彼女は、「榊クリニック」の近くにある電話ボックスのなかにいた。ガソリンスタンドのそばにあるボックスなので、周囲が騒がしいし、彼がスライドドアを足で押さえて開けているので、雑音が入ってくる。彼女は受話器に耳をきつく押しつけていた。

「相手が出たら、適当なところで僕が代わるから」

彼女はうなずいた。「親切な人だったんでしょう？　騙（だま）すみたいで悪いわ」

「仕方ないよ。背に腹はかえられない」

ややあって、「太田」が出たらしい。彼女は背中をかがめ、いかにも申し訳なさそうに話し始めた。

「太田さんでいらっしゃいますか。わたし、橋口と申します」

「橋口」という名前は、道路の向かいにある金物屋の店名だった。橋口商店だ。

彼は、「太田」という女性とじかに話をしたいと思った。それには今がいい。チャンスがある。

だから、まず、自分たちが陸運局に行っても仕方ないからと言って、三枝と別れた。三枝は二人と別行動をとることを嫌ったが、「タクシーで帰るから」と約束し、「彼女が疲れてるから」と言うと、渋々去っていった。

そして二人きりになってから、彼女に事情を話し、一緒に計画を練ってもらったのだ。す

べてを三枝に任せきりにするのではなく、こっちでできることはやっておきたいという彼の
主張に、彼女も同意してくれた。

「お電話したのは、あの、お詫びしたいと思って……さっき、うちの兄が二人、そちらさま
にうかがいましたでしょう？　いきなり行っても診ていただけないってわかってるのに押し
かけていって……兄たちの話だと、太田さんが叱られることになってしまったようで。本当
に申し訳ありませんでした」

三枝と彼を彼女の兄にしたてて、架空の父親がストレスからくるノイローゼに苦しんでいる
という芝居をうって、なんとか「太田」嬢に近付けないものか――というわけである。

「ええ――ええ――そうなんです。兄たちときたら、ホントにわからずやで。ご迷惑おかけ
しました。わたし、ずいぶん止めたんですが――わたし目が見えないものですから、兄たち
に置いていかれちゃうと、ひとりでは追いかけていかれないんです」

「太田」嬢が何か言い、彼女はあいづちを打っている。

「そうなんです。わたしたち、こういう時どんな病院に行ったらいいかわからないし……ね
え？　ええ、父の勤めている会社が契約している病院があることはあるんですが、本人が嫌
がって――ええ、人目を気にしてるんです」

ここで、彼は電話を代わった。

「もしもし？　あ、先程は失礼しました。迷惑をかけるつもりはなかったんですけど、ほか
にあてはないし、どうしても榊先生に診てもらいたくて――」

道順を教えてくれたときの様子からして、根っから親切な女性なのだろう。だから、うまく話を持っていけば会ってくれるだろうと思ったのだ。

そして、その勘は正しかった。「太田」嬢は、仕事が終わったあと、時間をつくってくれるというのである。場所は指定された。新宿駅東口の近くにある、炭火コーヒーの専門店だという。では六時に、という約束をとりつけて電話を終えると、彼は彼女の肩を抱えて、軽くゆさぶった。

「うまくいったよ。ありがとう」

「気が咎（とが）めるわ」

「なぜこんなことをしてるのか、その理由を忘れないでくれよ」

だが、今の気分は悪くはない。自分の足で立ち、歩いているという実感がわいてきた。

しかし、まだ四時になったばかりである。時間をつぶさなければならない。

「どうする？　どうしたい？」

彼女は考えている。二人で電話ボックスに入っているので、目立つのだろう。ガソリンスタンドのサービスマンがひとり、こっちを眺めている。主（おも）に彼女の方を見つめている。（チェッ、うまくやってやがんな）というような顔だ。もしも彼が（代わってやろうか）と言ったら、喜んで飛んでくるだろう。

「なんでもいい？　お金はあるの？」と、彼女が訊（き）いた。

三枝という男は、あれで結構生真面目（きまじめ）な部分があるようで、スーツケースの金には手をつ

けようとしなかった。当面の生活費や行動資金は自分が出すと言い、現実にそうしている。そして、さっき別れるときには、一万円札が数枚入った薄いパスケースを渡された。（東京じゃ、金がないとなんにもできないからな）

だから、「太田」嬢と会うことを勘定に入れても、軍資金は大丈夫だろう。

「わたし、映画が観たい」と、彼女は言った。「見えないけど、観たいの。明るくて楽しいのがいいわ。なんでもいい。選んでくれる？」

「いいよ」

「ただ、邦画にしてね」

「どうして？」

「登場人物のなかから、気に入った名前を探すの。太田さんて人に会うのに、名前がないといけないでしょう。ね、兄さん？」

「太田」は時間厳守の人だった。ノースリーブのポロシャツにチェックのスカート。布製の大きなバッグを肩からさげ、片手に持ったハンカチでしきりと鼻の頭をおさえながらやってくる。少々太めなので、汗っかきなのだろう。

「かえって、ごめんなさいね」

二人の前に腰をおろすと、開口一番そう言った。

「あたしで力になれることがあるとは思えないんだけど、あなたがたのお父さんによさそう

な病院は、二、三心当たりがないでもないの。これも何かの縁ですから、教えてさしあげま

すよ」

とことん、気のいい女性なのだ。よく見ると、さほど若いわけでもない。三十代──なか

ばだろうか。ショートカットに、化粧っけのない頬がつやつやしているので、若く見えるの

だ。

「改めて申しますけど、あたしは太田明美です」

彼と彼女は、橋口紀夫、秀美という名前を名乗った。さっきまで観ていた映画に登場した

カップルの名前だった。

彼は緊張し、明美を呼び出したことを後悔し始めてさえいた。父親がノイローゼ気味で

──と言い出したからには、その嘘をもっともらしい顔でつき通さねばならない。だが彼も

彼女も、そのための下準備らしいことをしておくことまで、気がまわらなかったのだ。

だが、明美は、二人の「父親」の症状などについては、ほとんど質問してこなかったのだ。

「あたしはただの事務員で、病気のことはわからないから」と言い、その代わりあちこち病

院の名をあげ、費用はどの程度かかるとか、病院によって治療の仕方が違うとか、現実的な

ことを説明してくれた。

「あなたがたのお父さまは、もちろん、健康保険に加入してるでしょ？」

「え？　ああ、はい」

「それなら、たとえ入院したとしても、かかるお金は、ほかの病気のときと同じぐらいです

よ。差額ベッドのある病院にでもいかない限り、それほど心配することないわ。でも、さっきの電話の話だと、お父さまが、会社で指定している病院にはかかりたくないって言ってるそうだけど、ほかの病院ならかかってもいいと思っているのかしら」

「そう……だと思います」

架空の父親像を維持していくのは、結構たいへんだった。

「そうですか……いえね、いわゆるノイローゼの患者さんで、傍目で見てもかなりおかしくなってて、家族は医者にかかることを勧めるんだけど、本人は頑として『その必要はない！』って言い張るケースもあるんですよ。そういう人は、無理に入院させるとかえって治療しなかったりするのよね。おうちの方がそばにいて、緩やかに見守ってあげながら、通院治療した方がいいの」

「そんなもんでしょうか」

「ええ。アメリカなんかではそんなことないけど、日本ではまだ、『精神科の医者にかかる』っていうだけで、なんかもう途方もなく恥ずかしいことのように思いこんでしまう人たちが多いんですよ。『社会から落後してしまった』って思うのかしら。これはまあ、今の社会に、心の病気を病んで治ったあとの人を、ちゃんと受け入れてあげられるだけの度量も設備もない、ってことがいけないんですけどね。それじゃ駄目なのよ。どんな健康体の人でも、一生に一度も病気にかからないというわけじゃないでしょ？ それと同じで、心だって病むことはあるんだし、とりわけ特別なことじゃないんですからね」

「はあ」

しきりと慨嘆する明美に、彼はあいまいに同意した。

「榊先生は、いい先生なんでしょうね」と、今は橋口秀美になっている彼女が言った。

「ええ、そりゃもう」と、明美は乗り出した。はずみでテーブルの上のコーヒーカップに肘がぶつかり、琥珀色の液体がはねた。明美はコーヒーに手をつけてもいないのだ。

「親身になって患者さんを診てあげる、本当にできた先生ですよ。治療の手が離れてからも、就職の世話や、住むところの心配までしてあげるんですから」

勢い込んでそう言ってから、明美は決まり悪そうに目を伏せた。

「だから、あまりたくさんの患者さんを診てあげることができなくて、今日みたいに門前払いしてしまうこともあるの。ごめんなさいね」

「いえ、いいんです。気にしていません」

「その代わり、たとえばほかにどういう病院があるかとか、そういう問い合せになら、いくらでもお答えしますよ。だからあたしも、こうして出てきたんだもの。榊先生も、そういうことでしてあげられることがあれば、ふりの患者さんの力にもなってあげなさいって、いつもおっしゃってます。冷たい、だなんて、先生を誤解しないでくださいね」

「わかってます」

芝居をしている、という緊張感のなかにありながら、彼はふと、明美に対して温かなものを感じた。この人、榊という医者に恋してるんじゃないかな。

「若い先生なんですか？」と、彼女が訊いた。明美はうなずく。

「まだ三十八歳ですから」

「大学病院からも患者さんが来るっておっしゃってましたよね？」と、今度は彼が訊く。

「ええ。週に二日は、あちらでも患者さんを診てらっしゃるの」

「開業と両方で、たいへんですね」

「そうね、でも、ご自分のクリニックを持つのが夢だったそうだから、仕方ないんでしょ

う……」

明美は、最後の方になってなんとなく口をにごした。「仕方ない」という言い方にも、彼

はひっかかるものを感じた。

「『榊クリニック』には、入院患者さんはいないんですか？」

「原則としては、みなさん通院です。でも、たまに例外的に、こちらで患者さんをあずかる

場合もありますけどね」

「今は？　いえ、僕、昼間うかがったとき、四階の窓から人がのぞいているのを見かけたん

です」

「四階？」明美は首をかしげる。「ああ、そう。いますよ。若い女の子が。先週の週末に、

急患で入ったの。先生のお知り合いの方のお嬢さんらしくて。こんなこと、特例なんです

よ」

言い訳するような口調だった。

「そういうこともあるでしょうね。じゃ、『榊クリニック』には看護婦さんもいるんですか?」

今度こそ、明美は少し不審そうな顔をした。

「どうしてそんなこと知りたがるの?」

「いえ、今日みた限りでは、看護婦さんがいなくて、べつの、カウンセラーみたいな人がついてくれるのかなって思ったんです」

明美はふきだした。「そんなことありませんよ。ちゃんと看護婦さんもいます。うちにはコワイ人がいるわよ。榊先生のお目付け役」

「お目付け役?」

明美はちらりと舌を出した。「あらヤダ、言い過ぎちゃった。まあ、ベテランの看護婦さん、という意味ですよ」

話をそらすように、明美は手をのばしてカップをとりあげた。潮時かな、と、彼は思った。

「いろいろありがとうございました。教えていただいた病院をあたってみます。でも、最後にもうひとつだけ。太田さん、電話では、『アル中の患者なら別の病院を紹介してあげることもできる』って言ってましたよね? あれはどういうことですか」

「ああ、それね。文字どおりの意味ですよ」

「いい病院があるんですか?」

「本当にいいかどうかはわからないけど、ほかの病院ではあまりいい顔しない重症のアルコール依存症の患者さんも受け入れてくれる病院ですよ。あれは、一緒に生活している家族にとってもつらい病気だから、とりあえず入院させたい、なんてときに、受け入れてくれるところがあれば助かるでしょう？」

明美の言葉に、それまでにはなかった刺のようなものが感じられて、彼は黙った。すると、明美は少し声を落として続けた。

「ただ、まあ、あまり勧められないけどね。榊先生は、そこに患者さんを回したくないみたいなの。でも、今日のあなたたちみたいな新しい患者さんについての問い合せがあったときは、一応、聞いてみることになってるの。そうしないと、あたしが安西さんに叱られる」

「安西」とは、あの受付の女性である。

「どうして太田さんが叱られるんです？」

ちょっとためらってから、明美は苦笑して、答えた。

「安西さんも、さっき言った看護婦さんと同じで、お目付け役だからよ。大先生のところか
ら来てる人なの」

「大先生？」

「ええ。榊先生の奥さんのお父さん。その大先生が院長をやっている病院が、アル中の人を喜んで入れてくれる病院ですよ」

ずっと聞き役に回っていた彼女が、久しぶりに口を開いた。

「太田さんは、その大先生が好きじゃないみたい」

明美は笑った。「ええ。好きじゃないですよ。気持ち悪いんだもの。いえ、立派な紳士に

見えますよ。でも、目付きがね。女好きそうだし、いろいろ噂も聞いてるし。まあ、あたし

みたいなおデブちゃんには目もくれないから安心だけど」

なんだ、そういうことかと、彼は心のなかで苦笑した。いろいろあっても不思議はない。

なかにいる人間にとっては単なる職場だ。

ところが、明美はちょっと前に乗り出し、声を低くして、こう続けた。

「名前を言えば、あなたがたも知ってるかもしれない」

「その大先生をですか？」

「ええ。もう去年の話だけど、たいへんな事件に巻き込まれた人だから」

「どんな事件？」

明美は、思い入れたっぷりに間をおいてから、言った。

「殺人事件よ」

彼はほとんど動じなかったが、彼女はぎくりとしたようだった。

「あなたがた、覚えてない？　『幸山荘事件』。あの犯人が、大先生の息子だったの。もっ

とも、血はつながってないけどね」

え、ホントですか？　というような反応を期待しているのだろう。明美は目を輝かせてい

る。だが、彼には「幸山荘事件」がどういう事件であるかわからなかったし、ちらりと横目

でうかがった限りでは、彼女も同様らしい。

「それ……そんな大事件だったんですか？」

彼が訊くと、明美は目に見えてがっかりした。

「あら、あなたたち知らないの？　大騒ぎになった事件よ。たいへんだったんだから。あんな大きな事件を知らないなんて、ヘンねえ」

彼はあわてた。知恵をつけてくれる三枝がいないので、ここはひとりで切り抜けなければならない。

と、彼女が言った。「うちでは、わたしがこんな状態ですから、新聞もとってないし、テレビとかもあまり観ないんです。わたしと話があわなくなるといけないし、その方がかえって家族同士の話がはずむから、って」

今度は明美が泡を食う番だった。ぽっちゃりとした手をしきりに顔の前で振って、

「あら、そうだったの。そうよねえ。いいご家族だわ。あたしなんか、この歳（とし）でまだ独り暮らしでしょ？　テレビ人間なのよ」

彼は、テーブルの下で軽く彼女の手の甲を叩き（たた）、〈ありがとう〉という意志を伝えた。それから訊いた。

「その『幸山荘事件』のこと、教えてください」

明美は気を取り直し、座りなおして背筋を伸ばした。

「殺されたのは、うちの大先生の知り合いがお二人と、片方の人の奥さんと、もう片方の人、

の娘さん。名前はちょっと忘れちゃったな……」

「四人？」彼は驚いた。「それだけの人が一度に？」

「ええ。犯人——大先生の息子はね、孝って子だけど、なんかチンピラみたいになっちゃっててね。やくざとも付き合いがあったらしくて、拳銃を持ってたの。それで撃ち殺したのよ」

一瞬、彼は息が止まった。拳銃？

彼女がにじるようにして明美の方へと身を乗り出す。

「いったいどうして？　なぜそんなことを？」

明美は髪をかきあげ、頭をかいた。「もともと、乱暴な子だったらしいんだけどね。大先生も手を焼いてたそうで」

「それにしたって、ただ粗暴なだけで、父親の知り合いやその家族を四人も撃ち殺したりしないでしょう？」

明美は顔を歪めた。

「どうやら孝って子は、撃ち殺された娘さんにちょっかいを出すつもりだったらしいのよね。全然相手にされなかったらしいんだけど。それで——」

「ひどい」と、彼女が目を伏せる。

「ええ。ホントにひどい話よ。いくら血のつながってない息子のこととはいえ、大先生、テレビのインタビューで土下座して謝ったんだから。だけど、まあ、それで世間の同情をひい

て、かえってうまくいったこともあるんだろうけど。もともと、孝って子は、先生と一緒に住んでたわけでもないしね。家を飛び出して、どこに行ってるかわかんない子だったの」

「そんなこととってありますか？」

明美はけろりと言った。「大先生、三回結婚してるから。その孝って子は、二番目の奥さんの連れ子よ。奥さんの方は、大先生と結婚して一年ぐらいで亡くなってね。今の奥さんがあとへ入ったってわけ。複雑なのよ、とにかく。お妾も囲ってるらしいしね」

明美の顔から視線をそらして、彼は考えていた。

あのファクシミリの発信元である「榊クリニック」の関係者に、そんな陰惨な事件がまとわりついている。それも、拳銃が使用されている殺人事件だ。

俺たち二人にも関係のあることだとしたら。万が一、そういうことがあったら——

彼は鋭く顔をあげた。「あの」

「はい？」

「その事件、どこで起こったんですか？　幸山荘はどこにあったんです？」

明美はすぐに答えた。県名をあげ、「そこの潟戸って町よ。大先生の病院も同じ町にあるの。幸山荘のある場所は、病院よりもっとずっと海よりの別荘地だけどね」

「そこ、仙台のある場所は」

「どこ？　仙台？　仙台から遠いですか？」明美は目を見開いた。「なんで仙台が出てくるの？」

彼と彼女の記憶のなかに、辛うじて残っている地名なのだ。彼は頑張った。

「教えてほしいんです。お願いします」

明美は、彼の勢いに押されたように、テーブルから少し身体を離し、彼らの顔を見回しながら答えた。

「まあ、車なら大丈夫でしょうね。道路が通じてるから」

「もうひとつだけ」

「なあに?」

「その事件、いつ起こったんです?」

今では、明美は及び腰になっている。目をしばたたかせながら、答えた。

「去年のクリスマス・イブ」

彼の頭のなかに、最初の朝、目覚める直前にみていた夢の記憶が甦った。

(今日はクリスマス・イブだから)

23

パレス新開橋に帰りついたときには、もう夜になっていた。建物の前でタクシーを降りると、ロビーにいた三枝が走って迎えに出てきた。

「いったいどうしたんだ? 何をやってた? 何かあったのか、え?」

その顔色が本当に変わっていたので、彼は少し意外な気がした。スーツケースの金を目当

てに、拳銃をたてにとって結んだ雇用契約のはずなのに、三枝の狼狽ぶりに、ひどく親身な色がついていたからだ。思わず、「すみません」と言ってしまった。

「謝ることはないよ。だが、心配したぜ」

「心配をかけただけのことはありました」

彼は、三枝を見つめて、訊いた。

『幸山荘事件』というのを、知ってますか？

数秒のあいだ、三枝はつっ立ったまま彼を見返していた。言葉を口にする前に、喉仏がごくりと動いた。

「なぜ、それを知ってる？　それとも、記憶が戻ったのか？」

彼は、あとの質問に対しては首を振った。

「話すと長くなります」

「中へ入ろう」と、三枝はドアの方へ顎をしゃくった。「あんまりびっくりさせないでくれよ。俺の方も、『榊クリニック』に停まっていた車を調べて、そのなかに、あの事件の関係者の車があったことがわかって、驚いてたところなんだ」

七〇六号室のテーブルのうえには、新聞や雑誌の切り抜きがたくさん散らばっていた。すべて、『幸山荘事件』に関するものばかりである。

三枝は、まず、彼と彼女の報告を聞きたがった。彼が説明をしているあいだ、立て続けに

ショートホープを吸っていた。

聞き終えると、「しかし、よくまあそんなことをやる気になったな」と、ぼそりと言った。

「あの太田明美という人が、親切そうだったから」

「それに、俺だけに任せておいたんじゃなんとなく不安だから、ってわけかな」

言い当てられて、彼は返事ができなかった。

「まあ、いいだろう。だが、ひとつ聞かせてくれ。あんたたち二人とも、太田明美から話を聞いたとき、直観的に、『幸山荘事件』は、自分たちに関わりのある事件かもしれないと思ったか？」

彼女が目を見開いて彼のいる方を見上げた。彼はうなずいた。

「ええ、そう思いました。あの——拳銃のことがあるし。めったに手に入るものじゃない。その辺にごろごろしているナイフなんかとはわけが違う」

三枝は二人をじっと見つめ、火をつけたばかりの長い吸いさしを勢いよくもみ消した。

「わかった。じゃ、今度は俺の番だな」と、椅子を引く。

『榊クリニック』の前庭に停められていた車は五台、そのうち一台は矢部製薬のだったな。俺がナンバーを調べたのは四台。これがその持ち主だ」

三枝は、彼と彼女に、取り寄せた詳細登録事項証明書を見せ、所有者の住所氏名欄を指で示した。

「四台のうち、一台だけあった国産車の持ち主は、安西裕子。あの受付の女だろう。どうや

らマイカー通勤してるらしい。あとの三台は全部外車だったな？　いちばん奥に白いベンツ
があったろう。あれの持ち主が村下猛蔵。『潟戸友愛病院』ていう、規模の点では日本でも
有数の精神科の専門病院の院長だ」

はっとしたように顔をあげて、彼女が言った。「その人が、太田さんの言ってた『大先生』
かしら」

三枝はうなずいた。「そう考えて間違いないと思う。『榊クリニック』の院長である榊達彦
は、村下猛蔵の娘婿だからな。ベンツの隣にあったシルバーグレイのポンティアックが榊の
車だ。それで、三台目が――」

三枝は三枚目の登録証を指し示した。

「ポルシェときた。これが猛蔵の長男の村下一樹のものだ。どうやら、今日、俺たちが訪問
したころには、『榊クリニック』で村下一族が家族会議でもやってたらしいな」

三枝は、散らかした切り抜きの下から、覚え書きを取り出した。

『幸山荘事件』の本題に入る前に、村下家の家族構成を説明しておくよ。これがわかって
ないと、ピンとこないだろうからな」

覚え書きには、簡単な系図が描いてあった。

宮前宏（俊江とは離婚）

孝（21）

②俊江（亡）

③寛子（29）＝＝村下猛蔵（58）

①清子（亡）

榊達彦（37）

沙織（4）

みどり（30）

一樹（29）

えりか（27）

道明（1）

遠山顕（34）

　「括弧して書いてあるのは事件当時の年齢だ。　夫人三人の名前の前に数字が振ってあるのは、猛蔵と結婚した順番だよ」

　図を見せられて、彼にも、太田明美が（大先生は気持ち悪くて）と言っていた理由が呑み込めた。離婚・再婚を繰り返し、現在は自分の娘より若い女を妻にしている男なのだ。

　彼女にも、村下家の家族関係を、できるだけわかりやすいように話して聞かせた。何度か聞き返したりしながらも、理解はしたようだった。

　「村下猛蔵は、さっきも言ったように、潟戸友愛病院という大病院を経営してる。本人も精神科の医者で、直接患者を診察もしている。娘二人は医者じゃないが、二人とも精神科医と

結婚した。長女みどりの旦那が『榊クリニック』の榊達彦、次女えりかの旦那の遠山顕は潟戸友愛病院の副院長だ。ここまではいいか？」

「ええ、わかります」

「次に、長男の一樹だな」

「では、パブを経営してるらしい」

「みどり、一樹、えりかの三人は、全員、最初の夫人である清子とのあいだに生まれた子供ですね？　二番目の俊江と、今の夫人の寛子とのあいだには、子供は生まれなかったわけだ」

「そういうこと。で、『幸山荘事件』の犯人、問題の宮前孝の登場となるわけだ」

三枝は何枚か束ねてホチキスでとめてある切り抜きを取り出した。雑誌の特集記事らしい。ページを斜めに横切って、『『幸山荘事件』凶悪犯人の過去に何があったか」という見出しが躍っている。

「そもそも、俊江と猛蔵が知り合うきっかけをつくったのが、孝だったんだ。彼は、十六歳の時——つまり、今から六年前だな——通っていた高校の教師を殴って停学処分を受けてるんだ。その後も暴力的なふるまいがやまないので、思い余った俊江が、当時、登校拒否児や、家庭内暴力をふるう子供を積極的に受け入れて治療していた潟戸友愛病院へ相談に行ったんだな。で、孝は入院させられ、母親の俊江が彼を見舞ったり、今後のことを相談に通ったりしているうちに、院長の猛蔵と親しくなった——というわけだ。この当時、すでに、猛蔵の

彼も医者にはならなかった。東京にいて、事件の時報道された限り

最初の妻の清子は亡くなっていた。宮前俊江の方も、夫とうまくいってなかったらしい。孝のこととか、まあ原因はいろいろあったんだろう。それだから、俊江が夫と別れ、猛蔵と再婚するのにも、これといって障害はなかったわけだ。みどり、一樹、えりかの三人は、もう成人していたしな。

「潟戸友愛病院は、この六年前の時点で、すでに日本でも指折りの大病院だった。総入院患者数が八百余名というんだから、すごいだろう？　そこの院長の結婚だから、再婚とは言え、俊江との結婚披露は盛大なものだった。東京のホテルで式をあげてるんだが、国会議員がぞろぞろ出席したそうだから」

「だけど、病院のお医者さんなんでしょ？」と、彼女が目をぱちぱちさせる。

「まあな。だが、村下猛蔵という男は、医者というよりはむしろ実業家なんだよ。一時期は、東京でもホテル経営に手を出していたことがある。と言っても、表面に出ていたわけではなかったんだがね。

「現在も、猛蔵は東京に別宅を持ってるよ。潟戸で足場を固めながら、東京指向も捨ててはいない」

三枝はまた別の切り抜きを取り上げた。

「彼の出身地は――」と言って、彼ら二人をさっと見回し、「これはあとの話に関わってくることだから、覚えておいてくれよ。猛蔵の出身地は宮城県松 橲 郡の松代というところだ。家は農家で、彼は次男坊。子供の頃から秀才で、いわば一族の期待の星だったんだろうな。

医大にも一度でパスしている。もちろん、国家試験も。

「免許取得後は、四年間ほど大学の医局で働いてたんだが、二十七歳の時に、最初の夫人である清子と見合い結婚して、二年後、彼女の実家がある潟戸町へ移転する。場所的にどの辺かと言うとだな──」と、三枝は関東地方の地図をひっぱりだした。

「房総半島の北東だな。ほら、等高線が海の近くまできてるところがあるだろう？　ここに『潟戸』って駅がある。気候はいいし、海はきれいだし、たしかに魅力的な土地だよ」

三枝は地図を閉じ、話を続けた。

「姓こそ変わらないで『村下』のままだったが、猛蔵にとってこの結婚は、実質は婿養子に入ったようなものだったらしい。清子の父親は、潟戸町で小さな内科医院を開いてたんだよ。患者が五人もくれば待合室がいっぱいになっちまうような町医者だ。だが、このつつましい医院が、のちの『潟戸友愛病院』の母体になったんだ。すべて、村下猛蔵の腕一本の力で──」

三枝の声を聞きながら、彼は、手近にあった切り抜きを手に取ってみた。それは写真雑誌からスクラップしたものらしく、モノクロの大きな写真が載っていた。髪はだいぶ薄く、痩せた首のあたりは、皮膚が干涸びた感じに見える。どこかホテルのような場所から出てきたところを写したものなのだろう。背後にドアマンの姿が見える。そのすらりとした姿と比べると、中央の男はどうしようもなく貧相に見えた。

小柄で細身の、どこか女性的な身体つきの男が写っている。

しかし、その中央の男が、村下猛蔵なのだった。頭の奥の方で、何かが——闇のように暗いものが、ふっと浮かんで消えた。彼は感じた。この男に会ったことがある。どこかで会ったことがある。写真から目が離せなかった。

「一見したところ、そんな大物には見えないだろう？」と、三枝が言う。「だがな、村下猛蔵は、潟戸町の人たちにとっては立志伝中の人物なんだ。彼個人の出世の仕方も見事なら、潟戸町に対する貢献度も素晴らしいというわけでね。

「農業以外にはこれという産業のない潟戸町にとっては、友愛病院のような大きな施設は、打出の小槌みたいなものなんだよ。病院を中心に、食物や日用品の需要が起こる。入院患者を見舞いにくる人たちのためには旅館も要るし、タクシーだって使ってくれるかもしれない。マイカーで来る人たちのためには、駐車場やガソリンスタンドが必要だ。もちろん、友愛病院自体もいろいろな形で人手を必要とするし、そういう雇用をあてこんで人が集まってくれば、娯楽施設や飲み屋も商売として成立するようになる。そうやって町全体に活気が出てくれば、銀行も支店を置くようになる。道路建設の誘致もできるし、駅だってつくれる。そうなれば不動産も動きだす。価値が出てくる。いいことずくめというわけだ。発展しないほうが嘘だし、現実に発展してきた。さっきから『潟戸町』と言ってるが、実質的にはもう潟戸市と言っていいだけの人口を擁している。これすべて、村下猛蔵のおかげかな」

「そして、町が豊かになれば、村下家もますます繁栄する？」

「そうさ。ちゃんとフィードバックするんだ。現在の村下一族は、病院のほかにも、不動産会社や駐車場、ホテル、レストランなんかを経営している。ちょっとしたコンツェルンだ。町議会選挙で、保守派・革新派が激突する。だが、どっちの陣営も、選挙資金は猛蔵の懐から出してもらっている──そんなもんだよ」

三枝は苦笑した。

「村下家の邸宅と、潟戸友愛病院の雄大なる建物は、潟戸町のいちばん高い場所に立っている。町の西側で、そこから下界を見おろしてる。陽もそこに沈んでいく。実際に行ってみたこともあるが、なんか象徴的な気がしたね、俺は」

「潟戸町に行ったことがあるんですか?」

「あるとも。俺は端くれのジャーナリストと名のつく連中は全員、底をさらうようにして駆りだされたんだよ。みんな走り回ったんだ」

ぼんやりと壁の方へ目をやっていた彼女が、三枝の声の聞こえてくる方へ向き直った。

「村下家がそんな有力な家なら、『幸山荘事件』というのはすごいスキャンダルだったんでしょうね? 血はつながってないとはいえ、村下猛蔵の子供が起こした殺人事件なんだもの)

「ジャーナリストだと言っただろう? この『幸山荘事件』のとき──」と、三枝は言った。「だが、猛蔵という男は実に立派だった。決して逃げなかった。記者会見もしたし、義理の息子の起こした事件に、真正面からぶつかったんだ。

テレビにも出た。『子供のこととはいえ、責任は私にある』とはっきり言って、土下座まで
してみせた。もちろん、被害者の遺族にはこれ以上ないほど深く詫びたし、金銭的にも充分
すぎるほどの賠償をした。

三枝が、この村下猛蔵という男に、妙に肩入れしているように、彼は感じた。誰か特定の
人物を指して、「立派だった」というストレートな言葉を使うのは、なんとなくそぐわない
ような気がする。

「案外、演技だったのかもしれない」と言ってみると、三枝は力んで首を横に振った。

「猛蔵は、そんな器用なことのできる男じゃないよ。彼は本当に、孝のことを気にかけてい
たんだ」

「血がつながってないのに？」

「つながってないから、なおさらだ」と、三枝は強調する。「そりゃ、猛蔵の態度がきっぱ
りしてたんで、現実に、村下一家に対する風当たりは、意外なほどやわらかかった。事件の
残虐さから考えると、信じられないほどだよ。だが、そんなことより何より、猛蔵は孝を愛
してたんだろうと思う。負い目もあったかもしれない」

今度は「愛して」だ。三枝の言葉とは思えない。

「負い目？」

「ああ。俊江は、猛蔵と結婚して一年後に、自動車事故で死んでるんだ。短い結婚生活だっ
た。そのとき孝はまだ十七歳で、母親の死と同時に家を飛び出している。産みの母親を亡く

してしまったあと、義理の家族と暮らし続ける自信がなかったのかもしれない。孝をそんなふうに追い込んでしまったことを、猛蔵はずっと後悔していたらしい。だからこそ、『幸山荘事件』のあとも、すぐにはっきりした態度をとることができたんだ」

三枝の声を聞きながら、彼はいくつかの記事と写真に目を通した。それも、孝が荒れていたからだ。一年のあいだに、彼は二度も傷害沙汰を起こしている。それを、二度とも猛蔵が手を尽くして示談に持ち込んでるんだ。そうでなきゃ、孝はとっくに少年院行きだっただろう」

「もともと、猛蔵と俊江の再婚は、平穏なものじゃなかった。てっぺんの薄い頭が、床に押しつけられている。

るところを撮ったものもある。

そんな義理の息子を本気で愛することができるかな——と、彼は考えていた。

「猛蔵は猛蔵なりに、なんとかして孝とそれなりの父子関係をつくりたいと考えていたんだろう。だがそれも、俊江が死んだことで駄目になってしまった。一度飛び出したあとは、孝はほとんど村下家に寄り付いていなかった。年に一度、母親の命日に潟戸町にある墓へ花を持ってくるだけで、義理の父親にも、血のつながらない兄姉たちにも会わずに、またどこかへ行ってしまう。そんな暮らし方をしてたんだ。それでも、猛蔵はなんとかできるという希望を捨てていなかったらしくて、何度か孝を探している。興信所まで雇ってな。俺としては、猛蔵は精一杯やったと思うよ。孝の件で、猛蔵を責めるのは気の毒だ」

彼女が、意見を求めるように彼の方へ顔を向けた。彼は村下猛蔵の写真から目をあげて、三枝を見た。

「どうした？」と、三枝が訊く。

「僕は、この村下猛蔵という人に会ったことがある」

彼女が小さく息を呑み、手探りで彼の肘を見付け、そこへ手のひらを乗せた。温かなぬくもりが伝わってきた。

「確かか？」

「ええ、多分」

三枝はショートホープの箱に手をのばし、せかせかと火をつけた。二、三度煙を吐いてから、言った。

「実は、そういうことがあり得るんじゃないかと、俺も予想していた。あの『榊クリニック』が、『幸山荘事件』の村下家とつながりがあるとわかったときから、な」

彼女の手を一度ぎゅっと握り、そして離してから、彼は言った。

「事件そのものについて、話してください」

三枝はまた別の切り抜きを取り上げた。

「事件が起こったのは、去年のクリスマス・イブのことだ」と、それまでよりは低い声で、始めた。

「『幸山荘』ってのは、一昨年辺りから始まった、潟戸町の開発事業のひとつでね。潟戸町は面積が広いうえに、東西に細長い。だから、町の東の端は海に面してる。といっても、山からいきなり海に落ち込んでるような急な傾斜地なんで、海水浴は無理だ。波も荒いしな。

だから、昔から観光地としての利用価値はないと思われていた。

「だが、近ごろじゃ、海辺のレジャーは何も海水浴だけじゃない。潟戸町も、町全体に余力がついてきて、ようやくその辺まで頭が回るようになったんだろう。東京から日帰りもきく距離にある、手付かずの、荒れていない土地。しかも景勝だ。

「ただ、この再開発事業には、村下猛蔵は噛んでいないのさ。その辺りの土地も山林も全部個人の私有地で、地主が東京の業者と契約して始めたことだったんだ。彼らはまず、地形のアップダウンをそのまま利用したゴルフ場をつくった。潮風に強い芝を植えて、外国の権威あるプ設計者につくらせた、特別のコースだ。クラブハウスにも金をかけた。そうしておいて、次は、瀟洒なリゾートホテル、ナイター設備つきのテニスコート、天井が開閉できて一年中快適に使える屋内プール——と、まあおきまりのものをそろえた。それからいよいよ、別荘地の切り売りを始めたんだよ。『幸山荘』は、そうしてつくられ、売りに出された最初の物件の一つだった」

三枝は彼の方へ、薄いパンフレットを放って寄越した。「気候温暖な景勝の地　潟戸でリゾートしてみませんか」と刷ってある。

「第一期に分譲されたのは十二戸で、一ヵ月ほどのあいだに完売しちまった。去年の九月のことだよ。東京から近いし、たしかに物件としてはいいものだったから、当然だがね。問題の『幸山荘』は、その十二戸のうちの一つだった。いちばん海寄りのところに建っていた。そういう裏庭から柵一つまたいでしばらく歩けば、目がくらみそうな岸壁が待ち受けている。そうい

う意味では、小さい子供がいる場合には危険だが、そのかわり、景色はいちばん良かった」

彼はパンフレットをめくってみた。三枝の言うとおり、海にも山にも恵まれた緑の土地に、青い空が見える。

『幸山荘』を買ったのは、三好一夫と緒方秀満という二人の男だった。共同購入だよ。彼らは幼なじみの同級生で、ずっと親しく付き合っていた。そして、二人とも宮城県松橋郡の出身だった。誰かと同じじゃないか？」

さっき三枝が（覚えておいてくれよ）と言ったことだ。

「村下猛蔵」

「そうだ。三好氏も緒方氏も、猛蔵のことを知っていた。小・中学校時代に机を並べて過ごしてるんだよ。だが、高校・大学は別々だったし、大人になってからはあまり消息を知る機会がなかった。なにせ、猛蔵は故郷を離れてしまってたからな。二人とも、『幸山荘』を買ったとき、地元の有力者に村下猛蔵という人物がいることを知って、初めて、何十年来の旧友に再会するチャンスがきたことがわかったんだ。まったくの偶然だったんだよ」

その偶然が、結果的には悲劇の原因となったのだった。

「彼らは再会を喜びあった。猛蔵は、家族を連れて別荘に来るときには、ぜひ自分の家にも寄るようにと二人を誘った。そして、三好家と緒方家が、去年のクリスマスに、初めて『幸山荘』を利用しようとやってきたとき、彼らを自宅に招待したんだ。

「三好家と緒方家の面々は、その招待を受けた」

　三枝は言って、ため息をもらした。

「去年の十二月二十三日だよ」

　話が、次第に、気の重くなる内容を含んでくるからだろう。三枝はしばらく、休むように間をおいてから、続けた。

「三好氏は、娘を一人連れてきていた。彼は男寡で、娘二人を男手ひとつで育てあげていたんだ。一緒に来ていたのは下の娘で、名前は雪恵。二十歳だった。

「緒方氏の方は、夫人を連れていた。育子という名前で、当時五十歳。彼らのあいだには息子が一人いたが、一緒には来ていなかった。

「村下家に招待されたのは、この四人だった。そして、ちょうど同じ時に、孝も潟戸町に帰ってきていた。最初の方で話しただろう？　孝は、母親の命日には墓参りにきていた。それが、十二月二十三日だったんだ」

　これから先は新聞の言ってることの丸写しだが、と前置きして、三枝は言った。

「村下家の菩提寺も墓も、村下邸からもう少し山をのぼったところにある。孝はそこへ行き、降りてきたときに、義理の父親の家に見慣れない来客が到着したのを見付けた。それも、一人は若い可愛い女の子だ。実際、三好雪恵はきれいな娘だった。思わず人が振り返るような美人だった。

「孝はすかさず、雪恵に目を付けた。もともと、父親とはうまくいってないから、彼のところにきた来客の娘だということなど、かまっちゃいない。なんとか雪恵に近付けないかと、

孝はその日、めずらしく村下家に顔を出して、家族を驚かせている」

そこまで聞けば、夕方、太田明美が話してくれたことと合せて、「幸山荘事件」がどうい

う経過で発生したのか、彼にも想像がついた。

「孝は雪恵をものにしようとして、結果的に父親の顔に泥を塗るようなことでもしでかした

んですか？」

彼が訊くと、三枝はむっつりうなずいた。

「事件のあと、警察の取り調べのとき、村下猛蔵はまっさきにその件を話したそうだ。孝は、

家にいる人間の隙をみて、雪恵を連れ出そうとしたそうだよ。彼女が怖がって大声を出した

ので、失敗に終わったが」

「じゃ、翌日の『幸山荘事件』は、その腹いせだっていうんですか？」

「クリスマス・イブの深夜零時ごろのことだったんだ」と言い、三枝は、隅の方がわずかに

黄ばみかけている切り抜きを持ちあげ、顔を隠した。

「警察じゃ、孝が銃を持っていたのは、ただの脅しのつもりだったんだろう──と言ってる。

最初はな。彼としては、雪恵だけをこっそり引っ張りだすことができれば、それでよかった。

だが、三好氏や緒方夫妻に見つかってしまい、意外なほど激しく抵抗されたので、撃つ羽目

になってしまった──というわけだ」

彼は素早く言った。「でも、孝は『幸山荘』の電話線を切っていた。そうじゃないです

か？」

三枝は目を見張った。「なぜわかるんだ?」

「夢を見たんですよ」

（電話線が切られている）

「もう一つ。孝が使った拳銃は、僕たちの部屋に隠されていたものと似てるんじゃないですか? いや、同じだったのかもしれない」

三枝はすっと立ち上がり、奥の部屋へと入っていく。

「どうしたの? 何を言いたいの?」

彼に身を寄せるようにして、彼女がささやいた。そこへ、拳銃を手にした三枝が戻ってきた。

「こいつは、密造されたもんだ」

そう言いながら、右手で軽く叩くような仕草をすると、まるで箱の蓋でも開けるかのように無造作に、弾倉をくるりと外に出してみせた。

弾は入っていない。六つの穴が、牙の抜けた獣の口のように見えた。

「今は装填してない。だが、あんたらからあずかったときには、しっかり六発こめられていたよね?」

「ええ、そうでした」

三枝は、ズボンの尻ポケットに手を入れると、愉快なゲームでも始めるかのように、ぱっと笑顔になった。ポケットから手を出すと、そこには弾丸が握られていた。

彼はぞっとした。いつ持ち出されたんだろう？

「弾は僕があずかっていたはずだ」

「かたいことを言うなよ」

一発、一発、確かめるように装塡していく。じっと見守る彼の目に、弾倉の穴を埋めていくその作業は、後戻りのきかない、破滅へのキーワードを見付けるためのクロスワードパズルを解いているかのように見えた。

指を動かしながら、三枝は言った。

「俺にも、この銃が、宮前孝が殺人に使った銃であるかどうかは判断できない。そうかもしれないし、そうでないかもしれない。孝の使った銃については、口径が四十五口径で、弾道がちょっと左にそれる癖のある、かなり危険な銃だということしかわかってないんだ。おそらく、密造拳銃だろう。モデルとしては、現実に警察官が使ってる——というか携帯している警察拳銃、『ニュー南部』に似たタイプじゃないかと考えられている」

三枝は弾倉をもとに戻した。罠が閉じたときのような音がした。

「推測することしかできないのは、四人を射殺するのに使われた拳銃そのものが、行方不明になっちまったからだ。孝がつきあっていた連中の——主に東京でだが——なかには、たしかに、暴力団の組員で、フィリピンあたりで造らせた拳銃を国内に持ち込むことをやっていた者がいた。だが、その線を突き詰めていっても、孝がどんな銃を手に入れていたのか、確定するところまではいかなかったんだ」

「孝はどうしたんです？　逮捕されなかったんですか？」

三枝はすぐには答えずに、ゆっくりと目をあげて彼を見つめた。

一秒一秒、呼吸することさえ重苦しい時間を、彼は感じた。すぐ隣にいる彼女の息遣いが、はるか彼方から聞こえてくるように思えた。

三枝は、拳銃の銃口をこちらに向けると、両手で包むようにして支えた。

「ここで、この距離からおまえさんを撃つと」

片目を閉じ、狙いを定めながら言う。

「おまえさんはうしろの壁までふっ飛ばされる。背中には、コーヒーカップぐらいの大きさの穴が開く」

「何を言ってるの？」

彼女の声が、わずかに取り乱した響きを帯びた。語尾がかすれていた。

自分の肘のうえから、ゆっくりと彼女の手を取りのぞき、彼は言った。

「行方不明になってるのは、孝の拳銃だけじゃない。孝本人も、そうなんじゃないんですか？　つまり、『幸山荘事件』の犯人はまだ逮捕されていないんだ」

彼女が両手で口を覆った。

「宮前孝が、僕の名前なんじゃありませんか？」と、彼は言った。「逃亡の途中、なにかのアクシデントで記憶を失くしてしまった。そして、義理の父親の村下猛蔵や、彼の娘婿の榊達彦に匿われている──そうじゃないんですか？」

三枝は、ゆっくりと、口の端を歪めるようにして笑った。

「そう先走るなよ」

三枝は、不意に興味を失くしたかのように腕を下げ、くるりと背を向けた。

そのとき、奥の部屋の方で電話が鳴り始めた。呼び出し音が一度、二度鳴って、停まる。

代わりに、何かシューシューするような音が、かすかに聞こえてくる。

三枝が、宣言するようにはっきりと言った。

「宮前孝は死んだよ」

「死んだ……」

「幸山荘から逃げる途中で、崖から落ちたんだ。夜中のことで、道を間違ったんだろう。明け方になって、山狩りの連中が、崖の上から死体を発見したんだが、断崖絶壁の下で、半分海のなかに浸かって、半分岩に乗り上げるような格好をしてたそうだ。どうやって引き上げようかとおろおろしているうちに、死体は波にさらわれていっちまった。だから、孝の死体も、彼の拳銃も、今どこにあるのかわからないってわけさ」

彼女がおののくように長い吐息をもらして、椅子の背にもたれる。

だが彼は、三枝の言葉を聞きながらも、奥の部屋から聞こえてくる物音にも気をとられていた。あれはなんだ？　あの、ジーっというような——

ファクシミリだ。

彼の表情を読んだのか、三枝が言った。

『榊クリニック』が『幸山荘事件』と関係あるとわかったときに、俺はあの事件について詳しい人間に訊いてもみた。それだけじゃなしに、俺よりももっと事件について詳しく書かれたものを全部読み返してみた。

ジーというような音が停まった。

「さっき、わざと言わないでおいたことがある。四人が撃ち殺されたのは真夜中で、しかもあたりには人けがなかった。それでもすぐに警察が動きだしたのは、四人が撃ち殺されたすぐあとに、『幸山荘』にやってきた人間がいて、死体を発見したからなんだ」

「いったい——」彼女がつぶやいて、声を失くしたかのように黙り込む。

三枝は立ち上がり、奥の部屋へと歩いていく。

「遅れてやってきて命拾いをしたのは、二人。三好一夫の長女と、緒方夫妻の一人息子だ。彼らは二人、示し合せてこっそりやってきて、親たちや妹を驚かす計画を立ててたんだよ」（びっくりさせるのよサンタさんみたいに）（きっと怒りやしない今日はクリスマス・イブだ）

彼らは二人、示し合せてこっそりやってきて、彼の頭の奥のページがめくられていく。

三枝は、受信したファクシミリを手に戻ってきた。

「その二人は、いきなり家族全員を失った。二人ともまだ若いし、とにかくひどい事件だ。衝撃も大きい。マスコミは騒ぎまくったが、警察や、二人の周囲の人間たちは、彼らが報道合戦の種にされないよう、懸命に頑張って防ぎ切った。だからその二人の遺族については、名前も公表されなかったし、写真も載らなかった。二人は記者会見もしないで済んだ。だか

ら、その二人の顔を知っている人間は、地元にしかいない」

今までとまったく違う冷汗が、彼の背中を滑り落ちた。

「だが、俺の昔からの友達に、二人の写真を持ってるのがいた。今、それをファクスで送ってもらったんだ」

差し出された白い用紙に、顔写真が並んでいる。明らかに、彼と彼女の顔だった。

「はじめまして」と、三枝が言った。

24

吉祥寺の自宅に帰ると、悦子は着替えもせず、そのままリビングの椅子に座り込んで、ハローダイヤルで調べた「馬車道のレストラン」に電話をかけた。

「いいえ、そんな女の子はうちでアルバイトしていませんよ」という返事をもらっては、リストの番号を一つずつバツ印で消していく。なかには、

「ええ、夏休みの間だけ、女の子が働いてます」という店もあり、胸をどきどきさせながらその女の子に電話を代わってもらうと、みさおとは違う声が聞こえてきたりした。

十五件ほどかけた。新しい番号にかける度に、心の芯が疲れた。単純作業だが、心の芯(しん)が疲れた。十五件ほどかけたところで喉(のど)がカラカラになってしまい、冷蔵庫の前に立ったまま、牛乳をパックから口飲みして、また電話のそばに戻った。ゆかりが見ていたら、〈ママったら、あたしにはそんな

お行儀の悪いことしちゃいけませんって言うくせに）と、怒ることだろう。

リストの電話番号をすべてかけ終えても、貝原みさおは見つからなかった。

（真行寺さん──たす）

あの電話の声が、再び耳に甦った。思い出すたびに切迫の度を増し、悲痛な響きを帯びてくるように感じられる。それが単なる錯覚や、自分の思い込みによるものに終わって欲しいと願いながらも、悦子は震えた。

夜八時を過ぎたころ、やっとゆかりを迎えに行った。

「ママ、どうだった？」と、飛び出してくる。義夫も心配そうな顔で玄関まで出迎えてくれた。

今日の出来事を報告し、今のところはこれという手がかりが見つからない──ということを話しているあいだ、ゆかりがどうもそわそわしている。最初は、早く家に帰りたいのかな、と思った悦子だったが、そのうちに、娘の小さなくちびるの端がぴくぴくしていることに気がついた。何か隠し事をしているときの癖である。

「ゆかり、どうかしたの？」

尋ねると、ゆかりは義夫を見上げてにやっとする。

「もういい、おじいちゃん？」

十歳の女の子がにやにや笑いのうしろに隠すことというのは、こっそり買い食いしたこととか、忘れ物をして廊下に立たされたこととか、公園の隅で捨て猫を段ボール箱に匿ってい

るとか、そんな類のもののはずだ。だが、義夫の「いいよ」という返事に応えてゆかりが見せたものは——

「これ……みさおさんの日記じゃないの」

ゆかりは得意そうに笑っている。ただ、その目のなかに少しだけ、こちらの機嫌をうかがうような色も見える。

「どうやって持ってきたの？」

悦子の質問に、ひとつ咳払いを落としてから、義夫が答えた。

「ゆかりと二人で、貝原さんのお宅に謝りに行ってきたんだよ」

悦子は、ちょっと言葉が出なかった。

「いつ？　どうして？」

「ママから電話をもらったあと、すぐに。場所はあたしが教えたの」ゆかりは言って、「やりすぎだった？」と付け加えた。

「いや、その、おまえが貝原さんのお母さんと喧嘩したというからね」と、義夫はなんとなく襟首に手をやった。これもまた、父親が、決まり悪いときにする動作であると、悦子にはわかっている。

「こちらが丁寧に出たからかもしれないし、私がじいさんだからかもしれないが、それほどカッカさせずに、話をしてくれたよ。客間に通してくれたしな」

「それで——」悦子は呆れた。「日記、持ってきちゃったの？」

ゆかりはエへへと笑う。「やりすぎちゃった？」

「唆（そその）かしたのは私だよ」と、義夫。「客間に大きな書棚（しょだな）があってな。そこに無造作につっこん

であったんだ」

「だから、あのおばさんも、これが失くなってること気付いてないよ。だいじょぶよ、マ

マ」

「最初からそのつもりで行ったの？」悦子は二人の顔を見回した。「そうなんでしょ？」

「今は非常事態だよ、悦子」

悦子はぎゅっとくちびるを引き締めた。「あなたたちって──」

義夫は首筋をぽりぽりかいている。ゆかりは足をもじもじさせている。

「あなたたちって──」と繰り返し、悦子は思わずふきだした。「大好きよ」

ゆかりを寝かしつけてから、悦子は、今度はじっくりと時間をかけて、みさおの日記を読み返してみた。八月七日から始めて、日付の若い方へ戻っていく。

あの「レベル」という言葉が出てくる部分についても、特に神経を尖（とが）らせて見なおしてみたのだが、昼間検討してみたとき以上の発見はなかった。「真行寺さん♡」についても同じだ。別の日付のところに、ハートのマークがしるされているようなこともないし、悦子にハートのマークをつけることについての説明らしいことも書いてない。

悦子自身、日記を付ける習慣はない。それなりにロマンティックだった娘時代にも、自分

の心情を吐露した文章を綴ることには、どこか抵抗があった。書けば、嘘になる──そう思っていたからかもしれない。

どうやら、みさおも同じだったようだ。彼女はこの小綺麗な日記帳に、細切れのようなメモ書きしか残していない。何も書き留められていない欄が十日間以上続いているところもたくさんある。これは、そのあとを容易に追ってゆくことのできる足跡ではなく、急カーブや、強くブレーキを踏んだ場所にだけ残される、タイヤのスキッド・マークなのだ。

それだけに、みさおがわざわざ一行を割いて、「真行寺さん ♡ 」と書いたことが気になるのだ。

ハートのマークは、ごく常識的に考えるなら、恋愛や恋人の意味だろう。だから、女性である悦子の名前のあとに描かれていることが、まず、おかしい。悦子と顔を合せ、「いい人だった」「好きになった」ということを表現したかったのだとしても、「 ♡ 」を描くのはちょっとそぐわない。

では、この「真行寺さん」は悦子を指しているのではなく、誰か同姓の別人のことだろうか？　だが、それも考えにくい。かなりめずらしい名字だ。みさおの周囲に、きわめて近接した時期に、「真行寺」という姓の人間が二人も現れる可能性は、限りなくゼロに近いだろう。

悦子は日記のページをめくり、ゆかりが大嫌いなニンジンを皿の端によけるときのように、この一文を頭の隅に追いやった。「レベル」という言葉も、同じように、今は棚上げにして

おこう。

　網野桐子がいみじくも言ったように、みさおは「案外、すごく引っ込んだ暮らし」をしていたように見える。外出の記述が非常に少ないからだ。母親の貝原好子が話していたように、ちょいちょい夜遊びしていたのだとしたら、もう少しそれらしい言葉が出てきてもよさそうなものなのに。

　そこで、ふと思った。みさお自身が言っていた「ガス抜き」のとき、彼女はどこに行っていたのだろう。渋谷だの新宿だの、若者の集まる街に、行きつけの店でも持っていたのだろうか。だとしたら、一度や二度はその店の名前が出てくるのでは？

　それを期待してぱらぱらとページを繰っていくうちに、一つ、別の発見があった。

　七月四日の欄である。ただぽつりと、「三回忌」と書いてある。

　つまり、誰かみさおの親しい人が、一昨年のこの日に亡くなったというわけだ。身内だろうか？　みさおの年齢を考えれば、祖父母や伯父伯母の可能性が高い。彼女はその人物と、その人の命日を日記に書き記すほどに親しい間柄だった——

　悦子は頭を振った。次のページへと移った。これだけではどうしようもない。先へ進もう。

　だが、一月一日まで読み通しても、ほかにはこれという発見はなかった。ただ、日記帳の前の方に、二、三枚アドレス帳として使えるページがついている。めくってみると、まっさらで何も書いてないが、いちばん最初のページの欄外に、鉛筆で走り書きがしてあった。

「仏蘭珈」。そして、その下に十ケタの電話番号。

「ブランコ」と読むのだろう。しゃれた当て字である。どこかで聞いたような覚えがあるな

……と考えて、はっとした。

ハローダイヤルで教えてもらった、「馬車道のレストラン」のなかに、「ブランコ」という

店名があったのだ。そちらの方は耳で聞いただけだから、カタカナで書いてある。

だが、電話番号は同じだった！

悦子は急いで受話器を取り上げた。プッシュボタンを押しながら、素早く考えた。リスト

をチェックしたとき、「ブランコ」というレストランにも、一度電話をかけている。貝原み

さおという名前の女の子は働いていなかった。みさおと外見が似ているという娘もいなかっ

た。じゃあ、ほかにはどんな可能性がある？

お金持ちのOLではないのだから、グルメを気取って食べ歩きに行ったわけではないだろ

う。誰かと待ち合せをするにしても、みさおの自宅のある東京の東中野から、いきなり横浜

の馬車道というのは遠すぎる。

呼び出し音が二度鳴った。「はい、ブランコでございます」と、男性の声が答える。

「もしもし？　わたくし、夕方に一度お電話をして、店長とお話をした真行寺と申す者でご

ざいますが」

もう一度店長にとりついでもらえないかと頼むと、電話は保留にされ、ヴィヴァルディの

「四季」のメロディが流れてきた。待っているあいだも、悦子は必死で考えた。みさおと

「仏蘭珈」をつなぐ理由にはどんなものが考えられる？

（馬車道のレストランで友達と一緒にアルバイトしてる）

貝原家にかかったあの電話は嘘だ。それには確信がある。あれは、みさおの両親を騙すために、みさおを隠している誰かが、何かがついた嘘なのだ。

だが、嘘の内容までが、まったくのでっちあげだろうか？「友達と一緒に馬車道のレストランで――」というくだりまで、すべてつくりごとだろうか？

ようやく店長が電話口に出てきたとき、悦子は噛みつくような勢いで言った。

「ごめんなさい、本当に申し訳ないんですが、もう一度調べていただけませんか？　お宅様で、アルバイト店員の募集をされたことは事実なんですよね？」

店長の声は困惑気味だった。先ほどの方でしょ？　と確認してから、「ちゃんとお話した

でしょう？　貝原さんて人は働いてませんよ。それにうちは、アルバイトは雇いません。四月に募集したのは正社員です。研修も受けてもらいますし、単身寮もあるくらいですから」

「ええ、それはわかってます。教えていただきたいのは、その募集の際に、『貝原みさお』という女の子がうかがってないかということなんです。応募者の履歴書を保存してありませんか？　コピーぐらいとるんじゃありませんか？」

「あなた、そんなことをどうして知りたがるんです？　家出した娘さんを探してるって言ってたけど――」

「そうなんです。お願いします。どうしても教えていただきたいんです。手がかりなんです。ご不審に思われるのは当然ですが、わたし、怪しいものではありません。こちらの電話番号

を申しますから、コレクト・コールでかけなおして下さっても結構です」

悦子が電話番号を言うと、店長は、ではかけなおすと言った。一分と待たずにベルが鳴る。

コレクト・コールではなかった。

「はい、真行寺です！」

店長はため息をついた。

「わかりましたよ、ちょっと待ってください。調べます」

また「四季」を聴かされながら、悦子は辛抱強く待った。

「おっしゃるとおりですよ。四月三日に、貝原みさおという女性が面接を受けにきています」

店長の声が聞こえてきたとき、悦子は思わず目を閉じた。春先なら、みさおが高校を辞めたいともらしていた頃だ。寮のある就職先に惹きつけられたとしても、不思議はない。

「だけど、まだ高校生でね。外見はもっと年上に見えましたけど。それで、断ったんです」

「そのとき、彼女、一人で来てましたか？　友達は一緒じゃありませんでした？　そういうことまではわかりませんか？」

祈るような思いだった。

「根負けしたように、店長は言った。「一緒でしたよ。やっぱり高校生でした。二人並べて、半分は説教して帰したんですから、覚えてます」

その「友達」の名前は久野桃子、十七歳。みさおとは学校が違うが、住まいは中野区だ。

彼女の電話番号を教えてもらい、「いずれ、必ずお礼にうかがいます。ありがとうございました！」と叫んで、悦子は電話機のフックを叩いた。

25

時計の針は十一時を過ぎていたが、久野家の電話にはすぐに応答があった。ハスキーな声なので、母親だろうと思ったが、受話器の向こうにいるのは桃子本人だった。ティーンエイジャーのいる家庭では、夜十時すぎの電話には両親が出てはいけない、という不文律ができているのかもしれない。

桃子は、悦子の話の内容を即座に理解した。声だけ聞いていると、「ネバーランド」の同僚と話しているんじゃないかと錯覚しそうなほど、大人びた感じだ。

「それで、みさお、今どこにいるかわかんないの？」

「ええ。桃子さん、心当たりないかしら」

「あたしんとこには来てないよ。近ごろは『パドック』にも顔出してないし」

「『パドック』って？」

「あたしとみさおが、ときどき通ってたゲームセンターよ。新宿にあるの。終夜営業でさ、あたしそこの店長と知り合いだから、安く遊ばせてくれてたの」

「みさおさんが『ガス抜き』するときは、そこであなたと一緒だったのかしら」

桃子は笑い、遠くでかちりと音がした。ライターだろう。

「みさお、あなたにも『ガス抜き』って言ってたの？　あいつのオフクロさん、コワイからね」

「最近みさおさんと会ったの、いつ？」

何かぶつぶつ言いながら、桃子は考えている。「けっこう前よ。六月の——うん？　ちょっと待ってよ、七月だったかな。そうそう、七月のまんなかすぎの土曜日だったと思うわ。朝早く——そうね、五時ごろだったかな。『パドック』にふらっと来たの。あたしの方は、週末はいつもあそこにいるからね」

「まんなかすぎの土曜日って、二十一日のことかしら」

「そうかな？　うん、そうね」

「みさおさんがそんな時間に『パドック』に行くの、めずらしいこと？」

「あのときだけだったわよ。それに、様子がヘンだった」

「どんな風に？」

「酔っ払ったみたいなトロンとした目してね。でも、やたら明るくてね。おかしなこと言ってた。『あたし、あたしのことを探して、見つかったからここに来れたのよ』なんて」

「それ、本当？」

おかしな台詞ではないか。あたしを探して、見つかった。

「ホントよ。あたしの彼——彼が『パドック』の店長なんだけどさ、バンド組んでてね。曲

つくってるわけ。で、みさおのその言い草が面白いって言って、詞を書いたんだもん。　間違えっこないわよ」

受話器を持ったまま、悦子は壁をにらんで考えた。

「みさおさん、ほかにはどんなこと言ってた?」

「細かいことはわかんない。忘れちゃったわよ。ただ、みさお、なんかハイになってた。クスリでもやってんじゃないかと思ったわ」

クスリ。つまりはドラッグのことか。シンナーやトルエンも入るのだろうか。

「みさおさん、そういうものに手を出してた?」

「あたしの知ってるかぎりじゃ、それほどバカじゃなかった」桃子はきっぱりと言う。「それにさ、ああいうの、美容にも悪そうだもんね」

「あなたの知っているかぎりで、最近のみさおさんに、何か変わったことはなかったかしら。どんな小さなことでもいいの。　教えてくれない?」

「そんな漠然（ばくぜん）としたことには答えようがないけど……あたし、頭良くないからね」

「彼女の身につけるものが変わったとか、趣味ができたとか。そう、みさおさん、アルバイトしてたでしょ?」

ああ、それならと、桃子の声が大きくなった。時給がいいし、一食出してくれるんだって」

「どこだか知ってる?」

「パーラーみたいなとこよ。

　『パーラー小松』ってお店よ。新宿コマ劇場のすぐそば。あそこに広場があるでしょ？

あの先に、ピンク色の日除けが出てる」

　悦子は思わず膝を叩いた。「ありがとう！」

「家出したってことは、みさお、『パーラー小松』にも行ってないのかな」

「たぶんそうだと思うわ。わたし、明日行ってみます。みさおさん、そのお店で親しい友達

はできたみたいかしら」

　そこで急に、桃子が沈黙した。「ちょっと待ってね」と早口に言うと、送話器を手で覆っ

たらしい。ごそごそと音がして、それからくぐもった声が聞こえた。と、桃子がいきなり怒

鳴った。

「うるせぇって言ってんのよ！　あとで入るわよ！」

　悦子はびっくりした。桃子が普通の声になって戻ってきた。

「悪いわね。ババアがうるさくてさ」

「ババアって、あなたのお母さん？」

「そうよ」さらりと言い、話題をもとに戻した。「みさおね、ボーイフレンドができたって

言ってたわよ。『パーラー小松』のバイト仲間でさ、大学生だとかって。名前、なんて言っ

てたかな。忘れちゃったけど」

「でも、そういう人がいたのは確かなのね？　良かった。行って、きいてみるわ。ほかには

ないかしら。そうね……」

そこで、貝原家にかかってきた嘘の電話の内容を持ち出してみた。

「たとえば、海外旅行したいからお金を貯めるためにバイトしてるんだ、なんて話したことは？」

「旅行には行きたがってたけど、そのためにバイトしてたかどうかまでは知らない。ただ、時給がいいからお金が貯まるって言ってた割りには、ケチケチしてたね。だから、何か目的があったのかもしれない。訊いてみたことないけどね。みさお、ハードボイルドだから」

「ハードボイルド？」

「うん。自分のことはしゃべんないのよ。あたし、あの娘とは中学のときからの友達なんだけどね、みさおのことって、知らないことが多いもの。子供のときはどうだったかわかんないけどね。まあ、郁恵のことがあってからかな、あの娘があんな堅ゆで卵になったのは」

「郁恵のことって？」

今度は桃子の方が驚いた。「あれ、知らないの？ みさお、東海林郁恵のこと、あなたに話してない？ あなた、『ネバーランド』の真行寺さんでしょ？ みさおはあなたのこと、すごく頼りになるお姉さんだって言ってたから、てっきり話してると思った」

「いいえ、聞いてないわ。教えてくれる？」

桃子はためらっている。「みさおが話してないことを、あたしがしゃべるっていうのはどうかなぁ——」

その一言で、悦子の心の秤は、大きく桃子の方へ傾いた。言葉は乱暴だし、まだ子供のく

せに煙草もスパスパやっているが、この娘には律儀なところがある。

「みさおさんには、わたしから謝るわ。今は、彼女を探すために、どんな小さなことでも情報が欲しいの。お願い」

もう一度ライターをカチリと鳴らし、ふうと煙を吐く気配をさせてから、桃子は言った。

「いいわ、話してあげる」

東海林郁恵というのは、みさおと桃子のクラスメートだという。三年生への進級のときにクラス替えがあって、それで初めて一緒になったのだ。

「成績が良くて可愛い子だったけど、あたしは好きじゃなかった。女王さま気取りでね」

郁恵には、ボーイフレンドがいた。彼と郁恵とはずっと同じクラスで、一、二年のときから有名な「ベストカップル」だったのだという。

ところが、三年生の新学期が始まって間もなく、郁恵のボーイフレンドはみさおと仲良くなってしまった。

「こっちで見てても、いい雰囲気だったね。彼氏、みさおに惚れちゃってたと思うよ。だってみさお、美人じゃん？　ちょっと見てくれのいい娘ってのはいくらでもいるけど、みさおはそれ以上だったもんね」

二人が親密になれば、当然、郁恵は面白くない。ひどい嫉妬ぶりで、

「まるで、旦那を寝盗られたみたいな騒ぎだったね。あたし、郁恵がみさおにあたりちらしてるとき、何度も止めに入ったことがあるもん。『この泥棒猫！』なんてわめいてさ」

一瞬、悦子は緊張がゆるんで、おかしくなった。女生徒どうしの関わりのなかに、「泥棒猫」とか「寝盗る」などという言葉の登場する中学校生活とは、どんなものだったのだろう。

国語や数学を習いながら、昼メロのようなドラマを繰り広げていたわけか。

「みさおの方は、だいぶ困ってはいたけど、彼氏のことは好きみたいだったし、別れるつもりもないみたいだった。だってしょうがないもんね。みさおが盗ったわけじゃなくて、彼氏の方が傾いてきちゃったんだから。まあ、男の子は浮気なもんだけどさ。あたしたちみんな、そのころは子供だったから、ヘンに生真面目だったわけ。一度ツーショットの関係になったら、それはもう絶対！」

今度こそ、悦子は苦笑した。その恋愛事件があった当時、関係者は全員十四、五歳だったのだ。そして今、当時のことを「子供だった」と振り返っている桃子は十七歳なのである。

「笑わないでよ。笑ってられないのよ」と、桃子は続けた。「だってさ、このもめ事が片付かなくて、最後には、郁恵が自殺しちゃったんだよ」

悦子は息を呑の。

「自殺？」

「そう。自分ちのマンションの屋上から飛び降りて。長ーい遺書があったらしいよ。あたしたちは読ませてもらえなかったし、どんなことが書いてあったかは知らないけど、どうも、だいぶみさおのことを責めてたみたいなこと、書いてあったって。『愛を裏切られて、一人ぼっちで、わたしは生きられません』みたいなこと、書いてあったって。大げさだよね」

大げさどころか、過激とも言っていい反応ではないか。中学生の擬似恋愛が、どう転べば死ぬの生きるのという結果を呼ぶのだろう。「愛」も「裏切り」も、まだちゃんと綴ることさえできない年齢ではないか。

「いったい……郁恵さんってどういう女の子だったの?」

「あたしもわかんない。いまだに謎よ。まあ、死んだ人のことをあんまり悪く言いたくはないけど、異常にプライドが高かったんだね。進学のことでも悩んでたらしい。だから、みさおはいい迷惑だよ。あてつけに死なれちゃって、ぜーんぶあんたが悪いんだみたいなことにされちゃってさ。それからよ。みさおがすごく臆病になって、友達から離れてっちゃうようになったのは。前はそんなことなかったからね。クラスのアイドルだったんだから」

悦子の頭に、(あたし、友達をつくるの、すごく下手なの)という言葉が浮かんできた。あのとき、みさおの整った顔を見ながら、どうしてこの娘はこんなにびくびくしているのだろうと思った。不思議で仕方なかった。

だが、それも無理なかったのだ。みさおは、東海林郁恵の自殺から立ち直ってなかったのだ。

立ち直れるはずがない。免許をとって初めて車を運転したら、いきなりぶつけられて、しかも相手が勝手に死んでしまったようなものだ。理屈から言えばこちらは悪くないが、悪いと思わないと、すまない、わたしのせいですという顔をしていないと生きていけないように

思い込まされてしまったのだ。

あのみさおの背には、そんな重い荷物が載せられていたのか。それを思うと、悦子は、一度も会ったことのない、今は亡き東海林郁恵という子供が憎らしくなどしたことなどなかないか。本当に一人ぼっちにされ、本当に生きていけないような思いなどしたことなどなかった子供じゃないか。

「あたし、今思うとね」と、桃子は言う。「郁恵が死んだのは、発作みたいなもんだったと思うよ。一種のヒステリーね。ほら、ちっちゃい子が、思うとおりにならないと、『キーッ』って癇癪(かんしゃく)こすじゃない? あれよ。だけど、あの当時には、『子供の純粋な気持ちが痛ましい』なんて言うバカがPTAのなかにもいてね。みさお、可哀相(かわいそう)だった」

悦子は目を閉じた。

「顔立ちの良し悪しなんて、努力してもどうしようもないことじゃない? 人を好きになることだって、そうだよね。そういう、理屈で割り切れないこともあるんだ、努力だけで解決できないこともあるんだってことを、郁恵は認められなかったんだね。だから、ただもう、みさおが憎らしくて憎らしくて、あんな形で、みさおの将来まで道連れにして死んじゃったのよ。あたし、もう一度郁恵に会えることがあったら──たとえ幽霊でもね──言ってやりたいことがたくさんある。死なれちゃったら、もうこっちは負け。死んじゃった人間の勝ちじゃない? 勝ち逃げは汚いよ」

しばらくのあいだ、悦子は言葉もなく受話器を握り締めていた。

「もしもし？　　聞いてる？」

「ええ……聞いてるわ。ねえ、郁恵さんが亡くなったの、七月四日じゃない？」

「え？　どうだったかな。七月ごろだったとは思うけど、日にちまでは覚えてない」

みさおの日記にあった「三回忌」の文字は、東海林郁恵のためのものだったのだ。みさお

は忘れていなかった。忘れられなかった。郁恵は、死にぎわの駄賃にみさおに斬りつけてい

ったのではなく、火傷を負わせていったのだ。その傷がケロイドとなって残り、みさおを苦

しめるように……

「どうもありがとう、話してもらえてよかった」と、悦子は言った。

「みさおのこと、あなた一人で探すの？　あの娘のうちの人は？」

「悦子はとっさに嘘をついた。「やっぱり心配してるわ。だからわたしも手伝ってるの」

「そう。あたしにできることがあったら教えてね。でも、あたし頭悪いから、あんまり役に

たてないかな」

「桃子さん、あなた、ちっとも頭悪くないわよ」

「へえ？　だって、成績不良で高校を追い出されたんだよ、あたし」

「それは、勉強が苦手だったというだけ。頭の良し悪しなんて、学校じゃわかんないわ」

「ふうん……そうかなあ。そんなの、初めて聞いた」

そう言って、桃子は初めて、十七歳の娘らしい、くすぐったそうな笑い声をたてた。

「みさおがね、あなたのことをしゃべるとき、とってもびっくりすることを言う人だって言

ってた。今まででほかの人が言ってくれなかったようなことを言ってくれるって。

その言葉は、悦子の心にしみこんだ。

「それは、あたしがあなたたちに対して責任がないからだと思う。ただの友達、ただの知り合いだからよ、きっと」

「そうかしら」

「そうよ。だから、いくらうるさいことばっかり言うなあと思っても、お母さんのことを『ババア』なんて呼んじゃダメ。いい？」

桃子は笑った。「考えとくわ。みさお、真行寺さんはどんな人なんだろう、あたしと会ってるとき以外の真行寺さんはどんな顔してるんだろう、子供のこと怒鳴ったりするのかしら、なんて言ってた」

「怒鳴りますとも。お尻も叩くし」

「みさおってね、自分が他人からどう見られてるか、すごく気にする娘だったの。無理もないけどね。だから、他人のことを知りたがる癖もあったね。だけど、本人に直接まとわりついたりして知ろうとするんじゃなくて、なんかこう遠回りに探りを入れるというか——」

そこで、桃子は「あ！」と声をあげた。

「どうしたの？」

「ねえ、真行寺さん。恋人いる？」

悦子は仰天した。「なあに？」

「旦那さんに死なれちゃった人だってことは、みさおから聞いた。だけど、恋人は？　今つ
きあってる男、いる？」

「どうしてそんなこと知りたがるの？」

桃子はあわてた。「ヘンな意味があるんじゃないのよ。みさおがさ、真行寺さんにはヒミ
ツの恋人がいるらしいって言ってたことがあるんだ」

悦子は身に覚えがない。敏之が亡くなってから、男性と肩を並べて街を歩いたことさえな
いのだ。

「恋人なんていないわ」

「ホント？　じゃ、どういうことだったんだろ」

そのとき、「真行寺さん ♡」という記述を、悦子は思い出した。あれは、「真行寺さんの
恋人」という意味だったのだろうか。悦子の恋人を自称する男にでも会ったというのだろう
か。

「みさお、真行寺さんが幸せになるといいな、なんて言ってた。だけど、恋人がいないんだ
としたら、ノーテンキな話よね。何を勘違いしてたんだろ、あの娘」

その夜、悦子は夢を見た。みさおの夢だった。

彼女は悦子と並んで歩いている。だが別れ道にさしかかり、彼女は悦子に「バイバイ」と
手を振る。

悦子は別れたくないのだが、みさおはどんどん行ってしまい、その背中が霧に隠

26

されて見えなくなる。

みさおは一人ではなく、彼女の少し先を、誰かが歩いている。悦子には、その「誰か」が危険な存在であるとわかっているのに、それを告げてあげたいのに、声が出せない。動くこともできない。

そして、時計の音が聞こえる。針が時を刻む、容赦のない音が。その時計を手に入れて、時を巻き戻すことができれば、まで、秒針が赤い。血のように赤い。その時計は文字盤が逆さ

悦子はみさおに追いつくことができるのに、どこにあるのかがわからない——

その時計は今、貝原みさおの手のなかにあった。

彼女が隔離されているこの部屋には、時刻を知るすべがない。網野桐子に教えてもらったファンシー・ショップで買ったこの時計がなければ、昼と夜のおおまかな区別しかつけることができないでいたことだろう。

今、逆さまの文字盤で、時計は午前零時二十分を示している。みさおはそれを確かめてから、時計をそっと、ベッドのそばのテーブルの上に戻した。

身体（からだ）が重い。脳味噌（のうみそ）があるべき場所に、おがくずでも詰まっているかのように、頭が働かない。

のは八月十一日の夜だった。十時ごろ……いや、もっと遅かった──

だろう。三日？　四日？　みさおが記憶しているかぎりでは、あの「冒険」から戻ってきた

あの店──「ラ・パンサ」からここへ連れてこられて、どのくらいの日にちがたっている

戻ってきて、最初に目に入ったのは、村下一樹の顔だった。だが、あの夜は、素面だった。

に、いつも酔っ払って、店の隅にとぐろをまいている。「ラ・パンサ」の店長のくせ

（あたし、戻ってこられたわ）

（そうだよ、みんな戻ってこられるんだ）

（だけど、レベル7まで行ったらもう戻ってこなくてもいいんだって言ったじゃない）

（君はレベル7には行かなかったんだ）

（どうして？　あたし、言ったでしょ？　レベル7まで行きたかったのよ。そうしてくれな

かったの？　騙したの？）

みさおは自分の右の二の腕を見せて、一樹に言った。

（ほら、ここにはレベル7て書いてあるのに。あたしのこと騙したのね？）

すると、一樹は言った。色褪せたような薄い目のなかに、かすかに怯えたような影を見せ

ながら。

（本当にレベル7まで行ったら、戻ってこられる人間なんかいないぜ。戻ってこなくてもい

いんじゃなくて、戻ってこられないんだ。レベル7まで行ったら、あとは廃人になるだけさ

　──そして、みさお自身、戻ってきたときはふらふらしていた。頭も痛んだ。だから、「ラ・パンサ」の奥にある一樹の部屋で休ませてもらっていて──眠って──喉が渇いて目が覚めて──そして──

（らな）

　悲鳴を聞いたのだ。恐ろしい声だった。ひび割れて甲走った女の声。

（やめて、やめて、何するの！　お願いやめてやめて）

　そこで、ぷつりと途切れた。それと同時に、部屋の照明がふっと暗くなり、一瞬ののち、またたきながら元に戻った。

　みさおはパニックに陥り、部屋を出ようと起き上がった。だがドアには鍵がかかっていた。怖くて、怖くて、気が狂いそうになって、こぶしでドアを叩いていると、そこに一樹がやってきた。

　いや、一樹一人ではない。もう一人、一樹より少し年長の男がいた。みさおを見ると、その口元がひきつった。男は一樹に殴りかからんばかりになって──

（馬鹿野郎！　どうしてここへ人を入れたんだ！　約束が違うじゃないか！）

　一樹は、急にみさおを抱えるようにして抱き締め、怒鳴り返した。

（おまえなんかに指図されることはないんだ！　この娘は特別なんだよ。俺の<ruby>俺<rt>おれ</rt></ruby>のレコなんだか

　みさおは一樹から離れたかった。この男に「レコ」なんて呼ばれる覚えはない。こんな男、

好きじゃない。嫌い、大嫌い、離してよ——

そうしてもみあっているうちに、気が遠くなってしまったのだ。そして、気がついたらこの部屋にいた。

みさおの自室と同じぐらいの広さの部屋だ。壁も床も真っ白。カーテンも白。ベッドも白く、枕に顔を押しつけると薬くさい匂いがする。

病室なのだと、すぐにわかった。

枕によりかかって起き上がってみると、頭が少し痛んだ。全体が痛むのではなく、頭の右側の、耳のうしろのあたり。そこが、内側から針でちくちくと突かれているような感じだった。

ベッドの脇には小さなテーブルがあり、その上に、みさおのバッグが置かれていた。なかを開けてみると、失くなっているものはないとわかった。気を失ったときと違っているのは、服装だけだった。赤いワンピースから、洗い晒しの白いパジャマに変わっていた。

そのときには、何がどうなっているのかわからなくて、とりあえずはまた、一樹の顔を探してしまった。「村下さん」と、呼んでもみた。力が入らなくて、声を出すということだけで、ひどく疲れるような感じがした。

何度か呼んでも、誰も現れない。返事もない。病室にはあるはずの、ナースコール用のブザーも見当たらない。みさおはベッドから降りようとした。

そのとき、自分の左腕が動かないことに気がついた。

正確には、まったく動かないというわけではない。だが、痺れたような、麻痺したような感じで、素早い動きができないのだ。肘のあたりをつねってみても、痛みがピンと伝わってこない。そこの皮膚が象のそれのように厚くなってしまって、感覚が鈍くなっているかのようにも思えた。

その発見は、またもやみさおを震えあがらせた。いったいどうしたんだろう？　自分はどうしてしまったんだろう？　この痺れが広がっていって、しまいには動けなくなってしまうのだろうか？

みさおはパジャマの袖をまくりあげ、腕を剝き出しにして、怪我でもしてはいないかと調べてみた。異常はない。ただ、右腕にしるされていたナンバーは消えている。

（冒険をしているとき、万が一、医者にかからなきゃならないことが起こったとき、すぐに指定された病院に運んでもらえるように、書いておくんだ）と、一樹が説明してくれた、あのナンバーだ。

ベッドからずり落ち、床に座り込んでいるとき、ドアに控えめなノックの音がした。そして、意識を失う直前に見た男の顔がのぞいた。

一樹ではない。もう一人の男の方だ。白衣を着ており、胸もとにきちんとしめたネクタイの結び目がのぞいている。白衣の裾から出ている二本の足は、鋼色のズボンに包まれていた。

目が覚めたねと、その男は言った。そして、どこか具合が悪いところはないかと訊いた。私は医師だから安心しなさいとも言った。低い、いい声だった。

男はみさおをベッドの上へ戻し、脈を計り、まぶたを裏返して目のなかをのぞいた。みさ

おはおとなしく横になっていたが、

「あなたが本当にお医者さんかどうか、証拠を見せて」と言って、男を驚かせた。

「私は嘘などつかないよ」

「信じられない。証拠を見せて」

男は両手を身体の脇にさげて、困ったような顔つきでみさおを見つめていた。それから、

右手の小指で口の端をかきながら、「弱ったね」と笑った。

「医師免許証には顔写真などついていないから、見せても意味がないし……」

みさおは頑なに口を閉じて、男の顔を凝視した。こんな状況に放りこまれれば誰でもそう

だろうが、（身を守らなければ）という本能に動かされて、極端に疑い深くなっていたのだ。

「わかった、じゃあ、ちょっと待っておいで」

男はそう言うと、くるりと背を向けて部屋を出ていく。ドアを開け、閉め、それからがち

やりと音をたてた。鍵をかけたのだ、と知って、みさおはまた恐ろしくなった。

それほど待たせずに、男は戻ってきた。手に小ぶりの額縁を持っていた。

「待合室にかけてある、私の卒業証明書だ」

みさおは額縁のなかの賞状を見た。有名な私立の医科大学のものだ。男の名前は榊達彦。

それほど手間取らずに入学・卒業しているとすれば、賞状の日付から見て、四十歳そこそこ

の年齢のはずだった。

「こんなものは証拠にならないと言われればそれまでだが、ほかには何もないし。偽造したものでも、盗んだものでもないよ」

「まあ、いいです」と言って、みさおはそれを男に返した。「榊先生と呼べばいいんですか?」

「いいよ。君は貝原みさおさんだ。そうだね?」

みさおはうなずいた。「先生はなんのお医者さんなの?」

「専攻は神経内科だ」

みさおが戸惑っていると、医師は少しほほえんだ。向かって左側の糸切り歯のところに、ブリッジの金具が光っていた。

「平たく言えば、精神科だよ。ここは私のクリニックだ。君は入院患者ということになるね」

「あたし、入院してるの?」

「その必要があると、私が判断した」

「どうして?」

「その理由は、君がいちばんよく知っているはずだがね」

榊医師に言われて、みさおはうつむいた。ベッドのそばにはスツールがあったが、医師は腰かけようとせず、立ったままこちらを見おろしている。みさおと自分との力関係を示すためにそうしているのだとしたら、それは成功していた。

榊医師が言っているのがなんのことなのか、みさおにはわかっていた。「冒険」のことだ。

「あれは、非常に危険なことなんだよ」医師は諭すように言った。「一樹君にどう言いくるめられたか知らないが、危険なことだったんだ。わかるね?」

「村下さんは、危ないことじゃないって言ったわ」

「彼は嘘つきだ」

それは断言だった。みさおはそれ以上言い返す言葉を失った。

「先生は、村下さんの友達?」

「いや、彼は私の家内の弟なんだ。身内だよ。恥ずかしい話だ」

みさおは、また口をつぐんだ。何を問おう。どう尋ねよう。どこから話そう。

そして、うつむいたままつぶやいた。

「あたし、馬鹿なことをしたなって、今は思ってる」

それなら話ができる、というように、医師はスツールを引き寄せて腰かけた。うなるようにため息をついて、顔をあげる。

「君はしばらくのあいだ入院して、薬を完全に身体から追い出さなければならない。休息もとる必要がある。わかるね?」

みさおは素直にうなずいた。

「私はできるだけのことをするし、大丈夫、君は完全に元に戻るよ。ただ、気になるのは君のご家族だ。一樹くんの話だと、心配するようなご両親じゃないと君は言ったそうだが、本

「当かね?」

「わからないわ。でも──先生、今日は何日?」

「八月十二日、日曜日だよ。今は午後二時になるところだ」

みさおは窓の方へ目をやった。白いブラインドで、ぴったりと閉ざされている。外の陽射(ひざ)しをうかがうことさえできない。

「あたし、八日の夜に家を抜け出してきたの。今日で四日ね。うちでも、そろそろ、あたしが帰らないことで騒ぎだしてるかもしれない。でも、うちのオフクロの性格からして、警察に連絡するようなことはしてないと思うわ」

「どうしたいね?」と、医師は長い足を組んだ。薄いストッキングのような靴下(くつした)とズボンの境目から、驚くほど白い足の皮膚がちらりとのぞく。この先生、レジャーとかスポーツを楽しむ時間もないくらい忙しいのかな、と、みさおは思った。そういえば、顔色も少し青ざめているし、姿勢もよくない。出張から帰ってきた父親が、よくこんな姿勢で座っていることがある。くたびれた、と、全身で言っているような感じだ。

「家に連絡して、事情を話すかね?」

「それって、全部本当のことを言うか、って意味?」

医師は顎(あご)をうなずかせる。みさおは首を振った。

「それはいや」

「叱(しか)られるだろうからね」

「うん。でも、叱られるのはかまわないの。ただ、見当違いの怒り方をするに決まってるか
ら、それがイヤなの」

みさおがなぜあんな『冒険』をする気になったのか、どれだけ説明しても、両親には理解
してもらえないだろう。わかってもらった上でなら、鼓膜が破れるほど怒鳴られたっていい。
だが、彼らはただ、みさおが常識はずれのことをしたというだけで、怒り狂うだけだろう。

「じゃあ、嘘をつくかね？」

みさおは、榊医師の顔をじっと見つめた。これを言ってしまったら、もう二度と、彼のブ
リッジの金具をおがむことはできないだろうな、と思いながら。

「先生も、本当のことが知れないほうがいいでしょ？」

医師は沈黙した。乾いたくちびるが一直線に結ばれている。

「そうでしょ？　あの『冒険』、法律的にもいけないことなんでしょ？」

「当然だ」

「あたし、『ラ・パンサ』でも先生と会ってるわよね」

「うむ」

「あのとき、悲鳴を聞いたわ。あれ、何？」

医師は黙っている。

「あたしは知らないほうがいいこと？」

医師はうなずく。

「あの悲鳴をあげていた人のことも、先生は助けてるの？　あたしみたいに」

さっきよりも少し間をおいて、先生は、うなずく。

みさおは、ほんの少しだけ笑ってみせた。「じゃ、あたし、嘘をつきます。電話をかけさ

せて。うまく言い訳するから」

医師は承知した。

「ただ、電話を使うのは夜にしてくれないかね？　昼間だと──」

「ここにいるほかの人たちにバレちゃうから？」

みさおの先回りに、医師は表情を変えなかった。

「そうだよ」

「わかったわ」みさおは真顔に戻った。「先生？」

「なんだね？」

「あたし、左手がヘンなの。痺れてる」

榊医師は目を見張った。「なぜ早く言わないんだ」

みさおから詳しく症状を聞き出し、左の手のひらに触ったり、ぎゅっと握ったり、白衣の

ポケットにさしていたボールペンを握らせてみたり──榊医師はいろいろなことをさせ、眉

間にしわを刻んで考えていた。

「もっと詳しい検査をしてみないとなんとも言えないね。明日から始めよう。今日は技師が

来ていないから、レントゲンもとれないんだよ」

医師が行ってしまうと、みさおは一人、とり残された。また鍵の閉まる音がしたし、近寄ってドアを揺すぶってみても、びくともしない。隔離されちゃった、と思った。

それでも、比較的、気分は冷静だった。直感——ひどく楽観的な直感かもしれないが——では、榊医師は悪い人間ではないという気がする。ちゃんと、「冒険」の後始末をしてくれるだろう。

八日の深夜に「冒険」を始め、白紙の人間になってさまよった三日間のことは、あまりはっきりとは覚えていない。醒めてしまえばそうなるのだと、一樹が言っていたとおりだった。わかっているのは、自分がまた、「貝原みさお」という人間に戻ることを承知したということ。

「冒険」のあいだは、最初に約束したとおり、一樹がずっと一緒にいてくれた。二人でいろいろなところに行き、いろいろなことをした。恐ろしいとは思わなかったし、辛いこともなかった。「冒険」が常にああいうものなら、「試してみたい」と思う人間が結構いても、不思議はない。

でも、そういう人間は、みんな自分が嫌いなのだ。

十二日の午後は、ベッドに横になって過ごした。左手の痺れはとれなかったが、頭痛は消えたし、気分も悪くない。一度だけ、窓に近寄って、ブラインドの隙間から外をのぞいてみた。せいぜい五センチくらいしか開けることができないので、大したものは見えない。コンクリートで舗装された駐車場のようなものを見ただけだ。外の空気を吸いたいと思って窓を

開けようとしたが、どこにも鍵がない。把手もない。はめ殺し窓なのだった。おまけに材質はガラスではなく、強化プラスチックのようなものだった。割ることもできないのだ。

九時ごろになって、榊医師より年長の感じの、小柄な看護婦が食事を持ってきてくれた。病院食というよりは、家庭料理のような感じだった。空腹だったので、みさおは全部たいらげた。

看護婦が盆をさげにきたとき、退屈なので雑誌でも見せてもらえないか、と頼んでみた。

すると看護婦は、

「刺激的なことはさんざん体験したでしょう？　今度は少し退屈なさい」と、投げ出すように言った。

「あの……じゃあ、あなたはどうしてあたしがここにいるか知ってるの？」

看護婦は、その質問には答えなかった。窓のブラインドを確認し、空調のスイッチをちょっといじって、それから言った。

「余計なことを言わないで、黙っていなさい。さもないと、出られなくなるよ」

冷たい声、冷たい目だった。患者に対しているというより、囚人を扱っているような態度だ。彼女が行ってしまうと、みさおはほっとした。

十時ごろ、また榊医師と看護婦がやってきて、部屋から連れ出してくれた。小さなエレベーターで、一階に降りる。それで、自分のいる部屋が四階にあることもわかった。

家への電話は、榊医師の診察室からかけた。以前に面接を受けにいったことがある、横浜のレストランで働いている、と嘘をついた。店の名前は出さなかったのに、母はあっさりと信じてくれた。まあ、みさおの話だけでなく、看護婦が、みさおの友達の母親になりすまして作り話を添えたせいもあるだろうけれど。

また四階に連れ戻されるとき、事務室のドアが半開きになっていて、なかを見ることができた。きちんと整頓された机や、キャビネット、色鮮やかなたくさんのファイル。その様子は、みさおを安心させた。かかりつけの医院の事務室と同じ、どこにでもある普通の眺めだったからだ。

医師は部屋までついてきた。彼が帰るとき、みさおは思い切って、「鍵をかけないで」と頼んでみた。

「あたしが逃げだすはずないでしょう？　ここ、窓も開かないし、万が一火事でもあったらどうしようかと思ったら、眠れない」

「それはできないよ」

「どうして？」

「理由はない。危険だ、ということだけだ」

「それはあたし自身が危険なの？　それとも、誰か危険な人が外から入ってくるっていうの？」

ぎゅっとくちびるを嚙んでから、医師は答えた。

「あとの方だ」

「じゃ、先生、キーを置いてって。お願い。合鍵、あるでしょう？　使わないから。ね？　気分だけ、安心したいの」

医師は少し迷っていたが、結局、ポケットから取り出したキーリングから、ひとつはずして渡してくれた。

「隠しておくんだよ、いいね？　ほかの誰かに見つからないように」

みさおはキーを枕の下に入れて寝た。横になると、すっと引き込まれるように眠ってしまった。

しかし、その平和な眠りはすぐに中断されてしまった。ドアの外で、人が言い争うような声がしているのだ。

毛布の下で様子をうかがっていると、病室のドアが、突然開いた。明かりがつき、みさおは目がくらんだ。

「これか」

榊医師でも看護婦でも、村下一樹のものでもない声が、そう言った。

ドアの前に、小柄な男が一人、両足を踏ん張るようにして立っている。みさおの父親よりも年上だろう。目が鋭く、口元が気短そうな感じにきゅっと締まっている。背広姿だが、上着の前は開いていて、大きなバックルのついたベルトが見えた。

榊医師は、この男のすぐうしろにいて、男の腕をつかんでいた。争っていたのはこの二人

だったらしい。みさおは半身を起こした。

「先生、やめてください」

榊医師は声を荒げている。両目がひきつっていた。

「何もしやせんよ。顔を見ようというだけだ」と、榊医師に「先生」と呼ばれた男は言った。

「べっぴんじゃないか、え？」

その男を見ていると、みさおは、二年ほど前の不愉快な経験を思い出した。父の上司が家に来て、夜中まで飲んだときのことだ。

最初から、厭らしい感じの上司だった。みさおは挨拶もそこそこに、そばを離れて自室にこもっていた。

だが、トイレに降りていったときに、運悪く彼と顔を合せてしまった。相手はちょうどトイレから出てきたところだったが、足元もおぼつかないほどに酔っていて、ズボンの前のファスナーが半分開いていた。みさおは顔をそむけた。

すると、その上司は、酒臭い息を吐きながら寄ってきた。みさおは逃げようとして、逆に壁際に追い詰められてしまった。父の上司はみさおに抱きついて、唾で光る口元をみさおの頰に触れんばかりに近付け、濁声で言った。

（可愛いなあ。貝原の娘にしちゃできすぎだ）

そして、いきなりみさおの胸をつかんだのだ。突き飛ばそうとしたが、恐ろしい力でつかまえられて、動くことができなかった。声も出せない。

（おじさんが嫌いか？　え？　そんなことを言うもんじゃないよ。おじさんは偉いの。偉いんだから。　親孝行しなさいよ）

そう言って、みさおの腿に股ぐらをこすりつけてきた。

今度は声が出た。悲鳴をあげて、あげ続けて、両親が廊下を駆けてきても、まだ叫んでいた。父親の上司は素早くみさおから離れ、飛んできた二人に、（いや、飲みすぎてふらふらするよ。お嬢さんにぶつかっちまって）と、しゃらりと言ってのけた。だが、客間の方へ戻る前に、値踏みするような目でみさおをなめまわすことは忘れなかった。

あのときのことを思い出すと、今でも吐き気がする。そして今、ドアのところに立ちはだかっている男も、あのときの上司と同類だと、とっさに感じた。女を見れば、すぐに頭のなかで裸にするような男だ。

「先生」と呼ばれた男は、みさおをじっくりと観察していた。さえない容貌に、小ずるい感じの目つきがぴったりだった。もしも、こいつと寝なければ殺すと言われたら、あたしは舌を嚙み切ってやる、と、みさおは思った。

「ま、うまくやるんだな。達彦、この娘はおまえさんのタイプじゃねえか？」

「先生」と呼ばれた男は、チンピラのような口をきいた。

「治療なんかするこたあねえぞ。邪魔にならなきゃいいんだからな」

そう言って、どんどんベッドに近付いてくる。そのうしろに、するりと吸い付くようにしてあの看護婦がついてきた。そして彼女の手には、銀色の盆。注射器と、小さなアンプルが

載っている。

みさおは逃げだそうとした。だが、一瞬遅かった。

「先生」は、貧弱な体格からは想像できないような力でみさおを取り押さえた。人の自由を奪うコツを心得ているのかもしれない。「先生」がみさおを押さえ付けているあいだに、看護婦が注射器をアンプルにさしこみ、透明な液体を吸い上げている。

「先生、その必要はありません！」

榊医師は、「先生」の腕をつかんだ。だが、にらみつけられて、一瞬ひるんだ。

「黙って俺の言うとおりにしとけ。　失敗したらどうするんだ」

「先生」は、榊医師にそう言った。とたんに、榊医師の肩がくりと下がり、手が離れた。

今度は看護婦がみさおを押さえる。「先生」は注射器を手にする。みさおは泣き叫んだが、針は容赦なく右腕に刺さった。

空になった注射器を盆に戻すと、「先生」は言った。

「ことがすむまで、薬で眠らせとくのがいちばんだ。ファンビタンは腐るほどあるんだから、かまわんさ」

榊医師に目くばせすると、

「わかんねえようにやるんなら、浮気したっていいんだよ。みどりにはばらさねえから、遠慮しなくていいぞ」

そして、看護婦を従えて部屋を出ていった。

「あれ、誰?」と、みさおは震えながら訊いた。

「村下先生だよ」榊医師の語尾もかすれていた。みさおと違うのは、それが怒りのためであること——

いや、違う。先生も、あの「先生」を怖がっているのかもしれない。

「医者なの?」

「そうだ」榊医師はうなずいて、手の甲で額を拭った。「驚かせてすまなかったね。もうこういうことはないから」

「あれでも医者なの?」

「そういうことだ」

「失敗したらって、どういうこと?」

榊は答えない。

「みどりって誰?」

榊医師は、みさおの顔から目をそむけた。

「私の家内だよ。だからあの村下先生は、私の義父なんだ」

そして、ドアに手をかけた。「おやすみ。本当に何も心配しなくていいんだよ」

みさおにはそうは思えなかった。目を見開いて榊を見つめていると、医師は思い切ったように向きをかえ、ベッドのそばに戻ってくると、毛布の上に片手を置き、早口でささやいた。

「信じなさい。君のことは、きっと私が守るから。少しだけ、ほんの数日でいい、辛抱して

「ここにいてくれ」

みさおの返事をきかずに、医師は出ていった。

暗闇と静寂のなかで、みさおは首を振り始めた。

いや、いや、いや。ここにいてはいけない。

薬が効いてきたのか、視野が狭まり、ぼうっとしてきた。だめ、眠っちゃいけない。

ベッドを降り、バッグをつかみ、キーで鍵を開けて、部屋を出た。暗がりの底に白く沈んでいる廊下を、足音を忍ばせてすすむ。途中で何度もよろけ、壁に手をついた。白い壁が

エレベーターで階下へ降りる。誰もいない。裸足にリノリウムの感触が冷たい。

ぐるぐる回る。

間取りがわからないので、とにかく、ぶつかった窓という窓、ドアというドアを開けてみようとした。だが、すべてに鍵がかかっている。外には出られないのだ。

汗と涙に頬を濡らしながら、パジャマの衿をつかんで、あたりを見回した。どうしよう?

どうしたらいい?

めまいが始まり、立っていられなくなった。しゃがんで床に手をついた。

電話だ。電話をかけて、助けを呼ぼう。あたしがここにいることを報せなきゃ。

診察室のドアは、鍵がおりていた。事務室の方へ這うようにして進む。ここは鍵がかかってなかったが、明かりのスイッチがみつからない。

溺れかかった人間がつかまるものを求めるように手を振り回して、机の角にぶつけた。激

しい痛みで、一瞬意識がはっきりした。机の上に電話機がある。助けて。助けて。それしか考えられない。誰に？　誰に？

ほとんど無意識のうちに、真行寺家の電話番号を回していた。呼び出し音が鳴り始めたとき、天井がくるりと回って、みさおは床に倒れた。

悦子の声が聞こえる。夢とも現つともつかないなかで、みさおは必死に彼女を呼んだ。真行寺さん――助けて。

悦子が呼んでいる。その声が聞こえる。だがもう口が開かない。みさおが最後に記憶しているのは、部屋の明かりがついたことと、ナースシューズを履いた足が近付いてきて、みさおの手から受話器を取り上げたこと。そして、

（しぶといわね、この娘）という声だけ――

そして今、みさおは完全にこの部屋に閉じこめられている。キーも取り上げられた。逃げるすべはない。みさおにキーを渡したことがバレたからか、榊医師も姿を見せなくなってしまった。もしかしたら、あの先生も、「村下先生」に監禁されているのかもしれない――と、みさおは考えた。

あの看護婦がきて、そのたびに注射を打ってゆく。彼女一人だけでやってくる。だが、前の薬が切れないうちに次の分を打たれるので、みさおは常に酔っ払ったような状態だった。とても抵抗できない。時いちばんしっかりしているときでも、トイレに立つのが精一杯だ。

間の感覚も怪しくなってきた。

なんとか起き上がって、めまいをこらえながら窓から外をのぞいたこともある。だが、力の入らない指では、ブラインドをうまくこじ開けることができなかった。シャッターのようにきっちりと閉まっているのだ。

ようやく、ほんの少し開いた隙間から下を見たとき、誰かがそこにいたような気もした。

だが、呼びかけても聞こえないし、すぐに立っているのが辛くなってしまった。

今もこうして、ベッドの枕によりかかり、時計を見、一日が過ぎてゆくことを確かめる——それだけだ。二時間ほど前に打たれた注射の効き目が残っている。一日が過ぎる。だが、どの一日だ？　最初に注射を打たれてから、何日たった？　一日か？　二日か？

眠い。眠ってしまいそうだ。そうすれば何も考えないですむ——

そのとき、ドアにノックの音がした。こぶしではなく、手のひらで叩いているのかもしれない。と、その音がやみ、ドアの下に、懐中電灯の光がさっと走った。

みさおはそれを聞き、見ていたが、動くことができなかった。動悸が高まり、胸苦しいほどだが、身体がだるくて、身じろぎことさえままならない。

ドアの下から、何か紙のようなものが差し込まれる。かさり、と音がする。

もう一度、懐中電灯の光が動く。ここにあるものを見てくれ、という合図のように思えた。光が消えた。

聞き耳をたてていると、ドアの前から去っていく足音が聞こえるような気が

した。

ベッドから降りるまでに、みさおは何度もふらついた。麻痺している左手でうっかり体重を支えてしまい、枕の上につっぷした。最初にこの部屋で目を覚ましたときよりも、痺れがひどくなっているのだ。

ほとんど這うようにして、ドアのそばまで行った。床のうえに置かれた紙は、ありふれたメモ用紙で、端の方が破り取ってある。

そこに、殴り書きのような大きな文字が並んでいた。

「君が注射されているクスリはファンビタンといって強力な鎮静剤だ。身体から外に出てしまえば後遺症が残ることはないけど、高単位の投与を受けていると、心臓に負担がかかる。君のために使われるように確保されているアンプルを、生理食塩水のとすり替えておいた。看護婦は知らない。だから、明日からは注射をされたら、ファンビタンでぼうっとしてるような芝居をするんだよ。うまくやれば、絶対にばれない。このメモは、読んだら細かく千切ってトイレに流すこと」

一行あけて、書き足しのように、こうあった。

「こんなことに巻き込んで、本当にすまない。近いうちに、かならず家に帰してあげる」

メモを読み終えて、みさおは思わずドアの方へ目をやった。彼女を現実から隔てているようなそのドアは、ただのっぺりと白いだけ。

メモの指示に従うために、紙を千切るのはたいへんな作業だった。思うように動いてくれ

ない左手を捨て、しまいには歯で食い千切ってトイレに捨てた。

これはきっと——榊先生からの伝言だ。あの先生も、あの「大先生」を怖がっている——

でも——あたしのことも助けようとしてくれてる——

力を振りしぼってベッドに戻り、横たわると、みさおは目を閉じた。

眠ろう。眠って、休むのだ。薬から解放されれば、また考えることができるようになる。

考えられれば、行動できる。そのときのために、力を貯えておかなくちゃ——

第三日（八月十四日　火曜日）

27

　緒方祐司、二十四歳。三好明恵、二十二歳。それが彼らだった。午前中の東北新幹線で、三枝とともに、彼らは仙台へ発った。彼らの時計を巻き戻す作業の始まりだった。

　三枝は、誰を訪ねることにするか、計画を立てていた。『幸山荘事件』の当時、被害者の両家を代表する形で、マスコミ関係のことから合同葬儀の手続きまで、すべてを仕切った人物がいるんだ。記憶にないか？」

　座席にもたれて、祐司は首を振った。

「さっぱりですよ」

「固有名詞を取り戻した気分はどうだ？」

「まだ実感がわかないな……芸名でももらったような気分ですよ」

ひょっとすると、それも一種の逃避なのかもしれない、と思っていた。身元がわかってみ

れば、彼らは二人とも、信じがたいような災難で一度に家族を失った人間だった……それを

認めたくない、という意識が働いているのかもしれない。

彼の隣では、明恵が両手をきちんと膝に乗せ、窓の方へ目をやっている。トンネルに入る

たびに、ガラスに彼女の白い顔が映る。

車内は満席だった。家族連れの旅行客が多い。通路を隔てたところに座っている客が二人、

指定席をとるために徹夜をしたとしゃべっているのを聞いて、祐司は思い出した。今はちょ

うど帰省の時期なのだ。

「三枝さん」

「なんだ」

「旅行会社につってでもあるんですか？」

三枝はこちらを向いた。「どうして？」

「この席、スムーズに取れたみたいだから」

「運が良かったのさ」

「そうかな」

三枝は立ちあがった。トイレにでも行くのか、右足をひきながら通路を歩いていく彼に、

近くの乗客が、ちらりと興味深そうな視線を送る。疲れているのか、今日の三枝はいつもよ

り足が重そうで、右足の引きずり具合も、少し強くなっていた。
そのことについては、一度も訊いてみたことがない。古傷だろうか。
顔を洗ったのだろう、戻ってきたとき、三枝の髪が少し濡れていた。そのまま座席に背を
もたせて目を閉じてしまったので、祐司もそれ以上は何も訊かなかった。

三枝の手元にあった『幸山荘事件』関連の記事を読み通すことに時間を費やして、昨夜は
ほとんど眠ることができなかった。それでもまだ足りない気がして、駅へ向かう前に、いく
つかをまとめて持ってきた。祐司はそれを膝のうえに広げた。

緒方夫妻、三好一夫・雪恵父娘——被害者の顔写真は、どの新聞、どの雑誌のものをとっ
ても似たりよったりだった。残された遺族や関係者で、必要最小限の晴れ着姿を載せ
たのだろう。ひとつだけ、女性週刊誌の切り抜きで、雪恵の成人式のときの晴れ着姿を載せ
ているものがあって、「彼女の美しさが野獣を呼び寄せた」というキャプションが添えられ
ている。今となっては、そんな雑誌にそんな写真を差し出した人物の品性が疑われるだけだ。

残された遺族——と考えて、自分たちこそその「遺族」だったのだと、祐司は改めて心に
言い聞かせた。信じたくないという思いと、認めなければ先へは進めないと考える理性が、
頭のなかで鬼ごっこをしている。

写真の雪恵の面差しは、今隣に座っている明恵と、よく似ていた。目の辺りがそっくりだ。
そして二人の娘の輪郭——特に、ほっそりとした顎の線は、父親の三好一夫から受け継いだ
ものであるらしかった。

緒方夫妻の写真――自分の両親のものである写真を、祐司は、昨夜から何十回となく見なおしていた。

角張った顔立ちに、髪には白髪の混じっている父。ふっくらとした頬に、年齢相応の目尻のしわが、かえって品よく映っている母――

事実を知ること、認めることに、まだ衝撃が伴っていなかった。ぴったりと窓を締め切った部屋の中から、屋根瓦を吹き飛ばすほどの強風が荒れ狂う音を聞いている――という感じだった。風の強さも恐ろしさも、ガラスの向こう側のものでしかない。窓を開けて手をかざせばもっとはっきり体感できるだろうに、彼にはまだ、その窓をどう開けたらいいのかわからないのだった。

強く惹きつけられるのは、むしろ、「幸山荘事件」の犯人とされている、宮前孝の写真だった。

彼に関しては、写真もバラエティに富んでいた。大人になってからのものはもちろん、七五三のときのものまで載せられている。

ただ、事件当時の写真がない。三枚が説明してくれたところによると、事件を起こしたときの孝は二十一歳だった。だが、報道関係が載せている彼の写真のなかで、いちばん頻繁に出てくるものは、十七歳、高校二年生のときのものだ。その歳で母親を亡くし、村下家を飛び出したあと、孝には、写真を撮る機会も、撮ってくれる相手も、その必要さえもなかったということだろうか。

高校生のときの孝は、どちらかと言えば痩せ形の、腺病質と言っていい体型の少年だ。肩

幅は広いが、なで肩で、さほど身長は高くなさそうなのに、妙にのっぽに見える。　顔立ちは大人しく、突飛なたとえだが、女装したら似合いそうな目鼻立ちだ。

彼の母親の、故村下俊江と一緒に写っている写真もあった。すっぱぬきが専門の写真雑誌が取り上げているもので、二人は生垣のある家の門の前に立っている。添えられている記事によると、その家は、村下猛蔵が俊江と再婚するに際して、彼女のためにわざわざ同じ敷地内に建てた新居であるという。

背の低い生垣の頭ごしに、車の屋根が見えている。三枝は、村下俊江は交通事故で死んだと言っていたが、ことによるとこの車が原因だったのかもしれない。

そんなことを思うのは、この写真に写っている孝の表情が、ひどく暗いからだった。両親の離婚、それに続く母の再婚は、子供にとっては決して明るい材料ではあるまい。まして思春期の男の子だ。俊江が猛蔵と知り合う以前から、宮前夫妻は不仲だったという。そのことが、孝を、停学処分を受けるほどの暴力沙汰に走らせたのかもしれない。

孝にとっては、それがきっかけで母親はその病院の院長と親しくなり、ついには夫と別れて彼と再婚する──病院を出た孝を待っていたものは、入院以前とはまったく違う環境と、一人の女性として再出発しようとし、幸せを夢見ている母親だった。

だから、孝の目のなかに翳があるのか？

じっと写真を見つめ、祐司は秘かに、（それだけじゃない）と思った。

この顔、この目。見覚えがある。あまりにも知りすぎている表情だ。祐司自身が、ここ数日のあいだ、鏡をのぞくたびに発見してきた表情だった。

宮前孝は怯えている。身構えている。なにかはわからないが、恐れなければならないことが前途に待ち受けていることを、この写真の当時ほんの十七歳だったこの少年は悟っていたのだろうか。

なぜだ──祐司はそれだけを思った。なぜ、そんなふうにカメラを見つめている？　なぜそんなふうに身体の脇でこぶしを握り締めている？　なぜそうして両足を地に踏ん張り、母親の前に立ちふさがらんばかりにしているのだ。

そして──なぜ殺人犯と後ろ指をさされるようになった。

（彼女の美しさが野獣を呼び寄せた）

本当に、三好雪恵のせいだったのか。彼女が思うようにならなかったから、ただそれだけか。あるいは、十七歳の時におまえが見ていた「なにか怯えなければならないこと」が、

「幸山荘」にあったというのか──

別の新聞記事からの切り抜きの一つに、事件の二年前に、孝が、東京で、暴力団による拳銃の密造・密売の摘発にからんで、警察に事情をきかれたことがある、と報じているものがあった。スクープらしく、扱いが大きい。それによると、孝は拳銃を手に入れる機会もあれば、射撃の腕も相当なものだったようだ。

「一時期、気が違ったみたいに射撃の練習ばっかりしてたことがあった。五百円玉を投げあげて、撃ち落とすんだ」という、当時の孝の友人の談話が添えられていた。

二年前の密造拳銃事件自体、かなり騒がれたものだったのだろう。こちらの事件そのものを報じた、やや黄ばみかけた雑誌の記事も、ホチキスで一緒にとめられている。祐司はそれにも目を通し、記事を書いた「S」という記者が、

「開拓時代からの、『自分の身は自分で守る』という思想が大切にされているはずのアメリカでさえ、現在、銃器所持の規制を望む声が上がり始めている。まして、日本のように、歴史的に『自衛』の意識が薄い国においては、近ごろでは、いわゆる暴力団の関係者だけでなく、一部の青少年にも、これらの武器が非常に魅力的な対象として映っていることは事実である。厳重な監視を望みたい」と述べているのに、思わずため息をついた。

（……もし、宮前孝が拳銃を持ってなくて、包丁でもかざして襲ってきたのだったら、親父たちにだって反撃するチャンスはあったはずなんだ）

軽やかな音楽とともに、「ご乗車お疲れさまでした。まもなく仙台駅に到着です……」というアナウンスが流れてきた。

と、三枝がパッと目を見開いた。それまで眠っていたとは思えないほどの素早い反応ぶりだった。

両の手が、座席の肘掛(ひじかけ)をしっかりと握り締めている。どれほど緊張しているか、祐司にも

わかった。

列車はゆっくりと減速してゆく。なんとも知れない未来が――いや、過去が待ち受けている土地に向かって。ふと見おろして、祐司は自分の腕に鳥肌がたっていることに気づいた。

仙台駅に着いても、劇的にすべてが判明するということはなかった。

ここには来たことがある――という、ぽんやりとした印象を受けただけだ。明恵も同様で、ひとつの混沌から別の混沌のなかに移されただけのように見える。

祐司はずっと彼女の肩を抱きかかえ、彼女に歩調を合せて歩いた。曲がるとき、停まるき、階段の昇り降りでは、必ず声をかけた。

自分とこの娘は知り合いだったのだ。どの程度の仲だったのかは、まだわからない。だが少なくとも、それぞれたった独りの生き残りだったということは共通している。この娘のそばについていてやらねばならない。これまでの手探りのなかで助け合ってきたのとはまた別の意味で、彼はそれを痛感していた。

駅前でタクシーを拾い、三枝は運転手にホテルの名前を告げた。うっかり知り合いに会ってしまうようなことがあると面倒なので、市内からはずれたホテルを選んだと、祐司は彼から聞かされていた。

三枝は運転手に、できるだけのんびり走ってくれと頼んだ。

「観光気分を味わいたいんでね」

「かまいませんよ」と、中年の運転手は笑った。「お客さん、東京からですか？」

「そうだよ。わかる？」と、三枝が言う。

「わかりますよ。アクセントでね」

「そうかい？ こっちは意識してないけどね。運ちゃんだって、お国訛りなんかないじゃないか」

「そうですか？ まあ、あたしらぐらいの年代から下は、もう、みんなそうなのかもしれませんけどね。標準語教育ってやつを受けてるから」

「滅びゆく方言だな」

「そうそう。いいんだか悪いんだかわかりませんや。特色が失くなっちまうからね。今の若い人は、みんな東京の連中と見分けがつきませんよ。頑張ってるのは大阪弁だけじゃないですかね」

三枝がちらりと祐司を見た。彼はちょっとうなずいてみせた。話し言葉を聞いてピンとくる、ということもない。運転手の言うとおり、東京と同じだ。

だが、車窓から見える景色は、別だった。

遠く見える山の稜線。緑は濃く、陽射しは暑いのに、風はさわやかに吹き抜けてゆく。運転手はクーラーをつけず、窓を開けている。

「東京と違って、こっちの夏はしのぎやすいですよ。湿気がないからね」と笑う。

ビルが多い。町並みは東京と変わらない。堂々たる大都会だ。その街に、その景色に、見

覚えがある。いや、それ以上だ。自分はかつてここにいた、という実感が、初めてこみあがってきた。ネガがポジに変わるように、頭の奥底から記憶が立ち上がってくる。

じっと座っている明恵の手を軽く叩いて、祐司は小さく言った。

「僕らは家に帰ってきたよ」

彼女は見えない目を彼に向けて、軽く首をかしげた。「そうなのね」と、ぽつりと言った。

三枝は黙っていた。

ホテルに着くと、ロビーで二人を待たせておいて、三枝は電話をかけにいった。僕の身内にかけるなら僕が話した方が早い、と祐司が言うと、

「あんたには、話してる相手が誰なのかわからんだろう？　それじゃかえって混乱する。俺がうまく説明して、来てもらうようにするから」

「幸山荘事件」関連の切り抜きを読んでいたので、祐司も明恵も、自分たちの生家と、自分自身がどういう仕事をしていたのか、知識としてはつかんでいた。

祐司の父、緒方秀満は、駅前のビルのなかで大きな土産物屋を経営していた。ほかに郷土料理の店も持っている。二つの店は会社組織をとっており、その跡取りが、彼は社長だった。一人息子の祐司はその跡取りということになる。今の状況のなかで、その跡取りという、いきなり、実は記憶喪失にかかっておりますと言うわけにはいかるところへ帰っていって、ないことは、よくわかる。

報道によると、祐司自身は、父親の会社ではなく、東北地方では最大手の地方銀行に勤め

ていたらしい。どこの支店に配属されていたのか、家族と同居していたのか——などの詳し
いことまでは、三枝の持っている記事の切り抜きのなかには書かれていなかった。

明恵の父、三好一夫は、市内の公立高校の教頭だった。進学率の高い名門校で、スポーツ
も盛んなんだという。妹の雪恵は、やはり市内にある短大の英文科の二年生。明恵は家にいて、
この二人の世話をしていたらしい。

ロビーは混んでいた。祐司は改めて、今が観光シーズンであることを思った。夏休みなの
だ。

サラリーマンであったはずの自分が、東京で何をしていたのだろう？　勤めはどうしてい
たのだ？　やはり、夏季休暇でももらっていたのだろうか——

不意に明恵がみじろぎし、両手で顔を覆ったので、祐司は物想いから覚めた。

「気分でも悪い？」

ロビーのふかふかしたソファの上に、彼女の華奢な身体はすぽんと沈んでいる。

「うん……ちょっと頭が痛い」

席をずらして近寄り、のぞきこむと、明恵の顔は蒼白だった。

「よくわからないんだけど、急に寒気がしてきて」

「なにか思い出したのかい？」

「わからないの。だけど、以前にもこうやって、こんな場所で誰かを待ってってたことがあるよ
うな気がする。それが——あんまりいい思い出じゃないような」

彼女は嫌々をするように頭を振った。

「ああ、じれったい。わたしも目が見えればいいのに！」

「誰かを待ってたなんて、君一人で？」

「ええ、たぶん」

いい思い出のない待ち合せとは、いったいなんだろう。

急に思いついて、祐司は訊いた。

「君の待ってた相手って、俺じゃない？」

明恵はまばたきをした。「どうしてそう思うの？」

「いや——根拠なんかないんだけど」

今朝になって初めて、本当に久しぶりに、明恵は微笑した。

「うん。あなたじゃないと思う。それならもうちょっとはっきりわかりそうな——」

口をつぐんで、頭のなかをのぞきこもうとするように目を伏せ、

「もしかすると——　妹だったかもしれない」

「雪恵さんか？」

「そういう名前なのよね、わたしの妹。わたしには妹がいる……うん、いたのよね」

そのとき、三枝が戻ってきた。

「すぐ来てくれるそうだ。びっくりしてたよ。ほかの者には内緒にして、そっと出てくると言っていた」

「どこまで話したんです？」

「ちょっと事情があって、あんたたち二人が記憶を失くしてるというところまで。来てくれ
るのは、あんたの親父さんの下で、長年番頭役を勤めてる人だ。広瀬耕吉さんという名前だ
よ」

それから二十分ほど待っただろうか。正面玄関を出入りする人たちを眺めていた祐司の目
に、一人の男が自動ドアを通ってやってくるのが見えた。地味な開襟シャツの脇の下が、汗で色が
小柄で固太り、短い足をせかせかと運んでくる。地味な開襟シャツの脇の下が、汗で色が
変わっている。だいぶ後退した広い額をハンカチでしきりとぬぐいながら、ロビーをぐるり
と見回して──

そして、祐司の顔に目をとめた。

人のよさそうな丸顔の、両目も口も、真ん丸に見開いて、男は棒立ちになった。ほとんど
同時に、祐司にも、それが自分の知っている人物であるという直感がこみあげてきた。
小男は走ってやってきた。祐司が立ち上がり、それに気づいた三枝も腰をあげた。

「ぼっちゃん」と、汗まみれの小男はつぶやいた。「明恵さんも」

耕吉は、彼女のことも、そう呼んだ。

「いったいどうなさったっていうんです」

28

広瀬耕吉は、自家用車で来ていた。三人をそれに乗せると、自分の住まいへと連れていった。

耕吉の運転は下手だった。車はちょくちょく横揺れしたり、発進のたびにがくんと傾いたりする。彼はそのたびに汗をふきながら、「すいません、すいません」と繰り返した。「あんまりびっくりしてしまって、どきどきがおさまらんのです」

もっともなことだと思ったのか、三枝は、道中ずっと無言だった。祐司も口を開かなかった。

耕吉の家は、市内のはずれにある小さな一軒家だった。すぐ近くに笹かまぼこの工場があり、「製造直売 地方発送承ります」というのぼりが揺れている。

「ここがいちばん落ち着けます。私は寡の独り暮らしですから、邪魔も入りません」

三枝にそう説明してから、祐司と明恵の顔を見比べた。

「お二人とも、そういうことも忘れておられるんですか」

「そうらしいんだ」と、祐司は答えた。

「それに、明恵さんはまた目がいけなくなっておられるんですな?」

これには三人ともびっくりした。明恵は飛び上がらんばかりだった。

「わたし、以前にも目が見えなくなったことがあるんですか？

今度は耕吉が驚く。「忘れておられるんですか？　記憶喪失というのは、そういうことも

わからなくなるんですか？」

「全部消えてるんだ。名前だって、調べてやっとわかったんだよ。思い出したわけじゃない

んだ」

　祐司の言葉に、耕吉は唖然として口を開いている。こぢんまりと片付いた座敷で、小さな

座卓を囲んで座り、三枝がこれまでの事情を詳しく説明するあいだ、彼はずっと、祐司と明

恵の顔を見比べていた。

　三枝は、細かいところまで筋道立てて話したが、二人のいたパレス新開橋の部屋に、拳銃

とトランク詰めの現金があったことについては省いた。自分自身についても、ただの隣人だ

と説明するにとどめていた。

　話を聞き終えると、耕吉はうなだれてしまった。

「ごめんよ」と、祐司は謝った。それを言わなければ申し訳ない、と思った。

「謝ることなんかありません。ご無事で――いや、本当のご無事ではないのかもしらんが、

とにかく戻ってくだすってよかった」

　そう言いながら、耕吉は盛んに首を振って、

「こんなことになるんなら、ぼっちゃんが東京へ行くと言い出されたとき、もっと強くお止

めするんでした。私がいたりませなんだ」

「俺、自分から上京するって言い出したのかい?」

「そうです。私らにも行き先を言わんで飛び出してしまわれて……。最初は、明恵さんにも内緒だったでしょう。追いかけようもなくて。ただ、十日に一度ぐらいは電話をくださったんで、私らにもなんとか、ぼっちゃんがご無事でいることだけはわかっとったんです」

祐司は三枝と顔を見合せた。

「最初は……わたしにも内緒だった?」明恵がつぶやいて、目をあげた。「どういうことですか?」

耕吉は今にも泣きだしそうなくしゃくしゃな顔をした。

「それも忘れておられるんですか。明恵さん。うちの社長と奥さんと、明恵さんのお父さんと妹さんの喪があけたら、明恵さんはうちの若奥さんになられるはずだったんですよ。ぽっちゃんと結婚されることになっておったんです。私らみんな、それを楽しみに待っておったんです」

「本当?」

やっとそう尋ねた祐司に、耕吉は何度もうなずいた。

「あんなことがあって、それは辛い思いをなさったでしょう。ですから、お二人が一緒になられるんなら、それがいちばんいいと、周りはみんな賛成しました。内々で、結納も済んでました。五月のことですよ。思い出せませんか? 早くあの事件から立ち直って再出発する

ためにも、できるだけ早いほうがいいからと、そうしたんです」

明恵は口元に手をあてて、つぶらな目を見開いている。その手を見て、耕吉は言った。

「明恵さん、指輪はどうなさいました」

「指輪?」

「婚約指輪です。ぼっちゃんのところへ行ってみるからとおっしゃって、私を訪ねてきたときには、はめてましたよ。明恵さんの誕生石の、なんですかほら、緑色のきれいな石の——」

混乱しているのか、耕吉は言葉が出てこない。

「エメラルドですか」

三枝が助け船を出すと、耕吉は勢いよくうなずいた。

「そうです、そうです。ぼっちゃんの友達でデザインをやっている人が、特別にあつらえてくれたというもんでした。見ればすぐにわかります。エメラルドを花びらの形に細工してありました」

明恵は左手の指をさすった。

「ない……わ。失くしたのね……」

「失くしたんじゃない、盗られたんだよ」

祐司の言葉に、三枝も同意した。

「記憶が戻るきっかけになるかもしれないものだからな。身の回りのものは全部失くなって

たんだ」

耕吉は太い喉(のど)をごくりとさせた。「そうおっしゃるのを聞いていると、まるで、誰かがお二人をわざと記憶喪失にさせたように聞こえます」

三枝は陰気に言った。「事実、そうらしいんですよ」

「そんなことができるはずがないでしょう！」

「とは思うんですがね」

祐司はシャツの袖(そで)をまくりあげて、例のあの不可解な文字と数字を、耕吉に見せた。

「目が覚めたとき、こんなものがあったんだ」

ひと目見るなり、耕吉はすっと青ざめた。誰かがそっと近寄ってきて、彼の身体(からだ)の栓(せん)を抜いてしまったかのようだった。

「耕吉さん？」

呼びかけても、耕吉は祐司の腕に目を据(す)えたまま返事もしない。

「これ、見覚えがあるんだね？　何だかわかるんだね？」

ようやく顔をあげて、耕吉はかぶりを振った。額にまた汗が吹き出している。

「これには見覚えがありません。いえ、私はこういうものがあるということを、話でしか聞いたことがありませんのです」

「誰から？」

「社長です」

「殺された、俺の親父だね？」

「そうです。いつか、話しておられました」

「こういうものを見たって？」

　耕吉はうなずく。

「そうです。『幸山荘』を買ったばかりのころです。奥さんと二人で、家具を入れたり内装に手を加えるために、あちらに行って、そこで見かけたとおっしゃっておられました。あの当時、『幸山荘』自体はもう完成しておりましたが、別荘地全体では、まだ造成や建築工事が残っていて、作業をする人たちがたくさん入っておったんです」

「そういう作業員のなかに、腕にこういうナンバーをふられた人がいた？」

「そうです。ただ、正規の作業員じゃありません。日雇いのようで、別荘地の入口を仕切る柵（さく）を立てる仕事をしておったそうです」

「正規の作業員じゃないって……どこかから派遣されてたのかな」

「そうです。その人たちの腕に番号が書き込んであって──社長はびっくりされたとおっしゃってました。ただ数字だけなのか、それとも、ぽっちゃんの腕にあるのと同じようなものだったのか、そこまでは知りません。社長もそこまでは言っておられなかった」

　それまで黙っていた明恵が、自分の袖をまくり、ナンバーが見えるように腕を差し伸べながら、言った。

「私にも同じようなものがあるの。その日雇いの人たちは、どこから来ていたんですか？」

　額の冷汗を拭って、耕吉は答えた。

「あの病院では、入院患者の腕に番号を書き込むんだそうで——別荘地で働いていたのは、作業療法ということで派遣されてきていた、患者さんたちでした」

その場の空気が、凍りついた。

「潟戸友愛病院です」

29

耕吉は語る。

「社長と奥さんが、別荘を買うことを考え始めたのは、もう二、三年は前からのことです。最初は税金対策という意味もあったんですが、そのうちに、引退したら仙台よりはもっと暖かい土地で暮らそうかという計画もできてきて、本腰を入れて適当な場所を探すようになりました。奥さんがリュウマチで苦しんでおられたことも、理由のひとつだったと思います。仙台市内は雪は少ないですが、寒さはやはり厳しいですから」

「最終的に『幸山荘』を選んだのは、なにか理由があったの?」

「あったと思います。社長らしい、どこかこう感傷的な理由でしたが」

緒方秀満は、ただもう潟戸という土地の景観に惚れ込んでいたのだ、という。

「社長は、一代で今の店を築いた、働くことが趣味のような方でしたが、写真がお好きでした。若い頃から、それだけは楽しんでおられたんです。今のぼっちゃんは、それも忘れてし

まっておられるんですな」

耕吉は寂しそうにほほえんだ。

「潟戸という土地は、社長にも奥さんにも、これという繋がりのあった場所ではありません。ただ、お二人は新婚のころ、社長の車に荷物を積んで、これという行き先を決めないで、撮影旅行に出かけられたことがあったんです。そのときに、気まぐれに立ち寄って、印象の強かった土地だったと、話しておられたことがあります。写真もたくさん残っていますよ。お二人の若かったころの話ですから、今から二十年以上も昔です。潟戸のあたりはまだまだ手付かずの状態で、素晴らしく美しい土地だったそうです。崖の上からの眺めなど、絶景だったと聞いております」

祐司はあっと叫んだ。

「広瀬さん、俺も――」

「ぼっちゃんはいつも、私を耕さんと呼んでおいででした」

「じゃ、耕さん。俺もそこへ連れていってもらったことはない？　まだうんと小さいころに――」

「ございました。覚えておいでで？」

耕吉は顔を輝かす。彼と、眉を寄せている三枝に、祐司は夢の話をした。

「パレス新開橋で目が覚める前に、崖っぷちに立って海を眺めている夢を見てたんだ。親父と一緒だった。あれはたしかに親父だったと思う」

耕吉は元気づいた。手をのばして祐司の腕をつかみ、ゆさぶりながら、

「そうです、そうです！　仙台も決して海から遠い街ではございませんが、手軽に海水浴のできるところではありません。松島まで出れば舟遊びもできますが、あまりに観光化されすぎているとおっしゃって――自分の景色を好いてはおられません。あまりに観光化されすぎているとおっしゃって――自分の景色を好いてはおられませんでした。あまりに観光にくる人たちを相手に商売をしているのにおかしいがね、と笑っておられたものそこへ観光にくる人たちを相手に商売をしているのにおかしいがね、と笑っておられたもんです。だから、ぼっちゃんに初めて海というものを見せるときは、わざわざ潟戸まで連れていかれたんです。ぼっちゃんが三歳になったかならないかのころでした。社長はそれほどに、あの土地の眺めを愛しておられたんです」

だからこそ、引退後の人生を夫婦ですごすための土地を探しているとき、潟戸でリゾート開発が始まり、別荘地が売りに出されていることを知ると、緒方秀満はすぐに見にいったのだ。

「行って帰ってこられて、めちゃくちゃに開発しているわけじゃない、景観はそのままだと、とても喜んでおられました。それで、すぐに、あそこに別荘を持つことに決めたのですよ。
『幸山荘』という名前も、社長がつけたものでした」

そこまでの話をよく咀嚼してから、祐司は質問した。

「殺されたとき、親父はいくつだった？　村下猛蔵と同級生だったんだから、五十八歳かな。
その歳で、もう引退を考えてたの？」

耕吉は咳払いをして背中を伸ばすと、ぐっと顎を引いた。

「社長は常々、ゆくゆくぼっちゃんに会社を譲るときには、自分は一切手を引くとおっしゃっていました。老後に必要な貯えだけを残して、あとは自由にさせる、と。そうでなしに、ぼっちゃんを社長に据えてからも自分がそばについていたのでは、どっちにとってもためにならないというお考えを持っていたのです」

「なるほどね」と、三枝がうなずいた。「剛毅な親父さんだ」

「跡を継がせるのじゃなしに、器だけ渡して、商売は祐司の手でやらせるのだ、というのが口癖でした。社長自身、屋台と大差ないような土産物屋から身を起こした人です。だから、自分の作り出したものを息子に継いでもらいたい。だが、そのためには、自分が未練がましくくっついていては駄目だ。できるだけぼっちゃんの自由にさせて、その代わり、何があっても助けはしない、という方針だったのです」

覚えておられませんか、と、耕吉はすがるように祐司を見る。彼は耐えられなくなって目をそらした。

「五十八歳で引退するというのは、自営業の経営者としては、あまりに早すぎることだとは思います。でも、さっきも言いましたように奥さんのリュウマチの心配もありましたし、社長ご自身も、十五のときから働きづめの暮らしでしたから、もう充分だと思われたのかもしれません。ですから、私も賛成いたしました」

「よくわかったよ」と、祐司は言った。「それに、親父の引退が決まっていたということは、僕が跡をとることも決定してたわけだね?」

　耕吉はちょっと困ったように口ごもった。

「スムーズではなかったんですが」

「誰かが反対したの？」

「ぼっちゃんご自身が。だいたい、社長の反対を押し切って銀行に就職されたのもぼっちゃんですよ」

　三枝が、ほうっと言った。「二代目の反乱か」

「出来合いのレールの上を走るのはイヤだとおっしゃいましたよ。大学も地元だったし、少しは世間を知りたいとおっしゃって、一人で就職を決めてしまわれた。どこに転勤になるかわからない仕事で、社長はひどくご立腹でした」

　それなりに過保護だったんじゃないか、と思って、祐司は少しおかしくなった。

　そして、そのとき初めて、緒方秀満が自分の父親であり、消えた記憶のなかにどっかりと座っている存在であることを意識した。痛いような認識が押し寄せてきた。親父という言葉あいをした──喧嘩{けんか}

　記憶の一部が、きわめて鮮明な映像を伴って戻ってくる。ありったけの荷物を段ボール箱に詰めになった──家を出るとき、二度と帰らないつもりで、引っ越しのために借りてきたヴァンに積みきれなくて──

「家を出てたんだね、僕は。事件が起こる前から、両親とは離れて暮らしてた。そうじゃない？」

　耕吉はせわしくうなずく。「はい、就職してすぐに石巻の支店に配属になって、独身寮に

入ってしまわれたんですよ。思い出されましたか」

「その勤め、今はどうなってるんだろう」

「辞めてしまわれたんですよ、ぼっちゃん」

耕吉の顔が、みるみる曇ってゆく。

「『幸山荘事件』のあと、ひと月ほどして辞めてしまわれたんです。時間が欲しいとおっしゃって」

「時間?」

「そうです。ぼっちゃんは、あの事件を調べ直すんだと言い張っておられました。犯人の宮前孝は死んではいない、生きてどこかにいると、そうおっしゃって」

明恵がはっと息を呑んだ。

宮前孝は生きている——

彼の死体は発見されていない。だから、可能性としては考えられることだ。

あの目。あの握り締めたこぶし。

「じゃ、そのために東京へ?」

「いいえ、すぐには行かれませんでした。一月の中ごろに銀行を辞めて、この仙台のお宅に戻ってこられて、毎日毎日、何か調べごとをしておられたんですよ。どこかへ出かけて、何日か帰ってこないこともありました。何かに憑かれたように見えました」

耕吉は、今現在も祐司がそんな状態にあるのではないかと、危ぶんでいるような目をして

いる。両手がそわそわした。

「そんな次第でしたから、私らみんな、明恵さんとの縁談を早く進めた方がいいと思ったんです。ところがぼっちゃんは、それに見向きもせんでした。宮前孝は生きている、きっとどこかに匿われてるんだと言って、調べごとにばかりかまけて。そんなときに、明恵さんの目が見えなくなったんです」

祐司は明恵を振り返った。

「明恵さんだって、一度にお父さんと妹さんを亡くして、それだけでも気が違いそうなほどでしたろうに。それをぼっちゃんまでもの狂いみたいになってしまわれましたからな。そういう心の負担がいけなかったのです。お医者の話では、もう何も見たくない、と思い込むと、本当に見えなくなってしまうことがあるんだそうです。明恵さんはそれでした」

耕吉は、祐司の仕打ちを責めるように、声を荒くして、

「ヒステリー反応だ」三枝が言って、弁解するようにあわてて付け加えた。「いや、一般的に使われるような意味じゃないよ。ちゃんとした病名だ」

明恵は座卓の上に視線を落として、置物になってしまったかのように身動きもしない。明恵がこれまで、「目が見えない」という状況に、比較的容易に順応していたのは、やはり以前にも同じ経験があったからだったのだ。単に勘がいいだけのことではなかった。

一方で、祐司は納得していた。

やがて、明恵が震える声で尋ねた。「それで、わたしはいつ治ったんですか。それとも、祐司さんを追いかけて上京したときも、治ってはなかったの?」

「治っておりましたよ」と、耕吉は答えた。だから今度も大丈夫ですと、励ましているような声だった。

「お医者にもかかりましたが、それ以上に、ぼっちゃんが考え直して、明恵さんのそばに戻ってこられたのが大きかったと、私は思っております」

「じゃ、僕は調査をやめたんだ」

祐司が言うと、耕吉は、まだ非難するような顔をしたままうなずいた。

「はあ、そのときは」

明恵の目が良くなり、結婚話も進展し、結納も済み、二人はすっかり落ち着いたように見えた。

「それが五月の初めごろのことです」

ところが——

「私は今でもよく覚えておりますよ。五月十日です。ぼっちゃんが、突然東京へ行くと言い出されて。何がきっかけになったのか、私は知りません。明恵さんも、そのころは知らないと言っておられましたよ。とにかく、ぼっちゃんはまた事件のことを蒸し返して、明恵さんを放り出して上京してしまわれたんです」

三枝が頭をかいた。「問題は、どうしてそんなことをしたか、だな。引き金はなんだったかということだ」

耕吉は肩をすぼめて小さくなった。

「申し訳ありません。本当に申し訳ない——私は何も知らんのです。知ろうとしても、ぼっ
ちゃんは全部一人で抱え込んでおられましたし」

祐司は頭を抱えたくなった。大事なものを、誰にも知られないように厳重に隠したはいい
が、その隠し場所を失念してしまったようなものではないか。

いや、失念したのではない。させられたのだ。

「あんたたち二人を記憶喪失にした人物は——」と、三枝が真顔で言った。「その何かを、
あんたたち二人だけで知っていた何かを忘れてもらいたかったんだろう」

それしか考えようがない。

「それをしたのは、誰？」

明恵がつぶやく。質問を投げかけられたというよりは、命題を渡されたように、祐司は感
じた。

「ヒントは、あると思う」三枝がゆっくりと言い出した。「もし万が一、宮前孝が生きてい
る場合、彼の存在を隠し、かばい通したいと考える人間は誰だろう？」

祐司の耳に、ある一文が甦った。三枝の持っていた切り抜きのなかにあったのだ。今それ
は、生きた人間の喉から発せられた現実の言葉として聞こえてきた。

（息子を赦してやってください、もう死んでしまった人間です、責めるなら私を——）

「その人間は、あんたが」と、祐司を指差して、「孝の存在をかぎつけ、探しだそうとして
いると知ったら、あるいは強硬な手段をとるかもしれない」

「でも、生身の人間の記憶を失わせる方法などありますか？」

悲鳴のような耕吉の質問に、三枝は、小さな庭の方へ目をやったままうなずいた。

「あんまりいい言葉じゃないが——」

三人を振り返って、

「電パチって言葉を知ってるか？」

誰も返事をしない。

「電気ショック療法のことだ。E・Sとも言う。ひと昔前は、分裂病やアル中の患者に対して盛んに行なわれたことがある。今でも、治療としての効果は怪しいもんだと言われているのに、ある種の懲罰的な意図をもって患者にかける病院がある。もちろん、そういう病院は少ないよ。圧倒的に少数だ。だが、現実にあることはある。儲け主義で、患者のことを真から治療する気なんか毛ほどもない悪徳病院」

「榊クリニック」の太田明美は言っていた。

（アル中の患者さんなら、うちから別の病院を紹介してあげることもできる。でも、榊先生は、あんまりその病院に患者さんを送りたくないみたい——）

三枝は続けた。

「そしてだな。この電パチにかけられると、記憶力が落ちることがあるんだ。頻繁にかけられたために、一年も二年も遡って記憶が消えてしまった患者を、俺は知ってる」

潟戸友愛病院は、日本でも有数の精神科専門の大病院だ。総入院患者数八百人。よそでは

受け入れてくれない重度のアルコール中毒症患者も喜んで受け入れている──

「あんたたちの記憶を消したいという動機があり、かつ、その手段も持っていた人間は、たぶん一人だけだよ」

三枝の言葉を、祐司は理解した。腕のナンバーを見て、そして、答えた。

「おそらく──まず間違いなく、村下猛蔵だ」

30

一本の線が見えてきた。

すべての根は、「幸山荘事件」にある。

理の父の村下猛蔵にある。

その村下猛蔵は、殺された緒方秀満と三好一夫の二人と、同じ土地の出身だったのだ。この三人が潟戸町でめぐりあったのは、結果から見れば不幸な偶然だったということになる。

消えた知識を取り戻さなければならない。知る必要がある。

「耕さんは、どこの出身？ 親父や、三好さんとはいつごろからのつきあい？ 村下猛蔵のことはよく知ってるのかい？」

耕吉はくたびれたように肩を落とした。祐司が何も覚えていないことを確認するたびに落胆しているのだ。

「私は、この市内で生まれ育ちました。社長のお世話で働かせていただくことになったのは、二十歳のときからでした。ですから、村下猛蔵のことは、今度の事件が起こる前、社長が『幸山荘』を買おうと決めたころからしか知りません」

「そうなのか……」

「それでも、社長と三好さんが幼なじみで、ずっと親しくされていたことは知っています。お二人は、進んだ道は違いましたが、とても気が合っておられたんです」

明惠が耕吉の方を見ている。耕吉はその視線に気づくと、目の辺りをぬぐってから続けた。

「三好さんのことは、私も好きでした。学校の先生をしながらご自分の研究もなさってまして……早くに奥さんを亡くされて、ずっと再婚もせずに、明惠さんと雪惠さんの成長を楽しみにしてこられたんです」

声がかすれてきたので、耕吉は大きく空咳をした。

「三好さんに、『幸山荘』を共同購入しよう、と誘ったのは、社長の方でした。実際に行ってみればわかりますが、『幸山荘』はほとんど二世帯用に近いような大きな別荘なんですよ。ふたつの棟が、短い渡り廊下でつなげてあるんです。傾斜地に立っているので、二階でも、道路からは四階分の高さがあります。ですから、景色はまさに最高でした。朝、太陽が海からにじみ出るようにして昇ってくるのを見ることができるんです」

祐司は思い浮かべた。父親が憧れに近い思いを抱いていた海の眺めを。

「それでも、ひと家族だけで住むには憧れに近い思いをもったいないないし、不用心でもある。それで、やっぱり

以前から、定年後は静かな土地に引っ込んで、自分の研究に専念したいと言っていた三好さんに声をかけたんです。長年の付き合いで気心は知れている。あの方なら申し分ないと、私も思いました」

明恵も雪恵も成人している。雪恵が短大を終えて就職すれば、もう立派に一人立ちだ。そうなれば、明恵も家族の面倒をみることから解放されて、自由にやりたいことができるだろう。自分がこの土地を離れても、娘たちはちゃんとやっていける——三好一夫はそう言っていたそうだ。

「それに、そのころ、三好さんには再婚の話も出ておったんです。同じ学校の教師で、三好さんの研究のこともよく知っている女性でした。もし再婚ということになれば、潟戸へ移転してお嬢さんたちと離れても、寂しくはない。むしろその方がいいかもしれない。どちらにしろ、三好さんは定年まであと二年ありましたから、考える時間はたくさんあったんですよ」

明恵が、恐る恐るという感じで質問した。

「わたし——わたしと妹は、父の再婚話をどう受けとめてました？　ご存じですか？」

耕吉は安心させるようにほほえんだ。

「娘たちは賛成してくれている——なかなか踏み切れないのは、お互いの年齢を考えてのことだ、と、三好さんはおっしゃっていましたよ」

だが、そのすべてがまったく虚しくなってしまったのだ。

起こったことの重さが、じわじわと感じられてきた。ひとつ、またひとつと、石が積まれてゆくように。温度が一度ずつ上がっていくように。負のエネルギーが貯えられて、臨界点に達するのを待っているかのように。

耕吉は、丸い肩をふるわせている。

「いまだに、社長と奥さんが亡くなったことが信じられんのです」

進することで築きあげてきただろうはずのこの家のなかで、逃げ帰ってきた大きな子供のように震えながら、手で顔をぬぐっている。

「私も、気持ちはぼっちゃんと同じです。宮前孝には死んでいて欲しくない。生きていて欲しい。そして、私のこの手で殺してやりたい。そう思います。その願いがかなうなら、私はどうなろうとかまわんと思います。ですが、ぼっちゃん」

祐司を見上げると、懇願するように言った。

「それは夢です。悪い夢です。宮前孝は死にました。狂犬みたいな男でしたが、もう死んでいるんです。私には、あいつが、社長たちを殺してからいくらもたたないうちに崖から落ちて死んだということだけが、救いです。こうして戻ってこられたんですから、もう終わったことは忘れてください。記憶だって、ちゃんと医者にかかればすぐに戻ります。きっと大丈夫ですから」

耕吉が今言っていることは、たぶん、記憶を失う前の自分が、何回となく聞かされたことと同じだろう。それでも、これほどに頼まれながら、自分が意志を曲げずに事件を調べ続け

ていたのはなぜだろう。

よほど大きな、あるいは切実な理由があったからではないか。

そして今、こうして記憶を消し去られている――ということが、なによりも雄弁な証拠となって、祐司がその「理由」を掘り下げていたことを裏付けているのだ。彼と明恵の記憶を消した人間にとっては、これ以上皮肉な結果はないかもしれない。

「耕さん」

また、腕に書き付けられた不気味なナンバーに目を落としながら、祐司は呼びかけた。

「親父や三好さんは、村下猛蔵のことをどう言っていた？　どんなふうに話していた？」

耕吉はためらった。

「社長は、軽々に他人の悪口を言うような人ではありませんでした」

祐司は微笑した。それでもう、答えは聞いたようなものだ。

「猛蔵のことを、あまり良く思ってなかったんだね？　偶然の、本当なら大喜びしてもいいような再会をした旧い友達のことを、快くは思ってなかったんだ」

明恵を、三枝を、そして最後に祐司の顔を見て、耕吉は何かにひっぱられている、と、祐司は思った。ひっぱっているのは親父の手かもしれない、にうなずいた。

「患者さんの腕に番号をふるようなやりかたは、いかにもあの男にふさわしいと言っていたことがあります」

額に汗を浮かべて――

「あの男は、目的のためには手段を選ばないからな、と言っていたことがありました……」

31

三好一家は、川に沿うようにして建てられた、瀟洒なマンションに住んでいた。途中でチャペルのある学校を見かけた。川の名は広瀬川、チャペルは聖ドミニコ学院のものだと、耕吉が教えてくれた。彼もようやく、すべてが白紙に近い状態になっている今の祐司に慣れてきたようだった。

三〇三号室の郵便受けに、「三好一夫　明恵　雪恵」の名札が出ている。きれいな筆跡だ。

そのすぐ下には、「いつも配達ご苦労さまです」というステッカーも貼ってあった。

女性の管理人は明恵を覚えており、「やっとお帰りになったんですね」と声をかけてきた。

「ずいぶん長くお留守でしたね」と言いかけて、明恵の視線があさっての方向に向いていることに気がついたらしい。手をあげて目を指さすと、

「緒方さん。三好さんのお嬢さん、また、ここがいけないんですか」

名指しで語りかけられて、祐司はぎこちなくうなずいた。管理人が彼の名前と顔を記憶し名指しで語りかけられて、祐司はぎこちなくうなずいた。管理人が彼の名前と顔を記憶しており、気やすく話しかけてくるということは、自分はかなり頻繁にここへ通っていたのだろう。

「東京へ行ってから、再発してしまったらしくて」と答えると、管理人は気の毒そうに首を

振った。

鍵を失くしてしまったのでと話し、ドアを開けてもらって、彼ら四人は部屋に入った。

玄関ホールに、薔薇の柄がついたマットがしいてある。足を乗せると、湿った感じがした。

空気もよどんでいる。

「わたしが上京したのはいつごろだったんですか」

明恵の問いに、少し考えてから、耕吉は答えた。

「五月の二十日ごろだったと思います。明恵さんも、とるものもとりあえずという感じで行ってしまわれた」

「行き先は言わなかった……」

「はい。ぽっちゃんの行き先に心当たりがあるから、というだけでした」

明恵は祐司のシャツの背中をつかみ、一緒に歩いていたが、そっとその手を離して、左手で壁を伝いながら進み始めた。転びそうになったらいつでも受けとめられるように構えながら見守っていると、彼女は仕切りのドアをひとつまたぎ、左に折れて、小さな書棚にぶつかった。両手でその表面を探ると、引き出しの把手を見つけた。

「ここ……たぶんここだと思うんですけど。開けてみて」

言われた通りにすると、引き出しの中には手紙が何通か入っていた。

「明恵さん、記憶が戻られたんですか」

尋ねる耕吉の顔に赤みがさしている。だが、明恵は首を振った。

「わからないんです。でも、ふっと思い出したの。何も見えなくて、真っ暗ななかで、玄関マットを踏んでからこういう風に進んで、自分の部屋に入ったことがあるな、って。それに、届いた郵便物をこうやって引き出しにしまったことも」

かに、差出人のところに「祐司」とだけ書かれたものが一枚あった。そのな引き出しのなかの郵便物は、全部封が切ってあった。はがきも数枚混じっている。

「心配かけてごめん。落ち着き先が決まったので、君にだけは報せておく。くれぐれも、うちの人間には内緒にしてくれ。心配しないで、待っててくれればいいから」

消印は今年の五月十八日だった。三枝が文面を読み上げると、明恵はほほえんだ。

「やっぱり。当てもなしに上京するわけないもの。わたし、弱虫だから」

祐司が「落ち着き先」として記している住所は、高田馬場だった。

「つながったな」と、三枝が言った。「東京へ戻ろう。あんたはそこに、『幸山荘事件』について調べた資料を残しているかもしれん」

「村下猛蔵が先に探しだしてなければね」

明恵は東京へ向かうとき、家の中をきっちりと始末していったらしい。帰りの新幹線のチケットを手配する、と、小走りになっていた。

「とんぼ返りですな」

三枝は、「電話も切ってある」と言って、外に出ていった。

玄関のホールにたたずんで、耕吉がしょんぼりと言った。

「警察に頼むことはしないんですか、ぼっちゃん」

「今は無理だよ」

「じゃあ、私にできることはしないんですか」

祐司は無理に笑った。「気持ちだけで充分だよ。それに、店の方はずっと耕さんに任せきりみたいじゃないか。それだけでも迷惑かけてるのに」

耕吉の顎が震えている。それが、泣かないように奥歯を噛みしめているせいだとわかって、祐司は胸をつかれた。

明恵は両手で壁を探って歩きまわりながら、家の中を探索していた。かたん、と音がしたので、祐司はそちらへ行ってみた。

彼女は小さな仏壇の前にたっていた。むろん、花瓶は空だし線香も立ててないが、真新しい位牌がふたつ、かなり古い位牌がひとつ、きちんと並べてある。

明恵の両親と、妹のものだ。

このときだけ、祐司は、明恵の目が視力を失っていてよかった、と思った。真っ白な記憶をかかえて、いきなりこれにぶつかったのでは酷すぎる。

仏壇のなかには、写真もあった。何度も見ているので、三好一夫と雪恵の顔はすぐわかる。三十すぎぐらいの女性の写真が、明恵の母のものだろう。かなり若い頃に亡くなったのだ。

そのとき、写真立ての脇に、封を切ってないショートホープが一箱、供えられていること

に気づいた。

この煙草を好んでいたのは、明恵の父、三好一夫だったのだ。祐司はまた、彼女がこれを見ないでいることに感謝した。お父さんの煙草の匂い。お父さんの好きな煙草。

（明恵、煙草が切れた。ちょっとお使いに行ってきてくれないか？）

父親にそう頼まれて、幼い少女のころの明恵が駆け出してゆく——そんな光景さえ頭に浮かんできた。

明恵はまた手探りをして、仏壇の隣にある整理簞笥の方へ移動した。彼女の手が低い簞笥のふちをたどり、手が触れた拍子に、簞笥の上に置かれていたうさぎのぬいぐるみにあたった。

ぬいぐるみが転がり、床に落ちた。すると、何かのスイッチでも入ったのか、きれいな音楽が流れだす。そのメロディにあわせ、うさぎが耳を動かし、鼻をくんくんと鳴らす。オルゴールになっているのだ。

明恵は両手を身体の前にあげたまま、じっとそれに聴き入っている。やがて、小さく言った。

「妹のだわ」

「え？」

「子供の頃、二人で同じのを買ってもらったの。わたしのは壊れちゃったけど、妹のはずっととってあって、大事にしてた。とっても大事に」

どういう思い出が隠されているものなのか、祐司には知るすべがない。ただ、鼻を鳴らし続けるうさぎを拾いあげて、明恵に渡してやった。彼女はそれを抱き締めた。「雪恵のだわ」

「あの娘のよ」明恵はふかふかしたうさぎに顔をうめた。

三枝が席を確保した新幹線が出るまで、二時間ほどあった。耕吉は、その空き時間に、三人を郷土料理の店へ連れていった。街を見おろす山の上の方にある、静かな店だった。

「ここは社長がひいきにしておられたことのある店ですし、食べ物で、何か思い出すかもしれません」

残念ながら、新鮮な海の幸も、記憶を戻す役にはたたなかったが、耕吉の気持ちは有り難かった。

料理屋から、車を停めておいた場所へ戻るために、青葉城趾の公園を通り抜けた。ちょうど、団体客を引き連れたバスガイドが、ハンドマイクを手に、半円形に集まっている人たちに、講釈を聞かせているところだった。

「ここ青葉城跡にたちます伊達政宗公騎馬像は、今も杜の都仙台を見おろし、見守っておられます──」

流暢な言葉を聞き流していると、明恵が不意に言った。

「ここ、どこ？」

「青葉城趾ですよ」

祐司の顔を見上げて、彼女は言った。「来たことがあるわ。あなたと」

「僕と？」

そばにいた耕吉が、二人を見つめながら言った。

「お二人を結婚させてはどうか、という案は、最初、社長と三好さんが出されたものだったんです」

「本当？」

「はい。お二人それぞれの親同士は親しい間柄でしたが、子供さん同士はそれほどちかしくなかった。せいぜい、会えばあいさつをする程度でしたろう。大人になってからは、ぼっちゃんは石巻におられましたから、余計疎遠になります。ですが、社長が明恵さんと正式に見合いをしてみないかともちかけると、ぼっちゃん、ひどく怒りまして」

祐司は目をパチパチさせた。

耕吉は少し笑う。

「結婚相手ぐらい自分で探す、と言いましたよ。ところが、休暇でこちらに帰ってきたときに、街でばったり明恵さんに会ったそうで。それからですよ」

なるほど、それなら親の言いなりになったわけではない。結果は同じだったわけだが。

「ちょっと見ないうちに、明恵さん、きれいになっておられたから。お二人とも、付き合っておられることは、どっちのご両親にも内緒にしておられたんでしょうな。それでも、なんとなく決まり悪かったんでしょうな。私も、ぼっちゃんからこっそり教えてもらうまでは、何も知りませんなんだ」

「耕さんには、いつ話したの？」

「お二人で、『幸山荘』に行かれる前に。社長夫婦と三好さんと雪恵さんは、早くから、クリスマスをあそこですごすことを決めておられました。ぽっちゃんたちも誘われたけれど、それは断っておいて、あとからそっと、明恵さんと二人で行って、みんなを驚かしてやるんだと言っていました。私は大笑いしたものです」

そうだったのか。だから、あとから追い付いた自分たち二人が、「幸山荘事件」の第一発見者になったのだ。

「誰にも内緒にして、そうっと行ったんです。お二人で」

そこに何が待っていたかを思い出したのか、耕吉は口をつぐんでしまった。

駅で別れるとき、耕吉はひどく小さく見えた。哀しげに眉毛を下げ、ずっと見送っていた。帰りの列車のなかでは、誰も口をきかなかった。三枝はずっと眠っていたが、何か考えているような厳しい顔をしていた。

明恵は、仙台の家からあのうさぎを持ってきていた。それを胸に抱いて、頬をあてている。泣いてはいなかったが、目がうるんでいた。

自分たちは、家族を二度殺されたことになるのだ──と、祐司は考えていた。

一度目は、「幸山荘」で撃ち殺された。そして、残された祐司と明恵がその記憶を消され、再び思い出さされたときに、また殺されたのだ。

どんな悲劇でも、悲しみは一度で済むはずだ。どれほどの悲嘆でも、いちばん深いところ

は一ヵ所で済むはずだ。

でも、俺たちは違う。一度記憶を失くしたことで、同じ悲しみを同じ深さで再体験しなければならなくなった。

そのことだけでも、許すことはできない。窓の方を向いている明恵の白い頬を見つめながら、祐司は思った。その仕打ちに対してだけでも、ふさわしい代償を払わせてやる価値があ

る——と。

32

真行寺悦子の一日を始めたのは、一本の電話だった。

不覚にも、悦子は寝すごしていた。もやもやした夢に溺れるような眠りに、時間を忘れていたのだ。

「ママ、ママに電話よ」と、ゆかりが起こしてくれたとき、枕元の目覚まし時計は午前十時半をさしていた。悦子は飛び起きた。

急を要する人探しをしているというのに、これだから素人は駄目だと、みさおにあわせる顔がない。昨日一日でもうバテてしまったら、心底恥じ入った。

「電話、誰から?」

「あのね、キリコですって言えばわかるわよ、お嬢ちゃんお利口ね、だって」

美容室「ローズサロン」の、網野桐子だ。悦子は階段を駆け降りて受話器をひっつかんだ。

「もしもし？」

「真行寺さん？　あたし、桐子です」

桐子は外からかけているらしく、背後に人のざわめきが聞こえる。

「みさおちゃんのことで、お役に立つかどうかわからないけど、一つ情報をつかんだんです。どこかで会えませんか？」

「ありがとう！　わたしの方からうかがいます。桐子さん、今どこにいるの？」

桐子は説明した。四谷にあるスポーツクラブだという。「ライフ・スエット」というそのクラブの場所を頭に叩きこんで、大急ぎで着替えていると、ゆかりが寄ってきた。

「ママ、大忙し？」

「ごめんね。また出かけなきゃ」

「ゆかりをおじいちゃんのとこへ連れていく暇もないよね」

そんなことはないわよ——と言いかけたが、ゆかりはにこにこしながら行ってしまった。ちょっと可哀相だなとは思うが、やむを得ないだろう。

支度を終えてバッグの中身を確かめていると、車のキーが見当たらない。カード入れもない。うろたえていると、外でクラクションが鳴った。玄関に出てのぞいてみると、悦子の愛車の運転席にゆかりがちょこんと座っている。右手にキーを、左手にカード入れを持っている。

「ママぁ」と、両手を振る。

「今日はゆかりもついていくぅ」

「ゆかり！」

「いいじゃない。ママ、お財布が空っぽだったから、ちゃんと銀行でおろしてきたげたよ。

グンシキン。ゆかりがいた方が便利だよ、ねえ」

悦子は恐い顔をつくったが、大通りにある銀行のキャッシュ・コーナーまで脱兎のごとく

駆けてゆき、また戻ってくるゆかりを想像すると、笑いだしてしまった。

「ね、早く行こうよ。レッツゴー！」

「ライフ・スエット」は、JR四谷駅から紀尾井町の方へ向かう通りに面した、大きな新築

のビルのなかにあった。ビルの屋上には、温室のような半円形のドームが見える。そこに屋

内プールがあるのかもしれない。

フロントで網野桐子の名前を出すと、鮮やかな黄色いトレーナーを来た受付の女性が、奥

の方を指差して、

「あのエレベーターで七階まであがってください。正面がプールの入口で、左手に折れると

ジュース・バーがあります。そこでお待ちだそうですから」

こんな場所に足を踏み入れるのは、悦子もゆかりも初めてだった。ときどきゆかりを連れ

てゆく、家の近所にある公営のスポーツセンターとは大違いである。

黄色いトレーナーは、ここのスタッフたちの制服であるらしい。すれ違うと、陽気に「こ

んにちは」と声をかけてくる。みんな、なめらかに日焼けして、健康そうだ。

七階は最上階で、思ったとおり、天井のドームの中にプールがある。内部はガラス張りなので、青々とした水をたたえたプールの全景を見ることができる。ジュース・バーはプールを見おろす位置にあり、悦子たちがエレベーターを降りるとすぐに、桐子の方が見つけて手を振ってきた。

木目と白色で統一された室内に、脚の高い椅子が並んでいる。桐子はプールに近い側のテーブルに席をとっていた。

彼女は、一人ではなかった。もう一人、同じ年ごろの娘が一緒だ。二人とも明るい色のスエット・ウエアに、下はショートパンツ。桐子は額にバンダナを巻き、もう一人の娘は長い髪を編んで背中にたらしていた。

「ごめんなさいね、今日はこぶつきなんです」

悦子が言うと、ゆかりはエヘへと笑った。「コブのゆかりです。ママがお世話になってます」

二人の娘は楽しそうに笑った。

「ご紹介します。この人、あたしの高校時代からの友達で、蓮見加代子さん」

桐子が言うと、髪の長い娘は立ち上がって軽く頭をさげた。すらりとした、人目にたつ美人で、桐子よりはずっと大人しやかな印象を受ける。それだけに、桐子が彼女の職業を説明したとき、悦子は思わず「え?」というほど驚かされた。

「探偵事務所?　あなたが?」

蓮見加代子は、こういう反応には慣れているらしい。にっこり笑った。

「父が事務所を経営してるんです。それで、わたしも手伝うようになりまして」

「つまりは家内工業よね」と、桐子も笑う。「ゆかりちゃん、何を飲む?　グアバ・ジュースが美味しいのよ」

「うん!」

すぐに、淡いピンク色のジュースが運ばれてくる。やはり黄色いトレーナーを着たウエイトレスが去ってしまうと、桐子は口を切った。

「みさおちゃんについての情報、というのは、加代子が話してくれたことなんです。あたしたち、今日はここへスカッシュをしにきたんですけど、二人で話しているうちに、あたしがみさおちゃんの家出のことを言うと、加代子がびっくりして」

悦子は、およそ「探偵」のイメージとは合わない娘の顔を見た。

「蓮見さんもみさおさんをご存じなんですか?」

加代子はうなずいた。「わたしも『ローズサロン』で桐子に髪をやってもらってるんです。みさおさんとも、あそこで知り合いました」

四ヵ月ほど前のことだというから、四月の中ごろだろう。

「わたしが『ローズサロン』へ行くと、先にみさおさんが来ていました。しばらくして、わたしがたしに声をかけたから、友達だってわかったのかもしれません。しばらくして、そのとき桐子がわ

またたま隣の椅子に座ると、彼女の方から話しかけてきたんです」

「みさおちゃんにしてはめずらしいでしょ？」と、桐子。「それにはちゃんと理由があったんです」

みさおは、加代子が探偵事務所の人間だと知って、興味を抱いたらしかった。

桐子はぺろりと小さな舌を出した。「わたし、おしゃべりで。加代子にはいつも、『あたしの仕事のことはうかつにしゃべらないでね』って釘を刺されてるんだけど、つい、ね。それで、そのときも、ロット巻きをしながら、みさおちゃんにしゃべっちゃってたの。『あの人、とてもそうは見えないけど、あたしの友達のなかではいちばんの変わり種。だって探偵なんだから』ってね」

「それで？」悦子は乗り出した。「みさおさん、あなたに何か頼んだんですか？」

加代子は膝（ひざ）の上に両手を置き、座りなおした。

「テレビで観たことがあるんですけど、本当ですか、と前置きして──」

みさおは、近ごろ、探偵社や興信所に、自分自身の身上調査を依頼する人が増えていると

いうのは本当か──と尋ねたという。

「自分自身の身上調査？」

「はい。このごろ、時たまあるんです」

その種の依頼を持ち込んでくるのは、たいていの場合、企業の管理職クラスの男性であることが多いという。

「中間管理職の、いわゆる『板挟み』の人たちなんですね。とにかく気苦労が多くて、疲れていて、ふっと、自分がなんのためにこんなことをしているのかわからなくなる。これだけ働いているけれど、それは果たして自分にとられているんだろうか、他人の目には自分はどう映ってるんだろう——そんな不安にとらわれて、いてもたってもいられなくなるらしいんです」

なるほど……と、悦子は思った。それでわざわざ人を雇い、自分という人間を調査——いや、評価してもらいたくなるのだろう。

「おかしな話ですよね」と、桐子が細い肩をすくめる。「奥さんとの夫婦仲はどうか。子供とのコミュニケーションはとれているか。上司のウケはどうか。慕ってくれている部下はいるか。そんなの、自分がいちばんよくわかってるんじゃない？」

「自分でわかってるだけじゃ駄目なのよ。問題は他人の目にどう見えるかってことなの」

加代子は軽く両手を開いた。

「自分でこれだけのものを持っていると思ってても、客観的に見ればそうではないかもしれない。だから、確かめてもらいたいと思うわけなの」

「バカみたいね。そんなの時間の無駄だわ」

悦子はつぶやいた。「わたしは、少し、わかるような気がする」

二人の娘は、じっと悦子を見つめた。桐子はびっくりして。加代子は、穏やかに先を促すような目をして。職業柄か、それとも人柄なのか、蓮見加代子というこの若い女性の視線には、常に人に手を差し伸べているかのような温かさがあった。

「一年前のことですけど、わたし、夫を亡くしたんです。過労死でね」

悦子はわずかに笑ってみせた。

「妻としては、これほどやりきれない死なれ方はありませんでした。そんなことになるまでどうして放っておいたんだろうって、自分でも思ったし、周囲にも言われましたしね」

「ごめんなさい」と、桐子が不意に言った。そんなことをしゃべらせてごめんなさい、という意味だろう。悦子はまた少し、彼女が好きになった。

「なかなか立ち直れなくて——今でもそうです。だから、わかる気がする。主人が亡くなったころのわたしも、すごくびくびくしてましたから。もちろん罪悪感は感じていたけれど、どうしてあげればいいのかわからなかったって、誰か一人でも理解してくれる人はいないだろうか、周りの人たちはわたしのことをどう思ってるんだろう——そればっかり気になった時期がありました。これまでの自分の人生はなんだったんだろう、なんて考えたりしてね」

「辛い思いをなさったんですね」と、加代子が静かに言った。

隣で、ゆかりが目を真ん丸にしている。それに気付いたのか、桐子が明るい声を出した。

「ね、ゆかりちゃん、エアロビ・ボクシングしてみない？」

「それなあに？」

「簡単よ。サンドバッグをばしばし叩けばいいの。気持ちいいわよぉ。お姉さんと行ってみようよ。ね？」

悦子がうなずくと、ゆかりはパッと立ち上がった。桐子と手をつなぎ、「タイソンみたいにするの?」などと言いながら行ってしまった。

加代子がほほえんだ。「可愛いお子さんですね」

「おしゃまで困ってるの」

それでね――と、加代子が話を戻す。

「わたしが、最近はたしかに、そういう身上調査の依頼が増えているって話すと、みさおさんは、あなたの事務所でも、頼めばやってくれるかって訊くんです」

人差し指を鼻の頭にあてて、考え込むような表情になり、

「そのときは、まさか彼女が本気で言ってるとも思いませんでした。美容院でパーマをかけているあいだの、雑談ですものね。さあ、どうかな、でも費用が高いですよ、程度のことを答えておきました。ただ、みさおさんが事務所の場所を知りたがるので、一応名刺を渡してはおいたんです」

すると、一週間ほどして、みさおが本当に事務所を訪ねてきたのだという。

「彼女、自分の身上調査を頼みにきたんですか?」

加代子はゆっくりうなずいた。

「具体的に費用はどの程度かかるかとか、どれぐらいの期間、どの程度の範囲を調べてくれるのかとか、詳しいことを訊いてきました。それで、わたしもびっくりして」

蓮見探偵事務所では、身上調査について、基本料金で二十万円を請求するという。

「実際には、それ以上かかりますから、まあ三十万ぐらいは用意しないといけない。無理ですよ、と言うと、『アルバイトして貯めます』って言うんです。これは困ったな、と思いました」

悦子は、みさおの友達の桃子が、「みさおはバイトしている割りにはケチケチしてた」と言っていたことを思い出していた。加代子は続けた。

「うちでは、原則として未成年者の依頼は受け付けません。それに、依頼者本人の身上調査というのも、引き受けないことにしているんです。これはうちの父の──つまり所長の方針なんですが」

悦子は興味をひかれた。「どうしてですか？」

「本人調査は、調査ではないからです」と、加代子はきっぱり断言した。「あれはインチキですよ。真面目に調べたとしても、インチキになってしまいます。どうしてかと言ったら、他人からどう思われているか調べてくれ、自分がどんな人生を歩んでいるか確かめてくれ──と言って、実際に足を運んでくる人たちは、程度の差はあれ、みんな病気だからです。心が過労で病んでるんですね。それを救ったり癒したりできるのは、お医者さまだけだと思います」

「つまり、ノイローゼということですか」

「そればかりではありませんけど──そうですね、プレ・ノイローゼとでも言えばいいんでしょうか。だから、専門のお医者さまや、カウンセラーや、心理療法士にかかった方がいい。

あるいは、時間をとってゆっくり休むだけでもいい。調査に三十万も払うくらいなら、家族と旅行に行かれます。とにかく、『調べてくれ』というのは間違ってます」

「そうかしら……」

「そうです。だって、『自分を調べてくれ』という人たちは、調査結果を読んでも、決して満足しないんですもの」

加代子は苦笑した。

「客観的な答えがほしい。そう言いますよね。でも、一人の生きている人が『どんな人間であるか』なんていう質問に対して、客観的な答えがあるでしょうか。一週間前には夫婦喧嘩をした。だからと言って夫婦仲が悪いとは決め付けられないでしょ？　いえ、喧嘩ばっかりしてるけど、本当は仲のいいご夫婦だっているはずです。たとえば近所の人たちに聞き込みをするとしますね？　結果は見事なまでにバラバラです。ご主人の浮気に悩まされている女性にきけば、その人は、隣のご主人も浮気してるみたいですよ、と答えます。父親と子供がうまくいかなくて悩んでいる人は、隣の家のお子さんも反抗的ですからねって言います。この、本当なんです。結局、みんな、自分の目を通してだけ見てるんですから、そうなって当然なんですよ」

加代子の言わんとしていることが、悦子にもわかってきた。

「学校のテストじゃないんですから、あなたは人生において八〇パーセント成功しています、なんて、結果が上司のウケは六九パーセント、部下の支持率は七四パーセントであります、なんて、結果が

出せるわけがないんです。成功か失敗か、満足か不満足か、決められるのは自分自身だけで　す。それは、皆さんわかっているはずなんです」

加代子は首を振った。

「それがわからなくなる、調査という形で他人に評価してもらいたがるということは、やっぱりどこかおかしいんです。不安で不安でどうしようもなくて、病んでるんです。だから、一度調査をしたって、それで満足しないんですよ。もっと詳しく知りたいとか、いや、本当の自分はこんなんじゃない、もっと調べてくれとか、かならず言い出します。求めているのは自分で満足のいく結果なんだけど、そもそも自分が何に満足したいのかわからなくなって調査を頼みにくるんだから、キリがないんですよ。ただ悪循環を繰り返して、どんどん深みにはまってゆくだけです」

悦子は大きくうなずいた。

「こういう依頼人の気持ちを本当に理解するなら、調査なんかやめて休暇をとりなさい、信頼できる医者に相談してみなさい、と言ってあげるのがいちばんいいんです。でも現実には、なかなかそういかなくて――ひどいところでは、依頼人が喜びそうな結果をでっちあげることさえあります。いいことを言ってあげれば、喜んで、もっと言ってもらいたくて、また頼んできますからね」

「そうね。その心理はよくわかるわ」

「調査をすれば、一時的には、依頼人の不安もとれるかもしれません。でも、根本的な解決

じゃありません。傷を負ったところを治すんじゃなくて、見えないようにドーランでも塗るだけのことですもの」

加代子はグラスの水を一口飲んで、少し表情を緩めた。

「これはうちの父の口癖ですけど、調査という仕事にかかるとき、わたしたちはマシーンになるんです。機械なんです。徹底的に調べあげる機械。だから、間違った目的には使えませんし、『わたしがどういう人間であるか調べてください』なんていう、漠然とした目標に対して、スイッチを入れるわけにはいかないんです」

そう言って、ちょっと笑う。「もちろん、たとえば記憶喪失にかかっている人が、過去にどういう生活をしていたか、ということなら調べられますけど」

「それは全然別問題だものね」と、悦子は笑った。

「そんなわけで――」と、加代子は一つ息をついて、「みさおさんにも今のようなことを説明して、お断りしました。彼女は、これという悩みはなくても、自分はどんな人間なんだろうって考えることのある、感じやすい年ごろでしょう？　十代のときには誰でも自分に自信を失くすことはあるし、コンプレックスだって強いものだよ、なんて、父が話したら、笑って聞いていました」

「そういうことがあったんですか」

みさおが何を思い、どんな悩みを抱いていたのか、悦子は少しずつわかってきた。中学校時代に経験した、友人の自殺から立ち直れなくて、ずっと手探りで歩いてきたようなも

のなのだ。

「ただ、ね」と、加代子が顔をあげる。「みさおさんの態度には、どこか、怖いくらい思い詰めたところがありました。ずいぶん力を入れて説得したつもりでしたけど、あとで父と、あの様子だと、ほかの事務所へ依頼に行くかもしれないねと話しあったくらいです。まだ十七歳の、しかもあんなにきれいな女の子が、『あたしは他人にどう思われているかわからないんです』と言い出すには、具体的な深い理由があるんじゃないかって思いました。でも、わたしには、あまりつっこんだ質問はできませんでしたし、彼女も答えてくれそうにありませんでしたね」

心のなかで、ひそかに、悦子は（それはあなたたちの歳が近いから。あなたもみさおさんと同じように若くてきれいな娘さんだからよ）と思った。

東海林郁恵の自殺以来、みさおは、同年代の若い女性たちに――そして彼女たちの周囲にいる男性たちにも――アプローチする方法がわからなくなっていたのだ。だから、快活で元気のいい桐子にも、つっぱったふりはしているが優しい桃子にも、いちばん力になってくれそうだったこの加代子にも、心の内側を見せることはできなかったのだろう。

「すみません。今みさおさんがどこにいるかということを突き止めるには、あまり役に立たない話ですね」

「うゝん。そんなことはないわ。みさおさんがどんなことを考えていたか、なぞってみたいの。そうすれば、彼女がどう行動したかがわかるかもしれない」

加代子はほっとしたように笑った。

「わたしにできることがあれば、おっしゃってください。もちろん、仕事ではなしに、お手伝いします」

悦子は礼を言った。

今まで、何人から、これと同じような言葉を与えられてきただろう。みな、みさおを案じている。そしてそのことが、何よりも雄弁に、「みさおがどんな人間であるか」ということを裏付けているではないか。

別れ際に、悦子は訊いてみた。「ここ、すごく素敵なクラブね。桐子さんもあなたも会員なんですか?」

加代子はクスクス笑った。「入会金百五十万、月会費二十万。とてもじゃないけど手がでません。わたしたちは二人ともビジターで、ここの正会員になっている桐子のお得意様についてきたんです」

下のプールで、色鮮やかな水着を身につけた女性が一人、水の上を滑るように泳いでいる。

それを眺めながら、加代子はつぶやいた。

「ときどき、こういう場所で、新しい依頼人に出会うことがあるんです」

こちらを振り向いて、ちょっと笑顔になる。

「こういうところの会員さんのなかにも、悩みのある方はいるんですよね。外から見ているだけじゃ、不満も不足もない人ばっかりのように見えますけど」

「みんな同じだわ」と、悦子は言った。

33

「パーラー小松」は、簡単に捜し当てることができた。桃子が言っていたとおり、大きなピンク色の日除けが、遠くから見ても目立っている。

新宿駅南口のルミネの駐車場に車を入れて、ゆかりの手を引いて歩きながら、悦子は後悔していた。歌舞伎町は、十歳の女の子の足が踏むべき土地ではない。やっぱりゆかりを置いてくればよかった。

「ゆかり、よそ見しちゃいけませんよ」

厳しい声を出すと、ゆかりはけろりと言った。「だいじょぶよ、ママ。ゆかり、迷子にならない。道を知ってるもの」

悦子は思わず足を止めた。「なんですって?」

「やだなあ、忘れてるの?　去年の夏、おじいちゃんがゆかりを『ピーターパン』に連れてきてくれたじゃない。あれ、コマ劇場ってとこだったよ」

「それだけで道がわかるの?」

「うん。お芝居を観たあとで、おじいちゃんとこの辺を探険したの。『ゆかり、よくごらん。この辺はコワイところだからね。お友達に、新宿へ遊びに行こうなんて誘われても、ついて

いっちゃ駄目だよ』って」

　義夫は実地教育をする人なのだ。悦子は半分呆れ、半分感嘆して、あとは何も言えなかった。

「貝原さん？　ああ、どうしちゃったんです？　彼女」

「パーラー小松」の店長は、みさおの名前を聞くと、すぐにそう言った。ふた昔前のミュージシャンのような格好をしている。店そのものはティーンエイジャー向きにつくってあるので、一人だけ浮いているような感じだった。

　店の半分はアイスクリーム・スタンドに、半分はパーラーになっており、驚いたことに、パーラーの方には古びたインベーダー・ゲーム機が据えてあった。学生らしい二人連れが夢中になって遊んでいる。

「困ってるんだよね。土曜日も日曜日も黙って休まれて。病気かなんかなの？」

「いえ……ちょっと事情がありまして。彼女は、毎週土日だけ働いていたんですか？」

「そう。土曜の二時から五時までと、日曜は一日。もうかなり前からですよ。半年ぐらいになるかな。今までは、黙って休むような娘じゃなかったんだけど」

　先週の土日とは、十一、十二日のことだ。みさおは八日の夜に家を出ているのだが、アルバイト先に断ってなかったということは、そのときまでには帰って来ることができると思っ

ていたのだろうか。それとも、そんなことなど忘れてしまうほど大事なことで頭がいっぱい

になっていたのか。

「みさおさん、こちらで親しくなったお友達がいたって聞いてきたんです。アルバイトの大

学生の方だそうですけど、どなたかわかりますか？」

店長は首をひねり、首からさげているじゃらじゃらしたネックレスをいじった。そのうし

ろを、「店長、どいてよ」と言いながら、キャンディ・ストライプの制服を着たウエイトレ

スが通り抜けてゆく。

「あんちゃんかなあ」と、天井の方を向いたまま、店長は言った。

「あんちゃん？」

「安藤って男ですよ。貝原さん、美人だからね。あいつ、だいぶのぼせてたみたいだったな

あ」

「その方、今日は見えますか？」

「来ますよ。今日は火曜だから──」と、レジのうしろにはりだしてある勤務スケジュール

表を見て、「二時からだね」

　まだ十二時半を過ぎたばかりだ。悦子は「また来ます」と言って、店を出た。外は息詰ま

るほどの暑さだ。アスファルトの照り返しと、ごみごみと建てこんだこんだビルを冷やしている無

数のクーラーの室外機が吐き出す熱風のせいだろう。

　逃げるように足を早めて、伊勢丹に飛びこんだ。なかのレストランで昼食をすませ、二時

五分前に「パーラー小松」に戻ってみると、店の裏手の方に、午前中には見かけなかった大型のバイクが停めてあった。

もう一度店長と顔を合せると、彼はすぐに、奥の調理場へ向けて「あんちゃん！」と声を張り上げた。

呼び声に応えて現れたのは、ぽっちゃりと丸顔に丸い目鼻のついた、色白の男の子だった。大学生なのだから「男の子」では失礼かもしれない。だが、この童顔では、四十歳になっても「あんちゃん」という呼び名がぴったりしているだろう。

「安藤光男です」と、ややおどおどした感じでひょいと頭をさげた。悦子が名乗り、貝原みさおの名前を出すと、そのやわらかな顔がさっと強ばった。悦子の腕をつかまんばかりの勢いで、

「彼女、どうしたんです？　何かあったんですか？」と訊く。家出していることを話すと、

ショックを受けたのか、両腕がだらりとさがった。肘にくぼみができるほどの太い腕だが、スポーツマンタイプではなさそうだ。ちらりと思った。

おの「ボーイフレンド」だったのかなと、本当にみさ

「彼女のこと、よく知ってたんでしょ？　家出した先に心当たりはないかしら。なんでもいいの」

光男は右手で頰をかき、落ち着きなく目を動かした。「そりゃ、ええ——でも僕は彼女の行き先なんかわからないです」

「近ごろの、彼女の様子を教えてくれてもいいわ。何か変わったことはありませんでした？」

お客はぱらぱらとしか入っていないが、光男は仕事が気になるのか、もじもじと店長の方を気にする。　悦子は大声を張り上げた。

「店長さん！」

レジの影からじゃらじゃらのネックレスがのぞいた。「なんです？」

「ごめんなさい、安藤さんを少しお借りしたいんです。迷惑料に、いくらお払いすればいいでしょう？」

店長は、漫画映画のなかのオオカミのように、口の端をつり上げてにやりとした。

「オレが、五十万よこせ！　なんて言ったら困るでしょうが。しょうがない、ロハでいいよ。そのかわり、何か注文してよ」

悦子はクリームソーダをふたつと、ゆかりのためにフラッペを頼んだ。ひょっとすると、あとでゆかりがお腹をこわすかもしれないが、もう、仕方ない。

そのゆかりは、さっきからしきりにインベーダー・ゲームの方を気にしている。悦子は手ずから

「やってもいいわよ」と言った。ゆかりは嬉々として機械の前に座りこむ。すると、手ずからクリームソーダを運んできた店長が、「おっ」と声をあげた。

「お嬢ちゃんなんか、これ、全然知らないだろう」

「うん。どうやるの？」

「撃ち落とせばいいんだよ。どれ、ちょっと見てな。おじさんが、『名古屋撃ち』ってのを見せてやる」

周囲が落ち着いて、悦子と向きあうと、光男は頭をかいた。

「すみません。話しにくいなって思ったのは、別に時間とかを気にしたせいじゃないんです」

「じゃ、どうして？」

「あなた、真行寺さんね」

悦子はうなずいた。光男は本当に申し訳なさそうな顔をした。

「僕、みさおちゃんに頼まれて、あなたの恋人のあとを尾けたことがあって——」

悦子はなかば口を開いた。出てきた。『真行寺さん』だ。

「それ、どういうことかしら。わたしも、みさおさんがわたしに恋人がいるって思い込んでたらしいことは知ってるの。でも、わたしには恋人なんかいないのよ」

光男は首振り人形のように細かくうなずく。「みさおちゃんも、それはわかってて——」

です。『真行寺さんの恋人』っていうのは、なんていうのかな、ただのあだ名ですよ。みさおちゃんが、その男にそういうあだ名をつけたんです

「初めてその『悦子の恋人』を見かけたのは、七月十四日のことだった——という。日記に『真行寺さん♡』の記述が残されている日である。

「土曜日で、僕たち、一緒に五時まで働いて、僕、どこかへ飲みに行こうかって誘ってみた

んです。それまでに、バイト仲間が集まって出かけたことはあったけど、一対一で誘ったの
はそのときが初めてでした」

鼻の下に浮いた汗をぐいとぬぐって、

「見込みないってことはわかってたんです。もともと、みさおちゃん、あんまり付き合いの
いい方じゃなかった。仲間同士で誘っても、一緒に来るのは三度に一度がいいところでした
から。でも、僕、彼女のことが好きでした。あんな美人が僕なんかに興味を持つわけないっ
てわかってたけど。でも、すぐには諦められなくて。だから、そのときも、彼女が『今日は
別に予定がある』みたいなことを言ったから、『じゃ、そこまで送ってあげるよ』って言っ
たんです。『アッシー』でもいいから、彼女のそばにいたかったから」

悦子は彼をさえぎった。「ごめんなさい、『アッシー』ってなあに?」

光男は赤くなった。「自分で言うのはちょっと辛いな。要するに、本命の彼じゃなくて、
買物とか遊びにいったときに、送り迎えだけさせる足代わりの彼氏ですよ。僕、ほかに取り
柄はないけど、とりあえずバイクには乗れるから」

表に停めてあるバイクは、光男のものだったのだ。

「それで、みさおさんはどこに行ったの?」

「丸の内です。ここに、真行寺さんていう友達がいるって」

七月十四日に、みさおは悦子に会いに、近くまで来ていたのだ。四日前に、初めてじかに顔を合わせて、家に招待したば
もちろん、会う約束はしていない。

かりだった。

それでも、みさおはまた悦子に会いに来ていたのだ。決して、そういう付き合いを疎まし
く思い始めていたのでも、面倒に感じていたのでもなかった。

だが、「近くにきたから寄ってみたの」とか、「ねえ、せっかくの土曜日だから、どこかへ
遊びに行かない?」などと気軽に誰かを誘うことは、みさおにとって、かなり勇気を要する
ことだったはずだ。

七月十四日は、悦子の出番の土曜日だった。そういうスケジュールについては、みさおに
も教えてある。だから彼女は、五時半まで悦子が「ネバーランド」にいるということは知っ
ていたはずだが、突然訪ねて悦子がどんな顔をするか、不安には思わなかったのだろうか。

そうだったならうれしいけど、と思っていると、光男が言った。

「だけど、みさおちゃん、自分の指定した場所に着いても、すごく困ったような顔をしてる
んです。僕、ああこれは、僕の誘いを断るために嘘をついて、引っ込みがつかなくなってる
んだな、と思いました。本当は、誰とも約束なんかしてないんだろう、って」

ありそうなことだ、と、悦子はうなずいた。

「で、とっさに浮かんだのが、「ネバーランド」と悦子だったのだろう。

だが、いざ近くまで来てみると、悦子を訪ねる勇気がわいてこなかった。

「彼女、僕に、ありがとう、もう帰ってもいいわなんて言うんです。だけど僕、たまらなく
なってね。言っちゃったんですよ。ホントは約束なんかないんだろ、僕の誘いを断りたかっ

たら、はっきりそう言ってくれていいんだよ。だから、嘘なんかつかないでくれよ、って」

「そしたら？」

「最初は、すごくびっくりしてくれてました。それからくしゃくしゃな顔をして、僕、泣かしちゃったかと思って——。でも、そうじゃなかった。彼女、笑ったんですよ」

（ごめんね）と言ったという。（そうじゃなかったの）

（ここに友達がいるってことも、嘘？）

（うん。それは本当よ。だけど、その人が、あたしがいきなり会いに行って、喜んでくれるかどうかはわからない）

それを聞いて光男は言ったという。

（だけどその人、みさおちゃんの友達なんだろ？）

（あたしが勝手に友達だと思ってるだけかもしれないもの）

（バカだなあ。なんでそんなふうに考えるの？　みさおちゃんが友達だと思ってるなら、相手だってそうだよ。友達って、そういうものだよ。今日からあなたとわたしは友達よ、なんて、宣言してからなるもんじゃないよ）

『そうなの？　そんなに気楽に考えていいの？』

「みさおちゃん、びっくりしてましたよ。『そうなの？　そんなに気楽に考えていいの？』なんてね」

あんちゃん、いいことを言うじゃないかと、悦子はほほえんだ。

「今まで誰も、そういうことを彼女にはっきり言った人がいなかったのよ」

「そうなのかなあ」

光男は、アイスクリームが溶けて白くなってしまったソーダを飲んだ。

「それで、僕、知恵をつけちゃったんです。訪ねていくのが恥ずかしいなら、その人が出てくるのを、ビルの出入口で待ってようよって。そして、その人が現れたら、偶然みたいにして声をかければいい。それなら、相手の都合が悪くて『さよなら』ってことになっても、そんなに決まり悪い思いをしなくてすむんじゃない？　ってね」

その時点では、光男は、みさおの『友達』は男だと思い込んでいたという。

「だから、真行寺さんていう女の人で、『ネバーランド』っていう電話サークルみたいなところで知り合った人だって聞いて、またびっくりしました。みさおちゃんみたいにきれいでモテる娘が、女の人に対してさえ、こんなに引っ込み思案なのが不思議でしょうがなかった」

「みさおさん、モテるの？」

「すごいですよ。でも、彼女は全然相手にしてくれないっていうか、すごくガードが固いんだ」

二人は路肩に停めたバイクに寄りかかって、あくまでもさりげなく、悦子が出てくるのを待ち続けたという。

「そういう状態のときって、なんとなく、周囲のことも気にしてるもんでしょう？　それで、僕たちからちょっと離れたところに、やっぱり僕たちと同じように、出入口を眺めてる人が

いるのに気がついたんです。男の人でした。四十歳──ぐらいだったかな。ちゃんとワイシャツを着てネクタイを締めてたけど、上着は脱いで肩にかけてた。そういう格好が決まってる人でした」

（ねえ、見て。あの人も誰かを待ってるみたいよ）

（そうだね）

「そのとき、真行寺さん、あなたが出てきました。誰か女の人と一緒だったな。僕たちには気がつかないみたいで、駅の方向へどんどん歩いていっちゃう。みさおちゃんが偶然のふりをして声をかけるのには、ちょうどよかった。でも、結局そうしなかった」

悦子も声をかけられた覚えはない。「どうして？」

「さっきの男の人が、真行寺さんを見て、はっとした顔になったんです。その人の待ち人も、あなただったんです。それだけじゃない、その男、あなたのあとに尾いて歩きだしたんですよ」

34

悦子は両手で肘を抱き、しばし呆然とした。

「その人、本当にわたしを尾けてたの？」

いったいどういうことだ？　男性にあとを尾けられる覚えなど、まったくない。

「間違いないです。心当たり、ないんですか?」

「全然よ」

　心なしか、光男はほっとしたようだった。

「よかった。知り合いじゃないんですね」

「知り合いだったら尾行なんかしないでしょう。その人、本当に四十歳ぐらい?」

「ええ」

　光男はふきだした。

「もっと年配じゃなかった? 頭も薄くなかった?」

　義夫かな、とも思ったのだ。悦子をびっくりさせようとしていたのかもしれない。だが、

「そんな記憶違いはしませんよ。頭も薄くないし、痩せ形だけど、わりとカッコいい人でした。僕なんか、逆立ちしてもあんなふうにはなれない」

　悦子はストローを手に、やたらにソーダをかきまわした。人に尾けられるなんて、気持ちのいい経験ではない。

「いったい誰だったのかしら」

「みさおちゃんも、そう言いました。あれ、誰かしらって。それで──すごく恥ずかしいけど、僕たちもあとに続いたんです」

「あなたたちも尾けてきたの?」「はい」

　光男は頭のうしろに手をやった。

バイクを置いて、歩いて行ったという。通行人が多いので、見失わないようにするのはた

いへんだった、と笑う。

「しばらくすると、真行寺さん、一緒にいた女の人と、喫茶店に入ったでしょう？　覚えて

ませんか？」

悦子は考えた。一ヵ月前の土曜日のことで、確かな記憶はない。だが、地下鉄の駅の近く

に、「ネバーランド」のスタッフとよくコーヒーを飲みにいく店があることには間違いない。

「入ったかもしれないわ」

「そうだったんですよ。すると、その男性も同じ店に入って、ボックス席にいるあなたがた

を見ることのできるカウンターに座りました」

それを見て、みさおは緊張していた、という。

（おかしいわ。おかしいと思わない？　親しい人なら、黙ってないで声をかけるはずよ）

（そうだね）

（あたし、思うんだけど）

（なんだい？）

（あの男の人も、きっと『ネバーランド』で真行寺さんと話をしてる人なのよ。それで、声

だけじゃ物足りなくなって会いにきたんだわ）

（そうかなあ。それなら、さっさと声をかければいいのに）

事実、その男は、何度か悦子に声をかけたそうなそぶりを見せた、という。だが、実行は

しなかった。離れたところからじっと見ているだけ。

みさおは光男に、（バイクとってきて）と頼んだ。

（なんで？）

（あの人がこれからどこへ行くか、尾けてみたいの。車に乗られちゃってもいいように、バイクとってきて。お願い）

言い訳するように、光男は熱心な口調になった。

「みさおちゃんも、ただの好奇心で言い出したわけじゃないんです。あなたのことが心配だったんですよ。じっと見つめてる男なんて、気味が悪いじゃないですか。だから、みさおちゃん、そいつの素性を確かめようと思ったんです」

「ええ、わかってます。そうだと思うわ」

それが、みさおなりの、悦子への親愛の情の表し方だったのだ。

悦子は覚えていなかったが、その日はその喫茶店に四十分ほどいて、ケーキを買って出てきたという。それからは寄り道をせず、地下鉄の大手町駅へ降りていった――

「問題の男も、駅の階段のところまでは、あなたを尾けていました。で、あなたが降りていくと、そこで止まって、しばらく考え込んだみたいにしてたけど、やっぱり降りていったんです。僕たちもあとに続きました」

「その男の人、あなたたちのことに気付いてたみたい」

「いいえ。まさか尾けられてるなんて思ってなかったんでしょう」

悦子はいつも、通勤のときは、大手町駅の連絡通路を歩いてJRの東京駅に出ることにしている。そこから吉祥寺の家まで、快速で一本だからだ。

尾行していた男は、そこではもう悦子から離れ、荻窪行きの丸ノ内線に乗った。みさおと光男も、彼と同じ車両に乗り込み、同じ新宿駅で降りた。

「結局、その人どこに行ったの？」

光男は、ごく大雑把に北新宿の方向を示した。

「小滝橋通りの近くにある、『榊クリニック』っていう小さい病院です。看板にはそれしか書いてないから、何科のクリニックなのかわかんなかったんだけど、近所の人に訊いたら、精神科が専門だって教えてくれました」

精神科。一度にあまりにたくさんの事実が出てくるので、悦子は混乱しそうだった。

「尾行の旅は、そこで終わったの？」

「それが、まだ先があるんです」と、光男は汗をふいた。「みさおちゃん、その男が精神科の医者のところへ行ったっていうことを、すごく重大に考えてました。『どうしよう、いったいどんな人かしら』なんてね」

光男は、たとえあの男が精神科の医者にかかっているとしても、それですぐに「どうしよう」とうろたえるのはいけない、偏見だよ、と諭したという。

「僕の父さんも、以前ストレスで出社拒否みたいになったことがあるんです。そのときかかった先生は、すごくいい人でした。その人が、誰だって精神的に不安定になることはあるん

だし、そんなときは、内科にかかるようなつもりで精神科に来れればいいんだ。ちっとも恥ず

かしいことじゃないし、歯医者よりも怖くないよ、って教えてくれたんです」

光男は恥ずかしそうに笑った。

「だいいち、そのときはまだ、その男が病院に入っていったというだけで、ほかのことは何

もわかってなかった。男は「榊クリニック」から出てきた。今度も徒歩で、小滝橋通りをてくてく

歩いていく。みさおは明らかにむきになっており、どうしてもあとを尾いてゆくんだと言っ

てきかなかった。

一時間程で、男は「榊クリニック」から出てきた。今度も徒歩で、小滝橋通りをてくてく

歩いていく。みさおは明らかにむきになっており、どうしてもあとを尾いてゆくんだと言っ

てきかなかった。

男は小滝橋通りと早稲田通りがぶつかったところの三叉路を、右に折れた。そして、住宅

地のなかにぽつりと青いネオンを灯している店のドアを押した。

「パブ『ラ・パンサ』っていう看板が見えました。ちょっと見には普通の家みたいな感じの

小さい店で。僕たち、男がそこへ入ってからしばらくたって、ドアを開けてみたんですけど、

なかも狭かったな。カウンターがあって、ウイスキーの樽を椅子代わりにしてあって、煙草

のけむりがもうもうとしてた。それほど人がいる様子には見えなかったけど、なかには入れ

てもらえませんでした。たぶんあの人が経営者なんだろうけど、ひどく酔ってる男の人が出

てきて、予約が入ってるからもう座れないよ、なんてね。常連客だけの店で、一見の客は入

れないのかもしれません」

「例の男の人はどこにいたの?」

「それが見当たらなくて。奥の方にいたのかもしれないけど、わかりませんでした」

みさおと光男は、それからも一時間ほど外で頑張（がんば）っていたが、男はいっこうに表へ出てこない。

「みさおちゃんは残念そうだったけど、僕は帰ろうって説得しました。丸の内にバイクを停（と）めっぱなしにしてるしね。それで彼女も、渋々ついてきたんです」

悦子は、これまで聞いたことと、今までにわかっていることとを頭のなかで整理しながら、ゆっくりと訊いた。

「ねえ安藤さん。あなたは、みさおさんが、それきりで、その男の正体を突きとめることを諦めたと思います？」

光男は首を横に振った。「彼女、たぶん調べ続けてましたよ。ことによると、あの夜、僕が彼女を家に送り届けてから、もう一度『ラ・パンサ』にとって返したかもしれない」

「だけど、そのことについては、あなたにはしゃべらなかった？」

「はい。僕に話すと、そんなことよせよと言われるに決まってると思ったんでしょう」

七月十四日に、それだけのことがあった。

だが、みさおは悦子に、それらのことについて一言も打ち明けていない。〈ヘンな男の人を見かけたの。真行寺さん、心当たりない？〉ということさえ訊いてこなかった。

そして、「ネバーランド」への電話は時間が短くなっている。明らかに、みさおは何か、悦子にかかわることで、悦子には秘密にしておきたいことを抱えていたのだ。

「あなたの方からは、みさおさんに、その後のことを訊いてみたことはあったの?」

「訊きましたよ」

(あんなこと、まだ気にしてるの? さもなきゃ、真行寺さんにじかに訊いてみたかな?)

すると、みさおは笑って、(そんなこともう忘れちゃったわよ)と答えたという。

「安藤さん、それ、本当だと思う?」

光男はまたかぶりを振る。

「でも——あれからしばらくして、みさおちゃん、少し明るくなってきたんです。前よりも身構えてないっていうか、引っ込み思案の度合いが軽くなったっていうか。だから僕はうれしくて——彼女の言葉を信じてるふりをしてました」

光男はうつむいてしまった。そして、ぽつりと付け加える。

「嫌われたくなかったんです」

「よくわかるわ。そんな顔をしないで。安藤さん、もう一つ教えて?」

「なんですか?」

「みさおさんが、『レベル』って言葉を使うのを聞いたことがある? 『レベル』の次に数字がつくことがあるの」

光男は考え込んだ。それが癖なのか、しきりと鼻の下をこすっている。

と、店長の声が割り込んできた。

「そんなことを言ってるのを耳にしたことがあるよ」

悦子は彼の方へ向き直った。「いつごろです?」

「いつだったかなあ。そう昔のことじゃないよ。せいぜい二週間ぐらい前かな」

店長は、ゆかりが身体ごとのめり込んでいるインベーダー・ゲームの方へ手を振った。

「うちにはこれしかないだろ?　新しいのも入れないとまずいかねえなんて話してるときに、バイトのウェイトレスでファミコンに夢中になってるのが、あれがいいのこれがいいのってしゃべり散らしてね。オレなんかさっぱりわからないから、聞いてるだけだったし、貝原さんもピンとこないような顔をしててさ。で、『あなたファミコンやったことないのぉ』なんて訊かれて──」

みさおはこう答えたという。

(あたしは、『レベル7』っていうすごく面白いゲームに挑戦することになってるのよ)

ゲームなのか。悦子は自問した。では、「レベル7まで行ってみる　戻れない?」という

のはどういう意味を持っているのだろう。

みさおが桃子に言ったという台詞を思い出した。

(あたし、あたしのことを探して、見つかったからここに来れたのよ)

「安藤さん、今話してくれたクリニックとパブの場所を地図に描いてくれる?」

光男がそれをしているあいだに、悦子は会計を済ませ、ゆかりをせきたてた。

名残惜しそうなゆかりは、「店長さん、インベーダーってどんな意味?」

「宇宙からの侵略者という意味だな」

ゆかりは笑いだした。「なーんだ。じゃあ、『ビジター』のことじゃん」

「真行寺さん」地図を描き終えた光男が言う。「ひとつ、言い忘れてたことがあるんです。あなたを尾けてたその男のことで」

「なんですか？」

光男は立ち上がり、軽く右足を引きずって歩く格好をした。

「その人、こんな感じでした。少しだけど、右足が不自由なように見えたんです」

35

悦子はまず、「榊クリニック」へ向かった。ひどくごみごみした住宅地のなかに、場違いな感じでぽつんと立っている病院である。

時刻は午後三時四十分。診療時間中なのだろう、正面のドアが開き、人が一人出てきた。前庭ごしに建物の方を見上げていると、悦子がゆかりと手をつなぎ、舗装された近付いてくるまで、それが大人の若い女性であるとはわからなかった。それほどに痩せていて、身体全体が縮んでいる。彼女の顔からとっさに連想できるのは、よく乾燥させてしわくちゃになったプルーン。

拒食症かしら、と思いながら、悦子はその女性に声をかけた。

「すみません、こちらの患者さんでいらっしゃいますか？」

相手はぎゅっと身構えたが、子供連れの女であることが幸いしたのか、とにかく逃げだしはせずに足を止めてくれた。

「ごめんなさい、実は、わたしも今、この子を連れてうかがうところなんです。初めてなので不安で……どんな先生なんでしょう？」

痩せこけた女性は悦子とゆかりをじろじろと観察してから、もぞもぞっと答えた。

「悪い先生じゃありませんよ」

「そう、安心しました。ありがとう」

「だけど、予約がないと診てくれませんよ。初診だったら、紹介状がなきゃダメ」

早口にそう言って、背を向けかける。悦子は追いかけるように言った。

「あの、榊先生って、ひょっとしたら足がお悪いんじゃありません？」

「そんなことありませんよ」

言い捨てて、大久保通りの方へ、半ば走るように行ってしまった。

悦子は爪先をリズミカルに鳴らしながら、少し考えた。どうアプローチしよう？

「ゆかりちゃん」

「なあに」

「お腹が痛いでしょ」

「痛くないよ」

「いいえ、痛いはずよ。ほら、手でお腹をおさえなさい」

ゆかりはびっくり顔で悦子を見上げていたが、やがてにっこり笑った。

「うん。痛い。冷たいものを食べすぎちゃった」

「じゃ、行きましょう」

ゆかりの演技力はなかなかのものだった。悦子は、子供の急病に困り果てた母親をよそおって、身体を折るようにして苦しがっているゆかりを連れ、「榊クリニック」の正面玄関を入った。

受付で、「子供が急にお腹が痛くなって苦しんでるんです。診ていただけませんか」と声をかけると、ガラス窓が開き、女性の顔がのぞいた。白衣の胸に、「安西」の名札がとめられている。うんうんうなっているゆかりを見ると、「あらま」と口を真ん丸にした。

「すみません、診ていただけません？」

「ごめんなさい、うちは──精神科の専門なんですよ」

悦子は憤慨したふりをした。「そんな！　だって、外にはただクリニックって出てるだけじゃないですか」

「そんなこと言われたって──」と、「安西」は言葉につまった。耳の上の髪をかきあげながら、しゃがみこんでしまっているゆかりを見つめている。

「ここからもうちょっと新宿寄りのところに、『春山外科病院』ていうところがありますよ。そこなら救急指定だし……」

「この子に歩けっていうんですか！」

悦子の頑張りを、時の運は見捨てなかった。「安西」をぐいと押し退けるようにして丸顔の女性が出てくると、

「ちょっと待って。榊先生なら診てくださいますよ。ちょうど患者さんの切れ目ですから。そこで待ってて」と、きびきびと言う。

「ありがとうございます」

悦子はゆかりを抱きあげた。そんなことをするのは久しぶりだ。ずっしりと重い。

すぐに「太田」の名札がある。正面のドアが開き、さっきの丸顔さんが「どうぞ」と通してくれた。こちらは、胸に「太田」の名札がある。

控え室らしき部屋に入ると、白衣の医師が、開けた診察室のドアを手で押さえて立っていた。端正な顔で、まだ三十代だろう。趣味のいいネクタイを締めている。

「こちらへ連れてきてください」と、医師は先に立って奥へ入ってゆく。右足を引いてはいない。べそをかき始めている「女優・ゆかり」を抱き、悦子もあとに続いた。

診察室というより、応接室という感じの部屋だった。意識してそうしてあるのだろうが、金属やプラスチック製の、オフィスを連想させるような備品が少ない。小さなキャビネットとローラーインデックス、それと多機能電話ぐらいだろうか。あとのものは、応接セットも医師の机でさえも、木のぬくもりと落ち着きを感じさせるようなものばかりだ。窓は広く、ブラインドがさげてあるが、隙間から日光が射し込んでいる。

医師はゆかりをソファに寝かせ、おなかを出させて、あちこち押してみた。そのあいだに、

低音のやわらかな声で、今日朝から今までに何を食べたかを質問した。

「ただの冷えでしょう。グアバ・ジュースとフラッペとアイスクリームじゃね」

ゆかりにおなかをしまうように言い付け、身を起こしながら、医師は言った。

「ああ、よかった。もうびっくりしてしまって」

悦子は胸に手をあててみせた。そして、ゆかりに、

「だからママが言ったでしょ、食べすぎだって」

ゆかりはぷっとふくれる。医師は笑いながら、

「腹痛によく効く薬をさしあげますよ。もっとも、ごく普通の売薬ですが。ここにはそうい

う一般的な薬はおいてないんです」

「すみません。精神科のお医者さまだそうですね。無理を申しまして。でも、助かりまし

た」

医師は机の引き出しを開けると、ありふれた救急箱を取り出し、錠剤の入ったビンを取り

上げると、一錠を手のひらの上に振り出して、ゆかりに渡した。

「あっちのドアを開けると洗面所があるから、そこで飲んでおいで」

ゆかりは言われたとおりにする。悦子はにこやかな笑みを浮かべて医師に向きあった。

「榊先生でいらっしゃいますね」

「そうです」

「本当にありがとうございました。あの子の具合が悪くなったときに、先生のクリニックの

そばを通りかかるなんて、不思議です。こういうことってあるんですね」

榊医師はその言葉の意味をはかりかねたのか、机をまわって椅子の方へ歩きながら、ちょっと眉をあげた。

「わたしの知人が、以前先生に診ていただいたことがあるんです。ですから、お噂はかねがね」

「ほう。どなたでしょう」

「たくさんの患者さんを診ていらっしゃるから、名前は覚えておられませんよ、きっと」

悦子は心のなかだけで身構え、医師の顔に視線を据えて、言った。

「その人、四十代の男の人で、右足が少し悪いんです」

医師の表情が、素早く動いた。

悦子は、野球のバッターが球をとらえた瞬間を想像した。きっとこんな感じなんだわ。カキーン！

「覚えていらっしゃいません？」

榊医師は両手を机の上につっぱり、少し顔を上向きにして、思い出すようなそぶりをしている。何気なさをよそおってはいるが、ゆかりよりも芝居が下手だった。

だけど、どうして、わたしのあとを尾けていたらしい足の悪い男のことで、こんなにも動揺するんだろう？

「さあ……ちょっと記憶にありませんね」と、医師は口元だけで笑ってみせた。『榊』違い

「じゃないかな」

「あら、そうですか。残念ですね」

　ゆかりが戻ってきた。「先生、おトイレを使っちゃったの。ごめんなさい」

　医師は救われたようにゆかりの方を向いた。「かまわないよ。それで、少しはおさまっただろう」

「うん。出るものが出たら痛いのがちょっとになった」

「まあ、お行儀が悪いわね」

　愛想笑いをしながら、悦子はゆかりを引き寄せた。

「それでは、失礼いたします。あの、料金の方は……」

「一刻も早く悦子に出ていってもらいたいというように、榊医師はさっと手を振った。

「いえ、かまいません。この程度のことなら、そんなご心配は無用です」

　もう一度深々と頭を下げてから、悦子はドアのノブに手をかけ、そして、今思い出した、という様子をつくって振り向いた。

「先生、もう一人いました。わたしの知人で先生のお世話になったことのある者が」

　医師は、（誰です？）というように顔をしかめた。悦子は言った。

「貝原みさおっていう十七歳の女の子です」

　悦子のバットがとらえた球は、今度はスタンドの方まで飛んでいった。

　医師の顔色が変わった。せわしなく白衣のポケットをまさぐる。マイルドセブンのパック

と、金色に輝くライターが出てきた。下手な俳優が煙草を吸う動作で演技力不足をごまかすように、医師はフィルターをくちびるのあいだにはさんで、ライターをすった。なかなか火がつかない。

「さあ……覚えがありませんね」

それだけ聞けば充分だ。悦子はドアを出た。受付の窓を開ける。今度は、「太田」一人しかいない。奥で何か書き物をしている。

「太田さん、ありがとうございました」

声をかけると、近寄ってきた。にこにこしている。

「お嬢ちゃん、大丈夫？」

「うん」

悦子は彼女に顔を寄せ、小声で訊いた。

「ごめんなさい、わたし、知人が榊先生に診ていただいたことがあるような気がして、うっかりそう言ったら、人違いだったみたいなの」

「先生はそんなことで気を悪くされたりしませんよ」

「右足を少し引いて歩いてる中年の男の人と、もう一人、若い女の子なのよ。あなたはご存じないかしら」

「太田」は目をパチパチさせたが、「さあ」と答えた。「患者さんにそんな人がいたかしら。若い女の子っていうだけじゃ、たくさんいるし——」

そして、あれ？ というように目を寄せた。

「でも、足の悪い男の人だったら、昨日、一人来ましたよ。紹介状がないので診てあげられなかったけど」

悦子は（ん？）と思った。

どういうことだ？ 安藤光男ははっきりと、その男がここへ入ってゆくのを見ている。一ヵ月も前に。それを、受付の女性が知らないとは——

あ、と思った。土日はお休みだったからだ。

「こちら、土日はお休みですよね？」

「ええ、そうですよ」

だから、「太田」は知らないのだ。問題の男は、このクリニックにいるほかの人間には知られないように、榊医師に会いに来たのだ。

そして昨日——ほんの昨日、今度は患者のふりをして訪ねて来ている——

「昨日は、その人一人でした？」

「いいえ。若い男の人が一緒でした。ハンサムな人でしたけど」

いったいどういうことだろう。

この「太田」という女性は、あまり警戒心の強い方ではなさそうだ。「安西」という女性が戻ってこないうちに、もう少し訊いてみようと思った。

「こちらには、入院できる病室はあるんですか？　いえ、わたし、どうしても人違いとは思

えないのよ。わたしの知り合いがかかった先生は、やっぱりこの榊先生だと思うの。その知り合いは、入院したんですよ」

「太田」は手をひらひらさせた。「あら、じゃあ、やっぱり人違いですよ。ここでは、めったに患者さんを入院させませんから。よほどのことがないかぎりは」

「そう……そうなんですか。広そうな建物なのにね」

「先生がこちらにお住まいですから。ご家族は別々ですけどね」

「太田」のくちびるはぺらぺらとよく動く。これもやはり、悦子が子供連れだからだろう。母子の組合せには、誰でも警戒心を抱かないものだ。

「あら、そうなんですか。ねえ、さっきの話に戻るけど、本当に知らない？ 若い女の子。とっても美人で、名前は貝原みさおっていうの」

相手はしばらく考えて、かぶりを振った。

「覚えがありませんね。今、特別にうちでお預かりしている患者さんも若い女の子らしいけど、その人は先生のお知り合いのお嬢さんだっていうし……」

悦子は息が止まるかと思った。つないでいたゆかりの手をぐっと握った。

「あなた、その人の顔を見た？」

ようやく、「太田」は警戒し始めた。「どうしてそんなことを訊くんです？」

そのとき、ゆかりが「ママ！」と呼んだ。振り向くと、目と鼻の先に看護婦が一人立っていた。いや、立ちはだかっていた。

「どなたさま?」と、看護婦は詰問した。たわしと洗剤でこすりあげた壁のように清潔で、そっけなく、薄いくちびるは刃物のように真っすぐだ。

「あら……すみません、おしゃべりしてしまって」

ひるんでいると、突然ゆかりが声をあげて泣きだした。

「ママ、ママ、もう帰ろうよ。病院はきらいよチューシャするんだもん」

悦子は看護婦を押し退けた。「そうね、帰りましょう。お邪魔さまでした!」

急いで表に出る。五、六歩だけ走って、足を止めた。誰も追いかけてはこない。

悦子は『榊クリニック』の窓を見上げた。ブラインドがぴっちりと降りているところと、開け放ってあるところとがある。

悦子は声をひそめて言った。「ゆかり、もう一度だけ、お願い」

「今度はなあに」

「駄々をこねて。ママ、怒鳴るから。いいわね?」

心得たとばかりに、ゆかりはその場で地団駄を踏み始めた。

「ヤダ、ヤダ、東宝まんがまつりに連れてってくれるって言ったじゃない、ドラえもん観に行くって言ったじゃない、ママの嘘つき!」

「おなかをこわしたんだからダメ!」

悦子は大声を出した。そして息を吸い込み、身体を半分『榊クリニック』の建物の方へ向け、腹の底に力を入れて怒鳴った。

「みさお！　わからないことばっかり言うんじゃありません！」

近所中に響きわたるような声を出せた。通行人がこっちを見る。

「ママのバカ！」

「みさおなんかもうママは知りません！」

「みさお、死んでやるから！」

「生意気な口をきいてると、置いてくわよ！　捨てちゃうわよ、みさお！

みさお、みさおと連呼して、悦子は素早く「榊クリニック」を見上げた。もし、みさおが

ここにいるなら、きっと聞こえる。わたしの声を聞いて、聞きつけて、合図をしてみさお

ん――

そのとき、四階のいちばん端の窓のブラインドが、わずかに動いた。人の目がのぞいた。

指先が見えた。

（みさおさん？）

正面のドアが開いて、さっきの看護婦が走り出てきた。いきなり悦子の腕をつかまえる。

悦子は負けずにその手をふりほどいた。

「何をやってるの！」

「子供が言うことを聞かないんだからしょうがないでしょう！」

それを合図にしたように、ゆかりが地団駄をやめて走りだした。悦子もあとを追いかける。

前庭を横切り、道路に出ると、悦子はゆかりに追い付き、手と手をつないで走りに走った。

小滝橋通りに出て、新宿西口の小田急ハルクが見えるところまで走り、やっと足を止めた。

二人とも汗だくになっていた。

「ママ、すごい」と、ゆかりが感嘆する。

「おじいちゃんに電話しましょう」

顎のあたりの汗を男のように腕で拭いながら、悦子は宣言した。

「あのクリニックを張ってもらうのよ。みさおさんは、きっとあそこにいる」

ゆかりは公衆電話へ走り寄った。「張り込みなら、おじいちゃんプロだもんね。あ、元プロか？」

36

義夫は現役のプロだった。

新聞社の自動車部員の仕事は、単に記者たちを乗せて走ることだけではないのだ。尾行も張り込みにもつきあう。義夫はそれを、四十年もやってきたのだった。

駆け付けてくると、まず、段取りから整えた。落ち着きはらっているように見える。ただ、気が高ぶっているときの癖で、声が大きくなっていた。

「昼間のうちは、忍びこんでみさおさんを救け出すわけにはいかんだろう。陽が落ちるまで、父さんが見張っているから、おまえたちは着替えて、腹ごしらえをして、車の用意をしな

い。ガソリンを満タンにしておくんだよ」

「どうして?」

「おまえが訪ねて行ったことで、あそこの連中は、みさおさんを他所に移そうとするかもしれない。もしそうするなら、向こうだってこちらがどう出るか考えているだろうから、今すぐに移すか、それとも夜になってからか、どちらかだろうがね」

だが、義夫が近所をぶらぶらしながら見張っていたあいだには、「榊クリニック」に動きは見えなかった。患者も出入りしない。もうブラインドが動くことさえなかった。

悦子は、すぐにも車を出せるように用意を整え、「榊クリニック」の近くの、民家の脇に駐車しておいた。

ゆかりは少し、後部座席に隠れて眠った。悦子も一時間ほど休み、車のなかで髪をたばねて頭のうしろへまとめた。近くの洋品店で自分とゆかりの衣服を買いそろえ、着替える。動きやすいポロシャツとパンツを選んだ。衣服と髪型を変えると、一度しか会っていない「榊クリニック」の人間には、遠くから見ただけでは悦子だとわかるまい。

そうしておいて、夕方からは、義夫と交替で見張りについた。

時間は過ぎてゆくが、これという変化はない。夕暮には買物に行き来する主婦の姿が多くなり、陽が暮れて夜になると、家路を急ぐスーツやワイシャツ姿の男性が目立った。

「榊クリニック」は動かない。

午後十時になると、建物の正面玄関にともっていた明かりが消えた。電信柱の陰から、あ

るいは煙草屋の店先で赤電話をかけるふりをしながら、あるいは道を行ったり来たりしながら、義夫と悦子はじっと観察を続けた。　十時半が過ぎ、十一時になり、十一時二十分になった。

そして——

思わず、着ていたポロシャツの衿をつかんだ。　道路の向かい側に身をひそめている義夫に合図を送った。

先に見付けたのは悦子だった。

右足を少し引きながら、男が一人、こちらへ向かってくる。　ひょろりと長身で、痩せ形で、街灯の光を背負い、影を長く引きずって。

義夫は、悦子の合図に気付いて、その男を見た。　男はむろん、こちらには気付いていない。

少し肩を落とし、うつむきがちに近付いてくる。

目を凝らしていた義夫の顎が、がくんと下がった。

右足の悪い男は、「榊クリニック」の前庭へ一歩踏み込みかけ——

驚いて見守る悦子の前で、義夫は男の方へ向かって走りだした。　義夫が近付く。　男が顔をあげ、義夫を認め、そして彼の表情も驚愕で凍りついた。　小柄で太り気味の義夫に摑まえられて、男は前のめりになった。　悦子は通りを横切り、二人に走り寄った。　義夫が男を殴り付けるのではないかと思った。

だが、義夫は殴らなかった。男をひっぱって、横手の路地の方へと進んでゆく。どこにこんな力があったのかと思うほどの勢いだ。

二人の男はどちらも無言で、路地のなかほどまでもつれるように進み、そこで足を停めた。追い付いた悦子が、「お父さん！」と呼びかけたとき、男の襟首（えりくび）をつかまえていた義夫の手が離れた。

義夫は、食いつくような顔で男を見ている。男の方は、ひっぱられて裂けてしまったシャツの衿を手でおさえながら、義夫を見、そして悦子を見た。

見覚えのない顔だった。一度も会ったことはない。悦子にわかるのは、ただ、安藤光男の表現は正確だったようだ、ということだけだった。

義夫の方へ視線を戻し、信じられない──という表情で、男は言った。「真行寺さん」

悦子は立ちすくんだ。

義夫はゆっくりと言った。「久しぶりだ。十何年ぶりになるだろう。私を覚えていましたか」

男の表情が、誰かに背中を撫（な）でられている子供のような、頼りなさそうなものに変わった。

彼はぽつりと言った。

「忘れるわけがないじゃありませんか」

義夫は悦子を振り返った。

「この人は、三枝隆男（さえぐさたかお）さんだ。古い知り合いだよ」

言った。

男は悦子の方を見なかった。ちょっと目を伏せ、そして思い切ったように顔をあげると、

「真行寺さんが、こんな時間にこんなところで何をしてるんです。まさか──」

三枝という男は、今度は、まともに悦子を見つめた。

「まさか──貝原みさおを探しにきたというんじゃないでしょうね？」

義夫は三枝を悦子の車のなかへ押し込んだ。

「とにかく、話を聞かせてくれ。何がどうなっとるんです。なぜあんたが貝原みさおさんを知っている？」

三枝は、じっと見つめている悦子とゆかりの視線を無視するように、義夫の顔だけを見つめていた。真剣だった。

「今は、詳しいことを話している時間がないんです。わかってください」

「なぜ、みさおさんを知ってる？ あんたは何をやろうとしてるんだ」

三枝は激しく首を振った。「言えないんですよ。今は駄目です」

「みさおさんは『榊クリニック』にいるんですね？」

悦子が問うと、彼は目をそらしたままうなずいた。

「彼女はなぜ閉じこめられてるの？ どうして？ 何をしたっていうんです」

三枝は髪をかきむしった。「何もしてませんよ。あの娘は側杖をくったんです。巻き込ま

れたんだ」

「巻き込まれた?」

「そう。俺と――俺の仲間が今実行中の計画にね。こっちだって、彼女のことは計算外だったんです」

「みさおさんが巻き込まれたのは、あなたを尾けてたから?」

いきなり悦子にひっぱたかれたかのように、三枝は飛び上がった。

「どうして知ってる?」

「あなたがみさおさんのことを教えてくれなきゃ教えないわ」

三枝は、「真行寺さん」と、助けを求めるように義夫に向き直った。

「お願いだ。これから俺が言うことを聞いて、それに従ってください。ひとつ、すぐここから離れること。ふたつ、貝原みさおは、俺がかならず無事に救け出しますから、あなたがたは手をださないでください。大丈夫、明日には救け出せます。今も、彼女は監禁されてるが、危害は受けてない。そのように計らったんです。明日で全部終わるんだ。みっつ、とにかくこれ以上は何も聞かないでください。いいですか?」

悦子は噛みついた。「どうして明日なの? 今すぐ救け出してください!」

「駄目なんです。今そんなことをすれば、余計な疑いを招く。かえって彼女が危険になるんですよ」

義夫もすぐに言い返した。「悦子が訪ねていったことで、『榊クリニック』の連中は、みさ

おさんを他所へ移してしまうかもしれない。それでも、あんたが彼女を救け出せるという保

証はあるのかね?」

　三枝はため息をもらした。「大丈夫です。絶対に。信じてください。俺が真行寺さんの知

り合いを見捨てるわけがないでしょう」

　今度は義夫が目をそらす番だった。

「信じてください」と、三枝はもう一度言った。

　義夫はちらりと悦子を見た。(この場は父さんに任せてくれ)という目だった。

「三枝さん。よし、わかった。あんたの言う通りにしよう」

「お父さん!」

「おじいちゃん?」

　義夫は悦子とゆかりを手で制して、「いいんだ。この人は信用できる。だから、いいんだ

よ。ただし三枝さん、一つだけ条件がある。今この場で、みさおさんがどこかほかへ移され

るとしても、救け出す自信があると言い切る以上、彼女がどこへ運ばれるか、だいたい目処めど

がついてるんだね?」

「一ヵ所しかありませんよ」

「そうか。じゃあ、その場所を私に教えてください」

　そして義夫は三枝ににじり寄ると、声をひそめた。

「あんたはこれから、『榊クリニック』へ行くんだな?」

三枝はうなずいた。

「じゃあ、そこで連中と話をして、もし連中が、みさおさんをあんたが考えている場所へ移すと決めたら、合図をしてくれ。正面玄関の明かりを二度点灯させてくれればいい。できるかな?」

「そんなことを知って、どうするつもりです?」

「私らはそこでみさおさんを待つ。明日、彼女を救け出したら、私らのところへ連れて来てくれ。この車で行くから、すぐに私らだってわかるだろう」

三枝は絞るような声で懇願した。「あなたがたは関わっちゃ駄目です」

「もう関わってます」と、悦子は言った。

三枝は、しばらくのあいだ窓の方を向いて考えていた。やがて、疲れ切ったように息をひとつついて、言った。

「わかりました。言うとおりにしましょう」

そして、義夫が差し出したメモ帳に、みさおが移される可能性のある唯一の場所を書き留めた。少し時間がかかった。時折、手を止めて考えたりしている。

書き終えたメモを義夫に渡すとき、三枝はもう一度念を押した。

「いいですね? 約束を守ってください。明日までの辛抱なんです。何があっても手を出さないでください」

彼が車を出るとき、義夫は訊いた。

「あんた、今なにをしようとしてるんだね?」

一瞬ためらってから、三枝は答えた。

「仇討ちですよ。敵をとるんです」

彼は約束を守った。見守る悦子と義夫の前で、「榊クリニック」の門灯が、二度点滅した。

それを見届けてから、義夫は悦子を促した。

「一度家に帰って、支度をしよう。行き先は少し遠いよ。房総半島のはずれだから」

「どこなの?」

「潟戸友愛病院というところだ」

「お父さんは、どうしてあの人の言うことをあんなに素直に信じたの?」

義夫はかすかに笑みを浮かべた。

「その話は、潟戸に着いてからしよう。ゆっくりな」

第四日（八月十五日　水曜日）

37

「昨夜はどこに行ってたんです？」

午前九時。明恵宛てのはがきに書かれていた高田馬場の住所地へ向かうため、車に乗りこんだとき、祐司は、ふと思いついたような顔で訊いてみた。

昨夜は、まだ夜が浅いうちに、仙台から戻ってくることができた。祐司と明恵はすぐにも高田馬場へ向かいたかったのだが、三枝はそれに反対したのだった。

「おまえさんはともかく、彼女は少し休んだほうがいい。ひどい顔色だ」

「でも……」

「いいから、とにかく今日はもう駄目だ。悪いことは言わないから、少し休めよ」

三枝抜きで、夜の街に出かけていく勇気は、さすがにまだ出てこない。結局言われた通りにして、早めに横になった。三枝の言葉どおり、ひどく疲れていたのか、すぐに眠ってしま

った。

ところが、十一時近くになって、三枝が一人だけで、そっと部屋を出てゆくことに気がついたのだ。

声をかけようかと思った。が、土壇場で思いなおして、そっとあとを尾けてみたのだ。非常階段を降り、気付かれないように距離を取りながら、追ってみた。ところが、三枝は新開橋通りまで出ると、ちょうど角を曲がってきたタクシーをつかまえて、乗りこんでしまったので、祐司の尾行の旅も、たった百メートルぐらいで終わりになってしまったのだった。

祐司の質問に、三枝はびくりとした——ように見えた。いつもなら一発で始動するエンジンがかからず、腹立たしそうにもう一度イグニッション・キーをひねると、不機嫌をはっきりと顔に表して、言った。

「起きてたのか」

「あなたが起きだしたんで、目が覚めたんです。あんな時間にどこに行ったんですか?」

隣にいる明恵が、どういうこと? という顔をしている。

「俺にはささやかなプライバシーってヤツさえないのかね?」

「あなたは僕らに雇われてるんですよ」

「夜は自由時間だよ」三枝は車を出した。こちらを見ようともしない。「ちょっと散歩に行っただけさ。眠れなかったんでな」

タクシーに乗って? と言いかけたが、祐司は黙った。だが、改めて、明恵が言ったこと

を心に言い聞かせていた。（この人からは目を離さない方がいい）

　腑に落ちないことが、いくつかある。ひとつひとつは小さなことだが、集まると意味が生まれてきそうなことが。

　再び、東京を東から西へ横切るドライブ。首都高速も、看板に偽りなく、高速で飛ばせる。スムーズに走れた。今日は渋滞に引っ掛かることもなく、

「十五日だからな。都内はすかすかなんだよ」と、三枝が言った。

　高田馬場は、学生の街だという。近くに早稲田大学があるからだ、と説明されても、言葉だけではイメージがわいてこない。

「だから、学生向きのアパートやマンションが結構たくさんあるんだ。あんたが住んでた部屋も、そういう感じのもんじゃないかと思う」

　例のはがきには、「新宿区高田馬場四丁目41の6　上田アパート102」とあった。「幸山荘事件」について調べるため、わざわざ部屋まで借りていたということは、かなりの長期戦を覚悟していたのだろう。

　自分はまったく独りきりで、これという当てもなく、調べ回っていたのだろうか——と思った。誰も協力者はいなかったのだろうか。いったい何が、俺を仙台の家から引き離して、東京へと呼び寄せたのだろう。

　駅前で車を離れ、あとは歩いていくことになった。

「少し距離はあるが、近所を歩くと、いろいろ思い出すかもしれないからな」と、三枝が区

分地図を見ながら言う。「駅前はこんな感じだ。どうだね?」

狭いバスターミナルと、黄色い電車が発着する駅。地下鉄も通っているようで、階段が地下へ降りている。駅を背にしてすぐ右手に、「ビッグボックス」という大きな建物が見える。

「来たことがあるような気がする」

そう答えて、祐司は素早く三枝の表情をうかがった。相手はまぶしそうに目を細めている

だけで、何も読み取ることはできなかったが。

自分は確かに、この辺りにいたのだろう。この駅も利用したことがあるのだろう。はがきで書いているのだから、それには間違いあるまい——

だが、一方で、それをストレートに信じてはいけないような気もするのだ。

すべてがあつらえられて、計画されている——いや、すべてではないにしても、誰かの、何かの意図に添ってうまく動かされている、という感じがする。

一年でもっとも混雑する時期に、どうしてあんなに簡単に新幹線の席がとれたのだ? どうして三枝は、一度も迷うことなく、探し回ることさえなしに「榊クリニック」にたどり着くことができたのだろう。あんなごみごみした場所だったのに。

そもそも、彼が「前科があるから、警察には報せられない」と言ったことだって、どこまで当てになるかわからない。むしろ、そういう警察に目をつけられやすい立場の人間なら、こんなことに関わること自体、避けようとするんじゃないか?

明恵の部屋で発見されたはがきも、祐司が書いたとは限らないのだ。彼は自分の筆跡を見

分けられなくなっているのだから。そのように思い込まされているだけ、という可能性もある——

そう。日曜日から始まったすべてのことは、最初から予定されていたものだったんじゃないのか。彼と明恵は、その予定に乗せられるためにこそ、記憶を消されたのかもしれない。

「どうした？」

声をかけられて、彼はあわてて歩きだした。昨日と同じように、腕には明恵がすがっている。

どこへ引っ張っていかれることになるにしても、今は言いなりになっているしかない。行き着くところまで行けば、道も開けるかもしれない——と信じながら。

上田アパート一〇二号室には、表札が出ていなかった。どこまで行っても名無しの権兵衛だな、と、祐司は思った。

もちろん鍵もないし、ここには管理人もいない。出入口のドアの鍵はさほど頑丈なつくりのものではないから、壊して入ることになるかな、と思った。

三枝はぐるりと周囲を観察した。

「パレス新開橋と比べると、家賃に換算して二、三万円は安いかな」と、笑う。ドアは合板だし、廊下の壁のあちこちにしみが浮いている。ドアの脇には窓があり、その向こう側が台所にあたるらしいが、こちらに向いている換気扇の排気口のフッドに、油汚れと入り混じっ

たほこりがびっしりとこびりついていた。

「どうします？　ドアを破りますか」

「まあ、ちょっと待てよ。入口のステップのところに郵便受けがあったよな？　あのなかを見てきてくれ。人によっては、郵便受けの蓋の内側に、合鍵をテープでとめている場合があるからな」

明恵を廊下の手摺りにつかまらせておいて、祐司は言われたとおりにしに行った。鍵のついてない郵便受けのなかには、「不在配達票」と書かれた細長い往復はがきみたいなものが入っていただけだった。日付は八月十三日だ。

祐司がそれを手に戻ってくると、三枝が背伸びして、廊下の壁に取り付けられている電気のメーターの上に手をのばしているところだった。

「あった」と、彼は言い、ほこりだらけの指先でキーをつまみ、こちらに見せた。

「誰でも、合鍵の隠し場所には、そんなに独創性を発揮できるわけじゃないからな。郵便受けには何か入ってたか？」

祐司が不在配達票を見せると、三枝は首をかしげた。

「なんだろうな。まあいい、あとで取りに行ってみよう」

三枝がドアの鍵を開け、三人は部屋のなかに足を踏み入れた。明るい。そして、息苦しく感じるほどに蒸し暑い。正面に見える窓のカーテンが、いっぱいに開けてあるからだ。

四畳半ぐらいの台所と、六畳一間しかない。台所には、小型の冷蔵庫と、赤いポット、オーブントースター、そして、小さなワゴンの上に電気がまが乗せられている。パレス新開橋で見かけたのとよく似た光景だ。台所の水切りのなかに皿が二枚とグラスが二個。手に取ってみると、どちらもカラカラに乾いていた。

奥の部屋は正面が窓で、左手の方が押入れになっている。その脇にハンガーラックがあり、男物と女物のジャケットとシャツが掛けられていた。

六畳間の中央には、脚をたたむことのできるタイプのテーブルが据えてあり、そのうえには何も載せられていない。右手の壁にはカレンダー。テレビはなし。電話は引いてあり、窓際に据えられている箱型の小物入れの上に置いてあった。

「どうだ？ 何か思い出したか？」

三枝の声を聞きながら、祐司は、ふたつの部屋の仕切りになっている、ガラスの引き戸をながめていた。

日曜日の朝、パレス新開橋の部屋のなかを見回していたとき、あの部屋のガラスの仕切り戸を見て、ふと頭をかすめたことがある。割れるガラス。（すみませんこれ強化ガラスじゃないんですね）──

この部屋の引き戸は、木の枠に、長方形の曇りガラスを三枚はめこんだものだった。近寄ってよく見ると、二段目と三段目のガラスだけ、新しい感じがする。パテもまだ汚れていない。触れてみると少しやわらかく、爪で跡をつけることができた。

　あれは、ここの引き戸が割れたときの記憶だったんだ、と思った。電気屋か、家具屋か、誰かがこの部屋に何かを運びこんだとき、うっかりぶつかったかして割ってしまったのだろう。

　だとすると、自分が一時ここに暮らしていた——ということは、信じてもよさそうだ。部屋のなか全体は、アパートの外の様子から想像するより、はるかに清潔で居心地がよさそうだった。歩き回るとほこりが舞い上がり、窓から射し込む金色の日光のなかに浮いているのが見える。だが、ほこりっぽい夏のこの時期は、一日掃除をしなくてもそうなるだろう。祐司も明恵も、少なくとも今日で四日はここへ戻ってないのだから、ほこりがあるのは当然のことだ。

　明恵は手探りで、台所の流しを探ってみている。ここには給湯器がなく、クラシックな壁付け式の瞬間湯沸器が据えてある。その湯沸器もシンクの縁も、二口あるガスコンロも、みなピカピカに磨いてあった。

　彼女が掃除してたんだ、と思った。おそらく、かなり几帳面に。狭い部屋を住みよくするために。そう考えると、ひどく明恵が愛しくなった。

「新婚さんの住まいだな」と、三枝が少し笑う。ハンガーラックに下げられている衣類に触れてみて、台所の明恵に、

「お嬢さん、あんた、なかなか家事がうまかったらしいよ。クリーニングに出したみたいにきちんとアイロンをかけてある」と言った。

劇的に甦（よみがえ）ってくるものはなかったが、部屋のなかに立っていると、ここは安全だ、という気がした。

「よし、じゃあ取りかかるとするかね」

三枝は言う。また、探しものだ。だが祐司は、あまり期待をかけてなかった。

「もし、僕たちが、『幸山荘事件』についての新しい事実を探しだしていたとしたら、そんなものはとっくに取り上げられてますよ。記憶を消したのに、そんなものを残しておくわけがないでしょう？」

すると、窓際に立ち、太陽に顔を向けながら、三枝は言った。

「あんた、そんなに抜けてたかね」

「え？」

「いいかい？　少し整理してみよう」と、三枝は向き直った。「あんたが『幸山荘事件』について調べなおしていたということは、一般に報道されていることでは説明のつかない何かを、本当の真相を突き止める手がかりになるものをつかんでたってことだろう。そうでなきゃわざわざ仙台から出てくるはずがない。そして、それをとっかかりに、あんたはここに腰を据えて調査を続けていた」

三枝は手でぐるりと部屋のなかを示した。

「いいかい？　忍者じゃないんだから、調査をしているうちには、あんたの動きは、当然のことながら、村下家の側にも伝わる。どんなに気をつけても、あんたが何かやってるらしい

ということはわかっちまうさ。そして、それが村下家の連中にとってまずいことだったから、あんたたちは記憶を消された。

「ええ」

「記憶を消されるなんてことは、あんたも予期してなかった。俺が同じ立場でも、そこまでは予想できなかっただろうと思うよ。だがな、書いたものを盗られる——記録や証拠になりそうなものを奪われるかもしれない、ということまでは、あんただって考えていたはずだ。だとしたら、なんらかの形で、どこかに控えを残しておきそうなもんじゃないか、え？」

祐司は壁にもたれかかった。なるほど、もっともな言い分だ。

「でも、現実にどうやって探すんです？　たとえば貸し金庫を借りていたとして、そのキーが見つかったとしても、どこのどんな銀行だかわからないじゃありませんか」

「あんた、貸し金庫に入れたという記憶があるのか？」

祐司は首を振った。

「じゃ、そうじゃないかもしれない。とっとと始めようぜ」

部屋にはクーラーがなかったので、はいずりまわって探す仕事は辛らかった。十分とたたないうちに、祐司も三枝も水をあびたような有様になってしまった。

押入れのなかは、多少乱れていた。上の段には、布団がきちんとたたんで積み上げられ、二個ある防虫ボックスも角をそろえて据えてあるのに、下の段では紙袋や箱が歪んだり傾い

たりしている。まるで誰かが、あるものがそこに隠されていることは知っているが、そのど
こに入っているかわからないのでかきまわした、という感じだ。

下の段には、布製の小型の旅行カバンも一つ入っていた。なかは空で、丸めた新聞が詰め
てあり、その上に防虫剤が一つ載せられている。おそらく、明恵が仙台から持ってきたもの
だろう。ここに住みついて中身を出したので、あとをきちんとしておいたのだ。

念のため、布団は全部引っ張りだして、隅から隅まで叩いてみた。カバーの内側に何かな
いかと思ったのだが、出てきたのはほこりだけ。ただ、布団はすべて、貸し布団屋のものだ
とわかった。端に業者のラベルがついている。そのことが、（こんなことが済めば晴れて家
に帰れる）という気持ちの象徴のようで、祐司は胸が痛んだ。自分のためにではなく、明恵
のために。

台所の隅に積み上げてあった古新聞を引っ繰り返す。何も出てこない。壁に画鋲でとめて
あった布製のポケットラックの中身も見た。「オガタユウジ」名義のガスや電気の領収証が
何枚かあるだけ。誰かと手紙をやりとりしている暇などなかったのだろう。

押入れの天井の板をあげたり、台所の床に敷かれていたビニールマットをはがしたり、考
えられる限りくまなくやってみたが、結果はゼロだった。昼近くに、祐司も三枝も疲れ切っ
て、座り込んでしまった。

「駄目みたい？」

台所でおとなしく待っていた明恵が、おずおずと声をかけてきた。

「心配しなくていいよ」と、祐司は答えた。

小物入れの引き出しに、封を切ってないマイルドセブンがふたつ入っていた。灰皿は台所の棚にあった。祐司と三枝は壁にもたれて煙草を吸い、台所で水をくんで飲んだ。

「台所も見てみたわよね？」

「うん」

「野菜入れとか冷凍庫も？」

「うん。何も見つからなかったよ」

そう、と明恵はうつむいた。

「こうなったら、はったりでいくか」首の汗を拭いながら、三枝が言う。

「はったり？」

「ああ。記録や証拠があるようなふりをするんだ。それでまず、榊達彦にぶつかる」

「素直に話すかな」

「脅せばいいさ。こっちには拳銃がある。忘れたか？」

祐司はどきりとした。忘れていたのだ。三枝に預けてしまってから、あの拳銃のことはまったく考えないようになっていた。

「三枝さん」

「なんだ？」

「さっきまでの説だと、あの拳銃と現金はどうなるんです？」

三枝はうなりながら背中を伸ばし、凝った筋肉をほぐした。

「確かに、あれは説明がしにくい。だがな、俺はこう思ってるんだ。村下家の連中は、あんたたちの記憶を消したあと、あんたたちが警察や病院に駆け込むことを防ぐために、あれだけのものを残していったんじゃないか、ってな。現実に、あのふたつの——いや、血のついたタオルも入れて三つだな——おかげで、あんたたちは動きがとれなくなっちまってた。だろ？」

「たったそれだけのために五千万を？」

「村下猛蔵なら、それぐらいへでもないよ」と、笑う。「それであんたたちをやっかいばらいできるなら安いもんだ」

「でも拳銃は？　そう簡単に手に入るものじゃない」

「金さえあれば、簡単さ。猛蔵は、地元の暴力団ともつながりがあったという噂があるし

……」

明恵が顔をあげた。

「どういうことです？」

「なにも潟戸町だけに限ったことじゃない。要するに、ああいうふうに、一党独裁みたいになっていて、金も権力も一つの家に集まっているような土地じゃ、右も左も、上も下も、いろんな団体がそこへ寄ってくるってことだよ」

これと言って意味を感じる質問ではなかったのだが、ふと思いついて、祐司は訊いた。

「猛蔵自身は、拳銃を撃つことはできたんですか?」

三枝は破顔した。「できたんじゃないか? 撃つことだけなら誰でもできる。 問題は、撃った弾が狙った的に当たるかどうかだ」

真顔に戻って——

「とりわけ、『幸山荘事件』のように、実に効率的な射殺をやってのけられるかどうか、ということになると、話は全然別だ。猛蔵には無理だったろうと思うよ。孝の方が、ずっと可能性が高い。俺の持ってるスクラップのなかにも、それについて書いてたやつがあったろう?」

「だとすると——」

信があったんじゃないかな。だとするとだ。あの三つを残しておく限り、あんたたちはもうどうしようもない」

三枝は煙草を消した。

「話を戻すと、連中には、あんたたち二人の記憶が、もう絶対に元には戻らない、という自

「身元がわからないまま暮らしていくしかない?」

「そうだ。記憶を失くす以前の自分たちが犯罪者だったんじゃないかって、怯えながらな。そうなれば、いずれ、パレス新開橋も出ていってしまっただろう。たとえ、仙台にいる広瀬耕吉のような身内の人間が、あんたたちの消息が途絶えたことを心配して上京しても、たどりつけるのは高田馬場のこの部屋までだ。あんたたち二人は行方不明ってことになっちゃう」

「それなら、誰かが怪しんでくれませんか? 僕たちは『幸山荘事件』の被害者の遺族なん

だ」

「事件から立ち直り切れなくて、そっと故郷を離れて蒸発したか、自殺したとでも思われるのが関の山だろうな」

祐司は激しく頭を振った。「まさか！」

「だが、そんなもんだぜ。警察は、あんたたちみたいな自殺の可能性もある失踪者を、そう熱心には探してくれない。ましてここは東京だ。行方不明者はごまんといる。いくら広瀬耕吉が『ぼっちゃんは〈幸山荘事件〉について調べなおしていました』と言い張っても、あれは潟戸町の事件だ。警視庁は関係ない。しかも、公的に解決済みの事件だぜ。賭けてもいい。警視庁は足の親指一本動かしてくれないだろうな」

明恵が身震いをした。「だけど、それなら、わたしたちを殺して死体をどこかに隠してしまえば、行方不明になったと同じでしょ？　どうしてそうしないで、わざわざ回りくどいことをしたの？」

「死体は、絶対に、未来永劫発見されないという保証はない。そして、もし発見されたら大騒ぎだ。今は、個人識別の技術がすごく発達してる。骨だけになってたって、どこの誰だか突き止めることができるんだ。あんたたちを殺しました。一時はそれで安心になりました。ところが死体が見つかって、身元まで割れてしまいました──それじゃ最悪じゃないか」

三枝は乗り出した。「だが、あんたたちを記憶喪失にしたうえ、公的な機関に助けを求めることもできないようにして放り出してしまえば、危険は何もない。よしんば、広瀬耕吉が、

この広い東京で奇跡的にあんたたちに巡り合えたとしても、拳銃と五千万円と血のついたタオルを見せられたら、何も言えない。どうすることもできない。彼だって、あんたたちが何か恐ろしいことをやったんじゃないかと思って、びびっちまうからな。あんたたちをかばい、ひたすら口をつぐんで、黙って仙台へ連れ帰って、それまで通りに静かに暮らすだけだろう。

そういう意味では、あの五千万円は、手切金みたいなんでもあるな」

祐司はゆっくりと言った。「村下猛蔵は気前がいいってわけだ」

「そうなるな」

しばしぎゅっと目を閉じて考えてから、祐司は立ち上がった。

「いいでしょう。榊達彦を脅してみる。それがいちばんよさそうだ」

三枝と二人で、たった今引っ越してきました、というほどの散らかしぶりになっている部屋を片付け始めた。明恵はまた台所に引っ込んで、少し淋しそうな顔をしている。手伝うことができないのが悲しいのだろう。

ポケットラックに郵便物を戻しながら、三枝が言った。

「電気料金の領収書は五月分からとってあるな。家賃の督促状はなし、と。あんたら、いい店子だったんだろう。手紙はない——」

そこで、三枝の手がとまった。

「おい、さっき不在配達票があったよな?」祐司はポケットから出して見せた。三枝はそれをひったくるように

「ええ。あれが何か?」

して取った。

「郵便だよ」

ぴしゃりと自分の頭を叩く。

「俺もバカだ。目の前にぶらさがってたようなもんじゃないか。考えてみろよ。いったい誰があんたたちに郵便なんか送ってくる？　ここの住所を誰が知ってるんだよ」

黙っている祐司と明恵に、彼は大声で言った。

「これはたぶん、あんたたちの方から出した郵便だ。それが戻されてきたんだよ。見ろ。この配達票の日付は八月十三日だ。月曜日だよ。あんたたちはここにいなかった。いなかったから、こっち側でもまた郵便局に戻されちまったんだ」

「それがどうしてそんなに大事なんです？　もしそれが、今探している大切な資料だったなら、戻されたりしないような場所に送ったはずでしょう？」

「いや、それがそうじゃないんだ。俺の考えが正しいなら、あんたは相当用心深かったってことになる」

三枝と二人、配達票で指定されている、この地区の本局に駆け付けた。住所を証明するものと印鑑が要るというので、電気料金の領収書と三文判を持って。

窓口で渡されたのは、小さな小包みだった。郵便受けに入り切らない大きさだ。宛名は

「仙台市中央郵便局留　三好明恵様」。差出人は緒方祐司、住所はこのアパートになっている。

開けてみると、分厚いコピーの束と、カセットテープが一本入っていた。厳重に梱包して

あり、外側から見たのではなんだかわからないようにしてある。

コピーの束の表紙には、「幸山荘事件」を報じた新聞記事の切り抜きが貼ってあった。

「これだ」と、祐司は言った。「でも、どうして彼女宛てになってるんだ？」

「頭がいいな」三枝は彼を感嘆のまなざしで見つめた。「この際、宛名はどうでもいいんだ。明恵さんはこっちであんたと一緒にいる。あんたとしては、これを、仙台の郵便局の局留にして送ればそれでよかったんだ。誰も受け取りには来ない。誰もこなければ——局留の場合、確か十日間だったかな、局で保管してくれて、それから差出人のところへ送り返してくる。あんたの身に何かがあって、アパートの部屋を家捜しされたとしても、その最中に郵便屋が配達にやってくる確率なんて、ごく低いだろう。これは守られるってわけだ」

返ってきたら、また送ればいい。そうすれば、この資料は安全に保管されてる。明恵のために、祐司はそれを読み返した——

アパートに戻り、三人で中身を読んでみた。明恵のために、祐司はそれを読み上げた——

38

耕さん。

この書類のコピーとテープが耕さんの手に渡るのは、僕と明恵の消息が知れなくなり、心配したあなたが、上田アパートの一〇二号室を捜し当てて訪ねてきた場合だけだと思う。僕が明恵に宛てて書いたはがきには、ここの住所が書いてあるから、それは難しいことじゃな

いでしょう。

僕たちが姿を消した場合、行方を探しだす手がかりは、非常に少ないだろうと思う。僕は意図的に、耕さんには何も話さないようにしてきたから。巻き込みたくなかったんだ。だから、明恵宛てにになっているこの郵便は、数少ない手がかりの一つになるわけで、そうなれば、きっと耕さんは開封してくれるだろうと思う。

僕はこの書類を、仙台の中央郵便局留で送り、受取人が来ないので送り返される――という形で保存してきた。いざというときの保険みたいなつもりだった。これは写しだからね。

ただ、できるだけこれが必要でなくなるようにしようとは思っている。だから今、耕さんに宛てて書いているこの手紙も、読む必要が生じないでほしいと願っている。

本当なら、明恵は巻き込みたくなかった。だけど、彼女は案外頑固なんだ。どうしても仙台へ帰ろうとしない。最後まで、僕と一緒にやりとげると言っている。

彼女の言い分はこうだ。僕が独りで行動して、結果的に失敗したら、その遺志を継いで、彼女も独りで、僕がやろうとしていたことに挑戦する。絶対にそうする。でも、それで彼女が成功するとは限らない。彼女も失敗したら、なんにもならない。だったら、最初から二人で協力したほうが、成功の確率が高いじゃないか――

「遺志」なんて書いたから、驚いただろうね。でも、僕らがこれからやろうとしていることは、非常に危険なんだ。

僕たちは、宮前孝（みやまえたかし）を捕らえようと思っている。彼を捕らえて、東京の新聞社にでも引っ張

ってゆくつもりだ。潟戸の警察はまったくあてにならないし、あそこの県警も危ない。どうして危ないのかはあとで説明するけど、とにかく警察は頼れない。管轄の関係で、警視庁に駆け込んでも、潟戸へ返されるだけだろうし。やっぱり、マスコミがいちばんだと思う。

そうなんだ。宮前孝は生きている。

彼は今、義理の父親の村下猛蔵が経営している潟戸友愛病院にひそんでいる。いや、監禁されていると言った方がいいかもしれない。もちろん、猛蔵の命令でね。

どうしてそんなことになったのか、最初から順を追って説明するよ。

事件の起こった去年のクリスマス・イブ、僕と明恵は、両方の家族をびっくりさせるために、一度は誘いを断っておいてから、二人でこっそりと「幸山荘」に向かった。ここまでは、耕さんも知っていることだ。

僕と明恵が「幸山荘」についたのは、午後十時ごろのことだった。途中で道に迷ってしまったんだ。でも、親父たちは、その日は夜通し飲みあかす予定だと言っていたから、別に心配はしていなかった。「幸山荘」にも明かりがついていた。

ところが、なかには誰もいなかった。何度ノックしても返事がないし、車もない。これはあとでわかったことだけど、親父たちは揃って、町の中心にある教会で行なわれていた、クリスマス・イブのミサを見に行っていたんだ。かなり寒い夜だったけど、二人とも「幸山荘」に

僕と明恵は、しばらく外で待っていた。

来るのは初めてだったから、建物の周りを歩き回ってながめたりして、結構時間をつぶすこ
とはできたんだ。

ところがそこへ、いきなり、頭の上から果物籠が降ってきた。

見上げると、二階のベランダの──傾斜地だから、高さは四階分のところにある──床に
四角い穴が開いている。おまけに、ひと呼吸おいて梯子まで降りてきた。非常用ハッチが開
いているんだ。

すぐに、どうしてかわかったよ。おふくろのやりそうなことだからね。仙台でもときどき
やっていたことがある。冷蔵庫が満杯のとき、酒や果物類を、ベランダに出して冷やしてお
くんだ。「幸山荘」でもそれをやったはいいが、非常用ハッチの蓋の上に置いたものだから、
果物の重みでハッチの蓋が開いてしまったんだろう。

明恵が果物を拾い集め、僕は梯子を昇ってベランダへあがった。そこの窓は鍵がかかって
なかったので、中に入り、ドアを開けて明恵を入れた。二人でハッチはフックがすごく浅くか
物籠も、今度は落ちないような位置に置いておいた。あのハッチはフックがすごく浅くか
かっていて、危ないな、修理した方がいいとも思った。うっかり誰かが足を載せないとも限ら
いんだから、と。今思えば、のんきな話だよ。

そうやって、家の中でもう一時間ぐらい待ったと思う。でも誰も帰ってこない。痺れを切
らして、僕たちは町まで出てみることにした。室内でスペアキーを見つけた。明恵はそうい
うことには僕たちも神経質な方なので、戸締まりはしっかりした。二階のベランダの窓も閉めた。そ

ういうことだったから、事件が起こったあと、警察も、犯人は訪問者を装って玄関のドアを開けさせ、押し入るしかなかったと結論を出したんだ。（ただ、この件は、報道はされなかった。こういう事件のときはよくそういうことがあるらしいんだけど、悪戯半分に「実はあれは自分がやった」なんて言ってくる連中が現れたときに、「幸山荘」の戸締まりがどうなっていて、どこから侵入したのかと尋ね、相手が「ベランダの窓が開いていたから」なんて答えれば、すぐにでたらめだとわかるからね）

僕たちは町まで行き、そのために、親父たちとは行き違いになってしまったらしい。道をよく知らなかったからね。

僕も明恵も、とにかく、皆を驚かせたかった。あの日は彼女に指輪を贈った日でもあった。皆を驚かせて、それから全部を報告したかった。子供っぽいことだったけど、それもいいや、クリスマスだ、と思っていた。

そして、午前零時ごろ、また「幸山荘」に戻ってきた。

まだ、明かりがついている。まだシャンペンがポーチに並んでいる。帰ってないのかな、と思って、窓から部屋のなかをのぞきこもうとした。でも今度は、一時間前と違って、カーテンが閉じていた。つまり、みんなが帰ってきているということだ。

明恵がドアを開けた。鍵はかかってなかった。

そして僕たちは死体を見つけた。

今でも忘れられないし、夢にも見る。最初に部屋に入った明恵の、喉（のど）が張り裂けそうな悲

鳴も耳に残っている。彼女がふらついて花瓶(かびん)を倒し、活(い)けてあった薔薇(ばら)の花が床に散らばったことも覚えている。

部屋中、とにかく血だらけだった。まず目に入ったのは、ベランダの方へ頭を向け、仰向けに倒れている親父の姿だった。頭が半分ふっ飛んでいた。きちんとネクタイをしめてカーディガンを着て、片足だけスリッパを履いていたような気がする。

親父のそばのソファの背もたれに、台所から持ち出された包丁が一つ、突き立てられていた。現場のものに触ってはいけないとわかっていたのに、僕は一瞬理性を失ってね、それを引き抜いて、床に投げ捨てた。なんだか……とても嫌らしい象徴のように思えて。もっとも、この包丁は、犯人の孝が使ったものじゃなくて、被害者の誰かが、身を守るために持ち出したものだったんだけど。柄のところに、三好さんのものらしい、ぼやけた指紋が残っていたそうだ。

その三好さんは、リビングと台所の仕切りのところに倒れていた。半分座りこんだような姿勢で、階段へ続く廊下をふさぐように、手を広げていた。

その理由は、廊下へ出てみてわかった。階段の昇り口に、おふくろが倒れていたから。三好さんは、うちのおふくろと雪恵ちゃんを階上に逃がそうとして、犯人の前に立ちふさがったんだろう。そして、射たれた。胸部に一発、心臓を貫通していたと、あとで刑事が教えてくれた。

おふくろは背中を射たれ、倒れたところを後頭部にもう一発くらっている。これで四発だ。

雪恵ちゃんは、一発で倒されていた。頭を射たれて。階上のベランダまで、あと一歩というところだった。彼女の指の十センチ先には、窓のレールがあった。

僕は感覚が失くなっていたんだと思う。とにかく、誰か一人でもいいから生き残っていないかと、それだけ考えていたように思う。でも、それは虚しい希望だった。

一一〇番しようとして、電話線が切れていることに気がついた。そのときだ。この惨事が計画されたものだとわかったのは。三好さんの身体を抱き起こそうとしていたので、可哀相だったが、やめさせた。警察が指紋をとるから、と言って。そして、二人で町の警察署まで車を走らせたんだ。

潟戸の警察署は、あまり大きくない。捜査にかかったのも、潟戸署の人たちではなかった。

彼らは、県警から機動捜査隊がくるまで、現場を封鎖していただけだった。ものものしい雰囲気のなかで、僕たちはいろいろな質問を受けた。明恵はそれに耐えられる状態ではなくて、病院に運び込まれた。

僕は主に、県警の捜査課から派遣されてきたという、小宮山という刑事と話をした。がっちりとした体格の、こわもての人だった。

僕たちが潟戸署に駆け込んですぐに、町全体にサイレンが鳴り響き始めていた。こういう場合の規定の処置で、非常召集をかけたらしい。集められた人たちは全員男性で、消防団や青年団のメンバーが中心だった。潟戸署の刑事たちの指図に従って、この人たちが山狩りを

したというわけだ。

その結果、明け方七時三十分ごろに、「幸山荘」から一キロと離れていない断崖の下に、宮前孝が浮かんでいるのを見付けた人たちがいた——というわけなんだ。

この人たちは、「幸山荘」の近くにいたくらいだから、山狩りには参加していなかった。二人とも年齢は三十代だが、村下猛蔵が経営している不動産会社の社員で、猛蔵が東京から引っ張ってきた男たちだったからだ。うっかり山狩りに参加したら、自分たちが迷子になってしまう。

彼らは事件を聞いて、すぐに「幸山荘」に飛んできた、という。

「社長のお友達の身に事件が起こったということでしたから、何かお手伝いできないかと思いまして」と話している。

だが、現場にいても何ができるわけもなく、明け方になって町の方へ引き返す途中で孝を見付けたらしい。

彼らは孝が「岩の間にひっかかるようにして浮いているのを見付けた」と言う。二人ではもちろん引き上げようがない。崖は急で、波が荒いからだ。二人は懸命に走って「幸山荘」に引き返した。そして、警官たちを連れて戻ってきたときにはもう、孝の身体はどこかへ運び去られてしまったらしく、消えていた——というのが彼らの話だ。

さっきから含みのある書き方をしているので、もう気がついていると思う。本当は、二人とも何も見なかったと思う。

僕は、この二人の話は大嘘だと思っている。なぜなら、

宮前孝は崖から落ちたりしていないからだ。

でも、現実にはこの嘘と、その日のうちに、崖下から孝の靴が発見されたこととで、「宮前孝死亡説」が一般に認められるようになったんだ。

でも、みんな騙されている。孝は生きているのだから。

もっとも、僕自身、彼ら二人の話を疑い始めたのは、事件から一ヵ月ほどたってからのことだった。やっと頭が冷えて冷静になると、そう思えてきたんだ。

そのときは、べつに、はっきりした根拠があってそう思ったわけじゃない。ただ、推理小説だと、「死体がない」ということには、大きな意味があるだろう？　現実の捜査だって、同じだろうと思った。警察はどうして簡単に、孝が死んだという結論を出してしまったんだろうと、不思議だったんだ。

その話に入る前に、警察がどうして孝を犯人と断定したか、それを少し説明しておく。耕さんは、このへんのことを、僕ほどは詳しく聞いていないはずだからね。

一つには、「幸山荘」の階下の部屋に、孝の指紋がたくさん残っていたということ。彼の血液型AB型と一致する、短めの髪の毛も落ちていた。親父たち被害者のなかには、AB型の人間はいない。階上の部屋には指紋はなかったが、階段の手摺りにはついていた。「幸山荘」には、持ち主の三好家と緒方家以外の人間は、足を踏み入れていない。第三者でここに指紋を残す可能性があるのは、建物を建てた業者ぐらいのものだったから、これは大きな証

拠だった。

　山荘で見つかった指紋との比較の対象になった、孝の指紋のサンプルは、潟戸友愛病院に
ファイルされていた。彼が昔、この、未来の義理の父親が経営していた病院に入院していた
時期があることは、耕さんも知ってるだろう。この病院では、入院患者全員について、指紋
のサンプルを集めることにしているからだそうだ。この病院のなかで圧倒的多数を占めてい
るアル中患者のなかには、退院したり、あるいは脱走したりして、また酒浸りの毎日になり、
のたれ死にしてしまう患者が少なくない。そういう場合、すぐに身元を照会できるようにし
てあるのだそうだ。

　二つ目は、彼が事件の前日に、親父たちが村下家に招かれたとき、雪恵ちゃんを連れ出そ
うとして失敗しているということ。そのときは猛蔵に怒鳴りつけられて逃げだしているが、
親父たちが「幸山荘」に滞在していることを知る機会はあったんだから、翌日そこへ出かけ
ていってもおかしくはない。

　事件の前日の二十三日に、孝が雪恵ちゃんに、どう言って、なにをしようとしていたのか
は、今はもう想像するしかない。恐がって助けを求める雪恵ちゃんの声を聞きつけて、最初
にそばへ駆け付けたのは三好さんだったが、彼ももう亡くなっているわけだから。

　雪恵ちゃんはそのとき、村下邸の庭にいた。個人の家の庭とは思えないほど広いものだそ
うだから、孝もこっそり襲いかかることができたんだろう。

　そして実際に、彼はそれぐらいのことをやりかねない経歴の持ち主だった。このことにつ

いてはさんざん報道されているから、耕さんもよく知ってるね。大きな傷害事件だけでも、二度も起こしている。一度は猛蔵が契約している生命保険会社の営業マンを殴って、相手が入院するほどの怪我をさせている。二度目は、村下一樹が連れてきた女性が、彼女が腕を骨折したというものだ。この女性は一樹の店の常連で、当時の恋人でもあった。彼女の話では、庭を散歩していていきなり襲いかかられ、必死で逃げるうちに転んで腕を折った、という。彼女の悲鳴を聞いて家の人間が駆けつけてこなければ、どういう事態になっていたかわからなかった。あとのケースは、雪恵ちゃんの場合と同じだ。

そして理由の三つ目は、二十三日の夜以降の──つまり、雪恵ちゃんとのことがあって、村下邸から姿を消してからの──孝の居所がはっきりしない、ということだ。つまり、彼にはアリバイがない。

（でも、それを言うなら、村下家は全員アリバイがない。事件当時潟戸の村下邸には、猛蔵夫婦と、二人の娘たちとその家族、そして猛蔵の長男の一樹がいた。彼らはそれぞれに、事件発生当時は村下邸内にいたと話しているが、それを裏付けられる第三者の証言はない。身内同士の証言では、アリバイを立証できない。これはナンセンスのような気がしないでもないけどね）

この三つが、孝が犯人だと断定された理由だった。

残念ながら、目撃者らしい目撃者は、見つかっていない。「幸山荘」のある別荘地は、まだ未完成で、ほかにはまだ、クリスマスをそこですごそうと考える持ち主がいなかったから、

親父たちは事実上孤立していたんだよ。離れ島にいたようなものだよ。

一人だけ、別荘地の入口のところで孝らしい人影を見た、という証人が現れたことはあったんだけれど、よく聞き出してみると、これは前日の二十三日の夜のことだった。ただ、警察としては、孝が前日に下見をして、二十四日に凶行に及んだことの裏付けになると考えている。

「幸山荘」の近くで銃声を聞いた、という証言もない。わずかに、事件が発生していたと同じ頃、例の崖っぷちの方向で、大きな爆発音のようなものを耳にした、という届けがあったんだけれど、これもあやふやで、はっきり銃声だったと言っているわけでもない。

そうそう、一つ忘れていた。車のことがある。

宮前孝は、「幸山荘」へ、車でやってきたらしい。村下家の車庫には、ずいぶん昔に一樹が乗り回していた古いワーゲンがあった。前日の二十三日の夜、孝が、明日車を使いたいと言ってきたので、このワーゲンのキーを渡したと、猛蔵が証言している。

事件のあと、「幸山荘」の周囲に、このワーゲンのものと一致するタイヤ痕が見つかっていて、これも証拠の一つとなったんだ。車そのものは、彼が転落したと言われている崖っぷちへ続く小道の手前で乗り捨てられているのが発見された。車内には孝の髪の毛が数本と、「幸山荘」で使用されたのと同じ口径の薬莢が一つ落ちていたそうだ。

そして、問題は、孝の使ったその銃なんだけれど——

彼がどうして銃を持っていたのかは、よくわかっていない。説明らしいものといえば、現

在の村下猛蔵夫人である寛子が、以前、孝の母親の俊江の墓参りに行って、偶然彼と出くわし、口論になったとき、彼が、（俺は東京では暴力団と付き合ってるし、銃も持ってるんだからな）と脅したことがある――という程度の貧弱なものだ。

ただし、これは警視庁の捜査資料のなかから発見されたものだが、「幸山荘事件」の二年前、東京で一度に五十挺もの密造拳銃が押収されたことがあり、その捜査の際に、参考人として、孝は事情をきかれている。当時の彼は十九歳。池袋のマンションに友人二人と同居し、無職だった。

そのとき孝は、密造拳銃の事件には無関係だが、マニラへ行ったときに拳銃を撃ったことはあると認めている。同じ参考人として調べられた彼の友人は、孝が拳銃マニアであることと、射撃の腕がいいことを認めている――

「幸山荘事件」の犯行に使われた銃は、結局発見できなかった。

最初は脅しのつもりだったのだろうと、警察では言っていた。カッとなって撃つ羽目になり、一人を撃ってしまえば、あとはもう何人でも同じだ――ということになる。目撃者を消すために、全員を殺したのだろう、と。

だが、僕はそれだけでは納得できない。孝はよほど、「幸山荘」にいた被害者たちが憎かったんじゃないか――と思う。

もちろん、うちの親父とおふくろ、三好さん父娘が、具体的に孝に何かをした、というこ
とじゃない。ただ、あの人たちはそこにいるだけで、孝の憎しみをかきたてるようなものが

さて、じゃあ、僕がどうして宮前孝は生きていると思い始めたか、それを説明しよう。

親父たちは、悪い場所で悪い人間に逢ってしまったんだ。

だけのことを考えるから、勝手に逆恨みをするんだろうと思う。

ったからなんだけど、ああいう人間は、そうは考えないものだ。「拒否された」ということ

は思う。そして、近寄ってきた孝をはらいのけた。それはもちろん、孝の近寄り方が乱暴だ

幸山荘にいたうちの親父たちは、孝が望んで得られなかったものを全部持っていたと、僕

が死に、気心の知れない他人同然の家族のなかにとり残されていたわけだから。

った。学校からは追い出され、親は離婚・再婚。新しい家族ができたと思ったら産みの母親

僕は——孝の家庭環境を気の毒だとは思う。彼の二十一年間の人生には、いいことがなか

た。

彼はほかの家族とうまくいってなかったようだ。その辺のことは、小宮山刑事が教えてくれ

孝は、血のつながらない村下家の家族の元を飛び出している。もともと、俊江の生前から、

の免許をとったばかりで、カーブを曲がりそこね、崖下に墜落したものらしい。そのあと、

事故が起こったのは、猛蔵を友愛病院に送り届け、帰宅する途中のことだった。彼女は車

てしまったからだ。自動車事故だったと、一部の雑誌なんかでも報道していたね。

孝は、村下家には、一年しか住んでいない。母親の俊江が、猛蔵と結婚して一年で死亡し

あったんじゃないか、と思うんだよ……

さっきも書いたように、最初はごく素朴な疑問だった。死体が発見されていないのに、たった二人の目撃談を根拠に、簡単に彼が死亡したと決め付けていいんだろうか。あとから発見された彼の靴なんて、問題にならない。靴だけ捨てることは、いくらでもできる。

そこで僕は県警まで行って、前にも書いた小宮山刑事を訪ねた。「幸山荘事件」の捜査本部は、その三日前に解散されていて、彼は別の事件の担当になっていた。

僕は率直に、疑問をぶつけた。彼は黙って聞いていた。それから説明してくれた。

ひとつ。孝の死体を見たという二人の目撃者は、孝をよく知っている。それは警察でも裏付けをとった。だから、二人が彼を見間違えるということはあり得ないし、服装も前日から彼のものと同じだったと確認している。

ふたつ。事件が発生したころ、潟戸町でも南北の隣町でも、行方不明者は出ていない。だから、まったくの別人が海に落ち、たまたまあの崖下に打ち上げられたとは考えられない。それ以前に落ちて沈んでいた遺体が、偶然あの朝あそこに浮かび上がったというのも無理がある。

みっつ。孝の遺体らしきものが打ち上げられていた崖の上の道は、彼が「幸山荘」で四人を殺したあと、人目に立たずに逃走しようと考えた場合に選ぶルートとして、ふさわしい。この道は未舗装でガードレールもない危険な道で、土地の人間しか知らない。この道をまっすぐ北上すると町の北側を囲んでいる山にぶつかるが、それを登って降りれば隣の新田町にある、貨物専用駅に出ることができる。

実際に、山狩りの際もまっさきにこの道を調べた。が、その時はまだ深夜だったため、孝が転落していたことがわからなかったものと思われる。

この三つが主な理由だと、小宮山刑事は言った。　僕もそのときは納得したように感じた。

警察のやることに間違いはないだろうとも思った。

でも――

肝腎の、僕に説明を与えてくれた小宮山刑事本人が、僕とは逆に、納得していないような顔をしているんだよ。　説明しながら、今ひとつ歯切れが悪かったのも、そのためだったのかと思った。

僕は、刑事さん個人はどう思ってるんですか、と尋ねた。

彼は長いこと黙っていた。それから言った。

（そんなことを聞いてどうするんですか）

（どうするこうするということじゃない。　知りたいんです）

（知ってどうなります？）

（はっきり言えないということは、小宮山さん自身は、宮前孝が死んでいる可能性は薄いと考えておられるんですね？）

小宮山刑事は黙っていた。　そしてゆっくりうなずいた。

僕は驚いたよ。こんなことがあっていいのかと思った。　僕の目には、この刑事さんは、捜査の中心にいる人のように見えていたから。

（上層部が宮前孝は死んだと言えば、死んだんです。だから遺体を探せと命令されれば、全力で探します）

事実、孝の遺体の捜索は大々的なものだった。耕さんも覚えてるだろう？

（そして結果的に発見できなくても、どこかにあるはずだ、宮前孝は死んでいる、という結論は動かんのです。これだけ探しても発見できないのは、最初から遺体など存在していないのだと考えることは、許されないんですよ）

（あなたの言う上層部は、どういう根拠で宮前孝は死んだと結論づけてるんですか？）

小宮山刑事は、暗い顔で、謎のようなことを言った。

（村下猛蔵がそう言っているからですよ）

それから、あわてて声を落とした。

（申し訳ない。こんなことをお話するんじゃなかった。忘れてください）

僕には最初、その言葉の意味がわからなかった。犯人の父親がそう主張したからってどうだというんだ？　と思っていた。

謎が解けたのは、地元の潟戸ではなく、仙台に帰って週刊誌を読んだときだった。

それは、村下猛蔵という人物が、潟戸町において大きな権力を持っているということを書き並べた記事だった。経済的にも、人脈の上でも、猛蔵の地位は揺るぎない。人脈。そう、それが答えだった。

潟戸町の殺人事件の捜査に乗り出してくる県警の刑事部長には、三歳年上の兄がいる。も

と弁護士で、現在は保守党の代議士だ。

そして彼の選挙のとき、猛蔵が資金援助をしている。政治資金規正法にのっとって公開さ

れている額だけでも、一千万以上だ。裏金はもっと、比べものにならないくらいの巨額にな

るだろう。

県警の刑事部長なら、捜査の方向を左右することもできる。「幸山荘事件」は、犯人が判明

そこは代議士がなんとかしてくれるだろう。「幸山荘事件」は、犯人が判明していないわけ

じゃない。犯人はわかっている。ただ、彼を捕らえられなかっただけだ。それを「遺体は発

見できなかったが、死亡していることに間違いはない」という方向へ誘導してゆくのは、そ

れほど難しいことではないだろうと思う。

それなら、世間も騒がない。

僕は考えた。小宮山刑事がわざわざ、「村下猛蔵がそう言っているからですよ」という言

葉を使った、その意味を。

それはつまり、猛蔵が孝を匿っている――あるいは身柄を拘束しているということにつな

がらないか――と思った。

猛蔵に頼まれた、もしくは圧力をかけられた県警の上層部としても、いくら彼に財布を握

られていようと、世話になっていようと、四人も射ち殺した殺人犯人を、凶器と一緒に野放

しにすることはできないだろう。そんなことをして、もし、次の事件が発生すれば、結果は

最悪だ。

そして猛蔵も、そんなことを頼むほど馬鹿ではないだろうと思う。

だから彼は、事件が発生し捜査が始まって間もないうちに、孝を捕らえていたんじゃないだろうか。そして、部下のうち、こういうことに加担させてもよさそうな二人を選んで、孝の死体を見たという嘘をつかせる。

そして、県警の刑事部長に――あるいはその兄の代議士に――こう頼み込む。孝の身柄は拘束してある。あれにはもう二度と世間に迷惑をかけないようにさせる。だから、私の部下の目撃談を採用して、孝はすでに死亡しているという方向で、捜査を進めてくれ――

耕さん、ありそうなことだと思わないかい？

この考えにとりつかれてから、僕はそれしか頭にないような生活をし始めた。だから銀行も辞めたし、しばらくは明恵のことさえ忘れていた。彼女の目が見えなくなったりしなければ、ずっとそうしていただろう。

僕を悩ませていたのは、現実に孝がどこかにいるという確証が見つからないこと。そして、そんなふうに孝を匿っても、何一つ得になることがないということ。

そのふたつだった。

とくに、あとの方は難問だった。なぜ、孝を匿うか？　孝が「幸山荘事件」の犯人であることは日本中に知られているのだから、今さら本人を匿ったところで、村下家の名誉が回復するわけで匿ったところで、得なことは何もないのだ。

もない。

愛情からだとも思えない。事件のあと、猛蔵は孝に成り代わってお詫びするというような態度をとっているけれど、あれはどうもポーズの可能性が強いような気がする。そういう態度を貫くことで、世間の矛先をうまくかわしてしまったのじゃないかと思う。

ただ――

これは傍証だし、噂話（うわさばなし）の範囲を出ないことだから断定はできないけれど、村下猛蔵なら、自分の家族を守るためにはどんなことでもやりかねない、という実例が、あるんだ。

耕さんは、十八年前、東京の麻布で、ホテル火災があったことを覚えてるかな。ホテル名は「新日本ホテル」。宿泊客八十三人のうち四十一人が焼け死ぬという大惨事だった。

この火災は、人災であったことがはっきり認められている。「新日本ホテル」は、当時まだ完成して半年という新しいホテルだったのに、防火扉（とびら）もスプリンクラーも、煙探知機も備え付けられていなかったんだよ。客室のカーテンも耐火用のものではなく、非常口の扉はふさがれて、そこが荷物置場にされていた。

おまけに、このホテルは外観だけはしゃれていて、八階建ての建物の中央に吹き抜けがあったんだ。出火場所は二階だったんだけど、火災が起こると、この吹き抜けは巨大な煙突になって、煙が各階を駆け昇り、炎が上へ上へと燃えひろがるのを助ける役目をしてしまった。

犠牲者の中には、火に追われて高いところから飛び降りて亡くなった人が少なくない。

その火災なら知っている、でもそれは村下猛蔵とは関係ないだろう、と思う？

ところがそうじゃないんだよ。

確かに、この火災は裁判沙汰になって、所有者と経営責任者が実刑判決を受けた。だけど彼らはただのダミーで、実際に経営資金を出し、設備に注文をつけ、コストをぎりぎりまで落として従業員をこき使う指示を出してがっぽり儲けていたのは——

村下猛蔵だと言われている。

彼は潟戸という町の名士でいるだけでは満足できなかったんだろう。　東京指向があったんだ。

十八年前というと、猛蔵は四十一歳。潟戸友愛病院は、完全に大病院の仲間入りをしていた。収益もどんどん増えていた。それで彼は、東京へ足場を築くことを考え始めたんだ。そして最初に手を付けたのがホテル経営だったというわけさ。ダミーを立てたのは、そろそろ競争が激しくなり始めていたこの業界で、精神科の専門病院の院長が経営者として表に出ることが、マイナスになるんじゃないかと考えたためらしい。

ダミーにされた連中が、唯々諾々と火災の責任を被って罪を認め、公的には猛蔵の名前を出さなかったのは、猛蔵がたっぷり金を払い、彼らの家族の面倒をみ、いい弁護士をつけたからだろう。どのみち、業務上過失致死傷だから、それほど重い刑罰は受けないで済むとわかっていたわけだ。

これは僕の憶測じゃない。　週刊誌の記事として取り上げられていることだよ。　その記事のコピーをはさんでおくよ——

村下猛蔵という男を調べているうちに、この記事にぶつかって、僕は本当にびっくりした。

それで、当時の関係者を何人か探しだして、会いにいったんだ。もっと詳しいことを教えてもらいたくてね。

そのなかの一人で、火災当時「新日本ホテル」で客室係をしていた人が、僕にこう言った。

あの火災の出火原因がなんだったか知っているか、と。

報道では、空き部屋を掃除していた客室係が、隠れて煙草を吸い、その火の不始末が原因だったといわれている。でもその人は首を振った。

（本当の原因は、村下猛蔵の長男の一樹だよ。空き部屋だと言われてる部屋は、本当はふさがっていた。猛蔵の女房の清子が、一樹を連れて泊まってたんだ。清子は東京に買い出しにきてたんだよ。月に一度は、潟戸で見せびらかすことができるように、東京でわんさと洋服を買って帰るのがあの女の習慣だった）

（だけど、当時の一樹はまだ十歳かそこらでしょう？）

（だから、清子が寝ているあいだに、あの子が火遊びをしたのが原因なんだ。おまけに、目を覚まして火事になってるのを見付けた清子は、自分ばっかり助かりたくて、何もせずに、子供だけ連れて、いのいちばんにさっさと逃げだしていた。まったく猛蔵に似合いの女だったよ）

「新日本ホテル」の惨事の本当の原因はそれだ。それを、猛蔵が、事実をもみ消すために、ホテルの関係者の客室係を一人選んで買収し、責任を肩代わりさせたのだ——という噂が、ホテルの関係者の

あいだには根強く流れていたというんだよ。

（一樹って長男がどういう大人になってるかを見ると、猛蔵のやったことも意味がなかったって気がするけどね）と、その人は言った。

村下一樹は、父親に出資してもらって、東京の北新宿にパブ・スナックを経営している。でもそれはまったく世間体をはばかってだけのことで、実質は店は開店休業、一樹本人は父親の病院に入院した方がよさそうなほどのアル中で、しかも女狂いだ——ということは、僕自身で調べあげた。

でも、一樹がどうなっているかはどうでもいい。今問題なのは、猛蔵がかつてそういう横車を押して身内を守ったという「実績」があるということだ。

ただ、これをそっくりそのまま孝にあてはめるわけにはいかない。

彼は一樹と違って、猛蔵の実子じゃない。猛蔵は、孝の母親と再婚するとき、彼を養子にする手続きをとらなかったし、とろうともしなかった。だから孝には村下家の財産を相続する権利はないし、姓も「宮前」のままだった。

これじゃ、猛蔵が事件後に力説していた、（私は孝を実の子のように思っていた。なんとかしてあれの心を開こうと努力していた）という台詞（せりふ）をまともに信じる気にはなれないよ。

ストレートな解釈では、猛蔵が孝を匿う理由は発見できない。

それで、僕は、猛蔵と村下家の周辺について調べ始めた。

まずわかったことが、一つ。それは、孝の母親の事故死について、当時、かなり穏やかで

ない噂があったということだった。あれは殺人で、俊江は猛蔵に殺されたのだ、という内容
のね。

動機もある、という。この当時、猛蔵はすでに、今の夫人の寛子と付き合いがあったんだ。
当然のことながら、俊江との折り合いはよくなかった。結婚して一年足らずだというのにね。
ただ、仲が悪かったから、女房に飽きたから殺すというのは、ちょっと考えにくい気はす
る。そんな危ない橋を渡らなくたって、さっさと離婚すればいいことだ。慰謝料だって、一
年ぐらいの結婚生活じゃ、それほどたくさん払う必要もないだろうし。

この件に関しては、俊江が死亡した当時、怪文書が飛びかっている。猛蔵が、出入りの自
動車修理工場に言い付け、車に細工させて俊江を殺した――という内容だ。名指しされた
「服部自動車工場」では、経営者が、怪文書を書いた人間をつきとめて、猛蔵と一緒に訴訟
を起こすぞとまで言っている。

真相がどうだったかは、僕にはなんとも言えない。もし本当に、猛蔵が俊江を殺していた
としても、それが「幸山荘事件」の犯人である孝にどう関係してくるのか、よくわからない。
それに、もっとびっくりすることが出てきたんだ。

潟戸友愛病院に関してだよ。次から次へとぶっそうな事実が出てくることに、僕は本当に
驚かされたんだ。

潟戸町の人たちは、口が堅い。でも辛抱強くつきあってみると、その口の堅さは、猛蔵へ
の忠誠心からきているものじゃないってことがわかってくる。

みんな怖がっているんだよ、耕さん。

村下家は一種のシンジケートを執り仕切るファミリーで、猛蔵はそこのドンなんだ。逆らえば潟戸町で暮らしていけなくなる。それどころか、命さえ危ない。警察も猛蔵には手も足も出ない。地方新聞も同じだ。だから誰も、「幸山荘事件」の取材のために押し掛けてきた中央のマスコミにさえ、めったなことは言わなかった。どこからどうバレるかわからないからだ。

だから、潟戸友愛病院は優秀な大病院として通用してきた。

そんな人たちが僕に対して口を開いてくれたのは、たぶん、僕が「幸山荘事件」の被害者の遺族だったからだろうと思う。潟戸町の人たちも、あの事件のあまりにもあっさりした解決に不満と不安を感じてたんだ。

話してくれたのは、地元の住人だけじゃなかった。同じ県内の福祉施設や病院、飯場やドヤ街、そして、友愛病院にアル中患者が多いことから思いついて、断酒の会や、断酒を指導している医療機関を訪ねてみると、そこには「元・友愛病院の患者」がたくさんいた。そして、待ってましたというようにしゃべってくれる。彼らはみんな、今まで何回となく友愛病院の恐ろしさを話してきたんだけれど、誰もまともに聞いてくれなかったというのだ。どうせ頭のおかしいヤツの言ってることだ、どうせアル中の、人間のクズが言ってることじゃないか、信用できない──と思われて。

あの病院については、不気味な話がたくさんある。僕が聞かされたものだけでも、こんな

ふうだ。

・院内で患者が死亡すると、遺体を家族に対面させない。ひどいときは勝手に荼毘（だび）にふしてしまう。死因がわかると困るからだ。

・食事はいつも、ぼろぼろの麦飯か、腐りかけた古米。おかずは粗末きわまりない。患者は食事代を徴収されているのに、その金はそっくりそのまま横領されて、村下一族の懐（ふところ）に入っている。

・入院患者の所持品が、隣町のバザーで売られているのを見た。

・薬をたくさん使えば、それだけ保険で請求できる。検査をしてもその料金を払ってもらえる。健康保険制度がある限り、患者を入院させて抱え込み、必要があろうとなかろうと薬と検査を繰り返していれば、金はどんどん入ってくる。

・「作業療法」の名目で患者を日雇い労働に出す。稼ぎはもちろん病院でピンハネ。

・友愛病院がアル中患者を喜んで受け入れるのは、彼らが、一度退院してもまた戻ってくる確率の高い、いいお客だから。アル中の患者は家族からも見離されることが多いので、入院費は払うから病院から出さないでくれと頼まれるようなケースもある。そうなれば、その患者を院内に留めておくだけで、面白いように儲かる。東京の山谷や涙橋あたりにも人を派遣して、アル中の患者を掻き集めているのもそのせいだ。

・再入院の場合、過去に一度入院したところに送られることが多いので、友愛病院では入院患者の腕に番号を振る。そして、そういうふうにしているということを世間にも報（しら）せて

おけば、県外や東京の患者でも、行き倒れで保護されたりした場合、すぐに友愛病院に連絡が入る。それだけ安定した数の患者を確保できることになる。

・治療なんてしない。患者を治してしまったら儲けられなくなる。名目だけ偉い先生が名前を列ねているが、村下猛蔵と、婿の榊達彦、遠山顕以外の医師がいたためしがない。

・看護婦も看護士も、絶対数が少ない。患者の中から人を選んで、患者を監督させている。

・映画で観たナチスの収容所みたいだ。

・村下猛蔵は、地元の警察とはなあなあの仲になっている。町全体が猛蔵に牛耳られているのだから、警察も役所も例外ではない。最近東北地方で勢力を拡大している暴力団とも、つながりがあり、傷害や殺人事件で逮捕された組員を、村下院長が、分裂病などの適当な病名をでっちあげて、罪を軽くしてやったことがあるという噂を聞いた。そうした組員は、措置入院で友愛病院に送り込まれると、院長のボディガード役を務めたり、いつのまにか「看護士」待遇にされて、患者たちを見張る役目につくこともあるらしい。だから、友愛病院の患者たちのなかには、看護士に拳銃で脅された経験のある者が少なくない。

・友愛病院では、電気ショック療法なんか日常茶飯事だ——

どう思う、耕さん。

聞いていて、僕は吐き気がしてきた。そして、親父が生前、「幸山荘」を見にいって、初めて猛蔵と再会したとき、ちっとも喜んでいなかった理由が呑み込めた。

もちろん親父たちだって、今書いてきたようなことを知ってたわけじゃないと思う。だけ

ど、二人は猛蔵の子供時代を知ってるだろ？　そこに「いい思い出は一つもない」と、はっきり言ってる。

（とにかく二枚舌で、しかも平気で出鱈目を言うんだ。自分のした悪さがバレて問いつめられても、絶対に認めない。現場を押さえられても、オレのせいじゃない、誰それに命令されたんだ──なんて言って、関係ない人間を巻き込んだり、罪をなすりつけるようなことをやる奴だった）

親父はガキ大将だったから、さほど悔しい思いはせずにすんだけれど、三好さんも、猛蔵のために、散々嫌な思いをさせられた──という話だった。

親父はむやみに他人の悪口を言うタイプの人間じゃなかった。三好さんもそうだ。その二人が、猛蔵のことは、虫でも見るような目で見ていたということは──

そういえば、以前に明恵が話してくれたことがある。

三好さんのところでは、「幸山荘」の購入について、いつも、三好さんだけでなく、雪恵ちゃんも一緒に行動していた。だから、彼女も早い時期に猛蔵に会っている。今度仙台へゆくから、そのときにどうやら、猛蔵は雪恵ちゃんが気に入ったらしかった。

は食事でも、と言われたそうだ。

雪恵ちゃんとしては、本気で承知するわけもない。社交辞令で受け流していたら、猛蔵は本当に仙台へやってきた。電話がかかってきたんだそうだ。

猛蔵はひどくしつこくて、ことわりきれなかった雪恵ちゃんは、明恵に頼んで一緒に行っ

た。猛蔵は、待ち合せ場所に、いきなり自分の泊まっているホテルのロビーを指定してきたそうだ。

結局その日は、明恵と雪恵ちゃんと二人がかりで猛蔵を振り切って帰ってきたそうだ。明恵は怖がっていた。あの人が腰かけていて立ち上がったあとは、その場所が油で光ってそうな気がする。嫌らしい男だけど、笑い話にできる嫌らしさじゃないの——

だから僕としては、「幸山荘事件」の前日、親父たちが村下邸に招かれていることが不思議でしょうがない。逆に考えれば、乗りこんでいってはっきり言ってやりたいことがあったのかもしれないけど。とにかく、とにかく親父たちと猛蔵の間柄は、事件後にあいつが言い触らしていたような仲のいい関係じゃなかったことは確かなんだ。

これは、親父が、幸山荘の購入を検討しているころに話してくれたことだったんだけど、「幸山荘」のある別荘地の開発計画は、潟戸町のなかでも貴重な、強硬な「反・村下一族」の地主が、東京の業者を呼び寄せて始めたものだったそうなんだ。だから、開発によってどれほど発展しても、猛蔵の懐にはビタ一文入らない。

たしかに、村下一族のおかげで、潟戸町は発展してきた。しかし、その結果、一党独裁制の国のようになってしまっている。だから、我々で野党をつくろうじゃないか——というわけだ。

猛蔵としては、そういう動きが面白いはずがない。だが、開発推進派はじつにうまくたち回って、猛蔵の息がかかっていない、そして猛蔵だけでは太刀打ちできない銀行や大手の不

動産会社に渡りをつけて、計画を軌道に乗せた。そうなると、変わり身の早い猛蔵は態度を軟化させてきて、自分のところの患者を、「作業療法」になるから、というふれこみで、別荘地で働かせたりしている。推進派としても、「患者のためになる」と言われては断りきれなかったんだろう。でも僕は、その「作業療法」の報酬が、患者たちの手に渡ったとは思わないけどね。

僕は、親父が「幸山荘」を手に入れることを決めたのは、そうすることで、猛蔵の、町を私有化するようなやり方に反発している人たちに、力を貸すことができると考えていたからじゃないかと思っている。もちろん、潟戸という土地への愛着心もあったよ。それだけに、そんな愛すべき土地を猛蔵に牛耳らせておくものか——と思ってたんじゃないかな。親父も気が強かったし、曲がったことが大嫌いだったからね。「作業療法」の患者さんたちが腕に番号を振られていることを知ったとき、ものすごく怒っていたことを、よく覚えてるよ。

それで、話は前に戻る。

友愛病院の意外な実態を知っても、もともとの、猛蔵がなぜ孝を死んでしまったことにしたがったのか、という謎は解けない。孝を匿わなければならない理由は出てこないんだ。

孝は、村下家の一員として、潟戸友愛病院に入院したことがある。だから病院の内部のことを、ある程度は知っていただろう。

だけど、「幸山荘事件」の犯人である彼が、義理の父親の病院はひどいところだ、なんて

告発しても、誰がまともに受け取るだろう？　彼は四人も殺した殺人犯なんだよ。猛蔵が、

孝にしゃべられたら困るから彼を匿ってやろう、なんて思うはずもない。いや、たとえそう

思ったとしても、孝の方が彼を頼ってゆくわけがないじゃないか。

だってそうだろう？　そんなことをしたら、一時的には助かっても、結局猛蔵の手のなか

に入れられてしまうことになる。表向きはもう死んだ人間として報道されているんだから、

猛蔵はなんの危険もなしに、孝を消してしまうことができるんだ。

僕は本当に頭をひねって悩んでしまった。

ちょうどそのころだよ。明恵の目が見えなくなったのは。

彼女を放っておいたことは、今でも悪いと思ってる。だから、耕さんにも責められたけど、

それ以上に自分で自分を責めたよ。本当に。

幸い、明恵はすぐによくなった。彼女を治してくれた柴田先生は、猛蔵とは北極と南極ほ

どに違う精神科医だったね。

あの頃の僕は、明恵のそばにいてやりたいという気持ちと、調査を続けたいという意思の

あいだで、ひっぱりっこされていたような気がする。どちらも同じ程度に強い気持ちだった

ので、動きがとれなかった。

その状態を揺るがせたのが、一本の電話だった。

その電話の主は、名前を「源さん」という。ちゃんとした本名があるんだろうけど、本人

はただの源さんだって言い張るんだ。僕のことは、「幸山荘事件」で生き残った人だろ、と

呼んだ。

源さんは、四月の末まで潟戸友愛病院に入院していた、という。御多分にもれず、アル中患者だ。浮浪者同然の姿で潟戸の駅に寝ているところを、警察に保護されて、友愛病院に送り込まれたという。

初めての入院だったので、源さんは指紋をとられた。もう真夜中で、当直の看護婦に連れられ、病院のなかの資料室みたいなところへ入れられて、十本の指全部の指紋をとられたんだそうだ。

そのとき、その場に医者が一人いて、源さんと看護婦が入っていくと、ひどくあわてた顔をしたそうだ。彼はそのとき、カルテを手にしていた。そして、源さんが素早く盗み見たかぎりでは、そのカードの氏名欄には「宮前孝」と書かれていたというんだよ。

（本当？）と念を押すと、源さんは自信満々でうけあった。絶対間違いないってね。そして、その医者の名前が榊達彦で、猛蔵の長女の夫であることも教えてくれた。東京でクリニックを開いてるんだが、ときどき友愛病院にも手伝いにやってきていたらしい。

猛蔵の身内が、今さらどうして、孝のカルテなんかをこそこそ取り出していたんだろう？

本当に、孝が死んでいるとしたなら。

僕は、あらためて確信した。孝はやっぱり生きているんだ。彼はなんらかの治療を必要としており、だからカルテが要った。

孝は、潟戸友愛病院にいる──きっとそうに違いない。

源さんは東京にいるという。ほかに、昔あそこから脱院（脱走のことだそうだ）した経験のある友達もいる。だから、あそこから孝を連れ出す手伝いになるかもしれない、というんだ。それを聞いて、僕はとるものもとりあえず上京した。それが五月十日のことだったんだよ。

東京で源さんと彼の仲間に会い、いろいろな話を聞いた。友愛病院は慢性的な人手不足で、とくに医者がいつかない。それも、猛蔵の経営方針が医者としての良心をふみにじるものだからだ。そのせいで、あそこに居着いている医者は猛蔵の身内ばかりになっている——と聞いたときには、ますます意を強くした。それなら、孝を匿っていても、発覚の危険はそれほど大きくないからね。

いちばん不気味だったのは、友愛病院では、かなり頻繁に、患者の記憶を「消す」処置をほどこすことがある——という話だった。

源さんと一緒の病室に、若い男の子が一人いたそうだ。彼は免許をとったばかりで人身事故を起こし、子供を一人轢き殺していた。以来、精神的に不安定なことが続き、事故から二年以上たっても、平常の生活に戻れないでいたそうだ。入院は、家族の同意入院だった。その彼が、あるときふっと二晩ばかり姿を消して、戻ってきたときには記憶が消えていた。そして、腕に書き込まれている患者のナンバーが変えられていたという。

Level7と、その若い男の子の腕には書き込まれていたという。

記憶を失くした男の子は、ほとんど幼児同然になっていたという。源さんは彼に、箸の持

ち方から教えてやらなければならなかった。だが、しばらくすると、源さんは悟った。男の子の動作が鈍くなり、手先が不器用になったのは、記憶が消えたからだけではない。左半身に麻痺が起こっているせいだったのだ。

男の子は、記憶を消されてまもなく、家族が引き取りにきて、退院した。あれが本当に「嫌な思い出はすべて忘れた」ということだろうと、源さんは身震いしながら笑っていたよ。

ともあれ、僕たちはこれから、友愛病院から孝を連れ出す計画を実行する。決行の日がいつになるかわからないけれど、全力を尽くすつもりでいる。

同封のカセットテープは、源さんの話を録音したものだ。僕たちが戻ってこなかった場合は、この手記のコピーとテープを持って、東京の新聞社へ行ってほしい。

だから、結びの言葉は書かないよ。

そんなことにならないように、かならず帰ってくるつもりだ。

　　　　　　　　　　　　　　　　　　祐司

祐司が手記のコピーを読み終えると、あたりに沈黙が落ちた。かなり長い間、誰も口をきかなかった。

やがて三枝が、爆発するような勢いでくしゃみをした。あとの二人は飛び上がった。

「失礼」と、彼は言った。「どうだ、疑問が解けた気分は？」

祐司は手記のコピーに目を落とした。「僕たち二人は、どうやら、友愛病院に忍びこもうとして捕まったらしいですね」

「そのようだな」

「どうして、そのままあの病院のなかに閉じこめられずにすんだのかしら」

三枝は笑った。「猛蔵にも良心があったんだろうよ」

「いや、違うよ」と、祐司は首を振った。「猛蔵としては、うっかりあのなかに僕たちを投げ込んで、誰かに勘付かれることを恐れたんだ。現に僕たちは、孝がそこにいることを嗅ぎつけていた。どれほどがっちり守ったつもりでも、あそこには八百人からの生身の患者たちがいる。情報漏れを完璧に防ぐなんて、無理なんだ。その教訓で、友愛病院も必ずしも安全ではないとわかったんだろう」

「さてと、それじゃ……」と、三枝は立ち上がった。

真顔になっている。こめかみで血管がひくひくしているが、これは怒りのためというより緊張のせいだろうと、祐司は思った。

「村下猛蔵を締めあげにいくとするかね?」

真行寺悦子は、潟戸の町に足を踏み入れて初めて、ここが「幸山荘事件」の舞台となった

39

町であることを思い出していた。テレビで何度か観たことのある景色が、窓の外をよぎって
ゆく。

「嫌な事件だったね」と、義夫は言った。

うなずきながら、悦子はふと、不吉なものを感じた。あんな恐ろしい事件の起こった町に、
みさおは移されてくる──いったい、彼女の身に何が起こっているというのだ。

ただ、窓からの眺めは、疲れて眠気のさした頭にもしみこむほどに、美しかった。到着し
たのが明け方のことだったので、高い場所から見おろす水平線の向こうから、朝日が昇る光
景に出会った。後部シートで眠っていたゆかりも起こして、窓の外を見せた。

金色の曙の光が海を染め、その光がゆっくりと集まって、やがて輝く弓の形となる。毎日
のようにこの光景を見ていたら、地動説など信じられなくなるかもしれない。ここで見る太
陽は、空に輝く装飾品だった。

三枝は、義夫に渡したメモのなかに、独特の角張った癖字で、いろいろなことを書き付け
ていた。

まず、いちばん大切な、みさおを助け出すことのできる時間については、今夜十時ごろに
なるだろう、と書いてある。ただ、多少前後することがあるかもしれないので、九時半ごろ
から、指定した場所に車を停めて待っていてくれ、とも。

その「指定の場所」とは、潟戸友愛病院の裏手の、雑木林のなかだった。すぐそばに、病
院の「四号通用門」という出入口があるらしい。簡単な見取り図が添えてある。

顔をあわせたときも、くどいほどに言っていた言葉が、見取り図の下にも書いてある。

（とにかく、あなたがたは何も聞かずに、みさおさんを助けたら、すぐにその場を離れ、東京に戻ってください。詳しい説明は、いずれ、必ずしますから）

脇に傍線を引いて強調してある。

メモの指示どおりにするならば、潟戸町を訪れるのは、この日の午後になってからでも間に合った。だが、悦子がいてもたってもいられないほどはやっていることと、日中では道路が混雑するかもしれないこと、そして、潟戸の町と友愛病院を下見しておいた方がいいだろうという義夫の意見とを入れて、真行寺一家は真夜中に東京を発ち、潟戸へとやってきたのだった。

潟戸町は、町全体が傾斜地に立っているような感じで、坂が多かった。東西に細長い町のほぼ中央に、私鉄の駅がある。繁華街も駅の周辺に集まっており、早朝から営業していた喫茶店で軽い朝食をとることができた。

だるそうな顔でモーニングを出してくれたウエイトレスは、思いのほか親切で、近くにいいホテルがあると教えてくれた。

「潟戸友愛病院というのはどこですか」

義夫の質問に、ウエイトレスは窓を開け、太い腕をのばして、町の西側の高台を指差した。

「ほら、あれですよ」

朝日に照らされるその建物を、悦子は（まるで要塞のようだ）と思った。建物の大きさを

考えると、極端に窓が少ない。周囲に人家がないので、高いフェンスが張りめぐらされているることも、高台をただブルドーザーで均しただけのような赤土の駐車場に、車が数台停められていることも、よくわかった。

ウェイトレスは、「患者さんを連れていくなら、窓口が開くのは八時半ですよ」と教えてくれた。バスの発着時刻を教えるような、ごく当たり前の口調だった。

「幸山荘事件」が報道されているころ、この町は友愛病院で持っていると、よく言われていたことを思い出した。殺人事件の起こった別荘地は、そんな町の体質に変化をもたらすのではないかという期待を集めていた、ということも。

「事件以来、別荘地の方はどうです？」

ウェイトレスは、酸っぱいものでもかじったかのような顔をした。

「だめだめ。てんで寂れちゃっててね。別荘も、分譲しても買い手がつかないし、前に決まってた買主も、みんなキャンセルしちゃったみたい」

それもそうだろうな、と思った。高い金を払って、別荘を持ったりリゾートホテルに泊まったりするのは、ストレスから逃れたいからなのだ。それなのに、わざわざ別のストレスを抱える可能性のある場所を選ぶことはない。

ウェイトレスお薦めのホテルに部屋をとり、落ち着いたのは午前十時ごろのことだった。ゆかりはすぐにベッドにもぐりこんでしまった。

「約束よ、お父さん」

窓際の椅子に背中をもたせて、悦子は言った。「あの三枝って人のこと、話して」

義夫はベッドの裾に腰をおろし、ゆかりの寝顔に目をやりながら、うなずいた。

「悦子、十八年前の、『新日本ホテル』の火事、覚えているかい？」

少し考えて、思い出した。

「ええ、覚えてるわ」

「実はな、母さんは、あの火災に巻き込まれた客の一人だったんだ」

悦子は目を見開いた。

「そんな話、初耳だわ。聞いてない。十八年前なら、わたしだって十六よ。母さんが怪我で

もしてたら、すぐ気がついたはずよ」

「怪我はしなかったんだ。危ういところで助けられたから」

「だって……。そう、でも、じゃどうしてそのことをわたしは知らなかったの？」

義夫は少し、間合いをはかるようにして黙っていた。思い出を、目に見えない秤にかけて、

その針の振れが止まるのを待っているかのように。

「あの三枝という男は、母さんの命を救ってくれた恩人だよ」

「あの人が、母さんをホテルの火災のなかから助け出してくれたの？」

半ばは冗談で、悦子は笑いながら言った。「じゃ、あの人は消防士さん？」

義夫はかすかに微笑をもらし、かぶりを振った。

「彼は、火災が起こったとき、母さんと同じ部屋のなかにいたんだ。あのホテルの最上階
に」

悦子は、次に義夫が口にする言葉を予期しながらも、何も言うことができずに座っていた。

義夫はこう言った。

「あの三枝隆男は、十八年前に、一時期——母さんが恋していた相手
だったんだよ」

十八年前——と、悦子は考えた。当時、母の織江はいくつだった？　二十一歳で悦子を産
んだのだから、三十七歳か。

「だってあの人——あの三枝って人、今やっと四十ぐらいでしょ？」

「四十三だ。十八年前は、二十五歳の若者だった」

織江はいつも、実際の年齢よりは若く見られる人だった。亡くなったときも、四十代後半
に見えたほどだ。三十七のときも、三十二、三歳ぐらいにしか見えなかったかもしれない。

それでも、織江が——母が、一回りも年下の男性と恋をしていた？

いや、それは恋とは呼ばない。

浮気じゃないか。

「お父さん、知ってたの？」

「当時は知らなかった。火災のことがあるまでは」

首筋に手をやって、撫でるようにしている。

「仕事に夢中で、家のことは全部母さんに任せっきりだったから」

悦子は思わず声を荒げた。「母さんの浮気は、家のことじゃないわよ！」

「そう大きな声を出すものじゃないよ、悦子」

悦子は椅子から立ち上がった。とにかく義夫と向きあっていたくなかったのだ。冷蔵庫を開け、缶ビールを二本取り出すと、義夫に一本を差し出した。

「素面では聞けん話かね？」

「三十四歳になって三十七歳当時の母親の浮気を知ると、缶ビールが飲みたくなるの」

「そりゃ、コマーシャルに使えそうな台詞だ」

二人はほとんど同時にプルトップを引いた。同時に大きな音をたてた。なぜか急にそれがおかしくなって、悦子は吹き出してしまった。

「ごめんなさい」

「何がだね？」

「笑ったこと。笑い事じゃないでしょ」

「そうかね」と、義夫はビールを飲んだ。「私は、このことを思い出すたびに、いつも少しばかり笑ったよ。少しだがね。たくさんは笑えない」

「笑えるようになるまで、どれぐらいかかった？」

「五年ぐらいだったかね……」

五年か。妻の浮気から立ち直る速度としては、早いのか、遅いのか、どっちだろう。永遠に笑えない男もいるだろうけれど。

「あの人、どういう人だったの?」

「当時は東京日報の社会部にいた。記者だったんだよ」

悦子は振り向いて、義夫の顔をのぞきこんだ。

「じゃ、お父さんの知り合いだったのね?」

「そうだよ。家で、私と織江と三人で飯を食ったこともあるし、酒を飲んだこともある。悦子は覚えてないか? 彼がうちに遊びにきたことだってあるんだ。彼が、フィルターを使わない直沸かしのコーヒーを入れてくれて、みんなで笑いながら飲んだものだった」

記憶をたどってみても、悦子には思い出せなかった。義夫の同僚や、東京日報の記者たちが遊びにくることは、よくあった。どれがどれだか、一つ一つ鮮明に記憶してはいないのだ。

「私は、彼が気に入ってたんだよ」

こともなげに言って、義夫は缶ビールをサイドテーブルに置いた。

「そういうのって、飼い犬に手を嚙まれたっていうんじゃない?」

「悦子。人間は飼い犬になったりしないよ」

「二人のこと、お父さんが引き合せたようなものなの?」

「まあ……そうだろうね」

義夫はこめかみをかいた。「わたし、母さんがそんな女だったなんて——」

「呆れた」と、悦子は両手を広げた。

「母さんを悪く言うんじゃない」

義夫はぴしりと言った。悦子は両手をおろした。

「二人がどういうふうにして親しくなったのかは、父さんは知らない。そこまでは聞かなかったんだ。正直に言えば、聞きたくなかった」

当然だ、と、悦子は思った。

「だがね、悦子。母さんは淋しかったんだろうと思う。父さんは仕事仕事で家にいないし、おまえは高校生になって、もういっぱし大人みたいな口をきく。遊ぶことと、友達のことばっかり考えて、どんどん離れていく──」

「だからって浮気していいとは限らないわよ」

「そのときは、浮気じゃなかったんだよ」

悦子はまた椅子に腰をおろし、そっくり返って腕組みし、足を組んだ。父の前で、こんなふうに生意気な態度をとったのは、初めてのことだった。

「お父さん、寛大ね」

「今だからだよ」と、義夫は笑う。

「じゃ、昔は？　やっぱり母さんのこと、許したんでしょう？」

義夫は少し考えた。

「許したというのは、ちょっと違う。母さんの気持ちがよそへ向くことを、どうして父さんが許したり許さなかったりできる？」

「だって……」

「あの当時は、仕方ないなあ、と思ったよ。そりゃ、腹が立たなかったと言ったら嘘になる。

でもな、悦子。時には、仕方ない、と思うしかしょうがないことがあるさ」

「どうして、しょうがないと思えたの？」

義夫はまた黙る。悦子は、この話をすることは、ひどく残酷なことだったのだと気がつい

た。

「もう……いいわ」

「よくないよ、悦子。父さんがどうして彼を信用するのか、それを知りたいんだろう？」

悦子はうつむいて、うなずいた。

「彼は、『新日本ホテル』の火災の時、母さんを助けてくれた。火のまわりが早くて、宿泊

客の半数近くが犠牲になったようなひどい火事のなかで、最上階にいた母さんが助かったの

は、彼がついていてくれたからだ」

「どうやって逃げたの？」

「屋上にあがって、最終的には、母さんは梯子車で降ろされた」

「あの人は？」

「一緒に屋上へあがったほかの客たちを全員降ろして――そのころにはもう、吹き出す炎と

煙のために、梯子車も近寄れないほどになってたんだ。だから彼は、飛び降りなきゃならな

かった」

信じられない。

「八階から飛び降りて、よく生きてたわ」

「地上には、ほら、クッションみたいなものがあったからな。だが、飛び降りる途中で階下の張出窓に激突して、足を複雑骨折した。右足だよ。その怪我の後遺症が、今も残っているんだ」

三枝が右足を引きずるようにして歩いていた姿を、悦子は思い出した。

「あれは本当に酷い火事だった。命は助かっても、一生消えないほどひどい火傷の痕を残された人もいる。子供だけ助かり、両親が焼け死んだという親子連れの客の例もある。父さんも長いこと新聞の世界で暮らしたが、あれには神経が参ってしまいそうだったよ。皮肉なもんで、あのホテルでは『4』という数字を嫌っていて、四階も四号室もつくってなかった。そんなまじないみたいなもんじゃ、現実の火災が防げるわけもないのにな」

義夫は口をつぐみ、悦子も何も言わないまま、部屋のなかは静まりかえった。ゆかりがごそごそと寝返りをうつ。

やがて、義夫がぽつりと言った。「何もなかったんだそうだよ……」

悦子は父親の顔を見た。「何が?」

「母さんだ」

悦子は息をとめた。

「二人でホテルなんかで逢ったのは、あの日が初めてでだったんだそうだ。だが、何もなかっ

たって、母さんは言っていた。土壇場で、どうしても踏み切れなかったって」

「お父さん、それ、信じるの?」

「母さんがそう言うんなら、そうだったんだよ」

悦子はふと、織江が、〈お父さんを裏切ろうとした罰があたって、火事なんかに巻き込まれたのよ〉と言ったのではないかと想像した。

「それで、それっきり別れたの?」

義夫はうなずく。「彼は新聞社も辞めることになった。こういうことは、口に戸が立てられないからね」

二人の巻き込まれた火災の現場には、三枝の同僚や上司も来ていたことだろうから。

「私は、会社でよく評価してもらっていた。記者の人たちと、本当にいい信頼関係をつくらせてもらっていたと思うよ。だから、その私の女房と浮気していたことがバレたとき、彼は、いわゆる針のむしろだったろうな」

「当然の報いだわ」

義夫は笑いだした。「悦子おまえ、潔癖症の十三歳の女の子のようなことを言うね」

悦子は黙っていた。

「三枝さんは、そのむしろから逃げなかったし、責任転嫁も言い訳もしなかった。それはそれで、非常に立派なやり方だと、父さんは思う」

「そんな人が人妻と浮気する?」

「恋愛なんてそんなもんじゃないのかね、悦子」

あのころ、彼も三年目だったからね……と、義夫はぽつりとつぶやく。

「記者として、いろいろな意味で壁にぶつかっていたんだろうと思う。そういう例なら、父さんはたくさん見てきたから、よくわかる。それでちょっと──迷ったんだろう」

悦子は、生前の織江の口癖を思い出した。（えっちゃんのお父さんは、立派な人なんだから）（お母さん、お父さんのお嫁さんになれて本当に良かったと思ってるんだよ）

あれは、悦子が幼い頃から聞かされていた言葉だった。

織江のあの言葉の意味はなんだったのだろう。ほとんど写真だけの見合いで二十歳のときに結婚して、すぐ子供を産んで──これでいいのかな、という不安が頭をよぎるたびに、自分に言い聞かせるようにしてつぶやいていた言葉だったのか。

そしてそれが、三十七歳のときの事件で、本当の、本心からのものに変わった？　それともやっぱり、それまでと同じような気持ちで、呪文のようにつぶやいていただけだったのか。

（お父さん、悦子をお願いします）

不意に泣きたくなってきて、それを押し隠すために、悦子はビールをぐいぐい飲んだ。義夫が可哀相であり、憎らしいようであり、織江の気持ちが理解できるような気もするが、責めてやりたいとも思う。

「お父さんは、どうしてあの人を信用するの？　あの人、今なにをやってるの？」

「さあ……それは父さんも知らん。新聞社を辞めたあと、いろいろな仕事を転々としたらし

いことはわかっているがね。父さんも、気にしてはいたんだが」

「あの人、わたしを尾けてたのよ」

義夫は悦子を振り向いた。「腹が立つかね？」

「今は――そうでもない。でも、なんのためだったの？」

「父さんの定年退職の時、社の人たちが慰労会を開いてくれたろう？　あのとき、当時の三枝さんの同僚で、今はテレビ局にいる人も出席してくれてね。彼は、三枝さんが社を辞めたあとも、ずっと付き合いがあったらしい。彼を通して、三枝さんも私らの消息を知ったんだろうと思うよ」

「それでわたしを尾けたの？」

義夫は優しく言った。「彼はおまえに会いにいったんだろうと思うよ。ただ、声をかけることができなかったんだろう」

「わたしに会いに――」

義夫はうなずくと、窓越しに真っ青な空を仰いだ。

「昨日、彼は、『仇討ちをするんだ』と言っていた。それがどういう意味なのかは想像するしかないが、たぶん、かなり危険なことなんだろう。だから彼は、その前におまえや私の顔を見にきたんだよ」

いったい何をしようとしているのだ。

「お父さん。まだ答えてくれてないわ。どうしてあの人を信用するの？」

義夫は大きく背伸びをすると、ゆかりの横にごろりと寝転がった。そして、天井を向いたまま言った。

「『新日本ホテル』の火災の時、彼は、記者としての自分の保身を考えるなら、母さんをおいて逃げることもできた。ほかの客を助けて逃がすこともできたって、しなくてもよかったんだ。それなら、あんな傷を負うこともなかった」

悦子の目に、昔テレビで観た火災現場の様子が浮かんできた。逃げ場を失って、射ち落とされた鳥のように、ホテルの窓から落下していく人たち──

「彼は、敢えてそれをやったんだよ。そうせずにはいられなかったんだろう。そういう人間は、信用できると思わないかね、悦子」

ビールの缶を脇に置いて、悦子は首を振った。

「わからないわ。十八年もたてば、人間は変わるもの」

「あの火災は、裁判でも決着がついている。被災者には賠償金も支払われた。だがね、三枝さんは、その金を受け取らなかった。彼は自分が被災者であると申し出なかったから」

「どうして?」

「裁判にかけられているのが、あの火災の本当の責任者ではないからだ、と言っていた。本当の責任者は別にいる。その人物を、なんらかの形で正当な裁きの場にひっぱりだすまで、自分は決して諦めないとも言っていたよ」

「それは誰?」

悦子の問いに、義夫はゆっくりと答えた。

「火災のあったころ、いくつかの雑誌で、村下猛蔵という人の名前があがっていたことはあった」

悦子は顔をしかめた。その名前に、別のところで聞き覚えがあるような気がしたから。

義夫は、悦子にうなずいて見せた。

「そうだよ。村下猛蔵という人は、あの潟戸友愛病院の院長で、『幸山荘事件』の犯人の父親だ」

悦子は首をめぐらせて、友愛病院が建っている方向へ目をやった。町のどこにいても目に入る位置にある、要塞のようなその建物が、にわかに不吉な影を帯びたように思えた。

（仇討ちですよ）

三枝は、そこでいったい何をしようとしているのだろう？

「よほど、危ない橋を渡ろうとしてるんだろう」

悦子の心の疑問を読み取ったように、義夫が言った。

「だからこそ、三枝さんは、おまえに会いにいったんだろう。いや、おまえを通して母さんの思い出に会いにいったんだ。母さんが逝ってしまったことは、彼も知っているはずだからね」

悦子は目を伏せ、織江の顔を思い浮かべた。母は笑っていた。

40

貝原みさおは怯えていた。

今閉じこめられているこの部屋は、「榊クリニック」の病室とは比較の対象にならないほどひどいところだった。

天井の低い、四畳半ぐらいの広さしかない部屋だ。明かりは天井からさがっている裸電球一つ。壁も床も灰色のコンクリートで、天井すれすれのところに、大学ノートを横にしたらいの大きさの窓が切ってある。ガラスははまってないが、格子つきだ。

室内にあるのは、がたがたのベッドと、身体に触れるだけであちこちかゆくなってくるような毛布。ぞっとするほど湿っぽい枕。そして、床に固定されている剥き出しの便器。下水がつまっているのか、ときどき胸の悪くなるような悪臭が漂ってくる。

みさおは、自分の将来を夢想するとき、あまり望ましくないことの代表として、未婚の母になること、結婚離婚を何度も繰り返すこと、三流バーのホステスになること――この三つを考えてきた。

だが、ここには現実の「最悪」がある。汚れた便器と一つ部屋で暮らすことなど、悪夢のなかでさえ想像したことがなかった。

ここはどこだろう。なぜこんなところに――

（真行寺さんが探しにきてくれたからだ）

そうなのだ。昨日の午後、外で「みさお、みさお！」と連呼する声を聞いた。間違いなく、悦子の声だった。あまりのうれしさに、みさおは、本当に薬が効いていたらそんなことができるはずがない、ということを忘れて、窓に飛び付いていたのだ。

窓の下に、悦子とゆかりがいた。二人で声を張りあげあっている。そして悦子がこちらを見上げた。みさおは大声で呼びかけ、なんとか窓を開けることができないかと必死になった。

そのとき、あの「大先生」が、部屋のなかに入ってきたのだ。

「なんだ。薬が足りねえようだな」

チンピラのような口調で、そう言った。みさおはもう夢中で窓を叩き続けた。防音のはめ殺しの窓は、みさおを封じこむかのように、ビクとも動かない。そして、「大先生」にうしろからはがいじめにされたのだ。必死に抵抗したが、右手を押さえられてしまうと、麻痺している左手だけではどうすることもできなかった。

下の悦子とゆかりのそばに、あの怖い看護婦が駆け寄ってゆく。窓から引き離されるとき、みさおの目に残ったのは、あの看護婦が悦子の腕をつかんでいる光景だった。真行寺さん、逃げて！　と叫び続け、右腕に注射針が刺さるのを感じ、気が遠くなって──

意識を取り戻したら、この恐ろしい部屋のなかにいた、というわけだ。身体の下にある極薄のマットレスも、後頭部を乗せている枕も、べっちゃりとした感触がした。思わず飛び起きた。

パジャマだけは、今までと同じものを身につけている。だが、バッグは消えている。時計がないから、時刻の見当がつかない。窓からかすかに陽がさしているようではあるが、午前なのか午後なのか、まったくわからないのだ。

この部屋のドアには、趣味の悪い緑色のペンキが塗りたくってある。あちこち傷だらけだ。一度きれいにペンキを落としてから塗り直すという手間をかけずに、はげちょろけになった上にどんどん塗り重ねる——という作業を繰り返しているのだろう。表面がでこぼこだ。叩いてみて初めて、金属製だとわかった。

ドアの下の方に、小さな窓がつくってある。窓といってもドアと同じ材質でできているから、何も見えるわけではない。家で猫を飼っていたころ、勝手口の引き戸に、これと同じような「猫の出入口」をつけていたことがあるのを思い出した。こちらからは押しても引いても開かないところをみると、廊下側から鍵をかけてあるのだろう。

コンクリートと金属の部屋。

ここは逃亡を許さない部屋なのだ。「榊クリニック」のはめ殺しの窓も恐ろしかったが、あれはまだ、なかにいる人間の機嫌をとっているようなところがあった。閉じこめているわけではありませんよ、と。

だが、ここは違う。なかの人間のことなどどうでもいいのだ。一度閉じこめてしまえばもう出さない——その機能しかない部屋なのだ。

これからどうなるのだろう。

清潔な病室で、どっしりしたベッドに横になり、肌ざわりのいい毛布をかけていたときに感じた恐怖など、ものの数ではなかった。あのときの恐怖は、単にみさおを震えあがらせただけだ。今、この場所が感じさせる恐怖と嫌悪は、みさおの気力を削っていた。

そして、こんな状況で気力をなくしたら、それはそのまま死につながる。今までだって、薬の切れる時間を見計らって、たいてい誰かがやってきた。

叫んで体力を消耗してはいけない。パニックを起こしてはいけない。落ち着いて。それだけを自分に言い聞かせた。

深呼吸したいところだったが、あまりの悪臭に、どうしても息を深く吸いこむことができない。普通に呼吸をしているだけで、吐き気がしてくる。たまらずに口で呼吸してみたが、この部屋のなかによどんでいる汚れた空気が直に身体のなかに入ってくるような気がして、あわててやめた。

ふと見おろすと、足元を大きなゴキブリが横切ってゆく。悲鳴をあげてベッドの上に立ち上がり、叩いて殺すものはないかと、必死で探した。そのうちに、ゴキブリは便器を這いあがっていってしまった。

どうせ、こんな枕には、もう二度と頭をつける気はない。何度も叩けば効き目があるだろうと思って、右手で枕をかまえながら、息をとめて、おそるおそる便器のなかをのぞきこんだ。水が溜まっていない。ぽっかりと真っ暗な穴が開いているだけ。信じられずに見つめていると、またそこからゴキブリが這い出してきた。

ベッドの上に飛び返り、爪先立ちしながら、みさおは初めて、涙を流した。あとからあとから頬をつたい、流れ落ちる。

涙と一緒に、しゃっくりが出る。ヒクッ、ヒクッとするたびに、顎がガクガクした。それが次第に激しくなり、声が大きくなる。気がつくと、「出して、ここから出して」とつぶやいているのだった。

自分でそれを意識すると、もう歯止めがきかなくなった。みさおは大声で泣き叫び、床に飛び降りると、身体全体でドアにぶつかって、右手のこぶしでやみくもに叩いた。手が痛くなるほど叩いても、何も聞こえず、誰もやってくる気配がない。

ドアに爪をたて、虚しくペンキをかきむしりながら、半狂乱で叫び続けているうちに、頭の芯が白くなった。酸欠かもしれない——このまま死ぬのかもしれない——ここで死ぬのだけは嫌だ——

気がつくと、ドアにもたれかかるようにして、床に座り込んでいた。失神していたらしい。さっきよりもずっと暗くなっている。裸電球にはまだ明かりが入っておらず、部屋の四隅に闇がうずくまっているような感じだった。

みさおはあわてて立ち上がり、夢中で身体全体をはらった。何もたかっていない。右腕で身体を抱き、精一杯背伸びをして、床との接触面積を小さくした。

そのとき——

ドアに、ノックの音がした。同時に裸電球が灯った。濁った黄色い明かりに、空気がいっそう濁った感じがする。

また、ノックの音。みさおはすがりつくようにドアに身体を寄せた。

「お願い、お願いします、ここから出して。あたし気が変に——」

床とドアの隙間から、紙片が滑りこんできた。拾いあげると、

「静かに」と、書いてある。

みさおは喉をごくりとさせた。「榊クリニック」のときのものと、よく似た筆跡だ。

声を殺して、みさおは早口にささやいた。

「先生？　榊先生？」

ややあって、次のメモがすべりこんできた。急いで書いているのか、字が乱れている。

「そうだ。だが、周囲の部屋にも患者がいるし、誰が聞いているかわからないので、声を出して話はできない。いいね？」

みさおは、小さく「はい」と答えた。「榊クリニック」でのときも、やはり警戒していたから、これと同じ方法をとったのだろう。

「先生、わたしを助けることは、先生にとって危ないことなんでしょ？　イエスなら、ドアをひとつノックしてください」

ドアの隙間に顔を押しつけるようにしてささやくと、コン、とノックの音が返ってきた。

「とても危ない立場にいるのね、先生は」

コン。そして、ややあって、次の紙片が滑りこんできた。文字で埋まっている。

「辛いだろうけど、今は出してあげられない。鍵が開けられないから。だが、夜までの辛抱だから、頑張るんだよ。今夜、非常ベルが鳴る。そしたら、すぐに助けてあげられる」

紙片を二度読んで、みさおはささやいた。

「わかったわ。でも、教えて。今は何時？　何時だかわかったら、あたし、非常ベルが鳴るときまで、ずっと時間を数えて過ごせるから。ね？」

ひと呼吸おいて、初めて声が聞こえた。

「午後七時五分」

「ありがとう」と、みさおは言った。そしてその紙片を折りたたみ、パジャマの胸もとにつっこんで、ベッドの上にあがり、数え始めた。六十秒で一分。六百秒で十分。三千六百秒で一時間——

41

祐司たち三人は、午後九時ごろ、潟戸の町に到着した。潟戸友愛病院の周りを、車でゆっくりと一周した。頑丈なフェンスの上には鉄条網がはりめぐらされ、その内側にある窓の少ない建物を、まさに収容所のように見せている。門は開いているが、そこを通って内側に入ってくる人や車は、建物のなかにあるモニターテレビで

観察されているようだった。宇宙人の頭のような形のビデオカメラが、ゆっくりと首を振っている。

ここもまた、初めて見る場所ではない。それどころか、今までででいちばん強く、過去への「磁力」を発している建物だった。

「なんだか嫌な臭いがする――」と、後部座席の明恵が顔をしかめる。

三枝が、ハンドルを切りながら答えた。「院長の腐った性根が臭うんだよ。

「どうやって忍びこむんですか?」

「忍びこんだりしないさ。堂々と入る」

東京を出る前に、「榊クリニック」に電話を入れて、村下猛蔵も榊達彦も、友愛病院に来ていることを確かめてあった。

「忍びこんで、また失敗して、同じことを繰り返すんじゃ芸がない。こっちには、今度は拳銃があるんだ。だが、彼女に危険がないように、よく気をつけてるんだぞ」

祐司は明恵の肩を抱いて、深くうなずいた。

猛蔵との対面に、明恵を連れていくかどうか、祐司はかなり迷った。だが、三枝がきっぱり言ったのだった。

「彼女だって、こんな立場に追い込まれた原因を知る権利があるよ」

門の脇に車を停め、歩いて建物へと向かった。途中で、建物の横手にあるカーポートに、猛蔵のベンツと榊達彦のポンティアックが停められていることに気が付いた。

「この門をくぐる者、すべての希望を捨てよ」と、三枝がつぶやく。

「なんです？」

「なんでもない」

正面玄関は、古い学校を連想させるような、冷たいコンクリート造りだった。学校と違うのは、ワックスやチョークの匂いの代わりに、薬と汚物の臭気が漂っていることだ。

ホールにはベンチがいくつも並んでいるが、人影は見えなかった。振り向いてみて、祐司は、今通り抜けてきた入口にも鉄空調が効いておらず、蒸し暑い。

格子が降りるような仕掛けがほどこしてあるのを見付けた。身体のどこかで、たぶん心臓の近くで、体温がぴゅっと十度ほど下がった感じがした。三枝はそこに歩み寄ると、書類の上にかがみこ

右手に『夜間受付』の表示が出ている。

でいる看護婦に、愛想よく話しかけた。

「こんちは。榊先生、いるかい？」

「どちらさまですか？」

「緒方祐司って言ってくれればわかるよ」

「お約束でしょうか？」

「友達なんだ。近くにきたんでちょっと寄ってみたんだよ。挨拶できるだけでいいんだけど、ちょっと声かけてみてくれない？」

看護婦はカウンターの上にある内線電話を取り上げ、番号ボタンをふたつ押した。しばらく待ってから、受話器に向かって言った。

「榊先生ですか？　お友達だという方がお見えなんですが」

看護婦が緒方祐司の名前を出すと、榊医師は絶句したようだった。看護婦は何度も「もし？　先生？」と呼びかけてから、「はい」とうなずき、受話器を置いた。

「すぐ見えるそうです。先生、ずいぶん驚いていらしたわ」

三枝はにっこりした。「そうだろ？　久しぶりだからね」

奥の白いエレベーターの扉が開いて、榊医師が姿を現した。最初は小走りに近づいてきたが、祐司と明恵の顔を認めると、足をとめ、白衣の脇で手のひらをぬぐった。

三枝は、カウンターの下にさげた右手のなかに、拳銃を握っている。その銃口は、受付の看護婦の額の方に向けられていた。いつでも撃てる体勢だった。

「やあ、忙しいときに悪いな」と、三枝は陽気に声をかけた。榊医師は顔を強ばらせてつっ立っていたが、看護婦に悟られないように気をつけながら、三枝が左手の指で招くと、ひっぱられるようなぎこちない足取りで近付いてきた。右手と右足が同時に前に出るような歩き方だった。

医師との距離が一メートルほどになると、三枝は大きく踏みだして彼に近付き、すばやく寄り添って、彼の脇腹に銃口をつきつけた。

「久しぶりだろ？　大先生は元気かい？」

「ああ、元気だ」と、榊医師は震える声で答えた。書類仕事に戻っていた看護婦がちょっと目をあげて、二人を見比べる。祐司はあわてて彼女に話しかけた。

「立派な病院ですね」

看護婦は軽く頭をうなずかせる。「ありがとうございます」

「時間があったら大先生にも挨拶していきたいな。今、会えるかい？」

三枝はそう言いながら、銃口でぐいと榊医師を押した。

「そうだな……大丈夫だと思うよ」と、医師は答える。こめかみが汗で光り始める。

「じゃ、案内してくれよ」

また拳銃で小突かれて、医師はやっと歩き始めた。祐司は明恵を連れてそれに続きながら、看護婦に笑顔を向けた。「どうも」

看護婦は下を向いたまま首をうなずかせただけだった。彼ら四人はエレベーターに向かった。

「何階なんだ？」

エレベーターの箱に乗りこんでドアを閉めると、別人のように厳しい声を出して、三枝が訊いた。

「五階の奥だ。村下先生は今、執務室にいる」

病院のエレベーター特有のゆっくりとした上がり方に、祐司は胃が反転するような気がした。壁や床に汚れがこびりついていて、そこから漂う臭気も鼻をつく。

三階で、一度箱が停止した。扉が開くと、丸首のシャツに白いスラックスの看護士が立っていた。くわえ煙草で、手にバケツを持っている。

箱に乗り込むと、看護士は四階のボタンを押した。「先生、お客ですかい」と、榊医師に訊く。医師に対する口のきき方ではない。

「そうだよ」と、榊医師は答えた。「大先生の知り合いだ」

三枝はぴったりと彼に寄り添って、階数ボタンの方へ顔を向けている。祐司と明恵は、医師の背中に押しつけられている拳銃を、看護士の目から隠すために、彼の前に立ちはだかるような姿勢をとった。

看護士は大柄だった。腕には筋肉が盛り上がっている。そっと横目で観察すると、左の二の腕に刺青があった。

四階に着くまで、無限の時間が流れたかのように感じられた。看護士は、くわえ煙草の煙ごしに、ときどきこちらをうかがっている。うつむき気味の明恵の首筋のあたりをじっと見つめ、気のせいか少し口元がほくそえんだように見える。

四階。腹立たしいほどゆっくりと扉が開く。看護士はのしのしと箱を降りる。祐司は素早く手を伸ばして「閉」のボタンを押した。

が、扉が閉じるよりも一瞬早く、あの屈強な腕が割り込んできた。がちゃんと音をたてて扉を押し戻すと、榊医師の方へ向かってくる。

祐司は身構え、拳銃を握る三枝の指に、反射的に力が入ったのを見た。

「先生よ」と、看護士は大きな声を出した。「前から頼もう頼もうと思ってたんだ。忘れるとこだったよ。四〇一の、竹下のじいさんね。ファンビタンの量をもうちょっと増やしてくれえかなあ。ぶつぶつ文句の言いどおしで、手がかかってしょうがねえのよ」

医師の喉仏が、ごくりと上下した。

「しかし、あの薬は強い鎮静剤なんだよ。そう簡単に投薬量を増やすわけにはいかない」

「そんなこと言ったって、こっちの身にもなってくださいよ」

看護士は開けた扉に肘をつき、その手で頭を支えるようにしてもたれかかった。街にたむろするチンピラのような姿勢である。

「ファンビタンを増やすと、あの人は一人でトイレにも立てなくなるよ。もっとやっかいが増えるんじゃないかね?」

看護士は鼻で笑った。「かまわねえよ、カテーテルつっこんどきゃいいんだから」

「失礼」と、三枝がやんわりと割り込んだ。「申し訳ないんだが、我々はこれから大先生に会いに行くところでね。約束の時間より遅れてるんだ」

看護士は、じろりと彼をにらみつけた。扉から離れると、くわえていた煙草をふっと廊下に吐き捨てる。

「すまないね」と、三枝が言う。祐司は扉を閉めた。寸前、この階のどこか遠くの方で、人間のものとは思えないような声が、長々と悲鳴をあげるのを聞いた。

「あれがお宅の看護士さんときたか」

嘲るような三枝の言葉に、榊医師は目を伏せた。

「私だって——まったく気が咎めないわけじゃない」

五階のフロアは、下の階とは別の建物であるかのように、掃除がゆきとどいていた。窓に格子がはめられていることに変わりはないが、ガラスがちゃんと磨かれているからだろう、採光がまるで違っている。

「ここは？」

「病院のスタッフが使っているフロアだ」

三枝は笑った。「スタッフか。鬼も地獄のスタッフだろうからな。どっちだ？」

榊医師は廊下を右へ折れた。つきあたりに、どっしりとした両開きのドアが見える。

「ここか？」

医師はうなずいた。また拳銃の先で小突かれて、そっとノックを鳴らす。

ややあって、「入れ」という声が聞こえた。

42

村下猛蔵は小柄だった。

写真のとおりだ。貧弱な体格。

写真と違っているのは、髪と眉だった。煤けたような顔に、目がぎょろぎょろしている。白髪が消え、漆黒になっている。染めているのだ。

猛蔵は、部屋の上手の方にあるウォールデスクについて、ドアの方へ身体を向けていた。今まで書き物をしていたらしく、鼻の上の眼鏡を少しずり落とし、上目遣いですくうようにこちらを見つめている。

数秒間、にらみあいが続いた。三枝が、榊医師の身体の脇から銃をのぞかせ、二人のどちらも撃つことができる、というように、ちょっと銃口を振って見せた。

「入ってドアを閉めんか」と、猛蔵が言った。四人は室内に足を踏み入れ、祐司はドアを閉ざした。

執務室のなかは、上等なホテルの部屋のように、清潔で美しく整えられていた。なんとマントルピースまで設けてある。来客をもてなし、潟戸友愛病院の実態を悟られないための、ここは表の顔なのだ。ひょっとすると、エレベーターも専用のものがあるのかもしれない。

「達彦。おまえはどうしようもないぬけさくだ」と、猛蔵は吐き捨てた。榊医師は蒼白になった。

「大切な婿さんを責めるなよ。彼に辞められたら、また人手が足らなくなるぜ」

三枝が、榊医師に銃口を押しつけながら言う。

「座ったらどうかね」と、猛蔵は室内の応接セットの方へ顎をしゃくった。

三枝が応じた。「結構だ。長居はしないからな。あんたにも立ってもらおう。立ち上がってこっちへ出てくるんだ。両手をあげてな。言っておくが、俺は拳銃の扱いには慣れている。あんたにも立ってもらおう。立ち上がってこっちへ出てくるんだ。両手をあげてな。言っておくが、俺は拳銃の扱いには慣れている。この距離なら額を一発だ。そうしておいてこの余計なことをすると、まずあんたを撃つぞ。この距離なら額を一発だ。そうしておいてこの

　部屋に立てこもって、言われたとおりに一一〇番するだけだからな」

　猛蔵は、言われたとおりに一一〇番するだけだからな」

くと、そこで三枝がストップをかけた。祐司たちの立っている場所と、机との中間地点まで近付

「そのまま、いい子にしててくれよ」

　猛蔵は、ワイシャツの上に白衣をひっかけていた。きちんとネクタイを締めているが、こ

れほどこの男に似合わない格好はないな、と思う。そして、確かに以前、この男と会ったこ

とがあると感じた。またあの、荒い粒子が寄り集まって一つの絵を構成してゆくかのような

感覚が襲ってくる。

「祐司、榊先生の手足を縛ってくれ。うしろ手に縛るんだぞ。先生のネクタイを使えばいい。

足は靴紐を縛りあわせるんだ」

　明恵を壁際に立たせて、祐司は素早く指示に従った。

「榊先生、ご苦労だが、その場に正座してくれ。禅寺に行ったとでも思えばいい」

　榊医師は、カーペットを敷きつめてある床に正座した。猛蔵はじっとそれを見ていたが、

顔をあげると、文句をつけているような口調で訊いた。

「用件はなんだ」

「わかってるだろう、宮前孝を引き渡せ」

　猛蔵の頬がぴくりとした。

「煙草が吸いたいんだがな」

猛蔵の机の上には、ハイライトの箱と百円ライターが載っている。思わず、これという考

えもなしに、祐司は言っていた。

「あんたらしくない感じがするな」

猛蔵は両眉をあげた。「なにがだ」

「煙草だよ。ハバナ葉巻に金無垢のライターじゃないのか？」

ふん、と鼻から息を吐いて、「仕事中に、そんな成金みたいなことができるか。ああいう

もんは、見せびらかす必要があるときだけ吸うもんだ」

「あんた、今仕事中なのか」と、三枝。

「おまえらと会うのも仕事のうちだ」

「ほう。で、あんたは成金じゃないのか？」

猛蔵は太い声を出した。「俺は事業家だ。事業の結果、金が入る。成金ていうのは、何も

せんでただ儲けた奴のことだ。一緒にするな」

祐司は、一種感慨に近いものを抱いてこの小男を見つめた。

この男は、根っからの商売人なのだ。医者にさえならなければ、案外、人に尊敬されるよ

うな仕事をやりとげていたかもしれない。

「さてと、まず説明してもらおうか」

三枝が切りだすと、猛蔵はじろりと見返してきた。

「今は禁煙タイムだよ」

「その前に教えろ。あんたは誰だ？」

「名乗るほどのもんじゃないよ。この二人の知り合いさ」ふっと笑って、「安心しろよ。この二人をネタにあんたを強請ろうってんじゃない」

祐司は思わず三枝の顔を見た。彼は見返してこなかった。

「話してくれよ」と、祐司は言った。「なぜ、僕たち二人の記憶を消したりしたのか。もっとも、ある程度は見当がついてるけどね」

猛蔵は黙っている。

「宮前孝は生きている――そうだろう？」

祐司がそう言うと、初めて、猛蔵の顔に張りつめた表情が浮かんだ。目がきらめいた。

「ああ、そうだ」と、彼は答えた。

猛蔵が、祐司と明恵の記憶を消し、「パレス新開橋」の七〇七号室に置き去りにしたことと、「パレス新開橋」は、三枝が想像して話していたこととぴったり一致していた。拳銃と五千万円を置いてきたのも、二人の動きを封じるためだった――という。

「パレス新開橋」のあの部屋の持ち主は、あんたなんだな？」

猛蔵はフンと言った。「マンションそのものが、私の所有物だ」

「あの部屋に、僕たちを置き去りにするための下準備をしたのは――」

祐司はうつむいている榊医師を振り向いた。

「彼だな？　家具をそろえたり、ガスや電話の手配をした『佐藤一郎』は？」

「佐藤一郎」は、スマートな感じの中年の男性なのだ。

猛蔵は横目で榊をにらんだ。「芸のない偽名を使ったものだ」

「ジャケットのポケットに地図を残しておいたのは、なんのためだ？」

おかしなことに、この質問に、猛蔵はちょっとためらった。

「ああ、あれを見たんだな」

「あれが手がかりになったんだよ」

三枝がそっけなく答え、あの地図に写っていたファクシミリ番号から「榊クリニック」を割り出した経緯を、手早く説明した。

猛蔵はため息をもらした。

「そうだったか。あれは、あんたたち二人に、自分のいる場所の手がかりぐらい残しておいてやらんと気の毒だと思ってやったことなんだ。ファクス番号が写っていたなんて、まったく気付かんかった」

ぶつぶつっと、独り言のようにつぶやく。祐司は少し違和感を覚えたが、それをどう表現していいのかわからなかった。

「僕たちは、ここで捕まったのか？」

猛蔵は首を振った。「いや、東京でだ。俺だって、できればあんなことはしたくなかったからな。六月の中ごろに、あんたたち二人がここに忍びこんできたのを発見したときは、何

もことを荒立てずに、外に放り出しただけだったんだぞ」

恩に着ろ、と言わんばかりの口調だった。

「つまり、僕たちはそのとき、孝が生きているという証拠をつかむことはできなかったんだな?」

「うちは警備が厳重だからな」と、猛蔵は得意そうに言い放った。

「ところが、あれほど優しく言い聞かせてお引き取り願ったのに、あんたらはしつこく嗅ぎ回ることをやめなかった。ここだけでなく、達彦のまわりもうろうろする。達彦は俺ほど肝が座っとらんからな。しっぽを出しちまうかもしれん。そう思って、最後には荒療治をしたんだ」

「どこで?　榊クリニックでか?」

「あそこでは、クリニックの連中に気付かれる。一樹の店に器材を持ち込んで、あんたたちをつかまえて、運びこんだんだ」

また祐司にすがりついていた明恵が、小さく訊いた。

「いったいどうやって記憶を消したの?　そんなことができるなんて信じられない」

猛蔵は、唐突に両手をおろした。三枝が一歩詰め寄る。

「何もせんよ。疲れただけだ。説明するのに、気が散るしな」

「祐司の思い過ごしでなければ、猛蔵は心なしか得意そうな表情を浮かべて話し始めた。

「俺はあんたたち二人の記憶を『消した』わけじゃない。そんなことはできん。ただ、一時

的に記憶が甦らないように『封じこめた』だけなんだ」

封じこめた──

「人間の記憶のメカニズムというのはな、まだよくわかっとらんのだ。どうやって記録し、どうやって保存し、どうやって再生するか。つまり、脳の情報処理だな」

「講釈は要らん」と、三枝が素早く言った。

「まあ、そう言うな。たとえば、年寄は、昔のことは非常に詳しく記憶しているが、最近のことだとさっぱり覚えてないもんだろう？　すぐ忘れちまう。あれは、若いときの記憶というのは、脳の成長・発達にあわせて、なんらかの物質のかたちをとって貯えられるのに対して、最近の、つまり脳が成長を止めてしまってからの記憶は、単なる電気的な信号に過ぎないからすぐに消えてしまうのだ、という説がある。だから、若いときほど記憶力がいい。だが、これも一つの仮説にすぎないからな。例外はいくらもある。どんな年寄だって、孫の誕生日はちゃんと覚えていたりする。子供や自分の誕生日は忘れちまってるのにな」

猛蔵は手をあげて背中をかいた。

「こんなふうに、『どうして歳をとると物覚えが悪くなるんですか？』なんていう、子供電話相談室の質問みたいな疑問にも、まだちゃんと答えることができないでいる、というのが現状なわけだな」

動き続ける猛蔵のくちびるを見つめながら、祐司は思っていた。この男の、この雰囲気。この饒舌。精神の病に苦しむ家族をここへ連れてくる人たちは、このよく動く口ともったい

ぶった雰囲気に騙されてしまうのだろう。だから、患者たちのあいだでは『地獄のような病院だ』と恐れられながらも、こうして隆盛をきわめていられるのだ。

「ところが、だ」と、猛蔵は続けた。「たとえば、天然痘という病気がある。あの伝染病は、ついに原因がわからなかった。いや、ウイルスが原因だということはわかったよ。それはわかったが、そのウイルスが人間の体内に入りこんだとき、どういうメカニズムで、どういう働きをして、どういう毒素を出すからああいう症状が起きるのか、というメカニズムは、ついに判明しなかったということだ。だから、あの病気には特異療法がなかった。治療も対症療法にすぎん」

祐司は三枝の横顔をうかがった。

「ところが、医学は経験則を取り入れて、種痘という予防法を編み出した。だから、地球上から天然痘を根絶することができたわけだ。つまり、メカニズムがわからなくてもできることはある、ということだな」

つまらなそうにため息をつきながら、三枝が言った。

「大先生よ。あんた、今まくしたてたみたいな台詞を、この病院のなかで患者の記憶を『封じこめる』処置をする前に、家族に向かってさんざんしゃべりまくってきたんだろうな。舌が滑らかなわけだよ」

猛蔵は、ふん、と言った。

「それでだな」と、べろりとくちびるを湿してから、続ける。「人間の記憶というものにつ

いても、ある程度確実に記憶中枢に作用して、その再生を阻止する働きをもつ物質が発見されているんだ。どうしてそうなるのかはわからん。わからんが、そうなるんだ。うちの病院は、この物質を合成することに成功

「シントンという物質で、ホルモンの一種だ。うちの病院は、この物質を合成することに成功した」

明恵が息を呑み、祐司のシャツの背中をぎゅっとつかんだ。

「成功したのは誰だ？　あんたじゃあるまい。榊先生か？」

「まあ、うちの二人の婿たちの共同研究というやつだな」

榊が小声で言った。「私は、ほとんど何もしていませんよ」

「おまえはぬけさくだからな」と、猛蔵は決め付けた。「この物質を注射すると、見事に記憶障害が起きる。ただし、これから学習することを覚えられないわけじゃないし、覚えてもすぐ忘れるということでもない。あくまで、それまでに脳のなかに貯えられていた記憶を、甦らないように閉じこめてしまうという作用だけだ。ところが、これには欠点があってな。確実に記憶障害を起こすことができる量を注射していると、なにしろ合成ホルモンだからな、いろいろ副作用が出てくるんだ。女の患者だと生理がとまったり、男は不能になったりする。子供だと、成長ホルモンの分泌を妨げることがあって、小人症を引き起こすこともある。こ

れじゃあ使えねえだろう、な？」

演説が面倒臭くなってきたのか、猛蔵は雑な言葉遣いに変わった。

「そこで、うちでは、電気ショック療法を併用しているんだ。分裂病の治療法だがな。これ

を続けると、重い健忘症になることがあるのは、有名なんだ。ただ、これだけじゃ、最低六十回はかけないと、そういうふうにはならない。でも、これとパキシントンを組合せて使うと、薬の副作用はほとんどなしになり、電パチの回数は十分の一以下で、記憶喪失の人間をつくることができるってわけだな」

得意そうに鼻の穴をふくらませている猛蔵に、祐司は呆れた。

「そのふたつの組合せにだって、後遺症があるはずだ」

猛蔵は平気だった。「たまにはな。たまには、だ。軽い運動麻痺が発生することがある程度だよ」

そして横目で明恵を見ると、「その娘の目が見えなくなってるのは、俺の療法のせいじゃねえぞ」

明恵は目をそらしてしまった。

「なあ、大先生」と、三枝が呼びかけた。「あんた、どうしてそんな研究を始めたんだ。目的はなんなんだよ？」

猛蔵は胸をそらした。「記憶を封じこむことができれば、アル中や重いノイローゼの患者を再教育することができるじゃねえか」

祐司はぽかんとしてしまった。

アル中が治らないから、ノイローゼで本人も家族も苦しんでいるから、一度過去の記憶をしまいこんでしまって、一からやりなおせるようにしてあげましょう、という意味なのか？

「大先生、あんた、馬鹿だよ」

三枝の言葉に、猛蔵は素朴に不思議そうな顔をした。

「なんでだ？　患者の家族の中には、これでやっと平和に暮らせるって喜んでる連中もいるんだぞ。それに、記憶を封じこむっていっても、何から何まで真っ白になるわけじゃねえんだ。記憶にも種類があってな、おおまかに、陳述的記憶と手続的記憶のふたつに分かれるんだ。陳述的っていうのは、後天的に学習・体験された記憶のうち、いわゆる『知識』『事実』

『思い出』ってやつなんだ。手続的ってのは──なんていうかな、『身体で覚える』っていうようなタイプの記憶だ。一度自転車に乗れるようになれば、一生乗れるだろう？　そういうもんだよ。記憶喪失の人間は、それ以前にやっていたことなら、全部できる。ただ、それを誰に教えてもらったのか、どうやって覚えたのかは忘れてしまう──ということなんだよ」

猛蔵の説明に、榊医師がうなずいている。

「俺の療法がいちばんよく効くのは、この『陳述的記憶』ってやつに対してなんだ。『手続的記憶』には、ほとんど作用しない。これは、一般的な記憶障害でも同じなんだ。だからあんたたち二人だって、普通の生活には不自由を感じなかったはずだ。それに、時間がたってパキシントンの効き目が切れてくれば、『陳述的』記憶だって戻ってくる。だんだん再生できるようになるんだからな」

祐司は買物に行けたし、明恵は包丁を使うことができた。それを思っているとき、祐司はふうっと思い出した。包丁。「トーテム」……

「そういうわけだから、俺の療法で記憶を『抑えている』患者は、定期的にパキシントンの投与と電パチを続けているかぎり、なにか偶然のショックで劇的にすべて思い出す、なんてことはないわけだ。その代わり、薬が切れれば全部思い出す。封じこめが解けるからな」

「僕たちの場合、どれぐらいかかる?」

祐司はシャツの袖をまくりあげ、あの不可解なナンバーを見せた。

「Level7というのは、七日間はパキシントンの効き目が切れないという意味か?」

猛蔵は勢いよくうなずいた。

「原則は、そういうことだ。パキシントンの投与段階を、俺たちはそういう単位で呼んでいる。だが──」

「例外があるのかい?」

猛蔵はにやりとした。「俺たちが本当にあんたたちにレベル7まで投与したとすると、あんたたちは戻ってこられなくなっていたはずだよ。そこまで投与すると、廃人になる道をまっしぐらだ」

ぞくっとした。

「安心しろ。あんたたちの腕の『Level7』は、院長である俺が直に扱う患者、という意味だ。それが6なら、達彦やもう一人の婿の顕でもいい。4から5はこの二人以外の非常勤の医者でもいい、3以下は看護士や看護婦でもいい。そういうふうに決めてある。FやMは性別、そのあとの番号が、登録番号だ。つまり、あんたは院長の俺が直に扱う男の患

者の百七十五人目ということになる。記憶を封じこめているあいだ、あんたたちがもし病院に運ばれることがあった場合、その番号を証拠に『うちの患者だ』と言い張って、連れ出すことができるように、書き込んでおいたんだ」

レベル7。それは、パキシントンによる帰路のない旅の象徴であると同時に、村下猛蔵にコントロールされることの代名詞でもあったのだ。この言葉を腕に書き込まれた人間は、廃人になるか、逃げても逃げても「主治医」の猛蔵のもとへ連れ戻されて、彼の縄張りから出られなくなるか——そのどちらかの道しか残されていなかったのだ。

三枝が、ふうと息を吐いて祐司を見た。

「あとの話は歩きながら聞かないか？　　孝のいる場所に案内してもらおう」

猛蔵に近付くと、素早く両腕をうしろにねじあげて、背中に銃口をつきつけた。

「孝はどこにいる？」

猛蔵は顔を歪めている。だが、いっこうに意気消沈した様子もなく、目もぎらぎらしている。

「特別保護室だよ。地下だ」

43

祐司に拳銃(けんじゅう)を渡し、猛蔵を見張らせておいて、三枝は榊医師をトイレに閉じこめた。

「便器に縛り付けておいたからな。ちょっと動けないだろう。よし、行こう」

祐司の手から拳銃を取り戻すと、三枝は銃口で猛蔵を小突いた。

四人は廊下に出た。

やはり、猛蔵と来客専用のエレベーターは、あった。それを利用したので、今度は看護士の存在に怯える必要もなかった。

一階まで降りて、いったん外に出る。草ぼうぼうの裏庭を横切ると、別の入口を通って、また病院のなかに入った。

そこは薄暗い物置のように見えた。階段を半階分降りると、鉄製のドアがある。天井には蜘蛛の巣がいっぱいだった。

ドアを開けると、長い廊下の右側に、同じような鋼鉄製のドアが五個並んでいた。廊下のつきあたりには別の階段があり、こちらはさらに下へと降りている。

「孝は下の階にいる。ここは懲罰房なんだ。これだけ患者の数が多いと、もめごとや喧嘩も多いもんでな」

「牢屋じゃないか」

「学校と同じだ。悪いことをすれば罰が与えられる」

猛蔵の言い分を、三枝は鼻で笑った。「じゃあ、あんたが入るんだな」

悪臭に思わず顔をしかめて、祐司は言った。

話し声が、薄暗いうつろな天井に反響する。祐司はもう一度首をあげて辺りを見回し、天

井に、それだけ場違いに真新しく、ぴかぴか光っているものを見つけた。腕を伏せたような、プラスチック製の白い突起。スプリンクラーだろう。してみると、ここに閉じこめられている患者は、焼死だけは免れることができるようだ。

三枝は祐司を連れて行く。奥の方へ頭をかしげた。

「俺は大先生を連れて行く。あんたは彼女とここへ残って、誰か来ないか見張っててくれ」

うなずいてから、祐司は急いで言った。

「ちょっと待ってください。一つ、訊いておいた方がいいことがある」

なんだ？　というように三枝が眉を寄せ、猛蔵がわずかに身構えた。

「今現在の、孝の様子ですよ。彼はどうなってるんです？　こんなところに、ただおとなしく閉じこめられたままになってるのかな」

祐司は猛蔵を見つめた。相手は視線をそらさなかった。まるで、もし目を動かすと、そこから嘘がこぼれ出てしまいそうだ──とでもいうように。

「僕が彼と同じ立場なら、こんなところに監禁されたいとは思わないな。警察の方が、まだましに扱ってくれそうだ」

ここはそんなひどいところなの？　というように、壁際にいた明恵が、彼の方へと身を寄せてきた。

「孝はどうなってるんです？　あんたはなぜ、彼を匿ってきたんだ。理由はなんです？　彼をこんな場所へ閉じこめて、世間の目にさらしたくなかったのはどうしてなんだ？」

猛蔵は黙っている。三枝は、銃を持ってない方の手の指で鼻すじをかきながら、じっと猛蔵の顔に視線を据えている。

ややあって、その三枝が口を開いた。

「孝はおかしいのか？」

猛蔵はビクンと顔をあげた。「なんだと？」

「孝はおかしかったのかと訊いたんだよ。彼には精神的な問題点があったのか？　そのことと、あんな事件を起こしたことに、なにか関連があったのか？　だからあんたは、それを世間に知られないために、彼をここへ閉じこめていたのか？　え？」

猛蔵は急いでうなずくと、何度か唾を呑み込んだ。

「そうだ。そのとおりだよ。あれはおかしかった。普通じゃなかった。俺としても、いつかはあいつが何かとんでもないことをやらかすんじゃないかと心配でしょうがなかったんだ。本当だよ」

三枝があとを引き取った。

「だが、あんたは孝を治療しないで放っておいた。医者なのに。専門の医者なのに。だから、『幸山荘』事件にからんで、あんた自身の、医者としての怠慢、道義的な無責任さを問われることを怖れて、孝を監禁したってわけだ。違うか？」

猛蔵は小刻みにうなずいて、祐司の顔を見た。

「ただ、普通じゃない、なんて言われたって納得がいかない。どこがどうおかしかったんで

す」

　三枝が首を振った。「今はそんなことにこだわってる場合じゃないぜ。本人を連れ出すことの方が先だ」

「なぜです？　こだわらない方がおかしい。孝が、あなた一人で連れ出すことのできる状態なのかどうか、気にならないんですか？」

　それは本当に不思議だった。これまで、常に冷静で、判断を誤ることのなかった三枝が、さっきから、いやに先を急いでいて、浮き足立っているように思える。

「訊いたって、このおっさんが本当のことをしゃべるとは限らないじゃないか。そうだろ？」

「俺は嘘はつかん」と、猛蔵が四角ばって言った。

「よく言うぜ」

　祐司は頑張った。「どうおかしかったんです。どういうふうにして、なぜ、『幸山荘』の四人を殺したんだ」

「そんなことを訊いてる時間は──」

「大丈夫ですよ。ここなら誰も来やしない。僕は説明を聞きたいんです」

　猛蔵は、両手をだらりとたらし、首をすくめるようにしてつっ立っている。その姿勢のま　ま、黒目をきょときょと動かして、話し始めた。

「あのイブの夜、孝は夜中の一時ごろに、こっそりとうちへ戻ってきた。俺は書斎にいたん

だが、車を車庫に入れている音がしたんで、孝が帰ってきたことがわかったんだ」

盗むように、三枝の顔をちらりと見上げる。彼の方は無表情だった。

「ずっと疎遠だった孝が、なんで急にうちに泊まる気になったのか、俺にはわかっていた。あんたたちだって、それは聞いてるだろう？　新聞でも雑誌でも、さんざん書かれたからな。雪恵──雪恵さんて女の子に目をつけてたからだ。前の日に、彼女にひどいことをしようとして、俺が怒鳴りつけたら逃げていった。だが、あいつは諦めてなかったんだ。だからうちに泊まって、機会をうかがっていたんだと思う」

猛蔵はゆるゆると首を振った。

「それが孝の困ったところだった。欲しいと思ったものは、どんなことをしても手に入れないと気が済まないんだ。女でも、車でも、なんでもそうだ。その執着ぶりが、俺には異常に思えていた」

「ひょっとすると、あんたは、孝が、二十三日の夜、『幸山荘』を下見に行ったことも知ってたんじゃないのか？」

二十三日、つまり事件の前日の夜、『幸山荘』の付近に、孝は姿を見せているのである。

三枝の問いに、猛蔵は飛び付くようにうなずいた。

「知っていた。二十三日の夜も、あいつが出掛けて、また帰ってきたのを知っていたんだ。何を考えてるんだ？　と訊いてもみた。だが、『おめえには関係ねえよ』と言われただけだったよ」

祐司は思わず声を荒げた。「それなのに、その同じ夜に、彼に車を貸せと言われたら、なんの考えもなく貸してやったのか?」

猛蔵は首をすくめた。「駄目だという理由がない。ただ、『危ないことはするなよ』と釘はさしておいた」

馬鹿馬鹿しい。無責任にもほどがある。祐司は言葉を失った。

だが——

同時に、どこか、ひっかかるものも感じる。なんだろう? 何がおかしいのだろう?

猛蔵は、額にうっすら汗を浮かべながら話し続ける。

「二十四日の夜、孝の車が戻ってきたのを聞きつけて、俺は車庫の方へ降りていった。すると、あいつは服を血だらけにしていた。硝煙の匂いもぷんぷんさせていたよ。俺は仰天した。まさか、あいつが銃を持ってるなんて、思いもしなかったからな」

急いでくちびるを湿すと、祐司の方へ半歩にじり寄り、

「本当だよ。銃のことは、俺は知らなかった。知っていたら取り上げていたさ。俺だって、そこまで無責任な親じゃない」

祐司は黙っていた。猛蔵は続けた。

「孝を問いつめると、『幸山荘の連中をやってやった。あいつらはみんな俺を馬鹿にしてやがる。言うことをきかない女は大嫌いだ』と言うじゃないか」

また、ちらりと三枝の顔を盗み見る。まるで、話の途中で、いきなり彼に撃たれるんじゃ

ないかと警戒しているかのように。

「俺は、俺の方こそ気が狂うんじゃないかと思ったよ。前々から、孝が、カッとなると抑えのきかない性質であることは、よく知っていたからな。　脳障害からくる性格異常かもしれないと、疑ってもいた」

「でも、調べてはみなかった？」

答めるような三枝の口調に、猛蔵は鼻から息を吐いた。

「そんな時間がなかったんだ。あいつは、俊江が死んだらすぐに家を飛び出してしまったし。俺はずいぶん気にして、あいつを探したんだよ。だが、見つけることができないでいたんだ」

首のうしろをかきながら、猛蔵は、今や顔いっぱいに汗を浮かべていた。

「だいいち、孝があれほどとんでもないことをやらかすとは思っていなかったんだよ」

ため息をひとつもらして、三枝が訊いた。

「それで？　孝から殺人のことを聞いて、あんたはどうしたんだ？」

「俺は恐ろしくなった。放っておいたら、何をやらかすかわからない。罪の意識なんてもんはないし、だいいち、孝は逃げようともしてないんだ。『俺がやったなんて、誰にもわかりゃしねえよ』なんて言っていた。『親父（おやじ）、サツにたれ込んだらただじゃおかないぜ』と、俺を凄い目付きでにらんでな。だから俺は、自衛のために、達彦と顕（あきら）に相談して、うちの看護

士を二人呼んで、あいつを捕まえて監禁させたんだ」

三枝が眉をあげた。「それきり、孝はここに？」

猛蔵がうなずく。

「さっきエレベーターのなかで、おたくの立派な看護士さんが、『ファンビタン』とかいう薬の名前をあげていた。強い鎮静剤だそうだな。おたくはそれを、えらくたくさん使っているらしいじゃないか。『榊クリニック』じゃ、製薬会社のプロパーが最敬礼してたぜ。孝も、その薬でおとなしくさせてるのか？」

三枝が言うと、猛蔵は驚いたような顔をした。

「何もそんなことまで言わなくても……」

そう言いかけて、あわてて口をつぐむ。今度は、さっと刷毛でなめるように祐司の顔を見て、それから言った。

「そうだ。だが、薬漬けにしてあるわけじゃない。精神状態が安定するようにしてあるだけだ」

「患者の扱いとは、ずいぶん違うんだな」

「孝は俺の子供だ。身内だ」

「患者は飯のタネだから、人間じゃないというわけか」

猛蔵は、憤慨した顔つきになった。

「この病院はいいんだ。俺は、世間のおきれいな精神科医が嫌がって診ようとしないタイプ

の患者ばっかり引き受けて面倒をみてるんだからな。たくさん喜んでるんだ。俺だって、見返りに、少しぐらい儲けさせてもらったってかまわない。そう喜んでるんだ。俺だって、見返りに、少しぐらい儲けさせてもらったってかまわない。そうじゃなきゃ不公平ってもんだ」

祐司には返す言葉がなかった。明恵は、さっきからしきりに爪を嚙んでいたが、顔をあげると、信じられないという表情で、視線を宙に浮かせている。

三枝が祐司を見た。「気が済んだか?」

祐司は、自分でもわからなくなっていた。あいまいに首を振って、「とにかく、孝に会ってみるしかありませんね」と答えた。

「ありがたいね。こんな話なんざ、時間の無駄だ」

三枝は、思い出したように銃口で猛蔵を小突くと、

「どこだ?」

猛蔵はほっと息を吐いた。「この階下だ」

祐司は、ゆっくりと去っていく三枝と猛蔵の背中を見つめていた。

割り切れない。どこがどうとは指摘できないのだが、なにかおかしいのだ。

と、明恵がぽつりと言った。「わたし、わからない」

「え?」

「あれほど孝さんを心配してたのなら、どうしてもっと早く手を打たなかったのかしら。専門のお医者でしょ?　方法はいくらでもあったはずだわ。極端な話、孝さんが雪恵を──わ

たしの妹を襲おうとしたときに、看護士さんにでも頼んで、病室へ入れることだってできた
はずよ。いえ、もちろん、なんでもかんでも閉じこめてしまえばいいっていうことじゃない
けど）

「うん、わかってるよ」

祐司は考えた。

たしかに、明恵の言うことにも一理ある。だが、（身内の情で、そこまでするのは忍びな
かった。まさか孝が、あれほどとんでもないことをやらかすとは思っていなかった）という
猛蔵の言い分は、理解できるような気がする。彼ほどのエゴイストでなくても、自分の身内
のことになると、異常なほど身勝手で解釈の甘い人間というのはいるものだ。

そしてそれは、孝が猛蔵の実の子供ではないということには関係ない。血の繋がっていな
い親子にでも、信頼関係や、肉親の情は存在する。継子だから、ということだけで、猛蔵に
孝を案ずる気持ちがなかったとは言い切れない。

ただ——

祐司がひっかかっているのは別のことだった。明恵の言うような、事実関係に関すること
ではなく、もっと感情的な——いわば、この場の雰囲気にかかわっていることだった。

なぜ猛蔵は、話しながら、あんなふうに三枝の顔を盗み見ていたのだろう？　撃たれるこ
とを警戒していたのか？　だが、孝の居場所を教えないうちは、三枝が彼を撃つはずなどな
いことは、わかっているだろうに。

それに、あの態度は、武器で脅されて怖がっている人間のものではなかったような気もする。たしかに、猛蔵は緊張していたし、汗もかいていた。口籠りもした。でも、どこかおかしい。なにかピンとこないのだ。

（考えすぎだろうか）

祐司はぎゅっと目を閉じた。一度頭のなかを白紙にして、考え直してみよう——

そして、目を開けたのと同時に、薄汚れた建物全体を揺るがしそうなほどの音をたてて、非常ベルが鳴り始めるのを聞いた。

44

非常ベルが鳴り始めたとき、みさおは一万千二百九十五まで数えていた。

ベルの音は、感覚遮断状態になっていた彼女を、現実に引き戻した。はっと目を見開いて、ドアの方を振り向く。

そのとき、いきなり頭の上から、叩きつけるような勢いで、シャワーが降り注ぎ始めた。

みさおは頭からまともに水をかぶり、何も見えなくなった。

（いったいどうなってるの？）

身体を縮め、両手で顔をかばいながらベッドから降り、壁際に寄って天井を見上げると、水はスプリンクラーのノズルから降り注いでいるのだとわかった。

一瞬、（火事？）と思った。だが、榊医師は、（非常ベルが鳴ったら、助けてあげられる）と書いて寄越している。あわててはいけない。みさおはドアに走り寄り、冷たい鉄に耳を押しつけて、廊下の気配に耳を澄ませた。

ドアの向こうで、人の声がしている。　放水音にさえぎられてよく聞き取れないが、男の声だ。一人――いや、二人いる。

「早く行け！」と、一人が言っている。　声を押し殺しているが、口調は急いている。

「本当にうまくいくんだろうな？」と、もう一人の声。

みさおは震えあがった。あれはあの、大先生の声だ。　間違いない。

「ここまで来てぐずぐず言ってる余裕はないんだぞ。早く行くんだ！」

最初の男が、焦れたように言っている。

いったい、ここで何が起こってるの？

それ以上は、何も聞こえない。降りかかる水飛沫（みずしぶき）で、みさおはずぶ濡れになった。

突然、放水がやんだ。ベルの音も、すっぱりと断ち切られたように止まる。

「畜生、逃げられた！　こっちだ！」と、最初の男の声が大声で叫んだ。

45

非常ベルと同時に、スプリンクラーのノズルが開き、放水が始まった。祐司も明恵も、い

きなり頭から水を浴び、視界を奪われた。

何が起こったのか、とっさには判断がつかなかった。明恵を壁際に立たせ、水飛沫のなかを、ほとんど泳ぐようにして、三枝と猛蔵が消えていった階段の方へと進んだ。いちばん上の段に立つと、階下に向かって、水が小規模の滝をつくって流れ落ちてゆきながら、祐司の足を濡らす。前かがみになり、額の上に手をかざして、祐司は叫んだ。

「三枝さん！」

階段の上の天井にもノズルがあり、憎らしいほど勢いよく水を放出している。壁をつたいながら、ゆっくりと進まないと、足を踏み外してしまいそうだった。

やっと階段を降りきると、激しい人工の雨の向こうに、壁際で身体を屈めている三枝の姿が見えた。なにかレバーのようなものを操作している。

「三枝さん！」

とたんに、始まったときと同じように唐突に、放水がとまった。三枝が祐司を認め、雨に濡れた犬のように頭から水を跳ね飛ばしながら叫んだ。

「畜生、逃げられた！こっちだ！」

祐司は走り寄った。下の階はドアが四つしかなく、上の階では五つ目のドアのあるところに、細い通路がのびている。通路の手前の壁に、「火災報知機」と書かれた赤いパネルがあり、ガラスが粉々に割れて床に落ちていた。祐司が駆け寄ると、足元でガラスの破片が砕ける音がした。

非常ベルのボタンと並んで、「緊急放水用手動コック」があり、ハンドルがついている。

三枝は上着の内側を示した。ベルトのところにつっこんである。

「ここだ」

「銃は？」

「やられた」

「これを？」

通路を走ってゆくと、その先に、人一人通り抜けるだけで精一杯の幅の非常階段があった。

あとを追ってゆく三枝に、祐司は叫んだ。

「駐車場へ回ります！」

階上へとってかえすと、明恵を連れ、できるだけスピードをあげて走り、駐車場へ向かった。

明恵は文字どおり盲目的に、彼について走ってきた。

建物の角を曲がると、出入口の近くに停められている白いベンツに、猛蔵が乗りこむのが見えた。ドアが開閉し、エンジンがかかる。

建物の反対側から、三枝が走ってくる。猛蔵の車はスタートし、正面のゲートに頭を向けた。

祐司は明恵の手を引いて、車の方へ向かった。背後で建物の窓が開け閉てされ、明かりがつき、人の声が飛びかい始めた。

祐司たちが車に乗りこむのとほとんど同時に、三枝が運転席に飛び乗った。猛蔵のベンツ

は、ゲートを出て、大きくバウンドしながらカーブをきると、外の道路へ乗った。祐司たちもあとを追った。

潟戸町の街明かりを見おろす道を、白いベンツは突っ走ってゆく。街を迂回し、山道をカーブを切りながら疾走してゆくその様子には、はっきりした目的地があるように見えた。運転席の猛蔵は、ときどきこちらを振り向き、そのたびにスピードをあげる。距離は離れはしなかったが、追い付くこともできなかった。しかも、道がだんだん狭くなる。

「海の方へ向かってる」

三枝が、ハンドルにしがみつきながら言った。

「いったいどこへ行くつもりだ？」

「孝は？　彼はどこに？　あそこにはいなかったんですか？」

「わからん」

車が大きく跳ね上がり、明恵が小さく悲鳴をあげた。

「もう一度あいつをとっつかまえて、今度こそ吐かせてやる」

窓の外を暗い森が飛びすぎる。車は激しく横揺れし、ヘッドライトの光がベンツのトランクのあたりまで届いたかと思うと、また引き離される。

ベンツがどこへ向かっているのか、ようやく祐司はわかり始めた。暗く真っ平らな海と、夜よりも黒い森の向こう――

幸山荘のある方向へ。

46

放水が止まってからも、みさおはドアに身体を押しつけて、ひたすら耳を澄ませました。芯ま

で濡れたパジャマが身体にへばりつき、冷たさに震えながら。

いったい、今の騒ぎはなんだろう？

最初に逃げていった男は大先生に間違いない。そのあと、「逃げられた！」と叫んだ男

――あとからやってきたもっとずっと若い男と、早口でやりとりしていた男の声にも、聞き

覚えがある。

そうだ、間違いない。真行寺さんを尾けていた男。少し右足の悪い男。彼を尾けて、みさ

おは「榊クリニック」へゆき、「ラ・パンサ」へゆき、村下一樹と知り合って、「レベル7」

のあの冒険に誘われたのだ。

一樹は、彼のことをなんと呼んでいたっけ――佐藤とか――いや、そんな名前じゃなかっ

た。

そのとき、足音が聞こえてきた。走ってくる。近付いてくる。そして、みさおのいる部屋

のドアに鍵を差し込む音が聞こえ、ひと呼吸おいて、重いドアがゆっくりと向こう側へ開い

た。

榊医師は白衣を着て、それと同じくらい白い顔をして立っていた。みさおを見ると、反射

的に腕を広げた。みさおはそのなかに飛び込んだ。

「すまなかったね」医師の声はうわずっていた。「すまなかった。さあ、こっちへ」

促されて通路を走り、階段を昇った。外へ出るドアの前で、医師はちょっと周囲の様子を

うかがった。白っぽいうわっぱりのようなものを着た大柄（おおがら）な男が二人、大声でしゃべりなが

ら通りすぎてゆく。みさおは身をすくめた。

「なんでこんな時間に非常ベルのテストなんかやったんだろうな？」

「知らねえよ。院長がやりたかったんだろ」

男たちが行ってしまうと、医師はみさおの腕をとり、反対の方向へと走り始めた。みさお

は裸足（はだし）で、水に濡れ、疲れ切っていた。だが、今走らなければ、もう二度とここから出るこ

とはできないだろうという恐ろしい確信に動かされて、懸命に足を動かした。振り返りもし

なかった。

「君の友達が助けにきてくれているよ」

榊医師が、息を切らしながら言った。みさおは耳を疑った。

「友達？」

「そうだ。真行寺さんという人だ。わかるだろう？」

わからないはずがない。

悦子が来てくれた。来てくれた。来てくれた。

「でも、どうして先生が真行寺さんを知ってるの？」

「昨日、仲間に聞いたんだよ」

医師は、白衣のポケットから出したキーで古びた鉄の門の鍵を開け、闇の向こうをすかすような目をしてながめた。

「仲間？」

「そうだ。君は、そもそも彼に会わなければ、村下一樹なんかに関わりを持つこともなかっただろうし、こんな目にあうこともなかったんだがね」

鉄の門を押し開けて、医師はみさおを外に引っ張りだした。

「先生、先生は何をしてるの？ 危険なことなんでしょう？」

懐中電灯が一つ、建物の方から近付いてくる。医師はみさおの頭をおさえてしゃがませ、自分も身を伏せた。

人影が一つ、大股で通りすぎてゆく。懐中電灯がゆらゆら揺れる。それが見えなくなってから、医師はみさおを立ち上がらせた。

「あれ、誰？」

「ただの見回りだよ。大丈夫、抜け出すところさえ見つからなければ、誰も追い掛けてはこないから」

医師はみさおの肩を押しやった。

「さあ、走って。近くに車が停まっているはずだ」

みさおは走りだした。

47

悦子は義夫とゆかりと一緒に、約束の午後九時半から、指定された通用門のそばの、雑木林のなかで待機していた。もう一時間以上になる。

あの三枝という人は、本当に信用できるのだろうか——悦子が、何度目かの自問を繰り返し始めたとき、友愛病院の方向で、けたたましくベルが鳴り始めた。

「非常ベルだ」

義夫が運転席から身を乗り出した。

「ママ」と、ゆかりがつぶやく。

何があってもここで待っていなければならない——と聞かされている。悦子は激しい不安に鼓動が跳ね上がるのを感じながら、立ち尽くしていた。

ベルは短い時間で鳴り止んだ。火災が起こっている様子はない。どこか遠くの方で、水が流れるような音がしている。建物の窓に、ひとつ、またひとつ、明かりがともる。番犬が目を開いたかのように。

この闇の向こうへ走っていってみさおを見つけだし、助けてきたいという想いと、走って逃げだしたいという衝動とが、悦子のなかで混じりあい、血を騒がせ、膝を震わせた。目を閉じていないと、逆に現実を見失ってしまいそうな気がした。

やがて──

最初は空耳かと思った。自分の心が勝手にかなでている幻聴かと。

いや、違う。

「真行寺さーん」

呼んでいる。

「真行寺──さーん」

みさおの声だ。悦子は目を見開いた。

「お父さん!」

義夫が運転席から降りて、悦子の方へ近寄ってきた。二人で耳を澄ませる。

もう一度、今度はもっと近くから──

「真行寺さん!」

闇のなかに、おぼろな幽霊の姿のように、白い人影が浮かんでいる。ひとつ──いや、ふたつだ。近付いてくるにしたがって輪郭がはっきりしてくる。

みさおだ。白いパジャマ姿、髪を振り乱して、裸足で走ってくる。彼女のすぐうしろに、彼女の背を押すようにして、白衣の医師がついてきている。榊医師だ。

悦子は走りだした。数メートルいったところで、みさおが倒れこむようにして飛び付いてきた。泣いており、何を言っているのかわからない。だが、みさおだった。彼女は無事だった。

「早くこっちへ！」

義夫が車のドアを開けて呼んでいる。　悦子はみさおを抱きかかえたまま、榊医師の白い顔を見上げた。

「先生、ここで先生が――どうして？」

みさおが泣きじゃくりながら答えた。

「先生があたしを助けてくれたの」

悦子は目を見張った。「先生、あなたも三枝さんの仲間だったんですか？」

医師は弱々しくほほえんだ。「話をすると、長くなります。あとにしましょう。それより、早くここを離れるんですよ。見回りの連中に見つかると、面倒なことになる」

「三枝？」と、みさおが悦子を見た。「ああ、そうだ。そうだわ。あの人、三枝っていったっけ。真行寺さん、知ってるの？」

「どうやら、知ってるらしいの」

「あの人、ここにいるわ。いえ、いたわ。銃がどうのこうのって話してた」

「銃？」

「ママ、早くってば！」と、ゆかりが叫んでいる。

悦子はみさおを連れ、車の後部座席に乗りこんだ。　彼女のパジャマがびっしょりと水に濡れていることに、そのときようやく気付いた。

榊医師が白衣を脱ぎ、それをみさおに着せかけながら、早口にささやいた。

「三枝さんからも聞いていると思いますが、まっすぐに東京へ帰ってください。いいですね？」

「あなたは？」

「私は病院に残ります」

とたんに、みさおが叫んだ。「駄目よ！」

いきなり医師の袖にしがみつくと、気が違ったかのように激しく首を振りながら、

「先生、戻っちゃ駄目よ。戻ったら、今度は先生があんなとこに閉じこめられちゃうわ。先生、危険なんでしょ？　あたしを助けたことで、あの大先生を裏切ったんでしょ？」

「私は大丈夫だよ。すべてうまくいけば、もうなんの心配もなくなる」

運転席の義夫が、冷静な表情で言った。

「しかし、うまくいかなかった場合はどうなります？」

みさおは必死だった。「お願い、先生、一緒に逃げなきゃ駄目よ！」

「しかし——」

「あー、面倒くさい！」と、ゆかりが叫んだ。「先生、早く乗ってよってば！」

その言葉が合図になったかのように、義夫が助手席のドアを開け、榊医師を引きずりこん
だ。

48

　別荘地は、闇の向こうから亡霊のように立ち上がってきた。

　明かりも、音楽も、光もない。真夏のよどんだ闇の底で、ひっそりと死んでいる。建ち並ぶ数々の別荘の屋根は、墓標のようにただ悄然として、すべての生き生きとした生命活動からとり残されているように見えた。

　前方のベンツは、依然として、祐司たちの車を振り切ろうとしているように見えた。運転席の猛蔵が時々うしろを振り返り、そのたびに車が尻を振る。猛スピードで別荘地の垣根を跳ね飛ばし、横滑りしながら門の内側に走りこんだときには、車体は完全にバランスを崩していた。そのままずるずると手前の別荘にぶつかりそうになり、急ブレーキをかける。ベンツは半円を描きながら急停車し、ほとんど同時にドアが開かれて、運転席から猛蔵が飛び出してきた。走りだす。

　三枝がぐいとアクセルを踏み込み、走ってゆく猛蔵のあとを追う。次の瞬間、がくんと大きな衝撃が走り、バウンドした。何かにのりあげたのか、急にコントロールを失い、通路を飛び出して脇の垣根の方向へ突っ込みそうになった。

「つかまってろ！」

　三枝が怒鳴った。一瞬ののち、車は大きく傾きながら垣根のなかに飛び込み、一度に上下

　左右へと揺れた。祐司は前のシートに叩きつけられ、無防備な明恵の身体が座席の上で跳ね上がり、窓へしたたか頭をぶつけるのを見た。悲鳴と、がつん、という嫌な音を聞いた。車が停まる。ほんの短い間だが、祐司は頭がぼうっとした。

　三枝がもがくようにして外へ出てゆく。明恵は後部座席のドアにもたれかかるようにして伸びている。祐司は背中が冷えた。

「大丈夫か？」

　声をかけると、彼女は目を開いた。ぽかんとしている。その瞳の焦点があっていない。

「明恵？」

　もう一度呼ぶと、彼女はまばたきをした。そして、ぽんやりと彼の方を見上げながら、ぽつりとつぶやいた。

「大丈夫……。大丈夫よ。それより──」

　彼女は起き上がろうとしかけた。祐司はその肩に手を置いて押し止めると、早口に言った。

「ここにいるんだよ、いいね？」

　明恵はうなずいた。「気をつけてね！」

　車から出ると、すぐ前の方で、三枝が屈みこんでいた。胃の辺りを押さえている。ハンドルで打ったのかもしれない。

「歩けますか？」

　尋ねると、顔をしかめながら、片手をあげて答えた。

「平気だよ」

三枝に手を貸して立ち上がらせながら、あたりを見回した。猛蔵の姿はない——

だろうと思っていたのに、手前の別荘の陰に、小柄な人影が隠れ、こちらの様子をうかがうように頭をかがめている。祐司がそれを認めると、あわてて逃げだした。

祐司と三枝も、あとを追って走りだした。

「あいつ——？」

「おおかた、俺たちが今の事故で死んでくれたんじゃないかとでも思ったんだろ」

猛蔵は意外なほどすばしこく、暗がりのなかを身軽に走り抜けてゆく。距離が縮まりそうで縮まらない。

「撃てませんか？」と、三枝を振り返って怒鳴った。

「殺しちゃ意味がない」

「威嚇(いかく)するんです！」

「時間の無駄(むだ)だ！」三枝も怒鳴り返す。

前方に、ひときわ大きな別荘が見えてきた。海底に眠る撃沈された軍艦のようにも見える、大きな黒い影。猛蔵はそちらの方へと走ってゆく。祐司はどんどん距離を詰め、猛蔵が足をもつれさせ、スピードが落ちたところに、思い切って飛び付いた。二人はもつれあうようにして地面に転がった。

息を切らし、背中が激しくあえいでいる。

猛蔵は、もう暴れようとしなかった。せわしく息をつきながら、地面に伏している。その腕をとって背中にねじりあげると、大声でわめいた。そこへ、三枝が追い付いてきた。

「そいつのネクタイを使って、手を縛るんだ」

三枝も息を切らしていた。右足の引きずり方が、ひどくなっている。やはり、走ると負担がかかるのだろう。

三枝は猛蔵の頭の方へしゃがみこむと、襟首をつかんで顔をあげさせた。

「孝はどこだ？」

猛蔵は黙っている。顎の先から汗がしたたり落ちる。

「どこにいる？　俺たちを特別保護室まで引っ張っていったのは、あそこなら、スプリンクラーを使って逃げだす機会があると思ったからだろ？　考えてみりゃ、あんたが素直に俺たちを孝のところへ連れていくはずもないんだからな」

猛蔵は目を伏せた。やがて、小さく言った。

「そこにいる」

「え？」

「そこの別荘だ」

祐司と三枝は、申し合せたように同時に、暗い別荘を振り仰いだ。とりわけ大きく見えるのは、この別荘が傾斜地に建っているからだった。普通の建物の二階の高さにドアがついており、そこまでゆるやかな階段がついている。左手の方に丸いベラ

ンダがある。その階上の階の同じ位置には出窓があり、下のベランダよりもずっと奥まった
位置に、もう一つ、広い掃き出し窓と、ベランダが見えた。

祐司の身体の奥で、血の流れに逆らうように、心臓が一つ、二つ、足踏みをした。

「ここにいる」と、猛蔵が低く言った。

「なんだって？」祐司は建物に目を据えたまま訊き返した。「どこにいるって？」

「この別荘だ！」猛蔵は声を張り上げた。「灯台下暗しってやつだからな。ここは無人島も
同然だ。マスコミも寄り付かなくなったし、誰もやってこん。事件のことが忘れられてから
な、ここがいちばん安全だったんだ」

「孝がこの別荘地に？」

「そうだ。規則正しく薬を与えてやれば、静かに、おとなしくしている。逃げだそうともし
ない。一日に一度様子を見にきてやれば、充分だった。それに、ここなら、うちの病院より
もずっと人間らしい暮らしをさせてやれる」

「ははあ」と、三枝が野次るような声をあげた。「本音が出たな」

猛蔵は深々とため息をついた。

「この時間じゃ、孝はもう、ぐっすり眠っているだろう。なんとか連れ出して逃げてやろう
と思ったんだが、どうやら無駄だったらしいな。仕方がない」

「何事も諦めが肝腎だ」と、三枝がにやりとする。

猛蔵は地面に伸びた。

「俺はもう知らん。勝手にしろ。ここまできた以上、あんたたちは、孝を連れ出すつもりなんだろう？　なんとでもしろ。俺はもう、どうでもいい。あいつが可哀相だからこれまでずっとかばってきたんだ。裁判に引っ張りだされて、また騒ぎに巻き込まれることになっても、一緒に頑張ってやるさ」

「いい親父だな」と、三枝が言った。

「但し——」と、猛蔵は祐司を見上げた。　目付きが変わっている。「裁判になれば、俺はとことん闘うぞ。どうせ、精神鑑定を受ければ、孝に普通じゃないところがあることはわかっちまう。その時点で、医者としての俺の面子は、丸潰れだからな。　もう怖いものなしだ」

祐司は当惑した。「どういうことだ？」

「孝には、減刑される可能性がたくさんあるってことだよ」

猛蔵は、にたにた笑い始めていた。

「さすがに無罪にはできんだろうが、死刑を免れる可能性はたっぷりあるんだ。日本の裁判所は寛大だからな。懲役刑でも、措置入院させられたって、たいていは、申し渡された刑期より、ずっと早く出てくることができる。一生ってわけじゃない。ひょっとすると、あんたらがしつこく孝を探し回ってくれたおかげで、かえってあいつは助かったのかもしれん」

一瞬、目が回った。実際にふらついたのかもしれない。三枝に強く腕をつかまれて、我に返った。

「行くぞ」と、彼は言った。

祐司はまばたきし、地面に転がっている猛蔵を見おろした。三枝が首を振る。

「もう、放っておいても邪魔はしないさ」

促されて、祐司はのろのろと歩きだした。両足に重りをつけられたような気分だった。

「動揺させようとしてるんだ」と、つぶやいた。

三枝が、重々しく首を振る。「いや、気の毒だが、猛蔵の言ってることはあたってる」

祐司は足をとめた。「じゃ、いったいどうしたらいいんです？」

返事の代わりに、三枝は上着の前を開くと、拳銃の柄を見せた。

「殺そう」

言葉を返すことができなかった。拳銃を取り出し、装塡されているのを確認し、いつでも撃てるように握りなおす、三枝の顔を、ただじっと見ていた。

「やれるよ」と、彼は言った。

「殺人を？」

「四人も殺したやつだ」

「猛蔵が黙っていませんよ」

「そうか？　そうかな。勝手にしろと言ったぜ。どのみち、孝は、公的にはもう死んでいる人間なんだ」

三枝は突然振り向くと、静かな口調で、猛蔵に呼びかけた。

「俺たちは勝手にしていいんだな？」

猛蔵はそっぽを向いたまま答えた。「俺はもう、ここにはおらん」

「別荘の鍵は？」

「ガラスでも割って入れ」

ゆっくりと建物に近付きながら、祐司は考えた。

結局、そういうことか。孝が可哀相だなんて、まったくのでまかせだ。猛蔵はただ、孝が逮捕され、精神鑑定を受けて、異常が発見され、医者としての自分の面子がなくなることを恐れていただけだったんだ……

ここで孝を殺しても、なにも言うまい。いや、秘密の墓を掘る手伝いだってするかもしれない。

三枝が先に立って歩いてゆく。壁に背をつけ、それから階段を昇り始める。ゆっくりと。一段。また一段。そっと滑るようにドアに張りつくと、祐司の方へ軽く首を振る。

「窓から入ろう」。

祐司は正面の階段の下に立ったきり、動くことができなかった。激しい緊張と混乱で、頭が痛み始めた。別荘を取り囲んでいる闇は動かず、周囲の森全体が、ざわざわと鳴っている。

それは、祐司の内側で血が騒ぐ音と共鳴した。

殺すか、殺されるか。

目を閉じて、自分に言い聞かせた。三枝の言うとおりにしよう。その方がいい。それしか道はないのだ。

猛蔵は、孝をかばい続け、そしてどうするつもりだったんだろう？　整形手術でも受けさせ、友愛病院で、孝と同じぐらいの年齢の、家族も身寄りもない患者が死ぬのを待って、その患者の戸籍を利用し、彼をまったく新しい人間に仕立てなおして、また社会に戻す——？

それぐらい、猛蔵にとっては易しい仕事だっただろう。この潟戸では、彼は絶対君主なのだ。唯一、手強い反対勢力を形成しそうだったこのリゾート地の関係者は、幸山荘事件とともに葬られてしまった。

あるいは、孝を一生飼い殺しにして、自分の手元においておいたかもしれない。ロマンのかけらもない、現代の鉄仮面だ。

ガラスの割れる鋭い音が響き、祐司は我に返った。

「おい、大丈夫か？」

三枝が呼んでいる。祐司はぼんやりと彼を見上げた。

「いいものを見つけた」

三枝は声をひそめている。

「受け取れ」

声と同時に、何か短い棒のようなものが飛んできた。受けとめる。懐中電灯だった。

「気をつけろよ」

そう言い置いて、三枝は拳銃をかまえ、姿を消した。今度は、割れたガラスが落ちる音が聞こえた。

懐中電灯のスイッチを入れると、思いのほか強い光がこぼれ出た。そっと、用心深く、ドアのあたりを照らしてみた。

記憶が一枚、ひらりと閃(ひらめ)くようにして落ちてきて、心の閲覧台の上に落ち着いた。

（今日はクリスマス・イブだ）

明恵と二人、ここに立った記憶がある。

懐中電灯の光が、低い門の内側に立てられている、木製の、かまぼこ型の郵便受けにあたっている。その脇腹に、これも手彫りの、きれいな文字が三つ並んでいた。

祐司はそれを読んだ。「幸山荘」と。

戻ってきたのだ。

49

義夫は静かに車をスタートさせ、友愛病院から離れた。街を見おろす山道の途中で車をいったん停め、榊医師を促して降りる。悦子は、男二人が背を向けているあいだに、車のなかでみさおの濡れたパジャマを脱がせ、持ってきた衣類に着替えさせた。

「わたしのじゃ、少しサイズが大きいかもしれないけど、とりあえず、ね」

みさおは乾いたシャツとスカートを身につけ、タオルで髪をふいた。それから、思い出したように、悦子を堅く抱き締めた。

「ありがとう」

悦子が離れると、今度はゆかりがとびついた。子供のように泣いているのはみさおの方で、ゆかりは彼女の頭を撫でたりしている。

義夫が戻ってくると、みさおの肩を優しく叩いた。運転席に乗りこむ。助手席のドアを開けながら、榊医師も、かすかに微笑したように見えた。

「あなたがたが渡っている危ない橋がどんなものなのかは知らないが、それが成功したか失敗に終わったかは、東京にいてもわかることなんでしょう？」

義夫の問いに、榊医師はうなずいた。

「私にはもう、うまくいってくれることに祈ることしかできないんですが」

悦子は遠慮しながらも、尋ねずにいられなかった。

「あなたは、潟戸友愛病院にとっては裏切り者なのかしら？」

医師は苦笑した。「そうですね。反乱軍の一人でしょう」

「あんな病院、裏切った方がいいわ。その方が正義よ」

「そんなにひどいの？」

みさおはゆかりの顔を見て、言った。

「ゆかりちゃんが怖い夢を見るかもしれないから、今は言えない。あたしだって──あたし

だって夢を見そう」

悦子はあらためてぞくりとした。

「立派な病院のように見えるけど……」

榊医師は、前を向いたまま、抑揚のない声でつぶやいた。

「私は、盗賊の婿になった男です」

悦子が、その謎のような言葉の意味を問おうとしたとき、義夫が鋭くブレーキを踏む。相手の車は、スピードを緩めもせずに走り去った。前を横切っていった。車体の低い車が一台、鼻先をかすめるようにして、前を横切っていった。

海際の、別荘地の方向へ向かっている。

「あれは……」

走り去る車を目で追いながら、榊医師がつぶやいた。彼が先を続ける前に、みさおが大声を出した。

「あれ、村下さんの車だわ！」

「村下？」

「私の義弟の一樹です」と、医師が固い声で答えた。

「何をしにきたんだろう？」

「その人が来ることは、あなた方の計画のなかに入っていたんですか？」医師は素早く首を振った。「いいえ。彼は東京にいるはずだった」

医師が動揺していることがわかった。語尾がかすれている。悦子の目にも、

「ただ様子を見にきたのかもしれない……彼なら、それもありそうなことだ。だが──ひよ

っとして何かつかんで、我々の計画がバレていたとしたら——」

独り言のように繰り返しながら、医師はもう車から降りようとしている。義夫がぴしゃり

と言った。

「つかまっていなさい。あの車を追いましょう」

「しかし——」

「いいね、悦子。みさおさんも」

みさおの方が、返事が早かった。

「はい」

そして、悦子の手をしっかりと握り締める。

義夫は軽々と車をターンさせると、一樹のあとを追いかけて走り始めた。

「みさおさん、あなた、その一樹という人を知ってるのね？　どうして知り合ったの？」

揺れる車のなかで、みさおは目を伏せた。

「真行寺さんは、どこまで知ってるの？」

悦子は、これまでに調べたことを、手早く話してきかせた。そのあいだに、義夫は一樹の

車を視界にとらえ、スピードを落とした。そろそろと尾いてゆく。ライトも落とした。

悦子の話を聞き終えると、みさおはゆっくりと口を切った。

「あたし——真行寺さんの恋人——真行寺さんを尾けていた人を尾けて、最初は『榊クリニ

ック』に、それから『ラ・パンサ』ってパブに行ったの。安藤くんが一緒で——彼に、『も

うよそう』って言われて、一度はあきらめたんだけど、どうしても気になって、もう一度、

安藤くんと別れてから、『ラ・パンサ』に引き返したの」

それが、七月十四日の夜のことだったのだ。

「二度目に訪ねてみると、もうあの足の悪い人はいなくなってて、『ラ・パンサ』の店長だ

っていう、男の人が一人だけいたわ。かなり酔ってた。でも親切で──その彼が、村下一樹

だったの」

みさおが、それとなく、足の悪い男のことを訊くと、一樹は、男の名前を教えてくれ、明

日の夕方また来るよ、と言った。

（なんだか知らないけど、気になるなら来てごらんよ。三枝に紹介してやるぜ）

そうしているうちに、別の客が一人、ふらりと入ってきた。若い女性だった。化粧が濃く、

酔っているわけではなさそうなのに、足取りが少しおぼつかない。

「これじゃ軽くって、つまんないわね」と、いきなり一樹に話しかけた。みさおの方を、気

にしている様子もない。

一樹はニヤニヤしながらみさおを見て、女の方に視線を戻すと、言った。

（レベル1だからな。すぐ切れるんだよ）

（かったるいわ）

（奥で休んでろよ）

みさおはまた別の好奇心に動かされて、（レベル1てなあに？）と尋ねた。一樹は笑って

答えた。

（すごく面白い、エキサイティングなゲームだよ……）

その言葉は、妙にみさおを惹きつけた。

言われたとおり、翌日の日曜に、みさおはアルバイトを早退けして、「ラ・パンサ」を訪ねた。夕方のことで、店は閉まっていた。気後れがして、外でうろうろしていると、そこへ三枝がやってきた。

「お店に入って——一時間ぐらいで出てきたわ。あたし、またあとをついていったの。途中で一度だけ、ヘンだな、って顔で振り向かれたけど、うまく隠れてごまかした」

「三枝さん、どこへ行った？」

「新宿の、デパートの屋上。べつに、誰と会うわけでもないの。ただ、ぼんやりしてた」

みさおは、思い切って彼に近付いてみた。だが、その試みはうまくいかず、彼はみさおを無視して行ってしまった。

「またあとを追いかけたんだけど、そこで見失っちゃったの。それで、翌日——」

今度は夜になって、また「ラ・パンサ」へ行った。

「馬鹿（ばか）みたいだけど——気になって仕方なかったの。あの人、真行寺さんのなんなんだろう、真行寺さんに何かしようとしてるんじゃないかしら、なんて考えて……心配で」

「お馬鹿さんね」と、悦子は言った。だが、みさおの気持ちはよくわかるし、うれしかった。

その夜は、店にはまた一樹しかいなかった。そういう経験のないみさおにも、この店が、

あたりまえのスナックとは違うということはわかった。営業する気などないのだろう。店主の一樹がいつも酔っ払って一人でいるだけで、ほかには女性一人いないのだ。

「一樹さん、あたしにコーラを出してくれて——少しおしゃべりした。あたし怖くなって、逃げだしたの」

それからしばらくは、「ラ・パンサ」には近付かなかった。

「できるだけ、忘れようとしてたの。でも、駄目なの。真行寺さんに電話しても、お腹の底の方に何かたまってるみたいで……気が散って。それで、やっぱり『ラ・パンサ』へ行っちゃった」

悦子はみさおをさえぎって訊いた。「それ、七月二十日のことじゃない?」

「次の週の金曜日だったから、たぶんそうだと思うけど……」

一樹はみさおを待っていたようで、歓迎してくれたという。そして、(今夜は三枝が打ち合せにくるよ)と言った。

三枝は、ほとんど真夜中近くになってやってきた。みさおの顔を見ると、いぶかしげに眉を寄せ、そして言った。

(どこかで会ったような顔のお嬢さんだな)

みさおは、言いにくいのか、何度かくちびるを湿した。うつむいたまま、膝のあたりを見ている。

「あたし——我慢できなくなって、いっぺんに全部しゃべっちゃったの。あなた、真行寺さ

んのなんなんですか、あたしずっと尾けてたんだから、なんて。そしたら、三枝さんて人、すごく怒って──あたし、怒鳴られた」

静かに聞いていた榊医師が、そっと口をはさんだ。

「あなたを巻き込みたくなかったからですよ」

みさおはこっくりしたが、顔はあげなかった。

「三枝さんて人、本当に怖いくらい怒ってた。自分は真行寺さんの知り合いで、怪しいもんじゃない。あんたなんかに尾けまわされる覚えもなければ、詰問(きつもん)される筋合いのものでもない。とっとと帰れ！　って」

「それで？」

「お店の奥の方へ、どんどん入って行っちゃった。あたし、涙が出てきちゃって、飛び出したの。そしたら、一樹さんが追いかけてきて、慰めてくれたの。お詫びに、俺がご馳走(ちそう)するし、すごく楽しいところへ連れていってあげるよ──なんて。優しい声で」

みさおはショックで興奮しており、一樹の言葉も耳に入らなかった。そして、気が付くと、近くのバーかスナックのようなところで、彼と向きあって座っていたという。

「なんだか家に帰りたくなさそうだね、なんて言うの。それであたし──今考えたらおかしな話だけど、いろいろなこと、しゃべっちゃって。あたしがどんなに駄目な人間なのかとか、これで、あの三枝って人が真行寺さんに告げ口したら、あたし、真行寺さんにも嫌われて、また一人ぼっちになっちゃうとか。そしたら、一樹さん、そんな心配はいらないよ、俺がな

んとかしてあげるって、約束してくれた」

悦子はまた質問した。「あなた、お酒飲まされた?」

みさおはうなずく。悦子はうなずき返し、村下一樹に会うときのために、爪を磨いておく

ことにしようと思った。少女に酒を飲ませて丸め込むなど、最低の男だ。

車は、ほとんどノロノロ運転に近くなっていた。周囲は真っ暗で、ときどきざわざわと葉

音が聞こえる。かなり先の方に、村下一樹の車のライトが見えた。

みさおは、勇気がそげてしまわないうちに全部打ち明けようというように、早口になった。

「それでね……彼、言ったの」

(ねえ、君ってさ、自分の価値がわかってないみたいだね)

(あたし、自分なんか大嫌いよ)

(でも、好きになりたいんじゃないの、本当はさ)

そして、一樹は言ったのだという。

(どう? 自分探しのゲームをやってみない? 楽しいよ。そうして、再発見した自分を好

きになれるかどうか、見てみたら?)

みさおは目をあげた。

「それが、『レベルなんとか』ってゲームなんだって、彼は言ったの」

「それであなた、それをやったの?」

みさおはくちびるを嚙んでうなずいた。

「ごめんなさい」

「謝らないでいいのよ。あなた、騙されたようなものだもの」

黙っておとなしくしていたゆかりが、悦子の袖を引っ張った。

「ねえねえ、レベルなんとかって、どんなゲーム？」

悦子も、それを知りたい。それをこそ、ききたかった。黙ってみさおの顔を見つめた。

みさおは、小さなため息と一緒に言った。

「あのね……薬を使って……危険はなんにもないって、一樹さんは言った……」

「ええ、ええ、そうでしょうとも」

みさおの目から涙がこぼれた。

「一時的に、その薬で、記憶喪失になるの」

悦子は思わず目を閉じた。

「それで、あっちこっち遊び回るの。まるっきり白紙になって、行った先で会った人には、でたらめな名前や職業を話して……でもね、薬が切れてくると、だんだん、もとの自分を思い出してくるの。薬が効いているあいだでも、本当の過去がね、ちょこっとずつ顔を出すことがあるの。それを拾い集めて――でっちあげた自分と比べたり、つなげあわせたり――そして、最後に薬が完全に切れて、もとに戻ったときは、迷子になってた自分を探し出したような気分がするよ、って、一樹さんは言ったわ」

七月二十日の晩、みさおは「レベル3」から始めたという。深夜を過ぎて、「ラ・パンサ」

に誰もいなくなってから、こっそり戻り、注射を打ってもらったのだ。

「怒らないでね。あたし、楽しかった。一樹さんがついていてくれたから、怖いこともなかったし。だけど、途中で気分が悪くなって──一樹さんは、お酒のせいだろうって言ってた──お店まで連れて帰ってもらったわ。残念だった。だって、とっても楽しかったんだもの。すぐには家に帰る気にもなれなくて、桃子に会いに行って、変な顔をされたこと、よく覚えてる。クスリでもやってんじゃないの？　って」

自分を励ますように、みさおは大きく息をついた。

「一樹さんには、それからも何度も会ったわ。あたし、その記憶喪失遊びが気に入ってたの。救われたような気がした。あたし、自分が嫌いよ。大嫌い。だけど、自分のこと変えようとしても、変えられないの。嫌な思い出ばっかり、すごくよく覚えてるんだもの」

「みんなそうなのよ、みさおさん」と、悦子は静かに言った。

「だけどあたし──」みさおは手で顔を覆った。「三枝って人に怒られてから、真行寺さんに電話しても、苦しいだけだった。話ができないの。真行寺さんはきっと、あたしが知り合いの三枝さんって人のこと尾けて、失礼なことを言ったこと、三枝さんから聞かされて、みんな知ってるんだわって思った。ただ、仕事だから、我慢してあたしと話してるだけだわ、って思ってた」

だから、電話が短くなっていたのだ。

「それであたし、一樹さんに頼んだの」

「ねえ、あたし、別人になりたい。記憶を消して、二度ともとに戻れないようにして」

一樹はあわてて、それはできないと答えたという。だが、みさおは頑張った。

「そしたらあの人、『レベル7まで行けば、もう戻ってこなくてもいい』って言ったわ。そ
して、約束してくれたの。今度そうしてあげるって」

それが、みさおが家を抜け出した八月八日のことだったのだ。日記に「戻れない？」と書
いたのも、そのためだったのだ。

「でも、結果的には、あなたはちゃんとみさおさんに戻ったでしょ？」

悦子の言葉に、みさおはうなずいた。榊医師が言葉を添えた。

「それに、一樹一人では、『レベル7』まで行かせることはできませんよ。彼には注射はで
きても、E・Sができない」

「E・S？」

医師は暗くほほえんだ。「電気ショックのことですよ。怖い話です」

みさおは言った。「一樹さんは、あたしが目を覚まして、嘘つきって責めたら、『レベル7
まで行ったら、あとは廃人になるだけだ』って言ってたわ」

「そのとおりだ」と、医師はうなずく。悦子の方を振り向くと、少し疲れたように肩を落と
して、言った。

「みさおさんがこんな目にあう羽目に陥ったのも、もとはと言えば、一樹のせいなのです。

我々は――ある目的のために、彼の店『ラ・パンサ』に、かなり大量の薬と、E・Sのため

の器材を運びこんでいました。彼は、その薬を勝手に持ち出して、そんな危険な遊びに使っていたんです」

「その薬って——それを注射すれば記憶が消えるんですね？」

「一時的に封じこめるだけです。パキシントンという合成ホルモンで——副作用もある。大量に投与すれば、一樹が言ったように、廃人になる恐ろしい薬品です。みさおさん、腕の痺れは消えたかい？」

みさおはびっくりしたように左腕を見た。

「忘れてたわ」

「じゃあ、よくなってきているんだ」

悦子は、今更のように恐ろしくなっていた。なんという危ない淵に、みさおは立っていたのだろう。

「みさおさんが我々の計画に巻き込まれたのは、八月十一日の夜、彼女が一樹と一緒に『ラ・パンサ』に帰ってきたからでした。悪いところに居合せてしまったんです。私自身、一樹が勝手に他人に薬を投与していたことを知って、動転した……」

そのとき、義夫が片手をあげて全員を制した。

「前の車が停まったよ」

50

祐司はようやく歩きだし、階段に足を乗せた。

ドアの脇の、ベランダのある掃き出し窓が開いている。三枝は銃把でガラスを割ったのだろう、鍵の脇にぎざぎざの穴が開いていた。

部屋のなかは文字どおりの暗闇に支配され、静けさに包まれていた。祐司は慎重に懐中電灯を持ちあげ、室内を照らしだした。

居間なのだろう。花柄のカバーのかかったソファと、楕円形のテーブルが見える。思ったよりも整然とした感じだった。奥にキッチンがあるようだ。シンクの縁が、懐中電灯の黄色い光を照り返す。

敷居をまたいで、祐司は室内に足を踏み入れた。

かすかに、異臭を感じた。これが死臭なんだろうか、と思った。すえていく血の匂いなのだろうか。

自分も明恵も、事件のあと、ここを片付けたり、処分したりすることはできなかったのだろう。すべてそのままになっているようだ。きっと、カーペットには血の痕が残っている。

壁にも、天井にも、家具にも、撃ち殺された家族の痕跡が――

室内の闇のなかで、記憶が洪水となって押し寄せてきた。ここで見たこと、経験したこと。

壁際の死体。　割れた花瓶。　床に落ちた薔薇の花。　飛び散っている血と、そして——そして

（ソファの上に積み上げられた、血を吸いこんだクッションに——トーテム）

すぐそばで物音がした。祐司はバネ仕掛けの人形のように振り返った。三枝が立っていた。

「すまん。俺だ。　大丈夫か？」

祐司はすぐには声が出せず、うなずいた。

「孝はどこです？」

三枝は階上を見上げた。「二階だ。　よく眠ってるよ」

祐司は三枝の顔を見返した。互いの手のなかの懐中電灯の光が壁を照らし、その淡い照り返しで、それぞれの顔が見える。

ひどい顔に見える、と思った。見慣れているはずの三枝の顔が、別人のそれのようによそよそしいものに感じられる。盛り場で視線をあわせず避けて通りたいと思うような、危険な顔に。

「行こう」と、彼は低く言った。「早く済ませようじゃないか」

くるりと背を向けて、歩きだす。キッチンと居間とのあいだにドアがあり、いっぱいに開いている。その先が階段だった。

三枝は右足を引いているのに、祐司よりもずっと足取りが確かなように見える。

階段はきしまなかった。この別荘はまだ新しいのだと、祐司は思った。ここの持ち主たち

は、新品の家の中で殺されたのだ。

まだ、定住さえしていなかった。塗料の匂いさえ残っていたかもしれない。湿気も抜けきっていない。それなのに持ち主たちは殺され、あとには空っぽの、ゾンビのような家が残った——

三枝が、階段からいちばん奥まったところにあるドアの前で立ち止まった。そのドアは、数センチ開いている。三枝は無言で、顎の先をちょっとしゃくり、祐司を促した。

ドアを開く。懐中電灯の光をそっとあげてゆくと、ベッドの脚が見えた。さらにあげてゆくと、ふくらんだ白い上がけがあった。

そして、手が見えた。

祐司は息を吸いこんだ。

懐中電灯を動かす。肩が、ついで顎が、そして顔が見える。若い男に間違いはない。だが、孝の顔には見えない。暗闇のせいだろうか？

いや、違う。この男の顔は——傷だらけだ。

祐司が振り向くと、三枝が平たい声で言った。

「どうやら、整形手術を済ませてたようだな」

ベッドの上の男が、何かつぶやくようにうなって、寝返りをうった。

祐司は懐中電灯を下げた。すると、三枝が、彼の手からそれを取り上げた。

代わりに差し出されたのは、あの拳銃だった。

「考えてみりゃ、皮肉な話だな」と、ささやくような声で言う。「猛蔵が用意してくれた拳銃だ」

祐司はそれを受け取った。パレス新開橋の部屋で初めてこれを手にしたときと同じ、息の詰まるような感覚が甦った。

「顎を引けよ」と、三枝が言う。

「できない」

「できないことはないさ」

祐司は首を振った。「駄目ですよ。あんたは親を殺されてるんだぞ」

「警察を——」

「時間の無駄だ」

三枝の声は一本調子で、ほとんど感情がこもっていなかった。「警察に突き出してどうなる？　猛蔵が言ってただろう？　みすみす、孝に逃げ道を与えてやることになるだけだ」

祐司は声を絞りだした。「殺人ですよ」

「そうじゃない。復讐さ」

拳銃を握った右手を、どうしても持ちあげることができない。

眠っている人間を撃つことなどできない。

「あんたがやらなきゃ、誰も何もしないんだぜ」

三枝の声が、遠くから聞こえてくる。

「殺された人たちは、さぞ無念だろうにな」

その言葉に、祐司は顔をあげた。三枝が、ゆっくりうなずきながらこちらを見ている。「左胸、心臓のあたりだ。少しばかり

「明かりは俺が持つ。胸を狙え」と、低くささやく。

はずれても、出血多量で死ぬ。頭は難しいんだ。案外、骨が固いからな」

もう一度、最後の抵抗をするために、祐司は首を振った。

「当たりませんよ」

「当たるさ。腕をあげて、顎を引け」

自分の意志を失ってしまったような気がした。機械になったような気がした。

「銃は両手で支えるんだ。反動があるからな」

言われたとおりにした。

「両足は肩幅に開いて、腕はいっぱいに伸ばす」

そのとおりにした。

ベッドの上の男が、ため息のような声を出した。平和な眠りのしるし。生きているしるし。

「引き金は、右手の人差し指で引く。指をかけろ」

そのとおりにする。汗で銃を取り落としそうになる。

「ゆっくりと絞るんだ。最後の瞬間まで、ぎりぎりまで絞れ。いきなり引くと、狙いがはず

「れる」

目を閉じて、祐司はうなずいた。

「俺が合図する」

三枝はそう言うと、一度懐中電灯を消した。ちょっと口をつぐんだ。ややあって、別人の

ような強ばった声で、呼びかけた。

「孝」

ベッドの上の眠る男は動かない。

「孝、起きろ」

腕が動き、上がけをかき寄せる。

「孝、起きろよ」

三枝が声を張り上げた。

衣ずれの音がして、初めて耳にする声が、闇のなかでささやいた。

「うん……誰だ？」

寝呆けたような声だ。何一つ恐れず、安眠をむさぼっていた人間の声。

「おまえ、宮前孝だな？」

三枝の声が響く。

沈黙。

「そこに誰かいるんだな？」

さっきの声が、緊張をはらんだ。

三枝は懐中電灯をつけた。強い明かりが、まともにベッドの上の男の顔を照らした。

相手はベッドの上で半身を起こしていた。手で顔を覆い、あとずさる。

「親父《おやじ》なのか？」

叫ぶように言って、光の輪から逃げようとする。そのとき、戸口に立っている祐司の方へ、パジャマに包まれた胸が向き直った。

撃て！　という三枝の声が聞こえた。たしかに聞こえた。だが祐司は動けず、引き金も引けず、息もできなかった。腕を下げることもできない。

「畜生！」

叫び声がして、懐中電灯の光のなか、ベッドの男が身をひるがえし、枕《まくら》の下から何かを取り出した。ぎらりと光る。包丁だ、と気付いたとき、男がこちらに向かってくるのが見え、そして同時に轟音《ごうおん》がとどろいた。

撃っていた。いや、撃たされていた。三枝の手が伸びて、銃を握った祐司の手をつかんでいる。その反動で、引き金を引いてしまったのだ。

「危なかったな」

三枝はそう言って、手を離した。反動は驚くほど軽く、ほとんど手応え《てごた》がなかった。銃の重みか

ら考えて、嘘のようだ。

信じられない、と思った。

だが、火薬の匂いはする。はっきり感じる。そして何よりも、ベッドの上の男の気配が消えた――

「どこかでブレーカーをあげれば、明かりがつくかもしれない」

そう言って、三枝が部屋を出てゆく。祐司は闇のなかに取り残された。

どれほどそうしていただろう。やがて、明かりがついた。出し抜けに、殴り付けるようにして、現実が返ってきた。

そこは、階下の居間と同じくらいの広さの部屋だった。ベッドが二つ、右側の壁に寄せてある。正面は窓で、厚いカーテンが降りている。左手には応接セットとドレッサー、フロアランプが窓際に寄せてあり、そのそばに観葉植物の鉢が据えられていた。

平和な、不動産の広告にあるような光景。

しかし、手前のベッドの上には、身体を歪め、仰向けに、痩せぎすの若い男が倒れている。胸は一面に真っ赤に染まり、パジャマが破れ、焦げ臭い匂いが鼻をつく。万歳をするように両手をあげ、その右手の近くに、柄の長い包丁がひとつ、場違いな感じで転がっている。

（包丁――トーテム）

三枝が戻ってきて、ベッドに近付いた。一瞬立ち止まり、若い男の顔を見つめ、手を伸ばしてまぶたを閉じてやると、祐司の方を振り向いた。

「撃たなきゃ、刺されてたぞ」

ようやく、祐司は腕を下げた。そのまま拳銃の重みに引っ張られるようにずるずると腰を

落とし、床に座り込んだ。

「やっちまったんだな」

頭の上で声が聞こえた。見上げると、猛蔵がいた。両手をネクタイで縛られたまま、ズボ

ンは泥だらけだ。

「恨みっこなしだ。あんただって助かったんじゃないのか?」

三枝の皮肉な口調を無視するように、猛蔵はベッドを見つめている。

「顔が違うな。縫合の痕もある。整形か?」

「途中だった」と、三枝は答えた。

「孝に間違いないんだな?」

「嘘なんかつくものか」

猛蔵は大きく息を吐くと、祐司を見た。

「埋めてやらにゃならん。あんただって、警察に届ける気にはならんだろう?」

「当然だ」と、三枝が言い捨てる。

猛蔵は、提案するのでもなく、勧めるのでもない口調で、ぼそりと言った。

「くるんでやるものが必要だ。俺の車のシートカバーを使おう。とってくる。ほどいてくれ

んか? もう俺を縛っておく意味もないだろうが」

三枝が両手を自由にしてやると、猛蔵は部屋を出ていった。かなりの時間、戻ってこなか

った。そのあいだに三枝は煙草を一本吸い、ベッドの端に尻を乗せて、じっと祐司を見つめていた。

「いつまでもそうやってへたりこんでるつもりか？」

祐司は首を垂れて頭を振った。

かくもあっけない結末。

かくして殺人者。

仇を討ったという気はしなかった。今はまだ、そんな気持ちにはなれなかった。

人を殺した——ただそれだけだ。

手のひらを開いて、拳銃を離した。床に落ちると、ごとんという音がした。

猛蔵が戻ってきた。両手いっぱいに、灰色のビニールシートを抱えている。

「まず、ベッドからおろそう。血がしみ込むと面倒だからな。大先生、あんた、忍びないなら手をださないでいいんだぜ」

猛蔵はフンと言った。頬が痙攣していた。

「こうなってしまった以上、仕方ない。俺の手で孝の始末をつけてやらんと」

「こうなったからには、孝はもう精神鑑定を受けることも、解剖されることもないからな。安心したろう？」

「馬鹿な言い草だ」

三枝は歪んだ笑顔を浮かべ、祐司を振り向いた。

「外の風にあたってきたらどうだ？　彼女も車で心配してるだろうし。　銃声が聞こえただろうからな」

それでようやく、祐司も、立ちあがらなければ、と思った。　明恵を放っておくわけにはいかない。

部屋を出て階段を降り、明かりのついた居間を通り抜けた。嫌でもすべてが目に入り、嫌でもすべてを思い出す。床には血痕が残っていた。真っ黒に変色し、そこだけ絨毯のけばが消えている。壁に点々と飛び散った血のしみは、虫でもたかっているかのように醜く見える。

そして、花柄のカバーのかかったソファに――

（トーテム）

祐司は強く頭を振った。さっきから、どうしてこの言葉ばかりが浮かんでくるんだろう？　足をとめ、ソファを見つめる。だが、そうやって神経を集中すると、記憶の切れ端はひらひらと逃げていってしまう。

いらいらしてくる。祐司は自分の頭をひとつ打つと、窓を通って外に出た。出入口の階段のところから、明恵を一人残してきた車の屋根が、ちらりと見える。怯えているだろう、と思った。そこを動かないでいてくれるといいが、と思った。そして今、自分の方こそ、彼女にすがりつきたくてたまらないでいることを悟った。

階段を降り、門を抜ける。早足になった。そして、最初の木立の脇を通りすぎようとしたとき、誰かの手が祐司の袖をとらえた。

51

村下一樹は車から降りると、心持ち前かがみになり、人目を避けるような姿勢をとって、そっと進み始めた。

明かりと言えば、彼の車のヘッドライトだけ。そのなかを、シルエットになって一樹は進んでゆく。

みさおとゆかりを車に残し、榊と義夫、そして悦子は、足音を忍ばせて彼のあとを追った。木立を何本かやりすごし、少し開けたところに出ると、そこにももう二台、車が停められていた。

一台は、いかにも乗り捨てられたという感じで、運転席のドアが開け放たれている。白いベンツだ。手前にあるのは白いボディの国産車で、垣根に頭を突っ込んでおり──後部座席に、誰か乗っている。頭が動くのが見えた。

一樹もそれに気付いたらしい。白い車に近付こうとして、移動した。すると、義夫がびっくりするほどの素早さで動き、一樹に追い付いて、いきなり背後から首を抱え込むと、木立の陰に引っ張りこんだ。

悦子は息を呑み、そして走りだした。白い車の人物は、こちらに気付いた様子はない。

「一樹くん」

榊が、抑えた声で呼んだ。義夫に喉を押さえられている一樹は、目を見開いた。手足をばたばた動かしている。

「大きな声を出してはいけませんよ」

義夫が子供に言い聞かせるように言った。

「そうでないと、手荒なことをしなくちゃならなくなるのでね」

「義兄さん——なんであんたがここに？」

一樹は榊の顔ばかりを見ている。榊の方も同じだった。

「君こそ、どうしてここに？」

「様子を見ようと思ってさ。うまくいってるかどうか——」

「君は東京にいるはずだった」

「でも、あの娘のこともあるし——」

悦子は聞き咎めた。「あの娘って？」

一樹はまた目をむいた。「義兄さん、こりゃどういうことなんだよ？　こいつらは？　あん
た——」

そこでようやく、女を丸め込むとき以外は働きが鈍いらしい彼の頭が、少しばかり活動し
た。

「義兄さん——あんた、裏切ったな？」

榊は答えなかったが、それが答えになっていた。一樹は義夫を跳ね飛ばそうとするように、

激しく抵抗した。義夫はびくともしなかったが、首に腱が浮きだした。

「離せ！　離せよ！」

「俺は関係ないんだ！」

「何にどう関係ないんだね？　貝原みさおという女の子にパキシントンを打った覚えもないのかね？」

義夫に言われて、一樹は一瞬ひるんだ。

「あれは、あの娘の方がやりたがったんだよ！　俺の責任じゃない！」

みっともなく悪あがきしている一樹を見おろしていた悦子は、その無責任な言い草に、一瞬沸騰した。こいつ、この女たらし。中身のない空缶みたいな男が、みさおに危険な薬を勧め、彼女を巻き込んだのだ。

一樹は声を張り上げようとするのか、胸をふくらました。義夫が腕を振り上げる。榊が押さえこみにかかる。だがその二人より一瞬早く、悦子は一樹の股間を蹴りあげていた。一発で、彼はぐったりとなった。

榊が、目を見張って悦子を振り向いた。義夫も口を開いてしまっている。

「そんな顔しないで」と、悦子は小さく言った。「これがいちばん効果的だって、お父さんが教えてくれたのよ。忘れた？」

義夫は黙ってうなずいた。まだ口を開いている。

「五年ぐらい目を覚まさないかもしれない」と、榊。「とにかく、この陰に隠しましょう」

そのとき、さほど遠くないところで、大きな爆発音がとどろいた。

「銃声だ」と、義夫が言った。

三人はまた身をかがめ、木立の陰から顔を出した。

白い車の後部座席のドアが、そっと開いた。人の頭がのぞく。長い髪。女だ。彼女は片足を車からおろし、じっと向こうの方を見ている。大きな別荘が見える。ややあって、その窓いっぱいに明かりがあふれた。

悦子も同じ方角へ目をやった。

「あれが幸山荘です」と、榊がささやき、動こうとする悦子を押し止めた。

「まだ駄目だ。まだです」

後部座席の女も、じっと動かない。だが、しばらくして、急にその背が伸び、両足を地面におろし、ふっとためらって、また車のなかにひっこんだ。ドアを閉める。

幸山荘の方から、誰か近付いてくる。

悦子はじっと目をこらした。小柄で、男だ。あれは──誰？

榊を見上げると、彼は口を真一文字に結んでいた。

「あれが、私の義父です。村下猛蔵ですよ」

潟戸友愛病院の院長だ。

悦子は息を殺して猛蔵を見守った。白い外車のトランクを開けている。ビニールシートのようなものを取り出す。そのあいだ、ちらちらと手前の国産車の方を気にしてはいるが、歩み寄る様子はない。国産車の後部座席の女も、窓に頭を持たせかけたまま、じっと動かない。

なんだろう？　と思いながら、悦子は見守った。

猛蔵は両手にシートを抱え、もう一度、国産車の方へ顔を向けた。そのとき、ライトに照らされたその顔に浮かんだ表情を、悦子は見た。

村下猛蔵は、顔中で笑っていた。にたにた笑いが、口元からこぼれんばかりになっている。これほど開けっぴろげの、だが同時に途方もなく感じの悪い笑顔を、悦子は見たことがなかった。

猛蔵はシートを抱え、幸山荘の方へと引き返してゆく。それを見送って、悦子は両手で髪をかきあげた。

「今の、なんですか？」

「うまくいった、という笑顔だったね」と、義夫が言う。「それも、自分以外の他人にとってはこれっぽっちもためにならないことがうまくいった、という顔だ」

手前の国産車のドアが、静かに開いた。女がそっと両足をおろし、地面に立つ。そしてドアを閉めると、やはり幸山荘の方へと歩き始めた。そっと、忍びやかに、木立に身をひそめるようにして。

「彼女——」と、榊がつぶやいた。「彼女は——」

52

　祐司の袖をつかんだのは、明恵だった。

　彼は目を疑った。明恵が一人で立っており、彼の腕をとらえ、顔を見つめ、そして素早くくちびるの前に指を立てると、（静かに）という仕草をしたのだ。

「見えるのか？」

　ようやく、それだけ言った。

　彼女は大きくうなずいた。祐司を木立のなかにひっぱりこむと、身を屈める。今は幸山荘から明かりがもれているので、闇が森の奥の方まで後退しているのだ。

「さっき、車が垣根につっこんだでしょう？　あのとき、頭を打って」

　信じられない。

「それだけで？　急に見えるようになったのか？」

「わたしも、最初は信じられなかった。でもね、ほら、わたし、以前にもこんなことがあったと言われてた。本当に目が見えなくなったんじゃなくて、精神的な強いストレスが原因で、一時的な擬似盲目になって──」

　仙台でのことだ。

「それと同じだったのね。記憶を失くしたショックで見えなくなってただけだったのよ」

祐司は額に手をやり、空回りしそうな頭を押さえて考えた。あるいは——あるいはパキシントンの副作用だったのかもしれない。薬の効き目が薄れてきたので、目も見えるようになったのかもしれない。

「よかったのか悪かったのか、僕にはわからなくなったよ」

「なぜ?」

「彼を殺したんだ。僕が殺した。遺体を始末しなきゃならない。君には見せたくない」

明恵は喉元に手をやると、小さく息を吸いこんだ。

「あなたが?」

自分に鞭打って、祐司は説明した。言い訳はできない。引き金は、この手で引いたのだ。

「だからあの人が——あの人が村下猛蔵ね? シートを取りにきたのが?」

「そうだよ。遺体を包むシートを取りにきたんだ」

明恵の目が、再び焦点を失ったようになった。だが、今度のそれは、視力を失くしたからではなかった。

「あの人、笑ってた」

「え?」

「笑ってたの。わたしの目が見えないと思い込んでいたから、安心して笑ったんでしょう。シートを取り出しながら、ずっと」

祐司は声もなく彼女を見つめた。また、周囲の木立が騒めき始めた。

「わたし、動けなかったの。見えるようになったけど、怖くて。また、いつ見えなくなるかわからない。そう思って、車から出ることができなかった。そしてね、あの人が近付いてきたとき、どうしてだかうまく説明できないけど、見えない、ということにしておいた方がいいと思ったの。見えるようになったと知られないほうが。それで、窓にもたれてそっぽを見てた。だけど、あの人が笑っているのははっきり見えたわ」

明恵は祐司に身を寄せると、かすかに震える声で言った。

「なぜ笑ったの？　あんなふうに——うれしそうに。わたしには、まるで、『してやったり』という様子に見えたわ」

祐司は幸山荘を振り仰いだ。

53

三枝は、ベッドの上の男の身体にシートをかけているところだった。猛蔵は応接セットのソファに腰をおろし、手のなかであの包丁をもてあそびながら、茫然と放心しているような顔をしていた。

明恵の手を引き、幸山荘のあの部屋に戻った。

「床におろすから、手を貸してくれ」と、三枝が事務的な口調で言った。祐司に言っているのだった。

「大先生はいいよ。ぎっくり腰でもおこされちゃたまらんからな」

祐司は三枝に手を貸した。シートの中の身体にはまだ体温があり、やわらかく、死体のような感じがしない。

ひどく、手が汚れたような気がした。殺人のその上に、まだ手を汚したような気が。

「どこかに埋めるなら、明るくなる前の方がいいんじゃないか?」

三枝の問いに、猛蔵が、どうでもよさそうな声を出して答えた。

「真っ暗なうちは、山には入れん」

「じゃ、どうする?」

三枝はくたびれたようにベッドに腰をおろした。

「休憩か?」

「そうしましょう」と、祐司は言った。

その声の調子に、どこかひっかかるものがあったのかもしれない。三枝がこちらを見た。

「どうしたんだ?　大丈夫か?」

「大丈夫ですよ」

三枝本人も、ひどく疲れたような顔をしていた。額のしわが深くなっている。壁際に、明恵が小さく肩をすぼめて立ちすくんでいる。祐司は彼女の隣に並んで立つと、ちらりと彼女と視線をあわせ、それから壁にもたれた。

今必要なのは、考え直してみることだ。

これまでの話なら、納得がいってきた。

猛蔵は、孝が警察に逮捕され、精神鑑定で異常が発見されることになると、自分の医師としての立場がなくなると思っていた——と言った。だから孝を匿った。ずっと隠してきた。この潟戸で孝が死んでしまったように見せかけるため、細工をし、警察にも圧力をかけた。

なら、それはできないことではなかった。

それで、ずっとうまくいってきたのだ。

孝を殺さなかったのは、忍びなかったから——とも言った。身内だ。義理の仲とはいえ、一度は自分の妻になった女の子供であり、家族の一員だ。殺せない。人情として、それもわかる。

だから匿ってきた。

だが、猛蔵だって、最後にはもう面倒になってしまったのだろう。追い払っても、記憶を消しても、俺と明恵はしつこく戻ってきた。孝を追って。だから、もういい、そこまでしつこくつきまとうなら、いいよ、孝をくれてやる。俺はもう知らん、勝手にしろ。そう思って、俺たちがここへ踏み込むことを、止めようともしなかった——

（なんとか逃がしてやろうと思ったんだが、もう駄目だな）

そうだな。ここまでできたら、孝を自由に逃がすことなどできるはずがない。彼がどこか、細工の利かない場所で、細工の利かない人間に発見されたら、どうしようもない。祐司と明恵が戻ってきたことで、猛蔵にはもう選択の余地がなくなっていたのだ。自分を守るためには、孝をあきらめるしか道がなかった。

だから、笑ったのか？

（してやったり、みたいな感じに見えたわ）

猛蔵は、明恵の目が見えるようになっていることに気付いていなかった。だから、彼女の鼻先で、あけっぴろげに笑ったのだろう。

（本音が出た──そうなのか？）

これで、自分の手を汚さずにやっかいばらいができた──そう思ったのか？

そうだったのかもしれない。そうなのかもしれない。だが──

祐司は天井を仰いだ。違う。何か違う。しっくりこない。納得がいかないのだ。

（してやったり──）

ちょうどそのとき、猛蔵が、ため息とも嘆きともつかない声をあげながら、立ち上がった。手にもっていた包丁を、ごく何気なく、ソファの背もたれに突き刺して、ぶすりと言う。

「ああ、俺は疲れたよ」

背中を伸ばし、肩を上下させている。

（トーテム）

しつこいささやきが、祐司の頭のなかに戻ってきた。意味不明の、あの言葉。トーテム。

無意識のうちに、それを口に出して言っていたのだろう。猛蔵がこちらを振り向くと、顔をしかめながら、頭をゆらゆらさせた。

「そうだな。ひどい話だったな、あれは」

　祐司は黙って猛蔵の顔を見返した。

「親の俺でも、孝はひどいことをやったと思うよ。事件のとき、ここにいた四人のうちの誰かが、抵抗しようとして、台所から包丁を持ち出してきたんだろう。それを、全員を殺して逃げだす前に、こうしてソファの背に突き立てておいたんだ。階下の居間のソファには、まだその痕が残ってたぞ。わざわざ、血のしみ込んだクッションまで、ご丁寧に周りに積み上げてな。まったくひどい。だからあんたが、思わずそれをひっつかんで床に捨てずにいられなかったのも、よくわかる。まったくあんたの言うとおり、悪趣味なトーテムポールみたいなもんだった。殺人の記念てやつだ」

　猛蔵はしゃべり続けている。くちびるが動く。だが、心は頭のなかの声に耳を傾け、甦ってきた記憶を見ていた。

　祐司はただそれをじっと見つめていた。

　そう──そうだった。そうだ。だから、「包丁」という名詞が「トーテム」として結びついていた。

　なにか温かいものが腕に触れた。明恵が彼の手をつかんでいる。目を見開いて。

　猛蔵はしゃべり続ける。「俺も、あんたたちには申し訳ないと思っている。だから、これでよかったんだ。これがいちばんいい道だったんだ。そう思うよ──」

　現実が再び焦点を取り戻し、頭が晴れた。三枝の顔が見えた。これまでで初めて、彼が動泥から這いあがってきたような気がした。

転している、と思った。目と目のあいだに、まぶたのあたりが真っ白になっている。

「大先生」と、三枝は言った。視線は祐司に据えたまま、動かさずに。

「なんだ」

「あんた、しゃべりすぎてるぜ」

猛蔵は口をつぐんだ。血が冷えた。三枝を見て、祐司を見た。

祐司の体内で、血が冷えた。心臓は、ひとつ鼓動を打つたびに、冷たいエネルギーを全身に送り込んでくる。

爆心地。そう、そこで、すべてがはっきりと見えた。

「トーテム」

祐司がもう一度つぶやくと、猛蔵はあわてたように言った。

「そうだよ、そうだ。だから——」

「違うよ」

「え?」

「違う。あんたがそれを知ってるはずがないんだ」

明恵が両手で頬をおさえ、それから大きくうなずいた。何度も何度も。

「たしかに僕は、あの夜、ソファの背もたれに突き立てられていた包丁を見て、そう思った。悪趣味なトーテムポールだって、ね。だから、そう叫んで、包丁を投げ捨てた。そのことは、あとになって、警察には話したよ。包丁に僕の指紋がついてしまってたしね」

猛蔵は、口を動かしかけて、やめた。

「でも、そのことは報道されなかった。マスコミも知らない。警察は伏せていたんだ。直接の関係者のなかで、このことを知っていたのは、僕と明恵だけだ。二人だけだった」

三枝が、ゆっくりと頭を振っている。

「それをなぜ、あんたが知ってる？」

沈黙。

「なぜ、あんたが知ってるんだ」

猛蔵は、顎を引いて目をそらした。

「警察に聞いたんだ」

「へえ」

「本当だ。俺がきけば、何でも教えてくれる。コネがあるからな。俺は有力者なんだ」

あの拳銃は、床から拾いあげられて、今はベッドの上に乗せられている。三枝のそばだが、手の届かない距離ではない。

祐司は両手をだらりと下げ、三枝と猛蔵とを均等に見ることのできる位置に立った。

「なあ、誤解だよ──」

猛蔵が言い始め、こちらに近寄ってこようとした。一瞬、三枝の注意もそちらにそれた。

その隙を狙って、明恵が素早く行動し、ベッドの上から拳銃を拾いあげると、祐司に手渡し、そして彼の背中に隠れた。

三枝は、祐司の顔に視線を据えたまま、ゆっくりと両手を肩まであげた。

「ふざけるなよ」

「ふざけちゃいません。撃ち方はあなたにコーチしてもらったし」

猛蔵はなおも近寄ってこようとした。祐司は素早く銃口を向けたが、三枝からも目をそら

しはしなかった。三枝も賢明で、動きはしなかった。

「飛び道具には勝てないからな」

そう言って、明恵を見る。

「見えるようになってたんだな?」

「ほんの少し前から」

「可能性としてはありえたことだ」と、三枝は笑った。「良かったな」

明恵は笑い返さなかった。猛蔵を振り向くと、

「わたし、あなたが外で、笑うのを見たわ」

猛蔵はまたぎょっとした。三枝は吹き出した。

「大先生、あんた、不用意に感情を顔に出したらしいな?」

三枝の言葉に、猛蔵はふん、と言った。

「頼みがある」と、祐司は彼に言った。

「なんだ?」

「ベランダに出てくれ」

猛蔵は、祐司よりも三枝の顔を見た。三枝は肩をすくめただけだった。

「早く」

渋々、銃口の方を見つめながら、猛蔵は動いた。カーテンを開け、鍵をはずし、窓を開く。

外気が流れこんできた。

「そこに、非常用のハッチがあるだろ？」

猛蔵は足元を見た。「あるな」

「その上に乗って、ジャンプしてみてくれないか？　べつに、暴れなくてもいいんだ。体重をかけるだけで」

猛蔵は動かない。いや、動けないように見えた。

「できない？」と、祐司は訊いた。

神経が極限まで張りつめて、冷静に近い気分になっていた。いや、冷酷、と言うべきかもしれない。

「できない？」

もう一度きくと、猛蔵は口をもごもごさせて答えた。

「これは危ないんだ。上に乗っただけで、すぐに落ちちまうからな」

「普通の脱出用ハッチはそんなに簡単にははずれないよ。それじゃ、危なくてしょうがない。ただ、そのハッチだけは別なんだ。壊れてるのか、フックのかかりが浅いから。上に果物籠を置いただけで開いてしまう」

猛蔵は舌打ちした。

「あんた、それも知ってるんだね?」

三枝がまた、首を振っている。口元だけを歪めるようにして笑いながら。

祐司は、彼と明恵がそのハッチが危険であることを知ったいきさつを話して聞かせた。

「だからね、それを知ってる人間も、僕と明恵と、警察の関係者だけなんだ」

「俺も警察から聞いたんだ」

「もうたくさんだよ」

祐司は肩から力を抜いた。ここまでできたら、もう何も驚くことなどない、と思った。

「事件の起こる前からここにいた人間でなければ、ハッチの件は知らないはずだ。事件の直後にここにいた人間でなければ、包丁のことは知らないはずだ」

「だから、警察から聞いたと言っとるだろうが!」

三枝が笑う。「大先生、やめとけよ」

「しかもあんたは、僕が孝を殺したあと、わざわざ表に出ていって、誰も見ていないと思い込んで、ゲラゲラ笑ってた」

「してやったり、って顔に見えたわ」と、明恵が震える声で付け加えた。

「もういいよ。たわごとはたくさんだ。状況証拠ばっかりだって、この三つが揃えば充分だ。少なくとも、僕は充分だ」

ある意味では、意識下ではずっと、この可能性を考えていたのかもしれなかった。記憶を

消される直前には、推測していたのかもしれなかった。

「あんたがやったんだな？」

祐司は、静かに訊いた。

「孝じゃない。猛蔵さん、あんただ。あんたが、親父たち四人を撃ち殺したんだな？」

ベランダに立ったまま、猛蔵はそっぽを向いた。

やがて、気短そうにぎゅっと口を結んでから、吐き捨てるように答えた。

「そうだよ」

時が止まった。

祐司はじっと堪えて、自分自身のコントロールを取り戻した。

「あんたが四人を殺して、その罪を孝になすりつけた」

「そうだよ」

「そして、孝も殺そうと、崖から投げ落とした？」

「そうともさ」

「だが、それがうまくいかなかった。孝は生き延びた。そうだな？」

「そうでなきゃ、誰がこんな面倒臭い芝居をうつか」

「そうだよな」

祐司は三枝を見た。

「孝は生きている。だけど、猛蔵の手元にはいない。いたら、とっくに殺されていたはずだ。

こっそりね」

三枝はひょいとうなずいた。

「だから、孝をここに匿っていたなんて、大嘘だ」

「そうだ」と、猛蔵がうなった。

「だとしたら、今夜孝をここへ連れてきたのは誰だ？　僕たちに殺させるために、連れてきたのは？」

「あなたもグルだったんだね」

三枝がゆっくりと言った。「消去法を使わなくたって、俺しかいないことはわかるよな」

不覚にも、今まででいちばん深く、祐司は傷ついた。

54

「考えてみれば、おかしなことはいくつもあった」

そう話し始めると、三枝の眉がぴくりと動いた。

「すべて、あまりにもスムーズにいきすぎてたんですよ。コピーからファクシミリ番号を割り出したことも。『榊クリニック』に行き着いたことも。すぐに『幸山荘事件』にたどりついたことも」

「俺の調査の腕が良かったんだ」

「それだけで、この混雑する時期に、新幹線の切符を簡単に手に入れられるとは思えない」

祐司はぴしゃりと言った。

「仙台行きは、最初から予定の行動だったと思ったほうが、ずっと自然です」

三枝は道化た仕草で首を振った。

「あなたは、最初から村下猛蔵と組んでた」

祐司は言った。ひどく落胆していたが、それを顔に表さないように、懸命に努力しながら。

「僕たちに雇われていたわけじゃない。猛蔵に——彼に雇われてたんだ。そうでしょう？」

そして、僕たちをここまで誘導してきたんだ」

「誘導」という言葉が反響した。意志に反して、胸がつかえてくるのを感じた。

「俺があんたたちを誘導した？」

「そうですよ。今日までに、あなたは度々、僕たち二人に、素晴らしく筋道のたった仮説を聞かせてくれてきた。僕たちが自分の意思でパレス新開橋の七〇七号室のベッドに寝たんじゃないということから、拳銃と現金と血のついたタオルが残されていたことの意味まで。すごく頭がいい。だけど、あれはその場で思いついたことじゃなかったんですね。以前から、そのときがきたらそう話そうと、用意してあった台詞の一部だったんだ」

三枝は黙って、口の片方の端をぐいと持ちあげるようにして笑った。

「いちばんおかしかったのは、今日の友愛病院での出来事です。あなたとこの院長が話して

いるとき、僕は何か気になって仕方なかった。でも、そのときは、何が気になるのかわから

なかったんです」

祐司はうなずいて、猛蔵を見た。

「今ならわかる?」

「院長先生。あんたは、しゃべりながら、三枝さんの顔を盗み見ていた。あの時は、僕も、

それは彼の銃を警戒しているせいかと思ってた。でも違う。あんたは、しゃべりながら、心

配でしょうがなかったんだ。(これでいいか? うまくいってるのか?)と、三枝さんの顔

をうかがわないではいられなかったんだ」

猛蔵は顔を歪め、鼻の下をこすっている。祐司は笑いだしてしまった。声が裏返った。

「いちばんの傑作は、鎮静剤のファンビタンを山ほど使っている──と、三枝さんが言った

ときでした。村下先生、あなた、なんて言いました? 『そんなことまで言わなくても──』

と言ったんだ。あのときすぐに気付かなかったなんて、僕たちもおめでたいな」

「ひとつひとつは小さなことだからな」と、三枝が言う。「集まってみないと、わからない」

「そう。あなたの部屋の水が金気臭くてまずかったことも、そのひとつです。あなたは、あ

そこに引っ越して一ヵ月ぐらいだと言った。でも、あの水のまずさときたら、ひどかった。

本当は一ヵ月も住んではいなかったんでしょう?」

三枝は天井を仰いだ。「やれやれ、参ったな」

祐司に視線を戻すと、「そうだよ。ご名答だ。俺は、あんたたちがあそこに運びこまれる、

ほんの二、三日前にあの部屋に移ったんだ。家具だって、必要最小限度のものしか用意しな
かった」

「最初に駐車場で洗車をしていたのも、僕が出てくるのを見張って、うまく声をかけるため
だった?」

三枝はうなずく。

「夜、部屋に踏み込んできたのも?」

もう一度うなずいて、「ただし、彼女の目が見えなくなることまでは、予想してなかった
ぜ。口実は、ほかにいろいろ用意してあったんだ」

「臨機応変に対応できるようにね」

「臨機応変に対応できるようにな」

猛蔵が、「馬鹿馬鹿しい。時間の無駄だった」と、唾を吐くようにして言い捨てた。

「あれだけ金と時間をかけたのに、見抜かれちまったら世話はない」

祐司はめまいを感じた。話しながらも、今の今まで、心のどこかでは、すべてとんでもな
い勘違いであってほしいという願いも抱いていたのだ。

「目的はなんだったんです?」

祐司に代わって、明恵が訊いてくれた。

「どうして、こんな手のこんだお芝居をしたんです?」

「だから、お察しのとおりだよ」と、三枝はベッドの向こう、シートに包まれた男が横たわ

っている方へ顎をしゃくった。

「あんたたちの手で孝を殺してもらうためだ」

そっけない仕草でベランダの猛蔵を振り返ると、声をかける。

「大先生。こっちへ戻ってこいよ。あんただって、問答無用で撃たれるよりは、その方がいいだろう？」

「説明してやるよ」と、猛蔵は言った。ゆっくりと部屋のなかに戻ってくる。また、にやにや笑いを浮かべながら。だが、目は鋭く、祐司のかまえている銃を見つめていた。

「そもそもは、四月の中ごろに、この三枝が俺を訪ねてきたことが発端だった。どうしたらいいと思うね？　とな」

「あんたの息子の宮前孝を保護してる。どうしたらいいと思うね？　とな」こいつは言ったんだよ。口の端を吊り上げて笑うと、平べったい口調で言った。

三枝はまた、

「俺は、潟戸の隣町の三崎ってところに住んでたんだ。『幸山荘事件』の翌日、夜遅くだったかな……俺だけが知ってる磯釣りの穴場があってね。そこに、顔も身体も傷だらけ、虫の息の孝が打ち上げられていたのを見付けたんだよ」

明恵が壁の方を向き、声にならない声をあげた。

「俺は、後ろ暗い方向には、いろいろ顔が利く。健康保険はきかないが、金さえ積めば誰でも治療してくれる医者のところに担ぎこんで、彼を診てもらうのはやさしいことだった」

「なぜ、すぐ警察に届けなかったんです？」

三枝は、気をもたせるように間をおいた。

「俺が助けあげたとき、意識を取り戻した孝がこう言ったからさ。『畜生、親父にはめられた』とね」

祐司は、頭のなかが真っ白になるのを感じた。

「直観的に、これは金になる、と思った。だから、孝が回復するのを待って、この大先生に連絡をとったんだ。すると、飛び付いてきた」

「俺だって、まさか孝が生きているなんて、夢にも思ってなかったからな」

猛蔵は、いまいましそうに三枝をにらむ。

「あの崖から落ちて助かるなんて、今でも信じられん」

「でも、信じた」

「そうさ。指紋がぴったり一致したんだからな」

祐司は、シートに包まれた身体が横たえられている方向に目をやった。

「俺も馬鹿じゃないからな」と、三枝が言う。「このおっかない大先生と取引しようというんだ。慎重にしたさ。充分、慎重にな」

猛蔵が小鼻をふくらます。

「俺だって馬鹿じゃない。村下猛蔵は頭で勝負してきた男だぞ。最初は、孝が生きているなんていう言い草を、まともに信じたりはしなかった。どんな奇跡が起ころうと、俺があの崖から投げ落とした孝が、生きているわけがない。

そうだ。生きていたはずがない。

「本当に投げ落としたのか？」

「こんなことで嘘をつくか」

「じゃ、崖の下に倒れている孝を見たという証人の話も、彼らが警官を連れてくるあいだに死体が流されてしまったということも──」

「全部本当だ。そこまで嘘をでっちあげたんじゃ、危なくてしょうがない」

祐司はおかしくなってきた。馬鹿みたいだ。仙台で、東京で、俺はまるっきり見当違いのことを考えて、孝は生きていると思い込んでいたんだ。

「じゃ、警察は──」

「孝が犯人だという点では、彼らは意見を固めていた。それはうれしかったな。うまくいっていた。だから、俺としては、早く孝の死体を発見してもらいたかったんだよ。流されちまうなんて、大誤算だった。だが、三崎の海岸に打ち上げられてこいつに助けられていたんじゃ、発見できるわけがない。気をもんだだけ、損をした」

三枝は両手をあげたまま、面白そうに眉を動かした。

「それでだな、こいつはまず、その週の週刊誌を持ってきた。『この表紙に、俺があずかっている、宮前孝を自称している男の指紋がついている。病院に保存してあるサンプルと比較してみろ』と言ってな。

それは一致した。ぴたりと。間違いようがない。週刊誌の発行日にもごまかしなんかない」

「俺が自分で比較したんだ。

猛蔵は、それでもまだ信じられないというように、首を振った。

「孝は生きている。俺はあきらめた。生きてるんだ。こうなったら、もうどうしようもない。俺は三枝に、取引に応じると言った。それで、その線で話を進めていたんだ。それが五月の初めごろのことだった」

フン、と笑って、

「せめてもの幸いは、こいつが金目あてに、助けた孝を売るような人間だったってことだな」

明恵が、泣きだしそうな目で三枝を見つめている。三枝は苦笑した。

「誰だって、自分が可愛いからな」

「だけど、あなたに助けられた孝さんは、あなたを信頼していたんでしょう？　だから、今夜だって、何も疑わずにここで眠ってた」

「そういうことだな」

「ひどいわ」

「世の中なんて、ひどいことばっかりだよ、お嬢さん」

祐司は明恵に、〈何を言っても無駄だよ〉と、目顔で語りかけた。

「孝は、どの程度事件のことを記憶していたんです？」

「ほとんど何も知らないさ。ずっと薬で眠らされていて、気が付いたら、崖から投げ落とされていたってわけだ。しかも、何一つ身に覚えのない事件の犯人にされていた。それだって、

誰に薬で眠らされたのかは、知ってる。自分に罪をなすりつけるのは、父親ぐらいしかいな

いこともわかる。だから、『親父にはめられた』と言ってたんだ」

三枝は猛蔵の顔をうかがうように見ると、にやっとした。

「で、俺が、ものは試しにこの大先生にあたってみると、異様にあわててふためいて、孝をこ

っちに渡してくれるなら、いくらでも払うと言ってきた。語るに落ちる、ってやつだな。俺

は、この博打には勝算があると踏んだ。で、指紋をつけた週刊誌を持っていって、確認させ

たんだ。俺だって、危険を冒すのはいやだからね。いよいよ取引のそのときになって、自分

の身の安全を確保してからじゃなければ、大先生と孝を引き合せるわけにはいかないことぐ

らい、考えていた」

猛蔵が大きく咳払いをすると、話を引き取った。

「三枝との取引は、スムーズに進みそうだった。ところが、ちょうどそのころだ。あんたた

ち二人が、俺のまわりを嗅ぎ回っていることに気が付いた。孝は生きている、なんて言って、

実際に病院に忍びこもうとさえした」

祐司は、素早く明恵と視線をあわせた。

「俺はびっくりしたよ。あんたらは、まるで見当違いのことを言っている。ただ、孝が生き

ている、ということだけは、当たってるんだ。俺だって驚かされたが、事実なんだ。となる

と、あんたたちを放っておくことはできなくなってくる。どこでどう、孝の存在をかぎつけ

ないとも限らないからな」

「それで、僕たちを友愛病院に閉じこめた？」

「とんでもない！　そのときは、お静かにお引取りを願ったよ。潟戸へやってきたあんたた
ちを、誰が見ていたかわからない。あんたたちが潟戸で行方不明になった、なんて噂がたつ
ような羽目になったら、こっちは命取りだ」

「それがいつのことだ？」

猛蔵はちょっと考えた。「八月の初めごろだったかな。うん、そうだ」

祐司はうなずいて、先をうながした。それなら、郵便局留で送っていたあの資料に、友愛
病院に忍びこんでからの経緯を書き足していなかったことの説明もつく。まだ、手元に戻っ
てきていなかったのだ。

猛蔵は続けた。

「俺は、正直、困っていた。とにかく、あんたたちには監視をつけて、行動を見張らせた。
二人とも、友愛病院に忍びこむことに失敗したんで、がっくりきていたように見えたぞ。友愛
が紳士的にふるまったんで、肩透かしをくった気分だったのかもしれん」

「だが、問題は残っている。あんたたちは依然として疑っているし、孝は生きている」と、
三枝が言った。

猛蔵はうなずく。「そうだ。それが大問題だ。俺は三枝に、まずいことになったと言った。
あんたたち二人を片付けるまで、取引は延期だ、とな」

「片付ける？」

「そうさ。そのつもりだった」

明恵が両腕で肘を抱いた。

「ところが、三枝はそれに反対だった。目立ちすぎるというんだ。東京でやろうと、潟戸でやろうと、あんたたちが失踪したんじゃ、誰かがヘンに思う、とな。マスコミときたら、一年も二年もたってから、『あの事件の関係者は、今』とかいう特集を考えているから、あんたたちにインタビューにくることだってあるかもしれん、と。そんなとき、二人が行方不明になってたんじゃ、寝た子を起こすようなものじゃないか、と」

その辺りのことは、祐司にも理解ができた。三枝は冷静だ、と思った。

「ここから先は、おまえが話せ。おまえが練った計画じゃないか」

猛蔵は、三枝に、命令するように言った。

三枝は、誰とも視線をあわせずに、一本調子に説明を始めた。

「しばらくいろいろ考えて、俺は計画を思いついた。いっそのこと、このふた組みを同時に始末したらどうかな、とね」

「始末——」

「言葉が悪いな。あんたたちを殺すつもりはなかったんだよ。死んでほしいのは孝だけだ。だから、あんたたちをうまく誘導して、孝を殺させればいいと思ったんだ」

それがこれなのだ。祐司は理解し始めた。

「あんたたちは、孝が生きていて、猛蔵が彼を匿っていると思っている。そして、大先生は、思いがけなく生きていた孝を消しちまいたい。だったら、あんたたちの手で孝を殺させれば、一石二鳥じゃないか。それなら、あんたたちも満足。こっちも助かる。俺も取りっぱぐれがない。あんたたちに孝を殺させたら、こんな男のために警察につかまる必要はない、と説得して、口をつぐませればいい。真相は闇から闇だ。どうせ、孝は一度死んでいる人間なんだからな」

信じられないという思いの底から、ほとんど安堵に近いほどの、納得の感情がわいてきた。

「今夜、どう言いくるめて、孝をここへ連れてきたんです?」

「灯台下暗しだ、と言ったのさ。あいつはあいつで、親父と対決したがっていた。警察なんて当てにできない、自分で仕返しをするんだ、といきまいていたよ。だが、そのためには、この大先生に近付かなくちゃならない。で、機会をうかがいながら潟戸で身をひそめるなら、この幸山荘がいちばんいいと言ったんだよ。あいつは、命の恩人の俺を信じきっていたから、なんの疑いも抱かなかったね。素直なもんだった」

明恵は、三枝に背を向けてしまった。

「あんたたち二人は、八月の十日の夜に、高田馬場のアパートの近くでつかまって、村下一樹の経営する店、『ラ・パンサ』へ連れていかれたんだ。そこで、二晩がかりで記憶を封じこめられ、パレス新開橋へ連れてゆかれた」

三枝は、感心したような顔で祐司を見る。

「アパートの部屋を捜索して、あんたの手元にあった記録を盗んだのも俺だ。あんたたちの誘導役になってから、わざわざあそこに連れていったのは、それらしく話を運んでゆくためで、俺は、あそこにはもう何もないと思っていた。だから、あの不在配達票を見付けたときには、純粋にびっくりしたぜ。あんたはなかなか抜け目がなかったんだ」

「本当に抜け目がないなら、こんなに見事に騙されませんでしたよ」

「そうかね」

ひと呼吸入れ、頭を整理して、祐司は言った。

「僕たちの記憶を消し、あなたが現れ、話をうまく運んでいって──で、すべてうまくいったってわけだ」

「そうだな」と、三枝はにやりとした。「土壇場で、あんたが包丁のことなんか思い出さなければ、きれいに成功していたのにな」

「あなたの報酬と、身の安全は？」

「どっちも確保してあるよ。いきさつを録音したテープと、孝の指紋のついた雑誌を、あるところに預けてあるんだ。大先生も手を出せないところにな。俺が死んだら、それが世に出る。金の方は、ちゃんと半金はもらってある。あとの半分は、あんたたちを無事ここから送り出してから払ってもらうはずだった」

「なるほどね」

三枝は、ちょっと眉毛をあげた。

「で、どうする？　あんた、どうするつもりだ？」

「まだ聞きたいことがあるんですよ」

祐司は猛蔵を見た。

「なぜ、親父たちを殺したんだ？」

三枝がうなずく。

猛蔵は顔をあげた。

「そうだな。俺も、その辺のところは聞いてない。実際、大先生が真犯人だって、はっきり言質をとったのは、俺だって、今が初めてだったんだ。今までは、ただもう孝を寄越せ、寄越せの一点張りでな」

祐司は驚き、そして、村下猛蔵という男の正体を見た、と思った。

顔が変わっている。歪んだ口に、血走った目。

「あいつらが俺の町へやってきて、俺に逆らったからだ。俺からこの潟戸の町を取り上げようとしやがったからだ！」

剥き出しの、ほとんど純粋に近いほどの憎悪に、身を震わせている。

「俺に反対している地主の連中の尻馬に乗りやがって、俺をコケにしようとした。ここは俺の町だ。俺がここまで大きくした町なんだ。横取りされてたまるか」

祐司はめまいを感じた。

「たったそれだけのことで？」

「それだけ？　それだけだと！」

猛蔵は、祐司の手に銃があることさえ忘れたように、部屋を横切って近付いてきた。

「止まれよ」

そう言うと、やっと我に返った。手の甲で顎の汗を拭うと、半歩うしろに下がる。

「俺にとって、この町は財産なんだ。俺の業績が、全部ここにある。俺の根っこなんだ。あいつら、故郷でも俺のことをずっと馬鹿にしていやがった。そして、やっと俺が築きあげたこの町へやってきて、今度はここを乗っ取ろうとしてたんだ。また、馬鹿にしようとしてた。

わかってたんだ」

「あんた、子供の頃から秀才だったって聞いてる。誰も馬鹿になんかしてなかったさ」

「ただ、嫌われ者だった」と、三枝が投げ捨てるように言った。「そうだろ？」

猛蔵は返事をしなかった。

祐司は考えていた。子供はずるい。誰でも、子供のときはみんなそういう面を持っているものだ。だが、父から聞いていたはずの細々とした材料だけを寄せ集めただけでも、子供の頃からの猛蔵の「狡さ」が、そういう一般的な種類のものではなかったんじゃないか──と思えてきた。

鶏と卵だ、と思った。どっちが先だ？　子供の頃の猛蔵が、自分がいい子になりたいがために、悪戯の罪を、誰か友達になすりつけたことが発端だろうか。それとも、頭が切れて、「いい子」の猛蔵を、周囲がやっかんで、ちょっと仲間外れにしたことからすべてが始まっ

たのか？

どちらにしろ、それは遠いことなのだ。過去の埋もれ木を掘り返すような作業で、現実の犯罪を帳消しにするわけにはいかない。たとえ、猛蔵が本当に「馬鹿にされて」いたのだとしても、何かの形で「馬鹿にされながら」育つ人間は、ほかにもいくらでもいる。どういうわけか嫌われ者にされてしまう人間もいる。たくさんいる。籤引きでは、スカを引く者の方が圧倒的に多いのだから。

だが、そういう人間がみな、「馬鹿にされたから」といって、殺人を犯すか？　あり得ない。　結局はすべて言い訳だ。　論理の逆立ちじゃないか。

猛蔵を殺人へ——病院からの搾取へ、患者への虐待へ、町の私有物化へと走らせた原因は、ただひとつ。

徹底したエゴイズムだ。それしかない。

「俺から町を取り上げる奴は許さん」と、猛蔵は言った。「誰だって、許すものか」

「誰も、あんたから町を取り上げたりしない」

そもそもこの町は、あんたのものじゃないんだ、という言葉を、祐司は呑み込んだ。

「取り上げようとしてた！」と、猛蔵はわめいた。「あんなママゴトの家みたいな別荘が建ち並んで、観光客がぞろぞろ来るようになってみろ！　俺の病院が追い出される！　あんな病院が追い出される！　町のステイタスの向上だとか、わかったようなことを言いやがって。俺がこれまで化だとか、町のステイタスの向上だとか、わかったようなことを言いやがって。俺がこれまで、友愛病院を大きくすることでどれだけ町に貢献してきたか、みんなケロリと忘れちま

う！　町に、アル中がごっそり入院している精神病の専門病院があるなんてみっともない、なんて言い出すんだ。それもこれも、ほかに食い扶持をくれるあてができたからだ。あのおきれいな別荘地ができたからだ！」

止めのように、足を踏み鳴らした。

「みんな恩知らずだ！」

猛蔵の叫びに、祐司は、胸のむかつくような哀れみを覚えていた。

三枝がゆっくりと言った。

「たしかに、それがあんたの被害妄想だけではないだろうことは、俺も認める」

悲しそうな顔をしていた。

「だが、大先生。あんた、手段を選ばなさすぎたよ」

祐司は考えた。ほかでもないこの「幸山荘」で、残虐な殺人事件を起こす。それは、ほぼ確実に、しばらくのあいだは、ここの開発計画を遅らせ、観光客の足を遠退かせる原因となっただろう。

現実に、これこのとおりだ。

そうすれば、猛蔵にも態勢を立てなおす時間ができる。うまくすれば、そっくりそのままここを買収することだってできるかもしれない。ここの地主だって、道楽で、有り余る金を使ってここを造成したわけじゃない。行き詰まれば、手を引かざるをえなくなるだろう。

潟戸町は、再び猛蔵の天下となる。

「どうやって――どうやって殺した？」

祐司は声を励まして訊いた。

「僕には、あんたが手をくだして親父たちを撃ち殺したとは思えないんだ。あまりに手際が良すぎるから」

猛蔵はあっさり答えた。

「プロを雇ったんだよ」

「地元の暴力団か？」

「あいつらも、ここがリゾート地化すると、いろいろな意味で困るんだ。繁華街ならいい。今のような形で繁盛するのもいい。だが、リゾートという奴は困る。町の連中が一緒になって、汚いものを掃きだすようにして、あいつらを追い出しにかかるだろうからな」

初めて、猛蔵は自嘲気味になった。

「俺の病院と同じだ。だから、連中も喜んであんたの側につくだろうさ。いい資金源だったんだろ？」

「連中としたら、そりゃ、喜んであんたに協力してくれた」

と、三枝。

「町にあるものは、なんでも俺のものだ」

「暴力団もな」

祐司は訊いた。「殺人の罪を着せるのに、なぜ、孝を選んだ？　たまたま帰ってきていたからかい？」

「前々から考えていたんだ」

孝は、母親の俊江の死に関して、猛蔵を疑っていたという。

「うるさい奴だった。なついてくりゃ可愛いものを、あいつときたら――」

「無理だよ。忘れたのか？　孝は一度、あんたの病院の洗礼を受けてるんだ。なつくはずが

ないじゃないか」

三枝が呆れたように言う。　猛蔵はただ怒っている。

「あいつは狂ってた」

「狂ってるのはあんたの方だよ」

「三枝さん、黙っててくれ」

祐司はさえぎり、猛蔵を見た。

「孝の母親の俊江さん、結婚してすぐに、あんたと不仲になっていたという噂を聞いてる。

それも、孝の影響か？」

猛蔵は黙っていたが、それで答えたも同然だった。

「で、面倒臭くなって、彼女も殺した？」

「あれは事故だ！」

「本当かな」

結婚して、落ち着いて、猛蔵という人間が――子供を診てくれた「村下先生」ではない、

ひとりの男としての猛蔵の姿が見えてくれば、俊江にも冷静に考える余地が出てきたのかも

しれない。

「孝の精神に異常があったというのは？」

また、猛蔵は口をきかない。

「僕たちを納得させるためのだけの、でまかせか」

そうだろうな、と思った。もし本当に脳障害などがあったりすれば、孝の身体を、不用意に崖から投げ落としたりするはずがない。もっと別の方法を考えていただろう。

「なぜ孝に罪を着せた？」

もう一度孝に尋ねると、猛蔵は早口にしゃべりだした。

「計画は前から練っていた。俊江の命日の十二月二十三日には、あいつがこっちへ帰ってくることがわかっていたからな。そこでつかまえて、利用しようと思ってたんだ。そのうえに、おおつらえむきなことに、あいつは、三好や緒方がうちに来ていることに気が付くと、わざわざあいつらに近付こうとした」

明恵が素早く割り込んだ。「雪恵のことね？」

「そうだ。美人だったな。あんたもきれいだが」

猛蔵は、あらためて値踏みするように明恵を見た。

「俺はあの娘が気に入ってたからな。それを、孝の奴は見抜いたらしい。わざわざあの娘に近付いて、村下猛蔵は恐ろしい男だ、お父さんたちにも注意するように言ってくれ、なんて、余計なことを言いやがった」

それが、事件の前日に、孝が雪恵を「襲おうとした」ということにされているのだ。

「そのとき、孝の奴はえらく興奮していたようだから、雪恵って娘は怖がってた。だが、三好と緒方は、あいつが言いつのっていたことに気を惹かれたらしい。俺は、危険だと思ったよ」

「親父たちは、あんたの家に出向いて、何をしてたんだ？」

それが不思議だと思った。虎の穴に入るようなものだ。まして、雪恵まで連れて。

「あいつらめ、俺に宣戦布告しにきたようなものだ。挨拶にきたんだよ。これからこの土地に根をおろすことになるからよろしく、とな。三好の奴、『娘にはおかまいなく』とまで言っていた」

「それは、あなたが仙台までやってきて、雪恵に手を出そうとしたからよ。親としては当然だわ」

明恵がたまりかねたように言い、初めて、怒気を顔に表した。

そう。釘を刺しにいったのだ。祐司は、納得すると同時に、心のなかでほぞを嚙んだ。宣戦布告か。あまりにもまともすぎるやり方じゃないか。

孝は、祐司の父親たちに接触するだけでなく、その同じ日の夜、「幸山荘」を訪ねていったという。

「見張っていたら、出掛けていったんだ。どうせ俺を陥れる相談をもちかけていたんだろうが、こっちとしては有り難い限りだ」

親父たちは、孝の言うことに興味を持ったのかもしれないな、と思った。それで、もっと詳しいことを聞こうとしたのだろう。孝の方も、やっと味方を得たような気がしたのかもしれないし、あるいは、急いで猛蔵を敵にまわすと危ない、と、警告するつもりだったのかもしれない。

「幸山荘」に残っていた孝の痕跡は、事件当夜のものではなく、その前日の二十三日のものだったのだ。普通に掃除をしたぐらいでは、一日前についた指紋や、落ちた髪の毛は残っているだろう。警察は、舐めるように現場を調べて、それが二十四日のものであると判断してしまったのだ。

それでなくても、孝には疑われる材料が揃っていたのだから。

「わざわざ射殺という形をとったのも、孝が拳銃を持っている可能性があって、射撃の腕がよかったからなんだろう？」

「当たり前だ。俺は馬鹿じゃない」

二十三日の夜、「幸山荘」から戻ってきた孝をとらえ、友愛病院の特別保護室に監禁する。

そして翌日、二十四日の夜、縛りあげた孝を連れ、ワーゲンに乗りこんで、「幸山荘」に向かった。もちろん、孝がワーゲンを借りた、などというのは、警察に聞かせるためのでまかせだ。

「殺しのために雇った男は、別荘地の近くまで、ぶらぶら歩いてやってきていた。それがいちばん安全なんだそうだ。だから、途中で車に拾いあげた」

れたんだ」

「あんたたちが『幸山荘』に着いたとき、目的の人間たちは、留守にしていた。
帰ってくるのを、ずっと待っていたんだ。すると、あんたたち二人がやってきた」

それで、果物籠が落ちたり、ハッチが開いたりするのを見たのだ。

「あんたたちが行ってしまうと、入れ替わりに連中が帰ってきた。俺と、雇った男はなかに
踏み込んだ。なかの連中は、俺がひとりできたと思って、なにも怪しまずにドアを開けてく

猛蔵は笑った。

「簡単だった。さすがはプロだ。俺はずっとその場にいて、一部始終を見てたんだ」

明恵が頭を抱えた。

「殺しのあと、あまりにきれいに行きすぎたんで、多少、部屋のなかを荒らしておく必要が
あった。慎重にやらないとならないんで、これが結構時間をくったよ」

電話線を切り、包丁をソファの背に突き立てたのもそのときだ。

「なぜ、包丁を拾ってあんなところに刺したんだ？」

「いかにも孝が異常なことをやったように見えるじゃないか」

それだけかな、と、祐司は思った。同じことを、猛蔵はほんの今さっきやったばかりだ。
あれはやっぱり、猛蔵の趣味だ。

「ところが、そうしているうちに、あんたたちが帰ってきた。俺は、雇った男に、あんたた
ちも撃てと言った」

明恵がはじかれたように顔をあげた。

「だが、奴は、それは危険すぎると言ったんだ。孝に罪を着せるためには、あくまでも、あいつが雪恵って女の子に執着して、それがエスカレートして殺人に走ったんだ、という形をとる必要がある。だが、そこであんたたちを殺してしまうと、そのバランスが崩れるから、と言ってな」

「どういうことだ?」

「プロだからな。銃声ってやつは、風向きなんかの加減で、とんでもない方向でも聞こえることがあるというんだ。万が一、誰かが聞いていて、四人を殺した銃声と、あとから来た二人を殺した銃声が、時間的に離れて聞こえたと話したら、おかしいだろう?　発作的な殺人じゃなくなっちまう。孝が、四人を殺したあと、すぐに逃げだしもしないでグズグズしていたことになるからな」

それで俺たちは命拾いしたのだ——そう思うと、複雑な思いだった。

「あんたたちが警察へ報せにいくまで、俺と、雇った男は、ずっとこの家のなかに隠れていたんだよ。そして、あんたたちがいなくなってから、逃げだした」

孝は、ずっとワーゲンのなかに押しこめられていた。崖から投げ落とし、警察に発見してもらうつもりだったから、薬は使えない。

「孝を連れて、あの崖っぷちまで行った。あとが残らない程度に殴り付けて、気を失わせて、手に銃を握らせ、一発、海に向けて打った」

自分の書き留めていた資料のなかに、事件の夜、崖の方で爆発音のようなものを聞いた、という証言があったことを、祐司は思い出した。

「それで、手にも、着ているものにも硝煙反応が残る。で、あいつを海に投げ捨てて、俺たちはそっと家に帰ったんだ。アリバイなんて、気にしなかった。クリスマス・イブの夜中だ。自宅の書斎でのんびり過ごしていました、という以外、何がある？　下手に工作したら、かえって不自然だ」

猛蔵は話を終えたが、祐司はすぐには何も言えなかった。

誰かが手を叩いている。三枝だった。

「すてき、すてき」

面白くもなさそうに、笑っている。「見事だな」

祐司を見上げると、「どうする？」と、訊いた。

「警察を呼ぶよ」

猛蔵は、フンと嘲（あざけ）った。「おまえも人殺しだぞ。俺たちに騙（だま）されたなんて言っても通用しない。殺意がなきゃ、引き金は引かなかった。何もしてない孝を殺したのはおまえだ」

その言葉は、祐司の全身に突き刺さった。

「覚悟はできてる……」と、三枝。

「それもまたご立派だ」

「茶化さないで」と、明恵が大声を出した。

「俺は何も認めないからな」と、猛蔵は声を張り上げた。「なにもしゃべらん。弁護士に頼んで、俺は知らぬ存ぜぬで頑張るぞ。証拠は何一つないんだ。孝も死んじまったんだからな。おまえが殺してくれたんだ」

すくうような目付きで、祐司を見る。

「どうだ？　何もなかったことにしないか？　その方がいいじゃないか。今夜のことは、俺たち四人以外、誰も知らないんだ」

「榊先生がいる」

猛蔵は鼻で笑った。「あれは腑抜けだ。雑魚だ。俺の言いなりだ」

「ここであんたを撃ち殺すことだってできるんだぞ」

祐司が凄むと、猛蔵はもっと笑った。

「おまえにそんな度胸があるか」

「だいいち、それは物理的に無理だ」と、三枝の静かな声が割り込んだ。

「なぜ——」

言いかけて、祐司は息を呑んだ。

三枝は、ポケットから弾丸を取り出して、ベッドの上にばらまいた。ひとつ、ふたつ、みっつ……

ほとんど表情のない顔で、祐司が、弾を抜かない銃をその辺に転がしておくほど間抜けだと思ってたのか？」

「おい、俺が、弾を抜かない銃をその辺に転がしておくほど間抜けだと思ってたのか？」

電源が切れたように、頭のなかが真っ暗になった。明恵の悲鳴で我に返ると、包丁を手にした猛蔵が、彼女をとらえて首を抱え込んでいる。

「大先生、なかなかすばしこい」と、三枝が言った。

「馬鹿野郎。弾が抜いてあるなら抜いてある」「俺も、あんたの物語に興味があったんだ」怒鳴る猛蔵に、三枝は笑ってみせた。「俺も、あんたの物語に興味があったんだ」

あきらめ切れずに、祐司は何度か銃の引き金を引いてみた。かちん、という、間の抜けた音がした。

空っぽを撃つ、空っぽの武器。

「すまんな」と、三枝が手を差し伸べる。「こっちに寄越せよ」

ため息とともに、祐司は銃をベッドのうえに投げた。三枝はそれを拾いあげると、猛蔵の方を見ずに言った。

「大先生、どうするね？」

「どうもこうもあるか。こいつらを殺すしかない」

「そうか？」

「そうだ。だから、俺は最初から言ったじゃないか。殺してしまうのが、いちばんいいんだ。後腐れがない」

唾を飛ばしている。包丁を突き付けられている明恵の顔が、恐怖と嫌悪で歪んでいた。

「それを、おまえがぐずぐず言って止めたんだぞ。おかげでこんな回り道をして、結局はな

んにもならなかった。とんだ時間の無駄だ」

「そうかな」

「そうだ」

「この二人を殺せば、全部かたがつく?」

「当然だろうが」

「どうして殺す必要がある?」

「おまえ、どうかしちまったのか? 全部しゃべっちまったんだぞ、俺は」

「大先生、つまり、あんたが今までしゃべってきたことは、すべて真実なわけだ。な?」

猛蔵は目を見張った。「おまえ、どうかしちまったのか?」

「ありがとうよ」と、三枝は言った。「完璧だ」

「ホントに完璧」

まったく聞き覚えのない、新しい声が、そう言った。

55

今度こそ、祐司は驚愕に息が止まった。

ベッドの向こう側に、祐司が撃ち殺したはずの若い男が立ちあがっていた。胸のあたりを真っ赤に染め、破れたパジャマもそのままに、模範的な射撃手の姿勢をとって。足元に、ビ

ニールシートが落ちている。

「これ、射撃専用のポンプ銃なんだけどね」と、若い男は言った。筒先をぴたりと猛蔵の方へ向けたまま、陽気と言ってもいいほど明るい声だ。

「クレイを撃つやつなんだけどさ、この近距離なら、頭、ふっとんじゃうかもね。やったことないからわからないけど」

祐司の目に、若い男の姿は、西部劇の登場人物のように見えた。肩の高さにかかげられている銃は、ショットガンのように見えた。

「馬鹿な……」

猛蔵が顎をがくがくさせる。

俺たちも馬鹿じゃないんだな、大先生。

三枝も、張りのある声を出した。

「さっきまでの話、全部ビデオに撮らせてもらった。後悔しても遅いし、逃げ場もないよ」

「その人を離してよね、大先生」と、若い男。「明恵さんだっけ。びっくりして、目が真ん丸になってるよ。可哀相だから、早く自由にしてあげてよね」

猛蔵は、明恵を捕まえていることだけが頼りだというように、彼女にしがみついている。包丁も離さない。

「チョッ、チョッ」と、若い男が舌を鳴らした。「あのね、オレ、ガキのときからクレイ撃ちをやってるの。うちのじいさんが選手だったからね。オレも、その血をついでるんだよね。

だからさ、狙いははずさないよ。悪いことといわないから、言ったとおりにしてよ」
たががはずれたように、猛蔵の腕がさがった。自由になった明恵が、祐司の方へ飛んでき
た。

「やあ、やあ、良かった」と、若い男が喜んでいる。

「さてと。じゃ、三枝さん、大先生におとなしくしてもらいましょうか」

三枝はベッドの下に手をつっこむと、ひと巻きのロープを取り出した。若い男が狙いを定
めているので、猛蔵はそれを見つめながらも、動きがとれないでいる。

「すまんな」と、三枝が立ち上がったとき、突然、猛蔵の表情が壊れた。

ドアの方には祐司と明恵がいる。猛蔵は窓へと突進し、敷居を跨ぎ、ベランダへ躍り出た。
飛び降りて逃げるつもりなのかと思った次の瞬間、言葉にならないわめき声のようなものを
残して、姿を消した。

ひと呼吸遅れて、ガタン、と音がした。

部屋のなかの四人は、それぞれ、ベランダへ駆け寄った。若い男は、まだ銃を肩につけて
いる。

非常脱出用ハッチの蓋が開き、梯子が地上に降りている。梯子の先が地面に触れている。
そのすぐ近くに、猛蔵がうつぶせになって倒れていた。

「生きてるかなあ」

ようやく銃をおろし、筒先を、残りの三人のいない方へ向けて、若い男が言った。

「無理だろう」と、三枝が答える。

「三枝さん、言いたかないけど」

「うん？」

「わざと隙をつくったね？」

三枝は苦笑した。が、答えなかった。

祐司と明恵は、呆れ返ってただ二人の顔を見つめていた。三枝がこちらを振り向くと、表情を和らげて、言った。

「すまないな。びっくりしたろう？」

言葉も出ない。

「これで全部終わった。本当に終わったよ」

祐司はやっと声を絞りだした。

「あんた——」

「うん」

「あんた、いったい誰なんです」

「三枝隆男ってね、元新聞記者」と、若い男の方が陽気に言う。明かりの下で見ても、顔に無数の傷跡、縫合の痕がある。つくりものではない。本物だ。

だが——よく見ると、怪我というよりは、火傷の痕のように見える。

「新聞記者？」

「もう二十年近く前の話だよ」

ほかにすることもなく、祐司は三枝を見つめながら何度もまばたきした。

「あなたは孝さんでしょう？」

尋ねる明恵の声が割れてしまっている。

若い男は首を振った。「いや、僕は相馬修二っていいます。ヨロシク」

ぺこりと頭をさげ、床に腰をおろすと、慣れた手つきで銃を支え、ボルトを引き、弾丸を抜いて銃を空にしてゆく。

「これでもう、なんてことないですからね。危なくないです」

にっこり笑うと、なんとも愛敬のある顔をしている。歳も若い。祐司や明恵より年下であるに違いない。

「電話は？」

三枝に問われて、修二は彼を見上げた。

「持ってきましたよ」

今は便利だよね、携帯電話、などとつぶやきながら、廊下へ出てゆく。ややあって、小型のボストンバッグをひとつ下げて戻ってきた。

「でも、三枝さん」

「なんだよ」

「今、廊下の窓から見たんだけど」と、修二はニコニコする。「榊先生なら、こっちへ走っ

てくるところだよ。報せなくても大丈夫じゃない?」

三枝はちょっと考えてから、ベランダへ出ていった。すぐ戻ってくる。

「本当だ。ちょうどいいかもしれないな」

「心配で、じっとしていられなかったんだよ、きっと」と、修二が笑う。

祐司の腕をつかんでいた明恵が、出し抜けに声を張り上げた。

「あなた、死んだんじゃなかったの?」

修二は自分の真っ赤に染まったパジャマを見おろした。

「これね、ニセ物」

パジャマをひっぱり、細い電線や、破れた小さなビニール袋を見せた。

「このなかに染料をつめて、発砲音にあわせて破れるようにしてあったんです。ごく単純な

特殊撮影技術ね」

「にせ物——」

「映画でよくあるでしょう?」

「じゃ——あの銃——」

祐司がベッドの上の拳銃を指差すと、修二は気の毒そうにうなずいた。

「ホント、すみません。あれもイミテーションですよ。テレビでよく使うヤツ。弾もね、中

は空っぽなんだ。一発だけ、空砲が入ってただけ」

じゃ、俺は空砲を撃ったのか?

階下で、榊医師の声がしている。三枝が廊下に首を出して、「こっちだ」と声をかけた。

「カメラ、切らないと」と言いながら、修二が部屋を出てゆく。つっ立っている祐司と明恵に、窓枠の脇に開いている空気抜きを指差してみせた。

「あそこに取り付けてあるんです。隣の部屋に、バッテリーを置いてね」

なにがなんだかわからない。祐司は座り込んでしまいそうになりながら、やっと言った。

「説明してください」

三枝はうなずいた。「もちろん、するとも」

56

榊の指示に従い、悦子たちはじっと辛抱強く待ち続けた。

国産車の後部座席にいた女が、別荘地の方へ姿を消したあとも、ずっと木立のなかに隠れていた。榊はときどき時計を見、また闇の向こうへと視線を戻す。

「まだですか？」

何を待っているのかもわからないまま、悦子は訊いた。医師はうなずいて、「まだです」と答える。

やがて――

遠く、人のわめき声のようなものが聞こえた。榊がさっと立ち上がる。

「ここにいてください」

そして、さっき若い女が歩いていった方向へと、小走りで消えていった。悦子は義夫と顔を見合せた。

ややあって、榊が走って戻ってきた。

「来てください！」と、両手で招いてきた。

悦子が見たのは、窓に明かりがともっている大きな別荘——榊が言ったとおり、郵便受けのところに「幸山荘」と書いてある。そして、建物の横手の地面に倒れている、村下猛蔵の姿だった。

榊は、猛蔵の脇に膝（ひざ）をついている。悦子が近寄ると、顔をあげて、首を横に振った。

悦子は幸山荘をみあげた。

「中へ」と、榊が促す。「警察がやってくるまで、話をする時間がありますよ」

「真行寺さん」

背後でみさおが呼んでいる。悦子は肩ごしにちょっと振り向き、「見ないほうがいいわ」と、言った。

義夫がみさおとゆかりの肩を抱くようにして、正面の階段の方へと歩いてゆく。途中でちょっと足をとめ、榊に呼びかけた。

「先生」

さおたちを乗せて、ゆっくりと流しながらついてきた。

悦子は走りだした。義夫は一度車に戻ると、み

「はい」

「そこに倒れている人は、亡くなっておるんですか」

榊はうなずいた。すると、義夫は言った。

「じゃあ、何か覆いをかけてやったらどうです」

榊の表情が、スッと縮んだ。

「そうしましょう」

彼が戻ってくるまで、悦子は待った。そして、一緒に幸山荘のなかに足を踏み入れた。

57

「どこから始めますか」と、三枝は口を切った。

最初に、集まった一同を、一応紹介したところだった。祐司は、今度の件にこれほど大勢の人間が関わっていたのかと、驚いた。

だが、実際には違うらしい。三枝と修二に手を貸していたのは榊医師だけで、あとの四人は——まして、そのうちのひとりは小学生の女の子だ——巻き込まれただけのことだという。

榊医師は「味方」だった、という事実には、祐司はちょっと戸惑った。

「無事でよかった。申し訳ないことをした」と、医師に言われても、まだピンとこない。

友愛病院の猛蔵の執務室を出るとき、三枝は、榊医師をトイレに閉じこめるふりをして、

実は彼を自由にしてきたのだった。それで、医師は、巻き込まれた「みさお」という若い女性を助け、彼女を連れて逃げだしてきた——という。

「まずは、俺がどうして宮前孝と知り合ったか、そこからの方がいいかな」

祐司はうなずいてみせた。ほかに、発言をする者もいなかった。

「あることがきっかけで——」

そう切りだして、三枝はちらりと、「真行寺」という父娘の方を見た。

「俺は、村下猛蔵という男をずっとマークしてたんですよ。もう、十八年間もね」

「そんなに長く?」

明恵がきくと、三枝はうなずいた。

「四十一人もの人間の死に、猛蔵が関わっていた——いや、はっきり責任があったもんでね」

ちょっと視線を落としてから、続ける。

「潟戸の町にも、だから、何度か来ていました。実際に、隣町の三崎に住み着いていたこともある。村下猛蔵という男のしっぽをつかむには、友愛病院から攻めるのがいちばん効果的かもしれないと思ったのでね。ただ、潟戸にいたんでは、かえって動きがとれない。それで三崎を選んだんだが——それが、今から五年前のことです」

五年前——

「ちょうど、孝の母親の俊江が事故で死んだ頃だ」

三枝は祐司にうなずきかけた。

「彼女が殺されたんじゃないかという噂は、俺も耳にした。確証はなかったが、それに間違いないとも思った。で、村下家の車の整備を請け負っていた、服部自動車修理工場にもぐりこんで、勤め始めたんだ。俺はメカには弱いけど、あそこは中古車の販売もやってたんでね。営業マンとして。それなら、潟戸の町を歩き回っても、不自然じゃない」

ひとつため息をついて──

「孝とは、そこで知り合ったんだ。彼は、服部自動車の経営者に、じかにぶつかりにきていた。母親の車に細工したんじゃないか、ってな」

「気持ちはわかる」と、真行寺の父親の方が言った。

「だが、危険だ」と、三枝は言った。「危険極まりない。俺は彼に近付くと、正直に、自分の目的を話した。俺がなぜ猛蔵を追っているかを知ると、孝も信用してくれてね。で、俺はまず、彼を町から出した」

それで、孝は村下家を飛び出したのだ。

「だが、服部自動車工場に残った俺も、殺人の決め手をつかむことはできなくてね。悔しいが、ここじゃ猛蔵は本当にオールマイティだったんだ」

祐司の耳に、〈町にあるものはみんな俺のものだ〉と言い切っていた猛蔵の顔が浮かんできた。

「ごめんなさい、教えてください」と、明恵が顔をあげた。

「何を？」

「孝さんは、過去にほかにも暴力事件を起こしているでしょう？　だから、幸山荘のときも、マークされやすかった。友愛病院への入院のきっかけになった、学校や家庭でのことはともかくとしても、ほかのふたつの事件はどうだったんです？」

三枝は、残念そうに顔をしかめた。

「あれには、俺もがっかりしてたんだ。ふたつとも、俺が孝と知り合う前の事件だったんだけど」

猛蔵が契約していた保険会社の営業マンを殴った件と、義兄である一樹のガールフレンドを「襲った」と言われている件だ。

「最初のは、孝が、猛蔵が俊江に多額の生命保険をかけようとしていたことを知って、それを止めようとしたことから起こったことだったんだ。二つ目は――」

三枝はちょっと言いよどんだ。

「一樹のガールフレンドが、猛蔵にも色目を使って、おまけに、俊江に対してかなりひどい態度をとったことが原因だったんだよ。ただ、いきなり暴力沙汰に走るのは、決して感心できたことじゃない」

「ほかに方法を知らなかったのかも……」と、明恵がつぶやいた。

「それはあるかもしれないな。孝は、俺にこう言ったことがある。自分が次から次へと問題を起こして、それが原因でおふくろが村下家を追い出されるといいと思ってた、とね」

（そうなっていれば、おふくろは殺されずに済んだのに）とも言ったという。

祐司は、写真のなかの孝の顔を、姿勢を思い出した。いつも身構えているような、あの少年。

三枝は続けた。

「俊江の事故死から二年後、俺もいったんはあきらめて、服部自動車を辞めて、東京へ引き上げた。孝は自棄をおこしていてね。東京の暴力団ともつきあいができて、拳銃の密造に噛んだりしていた。自分でも、射撃に凝っていた。こうなったらオレが猛蔵を殺してやる、と言って。なだめるのに手を焼いたよ」

孝は一時期、友人が「気が違ったみたいだ」と評するほどに、射撃に熱中していたのだ。

「猛蔵は、東京にもいくつか不動産を持っている。その取引も、あまり感心できたものじゃなかった。こっちの方からなんとかならないか。そう思った。まどろっこしかったよ。焦ったかった。なんでもいい。当局に訴え出られるだけの決め手が欲しいと、切実に思った。

脱税だってかまわない」

三枝は痩せた肩をすくめた。

「自分が金持ちだったらいいのに、と思ったね」

「なぜ？」と、「真行寺」の娘の方が訊いた。悦子という名前だと言っていた。三十そこそこだろうと、祐司は思った。きれいな女性だ。

「それなら、働かなくて済む。調査に専念できる。食い扶持を稼ぎながら猛蔵を追いかける

のは、なにがなし情けないものがあったんですよ」

「どんな仕事を?」

「なんでも」と言って、三枝は微笑した。　悦子が微笑を返した。

「そうこうしているうちに、『幸山荘事件』が起こった──」

三枝は天井を仰いだ。

「やられた、と思いましたよ。また猛蔵だ。今度は四人。いや、五人だ。孝が犯人だと言われていると知って、俺は彼をあきらめた。まず、間違いなく殺されているはずだ、とね」

祐司はゆっくりうなずいた。

宮前孝は死んでいた。彼は殺されていたのだ。

「事件の詳細が報道されていくにつれて、その確信は強くなってきた。孝は死んでる。崖から落とされて殺されたんだろう。そして、その死体が発見されなかったことは、猛蔵にとっても誤算だったに違いない、と思った。猛蔵が、もっともらしく孝を犯人に見せかけている以上、彼は逃亡して行方不明だ、なんて、危ない形にするわけがない。四人を射殺している殺人犯だ。全国の警察が追いかける。そんなことはわかりきってる。それでも発見できない以上、彼を殺して、その遺体を警察に発見させようとする方が自然で、無理がない」

「ところが、その遺体が発見されなかった」

祐司が言うと、三枝はうなずいた。

「初めて、悪運が猛蔵を見放したんだ」

その言葉は、部屋のなかの全員の頭にしみこんだ。

「乾坤一擲の賭けだが、やってみる価値はあると思った。「もう待てな
い。もう、告発に必要な証拠をコツコツ集めていられるような余裕はない。また次に、誰か
が殺されるかもしれないのに。もうたくさんだ。　充分だと思った。だから、修二に頼んで、
一緒に計画を練ったんですよ」

「修二くんを孝にしたてて、『孝は生きているぞ』と、猛蔵をゆさぶってみる。『親父には
められる』と言っているぞ、と。どうだ、取引しないか──」

「そうだ。そして、反応を見る。猛蔵がどう出てくるか──。それだけで、『幸山荘事件』
の真犯人があいつであるのは確証をつかめると思ったんだ」

修二が割り込んだ。「オレも、三枝さんとは古いつきあいなんです。あることがきっかけ
で。その、『あること』は、あとで話しますけど」

にっこり笑う。「それに、オレの顔にこういう傷跡があることも、有利だったんだ」

崖から落ちたときの怪我ででちゃめちゃになった顔を整形手術したのだ、と言える。　体格
は、修二の方が孝よりも頑丈な感じだが、十代の後半から二十代の初めの男性というのは、
ちょっと見ない間に背が伸びたり、たくましくなったりするものだ。それに、猛蔵は、成長
過程の孝をよく知っていたわけではない。一緒に生活したのは五年も前のことで、たった一
年間だ。そのあとは、「幸山荘事件」で彼を利用しようとしたときに顔を合せただけなので

ある。

また、計画のなかで、孝に扮した修二が猛蔵と顔を合せたのは一度だけ——しかも「死体」になってからのことだ。「孝が生きていた」と、猛蔵に信じ込ませるためには——

むしろ、問題はほかにある。ごく短い時間に限られていた。

祐司は乗り出した。「指紋はどうしたんです?」

「それが難問でね」

三枝は、隣に立っている榊医師の方を見上げた。

「結局、この先生を巻き込んだ。以前、孝が、村下一族の中で、猛蔵を裏切るだけの骨のある男は、たぶん榊先生だけだろう、と言っていたのを覚えてたんだ」

祐司はあっと思った。

自分でつけていた記録のなかに、榊医師が、孝のカルテをいじっていたことがあった、という件があったことを、思い出したのだ。

「榊先生を仲間に入れると、病院に記録として残されている孝の指紋と、修二の指紋とをすり替えてもらったんだ。そうしておけば、猛蔵がふたつを比べてみたとき、ぴったり一致するからな」

榊医師はうつむいていた。

「私は——私なりに、友愛病院の現状をなんとかしたいと思っていたんですよ。努力もした

つもりだったが、どれひとつうまくいかなかった」

「先生だけ飛び出しちゃえば良かったのに」

「みさお」と呼ばれている若い女の子が言った。人形のようにきれいな顔をしている。

「先生、大先生の娘と結婚するまでは、友愛病院はいい病院だとばっかり思ってたんでしょ？　騙されてたんじゃない」

「そうはいかなかった」と、医師は気弱に笑った。「私には子供もいる。村下一族のところに残していくわけにはいかない。どこかに訴え出ようにも、力関係からいって、勝ち目がない。だから、三枝さんから協力を頼まれたとき、これがたった一度のチャンスだと思って、話に乗ったんだよ」

「それだけじゃないでしょう」と、真行寺の父親の方が言った。「あなたも、『幸山荘事件』の犯人が、義父である猛蔵だと気付いていたんじゃないのですか？」

医師はうなずいた。「ただの直感でしたが」

「身内の直感は、たいてい当たっているものだ」

榊医師は東京にもクリニックをもっているから、その点でも自由がきいた。でも猛蔵に盲従しているふりを装いながら、いわば二重生活をしていたのだ。表面はあくまでも猛蔵に盲従しているふりを装いながら、いわば二重生活をしていたのだ。

「しかし、それにしても、榊先生、よく決心されたものだ」

真行寺の父親の声に、祐司は目をあげて榊医師を見た。

「今度の計画に加わるということは、たいへんなことですよ。ことを公にしたら、あなたは医師免許を剥奪されることになるかもしれない」

　榊はくちびるをぐいと結んだ。

「それは覚悟の上です。三枝さんとも、それについてはずいぶん話し合った」

「しかし……」

「いいんですよ。どのみち、どっちへ転んでも同じことだ。私は、友愛病院でなされていることを、知っていて見過ごしにしてきた。大先生を恐れて、手を貸したことさえある。パキシントンの合成も、実験も、あそこだから可能だったことかもしれない」

　榊は頭を振った。

「大先生もそれを承知していたからこそ、私が裏切るはずがないと、たかをくくっていられたんです。同じ穴のむじなだぞ、とね」

「ひどい話だ」

「私もひどい医師だったんです。臆病（おくびょう）は、言い訳にはならない。私は、ずっと恐れてきました。友愛病院でやっていることは、いつかは露見する。必ずそういう時がやってくるでしょう。一生それを恐れて生きてゆくくらいなら、自分から行動を起こした方がましだと思ったんです」

　真行寺はうなずいている。

「それに、仮に私独りで反旗をひるがえしたとしても、できることはたかが知れている。大先生は、たぶん、別の医師に責任をなすりつけて、自分は大した罪にも問われずに切り抜けてしまうでしょう。そういうことには、恐ろしく長けている人です。だったら、三枝さんた

ちがやろうとしていることに手を貸した方がいい。一度きりの、最大のチャンスでした」

控えめに、身体の脇で拳を握る。

「自分の未来のことは、過去をきっちり清算してから考えます」

そう言って、医師はかすかに笑った。

祐司は三枝を見て、話を続けてくれるように促した。彼はちょっと咳払いして、続けた。

「それで、計画は滑りだした。ところがそこへ——」

「僕たちが出てきた」

祐司が言葉をはさむと、うなずいた。

「俺も修二もあわてたよ。猛蔵は、簡単に、あんたたち二人を始末してしまえばいい、なんて言い出す。俺たちが猛蔵をひっかけようとしたばっかりに、あんたたち二人が殺されてしまうかもしれないんだ」

「放っておいたら、間違いなく始末されていたでしょうよ」

祐司は言って、明恵の手を握り締めた。

「それからは、計画を軌道修正して、あんたたちを殺させないように、猛蔵を説得していかなければならなかった。それから先は、さっき猛蔵がしゃべっていたとおりだよ」

三枝は、この間の事情を知らないほかの面々に、簡単に説明した。

「謝らなきゃいけないのは、あんたたちの記憶を消す、という猛蔵の意見を、とうとう変えられなかったことだ。俺は、あんたたちが普通の状態でいても、うまく誘導して孝を『殺さ

せる」ことはできる、と説得したんだけど——」

「それはもう、本当に」と、榊がうなずく。「でも、あまりそこで頑張ると、かえって怪しまれることになる。それで、あきらめざるを得なかったんです。申し訳ない」

三枝は、まだすまなそうな顔をしている。

「榊先生は、猛蔵に頭があがらないふりをしていたから、猛蔵はすっかり油断していた。だから、この計画についても、彼に手伝わせていたんだ。で、先生は、あんたたちがパキシントンを投与されるときも、できるだけ危険がないように、目を光らせてくれていた」

明恵が医師を見上げ、軽くうなずいた。

「もう、いいんですよ」と、祐司も言った。

「今夜は、仕上げの日だった。俺は猛蔵に、孝をうまく言いくるめて、約束の時間には『幸山荘』にいるようにさせるから、と話しておいた。そしてあとは、決めておいた台本どおりにふるまったんだ。猛蔵もそうだ。わざと、この『幸山荘』に逃げてきて、孝はここに匿(かくま)ってある、と言った」

「時々、言うべき台詞(せりふ)を忘れていたみたいなところはあったけど」

祐司が言うと、三枝は苦笑した。

「実は俺も、ひやひやしていた」

「それにしても、猛蔵はえらく金をかけたね」と、真行寺の父親が言った。すると、娘が反論した。

「どうして？　スーツケースの五千万円はそっくり戻ってくるのよ。三枝さんと取引したお金は、こんなお芝居をうたなくたって払わなきゃならないと覚悟していたでしょうし」

「しかし、スプリンクラーで建物を濡らしているよ」

「特別保護室だけですよ。それに、あれはやむをえなかったんです。ああでもしないと、俺がただ猛蔵に逃げられました、というだけじゃ、祐司たちがヘンに思ったでしょうから」

祐司はうなずいた。

「ゆかり」という小さな女の子が、口を出した。

「それにおじいちゃん、建物には保険があるわよ」

三枝と榊が笑いだした。

「そのとおり。お嬢ちゃん、頭がいいね。猛蔵は、本当に損になるようなことはしないよ」

「ただ、猛蔵がよく短気を起こさずにいてくれたもんです」と、祐司は言った。「極端な話、途中で芝居を打ち切って、また暴力団員を雇って、僕たち二人を殺すことだってできたんだ。今夜だって、三枝さん、あなたが僕たちを誘導しているあいだに、この『幸山荘』に人を寄越して、孝を——猛蔵が孝だと思い込んでた修二くんを殺してしまうことだってあり得たんじゃないですか？」

その質問には、榊が答えた。

「そうならないように、三枝さんは、もし筋書きに反するようなことをしたら、孝の指紋のついた最近の雑誌と、猛蔵が、金を払っても孝を取り戻したいと言っているその声を——俺

たちとのやりとりを録音したテープを当局に送るぞ、と釘をさしていたんだよ」

「榊先生が猛蔵のそばにいて、絶えず、あんたたち二人を殺してしまうのは危険だ、危険だ、と言い続けてくれていたことも効き目があったんだよ」と、三枝が付け加えた。

祐司は明恵と視線をあわせ、そして三枝を見上げた。「じゃ、やっぱりあなたがたが僕たちを助けてくれたんだ」

ありがとう、と言うと、三枝は首を振った。

「礼を言うのはこっちだ。あんたが事件当夜のことを思い出してくれたおかげで、猛蔵があれだけベラベラしゃべってくれたんだからな」

「三枝さん、弱気でね」と、修二がからかう。「今夜は、あなたたちを殺させないために、『孝を殺させる』っていうお芝居をうつだけで精一杯かもしれない、なんて言ってたんだよ。でも、オレはそうは思わなかったから、ちゃんとビデオカメラも仕掛けておいたし、銃も持ってきてたってわけ」

そのあと、祐司と明恵は、「みさお」という女の子がこの件に巻き込まれた理由を聞いた。

みさおは、ちょっと泣きべそをかいていた。

「あたし――あたしがあんなことをしたせいで、いろんな人を危ない目にあわせてたのね」

ごめんなさい、という。

すべての計画が終わるまで、とにかくみさおを手元にとどめておこう、と主張したのは、三枝だった。もちろん、そうしておかないと、みさおの口からどこへどう計画が漏れないと

も限らなかったからだ。

「すまなかったね」と、みさおに謝った。

みさおはかぶりを振った。「いいんです。それに、あなたがそう言ってくれなかったら、あたし、とっくに殺されてたんじゃないかしら」

「お互いに無事で良かった」と、祐司はみさおに笑いかけた。

「なんだかよくわかんない」と、ゆかりという女の子が口をとがらす。「でも、あの一樹って人は、ママに蹴っとばされてもしょうがなかったのね?」

「黙ってなさい」と、悦子はゆかりの口をふさいだ。

「一樹は?」と、三枝。

「まだ失神してる」榊医師が笑いながら答えた。「彼を追いかけて、我々もここまで来たんだ」

「彼を取り押さえるとき、ちょっとてこずってね。で、悦子さんが彼をおとなしくさせてくれた」

予定外に一樹がやってきたことを、医師は説明した。

三枝が妙な顔で悦子を見ている。悦子はきれいな歯並びを見せてにっこりした。

「最後にひとつだけ」と、祐司は三枝に向き直った。

「あなたが猛蔵を追うようになったきっかけの、『あること』っていうのは、なんです?」

三枝は、ほんの少しためらった。

「十八年前の、『新日本ホテル』の火災を覚えてるか？　あんたたち二人は、まだ子供だったろう」

三枝は、火災の様子を淡々と説明した。

「俺も、そのときの火災に巻き込まれてね」

軽く右足を叩く。

「これも、その後遺症なんだ」

明恵が細いため息をもらした。「四十一人も亡くなったなんて……」

修二の声に、祐司は顔をあげた。

「オレの両親も、そのとき焼け死んだんです」

「オレの火傷の痕も、そのときのもので。一歳だったんです。親父とおふくろは、オレを梯子車の消防士に渡して、自分たちは逃げ遅れてしまったんだ」

少しだけ、淋しそうな顔になる。

「三枝さんとは、大学に入った年に、今でも続いている遺族の集まりで知り合ったんです」

祐司はゆっくりとうなずいた。

「その事件が、猛蔵と──」

三枝が答えた。「猛蔵は、『新日本ホテル』の陰のオーナーだった。本当の責任者だ」

「村下猛蔵は、一度も、裁かれもしなかったがねえ」と、真行寺の父親が言った。

沈黙が落ちた。

それを破ったのは、みさおの声だった。

「修二さん、十九歳なのね。もっと若いかと思った」

修二は顔をほころばせた。「オレみたいなの、タイプじゃない?」

みんな笑いだした。

「特殊撮影は、修二くんの得意の分野なの?」

笑っている修二に代わり、三枝が答えた。

「真行寺さん、彼はね、某私立有名大学の学生なんだけど」

「ははあ」

「クレイ射撃と、映画制作にばっかり凝って、ロクに授業には出てないんですよ」

修二はゆかりに言った。「学芸会で、なんか小道具が要るときは、オレに言ってきなよ。バイト先の制作会社から、なんでも借りてきてやるぞ」

笑いだし、そしてそれからしばらくのあいだ、みな思い思いの沈黙にふけった。やがて、三枝が言った。

「十八年間言いたくてたまらなかった台詞を、やっと言えるな」

「なんですか?」

「修二」

「はい」

明るい修二の顔を見上げて、三枝は真顔に戻った。

「警察を呼べ」

エピローグ

事件のあと、しばらくのあいだ、直接関（かか）わりを持った人間は全員、相互に連絡をとりあうこともままならない状態に追い込まれた。

三枝や修二は、警察で取り調べも受けた。祐司たちはマスコミに追いかけられた。その点では、みさおも、真行寺一家も同様だ。

すべてがようやく落ち着いたのは、秋もかなり深まってからのことだ。そのころになると、「幸山荘事件」も、遠いものになった。

悦子とみさおは、時間をつくっては、よく話し合いをした。みさおは、閉じこめてあった記憶を吐き出すように、さまざまなことを話してくれた。

悦子はいつも、黙って耳を傾けた。みさおが話すことは、たしかに打ち明け話ではあるけれど、同時に、みさお自身の気持ちを整理するための、いわば自浄作用でもあると思ってい

た。彼女はやっと、心の物置を整理して、要らないものを捨て始めたのだ。

悦子が彼女にききたいことは、たったひとつしかなかった。

「みさおさん、再発見した自分のこと、好きになった？」

少し考えてから、みさおは首をかしげた。

「再発見なんかしなかったみたい」

「そう？」

「うん。あたし、最初からずっとここにいたんだわ」

「で、どう？　自分のこと、好き？」

みさおは笑って大きくうなずいたものだ。

「好きよ。だって、あたし、すごく頑張ったもの。お馬鹿さんだったけど、頑張った。だから、真行寺さんだって、助けにきてくれたのよね？」

そうよ、と、悦子は答えた。

「真行寺さん」

「うん」

「お願いがあるんだけど」

「なあに」

「あたしね、三枝さんに返さなきゃならないものがあるの。だけど、これはやっぱり、真行寺さんから返してもらった方がいいと思う——」

十二月初旬の日曜日、たった一度だけ、悦子は三枝に会った。場所は悦子が指定した。上野公園を選んだ。どこか室内に閉じこもるのは——喫茶店でも、どうも気詰まりに思えたから。

裁判は——猛蔵が「事故死」したこと、みさおが危険な薬物を投与されたこと、祐司と明恵も同じ危険にさらされたこと——さまざまな側面から進められている。悦子たちも、何度か証人台に立つことになるだろう。

「幸山荘事件」についても、猛蔵に雇われた男が逮捕され、殺人の実行犯として起訴されている。悦子が不満なのは、猛蔵も孝も死亡してしまっているので、彼らについてはどうすることもできないことだった。断罪も、名誉回復も——法的には——もうできないのだ。

（被疑者死亡により不起訴、なんですって）と、悦子がふくれると、義夫は（それで良かったようにも思えるね）と答えた。

相馬修二は、法律上は未成年者なので、報道などでも実名が出ることはない。銃をかまえて猛蔵を脅したことは事実だが、そのとき、猛蔵は三好明恵に包丁を突き付けていたのだから、それだって、斟酌してもらえるだろう。

喜ばしいのは、潟戸友愛病院の恐ろしい実態が暴かれてきたことだ。ただ、榊医師の今後がどうなるのか、それも今はまだなんとも言えない状態だった。

「あなたは？　保釈中なわけですか？」

すっかり葉の落ちた並木道を歩きながら、悦子は訊いてみた。

三枝は頭に手をやった。「そうなりますね」

厚ぼったいグレイの上着を着て、黒っぽいズボンを穿いている。髪を刈ったようで——気の毒だが、夏のころよりも、ちょっと老けて見えた。

マスコミや世論は、三枝の側を支持するような動きが見える。が、これはなんともあてにならないものだし、「ああいうやり方は私刑と同じである」と責める意見があることも事実だ。

三枝を呼び出したのは、事件のことを話すためではなかった。悦子は気持ちを切り替えた。

「みさおさんから、預かりものをしてるんです」

ハンドバッグから取り出して、悦子はそれを三枝に差し出した。ネクタイピンだった。

「あなたを尾けていて、デパートの屋上で拾ったんですって」

三枝はそれを受け取ると、顔をほころばせた。

「わざわざ……」

「拾ったとき、すぐ渡そうと思って追いかけたんだけど、見失ってしまったって言ってました。記念品みたいだとも言ってたけど——」

三枝は悦子にネクタイピンを渡した。

「裏を見てごらんなさい」

言われたとおりにしてみた。

「服部自動車販売　創業記念」と彫ってある。

「あの服部自動車工場の、中古車販売の部門のね、創業記念の粗品です。一時期、あそこの営業マンは全員これをつけてましたよ」

悦子は目をあげ、三枝と顔を見合せて笑いだした。

「未だにそれを使ってたなんて、あまり、服装とかにこだわられる方じゃないんですね?」

悦子が尋ねると、三枝は少し肩をすぼめた。

「どのみち、むさくるしいですからね」

「そうでもないと思うけど」

二人は黙って歩いた。

「ひとつだけ、教えてください」

かなりの勇気を奮って、悦子は口を開いた。

「なんです?」

「母を——」

言いかけて、やめた。

「あのね」

「ええ」

「みさおさんが、わたしのあとを尾けて——ついてきていたあなたを見かけたときのこと、

【ね】

「はい」

「父は、あなたが、わたしを通して母の思い出に会いに来ようとしてたんだ、と言いました。あなたはあのとき、とても危険なことをしようとしていたから、その前に、一度だけ会いにきたんだ、って」

三枝は、上着のポケットに両手をつっこみ、遠くの方を見ている。悦子は足元の落葉ばかり見ていた。

「それ、当たっていますか？」

返事が返ってくるまで、かなり時間がかかった。ずいぶん歩いた。たくさんの落葉を踏んだ。

そして、三枝はゆっくり歩きながら、悦子の方を見おろした。

「声をかけようと、何度も思ったんですがね」

昔の同僚を通して、織江が亡くなったこと、義夫が引退したこと、悦子が「ネバーランド」に勤めていること——それらのことは、知っていたという。

あとは、黙ってしまった。

「いいんです」と、悦子は言った。

いつのまにか、上野駅に続く階段のところまで来ていた。

「じゃ、これで」

悦子はにっこりしてみせた。

「これから、みさおさんとゆかりと三人で動物園に行くんですよ。三枝さんは弁護士さんの事務所へ？」

「ええ、そうです」

「もうこれで、お会いすることはありませんね」

法廷で顔をあわせることは、会うことではない。

「そうですね」

ちょっと間があいた。風が吹き付けてきて、悦子の頰に触れていく。

「お元気で」

「ありがとう」

くるりと背を向けると、悦子は大股に歩きだした。五、六歩行ったところで、呼び止められた。

「真行寺さん」

振り向くと、三枝は階段を一段だけ降りて、半ばこちらを向いていた。

「なんですか？」

悦子は足を止め、聞き返した。戻ろうとは思わないが、三枝が何を言うのか、どうしても聞いておかなければならないと思った。

ほんの少し、口の端を下げるようにして微笑してから、三枝は言った。

「あなたはお母さんにそっくりだ」

悦子は言葉を探した。

「よく、そう言われます」

三枝はちょっとうなずいて、さっきよりも大きくほほえんだ。

「さようなら」と、彼の方から言った。

「さよなら」と、悦子は答えた。

歩きだす。だんだん早足になり、冷たい風に頬をほてらせて、最後には駆け足になった。みさおとゆかりが鳩にポップコーンを投げている。悦子が二人を呼びながら走り寄ってゆくと、鳩たちが一斉（いっせい）に翼を開いて飛びたった。

その年の暮、仙台に戻って暮らしている祐司と明恵のもとに、一通の封書が届いた。榊医師からのものだった。

開けてみると、文面は短く、ほとんど走り書き程度のものだ。二人の近況を尋ね、自分は元気だ、すっきりした気持ちでいる、と書いてある。

「もっと早くにお返しするべきものだったのですが、なかなか見付けることができなかったのと、うるさい決まりに縛られまして、遅れてしまいました」

封筒の底から、指輪が出てきた。

花びらをかたどった、エメラルドの指輪だ。

　明恵のものだった。

　祐司はそれを取り上げて、明恵の華奢な指にはめてやった。それは彼女の手にしっくりとおさまった。

　そのとき、封じこめられていた時間が、最後の一秒まできっちりと巻き戻される音を、祐司はたしかに耳にしたと思った。

＊　作中に登場する人名・団体等は、すべてフィクションです。

＊　冒頭のエピグラムは『赤ずきん』（池内紀訳・新書館）から引用したものです。

解　説

香山　二三郎

　ぼくが物書きになる遥か以前、友人たちと連れ立ってひとりのベテラン作家に会いにいったことがある。ぼくらはその人が教鞭を執っておられた千葉の大学まで出かけていったのだが、その人は初対面の、それも自分にとっては子供も同然のぼくらを歓待してくれたばかりか、ごくあたりまえのように対等に扱ってもくれた。その頃、まだ学生だったぼくは小説作家に会う機会も滅多になかったし、正直いってかなり緊張していたので、その応対ぶりには驚きを通り越して感動してしまった。長身痩軀で、いつも笑みを絶やさず和やかに話されるその人の印象は、まさに足長おじさんのそれであった。

　告白すると、そのときぼくにはその人が名のある作家であるという自覚がなかった。たまたまその人に用事のある友人に誘われ、ただ作家に会えるという興味本位でのこのこ付いていっただけなのだ。だが会見後、改めてその作品に触れてからは、お人柄通りのハートウォーミングな小説世界にも魅了されることになった。数年後、その人の書いた作品が日本推理作家協会賞を受賞したときは、わがことのような嬉しさを感じたものだが、結局、その後再びお会いするきっかけがつかめないまま、その人は他界されてしまった。

その人の名を天藤真という。

実は宮部みゆきの作品を読むたびに、ぼくは既視感のようなものを感じていたのだが、あ

る日、一冊の本を手にしたとき氷解した。それが創元推理文庫から再刊された天藤さんの

『遠きに目あり』だった。宮部小説の特色、卓抜したストーリーテリングとハートウォー

ミングな作風は、まさに天藤さんの持ち味そのままだったのである。天藤さんはどちらかと

いえば本格謎解きもの中心の作家だし、その作品世界に注がれている優しい眼差しも従軍記

者時代に味わわれたであろう過酷な戦争体験と無縁ではあるまい。その点、サスペンス・ス

リラー中心で戦無派の宮部さんとはちょいと異なるにも見えるが、宮部さんの多才ぶり、天藤さんと

は謎解きものにも存分に発揮されているし（殊に短編）、その作風についても、天藤さんと

の違いは辛口か甘口かという程のことに過ぎないように思われる。

いやそうやって考えていくと、宮部小説に通底するのは何より仁木悦子の小説世界だとい

う人もいることだろう。確かに仁木小説に溢れる家庭小説的な味わいは宮部小説に欠かせな

い要素のひとつだし、それをいうなら、前出の『遠きに目あり』のあとがきで仁木さんを

「最も敬愛する推理作家」とする天藤さんもまた、仁木悦子直系の作家というべきなのかも

しれない。してみると、そこには仁木悦子から天藤真を経て宮部みゆきへと至る（そこに北

村薫を加えてもいいけど）、ひとつの作家系列が浮かび上がってきはしまいか。その登場ぶ

りがあまりに颯爽としているがために、いかにも突出した存在であるかのように見える宮部

さんも、実は「世話物派」とでもいうべき日本ミステリーの確固たる一脈を受け継いでいる

というわけである。

　もっとも宮部さん自身、影響を受けたのは主にスティーヴン・キングを始めとする海外作家だという。なるほどそれはプロットやストーリーテリングといった話作りの技巧に如実に現れているが、考えてみれば前述の「世話物派」の諸氏も海外のミステリー作品のよき理解者であり、それを自作に巧みに取り込むことによって独自の小説世界を切り開いたのであった。その意味では「世話物派」たる者、まず優れた読み手であることがその資質として問われることになるのかもしれない。

　宮部さんの長編第四作に当たる本書は「新潮ミステリー倶楽部特別書下ろし」シリーズの一冊として一九九〇年九月、新潮社より刊行された。「レベル7」という謎のキーワードをめぐるふたつのスリリングな追跡行を描いたサスペンス・スリラーである。

　物語はプロローグの後、まず東京の極東地区に建つマンションの一室でふたりの若い男女が目覚めるシーンから始まる。彼らはなぜかふたりとも記憶を失っていたが、やがて三枝隆男と名乗る隣人の協力を得て自分たちの素性調査に乗り出す。いっぽう同じ東京の反対側、吉祥寺に住む未亡人真行寺悦子は仕事を通じて知り合った後、突然失踪してしまった女子高生貝原みさおの行方を追い始めていた……。このふたつの追跡行、いずれも「レベル7」に関わっていることは端から明かされるものの、前半は接点を持たぬままほぼ並行して進展していくことになる。

まずはインパクト充分な出だしであるが、著者自身、「今まで私が書いてきたネタって、みんなそんなに新しいものじゃない。どっちかというと使い古されたものを書いていると思うんです。若干新しいものがあるとしたらそれは短編の方で、長編はすごくオーソドックスなアイデアですから」(“MARCO INTERVIEW” 文藝春秋刊「マルコポーロ」一九九三年八月号所収)というように、ミステリーの趣向としては取り立てて目新しいものではない。だがこのふたつの記憶喪失ものといい、失踪ものといい、同趣の作品を挙げだしたらきりがない。

ストーリーを組み合わせ、肉付けしていく段階で、著者ならではの超絶技巧が駆使されていくのである。

まず記憶喪失譚(たん)のほうで注目すべきは、読者に忌まわしい想像を喚起させるべくたたみかけていく数々のサスペンス演出である。主人公ふたりの前に飛び出す血腥(ちなまぐさ)い小道具や彼女の突然の失明、あるいは怪しげな隣人の介入や過去のフラッシュバック、それらショック演出や伏線演出によって、主人公たちの調査行はクライムストーリー的な色合いを強めつつ直線的かつスピーディに展開していく。いっぽうの失踪譚のほうで注目すべきは、ヒロイン真行寺悦子の家庭事情を主軸とした生活劇の描出であろう。夫の過労死の後、電話カウンセラーに就き何とか家族を再建させようとする悦子、両親との不和や学校への絶望から生じる孤独感と戦うみさお、互いに何とか再生を図る彼女たちの境遇がここでは丹念に描かれていく。

記憶喪失譚のたたみかけかたとは対照的に、こちらの追跡行は著者ならではの人間ドラマを堪能させつつ一歩一歩、着実に進んでいくという塩梅(あんばい)である。

ミステリー・ファンなら、各話の主人公たちが何を手掛かりに調査を進めていくのかも気になるところだろうが、その点でも著者は抜かりがない。記憶喪失譚では現代的な小道具を巧みに生かし、失踪譚では丹念な聞き込み調査に成果を与えるというわけで、こちらも各話の対照の妙がそのまま生かされているといっていい。対照の妙という意味では、記憶喪失者組の足取りが千葉県境に近い極東地区から西に向かっていくのに対し、真行寺組のそれが吉祥寺から東に向かっていくという地理的な配慮が織り込まれている点、東京という街独自の成り立ちを見据えた都市小説的なたくらみが窺えないでもない。

大技小技、実に考え抜かれたプロットであるというほかない。この前半だけでも充分読み応えはあるが、中盤以降に目を転じると、こちらはミステリーとしての制約上、あまり詳しく申し述べるわけにはいかないけれど、"ある事件"の存在が明るみに出された後、ふたつの話は急速に接近していく。そこで注目すべきは、やはり"ある事件"の黒幕のキャラ造型に現実の人物＆事件が下敷きになっていることだろう。ひとつは一九八二年二月に発生、六十二人の死傷者を出したホテル・ニュージャパン火災であり、もうひとつは一九八四年三月、栃木県にある精神病院・報徳会宇都宮病院で起きたリンチ致死事件をきっかけに病院の乱脈ぶりが暴かれた宇都宮病院事件である。二件とも当時マスコミで連日報道された有名な事件なので、その経緯についてはここでは省くが、ふたつの事件で一躍注目を集めた首魁、ホテル・ニュージャパン火災における横井英樹と宇都宮病院事件における石川文之進のプロフィールを眺めると、著者が"ある事件"の黒幕のキャラをどう作り上げていったかがわかって

面白いかと思う。

いや面白いだけではない。この事件の登場によって、物語は本来の構造を呈することになるのである。読者の中にはそれを察して、本書を社会派ミステリーと受け止める人もいるかもしれない。現実の事件を下敷きにした〝ある事件〟の性質（と、その黒幕のキャラ）を考えてもごく当然な理解である。

だが本書の読みどころは果してその事件の顚末にあるのだろうか。ぼくには事件そのものよりむしろ、その関係性が明らかになったふたつの物語の登場人物たちの行方のほうが気になって仕かたなかった。とりわけ気になったのが、記憶を失ったふたりがそれを取り戻したときどうなるのか、ということだ。

そこで参考になるのが、カード破産にまつわる犯罪を描いた『火車』（双葉社）について著者自身が語った次の言葉である。

あれ《『火車』著者・註》は去年の一月十日が最初の締切りだったんですけど、一昨年の夏頃から仕込みにかかりました。その時にはまだ、ラストで、探して探した人が出てきたところで終わる小説にしようとしか考えていなかったんです。それで何を書こうかとずっと考えて、人を探す状況というのは、ただ探すよりは入れ替わったりしてる方が面白いかもしれない。じゃあ、人が行方不明になったり入れ替わったりする状況は何だろうと。それで、カード破産で行こうって思ったのが秋頃なんです。ですから逆にいえば、よし、カード破産

九九三年七月号）

発点がそこじゃなかったものだから。（インタビュー　宮部みゆき　創作の秘密」小説新潮一
ているとかいっていただけるのは大変光栄なんですけども、恥ずかしいんですよね。実は出
を書くぞーって始めた小説じゃあなかった。出来上がった作品を、非常に現代の世相が映っ

　本書もまた、これと同様のことがいえるのではないか。「そのとき、封じこめられていた
時間が、最後の一秒まできっちりと巻き戻される音を、祐司はたしかに耳にしたと思った」
という最後の一行は、ラストシーンにこだわる著者ならではの決めを感じさせるが、乱され
た秩序がまた元に戻るというそのメッセージこそが記憶喪失譚、失踪譚いずれにも通底する
本来のモチーフなのではないのか、と。そしてそれは同時に、ミステリーという物語形式そ
のものの基本形でもあるのだ。

　著者にしてはやけに章立てが多いし、これはひょっとして本書の前年に発表された著者に
とって「ちょっと特別な日本作家」に当たる岡嶋二人のコンビ最終作『クラインの壺』（新
潮文庫）辺りを意識したものなのかとも思ったが、二転三転するラストの本格謎解き指向を
考え合わせても、本書のモチーフはやはり最後の一行に隠されているような気がしてならな
い。むろん『火車』同様、著者独自の超絶技巧もそこに収斂されているのである。

　話を頭に巻き戻そう。　最後に引用した「小説新潮」一九九三年七月号には、インタビュー

のほかにも「宮部みゆきの横顔」と題したグラビア・ページが掲載されている。そこを眺めていて、「名画から銃の実射記録まで様々なビデオが」並んだ収納棚の写真にふと目が止まったとき、ぼくは思わずほくそ笑んでしまった。その棚の端に、岡本喜八が監督した天藤さんの代表作『大誘拐』の映画化作品が立てかけられていたのだ！

（平成五年八月、評論家）

この作品は平成二年九月新潮社より刊行された。

新潮文庫最新刊

山田太一著　　**君を見上げて**

身長163センチ32歳の章二と、身長182センチ30歳の瑛子。19センチの差に揺れる二人の恋心をスリリングに描く、おしゃれな大人の物語。

鷺沢萌著　　**葉桜の日**

僕は、ホントは誰なんだろうね？ 熱くせつない問いを胸に留めながら、しなやかに現在を生きる若者たちを描く気鋭の青春小説集。

中島みゆき著　　**愛が好きですⅡ**

世界が揺れたその時代、極東の島国で中島みゆきの歌が唄われぬ日はなかった──。詞と写真、エッセイを収めたファン待望の第2弾。

髙樹のぶ子著　　**時を青く染めて**

滝子をめぐる勇と高秋の愛慕は二十年という歳月を経て激しく再燃した。恋愛の生む全ての敬虔な悲しみの救済と贖罪を描く恋愛長編。

玉岡かおる著　　**なみだ蟹の
ムーンライト・チアーズ**

大学卒業後、東京─神戸と離ればなれの恋人たちを描いた、甘くせつない23歳の夏の青春恋愛小説。『鏡の森で月夜の晩に』を併録。

連城三紀彦著　　**背中合わせ**

喫茶店で背中合わせに座ったのは、かつての恋人だった──。偶然に弄ばれる人妻の緊張を描く表題作など、女の哀歓を綴る21の短編。

小沢昭一
宮腰太郎著

くすくす 小沢昭一的こころ

元気一杯に飛び回るお母ちゃんを横目に青息吐息のお父さん。『女の時代』が生む珍現象をすくいとる名調子、大好評シリーズ第6作。

鴻上尚史著

鴻上夕日堂の逆上

新興宗教が流行ったのはなぜなのか？ フジテレビや吉本興業の成功の秘密は？ 笑って納得、「時代のカラクリ」を語るエッセイ集。

日経ビジネス編

続・良い会社
——夢ある会社の条件——

「拡大即成長」のコンセプトだけでは生きて行けない。不況期にこそ試される"良い会社"の条件を豊富なケース・スタディで探る。

水村美苗著

続 明暗

久々に対面を果たした津田と清子はどうなるのか？ 夏目漱石の未完の絶筆『明暗』を漱石の文体そのままに書き継いだ話題の続編！

週刊朝日風俗
リサーチ特別局編著

デキゴトロジー vol.11
——ホントだからやめられねえ／の巻——

一人で読む。恋人と読む。友達と回し読みする。どんな読み方でも楽しめます。やめられねえ！こと受け合いの、ホントの話の集大成。

山下洋輔著

ドバラダ門

錯綜する時空、乱入するケンランたるキャスト。自身のルーツ探しをモチーフに、イメージを果てしなく飛翔させた世紀末の狂乱奇著。

新潮文庫最新刊

ため息つかせて（上・下）

T・マクミラン
松井みどり訳

パワフルでシニカルでファニーでタフな四人の魅力的な女たちの友情、恋愛、結婚、仕事などをリアルに描いた全米ベストセラー小説。

恋がたき（上・下）

J・デイリー
小沢瑞穂訳

危険な香りを放つ男チャンスと炎の女フレーム。一目で激しい恋におちた二人だったが、思わぬ障壁から愛は憎しみへと変貌していく。

攻撃ヘリ ヘルハウンド

J・J・サヴァリン
井坂清訳

天才的パイロット、プロスが操るリンクスと、最新鋭の攻撃ヘリ・ヘルハウンドとの決戦のときが迫る！迫真の軍事サスペンス。

砕かれた夜

P・カー
東江一紀訳

大戦の足音迫る一九三八年のベルリン。少女連続殺人を追うグンターは、巨大な陰謀に気付いた……。絶賛を浴びたシリーズ第二弾！

宇宙を見つめる人たち

D・ゴールドスミス
青木薫訳

宇宙に魅せられた人たちの業績と夢を辿り、最先端の技術で得た豊富な情報を用いて宇宙の神秘を解き明かす、楽しい宇宙探索ガイド。

メッサーシュミットを撃て

B・ケラハー
伏見威蕃訳

第二次大戦末期、ニューメキシコの田舎町でメッサーシュミットの試験飛行が繰り返されていた。ジェット黎明期の軍事フィクション。

レベル7 <ruby>7<rt>セブン</rt></ruby>

新潮文庫　　　　　　　　　　　　　み - 22 - 2

平成五年九月二十五日　発　行
平成五年十月三十日　四　刷

著　者　　宮<ruby>部<rt>べ</rt></ruby>みゆき

発行者　　佐　藤　亮　一

発行所　　株式会社　新　潮　社
　　　　　郵便番号　　　　　一六二
　　　　　東京都新宿区矢来町七一一
　　　　　電話　営業部〇三(三二六六)五一一一
　　　　　　　　編集部〇三(三二六六)五四四〇
　　　　　振替　東京四―八〇八番

乱丁・落丁本は、ご面倒ですが小社読者係宛ご送付
ください。送料小社負担にてお取替えいたします。

価格はカバーに表示してあります。

印刷・二光印刷株式会社　製本・加藤製本株式会社
© Miyuki Miyabe 1990　Printed in Japan

ISBN4-10-136912-7 C0193